李自成

潼关南原大战

姚雪垠 著

第一卷 上册

中国青年出版社

图书在版编目（CIP）数据

李自成.第1卷：全2册/姚雪垠著.—5版.
—北京：中国青年出版社，2013.8（2022.10 重印）
ISBN 978-7-5153-1857-8

Ⅰ.①李… Ⅱ.①姚… Ⅲ.①长篇历史小说-中国-当代
Ⅳ.① I247.5

中国版本图书馆 CIP 数据核字(2013) 第 188027 号

本版责任编辑：叶施水
装 帧 设 计：宁成春

出版发行：	中国青年出版社
社　　址：	北京市东城区东四十二条 21 号
网　　址：	www.cyp.com.cn
电子邮箱：	jdzz@cyp.com.cn
编辑中心：	010-57350406
营销中心：	010-57350370
经　　销：	新华书店
印　　刷：	三河市君旺印务有限公司
规　　格：	880mm×1230mm　1/32
印　　张：	21.875
插　　页：	4
字　　数：	524 千字
版　　次：	1963 年 6 月北京第 1 版　1977 年 7 月北京第 2 版
	1999 年 8 月北京第 3 版　2000 年 11 月北京第 4 版
	2013 年 9 月北京第 5 版
印　　次：	2022 年 10 月河北第 18 次印刷
印　　数：	175001-177000 册
定　　价：	52.00 元（全二册）

如有印装质量问题，请凭购书发票与质检部联系调换
联系电话：010-57350337

目　次

上　册
潼关南原大战

北京在戒严中　（第1—第3章）…………………………… 1–58
潼关南原大战　（第4—第13章）………………………… 59–246
义送摇旗　　　（第14—第15章）………………………… 247–292

下　册
卢象升抗清殉国

谷城会晤　　　（第16—第19章）………………………… 295–377
崤函疑兵　　　（第20—第21章）………………………… 378–423
卢象升之死　　（第22—第23章）………………………… 424–459
商洛潜伏　　　（第24—第25章）………………………… 460–514
从北京到商洛　（第26—第28章）………………………… 515–613
张献忠谷城起义（第29章）………………………………… 614–638
夫妻会师　　　（第30—第31章）………………………… 639–674
北京的忧郁　　（第32章）………………………………… 675–695

第 一 章

崇祯十一年①十月初三日晚上，约摸一更天气，北京城里已经静街，显得特别的阴森和凄凉。重要的街道口都站着兵丁，盘查偶尔过往的行人。家家户户的大门外都挂着红色的或白色的纸灯笼，灯光昏暗，在房檐下摇摇摆摆。在微弱的灯光下，可以看见各街口的墙壁上贴着大张的、用木版印刷的戒严布告。在又窄又长的街道和胡同里，时常有更夫提着小灯笼，敲着破铜锣或梆子，瑟缩的影子出现一下，又向黑暗中消逝；那缓慢的、无精打采的锣声或梆子声也在风声里逐渐远去。

城头上非常寂静，每隔不远有一盏灯笼。由于清兵已过了通州的运河西岸，所以东直门和朝阳门那方面特别吃紧，城头上的灯笼也比较稠密。城外有多处火光，天空映成了一片紫色。从远远的东方，不时地传过来隆隆炮声，好像夏天的闷雷一样在天际滚动。但是城里的居民们得不到战事的真实情况，不知道这是官兵还是清兵放的大炮。

从崇祯登极以来，十一年中，清兵已经四次入塞，三次直

---

① 崇祯十一年——即公元1638年。本书内所有的年月日都依照中国的传统习惯，使用皇帝年号和阴历。

逼北京城下。所以尽管东城外炮声隆隆，火光冲天，城内有兵马巡逻，禁止宵行，但深宅大院中仍然过着花天酒地的生活。那些离皇城较近的府第中，为着怕万一被宫中听见，在歌舞侑酒时不用锣鼓，甚至不用丝竹，只让歌妓用紫檀或象牙拍板轻轻地点着板眼，婉转低唱。有时歌声细得像一丝头发，似有似无，袅袅不断，在彩绘精致的屋梁上盘旋，然后向神秘的太空飞去。主人和客人们停杯在手，脚尖儿在地上轻轻点着，注目静听，几乎连呼吸也停顿下来。歌喉一停，他们频频点头称赏，快活地劝酒让菜，猜枚划拳。他们很少人留意城外的炮声和火光，更没人去想一想应该向朝廷献一个什么计策，赶快把清兵打退。倒是那些住宿在太庙后院中古柏树上和煤山的松树上的仙鹤，被炮声惊得不安，时不时成群飞起，在紫禁城和东城的上空盘旋，发出来凄凉的叫声。

北京城里的灾民和乞丐本来就多，两天来又从通州和东郊逃进来十几万人，没处收容，有很多人睡在街两旁的屋檐底下，为着害怕冻死，挤做一堆。他们在刺骨的寒风中颤抖着，呻吟着，抱怨着，叹息着。女人们小声地呼着老天爷，哀哀哭泣。孩子们在母亲的怀抱里缩做一团，哭着喊冷叫饿，一声声撕裂着大人的心。但当五城兵马司派出的巡逻兵丁走近时，他们就暂时忍耐着不敢吭声。从上月二十四日戒严以来，每天都有上百的难民死亡，多的竟达到二三百人。虽然五城都设有粥厂放赈，但死亡率愈来愈高，特别是老年人和儿童死得最多。今夜刮东北风，冷得特别可怕，谁知道明天早晨又会有多少大大小小的尸体被抬送到乱葬场中？

今天晚上，崇祯皇帝是在承乾宫同他最宠爱的田妃一起用膳。他名叫朱由检，是万历皇帝的孙子，天启皇帝的弟弟。虽然他还是一个不到二十八岁的青年，但是长久来为着支持摇摇欲倒的江山，妄想使明朝的极其腐朽的政权不但避免灭亡，还要妄想能够中兴，他自己会成为"中兴之主"，因此他拼命挣扎，心情忧郁，使原来白皙的两颊如今在几盏宫灯下显得苍白而憔悴，小眼角已经有了几道深深的鱼尾纹，眼窝也有些发暗。一连几夜，他都没有睡好觉。今天又是五鼓上朝，累了半天，下午一直在乾清宫批阅文书。在他的祖父和哥哥做皇帝时，都是整年不上朝，不看群臣奏章，把一切国家大事交给亲信的太监们去处理。到了他继承大统，力矫此弊，事必躬亲。但是由于他所代表的只是极少数皇族、大太监、大官僚等封建大地主阶级的利益，与广大人民尖锐对立，而国家机器也运转不灵，所以偏偏这些年他越是想"励精图治"，越显得是枉抛心力，一事无成，只见全国局势特别艰难，一天乱似一天，每天送进宫来的各样文书像雪花一般落上御案。为着文书太多，怕省览不及，漏掉了重要的，他采取了宋朝用过的办法，叫通政司收到文书时用黄纸把事由写出，贴在前边，叫做引黄，再用黄纸把内容摘要写出，贴在后边，叫做贴黄。这样，他可以先看看引黄和贴黄，不太重要的就不必详阅全文。可是紧急军情密奏和塘报[①]，随到随送进宫来，照例没有引黄，更没有贴黄。所以尽管采用了这个办法，他仍然每天有处理不完的文书，睡觉经常在三更以后，也有时通宵不眠。今天，他整整一个下午就没有离开御案。

有时他觉得实在疲倦，就叫秉笔太监把奏疏和塘报读给他听，替他拟旨。但是他对自己左右的太监们也不能完全放心，时常疑心他们同廷臣暗中勾搭，把他蒙在鼓里，所以他稍微休息一下，仍旧挣扎精神，亲自批阅文书，亲自拟旨。在明代，有些重

---

① 塘报——明代兵部在各省设提塘官，专管军事情报，又在各府县设塘马，担任打探军情和传送军情报告。所以关于军情的报告就叫做塘报。

要上谕的稿子由内阁辅臣代拟，叫做票拟。崇祯对辅臣们的票拟总是不很满意，自己不得不用朱笔修改字句。今天下午他本来就心情烦闷，偏偏事有凑巧，他在一位阁臣的票拟中看见了一个笑话：竟然把别人奏疏中的"何况"二字当做了人名。他除用朱笔改正之外，又加了一个眉批，把这位由翰林院出身的、素称"饱学之士"的阁臣严厉地训斥一顿。这件事情，在同田妃一起吃晚饭的时候不由地又想了起来，使他的十分沉重的心头上更增加了不愉快。这时，他觉得还是过去的首辅①周延儒和现在的辅臣兼兵部尚书杨嗣昌是不可多得的干练人才。

饭后，田妃为要给皇上解闷，把她自己画的一册《群芳图》呈给他看。这是二十四幅工笔花卉，崇祯平日十分称赏，特意叫御用监②用名贵的黄色锦缎装裱成册。他随便翻了一下，看见每幅册页上除原有的"承乾宫印"的阳文朱印之外，又盖了一个"南熏秘玩"③的阴文朱印，更加古雅。他早就答应过要在每幅画页上题几个字或一首诗，田妃也为他的许诺跪下去谢过恩，可是几个月过去了，他一直没有时间，也缺乏题诗的闲情逸致。他一边心不在焉地浏览画册，一边向旁边侍立的一个太监问：

"高起潜来了么？"

"皇爷说在文华殿召见他，他已经在那里恭候圣驾。"

"杨嗣昌还没有到？"

"他正在齐化门④一带城上巡视，已经派人去召他进宫，马上就到。"

---

① 首辅——洪武年间朱元璋借口宰相胡惟庸谋反，废除宰相制，而由几位大臣组织内阁，称做阁臣或辅臣，其首席阁臣称做首辅。
② 御用监——明朝宫中内官分十二个衙门，御用监是其中之一。
③ 南熏秘玩——宫中有一个南熏殿，专藏名贵的书画。
④ 齐化门——朝阳门在元朝叫做齐化门，明朝人还常习惯地叫它的旧名。

他把画册交还田妃,从旁边一张用钿螺、玛瑙、翡翠和汉玉镶嵌成一幅鱼戏彩莲图的紫檀木茶几上端起一只碧玉杯,喝了一口热茶,轻轻地嘘口闷气。整个承乾宫,从田妃到宫女和太监们,都提心吊胆,连大气儿也不敢出。田妃多么想知道城外的战事情形,然而她绝不敢向皇帝问一个字。不要说她是妃子,就是皇后,也严禁对国事说一句话。这是规矩,也叫做"祖宗家法",而崇祯对这一点更其重视。他愁眉不展地喝过几口茶,把杯子放回茶几上,烦躁而又威严地低声说:

"起驾!"

当皇帝乘辇到文华门外的时候,高起潜跪在汉白玉甬道一旁,用尖尖的嗓音像唱一般地说:

"奴婢高起潜接驾!"

崇祯没有理他,下了辇,穿过前殿,一直走进文华后殿,在东头一间里的一只铺着黄垫子的雕龙靠椅上坐下。高起潜跟了进来,重新跪下去,行了一拜三叩头的常朝礼。如果是一般太监,一天到晚在皇帝左右侍候,当然用不着这样多的礼节。但他现在不是在宫中侍候皇上的太监,而是皇帝特派的总监军,监督天下勤王兵对清兵作战。

"今天的消息如何?"崇祯问,"炮声好像又近了。"

高起潜跪着回答说:"东虏①兵势甚锐,今天已经过了通州,看情形会进犯京师。"

有片刻工夫,崇祯默不做声。其实,外边的军情他随时都能

---

① 东虏——明朝因满洲在北京城东北,称之为东虏(也称建虏),含有轻蔑的意思。书中人物对话中的"满鞑子"、"鞑虏"等,都是当时人对满族统治者和清兵侮辱性的称呼。

够得到报告，用不着问高起潜。不过为保持他的自尊心，他不肯直然提出来他急于要知道的那个问题。

"昌平要紧，"他慢吞吞地说，"那是祖宗的陵寝所在，务必好生防守。"

"请皇爷放心。卢象升的宣、大①、山西军队已经有一部分增援昌平。依奴婢看，昌平是不要紧了。"

又沉默一阵。崇祯从一位宫女手里接过来一杯茶，淡淡的茶香沁人心脾。他用嘴唇轻轻地呷了一下，若有所思地端详着这一只天青色宣窑暗龙杯，欣赏着精美的名贵艺术。高起潜完全明白皇上的心思，但是他等着皇上自己先提起来那一个极其重大的问题，免得日后皇上的主意一变，自己会吃罪不起。站在旁边侍候的几个宫女和太监都没有一点声音，偷偷地打量着皇上的面部表情和他的端详茶杯的细微动作。他们都知道皇上会向高起潜问什么机密大事。但是他们没看见皇上的任何指示，不敢自动地回避出去。这些宫女和太监们平日不需要等待皇上开口，他们会根据他的眉毛、眼梢、嘴唇或胡子的任何轻微动作行事，完全合乎他的心意。当皇上的眼睛刚刚离开茶杯的时候，一位宫女立刻走前一步，用双手捧着一个堆漆泥金盘子把茶杯接过来，小心地走了出去，其余的宫女和太监们都在一两秒钟之内蹑着脚退了出去。

现在文华殿里只剩下皇上和高起潜两个人了。崇祯站起来，在暖阁里来回踱了片刻，然后用沉重的低声说：

"高起潜，你这几年常常出外监军，还有一些阅历。朕叫你总监天下勤王兵马，这担子不轻啊。你可得小心办事，驱逐鞑

---

① 宣、大——明朝边防上的一个军区，辖宣化和大同两巡抚，军区司令官称为总督，驻阳和。卢象升兼管山西军区，所以山西军队也归他指挥。

虏，保卫京师，万不可辜负朕意。"

高起潜很明白皇上只是希望他"小心办事"，并不希望他勇猛作战，而且他自己也确实很怕清兵，但是他用慷慨的声调回答说：

"奴婢甘愿赴汤蹈火，战死沙场，决不辜负皇爷多年来豢养之恩。"

崇祯点点头，在龙椅上坐下去，小声说：

"起来吧！"

高起潜又叩了一个头，然后从地上站起来，等候皇上同他谈那个机密问题。就在这时候，在明亮的宫灯下边，我们才看清楚高起潜是一个身材魁梧，没有胡须的中年人。虽然他已经四十多岁，但由于保养得好，面皮红润，看起来只像有三十出头年纪。同崇祯皇帝的苍白、疲倦和忧郁的面容相比较，完全是两种情形。

"勤王兵马虽然到了几万，"崇祯突然把谈话转入正题，"但我们既要安内，又要攘外，二者不可得兼。历年用兵，国家元气损伤很大。如无必胜把握，还是以持满不发为上策。你是总监军，总要相机进止，不可浪战。"他把"浪战"两个字说得慢一些，响一些，生怕高起潜不够注意，然后停顿片刻，接着说："如其将这几万人马孤注一掷，不如留下来这一点家当，日后还有用处。"

高起潜赶快跪下说："皇上圣虑深远，说的极是。奴婢一定相机进止，不敢浪战。"

"使将士以弱敌强，暴骨沙场，不惟有损国家元气，朕心亦殊不忍。"崇祯用不胜悲悯的口气把话说完，向高起潜的脸上扫了一眼，好像在问："你明白么？"

高起潜深知道皇上是一个自尊心极强的人，关于那个问题只能点到这里，以下的话必须由他揭开，于是赶快放低声音说：

"皇上是尧舜之君，仁德被于草木，爱将士犹如赤子。以今日形势而言,既要内剿流贼,又要外抗东虏,兵力财力两困,都不好办。如果议和可以成功……"

"外边有何意见?"崇祯赶快问,没等他把话说完。

"外边似乎没有人知道此事,"高起潜毫不迟疑地撒谎说。其实由皇帝和兵部尚书杨嗣昌秘密主持向满洲试图议和的消息不但朝廷上文武百官都已经知道,连满城百姓也都在纷纷谈论,而且不但老百姓很不同意,连文武百官中也有很多人表示反对,只是他们没有抓到证据,不敢贸然上疏力争。

听了高起潜的回答,崇祯有点放心了,小声嘱咐说:"这事要与杨嗣昌迅速进行,切不可使外廷百官知道,致密议未成,先遭物议。"

"奴婢知道。"

"对东虏要抚,一定得抚!"皇帝用坚决的口气说,故意用个"抚"字①,以掩饰向满洲求和的实际,也不失他大皇帝的无上崇高的身份。"倘若抚事可成,"他接着说,"国家即可无东顾之忧,抽调关宁铁骑②与宣大劲旅,全力剿贼,克期荡平内乱。卢象升今夜可到?"

"是,今夜可到。"

"要嘱咐他务须持重,不可轻战。"

"奴婢领旨。"

一个年轻长随太监手提一盏宫灯进来,躬着身子奏道:

"启奏皇爷,兵部尚书杨嗣昌已到。"

---

① 抚——意思是招抚、招安。
② 关宁铁骑——明末最精锐的边防军,驻扎在山海关和宁远(在锦州地区)一带,以骑兵为主,故称为关宁铁骑。关宁和冀东是一个军区,军区长官称蓟辽总督。

"叫他进来。"崇祯说,向高起潜挥一下手。高起潜马上叩了一个头,毕恭毕敬地退了出去。

杨嗣昌是一个将近五十岁的人,中等身材,两鬓和胡须依然乌黑,双眼炯炯有光,给人一种精明强干的印象。当他在文华门内西值房听到传旨叫他进去的时候,他习惯地把衣帽整了一下,走出值房。他正要小心地向里走去,恰好高起潜走了出来。他赶快抢前一步,拱一拱手,小声问:

"高公,皇上的意思如何?"

高起潜凑近他的耳朵咕哝说:"我看皇上满心急着要和,就是怕他自己落一个向敌求和的名儿,尤其怕外廷议论。杨阁老①,你千万不要对皇上说外边已经在纷纷议论。"

杨嗣昌点点头,同高起潜互相一拱手,随着那个青年太监往里走去。

当一个宫女揭起黄缎门帘以后,杨嗣昌弯了腰,脚步更轻,恭恭敬敬地走进了文华后殿。另一个宫女揭起来暖阁的黄缎门帘。他的腰弯得更低,快步进内,说了声:"臣杨嗣昌见驾!"随即跪下去给皇上叩头。虽然崇祯对他很信任,处处眷顾他,北京和南京②有许多朝臣弹劾他,都受到皇帝的申斥和治罪,但是他每次被召见,心里总不免惴惴不安。他深知道皇上是一个十分多疑、刚愎自用和脾气暴躁的人,很难侍候,真是像俗话说的"伴君如伴虎"。今天被皇上宠信,说不定哪一天会忽然变卦,被他治罪。由于这个缘故,他近来已经得到皇上同意,让

---

① 杨阁老——即兵部尚书杨嗣昌。"阁老"是明朝官场中对内阁辅臣的尊称。
② 南京——明朝自永乐十五年(公元1417年)迁都北京后,南京改为留都,仍设中央各衙门和文武朝臣。

他辞去兵部尚书一职，举荐卢象升来代替，以便减轻他的责任，专心在内阁办事。行过常朝礼，他没敢抬起头来，望着皇上脚前的方砖地，等候皇上说话。

"先生起来。"崇祯说，声音很低。

杨嗣昌又叩了一个头，站了起来，垂着双手，等候皇上继续说话。崇祯轻轻地咳了一声，问：

"卢象升今夜一定能来？"

"一定可以赶到。"

"三大营①如何分派？"

"一部分守城，一部分驻守东直门和朝阳门外。原来在德胜门外驻扎一部分，备援昌平。如今各处勤王兵马来到，昌平无虞，这一部分人马也撤到朝阳门外。"

"城上的守备情形怎样？"

"京营兵守城够用。红衣大炮昨天都已经运到城上，也派官员祭过。"

听杨嗣昌对答如流，崇祯频频点头，感到满意。他想询问议和的事，但是迟疑一下，改换了一个话题，说：

"如今虏骑入犯，国家兵源枯竭，不易应付。廷臣们泄泄沓沓，徒尚空言，不务实际，一到紧急时候，不能为君分忧，殊负朕意！如兵部主事②沈迅，上疏奏陈边务，说什么'以天下僧人配天下尼姑，编入里甲③，三丁抽一，朝夕训练，可得精兵数十万'。这岂不是以国事为儿戏？糊涂之至！"

---

① 三大营——明朝拱卫北京的军队总称三大营，包括五军营、三千营、神机营。因系京城卫戍部队，所以又称"京营"。

② 主事——六品文官，是中央各部中的"处长"。

③ 里甲——最基层的社会和政权组织，里等于保，里之下是甲。

杨嗣昌见皇上生气，委婉地说："沈迅这意见确实糊涂。但他敢于冒昧上奏，一则是他知道陛下是尧舜之君，不罪言者；二则是他忧国心切，不暇细思。他所条陈的事项颇多，其中也不乏可采之处。"

崇祯沉吟片刻，点头说："姑念他还有点忧国之心，朕不罪他。"说毕，把下巴一摆，几个宫女和太监又赶快退了出去。

"自朕登极以来，"他用低而沉重的声调说，"东虏已经四次入塞。崇祯九年秋，虏骑入犯，昌平失守，震惊陵寝。凡为臣子，都应卧薪尝胆，誓复国仇。可是刚过两年，虏骑又长驱而入，蹂躏京畿。似此内乱未息，外患日急，如何是好？"

杨嗣昌跪下回答："微臣身为本兵①，不能克期荡平流贼，外征逆虏，实在罪该万死。目前局面，惟有对虏行款②，方可专力剿贼。"

"朕本来有意召全国勤王之师与虏决战，可是流贼一日不平，国家就一日不能专力对外。目前之计，对虏总以持重为上策。如能议抚，抚亦未尝不可。卿与辽抚③方一藻派周元忠往满洲传达朝廷愿抚之意，是否已有头绪？"

"臣今日接方一藻密书，言周元忠已经回来，满洲屡胜而骄，态度倨傲，且恐我朝廷意见不一，所以不肯就抚。"

崇祯的心中猛一失望，但没有流露出来，略停片刻，又问：

"卿打算如何？"

"臣想此事关系国家安危，应当派周元忠再去一次，详谕朝廷愿抚之诚意。"

---

① 本兵——兵部尚书，明朝习惯称做本兵。
② 行款——明清两朝的政治术语，就是议和。
③ 辽抚——辽东巡抚的简称。

"是否会走漏消息？"

杨嗣昌是一个饱有经验的官僚，不敢像高起潜那样把实情全部隐瞒。他决定说出一点实话，替自己留个退步：

"臣因周元忠是一盲人，平日往来辽东，卖卜为业，所以派他前去，原想着可以避免外人疑惑。可是不知怎的，今日京城里已经有了一些传言。"

"怎么会传出去了？"崇祯有点吃惊，同时也有点生气。

"虽然京城里有些传言，但真实情形，无人知晓。只要陛下圣衷独断，不令群臣阻挠大计……"

崇祯截住说："不管如何，应该力求机密，不使外廷知道才好。"

"臣一定加倍小心。"

"言官中有人在奏疏中提到：'凡涉边事，邸报①一概不许抄传，满城人皆以边事为讳。'为什么要禁止抄传？"

"恐怕有些与和议有关的，有些是军事机密，不便外传。"

"凡涉机密的，不许抄传；若行间塘报，为何不许抄传？一概不许抄传，反使大家猜疑。"

"皇上所见极是。"

崇祯叹口气说："如今虏兵已临城下，且京城中已有流言，看来款事只好慢点儿进行。"稍停一下，他忽然忧虑地盯着杨嗣昌的脸孔，轻声问道："卢象升可赞同议抚么？"

"臣尚未见到象升，不知他是否赞同。他明日前来陛见，陛下不妨当面问一问他的意见。如象升也主张行款，廷臣中纵然有人反对，力量也就小了。"

---

① 邸报——又称邸抄。古代手抄的官方报纸。明代用木刻版印刷，崇祯十一年改为活字印刷，以登载诏令、奏疏、塘报等为内容。

崇祯点点头。他感到外廷群臣在这个问题上对他无形的压力很大,并且担心连杨嗣昌也会对他的急于向满洲议和的苦衷不能够十分谅解,于是又说:

"朕原来也是不主张行款的。无奈年年打仗,又加上灾荒频仍,兵饷两缺,顾内不能顾外,只好对东虏暂时行款。俟内乱敉平,腾出手来,就可以对东虏大张挞伐。可惜外廷臣工①,多不明朕之苦衷!"

"陛下宏谋远虑,自然非一般臣工所能明白。然如抚事告成,利在社稷,有目共见,今日哗然而议者彼时即哑口无言矣。"

"但愿能够如此才好。"

"昔时对俺答②议款,反对者何尝不多?等到款事告成,俺答受封,贡马互市③,从此相安无事,朝廷得解除西北边患,并力用兵东胡,众人始知对俺答行款为得计。今日之事,与之仿佛。"

"卿言甚是。"

杨嗣昌的口才确实好,几句话说得崇祯十分满意,频频点头。其实同俺答议和的一段历史,崇祯并不是不清楚。这事情发生在六十年前,他的曾祖父隆庆皇帝治世的时候。那时候国家的底子还很雄厚,加上内有张居正和高拱等名臣在朝,外有许多名将镇守九边④,大明帝国的力量比俺答强大得多,所以才能够取得较好的和议结果。今天的情形恰好相反,根本不能同六十多年前的历史相比。不过由于崇祯急于要向满洲求和,所以一时不愿

---

① 臣工——古人对群臣百官的习惯说法。
② 俺答——蒙古族的一个重要领袖,活动于如今内蒙古自治区西部和河套一带,晚年受明朝封为顺义侯。
③ 贡马互市——俺答用马匹交换明朝货物,这种交换叫做互市。另外俺答每年也送给明朝廷一些马匹作为贡物。
④ 九边——明朝从辽东到宁夏,设立九个边防军区,称为九边。

认真地想想罢了。

"洪承畴同孙传庭全力追剿闯贼，"他又问，"近来甚为得手，是否能够一鼓荡平？"

"据洪承畴、孙传庭两臣所奏，李自成所纠合之各股流贼，有的击溃，有的歼灭，有的投降，所余无几。目前大军猛追不放，四面堵截，务期一鼓荡平。闯贼欲往河南，入湖广，奔四川，均不可能，不得不从商洛山中向北逃窜。洪承畴已在潼关南边布置重兵，设伏以待，想不日即有捷报到京。"

皇上苍白的脸孔上闪出一丝笑容，随即稍微提高声音说：

"先生请坐。"

杨嗣昌赶快叩头谢恩，然后起身，同时有两个太监闻声进来，在皇帝的斜对面替他放了一把较矮的檀木椅子。他刚坐下去，皇帝又叫"赐茶"，他又站起来躬身谢恩。

崇祯的精神振作起来，刚才的困倦都没有了。他从宫女手中接过来一杯热茶，喝了一口，用庄严而有信心的声调说：

"如能一鼓荡平，皆先生居中调度之功。"

杨嗣昌躬身说："这是上托皇上威灵，下赖将士用命。微臣以驽钝之材，辜负皇上宠信之深；自任本兵以来，内而流贼迟迟未灭，外而虏骑入犯，直逼京师，致使陛下午夜忧勤，寝食不安，实在罪该万死。"

"卿的困难，朕甚明白，不用多说。"停一停，崇祯又说，"张献忠已经就抚，李自成是国家心腹大患，如能荡平，其他流贼自然容易歼灭，不足为虑。"

"陛下所见极是。李自成为死贼高迎祥旧部，在诸贼中最为强悍。目前只要将闯贼荡平，其余诸贼闻风丧胆，当可不战而降。"

"张献忠受抚后，是否确有诚意？抚局是否可恃？"

杨嗣昌早已料到皇上迟早会问他这个问题，心中已有准备。他对张献忠的投降从开始就抱有怀疑,不像熊文灿①那样天真。但是他的"四正六隅、网张十面"②的计划,三个月消灭农民军的限期③,都早已成为泡影,招抚的办法就是目前惟一能使政府喘一口气的办法了。

"抚局可恃也不可恃,"他回答说,"在目前抚局对国家有利,暂时是可恃的。倘若趁此时戒饬将士,整顿甲仗④,休息补充,常处于'制敌而不制于敌'的地位,则抚局更为可恃。否则,是不可恃的。"

"卿言甚是。"

"以今日看来,张献忠纵然非真心就抚,国家十个月来已受益不浅。自从张献忠在谷城就抚之后,李自成失去呼应,差不多陷于孤军作战,而国家得以抽调更多兵力交给洪承畴、孙传庭调遣,专力对付闯贼。倘非张献忠谷城就抚,这几个月剿贼局面恐无如此胜利。"

崇祯满意地点点头,但又不放心地说:"就怕李自成会联络别的流贼,接应他逃出陕西⑤。"

杨嗣昌回答说:"李自成之所以敢于向东奔窜,是因为他联络罗汝才到潼关接应。罗汝才曾联合各股流贼十余万,于上月

---

① 熊文灿——贵州永宁人,当时挂兵部尚书衔,总理南京、河南、山西、陕西、四川、湖广(湖北和湖南)军务,简称"总理"。
② 四正六隅、网张十面——以陕西、河南、湖广和江北为四个正面战线,即主要战场,叫做"四正",由四位巡抚"分剿而专防"。以延绥、山西、山东、江南、江西、四川为六个侧面战场,即辅助战场,叫做"六隅",由六位巡抚"分防而协剿"。在这个大网里,总理和总督"随贼所向专征讨"。
③ 三个月……限期——从崇祯十年十二月到十一年二月。
④ 甲仗——泛指盔甲和兵器。
⑤ 陕西——明朝的陕西省包括今甘肃、宁夏全境和青海省的一部分,今西宁市亦在陕西省内。

间进到灵宝、阌乡一带,打算攻破潼关,迎接闯贼。但彼等乌合之众,同床异梦,一战即溃。如今逃到均州与房县山中,乞求就抚。今日决无其他流贼去接应闯贼,故闯贼之灭,指日可待。"

"倘若从此将流贼次第殄灭,实为国家之福。"

"所以目前陕西军事十分重要,与对东虏战事同为国家安危所系。"

"如陕西方面能将闯逆一鼓荡平,即着洪承畴、孙传庭率领大军星夜来京勤王,不得有误。前已两下急诏,申明此意。先生可代朕再拟一道谕旨,叫洪承畴等务必将闯逆一鼓荡平,不使一人漏网,致遗后患。倘有疏忽或作战不力,国法俱在,决不宽容!"

"领旨!"

近来每想到陕西方面的军事十分顺利,崇祯就急切地等待着最后捷报。他希望洪承畴和孙传庭能够阵斩李自成和刘宗敏,将他们的首级送来京城,当然最好是将他们生擒,献俘阙下[①],使京城的军民大大地振奋一下。有时他在闭目沉思中仿佛看见自己坐在午门上,太子侍立一旁,各亲王和文武百官侍立午门下,在军乐声中接受洪承畴和孙传庭献的俘虏,同时派勋臣或亲王代他去祭告太庙,而伫候在大明门外棋盘街一带的军民望着宫阙欢声雷动,齐呼万岁。此刻他又想起来这个问题,问道:

"你可叫他们最好将闯贼等生擒,献俘阙下?"

"臣数日前已经将圣上此意檄告洪承畴、孙传庭了。"

"好,好,应该献俘阙下。"停了片刻,崇祯又低声吩咐,"至于对东虏议抚一事,总要万分机密,不可使外廷诸臣抓着一点把柄,阻挠大计。"

"如此大事,自然要特别机密。不过只要皇上断自宸衷,决

---

① 献俘阙下——"阙"是宫门。明朝献俘的地方是在午门。

心议抚，即令外廷知道，亦无人敢于反对。"

"不过朝廷上风气不正，那些乌鸦们①什么话都说得出来！"

"只要陛下圣衷独断，毅然而行，一二个言官不明事理，妄生议论，也不能阻挠大计。"

崇祯微微地苦笑一下，转了话题说："卢象升今夜如能赶到京城，卿可告知他明早在平台②单独召对。"

"遵旨。"

宫中已经在打三更。看见皇上有点疲倦，杨嗣昌赶快告辞，叩了一个头，从文华殿退了出来。

崇祯乘辇往皇后所住的坤宁宫去，在路上想着："要是卢象升不赞同杨嗣昌的意见，对东虏抚既不行，战又不能取胜，何以善后？"于是他摇摇头，叹了口气。

---

① 乌鸦们——明末北京官场中骂谏官为乌鸦，意思是说他们的言论像乌鸦的不祥叫声。

② 平台——紫禁城内建极殿（清朝改称保和殿）的右后门又称平台，是崇祯帝平日召见群臣的地方之一。

第 二 章

当杨嗣昌同皇帝在文华殿谈话的时候，从昌平往北京德胜门的大道上奔驰着一队骑兵，大约有一百多人。他们所骑的全是口外骏马，时而加鞭飞奔，时而缓奔，以便使冒着汗水的马匹稍得休息。马蹄声在霜冻的、寂静的、夜色沉沉的旷野里像一阵凶猛的暴雨，时常从附近十分残破的村庄里引起来汪汪犬吠。一些惊魂不定的守夜人躲在黑影中向大道上张望。

挂兵部尚书兼都察院右佥都御史衔，宣、大、山西总督卢象升，骑着他的最心爱的骏马五明骥走在中间，心头上非常沉重。从五月间他的父亲在回宜兴原籍的路上病故以后，他曾经连上十疏，哀恳皇上准许他请假奔丧，在家乡守孝三年。他说他希望将父亲埋葬之后，就在父亲的坟墓旁盖三间草房，住在里边，谢绝交游，借着"庐墓"的机会安心地读三年书，然后再出来为皇帝"效犬马之劳"。但是崇祯皇帝心中明白：儒臣们在父母死后都喜欢拿庐墓三年的话妄自标榜，实际上没有看见一个做大臣的曾经那样做过。他认为卢象升请求回籍奔丧是真，庐墓三年只是说说罢了。倘在平常时候，他会立刻批准卢象升回籍奔丧，在家守孝，过一段时候如果需要他出来做事，就下诏叫他"夺情起复"①，重新做官。然而目前国事艰难，军情紧急，崇祯不但没有准许他请假奔丧，反而根据杨嗣昌的推荐，调他做兵部尚书，加重了他的责任，另外派陈新甲接替他的总督职务。陈新甲尚在四川，因路远还没有赶来接任。清兵入塞，廷臣交章推荐，皇帝派人赐卢象升一把尚方剑，叫他星夜来京，总督天下援军。

卢象升是文进士出身，自幼脑瓜里灌满了儒家的孝道思想。在上月清兵入犯以前，京畿一带和他的宣、大防区并无战事，他每次想到不能奔丧这件事就痛哭流涕，同时对杨嗣昌很不满意。目前既然是清兵入犯，京师危急，他只好暂时放下了奔丧的念头，带兵勤王。从阳和出发以后，他只让步兵按站稍作休息，而自己同一万多骑兵日夜赶路，实在困倦时就在马鞍上合合眼皮，或在喂马时和衣躺下去矇眬一阵。今天午后，他带着骑兵到了昌平，步兵须要在三天后才能赶到。在进昌平城之前，他率领几位亲信幕僚，携带在路上准备的祭品，走进大红门，一直走到长陵前边，向武功赫赫的永乐皇帝致祭，跪在地上哽咽地祝告说：

"但愿仰仗二祖列宗②之灵，歼灭鞑虏，固我边疆，以尽微臣之职。臣即肝脑涂地，亦所甘心！"

申时刚过，他进到昌平城里，一看各路援师都没来到，只有他自己带的骑兵扎在城里城外。他把千总以上的军官召集到辕门外，对天酹酒，大声说：

"国难如此，援军不多，只好仰仗诸将之力，先摧折东虏气焰。倘有不奋勇杀敌的，军法不赦！"

---

① 夺情起复——在封建礼教盛行时代，做官的人遇到父母死亡，必须辞去官职，回家守三年之孝。倘若在守孝期间由于皇帝的旨意出来供职，叫做夺情，意思是为国家夺去了孝亲之情，又叫夺情起复。

② 二祖列宗——二祖指明太祖和成祖，列宗指成祖以下至熹宗的历代皇帝。虽然明太祖不葬在昌平，但"二祖列宗"是明朝士大夫们的习惯说法。

他原以为派他总督天下勤王兵马，他可以在京畿一带同清兵决一死战，使敌人不敢再轻易入犯。不料刚到昌平就听到一个消息，说杨嗣昌和太监高起潜主张同满洲议和，不惜订城下之盟，满京城都在纷纷地议论着这件事，这使他十分生气。他把军队部署停当后，就把亲信幕僚和重要将领们召集到总督行辕的大厅里，商议如何使部队稍作休息，准备寻敌作战。有一位幕僚知道皇帝将要召见他，问道："大人，如果杨阁老和皇上问到大人对和战有何意见，大人将如何回答？"他从桌边站起来，紧握着佩刀柄说：

"我卢某深受国恩，恨不得为国而死。今日敌兵压境，只能言战，岂能言和！"

幕僚散去，已是二更天气。仆人顾显和李奇来照料他上床安歇。他想起李奇这个人跟着他快两年了，小心服侍，没有出过错误，虽不是家生孩子①，却同顾显差不多一样地对主人忠心耿耿。他问道：

"李奇，你的家里人都住在北京东城？"

"是的，老爷。"李奇低声回答说，一面替他整理床铺。

"到京以后，你可以回家去看看父母。恐怕你的父母也很想你啦。"

卢象升又转向顾显说："顾显，到京后你取二十两银子给李奇，让他拿回去孝敬父母。"

"谢谢老爷！"李奇躬身说，赶快跪下去叩了个头。

卢象升正要上床，忽然门官进来禀报，说杨阁老派一位官员来见。卢象升立刻传见，原来是杨嗣昌催他连夜进京，说是皇上明日一早就要召见。他决定立刻动身，感情十分激动，吩咐左右：

---

① 家生孩子——明朝士大夫家庭养有家奴，特别以江南为盛。家奴生的子孙仍为家奴，称为家生孩子，和临时投靠来的或收买的不同。

"快去备马!"

在奔往德胜门的路上,他一面计划着如何同敌人作战,一面想着明天见皇上如何说话。当他驰过那被称做蓟门烟树的大都城遗址①时,听见从几间茅屋中传出来一家人的嚎啕哭声,使他蓦地又想起来自己的亡父,心头上十分酸楚,几乎要滚出泪来。

进了北京,回到了自己的公馆时,已经是将近四更天气。有许多京中朋友都在公馆里等候着他,希望在他还没有去觐见皇上的时候能够把自己的心里话和京中士民的舆论告诉他。他们都愤恨杨嗣昌和高起潜的"卖国求和"阴谋,要求他在皇上的面前坚决主战。有一位在督察院做御史的朋友、江南清江人杨廷麟,非常激动地说:

"九老②,请恕小弟直言。目前阁下一身系天下臣民之望,如阁下对此事不以死力相争,京城士民将如何看待阁下?千秋后世将如何评论阁下?请勿负天下忠臣义士之心!"

"请放心,"他回答说,声音有些哽咽,"象升以不祥之身③,来京勤王,能够战死沙场,于愿已足,决不会贪生怕死,不敢力争,致负京师士民之望,为千秋万世所不齿!"

众人一则知道卢象升几天来日夜奔波,极其辛苦,二则怕谈得太久会被东厂④侦事人知道,对主人和客人都很不好,只好稍谈一阵,纷纷辞去。卢象升正要休息,忽然那位跟随他两年的仆

---

① 大都城遗址——元朝时北京称做大都。德胜门外几里远有大都城蓟门(北门之一)的遗址,树木茂密,明清两朝都作为北京八景之一,称做"蓟门烟树"。
② 九老——卢象升字建斗,别号九台,所以称他九老。明代士大夫习惯,中年人也可以被尊称为"老"。
③ 不祥之身——因为身戴重孝,所以自称是不祥之身。
④ 东厂——明代由皇帝的亲信太监掌管的特务机关,地址在如今北京的东厂胡同。

人李奇走来,恭敬地站在面前,含笑说:

"老爷,你明天去见皇上,我今夜也要走了。"

卢象升莫名其妙地说:"你要走了?你是说要回家去看看父母?为什么不等天明?"

"不是,老爷。小人的父母早亡故了,有一个哥哥住在家乡河间府,只有小人的女人在京城住。小人不再侍候老爷了,如今是向老爷请长假的。"

"为什么要请假了?害怕打仗?"卢象升用眼光逼着李奇的眼睛问,心中恼火。

"不是,不是,"李奇赶快笑着说,向后退了半步,"小人两年来在老爷身边服侍,看见老爷还没有什么大错,小人用不着再留在老爷身边了。"

"这到底是怎么回事?你疯了?你胡说什么?"卢象升继续瞪着眼睛问。

"小人不是胡说。小人是东厂派来的。"

卢象升大吃一惊,愣了半天,才又问:"你不是户部王老爷荐来的?怎么是东厂派来的?"

"是东厂曹爷①托王老爷荐小人到老爷这里,为的怕老爷你多疑。要不是因为老爷待我好,我不会临走前对老爷说明身份。请老爷放心,我决不会说老爷一句坏话。"

李奇走后,卢象升感慨地叹息一声。他做梦也没有想到,他多年来出生入死,赤胆忠心地为皇上办事,而东厂竟然派人跟随在他的身边,把他的一言一动都随时报告皇帝!

去杨嗣昌那里报到的人已经回来,并且杨府里也派人跟着过来,告诉他杨阁老在五更时要亲自前来看他,陪他进宫。

---

① 曹爷——指崇祯的一位亲信大太监曹化淳,曾掌管东厂几年。

如今已经有四更多天，公鸡早已开始叫鸣。刚才李奇的事情在他的心上所引起的不快，已经被快要陛见的大事冲淡了。仆人顾显劝他躺到床上矇眬片刻。他不肯，立刻洗脸，梳头，准备着进宫陛见。当顾显替他梳头的时候，这位忠实的仆人看见左右没有别人，忍不住喃喃地说：

"老爷，没想到李奇在老爷面前那么好，他竟是东厂的侦事人！"

"呃，天下的事情我们想不到的还多着哩。"

"我很担心，"顾显又说，"老爷今晚说了许多主战的话，他会不会一古脑儿都禀告东厂，报进宫里？"

"恐怕东厂来不及报进里边，"卢象升笑着说，"要是能报进里边就好啦。我的这些话迟早要在皇上面前说出来，早一点让皇上知道我的主张岂不更好？"

"可是杨阁老和高太监他们……"

"他们？"卢象升轻蔑地哼了一声，"主张订城下之盟的只有他们两个人，顶多不过是几个人，可是满京城百万士民都反对议和。我说的话也正是大家要说的话。再说，皇上是英明之主，我敢信他也不会同意订城下之盟！"

顾显看见他很激动，不敢再做声了。

吃了早点，稍微休息片刻，卢象升就开始穿戴。当顾显捧出二品文官朝服，侍候他更换身上的便装时，看见他不肯脱掉麻衣，胆怯地小声问：

"老爷，今天去见皇上，还穿这身孝衣在里边么？"

"穿！"

"白麻网巾①也不换？"

---

① 网巾——明朝人束发的网子。平日用黑丝网巾，守孝时用白麻网巾。

"不换!"

"网巾会露在纱帽外边,陛见时万一被皇上看见,不是有些不好么?"

"国家以孝治天下,岂有父死不戴孝之理?别噜苏!"

穿戴齐备,天才麻麻亮。杨嗣昌来了,对他说了些慰劳的话,陪着他一起骑马往皇城走去。路上常看见成群难民睡在街两旁的屋檐下,不住地呻吟悲哭。卢象升不忍看,不忍听,心中打阵儿刺疼,愤愤地想:"看国家成了什么情形,还有人想对敌人委曲求全,妄想苟安一时!"他向杨嗣昌狠狠地看了一眼,忍不住问道:

"虏兵已临城下,听说朝廷和战决策不定。皇上的意见到底如何?"

"皇上今天召见老先生[①],正要问一问老先生有何高见。"

"我公位居枢辅[②],皇上倚信甚深,不知阁老大人的意见如何?"

"九翁,你知道皇上英明天纵,许多事宸衷独断……"

"可是公系本兵,又系辅臣,常在天子左右,对和战大计应有明确主张。"

"学生也主战。"

"这就好了!"卢象升高兴地说。

"不过虏势甚锐,战亦无必胜把握。"

"只要朝廷坚决主战,激励将士,各路勤王之兵尚可一用。"

"这个……"

---

① 老先生——当时官场中有种习惯,如果谈话的对方是自己的同辈,或者比自己的职位稍低而不是直接下属,不管对方年老或年轻,都可以尊称对方为老先生,自称学生。

② 枢辅——中央政府称为中枢,六部尚书都是中枢大臣。杨嗣昌以兵部尚书入阁,所以称为枢辅。

"阁老大人，大敌当前，难道还可以举棋不定？"

"等老先生见过皇上之后，我们再仔细商议。"

卢象升心中疑惑："难道皇上也会主和？"但是他不敢直问，对杨嗣昌说：

"在学生看来，今日只有死战退敌，以报皇上！"

杨嗣昌没有做声，心中很不高兴。他觉得卢象升这个人秉性太强，很难马上同他的意见取得一致，只好让他碰一碰钉子再说。卢象升看透了杨嗣昌的主和心思，他不再同他争辩，心里想，等我见了皇上再说吧。

他们在承天门西边的长安右门以外下了马，步入皇城。在明代，内阁在午门内的东边，为着保密，非阁臣不得入内，所以杨嗣昌不能把卢象升请到内阁去坐。到兵部衙门休息虽然方便，过了东千步廊和宗人府就是，但太监出来宣诏和象升进宫陛见又太远，所以杨嗣昌就陪他坐在冷清的朝房中（今天不是常朝的日子）闲谈，等候着太监传旨。

大约过了一顿饭时候，从里边走出来一位太监，传卢象升速到平台见驾。象升慌忙别了嗣昌，随着太监进宫。当他从皇极殿西边走过去，穿过右顺门，走到平台前边时，皇帝已经坐在盘龙宝座上等候。御座背后有太监执着伞、扇，御座两旁站立着许多太监。两尊一人高的古铜仙鹤香炉袅袅地冒着细烟，满殿里飘着异香。殿外肃立着两行锦衣仪卫，手里的仪仗在早晨初升的阳光下闪着金光。卢象升在丹墀上行了常朝礼，手捧象牙朝笏，低着头跪在用汉白玉铺的地上，等候问话。听见太监传旨叫他进殿，他赶快起来，躬着腰从左边登上台阶，走进殿里，重新行礼，更不敢抬起头来。

虽然五年前卢象升就担任了重要军职，替崇祯立下了不少功劳，但崇祯还是第一次单独召见他，希望自己同杨嗣昌秘密决定的国策能够从这一位孚重望的总督身上得到支持。有片刻工夫，崇祯没有说话，把卢象升通身上下打量一眼。这位文进士出身而又精通武艺、熟悉韬略的人，今天给他的印象特别好。卢象升才三十九岁，面皮白皙，带有风尘色，下颏有点尖，显得清瘦，配着疏疏朗朗的胡子，完全像一个书生，不像是一个娴于骑射，能够身先士卒、冲锋陷阵的人。但是他的一双剑眉和高耸的颧骨，宽阔的前额，却带着沉着而刚毅的神气。把低着头跪在面前的卢象升打量过后，皇帝开口说：

"虏骑入犯，京师戒严。卿不辞辛苦，千里勤王，又为朕总督天下援兵，抵御东虏，忠勤可嘉。朕心甚为喜慰。"

这两句慰勉的话使卢象升深深感动，觉得即令自己粉身碎骨，也没法报答皇上的"知遇之恩"。

"臣本无带兵才能，"他回答说，"平日只是愚心任事，不避任何艰难。但自臣父下世以后，臣心悲痛万分，精神混乱，远非往日可比。况以不祥之身，统帅三军，不惟在将士前观瞻不足以服人，恐怕连金鼓敲起来也会不灵。所以常恐辜负圣恩，益增臣罪。"

崇祯又安慰他说："尽忠即是尽孝。大臣为国夺情，历朝常有。目前国步艰难，卿务须专心任事，不要过于悲伤，有负朕意。"

说到这里，崇祯就叫太监拿出花银、蟒缎，赐给象升。象升叩头谢恩毕，崇祯问道：

"东虏兵势甚强，外廷诸臣意见纷纷，莫衷一是。以卿看来，应该如何决策？"

一听见皇上提出来这个问题，似有游移口气，卢象升突然忘记害怕，也忘记注意礼节，抬起头来，双目炯炯地望着皇上，声如洪钟地说：

"陛下命臣督师，臣意主战！"

太监们都吃了一惊，偷偷地向皇上的脸上瞟了一眼，以为他必会动怒。他们看见皇上的脸色刷地红了，一直红到耳根。卢象升也意识到自己的态度有点鲁莽，赶快低下头去。但是性情暴躁的皇帝并没有动怒，反而被他这简短的一句话弄得瞠目结舌，没有话说。过了很久，他才说：

"说要招抚，是外廷诸臣如此商议，不是朕的主张。此事关系重大，卿出去后可以同杨嗣昌、高起潜他们商量。倘不用抚，那么或战或守，何者为上？"

"臣以为自古对敌，有战法，无守法。能战方能言守。如不能战，处处言守，则愈守愈受制于敌。"

"战与守，须要兼顾。"

"战即是守。今日必须以战为主，守为辅，方能制敌而不制于敌。"

"卿言战为上策，但我兵力单薄，如何战法？"

卢象升慷慨回答："臣以为目前所患者不是我兵力单薄，是朝廷尚无决心！关宁、宣、大、山西援军不下五万，三大营兵除守城外也有数万列阵城郊。只要朝廷决心言战，鼓励将士，即不用三大营兵，五万勤王兵也堪一战。况敌轻骑来犯，深入畿辅，必须就地取粮。恳陛下明降谕旨：严令畿辅州县，坚壁清野，使敌无从得食；守土之官，与城共存亡，弃城而逃者杀无赦。洪承畴、孙传庭所统率之强兵劲旅，可抽调部分入援。畿辅士民，屡遭虏骑蹂躏，莫不义愤填胸，恨之切骨，只要朝廷稍加激劝，十万之众不难指日集合。"

"粮饷困难。"

"京城与畿辅州县，官绅富户甚多，可以倡导捐输，以救国家燃眉之急。"

崇祯苦笑一下，停了片刻，说："洪承畴、孙传庭正在剿贼，不宜抽调。"

"即令洪承畴、孙传庭的人马不能抽调,臣虽驽钝,仍愿率关宁、宣、大、山西诸军,与虏决战。"

崇祯心思沉重,默默无语,毫无表情地凝视着卢象升的乌纱帽顶。

卢象升不敢抬头,又说:"目今国危主忧,微臣敢不肝脑涂地,以报陛下?但兵饷须要接济。"

崇祯说:"但得卿肯受任,替朕分忧,至于兵饷一节,即命杨嗣昌与户部臣设法接济。"

"谢万岁!"卢象升叩头说。

崇祯又问了些关于昌平军中和宣、大、山西防务情形,心中又十分犹豫起来。一方面,他觉得卢象升的忠心是可嘉的,坚决主战也不无道理,另一方面,他又怕万一一战而败,大局更难支撑。沉吟片刻,他说:

"卿往年剿办流贼,迭奏肤功①。但东虏非流贼可比,卿宜慎重。"

"用兵作战,自宜慎重。但以愚臣看来,流贼中若高迎祥与李自成一股,坚甲铁骑,部伍严整,其手下强兵悍将,不让安、史②,只是诸臣讳言,朝廷未之深知。今日如有人在皇上前夸张虏骑精锐,只不过为议和找地步耳。"

"我军新集,远道疲惫。敌势方锐,总以持重为上,不可浪战。"

卢象升听到"不可浪战"四个字不觉一惊,好像一瓢冷水浇在头顶。他正要不顾一切地继续向皇上披肝沥胆地痛切陈词,忽然皇帝用冷淡的声调说:"卿鞍马劳顿,休息去吧。至于战守事宜,可与杨嗣昌、高起潜等仔细商议,看如何进行方好。"

---

① 肤功——大功。
② 安、史——安禄山和史思明。

卢象升不敢再说什么,只得叩头辞出。他刚走到右顺门外,一个太监出来,说皇上在左顺门赐他酒饭,他就随着太监往东走去。皇上赐酒饭照例是个形式,菜只有四样,不能认真吃;酒也不能认真喝,只能把杯中的酒浇在地上,还得重新叩头谢恩。但是在封建时代,这件事被认为是皇帝的特别恩宠,也是难得的光荣。卢象升感动得噙着热泪,向北叩头,山呼万岁,同时认为皇上又倾向主战了。跟着,崇祯又派秉笔太监王承恩出来,问他此刻日旁抱珥,下有云气一股,其曲如弓,弓背朝上,是什么征兆。正如古代别的统帅一样,卢象升除精通兵法之外,也留心占候之学,而且迷信。他抬头看了一阵,记不清是在汉人《星经》还是唐人《望气经》上说过,这种现象主奸臣当道,蒙蔽主上,不觉心中叹息。但是他对王承恩说:

"请你代学生回奏陛下,此克敌之兆也。"

王承恩进去以后,卢象升怕皇上再有什么询问,不敢离开。过了一顿饭时,王承恩又走了出来,传皇上的口谕:

"上天虽有克敌之兆,但也要万分持重。军事究应如何料理,卢象升要速与杨嗣昌、高起潜详议而行。"

卢象升从左顺门出来,心中异常沉重。他找着杨嗣昌同到朝房,恰巧高起潜也在这里候他,三个人便谈了关于下午如何遵旨会议的事。因为一则这个会议必须关防十分严密,二则高起潜驻兵东直门内,杨嗣昌也住家朝阳门大街附近,所以决定午饭后在安定门上举行会议。尽管在朝房不能多谈机密大事,但是卢象升也听出来高起潜果然同杨嗣昌一个腔调,害怕同满洲兵打仗。离开朝房,他的勤王的一腔热血差不多冷了一半,只剩下惟一的希望是在下午的会议上说服他们。当他步出端门以后,回头来望一眼,在心里感慨地说:

"他们如此惧敌,热中议和,这仗叫我如何打?万不得已,我只好不顾死活,独力奋战,以谢国人!"

从大明门到西单一带的大街上,他看见了不少难民,使他的心中更加烦恼。回到公馆,听家人回禀,有许多客人前来拜候并打听朝廷和战大计。卢象升推说连日不曾睡眠,身体不适,一概不见。

"老爷,"顾显一面替他脱下朝服一面说,"刚才翰林院杨老爷来过一趟,等不着就回去了。他叫小人告诉老爷一声,他有重要话要同老爷面谈。"

"啊,知道了。"

虽然论官职他比杨廷麟大得多,但是他一向对杨廷麟怀着敬意,认为他有见识,有胆量,有骨头,有真学问。"他有什么重要话要跟我谈呢?"卢象升在心中盘算,"莫不是有可以助我一臂之力的地方?"沉吟一阵,他吩咐顾显说:

"你去回禀杨老爷,就说我稍事休息就要去安定门同杨阁老、高监军议事。请他在府上等候,我回来时一定前去领教。"

卢象升在北京的公馆里并没有亲人。他的夫人和如夫人都在五月间带着孩子们和一部分仆婢回宜兴奔丧去了。因此,卢象升从朝中回来,谢绝了宾客,躲在书房里倒也清静。随便吃一点饭,他本想稍睡一阵,但想着和战问题,十分苦闷,没法入睡。假寐片刻,他就猛然坐起,呼唤仆人顾显来帮他穿戴齐备,动身往安定门去。刚走到大门口,一个人不顾门官拦阻,从门房抢步出来,向他施礼说:

"老公祖[①],东照特来叩谒,望赐一谈!"

卢象升定睛一看,又惊又喜,上前一把拉住客人袍袖,说道:

"啊呀,姚先生从何而来?真想不到!"

---

① 老公祖——在明代,知府、巡抚和总督都可以被尊称为老公祖。

"东照因事来京,适遇东虏入犯,本拟星夜返里,因闻老公祖来京勤王,故留京恭候叩谒。"

"好,好。请到里边叙话。"

这位来访的姚东照表字暾初,年在六十上下,身材魁梧,精力健旺,胸前垂着斑白长须,眉阔额广,双目有紫棱,开阖闪闪如电。他是巨鹿县的一个穷秀才,为人慷慨好义,颇重气节,在乡里很有威望。崇祯二年秋天,清兵入犯京畿,直薄朝阳门外。卢象升当时任大名知府,拔刀砍案大呼:"大丈夫岂能坐视胡马纵横!"遂募乡勇万人,星夜勤王。路过巨鹿,姚东照也率领了一千多子弟参加,很受象升嘉奖,从此他们就成了熟人。象升在大名做了几年知府,后来升任大名兵备道,管辖大名、广平和顺德三府,几次想要东照做官,都被拒绝,因而对东照更加敬重。后来他离开大名,有几年不通音讯,但听说在一次清兵深入畿辅的时候,姚东照率领乡里子弟与敌周旋,有一个儿子战死。现在这老头突然来访,卢象升又觉诧异,又觉欣喜,所以纵然有要事在身也愿意同故人一谈。到客厅中坐下以后,略作寒暄,姚东照开门见山地说:

"老公祖,你马上要去安定门商议大计,而且军务倥偬,非暇可比。东照本不应前来多渎,但国家事糜烂至此,南宋之祸迫在眉睫,东照实不能不来一见大人。大人今去会议,可知朝廷准备暗向满鞑子输银求和之事么?"

"求和之事已有所闻,输银之事尚不知道。"

"听说朝廷愿每年给东虏白银六十万两,并割弃辽东大片国土,以求朝夕之安,此不是步宋室之覆辙么?"

卢象升猛然跳起,两手按着桌子,胡须颤抖,两眼瞪着客人问:"这话可真?"

"都下有此传闻,据说可信。"

"虏方同意了么?"

"虏方只因周元忠是一卖卜盲人,不肯答应,必得朝廷派大臣前去议和,方肯允诺。目今倘不一战却敌,张我国威,恐怕订城下之盟,割土地,输岁币,接踵而至。老大人今日身系国家安危,万望在会议时痛陈利害,使一二权臣、贵珰^①不敢再提和议。然后鼓舞三军,与虏决一死战,予以重创,使逆虏知我尚有人在,不敢再存蚕食鲸吞之心。如此则朝廷幸甚,百姓幸甚,老公祖亦不朽矣!"

"先生不用多言,学生早已筹之熟矣。有象升在,必不使大明为南宋之续!"

"东照就知道大人是当今的岳少保,得此一言,更觉安心。就此告辞了。"

卢象升又一把拉住客人,说:"暾初先生!目前正国家用人之际,学生有一言相恳,未知可否惠允?"

"老公祖有何赐教?"

"请台端屈驾至昌平军中,帮学生赞画^②军务,俾得朝夕请教。叨在相知,敢以相请,肯俯允么?"

"东照久蒙恩顾,岂敢不听驱策。但以目前情形看来,虏骑恐将长驱深入,畿南危在旦夕,故东照已决定叩谒大人之后即便出京,星夜返里。倘果然不出所料,虏骑深入畿南,东照誓率乡里子弟与敌周旋。过蒙厚爱,只好报于异日,还恳老公祖见谅为幸。"

"好!既然如此,学生不敢强留。明日动身么?"

---

① 珰——本是汉代阉宦帽子上的装饰物,后来就作为太监的代称。此处权臣指杨嗣昌,贵珰指高起潜。

② 赞画——是明代督、抚幕中的一种文职官员,取赞襄谋划之意。具体职责和品级无定制。

"不,马上动身,今夜还可以赶到长辛店。"

卢象升想着姚东照是一位穷秀才,川资可能不宽裕,便叫顾显取出来十两银子,送给东照。但这位老头子坚决不受。象升深知他秉性耿介,不好勉强,便叫顾显取来他常佩在身上的宝刀,捧到老人面前,说:

"先生此番回里,号召畿南子弟执干戈以卫桑梓,学生特赠所佩宝刀一柄,以壮行色。"

姚东照并不推辞,双手接住宝刀,慷慨地大声说:"多谢大人!倘若虏骑南下,东照誓用胡虏鲜血洗此宝刀,万一不胜,亦以此刀自裁!"

象升叹息说:"也许我们还会相见的。"

把姚东照送走以后,卢象升就带着随从骑马往安定门去。在路上,他一方面为姚东照的这次见访和慷慨还乡所感动,一方面心头上总是摆脱不掉一种不好的预感:姚东照把他比做岳少保,他平日也常以岳少保自期,可是岳少保饮恨而死,并未能挽既倒之狂澜!他抬眼望天,虽然天空只有淡淡浮云,但是他觉得似有无边愁云笼罩着北京上空,日色也昏昏无光。他还看见,凡他经过的大街上,街两旁的士民都肃静地用眼睛望他,有的眼睛里充满忧愁,有的却流露着对他的信任和希望。这些眼神和平日多么不同!

参加安定门会议的除卢象升、杨嗣昌、高起潜之外,还有两位兵部侍郎,一位勋臣,崇祯的亲信太监、提督东厂的曹化淳,以及率领京营的几员大将。平日杨嗣昌见了王德化或曹化淳,总是自居下位,让太监坐首席。卢象升一向瞧不起这班太监,认为自己是朝廷大臣,不应该巴结他们,有失士大夫气节,所以他略作谦让就拉着杨嗣昌坐在上席。高起潜等心中很不高兴,但也无可奈何。象升首先发言,坚决主战,说得慷慨激昂,但在座诸人却相顾默然。卢象升大为生气，厉声问：

"敌人兵临城下，诸公尚如此游移，难道就眼看着虏骑纵横，如入无人之境不成？"

分明是被他的正气所慑服，杨嗣昌和高起潜都没生气，劝他不要操之过急，对作战方略需要慢慢详议。他们丝毫不说他们不主张同清兵作战，但又不肯提出任何积极意见。倒是曹化淳因不满高起潜近两三年爬得太快，如今做了天下勤王兵马总监军，淡淡地说了句：

"毕竟卢老先生说的是正论。"

会议开到半夜，没有结果。当时是否对清兵作战问题，有一定的复杂性，不可能在一次会议上解决。卢象升只强调一部分勤王兵的士气可用，而杨嗣昌和高起潜等却明白军队普遍的士气不振和将领畏敌怯战。卢象升所说的号召京畿百姓从军而责令京师官绅大户出饷，根本办不到。筹饷会遭到官绅大户的强烈反对，没有饷便不能招募新兵。何况临时招募的新兵也将经不起清兵一击。所以会议进行到半夜不得结果，徒然增加了卢象升心中的苦恼和忧闷。

从东郊传过隆隆炮声，声声震撼着卢象升的心，使他如坐针毡，很想立刻奔回昌平军中，布置作战，免得在这里浪费时间。他皱着眉头，站起来走到门口，掀开帘子，侧首向东，望望城外的通天火光，回头来向大家拱拱手说：

"今夜郊外战火通天，城上争议不休，象升实感痛心。请诸位原谅。学生军务在身，须要料理，改日再议吧。"

高起潜乐得今天的会议草草结束，赶快说："对，改日再议。"

大家下了安定门，拱手相别。卢象升不胜愤慨，跳上五明骥飞奔而去，既不谦让，也不回头招呼。杨嗣昌摇摇头，与高起潜交换了一个眼色，请高起潜和曹化淳先上马。高起潜没有立即上

马,继续望着卢象升和五明骥的背影,连声称赞说:

"好马!好马!少见的好马!"

那几位京营大将,有人对今天的会议心中不平,但不敢说话;也有人畏敌如虎,看见杨嗣昌和高起潜坚主持重,放下了心。大家各怀心事,上马分头而去。

卢象升回到公馆已是三更过后,知道许多朋友来看他,打听和战决策,有些人直等到将近三更才陆续散去。第二天早晨,一吃过早饭他就进宫陛辞。这事在昨天就已经同司礼监掌印太监王德化联系好了,所以他一到朝房,等候不久,就有一名小太监走出来把他引进宫去,来到金碧辉煌的左顺门前。像一般大臣陛辞的情形一样,皇帝并没有出来,只有几个太监分两行站立殿前。卢象升在汉白玉雕龙台阶下恭敬地跪下去,向着庄严而空虚的御座叩了三个头,高声唱道:"臣卢象升向皇上叩辞,愿陛下万岁,万岁,万万岁!"看起来这句话只是一般的朝廷仪节,但当卢象升说出口时,他的心里却充满痛楚和激情,声音微颤,几乎忍不住流出眼泪,因为他有一个不好的预感:这次陛辞以后,恐怕不会再看见皇上了。

一位太监走到台阶下,口传圣旨赐给他一把尚方剑。卢象升双手捧接尚方剑,叩头谢恩,热泪突然间夺眶而出。

离开左顺门,他到内阁去向杨嗣昌辞行。限于制度,杨嗣昌没让到内阁去坐,把他送出午门。临别时候,他很想对卢象升说几句什么私话,但是嘴唇动了几动,没有说出。过了一阵,他终于小声嘱咐说:

"九翁,皇上的意思你现在也很明白。国家之患不在外而在内,未能安内,何以攘外?山西、宣大之兵,皆国家精锐。流贼未平,务必为皇上留此一点家当。"

卢象升没有做声,向他作了一个揖,回身就走。刚出承天门,他就接到从昌平来的报告,说是清兵虽然大部分向东便门和广渠门一带移动,但是也有游骑到安定门和昌平之间的地区骚扰。他决定立刻回昌平军中,对一个家丁说:

"你去告诉杨老爷,就说我因军情吃紧不能去看他,请他一二日内移驾至昌平一叙。"

吩咐毕,他连公馆也不回,赶快换了衣服,在长安右门外上了马向昌平奔去。

第 三 章

卢象升回到昌平的第二天上午，皇帝派太监送来银子三万两犒赏军队，另外一万两是赐他个人的。下午，又赏赐他御马一百匹，太仆马①一千匹，铁鞭五百只。卢象升十分振奋和感激，每次接到赏赐就立刻拜表谢恩。他以为主张议和的果然只是杨嗣昌和高起潜二人，皇帝不过是一时受他们的蛊惑，如今又态度坚决了。他暗暗地责备自己不该误解了皇帝的心思。他甚至疑心是曹化淳在皇上面前帮了好话。平日他一想到东厂就心中很不舒服，认为是本朝一大弊政。如今因为猜想曹化淳在皇上面前赞成抗战，他竟然对他平日极端瞧不起的人也怀着感激心情。只是由于士大夫的自尊心，他没有将这种心情在幕僚前吐露一字。

他把自己的一万两银子也分给将士，只留下一两五钱银子叫银匠替他打一只酒杯，留作纪念，并口吟一联，刻在杯上：

誓挥铁骑驱胡虏，
恭捧金瓯颂圣明。

---

① 御马、太仆马——御马就是御厩马，是皇帝的私产。太仆马是太仆寺（中央专管养马的衙门）养的马。

这一联诗句虽不甚工,却照实说出他的杀敌誓愿和对皇上的感激心情。他决定等到打了大胜仗,把清兵驱逐出塞,在同将士们举行的庆功宴上,用这只银杯子痛饮一醉。

在这两三天中,崇祯皇帝的心中充满矛盾。他听了卢象升的坚决主战的言论不能不受些感动,有心等勤王兵到齐后与清兵决战。但是这种念头总是摇摆不定,反复思量,难下决心。他在乾清宫分别召见过杨嗣昌和高起潜,叫他们认真考虑卢象升的意见,不要徒事意气之争。他们异口同声,都反对与清兵决战,认为倘若将皇上的这一点家当作孤注一掷,一旦败亡,后果将不堪设想。当时明朝军队多数欠饷严重,军纪败坏,这种种情形杨嗣昌十分清楚。但是他只看见这一个不利的方面,而不愿意想一想畿辅百姓和将士中不乏慷慨爱国之士,怀抱着同仇敌忾心理,只要朝廷振作起来,加以激励,明定赏罚,情形就会大大改变。在两次单独召对时候,他总是详细陈奏不应该冒险与清兵决战的理由,说卢象升是不知己知彼,不顾国家安危大计。

"况自古以来,"杨嗣昌又说,"未有内乱不止而能对外取胜者。故欲攘外,必先安内,此一定不移之理。今日国家处境虽然危急万状,但究竟非南宋偏安局面可比。东虏虽迭次入塞,骚扰畿辅,然东起辽海,西至大同,雄关重镇,均在我手。故为国家打算,莫如对东虏施以羁縻之策,拖延时日,而对内一鼓剿灭关中之贼,然后迫献贼与曹贼等俯首就范;如其仍怀异志,思欲一逞,亦不难次第剿除。一旦国家无内顾之忧,陛下即可以整军经武,对东虏大张挞伐,以雪今日之耻,永绝边境之患。谅彼蕞尔小邦,偏处一隅,何能与天朝①抗衡!"

崇祯对杨嗣昌和对高起潜不同。他对起潜只是当作一个忠顺

---

① 天朝——指明帝国。

的心腹奴才使用,而对嗣昌则一向认为是他的股肱之臣,深具谋国忠心,且事理通达,老谋深算,更非一般臣僚可及。嗣昌所说的这几句话十分投合他的心意,他频频点头。但是他同意不把勤王兵马拿出来作孤注一掷,却又不愿一味避战,使敌人如入无人之境。他说:

"朕亦深知欲攘外必先安内,故一再谕卢象升不可浪战。但如一味避战,使敌之气焰日高,我之士气日馁,亦非善策。遇到该战的时候,还得鼓勇一战,将来就是行款,也使东虏知我非不能战,横生要挟。"

杨嗣昌俯首说:"皇上英明天纵,所见极是。"

在安定门会议的三天之后,崇祯又完全倒在主和派的一边了。皇帝的这种变化,卢象升也曾担心,但没想到来得这样快。当他正在高兴时,总监军高起潜来到了昌平。卢象升把他迎进总督行辕,坐定以后,把两日来皇帝赐银、赐马、赐铁鞭等事对他说了一遍,并且说:

"看起来皇上战意甚锐,我们只有冲锋陷阵,杀敌报国,方能不负上意。至于如何杀敌,学生已筹之熟矣。正好监军驾临,愿闻明教。"

"卢大人有何妙计?"

卢象升放低声音说:"学生打算在初十夜间分兵四路,趁月夜进袭敌营,出其不意,杀他个落花流水。高公以为如何?"

高起潜冷淡地一笑,说:"只听说雪夜袭蔡州①,没听说月夜袭敌营。"

受此奚落,卢象升心中大怒,恨不得一脚把高起潜踢出大

---

① 雪夜袭蔡州——公元817年阴历十月一个大雪之夜,唐朝政府军在李愬指挥下奇袭蔡州城(今河南汝南县),擒获反叛朝廷的淮西节度使吴元济。

厅，但是他竭力地忍耐住了。他知道如果他不能忍受奚落，自己惹祸不打紧，同敌作战的大事也不用谈了。于是他勉强笑一笑，说：

"敌人方胜而骄。正因为是月夜，他们会更加大意，疏于提防。"

"敌众我寡，还是以持重为上策。"

"正因为敌众我寡，故用奇袭。"

"万一不胜，岂不是孤注一掷？"

"出奇制胜，兵家常事，何谓孤注一掷？"

"此事让我仔细想想，以求万全。"

谈话成了僵局，两个人都不愿让步，只好都不做声。喝了一杯茶，高起潜忽然改换话题，满脸堆笑说：

"久闻老先生最爱名马，此次前来勤王，想必带来几匹？"

"带来几匹，有几匹留在阳和。"

"我也极爱骏马，可否让我一饱眼福？"

"请！"

卢象升陪着高起潜走到一个空场上，早有人把十匹高大的骏马从马房中牵了出来。高起潜看见每一匹骏马都有点垂涎，心里说："人们都说卢建斗无他嗜好，惟爱骏马，果然不错！"他听说卢象升的每匹马都有名字，随即挨着问了几匹。掌牧官参将杨陆凯在旁边一一回答。高起潜见过的名马也很多，像燕色驹、桃花骢、豹花骢、菊花青等名字他都不感到新鲜。等问到一匹浑身火红的骏马时，杨陆凯告他说它叫玉顶赤，他连声说：

"好！好！果然浑身是胭脂色，只有头顶上一块玉白色！"随即又指着卢象升的坐骑问："这匹呢？"

"五明骥。"卢象升忍不住自己回答。

"嘿，这马，耳如竹批，目如悬铃，真是神骏！"

这时五明骥听见附近群马嘶鸣，它忽然昂首长嘶，把高起潜吓得一跳。高起潜本是身材魁梧的人，伸出手要量一量马头多

高,竟然差很远没有够着马耳。他随即笑着说道:

"此马这样高大,性情定然暴烈,恐怕不是一般人能驾驭得住吧?"

"此马初到学生手里时,性情十分暴烈,每次骑它,开始三十里它总是不走正路,旁侧斜行,倔强难驯,又走三十里才肯老实前去。经掌牧官同学生用心调驯,费了数月之力,方堪使用。如今也只有学生同掌牧官可以骑它,别人都近不得身。"

高起潜看着这匹马毛色光泽,犹如涂脂,前胸宽阔,臀部滚圆,四条腿纤长有力,真是"雄姿英发",令他十分艳羡。他打量一阵,回头问道:

"为什么叫它五明骥?"

卢象升微微一笑,向掌牧官瞟一眼,然后一手拈着胡须,一手抚摩着马身上光滑发亮的短毛,回答说:

"你看,此马全身深紫,鬃毛黑色,却有四只蹄子白如霜雪,肩上也有一片白毛像一轮皓月。这五处白毛,不但在阳光下闪闪发明,在月光下也闪闪发明,所以学生就给它起一个名字叫五明骥。"

"果然切合,十分新鲜。哈哈哈哈……"

象升见高起潜这样称赞他的坐骑,心中十分高兴,把刚才的一肚皮气愤冲跑了。掌牧官杨陆凯看见高监军还在打量这匹神骏,就在一旁说:

"监军大人不知,关于这匹马,我们总督大人还有四句赞语和四句七言诗哩。"

"什么赞语?"

"这四句赞语是:'紫体玄鬃,其力千里;孤月悬肩,寒霜没趾。'"

"四句诗怎么说?"

杨陆凯声调铿锵地背诵出一首七绝：

踏破关山几万重，
渥洼①神骏似飙风。
驰驱百战平胡日，
血汗堪夸第一功。

这几句诗高起潜连一句也没有听清楚。他的注意力已经移向旁边一匹白马身上，想着这匹五明骥是卢象升心爱的坐骑，自然不会赠人，倘若能把那匹漂亮的白马赠他，也足以满意了。

"好诗！好诗！"他连连点头，装做自己很能欣赏这首七绝的妙处，"真是好诗！这一匹白马叫什么名字？"

"它叫千里雪。"杨陆凯恭敬地回答说。

"啊呀，马漂亮，名字也起得漂亮！"高起潜高举右手，伸到千里雪的背上抚摩着，啧啧称赞："嘿嘿，在皇上的御厩里也找不到这样的好马！"

卢象升笑一笑，说："不瞒高公，这是一匹御厩马。"

"御厩马？"

"是的。前年秋天虏兵入塞，学生从湖广率兵入援。九月间，学生巡视塞外，蒙皇上赐御厩马五十匹。学生原有五匹好马，又从这五十匹中挑选五匹，共为十匹。方才你看的那玉顶赤也是御赐的。"

"啊，怪道这匹马如此漂亮，原来是从御厩中选出来的！"他牵着千里雪走了几步，为着炫耀自己是真正内行，故意

---

① 渥洼——汉武帝时尝得神马于渥洼。按渥洼是水名，在甘肃敦煌境内。

用《相马经》上的术语称赞说:"跨灶①!跨灶!真是好马!"

卢象升说:"古人的话也不尽可信。一般的好马都能跨灶,并不稀奇,难得的是此马'龙颅凤膺',腹下有旋毛如乳。"

高起潜低头一看,果见马腹上有两片旋毛,左右对称,说道:"果然像两个乳房。"看了片刻,他抬起头来说:"好像什么书上讲到过这腹下旋毛,我记不清了。"

杨陆凯回答说:"李伯乐《相马法》上说:'旋毛在腹下如乳者曰千里马。'"

"对,我就说嘛,这匹马不是凡马。"高起潜望着卢象升说,"让我骑一趟试试如何?"

卢象升向掌牧官杨陆凯把下巴一摆,说:

"鞴马!"

马夫们立刻搬出来镶着银饰的白鞍子,白色的锦缎垫褥,配着闪光的白铜镫子。马的辔头也是白色的,镶着银饰,但又不显得过分雕镂和琐细,而是在简单和朴素中显出来和谐的美。马一备好,越发显得漂亮。大概它自己也感到兴奋,昂然抬起头,咴咴地叫了一声,不住地在霜冻的土地上踏着前蹄。高起潜飞身上马,随即由掌牧官递给他一支鞭子。一看这鞭子是用白色的皮条编成的,安装在一根八寸长的、雕着花纹的象牙柄上,带着白马鬃做的缨子,他又在心中赞叹起来。他还没有来得及扬一下鞭子,千里雪已经开始按照他心中所想的方向,缓步跑起来。它跑得那么平稳,使骑马的人仿佛觉得它不是在坎坷不平的路上跑,而是走在极其柔软的地毯上。高起潜轻轻地把镫子一磕,千里雪立刻像箭一般地向前飞去。他只觉得耳旁的风声呼呼响,树木一

---

① 跨灶——马前蹄有空处叫做灶门,所以前蹄在地上踏的痕迹叫做灶。马行走时后蹄落下去超过前蹄痕迹,叫做跨灶。

闪一闪地向后倒退,简直像骑着一匹神驹在腾云驾雾。不提防前边出现了一道深沟,约摸有一丈七八尺宽,两岸陡削。高起潜想勒马已经来不及,心中猛一凉,惊慌地小声说:"完了!"就在这"完了"的刹那间,千里雪平稳地腾起空中,简直像滑翔一般地飞过了深沟,轻轻地落在对岸,继续前奔。高起潜不由地连声说:"哎,好马!好马!"随即从前额上擦去了大颗冷汗。

跑了大约五里路,高起潜才余兴未尽地勒转马头。一回到卢象升面前,还没下马,他就尖声高叫:

"啊呀,卢尚书,总督大人,真是好马!真是好马!"跳下马以后,他接着说:"这简直不是马,是一条腾云驾雾的白龙!一条白龙!"

卢象升愉快地笑着说:"高公太过奖了。"

这时掌牧官亲自牵着千里雪在广场上蹓跶。它的极其润泽的白毛在阳光下银光闪闪,而它的嘴唇、鼻头和眼圈,都是淡红色的,呈现着青春的美。高起潜斜着眼向千里雪端详一阵,咽下去一股口水,转回头来,笑嘻嘻地望着卢象升说:

"我虽然也有几匹好马,但是同老大人的马比起来,都成了驽马。看着老大人的这匹白雪,不胜艳羡之至。"

"不是'白雪',是千里雪。"卢象升笑着纠正说。

"啊,是千里雪。高雅!高雅!怎么不叫它白龙驹?"

左右的人们都忍不住暗笑。卢象升忍着笑说:

"白龙驹这名字虽然不错,只是有点俗。再说,它不是儿马,是母马。"

高起潜自知失言,故意纵声大笑,解嘲地说:"嗨,嗨,我忘了公母啦!"他走过去揭开马的嘴唇,看看它的牙齿,回头说:"才六个牙,口还嫩着哩!总之,我很少遇到这样的好马,太叫人喜欢啦。"

一位幕僚给卢象升使个眼色。卢象升恍然明白了太监的意图,不由地产生了厌恶和愤慨情绪。他平日深恨一班监军太监们都惯于招权纳贿,克扣军饷,不干好事,心里说:"哼,可恶,竟想要走我的爱马!"于是他冷淡地笑一笑,说:

"总监太过谦了。你出则代皇帝监军,入则侍天子左右,不惟在监军时到处有名马奉献,即皇上御马监中的御马,你想要哪一匹还不是随手牵来?太过谦了。"

高起潜感到尴尬,但仍然不死心,厚着脸皮说:"我虽然也有几匹好马,但都不十分惬意,故一见尚书大人这匹千里雪,不觉艳羡。哈哈哈哈……"

刚才使眼色的那位幕僚又把卢象升的肘后碰了一下,希望他忍痛割爱。可是卢象升个性倔强,又非常鄙视高起潜,说:

"高公身膺皇帝重任,为天下勤王兵马总监,确实需要好马。千里雪虽系陛下御赐,按理学生不敢转赠他人。但既蒙见爱,学生情愿奉赠,只是有一个条件。"

"什么条件?"

"请高公不怕辛劳,初十夜间,三更时候,同学生一道,分兵四路袭敌。因为是敌众我寡,故必须个个争先,有进无退。学生当与三军将士相约:刀必见血,马必流汗,人必带伤,稍有畏怯者斩无赦。俟胜利归来,不惟以千里雪奉赠,所有厩中骏马,任公选择。"

"啊,这个条件,这个条件……"高起潜又大笑起来,声音尖得像女人一样。

"怎么样,高公?"卢象升用眼睛逼着对方问,嘴角含着轻蔑的微笑。

"此非商量机密之地。"

"好,请到行辕中去。"

他们回到大厅里坐下以后,卢象升屏退左右,又逼着太监问:

"高公意下如何?"

"野战非我军所长。"

"我关宁、宣大战士素惯野战,趁目前士气正盛,应该寻敌一战,以解京师之危。"

"不,万不可贸然求战。"

卢象升拂袖而起,按着刀柄,大声说:"总监畏敌如虎,我只好单独与敌周旋了!"

高起潜傲慢地说:"总督愿意单独与敌作战也好,不过人马,人马,我也要……"

卢象升决然地截断太监的话头说:"好,我明白你的意思,不用说了。宣大、山西的人马原是我带来的,仍旧归我指挥;关宁精锐我一个不要,由总监军自己指挥。"

"这样好么?"高起潜故意问,实际上他心中非常满意。

"兵分则弱,对战争当然不利。但今日除此之外,别无善策。"

"那就只好分兵了。什么时候分?"

"我今天就拜疏上奏,等皇上圣旨一到,马上就分。"

"这样很好。我现在就进京去,等候上谕。不再打扰了。"高起潜站了起来,打着官腔说,"同为皇上办事,望老先生多多包涵。"

"好说。"

卢象升把高起潜送出辕门,望着他上了马,拱手相别,在心里感慨地说:

"唉,不想鱼朝恩①复见于今日!"他向高起潜渐渐远去的背影又看了一眼,摇摇头说:"我今日方知道宦官的厉害!"

---

① 鱼朝恩——唐朝宦官,在德宗和代宗两朝屡出监军,颇骄横,贪贿无厌。

当天下午,将近黄昏时候,卢象升奉到皇上御旨,同意他同高起潜分兵。他明白皇上听了高起潜和杨嗣昌的话,不再采纳他的意见,在皇帝身上所寄托的最后一缕希望登时幻灭了。他感觉自己在朝中孤掌难鸣,真是"一木难支大厦之将倾",深深地陷入绝望和愤慨之中。正当这时候,一个传事官拿着一个大红手本走来禀报,说翰林院杨老爷在辕门外等候谒见。卢象升在手本上瞟了一眼,吩咐说:"赶快请进!"他立刻站起来,一边向大厅外去迎接,一边心里说:

"伯祥兄来得恰是时候!"

三天前皇帝在平台召见卢象升的谈话内容,虽然卢本人不曾向外人泄漏,但是没有不透风的墙,开始只有几个与随驾上朝的太监常来往的大臣知道,随即就在许多朝臣中传播开来。知道卢象升果然敢于在皇上面前力排和议,坚决主战,杨廷麟感到满心的欣慰和敬佩,然而同时他也明白,卢象升在朝廷上的处境是困难的,杨嗣昌和高起潜会合力对付他,会使他的雄心壮志付诸东流。跟着,安定门会议的情形,也在朝臣中互相传播开来了。他急于要来同卢象升见面谈谈,帮他谋划一下,但是为着避免杨嗣昌的注意,他延迟到午后骑马出京,赶在黄昏时来到昌平。

卢象升把他迎进大厅,寒暄几句,就把他引进内室,屏退左右,郁悒地望着他,说:

"伯祥,弟正彷徨无计,没想到老兄翩然光临,不知将何以教我?"

杨廷麟的心中明白,笑了一笑,问道:"为何彷徨无计?"

"弟千里勤王,原想与敌拼死一战,解京师之危急,挫胡虏之凶焰,谁知……"卢象升说到这里,深深地叹一口气,摇了摇头。

"总督大人进宫陛见情形及安定门会议经过,廷麟已略知一二。莫非因里边对和战大计还在举棋不定,朝廷上有人掣肘,使大人欲战不能，故如此心怀郁悒？"

"皇上倒没有什么，可叹的是本兵与监军畏敌如虎，无意言战，只想委曲求全，不顾后患无穷。弟名为总督，实际在朝廷上孤掌难鸣，欲战不得。你看，这样下去，如何是好？"

"大人目前处境，确实困难。像这种情形，不要说大人满腹郁悒，'抚几长叹'，凡是稍有天良的人，谁能不为之扼腕？满朝文武以及京中百万士民谁不盼望总督大人尽速与虏一战，以解京师之危？半月来畿辅各县遭受虏骑蹂躏，人民流离死伤，惨不忍言，又谁不盼望总督大人与虏一战，以解奸掠焚杀之苦？满朝文武与京城内外无数百姓都对总督大人如此殷殷盼望，大人为何说自己孤掌难鸣？"

"可是皇上听了杨文弱和高太监的话，不欲弟与虏一战，如之奈何！"

"弟今日前来拜谒，正是想借箸一筹。"

"愿闻明教！只要有利于国，虽肝脑涂地，在所不辞。"

"目前的情形是这样，"杨廷麟把身子向前探探，用光芒逼人的眼睛注视着卢象升的因军务疲劳而略显苍白的脸孔，压低声音说，"皇上和杨文弱、高起潜虽有意与虏议和，但迫于臣民清议，尚不敢公然一意孤行，与虏订城下之盟。京城中虽三尺童子都知道辽东之地，直到奴儿干①之北，东临大海，尽归版图。盖承袭金、元两朝旧疆，由来已久。我中国每值盛世，四海混一，胡汉共主。辽东自古本为东胡各族杂居之地，不惟秦、汉、隋、唐诸代都是中国臣民，至本朝也是如此，何尝另有一个国家！……"

卢象升插言："满虏原是女真余孽，周为肃慎，隋、唐称为靺鞨。努尔哈赤在万历初年不过一部落酋长，受封为龙虎将

---

① 奴儿干——明初奴儿干都司设在黑龙江入海处。

军①,为我朝守边。后因朝廷抚驭失策,始为叛乱,吞并诸部,势力渐强,至万历四十四年遂建国号后金。到他的儿子继位,才改号为清。按之历史,满虏实系我国臣民,兴兵叛乱,分裂疆土。今日朝廷一二执事者不思如何统一祖宗河山,而惟求与虏酋暗中议和,殊为可羞!"

杨廷麟接着说:"大人所言极是。倘和议一旦得逞,丧权辱国,使东虏得寸进尺,祸有不堪言者。尤其皇上毕竟是有为之主,在这件事上颇忌讳受外廷清议指责,他自己也不愿步南宋诸帝后尘。如果大人能够乘敌人屡胜兵骄,率士气方盛之数万援军向敌奇袭,即令不能获致全胜,只要杀伤相当,稍挫敌焰,就可以堵主和者之口,使皇上确知敌之不可畏,惟有战方为上策。弟两天来日夜筹思,窃以为只有这一个办法可以扭转目前局面,不知大人以为然否?"

卢象升沉吟说:"我也是这么打算,可惜如今已经晚了!"

"晚了?为何晚了?"杨廷麟轻抬着垂在胸前的美髯,有点怀疑不解地问。

"唉,兄台不知,真是一言难尽!各路援兵虽有五万,可是归弟指挥的只剩下两万人了。"

"何故?"

"关宁铁骑三万,分给高太监了。"

"这是皇上的意思?"

卢象升将双手放在火盆上烤着,把今天分兵的经过对杨廷麟说了一遍,沮丧地叹息一声。杨廷麟半天说不出话来,随后从椅子上站起来,跺跺脚,愤慨地说:

"这样看来,大明江山迟早会送于满虏!"

---

① 龙虎将军——努尔哈赤受封为龙虎将军是在明万历二十三年。

卢象升没有做声,眼光落在烧得通红的木炭上,好久没有抬起头来。作为一位边防军的统帅,他对敌人的野心是十分清楚的。但是处在他的地位,他不愿再多说什么话。他认为做一个忠臣宁可自己饮恨而死,也不应该在别人面前张扬"君父"的不是。另外,李奇的事件给他的心理上震动很大,他觉得自己一举一动都在受着东厂的暗探监视,随时会报进宫中。

"今天的满洲自认为是金源①的再起,"杨廷麟见卢象升不做声,接着说,"所以杨文弱、高起潜等就是黄潜善、汪伯彦②一流人物!"

卢象升注意到顾显悄悄地向里边张望一下,不敢进来。于是他抬起头来,对客人笑一笑,打趣地说:

"伯祥兄,数载京官,还没有磨练好你的脾气,依然书生本色,一谈起国事,悲歌慷慨,不减当年。好,请吃饭吧。吃过饭以后再聆高教。"

在吃饭时候,因为有一群幕僚相陪,他们没有继续谈和战大计,只是随便谈谈近来朝廷上的一些无关紧要的新闻。饭后,卢象升又把杨廷麟让进里间,郑重地问:

"伯祥,目前国事一天不如一天,我虽然不敢说祖宗三百年江山③会葬送在我辈一代手中,但情势确实十分危急。你另外还有何高明之见?"

杨廷麟沉默片刻,从嘴角露出来一丝苦笑,说:"我本来还想奉陈一个愚见,可是如今觉得说出来大人也不会采纳,采纳了

---

① 金源——金国的别称。
② 黄潜善、汪伯彦——南宋初年的两个权臣,秉承宋高宗赵构的心意,主张对金妥协、投降,阻挠和破坏对金抗战。
③ 祖宗三百年江山——明朝从开国到崇祯十一年只有二百七十多年,但当时人们习惯,喜欢说"祖宗三百年江山"。

也不好去行,还是不说吧。"

"什么高见?快请说出。"

"皇上打算等洪九老、孙白谷①把李自成消灭之后,调他们来京勤王,大人知道吧?"

"知道,怎么样?"

"我曾经这么希望,由大人出头,建议皇上赦李自成之罪,召他带兵与东虏作战,将功赎罪。同时召洪九老与孙白谷即速来京,分任蓟辽总督与辽东巡抚。大人率宣大、山西劲卒,加上李自成之众,攻敌之前,洪九老与孙白谷于长城内外扼敌之后,畿辅州县坚壁清野,号召在野豪杰、父老兄弟,人人执干戈以卫桑梓,则东虏可一战而溃,胜负之势从此改观。"

卢象升笑着摇摇头:"伯祥,这才真是书生之见。这样的意见怎么敢奏闻皇上?"

"是的,我也想到大人不会采纳,皇上更不会采纳。"

"李贼溃灭在即,你想,皇上岂能使洪总督、孙巡抚功亏一篑?再说,像李自成这班流贼,在内地因利乘便,东西流窜,有时还能使官军吃点亏,好像他们还有一些本事。其实,他们一旦离开内地,一无奸细猾民供其驱使,二无饥民供其裹胁与号召,就无从施其伎俩,何能与虏作战?"

"不,总督大人差矣。大人前几年虽然同流贼作过多次战,屡获大捷,但流贼并不像大人说的那样不堪一击。如真不堪一击,何以十年以来,如火燎原,朝廷竭全国之力不能扑灭?况且据下官所知,李自成与其他流贼不同。他善于用兵,常能化险

---

① 洪九老、孙白谷——洪承畴字亨九,当时士大夫们尊称他洪九老。孙传庭字白谷。

为夷，转败为胜。虽为高迎祥旧部拥为诸贼首领，号为闯王[①]，但粗衣恶食，与士卒同甘共苦。其部队纪律严明，部伍整肃，甚至比官军还强得多多。如果朝廷真能赦其不死，待之以诚，使其立功疆场，实在对国家有百利而无一害。可惜，区区愚见，无人敢向皇帝建言耳。"杨廷麟看见卢象升的脸上流露着很不以为然的神情，觉得不该对他说这么多，于是又笑着说："廷麟叨在相知，故敢不避冒昧，放肆陈言。要是在别人面前，像这些话，我连一个字也不会说出。"

卢象升含着讥讽，微笑地问："阁下对李自成何以知道这么多？"

"剿贼为国家大事，可惜朝廷上对流贼情形多茫茫然略无知识，如在鼓中，如在梦中。不知己，不知彼，何能取胜？廷麟一年来对此稍能留心，故敢说略知一二。"

杨廷麟实际上对农民军的情况略有所知，是一位做御史的朋友喻上猷告他的。近几个月，张献忠派一位姓薛的将军住在北京活动，这个人因为喻上猷是湖广省在京城的一位名流，所以也常常拜望他，同他拉关系。喻上猷趁着这个机会，向薛将军了解到十三家[②]的起事经过、发展历史和目前情形。所以喻上猷对李

[①] 闯王——"闯王"一词不是绰号，而是代表军事领导地位的称号。在明末十三家义军中只有高迎祥一家有这个称号。第一个闯王是高迎祥，称"高闯王"。崇祯九年七月间在盩厔县（今周至县）黑水峪同洪承畴作战时，高迎祥因病重隐蔽在山洞中，不幸被人出卖，为官军所俘，牺牲。

[②] 十三家——明末由陕西北部和山西西部起义的农民军共有十三个支派，称做十三家。有时合在一起，有时分开，或者几家合在一起。高迎祥、张献忠、曹操等都各自是一家的首领，地位是平等的。李自成原是高迎祥的部将，高牺牲后他才被推举为高迎祥部队的总首领。十三家后来成了一个习惯的名称。如清朝初年在川东、鄂西一带坚持抗清斗争的农民军也号称十三家，实际上绝大部分是李自成的旧部。另外在川北活动的，由黄龙和姚天动领导的农民军也曾经称为十三家。

自成的了解，比那些只靠塘报、邸抄和道听途说去妄谈农民军的京官们清楚得多。喻上猷又将李自成等人的情况转告了廷麟。现在杨廷麟一看卢象升对农民军抱着很深的成见，他就不敢再提一个字了。他把眼光移到墙壁上，看见中间挂着关公像，旁边是卢象升写的岳飞的《满江红》，字体娟秀而遒劲，一望而知是从王羲之草书帖变化出来的。下边署的日子是昨天，除阳文"象升"图章之外还有一个阴文闲章："大夫无境外之交"。杨廷麟明白象升写这首词和用这个闲章是有无限感慨的，于是勉强一笑，说：

"即使岳武穆生在今日，恐也会雄图难展，徒自凭栏长啸，壮怀激烈。"

卢象升叹口气说："伯祥，你看，我一到这里，心中就觉得奇怪。不知何人在大厅座后的屏风上写着文文山的《正气歌》，在这间卧室中挂一幅关公像，好像这就是我的下场。"

"大人！你一身系社稷安危，何出此不祥之言？"

"唉，这是天数！"

"啊？……"

"弟几年来出生入死，心力交瘁，无奈贼愈剿而愈横，虏愈防而愈强。今日大敌压境，京师危急，弟身为总督，欲战不能，不战又无以上对天子，下对士民。处境如此，岂非天数？"

"畿辅屡受鞑子蹂躏，民气可用……"

不等朋友说完，卢象升截住说："不能光看民气。南宋初年，中原与河北民气何尝不好？无奈朝廷自有主张，致使李纲无功，宗泽殒命，岳少保见害于风波亭。民气有什么用！"

"老大人身为统帅，大局尚有可为，不应如此灰心。"

"不瞒你说，弟从今而后只有鞠躬尽瘁，死而后已，至于成败利钝，付之天耳。"停一停，卢象升不放心地问，"伯祥，招抚闯贼之议，你可同别人谈过？"

"不曾同别人谈过。"

"此事重大，我劝你千万莫同第二人谈，免得惹出是非。朝廷对张献忠的招抚也只图羁縻一时，以后看情形再说。张献忠并无归顺诚意，熊文灿迟早会败在这件事上。如今谁要是再建议招抚闯贼，那就太不识时务了。"

他们又谈了一些别的问题，不时地发出叹息。约摸到三更时候，杨廷麟告辞要走，因为他明天早晨还要进宫早朝。卢象升也不留他，叫仆人端出酒来劝他饮了几杯。卢象升原来酒量很大，自从父亲死后，为着守孝，滴酒不再入唇。为着怕路途上会有危险，他派了五十名骑兵把杨廷麟一直送到德胜门。在辕门外分别时，他握着朋友的手说：

"伯祥，请你转告京中故人，我卢象升决不会辜负主恩，也决不会辜负诸位故人和京师百万士民的殷切属望！"

不知是由于他的感情激动，还是由于他的心头上压着难言的愤懑和悲痛情绪，这位勤王大军统帅在说出这句话的时候，声音竟然微微地有点打颤。幸而刺骨的寒风在呼啸着，这种微微的颤栗没有被杨廷麟觉察出来。

第二天上午，卢象升把大小将领召集到行辕来听他训话。他叮咛大家尽忠报国，不要因为兵少势孤而气馁。训话刚毕，杨嗣昌到昌平来了。他把杨嗣昌迎进大厅，奉茶以后，开门见山地问：

"学生与高总监分兵的事，阁老大人知道了么？"

杨嗣昌笑着说："学生已经知道了。老先生还得分一回兵。"

"什么？！"卢象升掩饰不住吃惊地问，同时感到有一股凉意蓦然从脊背透入心里。他又轻轻地追问一句："为什么又要分兵？"

"新任总督陈方垣①已经到京。皇上的意思是叫他统率山西援兵。他大概今天下午就会来昌平拜谒阁下。学生一来是代朝廷来向老先生慰劳，二来也是把皇上的这个决定奉告阁下。"

卢象升没有马上回答，简直不知道说什么话好。他认为这又是杨嗣昌和高起潜捣的鬼，他们竭力使他没法同清兵作战，免得妨碍他们秘密地同敌人进行议和。他的心中非常愤激。但是这件事既然得到了皇上的同意，他就不好发任何牢骚。悲愤、失望、压抑和沮丧的情绪织成一张又厚又重的网，网住他的心头。他在心里说："算了，倒不如赶快战死沙场，免得受群小摆布，多生闲气！"过了很长时候，他竭力使自己镇静下来，淡淡一笑，说：

"既然是出自上意，学生当然遵旨分兵。这样很好。学生身戴重孝，本不宜为三军主帅。今蒙皇上圣恩，使学生只率领宣、大兵马，免有覆𫗧之虞，心上就轻松多了。"

他们谈了一阵闲话，话题转到了议和的消息上。卢象升再也忍耐不住，完全忘记了个人利害，望着杨嗣昌的脸孔，愤愤地说：

"文弱！城下之盟，《春秋》所耻。敌兵蹂躏京畿，公等不思如何派兵遣将，决胜疆场，而日日主张议和。难道不想一想，南宋之事，千古所悲，岂可重见于今日？更不想一想，长安②口舌如锋，袁崇焕之祸③岂能免乎？"

---

① 陈方垣——方垣是陈新甲的字。
② 长安——因为长安是我国古代有名的京城，建都的时间也最久，所以明、清两朝的士大夫喜欢拿长安作为京城的代称。
③ 袁崇焕之祸——袁崇焕是广东东莞人，很有才能的统帅。崇祯二年清兵入塞，进攻北京。袁崇焕时任蓟辽督师（即总督），率兵星夜入援，布阵于北京东郊。崇祯帝中敌人反间计，疑他与敌人订有密约，把他下狱，处死。这一大冤狱，在崇祯年间没有人明白真相，所以卢象升拿杨嗣昌比袁崇焕，说他会落袁的下场。直到清初为了要修明史，清朝统治者才把这一事件的真相公开。

杨嗣昌满脸通红，说："若如此说，老先生的尚方剑当先从学生用起！"

卢象升用鼻孔冷笑一声，说："我既不能奔丧，又不能战，吃尚方剑者应是我，而不是别人！"

杨嗣昌站起来，背着手来回地走了一阵，然后站在卢象升的面前，勉强笑着说：

"九老，你不要以长安的流言蜚语陷人。"

"流言蜚语？"卢象升又冷笑一声，"周元忠赴满洲讲和，来往已非一日。此事发起于辽东巡抚方一藻，主其事者是你本兵杨文弱，北京城无人不知，何谓流言蜚语！"

杨嗣昌的态度很窘，心中十分恼恨，但只好苦笑一笑，捋着下巴颏上的胡须说：

"老先生既如此信以为真，学生就不必说别的话了。"

把杨嗣昌送走以后，卢象升回到屋里，想着今后的对敌作战更加困难，同时不由地联想到秦桧和岳飞，愤慨地说：

"自古未有权臣在内，大将能立功于外者！"①

几个幕僚走了过来。那一位曾劝他把千里雪赠送给高起潜的幕僚小声劝他说：

"大人，你刚才同杨阁老当面争执，使他不好下台，似乎不妥。古人说：'小不忍则乱大谋。'何必与彼作口舌之争？"

"我实在忍耐不住！"卢象升顿脚说，"目前敌兵深入，京师戒严，而他们的眼睛只看着陕西剿贼，不惜受城下之盟，叫我

---

① 自古……于外者——相传公元1140年岳飞进兵朱仙镇，金朝侵略军的统帅兀术准备从开封撤退，一个汉奸书生劝他不要走，说："自古未有权臣在内，大将能立功于外者。岳少保且不免，况欲成功乎？"这前一句话因为说出了封建时代许多爱国将帅的共同遭遇，所以就成为历史上的名言。

如何能不说话！"

"可是他目前既是本兵，又是辅臣，深蒙皇上宠信。这样同他争吵，今后他更要事事为难。大人纵然胸怀磊落，不戚戚然以谗忌为念，然而今后大人如再想同东虏作战，就更加困难重重。"

"如今我们的人马只剩下一万多一点，当然更困难了。但不管成败利钝，我决心以一死报国！"

当他用极其悲愤的声音说出来"以一死报国"这几个字以后，他的心中一酸，不由地滚出来两行热泪。幕僚们都低下头去，很久很久，不敢抬起眼睛望他。

但是直到现在，他还在希望杨嗣昌回心转意，而且对皇上也没有完全绝望，总以为皇上只是一时受了蒙蔽。他想了想，叫仆人拿来笔砚笺纸，给杨嗣昌写了一封短短的信，在信中这样写道：

　　老先生若能回心僇力，以济国家，即胸中有如许怪事，弟终不向皇上一言。若仍闪烁，奸欺到底，自当沥血丹墀，言无不尽也。

把信封好，派人立刻送到京城，他随即从椅子上站起来，在大厅中走来走去。过了好长一阵，他忽然在柱子旁边站住，刷一声把宝刀拔出一半，使幕僚们都觉得他会拔刀砍柱，以泄胸中不平之气。然而他停一停，咔的一声把宝刀插进鞘中，向门外大声吩咐：

"备马！"

卢象升大踏步向外走去。幕僚们互相望望，跟在他的后边走出辕门。他接过来缰绳和鞭子，飞身跨上五明骥，直奔出昌平城外。家人顾显和一群亲兵也都跳上骏马,风驰电掣般地追随在他的后边。干燥的大路上扬起来一溜烟尘。

他在东门外的校场里驰马舞刀,直到心中的悲愤和郁悒情绪稍微舒散了一些以后,才信马由缰,缓缓地走回行辕。

第 四 章

　　杨嗣昌与卢象升在昌平会晤的几天以后,一个霜风凄厉的晚上,在陕西东部,在洛南县以北的荒凉的群山里,在一座光秃秃的、只有一棵高大的松树耸立在几块大石中间的山头上,在羊肠小路的岔股地方,肃静无声,伫立着一队服装不整的骑兵,大约有一二百人。一个身材魁梧、浓眉大眼、生着连鬓胡子的骑兵,好像龙门古代石刻艺术中的天王像或力士像那样,神气庄严,威风凛凛,一动不动地骑在马上,一只手牵着缰绳,一只手紧紧地扶着一面红色大旗。这幅大旗带着用雪白的马鬃做的旗缨和银制的、闪着白光的旗枪尖儿,旗中心用黑缎子绣着一个斗大的"闯"字。

　　在大旗前边,立着一匹特别高大的、剪短了鬃毛和尾巴的骏马,马浑身深灰,带着白色花斑,毛多拳曲,很像龙鳞,所以名叫乌龙驹。有些人不知道这个名儿,只看它毛色乌而不纯,就叫它乌驳马。如今骑在它身上的是一位三十一二岁的战士,高个儿,宽肩膀,颧骨隆起,天庭饱满,高鼻梁,深眼窝,浓眉毛,一双炯炯有神的、正在向前边凝视和深思的大眼睛。这种眼睛常常给人一种坚毅、沉着,而又富于智慧的感觉。

　　他戴着一顶北方农民常戴的白色尖顶旧毡帽,帽尖折了下来。因为阴历十月的高原之夜已经很冷，所以他在铁甲外罩着一件半旧的青布面羊皮长袍。为着在随时会碰到的战斗中脱掉方便，长袍上所有的扣子都松开着，却用一条战带拦腰束紧。他的背上斜背着一张弓，腰里挂着一柄宝剑和一个朱漆描金的牛皮箭囊，里边插着十来支雕翎利箭。在今天人们的眼睛里，这个箭囊的颜色只能引起一种美的想象，不知道它含着坚决反叛朝廷的政治意义。原来在明朝，只准皇家所用的器物上可以用朱漆和描金装饰，别的人一概禁用。洪武二十六年，朱元璋还特别作了严格规定：军官和军士的箭囊都不准朱漆描金，违者处死。然而我们如今所看见的这位战士，从他开始起义的那年就背着这个箭囊。九年来，这个箭囊随着他驰骋数万里，纵横半个中国，饱经战阵，有的地方磨窊了，有的地方带着刀伤和箭痕，而几乎整个箭囊都在年年月月的风吹日晒、雨淋雪飘、尘沙飞击中褪了颜色。

　　他分明在等候什么人，注目凝神地向南张望。南边，隔着一些山头，大约十里以外，隐约地有许多火光。他心中明白，那是官兵的营火，正在埋锅造饭和烤火取暖。几天来，他们自己没休息，把官兵拖得在山山谷谷中不停地走，也不能休息。但追兵显然正在增加。无数火把自西南而来，像一条火龙似的走在曲折的山道上，有时被一些山头遮断。他知道这是贺人龙的部队。十天前，他给贺人龙一个大的挫折，并且用计把他甩脱，如今这一支官兵又补充了人马，回头赶上来了。

　　他站的山头较高，又刮着西北风，特别显得寒冷，哈出的热气在他的疏疏朗朗的胡子上结成碎冰。他周围的战士们大多数都穿得很薄，又脏又破，还有不少人的衣服上，特别是袖子上，带着一片片的干了的血迹，有些是自己流的，更多的是从敌人的身上溅来的。因为站得久了，有的人为要抵抗寒冷，把两臂抱紧，尽可能把脖子缩进圆领里边。有的人摇摇晃晃，矇眬睡去，忽然猛地一栽，前额几乎碰在马鬃上，同时腰间的兵器发出来轻微的碰击声，于是一惊而醒，睁开眼睛。

"弟兄们，下马休息一下吧！"骑在乌龙驹上的战士说，随即他轻捷地跳下马，剑柄同什么东西碰了一下，发出来悦耳的金属声音。

等到所有的将士们都下了马，他向大家亲切地扫了一眼，便向那棵虬枝苍劲的古松跟前走去。那儿的地势更高，更可以看清楚追兵的各处火光。

一轮明月从乌云中姗姗露出，异常皎洁。这位骑乌龙驹的战士忽然看见树身上贴着一张陕西巡抚孙传庭的告示，上边画着一个人头，与这位战士的相貌略微近似，下边写着《西江月》一首：

此是李闯逆贼，
而今狗命垂亡。
东西溃窜走慌忙，
四下天兵赶上。
撒下天罗地网，
量他无处逃藏。
军民人等绑来降，
玉带锦衣升赏。

这首《西江月》的后边开着李自成的姓名、年龄、籍贯、相貌特点，以及活捉或杀死的不同赏格。这位战士把布告看完，用鼻孔轻轻地哼了一声，回头望着跟在背后的一群将士，笑着问：

"你们都看见了么？"

"都看见啦。"大家回答说，轻蔑地笑一下。

这位战士放声大笑，然后对着告示呸了一声，拔出宝剑，在告示上刷刷地划了两下。几片破纸随风飞去。

这位普通战士装束、向大家说话的人就是赫赫有名的闯王李自成。他是陕西省延安府米脂县人，农家出身，幼年替地主家放过羊，也读过私塾，学过武艺，长大了当驿卒。驿卒裁了后，在家生活无着，因负债坐过几个月的牢，出来后又去投军。不久，因上官克扣军饷，士兵大哗，他率领一股军队起义，杀了带队的将官和当地县令，投奔舅舅高迎祥，在高闯王的手下带领第八队，号称闯将。跟随高迎祥数年，他的智勇、战功、日常行事，深为众人敬佩。前年七月间高迎祥不幸牺牲，大家共推他做了闯王。他的原名叫李鸿基，在私塾读书时，老师按照当时习惯替他起了个表字叫做自成。后来他去当驿卒时就用"自成"当做大名，这在当时叫做"以字行"，本名儿反而渐渐地只有少数的亲族、邻居和少年时期的同学们还记得。

闯王离开大树，回到弟兄们中间。看见有些人倚着马鞍打盹，他望着众人说：

"一连三天，咱们不是行军就是厮杀，人马都没有得到休息。今晚大家痛痛快快睡半夜，只要明天从潼关附近冲过去，到了河南，官兵就再也包围不住咱们啦。到那时，咱们想走就走，想休息就休息，粮草也不发愁啦。"

虽然他的声调是平静的，神气是安闲的，完全是随便闲谈的样儿，但是这几句话却给每个人很大鼓舞。没有人再感到寒冷、疲倦和瞌睡了。一个叫王长顺的老战士说：

"咱们一定能冲过潼关。别说是孙传庭的官兵挡在前面，就是有刀山剑林挡在前面，也能够冲得过去。哼，咱们要没有这股闯劲儿，就不是闯王的人马！"

李自成点点头，说："说得好，说得对。这几年来咱们闯过了多少州县，闯垮了多少官兵，闯开了多少围困，扳着指头也算不清。孙传庭挡不住咱们的路！"

"闯王，听说孙传庭亲自在潼关旁边迎接咱们，真的么？"一位叫做张鼐的、只有十七岁的小将天真地笑着问。

"是的，他带着一些人马在迎接咱们。说不定洪承畴也在前边。怎么，小鼐子，有点胆怯么？"李自成故意问，他的语气、声调和眼神都流露出他对这位小将十分宠爱，含着像慈父般的感情。

"胆怯？"张鼐侧着头问，"我什么时候胆怯过？我还打算活捉孙传庭替咱们高闯王报仇哩！"

"好啊，小张鼐！你说的很对，应该跟洪承畴、孙传庭他们算算血账，替咱们高闯王报仇！"闯王拍着张鼐的肩膀说，同时想着："这孩子真不错，磨练成啦，永远也不会泄气！"

站在张鼐旁边的一个年轻战士带着很有自信的神气笑一笑，说：

"当然啦，碰上他就不会轻饶他杂种！"

有着络腮胡子的王长顺跟着丢了一句松话："我看，咱们明天会把孙传庭的人马杀得落花流水，可是不容易把他本人捉到。"

"为什么？"张鼐问，心中可有点儿不服气。

"因为咱们的马有好多天没有喂料，连草也吃不饱。老孙的马吃得饱，跑得快。"

大家都笑了起来。但是这笑声随即被一阵从南边来的马蹄声压下去了。李自成正等候一员小将，听着这阵马蹄声，他自言自语说：

"啊，来啦。"

过了不久，马蹄声愈来愈近，随即在稀疏的、落了叶子的灌木中间，在苍茫的月色下，出现了一小队人马影子。李自成的乌龙驹突然把头一抬，喷喷鼻子，萧萧地叫了一声。张鼐向走近来的小队骑兵问：

"是双喜哥么？"

"是！"一个青年的声音在马上回答。

这一队共有十来个人，回答的青年骑在最前边的一匹高大的白马上。每个人的马镫上挂着一颗或两颗血淋淋的人头，不住摆动。走上山头以后，他们都跳下马来。李双喜牵着白马走到闯王面前，禀报说：

"爸爸，周山这杂种又逃脱啦！"

"又没捉到？"

"我正要赶上他，不防从官军阵上射过来一阵乱箭……给他龟儿子逃脱啦。"

闯王顿着脚说："嘿！又给他逃脱啦！"

听说没有捉到周山，自成不由地皱皱眉头。周山原是李自成亲手提拔的将领，闯王对他十分信任，叫他担任中军①。高迎祥死后的一年之中，他的部下首领许多人顶不住官军压力，相继投降。李自成初当闯王，尽管做了很大努力，却没法阻止义军内部的分化和投降趋势。去年十月间，他率领一部分义军从陕西进入川北，连破许多州县，虽然进攻成都不克，却给明朝很大震动。今年正月，李自成为着避免被洪承畴所督率的优势官军包围，退出川北到陇东南，又向北挺进到洮州。洪承畴一方面派曹变蛟和贺人龙等死追不放，一方面调动了许多部队堵截。几个月中，李自成为着打破官军的包围，率领着农民军从甘肃进入西番地②，

---

① 中军——古代的所谓中军有两种意义：一种是军队中官职，其职掌类似近代军队中的副官长，有时兼管传宣军令。另一种是指军队番号，对左军、右军、前军、后军而言。周山所担任的中军属于前者。本书中写高一功为中军主将则属于后者。

② 西番地——如今的青海东部。

在羌族游牧人的地区转来转去。农民军缺乏粮食,又不得休息,在西番地牺牲很大,仍然摆不脱官军的追赶。李自成不得已从嘉峪关的东边北出长城,到了塞外,又突然从兰州附近折转回来,猛不防突破洮州一带的官军堵击,回到陇东南的山区中化整为零,休整部队。就在西番地最艰苦的情形下,这个破落地主出身的周山对前途失去信心,勾引一起人投降了曹变蛟。从这以后,他就死心塌地为虎作伥。由于他是从农民军中混出来的,对农民军的一切内幕、作战方法,都极清楚,这就使曹变蛟如虎添翼,给农民军的麻烦更大。过去农民军对官军作战常用的许多老办法,有的根本不能再用,有的用起来效果也比较小了。每次遇到两军交战时,周山就骑在马上呼喊诱降,企图瓦解军心。李自成和他的将士们恨透了这个叛徒,常常想在战场上捉到他,可是他比狐狸还狡猾,几次都是快要捉到时给他逃脱。今天黄昏,自成在侄儿李过宿营之后,猜到周山会重新露面,亮着自己的牌子①劝降,所以留下双喜带着一队人等候周山,装做要送给他一封自成的书信,把他捉到。谁知这一计又没成功!

双喜看见闯王心中不高兴,赶快说:"爸爸,周山虽然没捉到,可是我们把他的侄儿收拾啦,还捉到他的亲信将士十几个。"

"人呢?"闯王问。

"他侄儿当场给我刺死啦。那些捉到的,因为弟兄们气不忿,也宰啦。"

双喜说毕,把右手一招,一个亲兵走过来,俯身从白马的镫子上解开人头,扔到闯王面前。跟着,后边的十来个亲兵也都把人头解下,咕噜咕噜地扔到地上,在闯王的脚前滚成一堆。自成看了一眼,吩咐把这十几颗人头都挂到那棵松树上,让明天追在

---

① 亮牌子——叫出名字,这是从前北方的江湖话。

后边的官军和周山看个清楚。

人头很快地在树上挂好了。周山侄儿的头颅挂在树身上,正是贴孙传庭的那张布告的地方,其余的头颅都挂在旁边的一根横枝上。自成走近前去,重新把所有的人头扫了一眼。月光正照在人头上,连他们的鼻子眼睛都看得一清二楚。这些人,因为都长久跟随周山,所以自成连他们每个人的名字都叫得出来。他对周山侄儿的头颅注视片刻,双喜站在他的背后,愤愤地说:

"爸爸,你看,他死了以后还半张着嘴。在阵前,他比周山叫得还凶哩!"

"他叫什么?"

"还不是劝咱们的将士投降!哼,比他叔的喉咙还粗哩!"

李自成对着人头把眼睛一瞪,不由地恨恨地哼了一声,真想拔出剑来砍他几下。

离开大树,自成向双喜问道:"你大哥把队伍布置妥了么?"

"我大哥已经在山口把队伍布置妥当,立了栅寨,准备了滚木礌石。"

"官兵有什么动静?"

"没有。大概他们怕中埋伏,停下来了。"

一丝不容易觉察的微笑从闯王的嘴角流露出来,一方面是对官兵的蔑视,一方面是觉得果然实现了他的希望,今晚可以让将士们休息了。他用慈爱的眼光在双喜近来显得消瘦的脸孔上打量一下,又看看他的身上,忽然从敞开的斗篷下边看见双喜的左胳膊用布条吊在脖颈上,袖子上有大片血迹。他轻轻地哦了一声,走近一步,问:

"你的胳膊挂彩啦?什么伤?伤了骨头么?"

"箭伤,没有伤骨头。"李双喜带着满不在乎的神气笑一笑,说,"没有啥,一只手也可以打仗,只是不能够拉弓射箭。看样儿,追赶咱们的敌人又增加啦。爸爸,要不要我回到山口?"

"算了,你跟我回老营①休息吧。请老神仙给你的伤口洗一洗,上点药,很快就会好的。你大哥知道要他马上来老营议事?"

"知道。"

"上马!"李自成向大家命令说。看着双喜上了马,他自己才上马,心中很不舒服。

双喜和张鼐都是李自成从孩儿兵中提拔起来的勇猛战将。双喜今年也是十七岁,比张鼐只大几个月,但因为他比较沉静,身材也高出半个头顶,所以他在张鼐的面前总喜欢以大人自居。自成因为他也姓李,父母和两个哥哥都给官兵杀害了,没有另外的亲人照顾,就在五年前把他收为义子。两年前,他看见双喜和张鼐在作战中特别勇敢,武艺也好,就把他们从孩儿兵营里调出来,放在自己身边,好使他们有更多的机会在战斗中锻炼,也使他们学到指挥作战的道理。他对双喜和张鼐看待得一般重,并没有远近之分。虽然在名义上只有双喜是他的养子,但人们都把张鼐也作他的养子看待。张鼐也同双喜一样,像对待父亲一般地对待他,甚至在他的面前,比双喜更会流露出孩子的顽皮本色。

"如今战将这样少,"李自成在心中说,"一个人顶几个人用,偏偏这孩子挂了彩!"

他沉默地缓辔前进,考虑着明天的作战问题,希望这一支剩下来不多的基本队伍能够尽量地保存下来,冲出敌人的包围,从潼关附近冲到河南,重新打开局面。

人马下了山头,沿着一道峡谷前进。谷中很幽暗,散乱着大大小小的石头。有时,马铁掌在石头上碰得太重,会迸出几点

---

① 老营——当时习惯,把总部叫做老营,官军和农民军都是如此。这种习惯延续到清朝末年,在北方有些地方甚至延续到民国初年。

火星。大约走了两里远，才离开峡谷往一座小山上走去。走到山腰，重新望见月光。一会儿，他们走进一片松树林中，月光只能从松树的枝叶间漏下来水银似的花花点点。尽管松涛很响，但树林里毕竟暖和得多。大约有一两千名将士露宿在这座松林中，到处是火堆，有的人正在火上做饭，有的人已经躺在火堆边睡熟了。闯王打算在这里停一下，回头对他的养子说：

"双喜，你不用跟我一起啦。赶快先回老营去，请老神仙替你的箭创上点药。"他又向张鼐望一眼，说："小鼐子，跟你双喜哥回老营休息去吧。"

两员小将听到吩咐，带着各自的亲兵飞马而去。李自成勒马离开小路，向树林深处走去。当他走近一个火堆时，烤火的人们纷纷站了起来。一位大约三十五岁上下、相貌慈善、农民装束、名叫田见秀的将领向他招呼说：

"闯王，不下来烤烤火？"

"啊，田哥，你这里倒很背风！"自成下了马说，"黄昏前这一仗，你的人马损失得多不多？"

"还好，只伤亡五十多人，赚了曹变蛟两百多。给他点教训，他就不敢硬往前追啦。"

"挂彩的弟兄们呢？"

"有几个重伤的没来得及救下来，轻伤的都跟着队伍回来啦，如今已经上了药，都在休息。"

在往日，每逢打过仗宿营时候，李自成不管自己有多么疲倦，总要到受伤的将士中间，问问这个，看看那个，有时还亲自替彩号敷药裹伤。去年夏天，有一个弟兄腿上的刀伤化了脓，生了蛆，臭气熏鼻。自成看见伤号太多，医生忙不过来，就亲自动手替这个弟兄挤出脓血，洗净伤口，敷了金创解毒生肌散，然后把创伤包扎起来。当他挤脓血的时候，连旁边的弟兄们都感动得噙着眼泪。可是现在他急于要同田见秀谈几句话，没有工夫去到受伤的将士中间。如今全军的处境十分险恶，明天就会遇到一场决定全军存亡的大战，他的心头上感到沉重。但一般将士是不容易看透他的苦闷心情的。他还像平日一样，同身边的将士们说了一阵闲话，然后笑着说：

"咱们明天四更就出发，大概今晚你们想睡两个时辰不容易啦。"

田见秀也笑着说："只要能睡一个时辰，我们就心满意足了。"

自成拉着见秀的手，继续往前走去。众人知道他们有什么密话要说，没有跟去，只有自成的亲兵头目李强带着两名亲兵远远相随。走到一个岩石下边，自成停住脚步，转过身来说：

"玉峰，如今官兵把通往河南和湖广的道路都堵死了。后有追兵，前有孙传庭亲自在潼关堵截。原来曹操答应到潼关接应咱们，咱们才从汉中一路杀奔前来。可是曹操如今一点儿音信也没有。你想，他会不会中途变卦了？"

"曹操是一个玻璃猴子。我看，他八成是没有来接应咱们。要是他带着几万人马到了潼关外边，孙传庭就不敢用全力来包围咱们。你说是么？"

自成点点头，说："我也是这么想。咱们上当了。"

他们所说的曹操是当时农民军一位重要领袖罗汝才的绰号。两三个月前，李自成还在陇东南和汉中一带的大山中同官兵兜圈子时就派人给曹操送信，要曹操率领在河南的各家义军到潼关牵制孙传庭，迎接他进入河南。曹操当时同意按照他的计策行事。李自成得了曹操的回信，不顾官兵的重重拦截，向东杀来。两天来已进入商洛地区，离河南边界日近，才看出来官军并没有受到曹操的牵制。可是消息不灵，到底曹操为什么中途变卦，没法知道！

"奇怪，曹操的几万人马到哪里去了？"自成小声自语，又像在问田见秀。

田见秀正想说什么，看见老营的一名小校牵着一匹马，往他同闯王站立的地方走来，便把话忍住了。小校向自成说：

"禀闯王，夫人请你快回老营。"

"什么事？"闯王赶快问。

"老营里来了一个人，夫人请你立刻回去。"

"从哪儿来的人？"

"不知道。只有夫人一个人同他谈话，别的人都不许留在跟前。我只听说好像这个人是从潼关东边来的，路上还挂了彩，别的什么都不知道。"

闯王和田见秀交换了一个眼色，都猜想到这个人可能是曹操派来的，但都没有说出口，因为一则他们明白这事必须十分机密，二则也猜不透这个人所带来的消息是吉是凶。

"玉峰，我赶快回老营瞧瞧，你随后也去吧。"

自成说毕，迅速地往乌龙驹停立的地方走去。

老营驻扎的地方是一个叫做杜家寨的古老山寨，大部分坐落在向阳的半山坡上。它原来是一个大寨，有两百多户，现在剩下的房屋还不到十分之一。寨门楼也给烧毁了，在月光下还可以看见寨门上边的一块青石匾上刻着"潼南锁钥"四个大字。寨里的房屋差不多都毁了，显得很空旷，到处长满灌木和荒草，把有些小路和井口都封了。寨外，向左是悬崖、深谷；向右是森林，一直伸展到山脚下；寨的背后也是树林，连着一座高山，但有些地方被大火烧焦了。

老营驻扎的一座四合院子是全村惟一比较完整的宅院，但门窗和家具也破坏很重。宅院周围，安设十几座帐篷，驻着老营的一部分骑兵；在几个路口都布着岗哨，戒备严密。近来闯王全军总管和中军主将都由高一功担任。但是由于战斗紧张，他经常不得不冲锋陷阵，对敌厮杀，所以老营里许多事情，以及属于总管职掌的许多事务，例如全军的军需、给养和财务等等，都不得不让他的姐姐高桂英替他分操许多心。就以老营宿营后的警卫工作说，本来中军的将校们都会认真布置，不至于疏忽大意，但是高夫人每天还要亲自检查一下，生怕有不够周到的地方。她常常告诫中军的将校们说：

"咱们平常惯用的那一套偷营劫寨、收买奸细的办法，周山这个鬼东西都学会了。常言道，不怕一万，只怕万一。大家多辛苦一点，小心没大差，备而无患。"

高桂英是李自成的结发妻子，今年才三十岁。虽然是农民家庭出身的姑娘，小时没读过书，但是近几年来由于肩上的担子愈来愈重，工作需要她必须认识几个字，更好地帮助丈夫，她在马上和宿营后抽空学习，已经粗通文墨。她有苗条而矫健的身体，带着风尘色的、透露着青春红润的、线条爽利的椭圆脸孔，大眼睛，长睫毛，眉宇间带着一股勃勃的英气。八九年的部队生活和她的特殊地位，养成她举止老练、大方，明辨是非，遇事果决而又心细如发。在封建时代，一个三十岁的少妇能够具备这样的德行，应该说是历史的奇迹。但是实际上又没有什么奇怪，正如她自己常说的："要不是走投无路，只好跟着男人造反，还不是一辈子围着锅台、磨台转？"

她是赫赫有名的、已故的农民军领袖高迎祥的侄女。高迎祥和李自成两个家族虽然不是同县，却是世亲。自成的堂伯母就是高迎祥的姐姐。依照所谓"侄女随姑"的古老风俗，迎祥的侄女嫁给了自成。高桂英既是迎祥的侄女，又是自成的夫人，加上她自己也有使人不能不敬佩的美德，所以在高迎祥和李自成所统率的这一支农民军中享有很高的威望。她自己也很重视维护高迎祥的光荣传统，有时遇到部下做事不对，她就说当年高闯王如何如何。倘若是她的弟弟高一功或其他高姓的将校们犯了错误，她就伤心地告诫他们，说："如果五叔活着，他可不允许你们这样！"有时她也称呼高迎祥的字，说"如岳叔"如何如何，把高迎祥的故事讲给他们听，要他们作为榜样。

　　李双喜请医生治了创伤，回到老营，走进上房，高夫人叫他脱掉铁甲，坐在火堆旁边。她看过了双喜的箭伤，一面询问黄昏前伏击曹变蛟追兵的战斗情形，一面等候闯王。她有一个女儿名叫兰芝，今年才十岁，连天鞍马不歇，十分困倦，一住下来就在里间床上睡着了。两个短衣箭袖、腰束绸带、身背宝剑的姑娘，一个蹲在火边用砂锅烧开水，一个站在蜡烛旁边替双喜缝铁甲上的绽线。这个替双喜收拾铁甲的姑娘名叫慧英，今年十八岁，那个蹲在火边的叫慧梅，才十七岁。高夫人身边像这样的女亲兵原有十几个，几个月来陆续阵亡，只剩下她们两人。其余的亲兵都是男的。

　　忽然，小将张鼐把一个陌生的农夫领来，站立在门槛外边。他自己先进来，向高夫人小声说：

　　"夫人，从前队送来了一个庄稼人，他说他是从河南来的，有密书带给闯王。"

　　高夫人站了起来，吃惊地小声问："从河南来的？是从曹营里派来的么？"

　　张鼐点点头。高夫人心中有些怀疑，又问："曹操如今在哪里？"

　　"他不肯说明。他说他的话只能亲自对闯王说，万一见不到闯王，对你和总哨刘爷说也可以。带来的书子也不肯叫别人见。"

　　"好吧，让他进来见我。"高夫人接着又说，"还有，你派人飞马去禀知闯王，请他速回。"

那个陌生农民被带进屋来。高夫人向他通身上下打量一眼，看见他完全是一个逃荒人的打扮，约摸有四十岁上下，右腿似乎略微有点儿瘸。

"你到底是从哪里来的？"高夫人注视着他的脸孔问，并不立刻让他坐下去烤火。

陌生人不肯回答，微微一笑，同时向站在屋里的张鼐和男女亲兵们扫了一眼。高夫人明白了他的意思，挥手使大家出去。但双喜的右手握紧剑柄，留在门后。高夫人为使陌生人完全放心，把下巴轻轻一摆，让双喜也到院里，然后她走到方桌旁边，同陌生人隔着桌子，说：

"快说吧，你到底是干什么的？"

"我是曹帅派来的下书人。"

"曹帅在哪里？"

"曹帅潜来到崤山里边，离潼关不到二百里，要迎接闯王杀往河南。"

"他带了多少人马？"

"号称十五万，实有七八万。"

高夫人明知道曹操近来率领的是一种联合部队，也许十几万人，所以听了这句回答之后也觉得说得对头，心中暗暗高兴。但是她立刻用严峻的、极不信任的眼神逼视对方，问道：

"曹帅怎会有这么多的人马？"

陌生人被她的盘问弄得有些恼火，冷笑一下，说："曹帅自己只有三万多人马，可是自从八大王①投降朝廷之后，许多股义军都聚在曹帅的大旗下边。曹帅为要攻潼关迎接闯王，当然率领着全部人马前来。"

---

① 八大王——张献忠的绰号。

"都是哪一些股头随着曹帅来？"

陌生人一气说出了惠登相和王光恩等十来个重要义军首领的名字，一丝不错。高夫人又问：

"既然有七八万人马来到潼关外边，难道能瞒住官军的耳目么？"

"一直到本月初，我们的人马还都在叶县、临汝一带，前几天才连日连夜暗暗从山僻小路往西边奔来。直到我离开曹营时候，潼关的官军还是给蒙在鼓里。昨天我才听说他娘的有几千官军往阌乡开去，说不定他们得到消息啦。"

"你是哪里人？"

"我是灵宝县人，崇祯八年春天在渑池县投了曹帅。"

"沿路官军盘查很严，你怎么过来的？"

"不断有成群的河南灾民往陕西逃，我跟着灾民一道混了过来。"

"怎么这样巧，我们今晚才来到这里，你就找到了？"

"我来到洛南境已经三天。"

"窝①在什么地方？"

"离这里二十五里张家庄是我的妹妹家，我就窝在那里。"

"你是灵宝人，你妹子怎么会嫁到这里？"

"天启年间灵宝一带闹旱灾，我们一家人逃荒来陕西，把妹子卖到这里。"

高夫人对这个陌生人还不放心，正要继续盘问，陌生人突然苦笑一下，说："高夫人，我虽然从前没见过你，可是久闻你的大名。你既然这样不放心，我就不用见闯王了。书子我也不必拿出来，原封带回，交给曹帅。"说毕，他转身要走，却不禁猛地

---

① 窝——隐藏的意思，或说成窝藏，原是黑话中的词汇。

瘸了一下,疼得眉头一皱。

高夫人知道他决不是真心要走,但是不能不望着他的右腿问:

"你的腿怎么了?"

"前三四天,给三四个乡勇从背后追赶,叫我站住搜查,我偏不站住,中了他龟孙们一箭。"

"中了箭你怎么逃脱了?"高夫人又问,依然用不相信的眼光打量他。

"我从山坡上滚了下去,草很深,又是黄昏,龟孙们寻找不到我。"

陌生人解开扎着右腿的破布条,拉起破棉裤,在小腿肚上揭开膏药,让高夫人瞧,说:

"幸而没伤着骨头,足有两寸深!"

高夫人看见果然是箭伤,而且看样子伤口不浅。她露出了笑容,说:

"请你不要见怪。你从前没有来过,谁都不认识你。目前情形你是知道的,我不得不小心。就是闯王派一个生人到你们曹帅那里,曹帅也是要盘问的。把曹帅的书子拿出来吧。"

陌生人立刻把破棉裤撕开一个小口子,掏出来像枣子大小的一个东西,递给了高夫人。桂英虽然过去没有见过这种东西,但知道这就是常听说的蜡丸书。她掐开蜡丸,取出一个纸团,仔细地把它展开。这是一张非常薄的白绵纸,上边密密地写着几行小字,内容是罗汝才告诉自成知道:他已经率领十五万人马来到崤山里边,打算在十月十七日进攻潼关,分一支人马进攻阌乡;如果这时自成的人马已经到了洛南县境,务必乘机从潼关南原冲出,到潼关以东会合。虽然信中有一两个字写得潦草,她认不清楚,但全部意思她是明白的。一阵喜悦和兴奋的情绪涌上心头,她说:

"唉，谢天谢地！你来得真巧，今天恰好是十月十六！"

"确是巧，可见闯王同曹帅日后定能够打下江山。"

"啊，我一直忘记问你，你这位大哥贵姓？"

"不敢，我也姓李。"

"啊，咱们还是一家子哩！"

"不敢高攀。五百年前说不定还在一个锅里搅勺把子哩。"

高夫人愈加高兴，立刻叫亲兵头目张材进来，吩咐把客人带到厢房里烤火休息，赶快弄一点热热乎乎的东西给他充饥。当张材把这个人带走以后，高夫人又把书信拿起来看了看，坐在火边，心中十分狐疑起来。她正要第二次派人去催闯王回来，恰好一阵马蹄声来到大门外，随即看见自成匆匆地走进来了。

李自成看完了蜡丸书，又听高桂英把盘问下书人的情形谈了一遍，他的心中同桂英一样感到可疑。他的人马明天要冲到潼关附近，而曹操恰巧在同一天从东边进攻潼关！为什么时间会这么巧？会不会是孙传庭派来的奸细？

他叫亲兵把下书人叫了来，先谢了一路辛苦，跟着同他随便闲谈，有时问他的家世，问灵宝一带的风土人情，特别谈到灵宝的红枣颗大、肉多、皮薄，多么有名，还谈到灵宝西门外古函谷关老君庙的签有多么灵。他的态度是那样亲切、家常，使陌生人不由地在心中说："都说李自成很能笼络人心，果然不假。在这上，大天王可不如他！"自成又问曹操和其他老朋友们的情形，有些事他知道，有些事他说他不知道，也有些是随口胡答。自成对这些他所不知道的和随口胡答的问题也不继续追问，只暗中察言观色，心中有数。陌生人意识到闯王是在盘问他，笑着说：

"闯王，一则我不是一开始就跟着曹帅起义，二则我是无名小卒，并不常在曹帅身边，所以有些事我也说不清楚。"

"这个自然,有些事你很难知道。曹帅上个月在什么地方?"

"上个月么?"陌生人望着闯王,把含笑的眼珠滴溜溜地转了转,说,"嗨,说起这,俺们曹帅可真够朋友!上月,他知道你要往东来,他就率领着人马打到陕州、灵宝一带来接应你。后来听说你还在汉中那边,就退走啦。当时孙传庭还亲自出潼关去抵挡哩。"

"你们退到什么地方了?"

"退到临汝一带。"

"你从潼关附近过来,可知道这几天潼关的官军情况么?"

陌生人好像突然想起来一件重要事情,立刻回答说:"啊,啊,我正要向你闯王禀报哩!我从潼关乡下路过的时候,听到风言风语,纷纷传说满鞑子又打进来啦,把北京城围了三面。皇上连下三道诏书,要洪承畴同孙传庭赶快勤王。又听说洪承畴已经率领人马离开西安,要从韩城那里过黄河,北上勤王。孙传庭还在潼关,可是听说也有一部分人马暗中从风陵渡过黄河啦。"

自成从火边霍地站起来,瞪着有点儿激动的大眼睛盯着陌生人,问:

"鞑子是什么时候进来的?"

"听说是上月。"

"皇上调洪承畴去勤王的话可是真的?"

"皇上叫洪承畴和孙传庭快去勤王,洪承畴已经离了西安,都是千真万确的。官军已经有很多过了黄河的话,我只是听到纷纷传言,真假不知。"

"曹帅怎么知道我这时到了此地,他决定十七日进攻潼关?"自成又突然问,眼光像两把利剑一样直逼着对方,使对方一阵心跳。

"他,他,他原不知道你恰好在这时来到这里,只是叫我在这一带等候着你。"

"那，他既然不知道我今日来到这里，怎么会决定明天进攻潼关？那不是要孤军对敌么？"

"曹帅是怎么决定的，我是他手下的小头目，人微位卑，如何得知？不过据我看，这也没什么可奇怪的。我们曹帅人马很多，不惧官军。为着朋友义气，要解救你李闯王打出陕西，他不管你现在在哪里，先攻潼关，把官军引往东边，对你李闯王就有帮助。"他仍然坐在火边不动，冷笑一下，又说，"闯王，曹帅一心要救你，你怎么这样多疑？"

"我不是疑曹帅，我是疑你！"

陌生人的正在烤火的两只手颤一下，禁不住脸色一变。但是他竭力保持镇定，慢慢地从火边站起来，笑一笑，说：

"闯王，我虽然没有在你的手下混过，可是我常听人们谈到你是'胆大如斗，心细如发'。要不是这样，你闯王也不会成这么大的气候。今日你对我有疑心，完全应该。要是我处在你闯王地位，也会犯疑。平日咱们义军常常派细作到官军里边，官军也派细作到咱们义军里来，花样多端，防不胜防。吃一次亏，长一次见识，把人都教能啦。你处在今日这样局面，自然要加倍小心。何况咱们往日没见过面，对面不相识，你怎么能够放心？来的时候，我也同曹帅说到这一点，料到你非犯疑不可。可是，闯王，请你放心吧。我来到这里，见到你，呈了密书，不再走啦。随着你打出潼关，我再回曹营销差。日后倘若你看我果有可疑，任你李闯王乱箭射死，五马分尸，随你闯王高兴。可是眼下大敌当前，后有追兵，你可千万不要三心二意，迟疑不决，误了大事！"说完这段话，陌生人立刻避开了闯王的锐利目光，转向高夫人，拿出满不在乎的神气，说："夫人，我已经饿了一天多，请你吩咐哪位弟兄替我弄点东西吃吃吧。"

不等高夫人说话,闯王哈哈地冷笑几声,向站在门口的一群亲兵一点头,说:"来,把这个奸细推出去斩了!"

登时走进几个人,抓住陌生人就向外推。陌生人并不求饶,也不申辩,一边走一边慨叹一声,说:

"我随着曹帅起义几年,没想到死在自家人手里!唉,算啦,死就死吧,不用说啦。"

一个弟兄在他的背上打了一拳,骂道:"少说废话,砍掉你王八蛋的吃饭家伙已经够便宜你了!"

陌生人说:"老弟,要杀就杀,何必骂人?"

当陌生人被推出门槛以后,闯王向门口走了一步,喝问:"你还有什么话说?快说!"

陌生人回头望着闯王,回答说:"事到如今,我还有屁话可说?我奉曹帅之命前来下书,书已下到,死而无憾。不过请闯王万不要误了大事。曹帅明日要从东边进攻潼关哩!"随即他一扭头向外走去,对弟兄们说:"走,砍头去吧。讲义气的,请把活做干净点儿,免得我多受罪。"

高夫人看见自成对她使了一个眼色。她赶快向院中说道:"你们把他暂且看起来,等明日五更动身时再用他的脑袋祭旗。"

院中几个人一声"遵令!"把陌生人拥出大门外了。自成向双喜望一眼,说:"去,叫弟兄们弄一点东西给他吃,小心看着他,别让他逃走了。"

自成在屋里走来走去,低头不语。高夫人望望他的神色,小声问:"你断定他是奸细么?"

"十成也只能断定七成。像这样事,既无凭证,怎么能完全断定?"他苦笑一下,又说,"不管他是不是奸细,咱们从他的嘴里也知道了两个重要消息。"

"你指的是满鞑子包围北京,崇祯调洪承畴和孙传庭去勤王么？还有一个什么消息？"

"还有一个消息是洪承畴已经离开西安。我看，这个消息也是真的。"

"不过，洪承畴到底离开西安去勤王还是来潼关，咱们并不知道。"

"正是这话！要是能够弄清楚就好啦。"

刚从院里回来的双喜插嘴说："爸爸，狠狠地打他一顿，还怕他不说实话？"

自成摇摇头："这个人是打不出实话来的。我用砍头吓他，他并不害怕。他分明是一个久闯江湖的亡命之徒，在孙传庭的重赏之下豁出一条性命，来做奸细。你把他打急了，他乱说一通，也不会老实招供。再说，我也没有十成把握断定他确是奸细。今晚且不打他，叫看他的弟兄们处处留心就是。"

"你怎么七成断定他是孙传庭派来的奸细？"高桂英问，"是因为进攻潼关的日期太巧么？"

自成笑一笑，在火边重新坐下，说："不光是日期太巧。你想，曹操为人十分圆滑，既然他不知道咱们的确实行踪，他肯贸然向潼关进兵么？今日与往年不同。今日官军处处占上风，曹操决不肯没有十分把握就进攻潼关。退一步说，纵然他决定十七这一天进攻潼关，他也只会带口信给我，决不会写在书子里。难道他不会想，倘若这蜡丸书在路上给官军查出来，岂不要吃大亏？他若是这么老实，就不会绰号曹操！"

高夫人也笑着点头，接着说："何况，曹操那里有很多人同咱们相熟，忽然派一个毫不相识的人来，也叫咱们不能不犯疑。"

可是尽管他们谈论着这些重大的可疑之点，同时也认为曹操仗恃自己的人马多，真的要在明天进攻潼关，并且一时粗心，把进攻日期写在密书里，也不是不可能的。至于不派一个熟人来，那也许是因为一时找不到适当的人，倒不如派一个灵宝土著人容易混过官军和乡勇的盘查。

他们相对无言，各自反复地思索着许多问题。更使他们担心的是：洪承畴到底在哪里？曹操到底在哪里？明天能够从潼关附近顺利地冲到河南么？……这一串问题重重地压在他们的心上。直到亲兵们把晚饭端来时，闯王才对左右人说了一句话：

"快去催几位大将来老营议事！"

第 五 章

两天以来，小而险要的潼关城，大军云集，戒备得比往日更严。潼关没有北门，只有东门、西门、南门和上南门。从前天洪承畴的人马开到了潼关以后，每个城门都派一个千总亲率兵士多人把守，严查出入。城外，所有战略要地，如通洛川和金盆坡等处，都驻满了马步军队，不仅家家户户都被军队占住，而且四郊帐幕罗列，战马成群。一到晚上，鼓角互起，马嘶不断，谁也不知道到底有多少官军。从南往北的行人都得经过层层盘诘和留难，从北往南的旅客一概不许通行。

太子太保挂兵部尚书兼右都御史衔，陕西、三边总督兼摄河南等五省军事的洪承畴是今天黄昏前来到潼关的。他来的时候，既不用仪仗执事和锣鼓开道，也不坐八抬大轿，而是穿着文官便服，骑着马，杂在一大群骑马的幕僚中间，在数百亲信的将校和卫士的前呼后拥中突然而至。

两天以来，在潼关一带哄传总督已离开西安北上勤王，所以他的来到连地方官绅事前也不知道，不曾出迎。只有潼关兵备道丁启睿临时得到通知，要他不要声张，把道台衙门的大堂和签押房腾出来以备总督急用。丁启睿一声令下，整个潼关城马上静街，家家关门闭户，不许闲杂人等在街上行走。各城门加派守卫,以防意外,并派马步哨官带兵沿街巡逻。道台衙门的大门外边,增加了许多卫士,分立两行,箭上弦,刀出鞘,明盔亮甲,威武肃静。丁启睿赶快换上四品文官冠服,带领少数亲随,骑马奔出潼关西门。才走了四五里路,遇到驻扎在通洛川和金盆坡各处的几位总兵官,率领重要将领不下一百余人,并有数百亲兵和将校卫护。相见之后,一同奔至十里长亭,下马等候。不到半个时辰,洪承畴到了。丁启睿率领全体文武官员,文左武右,依照品级大小,分列官道两旁跪迎。洪承畴下马还礼,微笑点首,对大家说了几句慰勉的话,随即继续赶路,趁着暮烟四合,进了潼关城内。

　　洪承畴是万历年间的进士出身,登第时年岁很轻,从此步步青云直上,一帆风顺,几年前就做了陕西、三边总督,挂兵部尚书衔,实际上也只有五十出头年纪。多年的戎马生活使他的丰满而白皙的脸孔染上了风尘颜色。奇怪的是,他一方面统率军队镇压农民起义,纵兵杀良冒功,一方面却保持高级文官生涯所养成的服饰整洁和伪装的儒雅风度。愈是饱经世故,他愈是磨去棱角,将心中的狠毒与奸诈深藏不露,能够遇事不骄不躁,深谋远虑。正因为他有这些长处,所以手下的将领都愿意为他效力,杨嗣昌对他毫不嫉妒,而多忌多疑的皇帝也对他十分倚重。离开西安前,他接到了两次皇帝手诏和三次兵部檄文,要他督率巡抚孙传庭与在陕诸将火速将李自成一鼓歼灭,然后星夜勤王。虽然在给皇上的奏本中他总是夸大李自成的人数,叫嚷官军方面缺乏粮饷和马匹等困难,好像对胜利并无把握,但实际上他明白李自成所剩的人马不多,而且长期来疲于奔命,孤立无援,反之,官军处处都居于优势,他的奏本不过是为自己留个余地罢了。他满心希望这次在潼关一战成功,从此解除朝廷的西顾之忧,实现他数年来未竟之志。临离开西安前夕,他同几位亲信幕僚卜了课,扶了鸾,都很使他满意。他如今不仅是希望获得大胜,而且是希望把李自成、刘宗敏和高桂英等在阵前俘获,献俘阙下,让皇上大大地高兴一下。

到了道台衙门,他到签押房稍事休息,分别传见几位总兵和副将①,简单地询问了前方军情,便吩咐参将以上留下,其余的将领们立即回防。吃过晚饭不久,巡抚孙传庭率领着一大群将领从几十里以外的防地赶来了。洪承畴同孙传庭有师生之谊,对传庭的才干颇为器重。尽管孙传庭这个人锋芒太露,有时对他也争长论短,但是他总是从大处着眼,对一些不愉快的事一笑置之。把传庭让进签押房,屏退左右,他说了几句寒暄和慰勉的话,拈须笑道:

"白谷兄,自从逆贼高迎祥死后,陕西流贼共分四大股。四队蝎子块拓养坤一股,在去年秋天已经剿灭。大天王和过天星两股,今春也为兄台分别击溃,大天王随即投诚,过天星逃往河南、湖广一带。如今仅剩下闯贼李自成一股,尚未剿除,然亦智穷力竭,苟延时日。倘明日一战能将闯贼生擒,我兄真乃建不世之功了。"

孙传庭欠身说道:"闯贼目下前后左右尽被官军堵住,决不令其逃脱。明日如不能将其生擒,定必将其阵斩,以竟陕西剿贼全功,上慰宸衷,下安百姓。不过这都是仰赖恩师大人庙算②如神,调度有方,又加亲临前敌,鼓舞士气。门生碌碌无能,何功之有!"

---

① 副将——明朝将官的地位排列如次:总兵、副将、参将、游击。副将也可以称为副总兵。但各种将官的品级并未明确规定。

② 庙算——是古代的军事术语,出于《孙子·计篇》。指出师作战前在朝廷上的决策。洪承畴虽不在朝廷上,但因是数省的最高统帅,且挂兵部尚书衔,所以孙传庭称他的作战方略为庙算。

洪承畴看见孙传庭志得意满，骄气露于辞色，也不计较，说了句"我兄太过谦了"，哈哈地笑了起来。笑过之后，他放低声音说：

"白谷兄，学生在路上接到你的密札，知道你要在潼关南原设三伏以待闯贼。看来闯贼明日上午即可窜到潼关南原，所有埋伏都已就绪了么？"

"三道埋伏都已就绪。原来兵力尚嫌不足，幸蒙恩师俯允，准将孙显祖和祖大弼两总兵所有人马调赴前敌，暂受门生节制，兵力已甚雄厚。看来逆贼纵然凶悍狡诈异常，亦难有一人漏网。"

"只要能生擒逆贼，为朝廷解西顾之忧，即学生标营人马明日亦将听我兄指挥。"

"谢恩师大人！"

"你看，闯贼会不会得知潼关南原有重兵把守，以逸待劳，他今夜改变方向，从别处冲开一条血路逃脱？"

"恩师所虑极是。不过门生已有安排，诱他前来，自投罗网。"

"有何安排？"

"曹操于上月底来到潼关外边，原为接应闯贼东出河南。因为他来得太早，被门生一剿即溃，逃至湖广向总理求抚。此事闯贼尚不知道，故敢不顾一切直向潼关奔来。门生已派人假扮曹贼奸细，携带密书去见闯贼，只云曹贼亲统大军来到灵宝以西，定于明日进攻潼关，嘱闯贼速速趁机由潼关南原杀奔河南。以门生想来，闯贼见此密书，定然喜出望外，岂肯中途折向别处逃走？"

片刻之间，洪承畴没有说话，只是拈着胡须思忖。孙传庭见他不很放心，随即说道：

"请恩师大人放心。纵令此计为闯贼识破，率死党中途折回，别寻生路，亦断难逃出官军手心。去河南，去湖广，去蓝田、渭南，所有关隘均已派重兵堵死，背后有曹变蛟与贺人龙等紧追不放，逆贼至此，已如鸟入笼中，有翅难飞。"

洪承畴笑了起来，慢慢地说："兄如此布置周密，学生岂有不放心之理？只是李自成虽系屡败之贼，却颇有智谋，且能得部下死力，非曹操等其他流贼可比。但恐偶一疏忽，逆贼侥幸逃脱，使剿贼大业功亏一篑，上贻君父之忧，下为百姓留无穷之患。"

孙传庭半年来虽然对农民军作战连获胜利，却没有同李自成直接交过手，所以听了洪承畴的话不禁心中暗笑。但为着礼貌，他不得不唯唯称是。洪承畴又说：

"皇上的两次手诏和兵部的三次紧急檄文，你都是见到的。倘若这一战使闯贼侥幸漏网，我们就不好专心勤王了。况且，皇上为要振奋京师人心，鼓励士气，甚盼我们能将闯贼生擒，献俘阙下。倘不能将闯贼生擒或在阵上斩首，纵然大捷，也不能使皇上十分高兴。"说到这里，他从袖中取出来一封书信，递给传庭说："你看，这是杨阁部①的一封亲笔书子，昨天我在路上接到的。"

孙传庭双手接过来杨嗣昌的亲笔书信，打开一看，果然上写着皇上对陕西"剿贼"军事十分关心，切盼能将"闯贼"擒获，献俘北京，或者将李自成及刘宗敏等首级送到北京亦好。这封书子虽是写给洪承畴的，但书中对他孙传庭也颇有奖誉之词。看完信，孙传庭既感兴奋，也觉得身上的责任重大。他决计明日无论如何要将李自成擒获，以慰皇上殷殷之望。

"恩师！"他站起来说，"上赖皇帝威灵与大人亲临督战，下赖三军用命，定能擒斩逆贼，为国家除腹心之患。商洛地区村落，迭经流贼过往盘踞，多与贼互通声气，反与官兵为仇。幸潼关周围百姓人心向善，咸怀杀贼报国之志。门生已通令大小

---

① 阁部——六部尚书兼阁臣或兼殿阁学士衔，都可以被尊称为阁部。

山寨、各处士绅,一俟流贼溃败,务要督率乡勇将大小山路,层层封锁,步步拦截,布下天罗地网,不使一贼逃逸。故纵令闯贼等元凶巨恶侥幸在阵前不被官军擒斩,亦难逃各处乡勇百姓之手。请大人不必担心!"

洪承畴连连点头,说:"好,好。倘能如此,学生更复何忧!"他嘿嘿地笑了几声,又赶快问:"刚才闻兄言已派人假扮曹贼手下细作,与闯贼送一密书,诱彼前来,此计甚佳。但闯贼是一个细心人,不知是否能瞒得过他?"

"此系大天王高见派去之人,能言善辩,且在曹操手下混过,对彼处情形十分熟悉,想来不会露出马脚。"

"你当面见过此人?"

"门生当面见过,并许以重赏。倘他不幸被闯贼识破,死在闯贼之手,也答应给他的家属重金抚恤。"

"大天王现在何处?"

"门生恐大人传见问话,已将他带来潼关,现在外边恭候。大人可要传他进来?"

"现在且不见他。马上召见众将,指示机宜,自有用他之处。"洪承畴向帘外叫道:"中军!"

只听帘外一声传呼,随即有一位身着副将戎服、容貌漂亮、神态英俊的青年将领掀帘而入,走到总督身边,躬身候命。洪承畴又同孙传庭说了几句话,才回头对他轻声说道:

"侍候升帐!"

今天晚上,因为是务要机密,所以平日总督升帐的那些排场,例如放炮、擂鼓奏乐、文武官员大声报名参见等仪节,统统免去,只把两年前皇帝赐的尚方剑用黄缎绣龙套子装着,摆在大堂正中的楠木条几上,靠着黑漆屏风。

洪承畴换上二品锦鸡补子大红纻丝蟒服，头戴六梁冠，腰系玉带。当他偕着孙传庭从签押房来到大堂时，被召见的文官武将都早已分左右肃立恭候，静静地毫无声音。院中虽然站立着两行武士，但也是鸦雀无声。洪承畴在中间坐定，习惯地、轻轻地咳了一声，拿眼睛向全体文武官员们扫了一遍。潼关兵备道和总兵以下的文武官员们都从这一声轻咳中感到总督大人的威严，愈加屏息，不敢仰视。随即，先由孙传庭、丁启睿等文官们按品级依次行礼，然后由武将们依次行礼。今晚虽然不是正式升帐，仪节从简，但因为把尚方剑供在中间，而洪承畴又朝服整齐，所以只孙传庭、丁启睿、几位总兵、副将和总督的几位亲信的高级幕僚有座位，几十名参将们在参拜后全体肃立。刚才洪承畴在签押房中同孙传庭晤谈时那种温文儒雅、和蔼可亲的态度，此刻变得十分威严和矜持。

想着明天就可以将高迎祥所余下的最后一股精锐"流贼"在潼关附近包围起来，很可能经过一场血战就把它全部消灭，将李自成生擒或阵斩，洪承畴的心中从来没有像今晚这样高兴。但是多年的宦海生涯，磨练得他常常喜怒不形于色。何况他今晚的心情是复杂的，既为即将来到的胜利而高兴，也时时退一步想，担心智勇出众的李自成会冲破围困，侥幸逃脱，过些时又招集溃部，重振旗鼓。所以他的头脑很冷静，既准备着立大功，邀重赏，官上加官，入阁拜相，也不能不准备着因李自成逃脱而受皇上责备。特别是他明白，不管明天能不能生擒或阵斩李自成，只要能把这一股猖獗多年的"流贼"击溃，他都得同孙传庭率兵勤王，去与清兵作战。为着自己世受国恩，深蒙知遇，皇上命他督师勤王，他没有什么话说。可是想到这些军队粮饷短缺，马匹又少，多数将领一提起同清兵作战就显得畏缩，他的心中暗暗发愁。

在肃穆的气氛中，他一边想着心事，一边受着最后的几位武将参拜。参见礼毕,他正要开口说话,一点灰尘从屋梁上的废燕窝中落下来,落在他的左边袍袖上。多年的戎马生活并没有改变他的爱好清洁的老习惯,于是他用右手轻轻地掸去灰尘。随即他捋了一下清秀的长须,开始说话。他首先称赞了一年多来各位将领的辛劳和战功,一再称赞孙传庭"娴于韬略",半年来"屡建殊勋",而如今在潼关附近总理戎机,布置周密,实不负皇上封疆重寄。尽管他的官话说得不很好,还有不少福建泉州土音,但他很善于辞令。他的这些话使孙传庭和众将官听起来十分高兴,而且感奋。说了这些奖励的话以后,他接着用沉重的语调、洗练的词句,继续说道:

"从天启末年以来,内忧外患,交相煎迫,迄无宁日。流贼愈剿而愈多,灾变愈演而愈烈。最近数年,百姓死亡流离,如水愈深,如火愈热,往往赤地千里,炊烟断绝,易子而食,惨不忍言。国家三百年来从未如今日民穷财尽,势如累卵。而东虏伺机内侵,日益嚣张。自今上登极以来,迄今已四次入塞,三围京师。自古攘外必先安内。倘若流贼不除,则顾内不能顾外,南宋之祸殆不可免。幸赖二祖列宗之灵,国运已有转机。巨贼高迎祥已于前年秋天伏诛,张献忠、罗汝才与射塌天等股亦先后就抚。其他各股余贼,或死或散,或观望风色,不敢似往日披猖。惟有闯贼李自成一股冥顽不灵,誓与天兵对抗,全无畏罪投降迹象。此贼近一年来迭经痛剿,疲于奔命,所余可战之贼不过数千,其余尽皆老弱妇孺。目今四面堵截,已将贼驱入网罗。望诸君激励将士,明日在阵前奋勇杀贼,一战而竟全功,勿使一贼漏网。我辈报君恩,救黎民,光前裕后,在此一战。尤望将巨贼李自成与刘宗敏等生擒,献俘阙下。纵万一不能生擒,也须将他们杀死,传首京师。皇上迭降手诏,督责甚切,望诸君勿负上意!"

全体将领不禁偷偷地向他的脸上瞟了一眼。洪承畴的脸色变

得十分严峻,从蒙着虎皮的太师椅上站起来。坐着的文武大员也赶快站了起来。他望着全体将领,又说:

"明日大战,全凭孙大人指挥,本部院也要亲临督战。大小将领,凡有作战不力,临阵畏缩的,本部院有尚方剑在,决不姑息!"

将领中有人不由地向靠在屏风中间的尚方剑望了一眼。从洪承畴于崇祯八年春天挂兵部尚书衔的时候起,崇祯帝就赐他这把尚方剑,听他便宜行事,对总兵以下将领先斩后奏,可是几年来只有两次他请出尚方剑督战,第一次是前年七月间在鳌屋县对高迎祥作战,第二次就是现在。而这一次他脸色的严峻,口气的坚决,是几年来所没有的,所以这一次给大家心上的震动很大。

洪承畴用炯炯的目光从每个将领的脸上扫过,看见大家都带有凛凛畏惧的神色,暗暗地感到满意,这才慢慢落座,并挥手示意叫文武大员们重新坐下。他转向孙传庭,含笑问道:

"孙大人,你对众将官有何训示?"

孙传庭也不谦辞,把眼光转向右边的一群武将。总兵们都知道他待下属比总督严厉得多,看见他要说话,刷一声全站了起来。孙传庭笑一笑,让总兵们坐下去,但是没人敢坐。他用平静而威严的声调说:

"方才制军大人的训示,望各位将每个字都记在心中。今上为不世英主,天威难测。倘若诸君作战不力,致使逆贼漏网,则不惟诸君将为军律所不容,即本抚院亦难逃罪谴。总之,说来说去只有一句话:明日一定要将李自成和刘宗敏等巨贼擒获或阵斩,不许有一人逃脱!"

总兵、副将和参将齐声答道:"谨遵钧命!"

"倘若闯贼等死于乱军之中,你们也必须命令将士们仔细寻找,验明不误,割下首级,以便送往北京。"

"是!"

孙传庭颔首使总兵和副将们坐下,把眼睛转向洪承畴,等待总督的最后指示。洪承畴拈着胡须,态度又变得雍容沉静,寓紧张于悠闲。虽然他尚未入阁,但他早已在涵养所谓宰相风度。此刻他的心中仍不像孙传庭那样把明日的大战看得那么顺利,总担心李自成会突围逃走。不过目前他不能把这种担心向将领们流露出来。

"你们各位都认识李自成和刘宗敏等巨贼的相貌么?"他问。

大将们互相交换眼色,没有人即刻回答。他们有的同李自成直接交过战,有的不曾;就是直接交过战,也不一定就同李自成本人对面厮杀。至于刘宗敏、李过、田见秀等许多人,更没人全都见过。近来他们因见到孙传庭出的捉拿李自成的告示,才对李自成的相貌知道得稍微多一点,但也不是十分清楚。洪承畴见大家都不回话,就向站在身边侍候的中军说:

"传大天王高见进来!"

中军到大堂门口轻轻地吩咐一句,阶下立刻有人大声说:"传大天王高见!"紧接着,二门口几个人一齐高声传呼,在大门外的影壁上发出回声。

大天王早已在大门里边的厢房中等候传见。自从投降,直到目前,孙传庭还没有给他正式官职。原答应让他做游击将军,近来根本不提了。他手下的少数旧部,有的散去,有的被拨归别人指挥,差不多快光了。他时时都担心孙传庭会要他的命,但又不能逃走,只想多卖点力气,处处表现忠心,博得孙传庭的另眼看待。如今一听见大声传呼,他不禁浑身一颤,从冷板凳上一跃而起,匆匆地整了一下衣冠,跟跄地向二门走去。站立二门口的一群武士横着刀把他挡住。一个小校仔细地把他通身打量一眼,问道:

"你就是什么大天王?"

"是,我就是大天王高见。"他低声回答,声音有点颤。

潼关南原大战

"身上带武器没有？"

他老实地把腰刀取下，交给小校。小校仍然不放心，在他的身上搜了搜，才放他走进二门。二门里是一道朱红油漆屏风，打开来是一道门，也就是所谓仪门。这道门平时不开，只有当潼关兵备道丁启睿出进时候，或丁启睿对上官或对显要客人迎送时候，这道仪门才打开。今晚因总督、巡抚和几位总兵来到，这道门打开了。大天王虽然也知道这种规矩，但是他心慌意乱，一时粗心，直冲仪门走去。小校追上去用力把他一拉，喝道："过来！你是什么东西，敢走那里！"跟着把他一推，使他跄跄地从旁边走了进去。他穿过阶下的两行武士，由中军把他带进大堂，在洪承畴的面前跪下。他的心跳得像擂鼓似的，不敢抬头，说道：

"末将高见参见制台大人！"

洪承畴问："你同逆贼李自成是表兄弟么？"

"回大人，是姑表兄弟。"

"你两个为什么闹翻了？"

"自从小的叔父高迎祥死后，小的不愿长此做贼，曾劝李自成投降朝廷。谁知他不但不听忠言，还从此疑忌小的，因此小的就同他分了手，各行其是。"

洪承畴知道这是一篇鬼话，自然不信。他拈着胡子微微一笑，点头说：

"只要你从今后洗心革面，着实为朝廷效力，朝廷自然会重用你。闯贼目今已陷绝路，插翅难逃。一俟将他或擒或斩，大军告捷，论功行赏，自然有你的份儿。"

高见赶快叩头说："谢大人栽培！"

"高见，你可将李贼相貌仔细说出，以便明日阵前将他擒斩；即令他死于乱军之中，也好寻到尸体。"

"是，是！"

大天王把李自成的身材、相貌详细地说了一遍,还怕洪承畴和孙传庭嫌他的忠心不够,又赶快补充说:

"大人!万一李自成死于乱军之中,血肉模糊,他的尸体也有办法认出。只要看见他身上挂的箭囊和宝剑,就能够认出他来。"

"什么箭囊?"

"牛皮箭囊,朱漆描金,上画一金色小龙。"

孙传庭忍不住摇摇头,恨恨地说:"这个死贼!"

洪承畴接着问:"什么宝剑?"

"他原有两口好剑,一口叫花马剑……"

"什么花马剑?"洪承畴截住问。

"米脂县城北五里有一山洞。元朝末年高庆起义,曾在洞中屯兵。高庆骑的是一匹花马,人称花马高庆,所以后来米脂的人们就把这个洞叫花马洞。李自成才造反时候,路过故乡,有官兵追赶,同他的侄儿李过率少数人藏在洞中,得到高庆留下的一口宝剑,极其锋利,经常佩在身上,并在剑柄上镌有'花马剑'三字。"

孙传庭向众将说:"你们各位传令手下将士务要留心,凡死尸旁有花马剑者便是李贼本人。"

总兵马科接着说:"这口宝剑,末将也曾听说,确是一口好剑。去年擒获一个逆贼,曾为李贼手下头目,据他说这口宝剑每遇不义之人就咔咔有声,跳出鞘外。这话虽不可信,但足见这剑在贼中颇为有名。"

孙传庭说:"你们不管谁得到此剑,一定要献给制台大人。"

洪承畴谦逊地笑着说:"迭次大捷,均赖孙大人指挥有方,亲冒锋镝。这口剑当然应该由孙大人留着,以志殊勋,昭示子孙,永为传家之宝。"

孙传庭满心高兴,站起来说:"门生不敢,不敢。"

"不过离开四川之前,"大天王又说,"小的听说李自成已经把这口剑交给手下小将张鼐使用,他自己用的是另一口宝剑。"

孙传庭忙问:"剑上有字么?"

"剑身上和剑鞘上都镌有'赛龙泉'三个字。"

孙传庭向众将说:"你们记着,剑身上和剑鞘上都镌'赛龙泉'三个字。"

大天王补充说:"这口剑虽不能说削铁如泥,也似花马剑一般锋利。因它比花马剑长了两寸,所以近来李自成格外喜欢用它。"

洪承畴又吩咐大天王把高桂英、刘宗敏、田见秀、高一功和李过等的相貌对大家说了一遍,然后点头说:"下去吧。"大天王磕个头,站起来退了出去。洪承畴正要对众将说话,一个亲将匆匆进来,在中军副将的耳边咕哝一句。中军向洪承畴躬身禀道:

"请大人赶快接旨。"

"又有圣旨到?"

"是的,已经进了城门。"

"诸位随我快去迎旨!"

洪承畴说了一句,立刻从椅子上站起来,整一下衣冠就向外走。孙传庭、丁启睿率领着全体文武在他的背后紧紧跟随,边走边整衣冠。虽然大家都猜到圣旨与"剿贼"和勤王二事有关,但因为对皇帝的脾气素来害怕,所以每个人心中都七上八下,不知会受到什么严责。

洪承畴来到大门外时,送诏书的刘太监已经飞驰来到。按照通常惯例,皇帝的诏书交给内阁派官送来就行,用不着由宫中司礼监直接派太监送来。但崇祯对臣下一向多疑,纵然是对忠心耿耿、勋劳素著的洪承畴和孙传庭也不十分放心,所以他派了一名亲信太监捧诏前来,以便看一看将士们是否肯实力作战。洪承畴偕众文武分两行跪在大门外边,刘太监跳下马,从背上取下黄包袱，捧在手上，由中间甬道昂然而入，穿过仪门，走进大堂，站立在匆匆摆好的香案正中。洪承畴率领众文武赶快跟着进来，重新跪下。刘太监向众人说道：

"洪承畴、孙传庭听旨，其余文武官员退下！"

等众文武退出以后，他打开黄缎包袱，取出一个朱漆描金盘龙匣子；打开匣子，取出一个黄绫暗龙封套，又从封套中取出诏书，朗朗宣读：

奉天承运皇帝诏曰：流贼祸国，十载于兹，万姓涂炭，陵寝震惊①。凡我臣子，谁不切齿！迩来天心厌乱，运有转机。元凶巨恶，自相携贰，或次第授首于关中②，或相继就抚于汉滨③。革、左等观望徘徊于淮甸，老回回等铩羽局促于豫南，此皆待毙之囚，不足为朝廷大患。惟闯贼李自成，虽经屡败，凶焰未戢；孤军奔窜，仍思一逞。笼络有术，死党固结而不散；小惠惑人，愚民甘为之耳目。若不一鼓荡平，则国家腹心之祸，宁有底止！

朕前已迭下手诏，谆谆告谕：务将闯逆一股，火速剿灭，尤须将闯逆本犯及贼妻高氏、巨贼刘宗敏、李过、高一功、田见秀等，一一擒获，或予阵斩，断勿使一人漏网。尔洪承畴、孙传庭一向实力剿贼，卓著劳绩，朕甚嘉慰。其剿贼出力诸将，已饬吏、兵二部从速论功升赏。兹再赐尔洪承畴尚方剑一柄，阵前便宜行事。并赐内帑银④

---

① 陵寝震惊——指崇祯八年高迎祥、张献忠、李自成等破凤阳，焚皇陵。
② 次第授首于关中——指高迎祥等在陕西牺牲。
③ 相继就抚于汉滨——指张献忠、罗汝才等在湖广投降。
④ 内帑银——宫中内库的银子，为皇帝私产，不属户部所管。

三万两，纻丝表里各二百匹，赏功银牌五百副，供阵前奖功之用。

于戏①！凯旋饮至②，古有褒功之典；执馘献俘，朕所望于今日。但有殊勋，朝廷不吝封侯之赏；倘负重寄，国法自有处罚之款。一旦将该股逆贼扫清，尔等即星夜率师勤王，不得瞻顾逗留，贻误戎机。

钦此！

诏书宣读毕，洪承畴和孙传庭叩头谢恩，山呼万岁。等洪承畴刚站起来，双手接过诏书，放在香案上，刘太监已经从身边一名小太监的手里捧来尚方剑，说道：

"钦赐尚方剑，洪承畴跪接！"

洪承畴赶快再跪下，双手接过尚方剑，又一次叩头谢恩，山呼万岁。他站起来把尚方剑捧到条几上，放在另一柄尚方剑的旁边。随即，他和孙传庭开始向刘太监道乏，互相寒暄，并把刘太监让进花厅，吩咐准备酒宴。他们又回到大堂上，传进文武官员，宣布圣旨内容。大家跪下去叩头，山呼。感激和振奋情绪交织在每个人的心头。每个人都决心在明日的大战中一显身手。

因为军情紧急，孙传庭立刻率领全体将领奔回前方。洪承畴陪刘太监吃了酒宴，留下他在潼关休息，也带着一群幕僚和亲将驰赴通洛川。他的总督大营已经在那里安扎就绪。

---

① 于戏——呜呼。

② 饮至——古代命将出征，凯旋归来，祭告太庙，然后钦宴，叫做饮至，也就是劳旋之宴。劳旋是"慰劳凯旋"的缩写。

第 六 章

处理了那个下书人的事以后,高夫人就吩咐亲兵们赶快把晚饭端来。闯王望着她问:

"一功在哪里?"

"把人马安营以后,他一直在为全军的粮草事奔忙,到现在还没休息。知道你要召集大将们来老营议事,我已经派人去告诉他,要他吃过饭就来这里。"

"这村里还有老百姓么?"

"老百姓当然有,可是都躲到山里去啦。听说这个寨子的老百姓还有不少,可是人人都成了惊弓之鸟,看见过人马,要打仗,还有不怕之理?我一来到就叫弟兄们寻找本村老百姓,可是只找到几个聋三拐四、留下看门儿的老头老婆,连话也说不清楚。我又叫弟兄们想办法继续寻找。只要能找到几个懂事的男人,多少总可以打听到一些消息。"

自成低头烤火,等候晚饭,心头焦灼而沉重。这商洛一带本来是闯王的熟地方,老百姓同农民军多有瓜葛。农民军把这地区叫做"软地",官方把这地区的百姓说成"通贼"。可是三四天来,自成经过许多村村落落,老百姓都藏了起来,只留下一些老年人看守门户。只有当他的人马来得突然,百姓们逃避不及,才能够看见一些年轻的人。虽然也有胆子较大和同农民军的关系较深的人自己找上来，报告官军消息，带领路径，但毕竟为数不多。而且愈是追兵近，情况紧，愈不易遇到这样的人。自成明白，老百姓怕打仗，怕官军，也怕义军掳人、抢人、奸淫和杀人。特别是老百姓看见他的部队如今处在败势，更不敢同他的队伍接近。三四天来因为到处老百姓纷纷逃避，粮草空前困难，消息也得不到，使他苦恼万分。

近一两年来，他常常在心中琢磨着要得天下必须如何解民倒悬收买民心，为着这问题，他在不打仗的时间用功读书，要从书上多知道古人成败的道理，也喜欢找一些老年人闲论古今和民间疾苦。在军纪方面，他也比过去更加注意，还着实杀了一些犯奸淫掳掠的人。但到底怎样把队伍弄得像人们所说的"秋毫无犯"，他没能认真去做，因为一则他手下的部队不全是他的老八队，二则天天奔跑和打仗，不给他一个驻下来整军练兵的机会。有些朋友时常对他说："自成，睁只眼合只眼吧。水清了养不住鱼，谁替你卖命打仗？就是如今这样，已经比官军好多啦！"比较起来，他的队伍确实比官军好得多，所以这一年来他除抱着"打富济贫"的一贯宗旨外，也针对着老百姓痛恨官兵苦害的思想，用"剿兵安民"这句话作为号召。可是现在看来，打富济贫也好，剿兵安民也好，都显然很不够。要做到使老百姓欢迎，真不容易！

亲兵们把弄好的晚饭端上来了。摆在桌上的是半碗腌萝卜调着辣椒面，篮子里放着四个包谷面窝窝头，其余的全是蒸山芋，另外每个人面前有一碗稀饭。李自成早就饥肠辘辘，狼吞虎咽地吃下去一个窝窝头，然后端起稀饭碗喝了几口。名为稀饭，其实碗里边不见小米，在灯亮下照见人影，不如说是清水煮干野菜倒较恰切。自成一边吃山芋一边想着粮食快完了，只能勉强支持三天,而这一带又是穷山,不断地遭受天灾和兵灾,十室十空,即令找到百姓,在仓猝间根本没办法找到粮食。如果明天能够突围出去,一切困难都会有法子解开;万一两天内突围不出去,大军给养怎么办?想来想去,只有明天不惜一切牺牲突破包围,才是出路。可是潼关离这里不到一百三十里,到底官军有多少,如何布置,曹操究竟在哪里,都得不到确实消息,这个仗怎么打法?

同他在一起吃饭的是高夫人、双喜和张鼐。他不肯把自己的焦灼心情在他们的面前露出来,只在心中盘算着目前的严重局面。吃毕饭,他看几位大将还没来到,便叫双喜和张鼐在老营休息,自己带着几名亲兵出去看看。几年来他给自己立了一条规矩,在每日作战或行军宿营之后,他总要到将士们中间走走,到彩号们中间看看。愈是情况紧张,他愈要这样。因为习惯了,所以高夫人明知他今天非常辛苦,多么希望他休息一阵,却不敢开口劝他,只好任他出去。在自成走出堂屋后,她心疼地望一眼他的背影,回头来对双喜和张鼐说:

"唉,你们年纪小,以为掌着帅旗是容易的!"

李自成在寨里走了几个地方。月光下到处是他的部队,帐篷损失将完了,都露宿在火堆旁边。马都在嚼着干草。有些战士在马蹄旁边的草上躺下,缰绳挂在胳膊上,枕着鞍子,扯着鼾声。闯王嘱咐那些尚未睡去的将士们好生休息,准备明天杀出潼关。他正要往驻扎着伤号的一座破庙走去,老营的一名小校追了上来。他停住脚步转回头来,用眼睛问:

"什么事?"

小校走近他的身边,向他禀报说,大将们除总哨刘爷和郝摇旗之外都到了,夫人请他快回去。自成点点头,向回走去。小校又高兴地对他说:

"闯王,老百姓我已经找到啦。"

"已经找到啦？在哪里？找到几个？"自成站住连声问，目不转睛地望着小校。

"这地方我很熟。我在寨外边的树林中找到了一个老百姓，对他说是闯王自己驻扎在寨里，秋毫不动，不用害怕。我给了他几钱散碎银子，叫他快去后山上把老百姓统统叫回来，不要在树林里冻坏了。"

"好，好，到底把老百姓找到啦！"自成说，心中真高兴，简直像在战场上听到了重要捷报。

"闯王，你记得杜福宝么？"小校忽然问。

"记得，记得。他就是这寨里的人？"

"是的。可惜他一家人都死绝了。去年咱们从这一带路过时，我还见过他的伯父。"

自成对于部下的弟兄们有着惊人的记忆力。只要他见过一两次面，问过名字，隔许多年都不会忘。这个杜福宝原是高迎祥手下的一个弟兄，后来又跟着他，去年春天阵亡了。如今一提，他的相貌还活现在他的眼前。

"啊，杜福宝就是这寨里的人！他的伯父还活着么？"

"我刚才问了，还活着哩。这个老头子识得几个字，心中明白。要是把他找回来，准会打听到潼关的消息。"

"快把他找回来见我！"自成走了两三步，回头吩咐，"等老百姓都回来了，你回老营取三十两银子散给大家，莫忘了。"

他又向小校的脸上看一看，才赶快向老营走去。

当自成走进老营的院子时，李过、田见秀、高一功、袁宗第和刘芳亮五位大将正同高夫人坐在堂屋谈话。他们刚才谈了那个可疑的下书人，如今话题转到了清兵入塞的问题上。田见秀感慨地说：

"朝廷在长城内外驻了那么多的兵，竟会叫满鞑子随意侵犯！"

高夫人接着说:"哼!朝廷不争气,胡人当然会侵犯。从崇祯登极以来,像这样的事儿,也不止一遭两遭啦。"

"妈的!"李过骂道,"卢象升不是做宣、大、山西总督么?两年前他同咱们打仗倒像是很会带兵,也有胆气,怎么挡不住鞑子入塞?"

刘芳亮解释说:"鞑子是从东边来的,他在西边,远水不救近火。"

李过又说:"他要是从西边出兵狠狠地打几仗,满鞑子还敢从东边入塞进攻北京么?……奇怪!"

高夫人回答说:"既然朝廷无道,卢象升纵然做了宣、大、山西总督,也如同水牛掉井里,有力使不出。他的头上还压着皇上跟兵部衙门哩!"

她的话刚落音,自成进来了。虽然他是大军统帅,号称闯王,但是当时农民军中的礼节和体制还不严格,大家相处像家人一样,所以几位大将见他进来并没有起立相迎。他坐在李过对面的草墩上,还没有说话,一阵马蹄声来到大门外边停下。有一匹性情暴烈的马,在停下来以后倔强地腾跳着,旋转着,踢着,用后腿直立起来,喷着响鼻,愤怒地振鬣嘶鸣。直等鞭子从空中猛烈抽下,它才开始安静,但仍然用带铁掌的前后蹄在石头地上狠狠地刨着,蹬着。自成和大家交换了一个微笑,小声说:"来了!"大家不约而同地向院里望去。高夫人站起来,把自己坐的带有靠背的小椅子腾出来给即将进来的人,转身进里间去了。随即有一个人的脚步声从大门口一路咚咚地响着进来,地皮被踏得震动,忽听见喀嚓一声,在院中踩断了一根干树枝,听声音一定比棒槌还粗。刘芳亮向院里笑着说:

"果然跟别人不同!还没见你的人影儿,先听见你的马叫。"

"可见我的枣骝马真正是好马,天天行军打仗还精神十足。"一个粗犷的声音像打雷似的在院里回答说，随即是一阵爽朗的大笑。

随着笑声，一位约三十岁年纪，身材魁梧，骨棱棱的宽脸、双目炯炯、神态慓悍、内穿铁甲、外披半旧八团花紫缎旧斗篷，头戴铜盔、腰挂双刀的将领走了进来。他的斗篷带进来一股冷风，使相离几尺远的蜡烛亮儿猛一摇晃，连着闪了几下才恢复正常。闯王望着进来的将领说：

"快坐下，捷轩。时间不早，咱们得赶快商议一下，不等摇旗了。事情不多，咱们商议定，早点休息，准备明天打仗。看情形，明天要有一场大的血战啦。"

只听小椅子猛然咯吱一声，接着又连响几下，进来的将领在火边坐定，用手中的粗马鞭敲一下膝盖，大声说：

"血战一场哗，这股脓早该挤啦。不血战一场，孙传庭是不会给咱们让路的。咱们往潼关赶路本来就不是去看亲戚！别看他们近几个月来占上风，我刘宗敏可不服气！"

李过非常喜欢他的这种在任何情形下都不颓丧的豪迈性格，从小凳上忽地跳起，在他的肩膀上用力一拍，说：

"捷轩叔，你说得对，咱们永远不服他杂种。要是高闯王死后大家弟兄仍旧齐心共事，他洪承畴和孙传庭别想占上风！如今他们认为咱们已经被包围啦，逃不出他们的手心，等着捉拿咱们往北京献俘哩，哼！"

"他捉我的屁！……"刘宗敏本来还要骂一句粗话才能发泄出对洪承畴和孙传庭的轻蔑之感，但是一扭头看见高夫人的两位女兵，都是十七八岁的大姑娘，立在门口望他，他把另一句粗话咽下肚里，朝火堆上吐了口唾沫，冷笑几声。

高夫人从里间走出来，坐在柱子旁边，笑着说："捷轩，孙传庭还不认识你这位托塔天王，明天就要让他认识认识了。如今虽然咱们人马不多,一定得给官军一点颜色看看。这一年多来,咱们老八队还没有同孙传庭本人照脸哩。"

"你放心,他就是摆几道铜墙铁壁,咱们也要冲它个稀里哗啦。"

李自成把那个下书人的事告诉了刘宗敏。宗敏沉默片刻,把眼睛瞪得铜铃似的,望着自成说:

"你为什么不叫亲兵们把他吊起来先抽他两百鞭子?打他个皮开肉绽,还怕他不吐实话?"

自成听了他的话,微微笑着,暂不说话。刘芳亮说:

"万一他确实是曹操派来的人,打错了不是不好么?"

"怕打错了?好办,好办。事后多赏他几两银子,说几句暖心话,料他也不会有二话。在这样时候,谁敢说他不是奸细?"

自成摇头说:"我看这个人是打死不会吐实话的。我拿砍头吓唬他,他面不改色,气不发喘。如果确是奸细,他准是个江湖上的亡命之徒,豁着一条性命来的,把八斤半卖给孙传庭啦。所以我叫弟兄们先把他看起来,要不了多久会弄清楚的。"他望望刘芳亮和袁宗第,问:"你们两位在前队,没有得到什么消息么?"

他们说在前边几个村庄里只见到少数没有逃走的老百姓,都是上了年纪的老头老婆,问不出多少消息,不过都听到说清兵在进攻北京,潼关的官兵很多。自成转向刘宗敏,问:

"捷轩,你看咱们明天该怎样打法?"

所有的目光都集中在刘宗敏的有棱的脸孔上,等他说话。在李自成领导的这一支农民军中,他的威信和地位都在诸将之上,经常担任类似总指挥这样的重要工作。那时候没有"总指挥"这个名词,所以人们习惯地称呼他"总哨刘爷",这"哨"字在当时是队的意思。他向大家扫了一眼,然后瞅着闯王,回答说:

"我看,情形没有什么改变,还按照你昨天决定的办法打吧。孙传庭拦在我们前边的大约不到两万人。两军相遇勇者胜。我看不难杀开一条血路。"一块燃烧着的木炭哔剥一声从火堆上爆裂出来，滚到他的两脚中间。他用指头把它迅速地拾起来，投进火堆，向大家笑着说："起小当铁匠，我这手全是老茧，不怕火烫。孙传庭这位巡抚大人一准不敢像我一样用手抓火炭。讲到对垒厮杀，咱就得变成一堆火炭，烧得他缩手缩脚。"

这是决定胜负存亡的大战前夕，参加议事的人们都明白他们所面临的情势十分险恶，但是刘宗敏的神色和口气却那么安详，好像在谈着一个将要遇到的普通战斗，没有一丝儿焦急和畏怯情绪。高夫人在心里笑着说：

"看他多沉着！这号人，天塌了也能顶起来，华山在面前倒下来也不会眨眨眼睛！"她不声不响地把椅子往前移一移，静听着他们议论。

从高迎祥到李自成，在这一支农民军中有一个好的传统：遇到重大的问题就召集众将领一起商议，谁都可以自由地发表意见。李自成的作风比高迎祥还要出色。他总是静静地听大家发言，自己很少做声；直到大家把意见说得差不多了，他才把大家的好意见挑出来，加以归纳，做出自己的最后决定。现在他比较担心的是洪承畴已经把摆在西安以南的一万多精兵撤到潼关，和孙传庭的人马会合。他皱皱眉头，用平静的声调说：

"只要洪承畴没来潼关，事情就好办。这老东西用兵狡猾。我担心他已经悄悄地来到潼关了。"他向田见秀望一眼，问："玉峰哥，你看怎么打法？"

"凡事不妨往坏处想。我也猜想洪承畴是在潼关。至于怎么打，请闯王吩咐，我没有多的意见。"田见秀谦逊地微笑着，拈着下巴颏上的短胡子，带着大智若愚的神气。

闯王把眼睛转向高一功。一功顺手在火堆上加了几块劈

柴,同时考虑着当前的危险处境。看见刘宗敏的两道宽阔的浓眉一耸,嘴角流露出一丝微笑,他问:

"捷轩,你想出了什么鲜招儿?"

刘宗敏把拖在地上的斗篷角拉起来放在膝上,用马鞭子在左手宽阔的掌心上轻轻地拍了两下,那一股轻松的微笑从他的古铜色的、棱角鲜明的面部消失了。他的两道浓眉毛又在隆起的眼骨上耸了耸,说:

"闯王,你看,是不是可以趁今天夜间,冷不防给敌人一个回马枪,先把曹变蛟整一个稀里哗啦,解除后顾之忧,明天好全力北进,冲破官军的堵截?"

闯王向几位大将看了看,问:"你们看怎么样?"

堂屋中的空气立刻热闹起来,大将们纷纷说出自己的意见。有人赞同刘宗敏的计策,有人不同意。不同意的理由是如今追在背后的不但是曹变蛟,而且增加了贺人龙和左光先,共有一万多人,实力很厚。况且自从翻山鹞①投降贺人龙之后,对贺人龙也不得不多加小心。再说,曹变蛟也不是个粗心大意的家伙。他作战同他的叔父曹文诏②一样勇猛,可是比曹文诏乖觉得多。即使曹变蛟会疏忽大意,周山也会提醒他。闯王在洮州、在阶州、在城固附近,几次想设下埋伏消灭追兵,不是曹变蛟自个儿有提防,就是给周山识破了。但主张来个回马枪的人们坚持自己的理由,认为与其明日前有孙传庭以逸待劳,后有追兵,腹背同时作战,不如先下手,能占一点便宜总有好处。

---

① 翻山鹞——高杰的绰号。一年前他投降了贺人龙,后来成为明末有名的四镇之一,受封为兴平伯。
② 曹文诏——明朝末年的一位名将,于崇祯八年在真宁县湫头镇陷入高迎祥和李自成农民军的包围,被杀。

在众将纷纷议论中，只有高一功没有发言。他是高夫人的弟弟，本名叫高国勋，表字一功，自从在义军中有点名气，本名就少人叫了。这位二十八岁的青年，如今担任中军主将，秉性忠厚正直，沉默寡言，人们都说他"打仗时像只猛虎，不打仗像个姑娘"。高夫人在他脸上打量一眼，看见他因为过度辛苦，眼窝比往日深了，一股怜惜的感情不由地浮上心头；又看见他心事沉重的样儿，知道他一定有别的想法，她随即向自成使个眼色。自成也早已觉察出他有什么想法，这时看见桂英的眼色，就向他问道：

"一功，你说说，今晚来个回马枪行不行？"

高一功不慌不忙地抬起头，用手掌在脸上抹了一下，正要说出他自己的不同意见，看见那个负责寻找本村百姓的小校走进来，暂时把话忍住了。小校走到自成身边说：

"闯王，老百姓找回来啦。他们听说是闯王的老营扎在村里，不再那样害怕，回来了几十口人。"

自成说："好。快取三十两银子放赈！你说的那位姓杜的老头子找到了么？"

"我把他带来啦。他还叫一个驼背老头子跟他一道来。"

"在哪儿？"

"在大门外。"

自成嘱咐大将们继续商议，赶快站起来向外走去，满心希望会从这两个老头嘴里得到些什么消息。

杜宗文老头子抄着手，夹着膀子，同那位驼背老头瑟缩地站在月亮地，心情紧张地等着闯王。一看见闯王出来，慌忙抢前一步，拱拱手说：

"闯王，你辛苦啊！老百姓如今都成了惊弓之鸟，一望见有人马来到，不管是官兵还是咱们义军，一哄而逃，巴不能变成地老鼠藏到洞里。你可别见怪啊！"

闯王笑着说:"老伯,你说的哪里话!乱世年头,老百姓听说打仗,看见人马杂沓,自然都要躲藏,谁肯拿性命往刀尖儿上碰?再说,咱们义军的纪律也不好,难怪老百姓……"

杜宗文截住说:"不,不。你们义军比官兵强多啦。老百姓心上有杆秤,谁好谁坏全清楚。至于你李闯王的人马,在各家义军中是个尖子。人人都这么说,可不是我老头子当着你的面故意说奉承话。"

"可是骚扰百姓,做坏事的人还是不少。"

"唉,十指尖尖有长短,树木林莽有高低,怎么能一刀斩齐?人上一百,形形色色,难免良莠不一,何况是上千上万!"

"老伯,福宝可是你的侄儿么?"

"是我的亲侄儿,听说去年春天就不在了。"

"是的,他阵亡啦。怪好一个小伙子,很可惜。"

"咱这洛南县境,你们十三家义军常从这里经过,随着起义的人很多,这两三年死的小伙子至少也有几百。两军阵上枪对枪,刀对刀,会能不死人?"

闯王点点头,叹了口气。他正要向杜宗文老头子打听消息,老头子先开了口:

"闯王,听说你叫我来,不知道什么事。我有一句话,不知敢问不敢问。"

"不要紧,问吧。"

"咱们的队伍明天要往哪里去?要往潼关么?"老头子小声问,寒冷和紧张使他的声音打颤。

闯王笑着问:"你打听这做什么?"

"唉,要不是你提到福宝,我也不敢这样冒昧,问你这句话。闯王,一则提到福宝咱们是一家人,二则你是咱老百姓的救星,为百姓打富济贫,剿兵安民。人非草木,我怎肯不说实话?"

潼关南原大战　107

自成的心中感动，赶快说："老伯，请你快讲！"

"闯王，后有追兵，前有重兵堵在潼关，你今日的处境可不好啊！"老头子把站在背后的驼背拉了一把，推到闯王面前，说，"狗娃，闯王是咱们自家人，你快说吧，快把你听到的话说给闯王知道。别怕，说错啦闯王也不会怪罪咱们。快说！"

驼背老头很惊慌，只见胡子和嘴唇连连抽动，吞吞吐吐，却说不出一句话来。闯王越发莫名其妙，心里说："莫非他有什么冤情，要我替他伸冤报仇么？"杜宗文老头看见驼背不说话，很焦急地对他说：

"嗨，你这个人，越到你该说话的时候你越像噙着满嘴水，吐不出一句囫囵话！如今事不宜迟，别耽搁啦！"

驼背老头用恳求的眼光望着杜宗文，结结巴巴地说："三哥，就那几句话，你，你说哗。我这个拙嘴……"

杜宗文生气地说："你呀，嗨！你一辈子像一个晒干的死蛤蟆，踏在鞋底下跺三脚也不会吭一声儿。如今啥时候？还是这样，耽误大事！"

"这位是谁？"自成问。

"他是我的叔伯兄弟，按门头还没出五服。因为他起小讨饭，放牛，没进过学屋门儿，所以活到老没有起大号，到如今胡子花白啦，人们还叫他狗娃。"

"老伯，他不肯说，你就替他说了吧。"自成催促说。

"好，我就替他把事情禀报你闯王吧。狗娃今天去北乡亲戚家一趟，听说一些官兵的消息。人们说，孙抚台带了很多人马驻扎在潼关南乡，说要堵住你闯王的人马，任你插翅膀也莫想飞过。你明儿要是带人马往北冲啊，唉，可得千万谨慎！"

李自成不但没有吃惊，眼睛里反而含着笑意，等候杜老头继续说下去。一阵尖利的霜风萧萧吹过，两个老头子连打几个冷颤，越发显得瑟缩。自成向站在背后的双喜看一眼，说：

"去，取两件棉衣服来！"随即，他望着驼背老头子问，"你知道官军大约有多少人马？"

驼背打着哆嗦，好不容易地回答了一句："听说有……两三万人。"

李自成想着这数目有些夸大。据他估计，孙传庭能够集结在潼关附近的大约有一万五千到两万人马。但是即使是一万五千人马，加上背后的追兵和左右两边的堵截部队，合起来也有三万多人。他很感谢两位老头子的好意：不能大意！

"还有别的消息么？"

杜宗文用肘弯向驼背碰一下，用眼色催他快对闯王说出来。驼背的厚嘴唇嚅动几下，也用肘弯碰碰杜宗文，说：

"三哥，你说吧。"

"耽误时间！好，我替你说吧。"杜宗文抬头望着闯王的脸孔说："还有，潼关南乡的山寨同咱这儿的山寨不同。那儿一向是硬地，同你们没有拉扯，反贴门神不对脸，这你知道。"

"我知道。"

"那儿的山寨里住有富豪、乡绅，有乡勇守寨。听说孙抚台已经传谕各寨乡绅，叫他们协助官兵，把守各处险要路口，不让你的人马通过。"

棉袍拿来了。如今闯王的部队里也缺少棉衣，这是双喜自己和他的亲兵头目平常穿的两件旧蓝布棉袍。闯王把棉袍接在手里，亲自披在两位老头身上，说：

"把这两件棉袍送给你们吧。虽说旧了，到底还能够遮风挡寒。"

"这，这，"杜宗文老头闪着泪花，结结巴巴地说，"你这样惜老怜贫，我只好，只好受下。这一生没法报答，下一辈子变骡子变马报答你闯王爷的恩情!"

驼背连着"嘿嘿"两声,嘴唇和喉咙嚅动着,频频摇头却说不出一句话。他几乎是不知所措地穿着棉袍,指头在扣扣子时颤抖得十分厉害,两行热泪扑簌簌地滚到又黄又瘦、带着很深的皱纹的脸颊上,又滚进像乱草一般的花白胡子里。

闯王笑着说:"小意思,说什么感恩的话!你们可听说洪承畴如今在哪里?"

两个老头子互相望望。驼背摇摇头,说他不清楚。自成感到一点宽心,因为他想,如果洪承畴率领大军来到潼关,老百姓会有谣言蜂起的。但是他的宽心是有限度的,因为他深知洪承畴是一个诡计多端的人。

"听说满鞑子围了北京,可是真的?"他又问。

"噢!你看,你看,"杜宗文甩着手说,"这么重要的话,本来要对你闯王说的,可是你不问,我竟然会忘了!这可不是谣言,是真有其事。我还听说,万岁爷已经给制台和抚台来过圣旨,催他们进京勤王。"

"催他们进京勤王?"

"老百姓都这么纷纷传说。"

"老百姓怎么会知道来了圣旨?"

"蠓虫飞过都有影,何况是堂堂圣旨来到,能够瞒住谁?纵然孙抚台自己不说出来,他的左右也会传出来。"

闯王沉默片刻,又问:"你听说曹操的消息么?"

"曹操?……"老头子想了一阵,说,"上月半间,不,上月尾吧,传说有大股义军到了陕州一带,仿佛听说是曹操率领的,要往西来。后来又听说孙抚台带着人马出关去打,打个胜仗。以后就没有听说这一股人马的下落啦。咱这儿山地闭塞,同陕州相离很远,又隔省,只是影影绰绰地听到些谣言,不清楚。"

"没有听到别的消息么?"

"没有啦。闯王爷,明天务必多多小心啊。"

"我一定小心就是。快回去安歇吧。我下次路过这里,一定派人找你。"

"唉,天不转地转。下次你闯王爷再打这里经过,只要我这把老骨头还活着,我拄棍子也要迎接你。"

闯王送老头子们走出大门外,向西南方侧耳听了一下,听不见人声,转身往上房走去。他心中盘算:孙传庭在潼关南原人马很多,崇祯有诏书调他和洪承畴去北京勤王,这看来都是确实的。这一仗怎么打法?……

自成刚走进院里,郝摇旗来了。他把最后一根鸡骨头扔在地上,对自成一拱手,喷着酒气说:

"李哥,我来迟了。"

"不算迟,正在等着你哩。快进去商议大事吧。"

这位郝摇旗名叫郝大勇。他不是李自成的嫡系将领,而是高迎祥亲手提拔起来的一员猛将。有一次农民军在作战中情况十分不利,在官军的猛攻下死伤惨重,阵地已经开始动摇。郝大勇从高迎祥身边掌旗官的手里夺过来"闯"字大旗,在马上不住地摇着大旗,狂呼着向官军的阵里冲去。那些正惊慌动摇的农民军将士一看见"闯"字大旗向前冲去,都跟在后边狂呼着向前冲杀,形成了一股不可抗拒的伟大力量。转眼之间,战场的局面完全扭转,把官军杀得落花流水。从此以后,大家给他起个绰号叫郝摇旗,本名儿倒不大有人提了。

高迎祥牺牲以后,他的余部都归自成率领。一年来死的死,散的散,也有不少投降的,如今只剩下郝摇旗这一股了。经过不断行军和战斗,他手下也只剩七百多人。一年多来,李自成对于军纪逐渐加严,但是郝摇旗的部队还是常常违反军纪,奸淫、抢劫和杀害百姓的事情不断发生。闯王只委婉地劝说郝摇旗,对他不责之过严。两三天来,自成派他不断地向武关等通向河南的关口试探官军防守情形,希望能冲往河南,都没成功。刚才他得到闯王的传知,叫他来老营议事,他正在叫亲兵们替他在火上烧一只从老百姓家里捉来的老母鸡。鸡子烧得半生不熟,他就提着上马。他的亲兵们不知从哪儿又替他弄到了一斤多白酒。他在马上一边喝酒,一边吃鸡子。等来到杜家寨,酒喝干了,一只三斤多重的老母鸡也吃完了。

拉着郝摇旗回到上房,闯王把杜宗文老头子所说的新情况告诉大家,然后问道:

"你们商议出结果了么?"

刘宗敏回答说:"还是没结果。时间不早,由你决定吧。"

在自成出去这一会儿,高一功提出来一个新意见,引起来一番争论。按照高一功的意见,干脆暂时放弃往河南去的打算,避免明天同官兵在潼关附近决战,于今夜回师向南,从贺人龙的宿营地杀开一条血路奔往汉中,脱离了包围以后,再作道理。但刘芳亮和袁宗第都反对他的意见。他们担心洪承畴和孙传庭不去勤王,或只派小部分官兵勤王,而用大军尾追不舍。他们说,将士们早就抱着一个冲出潼关的决心,如今只有一鼓作气,直向前冲,军心才不会涣散。倘若回头向西南,一旦稍有不利,士气就会全垮。几个月来,人们提到西番地和陇东南的穷山荒野就摇头叹气,如果再被官军逼到那里,即令不冻死饿死,也会全军溃散。甚至目前只要说往西边去,军心就会动摇。

李自成知道了刚才争论的情形,眼睛望着火光静静地转动着,浓黑的眉毛不时耸起。过了好长一阵,他忽然用右手一挥,做了决断,下令四更吃饭,趁着月色出发,按照原计划从潼关附

近冲入河南,有进无退。他把各个大将的任务交代清楚,把兵力重新调整一下,接着向郝摇旗问:

"摇旗,你手下的弟兄不多了,跟补之一起断后,对付曹变蛟同贺人龙好么?"

由于过于疲劳,也由于酒力发作,刚在火边一坐下,郝摇旗就闭着眼睛打鼾,闯王所说的话他似乎听见,又似乎没听见。如今听到闯王提到他的名儿,一乍睁开眼睛,还是睡意很浓,怔怔地向大家望了一圈,又望着闯王,问:

"自成,你说什么?"

闯王笑着说:"要打恶仗了,需要你摇动大旗冲杀。"

"好哇!请你下令!"郝摇旗大声说,双目闪光,困乏和瞌睡全没有了。

"你同补之一起担任断后好不好?"

"闯王,我的哥,我刚才朦胧中听见好像你说潼关的官兵更多了,孙传庭在恭恭敬敬地迎候咱们,可是真的?"

"是真的,老孙在潼关附近排队恭迎。也许老洪也快来了。"

"人马有好几万?"

"据老百姓传说有两万多人,我看不会超过两万。"

"妥啦,我清楚啦。自成,你派我同刘哥一起在前边开路吧,别派我断后啦。"

"可是你这些天打的仗特别多,太累了。"

"当武将,遇到打仗的时候还怕累?等打过胜仗,痛痛快快地睡三天三夜!"

"好吧,"闯王说,"你就多辛苦一点,在前边开路吧。大家想想,还有什么好主意没有?"

"只要派我打头阵,我没有话说啦。"郝摇旗说了这句话,又十分困倦地闭起眼睛,扯起鼾来。

大家望着他笑了一笑。刘宗敏问：

"明天这一仗不同往日，彩号怎么办？"

"轻伤的弟兄都参加作战，重伤的……"自成迟疑一下，转向高一功，问："随着老营，行么？"

高一功感到为难，因为老营的将士本来不多，明天还准备着哪里吃紧去接应哪里。他想了想，说：

"只好让他们随着老营吧。可惜我们在这里人地生疏，要是能把他们留下，窝藏一个时候，那就好啦。"

在片刻间，大家都不言语，互相望望。全军因伤重不能骑马的有两百多人，需要用门板和竹床抬着，成为行军和作战的很大累赘。明天让他们跟着老营突围，不但要使用几百名弟兄抬他们，而且给老营带来很大困难。可是不带着他们又怎么办呢？正在这时，高夫人忽然提醒闯王说：

"既然这村中的老百姓同咱们义军素有瓜葛，那个杜老头的侄儿原是咱们手下的弟兄，为什么不同杜老头商量一下？倘若这村里老百姓肯帮忙，咱们不妨多周济老百姓一些银子。重彩号能在此地窝藏一时是上策，跟着老营走不是办法。"

"对，就这么办！"闯王说，"只要打听一下，若这寨里没有坏人，走不了风，没有比这个办法更好啦。一功，叫双喜陪着你去找杜老头，问清楚寨里底细，请他想想办法，只要窝藏三五天，事情就好办了。不管仗打的结果如何，官兵是不会长留在这一带的。他们或者跟在屁股后追咱们，或者遵旨勤王，都得离开这里。"

高一功同双喜刚走出堂屋门，闯王又想到从这里往潼关有几条路，最好走一条又近又隐蔽的小道，免得中途同一些山寨的乡勇纠缠。他嘱咐高一功在本村老百姓中找一个可靠的向导，并嘱咐谈好后把杜老头带来同他见见。

刘宗敏把膝盖一拍，说："我的办法也想出来了！对，只要找到杜老头把这第一步棋子儿走活，以后的步子就好走了。我是蓝田人，我的营里蓝田老乡很多。这些弟兄们，谁在蓝田大山里没有家？谁没有三亲六故？等到几天之后，官兵一走远，就可以把重伤的转送到蓝田山中。别说只有两百多个重伤的，再多两百也不犯愁。从我的兵里边挑那些在家乡人缘熟的，留下来二十个人好啦。"

高夫人接着说："再请尚神仙把他的徒弟留下一个来，也把药留下一些。"

闯王说："对，你想的挺周到，就这么办。"

高夫人又说："还有，把各营的眷属都集合到老营来，免得留在各营里碍手碍脚，让将士们背着一堆活包袱跟官兵血战。在高闯王活着时就定有规矩，可是总不能完全遵行。目前的处境不比往日，今夜就传知各营，明早起身以前，一定把女人孩子们送到老营来。只要老营在，我在，我不会让官兵损伤眷属们一根汗毛！"说到这里，她望着刘宗敏，改换口气，含着笑说："捷轩，你是大将，需要以身作则。把两位先后①送到老营来，舍得么？"

刘宗敏哈哈笑起来，说："我遵令送来，请嫂子放心。"

高夫人向侄儿望一眼。李过赶快说：

"婶子不说，我也要把来亨他娘送到婶子身边来。"

刘宗敏向田见秀打趣说："还是玉峰利闪，嫂子死了几年也不再娶，跟庙里和尚一样，无牵无挂。"

田见秀笑着说："天下未定，要什么家啊！"

大家又谈了一阵别的话，准备散去。自成叫高夫人把金银珠宝拿出一部分，分给刘宗敏等带在身上。虽然他没有嘱咐什么

---

① 先后——米脂方言称兄弟的妻子为先后。

话，但是大家都明白他是怕万一会被打散，不能不预作安排。大家别了闯王和高夫人，骑马走了。

经杜宗文找村中老百姓一商量，大家虽然有点担惊害怕，但因为他们一则感激闯王的周济，二则同农民军素有瓜葛，三则也因为官兵几次从这里经过，奸淫烧杀，无恶不作，使他们恨之入骨，所以答应替闯王窝藏彩号。过去，这个村庄不止一次替本县的大杆子①窝藏过彩号和肉票。高一功把杜宗文带到闯王面前，高兴地说：

"李哥，乡亲们答应帮忙！"

闯王笑着问："可以窝藏？咱们的彩号可不少啊。"

"行！他们说，离这里三里远有一个人迹罕到的地方，那里有一个很深的山洞，洞口在悬崖上，离谷底有三丈多高，完全被草木遮蔽，不管从山上，从山下，都难瞧见。他们都说，把重伤员藏在洞里，本村没有底线②，没人会露口风，万无一失。别说官兵不会去那条荒谷，即令从那里走过，也绝不会知道在悬崖上有一个半里深的山洞可以藏人。"

闯王仍有点不放心，转向杜老头望了望，问："老伯，咱这寨子里有没有人跟乡勇们有瓜葛？"

"有，可是他们都逃出在外。"

老头子详细地告他说这个穷寨子在近几十年中只出过一个有头脸的人，屁股下也有几顷地，一座山场。前几年，曹操的人马打这儿过，把他的房子烧光啦，人杀了几口，他自己逃到西安府

---

① 杆子——明末商洛地区对本地小股农民叛乱部队叫做杆子，统治阶级则称之为杆匪。在相邻的豫西地区也是这样称呼。
② 底线——隐藏的奸细、暗探。

不敢回来。还有一家土财主,同北乡有来往,前年逃到华阴城去了。老营所住的宅子就是他家的。如今留在寨里的尽是穷人,同那些有钱的山寨没来往。原来有几个狗腿子,有的死啦,有的逃啦,还有一个在寨里,失了靠山,老老实实种了巴掌大一片山坡地。听了老头子这番话,闯王说:

"要是不会走风,我就把彩号留在这儿窝几天。请你老人家同乡亲们多关照,我不会忘记你们。"

"你放心,不会有风吹草动。"

闯王立刻叫高夫人拿出一百两银子,交给杜宗文,请他散给全村的乡亲们,表示他的感谢。杜老头坚决不肯受,说:

"闯王爷,你刚才已经拿三十两银子赈济全村百姓,这一百两银子我们决不受。都是自己人,说什么感谢!"

他不收下银子,闯王哪里肯依?推让了一阵,老头子只好收下,答应今晚上就分给全村,并说全村家家都在断顿儿,正没法活下去,这一百三十两银子救了全村的命。说着,他的热泪簌簌地滚了下来。闯王向一功问:

"什么时候把伤号抬送去?"

高一功回答说:"马上就抬送,我已经派总管去准备,老百姓也在准备梯子、绳子。双喜要跟他们一道去亲自看看。尚子明也派了一个得力徒弟同伤号留下,可惜药少,金创药差不多都用完了。"

"多留下一点钱,想办法再凑合一点口粮留下。"

"都已经安排好了。"

"向导呢?"闯王又问。

杜宗文老头赶快回答说:"带条子的①也找好啦,闯王,就

---

① 带条子的——杆子黑话。将路叫做条子,称向导为带条子的。

是刚才跟我来见你的背锅①狗娃。他在潼关乡下讨过三年饭,山山谷谷,村村落落,摸得透熟。"

闯王点点头,略带沉吟地说:"好是好,只是年纪大了一点,怕受不了累。"

杜宗文说:"闯王爷,他的年纪可不算大!他起小就受苦,一辈子没伸展一天,折磨得外貌很苍老,其实他还不到四十五岁哩。他的腿脚好,只要肚子里填饱瓢子②,翻山越岭,跟年轻人一样。"

"啊,我以为他有五十多岁呢。他家里有什么人?有老婆孩子没有?"

"屁老婆孩子,只有一个快七十岁的老母亲。他自幼讨饭,给财主放羊、放牛,大了给财主扛长工、种地,累成背锅,苦了大半辈子,连个女人也讨不起,还把三分二厘祖业地出了手。虽说自幼穷,为人倒正派,有胆量,还是个孝子。要不是有个老母亲拖住腿,他早就不是这样了。"

闯王笑着问:"难道他也想造反?"

杜老头说:"要不是老母亲拖住腿……嗨,别看他貌不惊人,当刀客,拉杆子,他可敢。"自成对这个向导感到满意,转向一功说:"快派人送他到前哨去,叫老袁给他一匹牲口骑。"

"马上就派人送他去。"

"给他一点钱。"

"已经给了他二两银子,他不肯要,勉强他收下啦。"

闯王想到驼背是一个孝子,家中老母亲年纪很大,明天做向导又十分危险,心中感到不安。但是时间仓猝,另外怕找不到适

---

① 背锅——土语称驼背为背锅。
② 填饱瓢子——杆子黑话,是说吃饱饭。

当的人。思索片刻,他吩咐高夫人取出十两银子,交杜宗文老头子转给驼背,留给他的母亲。杜老头走了以后,高夫人说:

"咱们常常在困难时得穷百姓的接济,没想到在这里又遇到了好人。"

"到处穷人总是同咱们心连心。你们还记得么?"闯王向高夫人和高一功望望,接着说,"崇祯八年春天,咱们初到江北①,那真是人地生疏,语言不通。可是穷百姓望风相迎,惟恐咱们不去。咱们正在围攻颍州②,离凤阳还有几百里,凤阳的穷百姓就纷纷前来迎接,献上册子,上写着某家是富户,某官贪赃,某处驻扎有多少官军。要不,咱们也不会那么容易地破了凤阳,焚了当今皇上的祖坟。就从民心一点看,朱家的天下不会长久。一功,你快去朦胧片刻吧,已经三更过啦。"

"不,我等把伤号送走后才能休息。捷轩留下的二十个弟兄马上就到,我还要当面嘱咐他们些话。"

自成望望他,没再说什么,走进里间,也不解甲,困倦地倒在床上。但是想到明天的大战,他的瞌睡登时没有了。局面如此不好,也许全军的生死都决于明日一战!他静静地望着窗上的月色,听着远处传来的萧萧马嘶,脑海里在盘算着明天从潼关突围的事。

---

① 江北——明朝所说的江北指现在安徽和江苏两省长江以北的地方。
② 颍州——今安徽阜阳。

第七章

鸡叫头遍,李自成的人马就踏着苍茫月色,静悄悄地向北出发。

总哨刘宗敏同郝摇旗、刘芳亮、袁宗第等几员大将,率领着三十几员偏将,四千多名士兵走在前边。李过和田见秀率领着二十几位偏将和三千多名士兵断后。高一功率领着十几员偏将和两千多名士兵、二百多名孩儿兵,护着老营。闯王带着他的亲兵和一部分战将走在前队和老营之间。刘宗敏的两个妻子,高一功的妻子,李过的妻子和养子李来亨,还有很多将校的眷属以及保护眷属的亲兵,都骑着马随老营前进。

七八年来,高桂英一直跟着丈夫,过惯了艰苦和危险的战斗生活,可以骑烈马,也会射箭。行军时,她总是用一条红绸战带束腰,背一张牛角弓,挂一口宝剑。虽然她从来不曾很好地练过武艺,作战时也用不上她亲自冲锋陷阵,但是她在紧急的日子里很少离开过这口宝剑。她不但准备用它杀敌,也准备在万不得已时用它自尽,决不使自己落入敌手。她明白今天要杀出包围不是容易的,所以叫女儿兰芝同她骑在一匹大马上,免得母女俩被千军万马冲散。另外,她叫李过的妻子黄氏和李来亨都紧紧跟随着她。

黄氏虽然比她的婶娘小一岁,但身体比高夫人差得很远。两次怀孕都是在戎马倥偬中流了产,使她的身体吃了大亏。如今她又怀孕了四个月,而这四个月中有三个月是骑在马上奔波。两天来她时常头晕、目眩,心头跳得发慌,几乎支持不住。但是她没有把她的病情告诉任何人,避免婶母和丈夫为她操心。

她的养子李来亨却跟她完全两样。他总是精神饱满,不肯安静,像一个虎雏一样。他只有十二岁,什么也不怕,在每次打仗时总希望自己能够不受管束,跟随着义父或双喜叔冲入敌人堆中,挥着他的雪亮的短剑同官兵厮杀。由于每次快要进行血战的时候,义父总是叫他同母亲随着老营,每次官兵冲到面前时总有自家的兵将保护他,使他感到很大的遗憾和不平。为什么不让他打仗呢?真是!大人们太小看他了。那些孩儿兵,很多只比他大一两岁,顶多三四岁,他多么羡慕他们!

今天,他穿着一件为他特制的绵甲①,背着一张小小的牛角弓,腰挂着宝剑和朱漆箭囊,里边插着十几支箭,箭头和箭身合起来只有一尺五寸长。但是在六十步以内,他差不多可以百发百中。在几次战斗中,他都亲手射伤过冲到面前的敌人。他骑的是一匹蒙古骏马,鞍子和辔头用银子装饰得非常精巧。他挺着胸,略微侧着身子坐在马鞍上,左手拉着缰绳,右手提着鞭子,以严肃而略带激动的心情望着远处的高山、不尽的人马、稀疏的寒星与月光下随风招展的大旗。

尽管从春初退出川北以来,经过万里奔波,不断作战,人马损伤十之六七,衣粮都缺,但是这一万多人马仍然部伍整齐,士气很旺,保持着高迎祥时代的优良传统。小来亨策马走在这样的部队中间,天真的心灵中充满了英雄气概。他非常希望今天能发生超过已往任何一次的激烈血战,好使他有机会离开养母,离开

---

① 绵甲——用很多层丝绸或棉布夹着丝绵,密密地用粗线纳成,两臂过肩不及肘,下长掩膝。

潼关南原大战 121

别人的保护，在官兵中间驰突冲杀，像罗虎们那些孩儿们一样。

驼背向导骑在一匹青灰大走骡上，戴一顶从父亲传下来的酱色破毡帽，身上穿着闯王昨晚送给他的旧棉袍，敞着扣子，腰里束一根用各种破布条拧成的粗绳子，在磨断的地方打着疙瘩。家里没有别的干粮可带，他在怀里揣着两个柿子面窝窝头。束腰的绳子上，左边插着大镰刀，背后插一把砍柴的短柄利斧。惹人注目的是，他一只手牵着缰绳，一只手拿着一根五尺长的栎木棍子。这棍子显然使用不少年月，磨得溜光。他年轻时替财主放过骡马，所以如今骑在大走骡上一点也不外行。他的大半辈子是在财主们的脚底下生活过来的，简直连猪狗也不如；直到今天早晨，他骑上大青骡，走在大将袁宗第的面前，背后跟着闯王的大军，而袁宗第和弟兄们都对他亲亲热热，他才第一次感觉着自己活得像一个人，活得有意思，眉头开始舒展了。

袁宗第原来听说这个驼背庄稼汉是个整天不说三句话的人，也没有多跟他说话。走着走着，忽然隔着山头传过来驴子叫声，袁宗第忍不住问：

"老乡，山那边是什么地方？"

"你可是问的长脖子①叫的地方？"驼背回头问，吐字稍微有点慢，可并不结巴。

"对，什么地方？"

"那是陈家湾。有人起五更套磨哩。"

"有乡勇么？"

"不多。从这儿往北去就多啦。"

停一停，袁宗第笑着问："老乡，骑着骡子，你带一根棍子做什么？想跟我们一起打仗么？"

---

① 长脖子——驴。杆子黑话。

"打仗？"驼背嘻嘻笑起来，掂着木头棍子说，"我还从来没打过仗哩。这是花栎木棍子，又沉又结实。要是跟官兵打起来，我，我十八般武艺全不会，该不会用棍子抡！"

"好啊，用你的花栎木棍狠狠地抡！"袁宗第叫着说，这个老实农民使他感到很有趣，感情上也突然更亲近了。"大叔，打仗的时候你不要离开我，免得吃他们的亏。"

"将爷你放心，俺吃不了亏。"

"吃不了亏？"

"是啊，打死他们一个我够本儿，打死两个我赚一个，吃什么亏呢？我才不含糊！"

"大叔，我还没把你看出哩。"袁宗第说，要不是正在秘密行军，他会放声大笑起来。

驼背看见袁宗第是一个不拿架子、脾气随和的人，使他说话的胆量更壮。他告诉宗第，这根棍子跟着他已有十年，乞讨时用它打恶狗，走路时当拐杖，遇着狼时又可以防身护体。

"将爷，"他说，"俺有一次走在山路上，两只狼围着想吃我。俺用这根花栎木棍子打死了一只，余下一只也给我打跑啦。可是这棍子还没有打过人，今日说不定要尝尝新哩。"

"你一棍子就打死一只狼？"

"俺一棍子把它打倒，又几棍子才送它回老家。"

"大叔，你倒是有一手哩。"

"山里人嘛，打狼不外行。狼是铜头麻秆腰。你要是一下子打在狼腰上，准能打得它倒在地上爬不起来。"

"遇见官兵你可得打头啊。"

"那个自然。远的俺用棍子抡，近的还有斧头哩。万一斧头脱了手，还带有一把镰刀哩。"

"哎，没想到你这老头子是个老英雄。你不要回家啦，随我们往河南去好不好？"

驼背回头笑一笑，叹口气说："老娘还没下世，没人照料。要不是这，将爷，别看我有把年纪，龟孙才不跟着你们去！"

走在一起的弟兄们都对他发生兴趣，打算劝他入伙，一道往河南。有人问他：

"老乡，往河南的路你熟不熟？"

驼背有点吃惊，笑着问："兄弟，你说话不忌讳么？"

"俺们不在乎。"那个弟兄回答说。

"嘿！嘿！还是忌讳一点好。"驼背又说："往河南的条子么，不多熟。要是熟，我准定还给你们带条子，带到天边我也高兴。"

弟兄们忍不住笑了起来，不仅笑他是好人，回答得好，也笑他那么爱说黑话。原来本地杆子和各地农民队伍中都有许多词汇是犯忌讳的，用另外创造的词汇代替，一代代流传下来，叫做黑话。例如路和败露的露字同音，说成条子，带路的向导叫做带条子的；饭和犯同音，说成瓢子，而吃饭就叫做填瓢子；鸡和急同音，鸡子说成尖嘴子，鸡叫说成尖嘴子放气；鸭和押同音，鸭子说成扁嘴子。又有一些词汇并不为声音不吉利，也用另外的词汇代替，例如把狗说成皮子，狗叫说成皮子炸；小河说成带子；桥说成孔子等等，非常多。前一类词汇忌讳较严，后一类可以马虎。李自成的农民军早已"正规化"，不大讲究这种忌讳；尤其自成和他的左右将领，更少忌讳。如果他们有时也把路说成条子，那不过是顺应下级弟兄们的习惯罢了。驼背老头以为闯王的人马也像别家的人马一样说话有许多忌讳，尤其在这样危险时候，说话更得特别留神，不可"放快"①，所以他特别谨慎。听见大家都在笑，他始而奇怪，继而在心里说：

---

① 放快——偶然说出来应当忌讳的词汇叫做放快。

"人家闯王的人马跟杆子不同啊！"

他们又谈了一阵话，直到听见守山寨的人们的打更声和叫喊声，才把话停止了。驼背的心上稍微有点紧张，但是并不害怕。随后他的紧张消失了，自己想着可笑："怎么搞的？我这半辈子还没有说过这么多的话呢！"

前哨人马越过一个山口，进入一道深深的峡谷。两边有高峰和密林，月光照射不到，很是幽暗。左边的山头上有一座山寨，寨门楼高出林杪，呈现在冷寂的月光下。整个寨子雾森森的，好像在注视着峡谷里的人马通过。从山寨里传出来守寨人们的梆子声，混合着断续的公鸡啼叫。寨墙上没有灯火，只有几点寒星挂在谯楼的一角。大家正在一边向前走，一边向山上观望，忽然听见一个守寨人用苍哑的声音叫着：

　　五更拂晓，
　　谨防劫寨，
　　把守好啊！

这最后一个字拖得很长，在四面山腰上发出回声，在霜天寒风中使人有一种凄厉的感觉。随即，这个声音问道：

"伙计们，把守得好不好？"

另一个声音回答："把守得好！"

"把守得牢不牢？"

"把守得牢！"

这些问答，带着回声，像是挑战一般地沉落到峡谷中来。队伍中有不少人开始用小声朝着山寨谩骂，有的恨恨地吐唾沫，有的在轻蔑地嘲笑。刘宗敏严厉地小声命令：

"向前后传，不许做声！"

"传,不许做声!"

这句话,向前,向后,用低沉而严肃的声音,一个接一个传了出去。传到闯王跟前,他也像普通战士一样,很习惯地重复一次。于是这一句命令就这样在他的背后通过大小将领和战士们的嘴,通过眷属们的嘴,传过中军和老营,迅速地传向后队。

霎时间,峡谷里听不见一点儿说话声音,连轻轻的咳嗽声也没有了,只有马蹄声,脚步声,枪刀剑戟的碰击声。这些声音,都混入峡谷两旁无边无际的松涛声里。

走了十几里才出了峡谷,接着是望不尽的丘陵地带。这时人马已经走了五十多里,天色也渐渐明了。再往北去就是人们所说的潼关南原,也简称潼关原,都是丘陵,并不险峻。李自成带着张鼐和一群亲兵,策马从旁边越过大队,追上刘宗敏,嘱咐他小心谨慎,提防埋伏,并指着前边七八里远的一座小山说:

"到那座山前停下来,让步兵休息一下。要是有水,就饮一饮马。"说毕,他就同张鼐和亲兵们离开大队,勒马登上路旁的高岗,等候着中军和断后部队。

早晨的太阳,像牛车轳辘那么大,像熔化的铁汁一般艳红,带着喷薄四射的光芒,从正东方的岭脊上,从若有若无的薄雾中闪出来了。它照着蒙了一层白乎乎的严霜的高原,照着在高原上肃静无声、匆匆前进的千军万马。除闯王的中军标营打着红旗外,其余各营,按照前后左右营打着不同颜色的旗帜。那些红的、黑的、白的、蓝的和紫的大小旗帜,队各一色,在起伏而曲折的丘陵间随风招展,时隐时现,看起来十分壮观。

闯王向远处凝望,不知道敌人在什么地方等待着他。这时,一幅潼关南原的山川形势图,历历如绘,出现在他的眼前。

因为行军和作战需要,他对所经过的地方都能够记得当地的山川形势,道路远近。每次驻扎下来,也喜欢向当地人询问地理和人情风俗。对于潼关附近的形势，他尤其了若指掌。这些年来，农民军常常由秦入豫，由豫入秦，如果从潼关走，都是撇开潼关县城，从关南四十里以内的地方来往。他自己曾带着人马从这里走过一趟。出潼关南门直到华山脚下，四十里开阔，尽是高原，浅山平冈，此起彼落，并无险峻之处。依山傍壑，有路可通的叫做峪。通向河南阌乡县境的峪很多，地势向东倾斜。他知道陕西巡抚孙传庭和潼关道丁启睿一年多来在这些山沟中建筑了三座大堡，每一堡相距十里，驻扎步兵二百名，又每隔三里设一个叫做墩的小碉堡，每墩驻兵二十名，都有火器。但他们是面对东方设防，企图堵住从河南来的小股起义部队。倘若人马从背后杀出，居高临下，这些堡呀墩呀，全无用处。闯王担心的不是这些墩、堡，而是听说孙传庭已经亲率重兵在这里以逸待劳。他对于洪承畴和孙传庭都不轻视，深知他们都是崇祯手下得力的统兵人才。众寡如此悬殊，劳逸如此不同，而对手又是孙传庭这样的人，他不能有丝毫大意……

自成正在想着，忽然一个小校骑着马奔上岗来，向他行一军礼，禀报说：

"后营李将爷派我来禀报闯王：曹变蛟和贺人龙的人马紧紧跟在后边，相距只有二三里，并不进攻，不知是何用意。李将爷说，请闯王吩咐前哨人马，务必多加小心。"

"已经吩咐了，"闯王说，好像他正在思索问题。"告诉李将爷，加速前进，不要同中军营离得太远。"

"遵令！"小校勒转马头，奔下岗去。

李自成心中明白，曹变蛟和贺疯子的追兵是等着前边开始厮杀的时候才进行夹攻，但是他不知道孙传庭把堵截部队布置在什么地方，也许还在远处，也许马上就会遇到。他望见前哨部队已经绕过一座小山，消失在愈来愈重的白雾里边，只偶然还可以望见刘宗敏的白旗、刘芳亮的蓝旗和袁宗第的黑旗在丛林杪上招展。

"飞马前去,"他命令身边的一个小校说,"叫前头的人马等一等,免得拉得太长。"

太阳升得更高了。它照着西边的华山。巍峨的五朵奇峰高插入云,多么壮观!多么肃穆!它照着岗头上的"闯"字大旗。旗枪的银光闪烁,大旗呼啦啦卷着晨风。它照着李自成和他的乌龙驹,他在静静地抬着头向前凝望。乌龙驹在转动着竹叶双耳,听着远处的马蹄声和马嘶声,好像它预感到就要投入战斗,兴奋地喷喷鼻子,发出来萧萧长嘶。非常奇怪,它一振鬣长嘶,别的马都不叫了。

担心前边随时会发生战斗,李自成把鞭子一挥,带着张鼐等一群偏将和亲兵们驰下岗头,随着中军营前进。又走了二三里,忽听前面一声炮响,立刻从远远的浓雾中腾起来一片喊杀声和密如连珠的炮声。"开始了。"他小声说,浓眉毛轻轻一耸,随即在乌龙驹的屁股上抽了一鞭,离开中军营,飞奔前去。

张鼐和三四百名身经百战、犷悍异常的骑兵紧紧地跟着他。举在手中的刀和剑在阳光下闪着寒光。

马蹄猛烈地踏着山石和坚硬的红色土地,像海潮,又像狂风暴雨……

第 八 章

　　总哨刘宗敏一面督队前进,一面察看前面地势。多年的战斗生活,锻炼得他在战场上十分机警和老练。一看前面来到一条小河,两岸林木茂密,丘陵起伏,很利于步兵作战,他的心一动,就派一个亲兵飞马通知郝摇旗、刘芳亮和袁宗第:人马暂停,派斥候向前搜索。但是已经晚了。

　　马匹一气走了六十多里路,身上冒汗。一到河边,争着饮水。步兵更是又困又渴,不顾水寒彻骨,争着弯下腰去,用手捧起水来喝几口,润一润干得冒火的喉咙。就在这队形混乱的当儿,突然一声炮响,埋伏在对岸树林中的官兵一跃而起,发出一片震天动地的喊杀声,向河滩冲杀过来。同时,一队火炮手和一队弓弩手,站在土丘上对农民军猛烈射击。霎时间,有一批农民军的骑兵和步兵倒了下去,鲜血使小河的流水变成了红色。

　　幸亏刘宗敏并没有在这种突然的袭击下惊慌失措。他不仅像当时统治阶级所承认的在作战中"剽悍异常",而且他也像历史上的名将一样,在危险的局面中,在纷乱的千军万马和刀光剑影中,像山岳一样屹立不动。如今,又是对他的一次考验。面前三十丈以外的河滩里已经发生了混战,自己的将士们不断地纷纷倒下,而且炮弹和利箭在他的身边和头顶飞过,密得像飞蝗一样。就在这片刻间,他看出敌人的弱点,忽然放了心。他想,如果官兵让开他的前队,拦住闯王的中军厮杀,同时从四面包围前队,那就更危险了。

突然,他的枣骝马的胸前中了一箭,狂跳数尺,然后倒下。当马倒下时,他敏捷地跳下来,立刻换乘一匹同样高大的黄骠马,仍然立在原地不动。有一股官兵发现了他是主将,凶猛地向他扑来,企图把他捉住,离他的面前只剩下二十步远近。簇拥在他左右的亲兵亲将都十分紧张,以为他会大喝一声冲杀过去,但是他并不在意,只用小眼角对这股扑来的官兵瞟了一下。当官兵扑到十步左右时,他回头对偏将刘体纯瞟一眼,把下巴轻轻地摆了一下,好像说:"把他们赶走吧,别让他们来打扰我。"刘体纯像箭离弓弦,突然率领着一群弟兄迎击敌人,只见刀光乱闪,马匹左右腾跃,转眼间把敌人杀得狼狈而逃,马蹄下留下许多死的和伤的。刘体纯正要往对岸冲杀,只听刘宗敏叫着他的小名说:"二虎,回来!"他只好勒转马头。

刘宗敏身旁的亲兵连着两个中箭,他自己的斗篷上也穿过一箭。又过片刻,他的黄骠马也中了一箭,跳起来,打了个转,颓然倒下。刘宗敏立刻换了一匹菊花青,依然停在原地。左右的亲兵亲将都担心他会中箭,但是没有人敢劝他向后退一步。他似乎没有感到左右都在为他的安全担心,却注意到大家急不可耐地想投入战斗,于是他小声说:

"都别急。沉住气。等一等。"

他继续立马河岸,稳如砥柱,竭力要看清官军的主将是谁,在什么地方,他好用"擒贼先擒王"的办法直取敌人主将。但是在一片苍茫的、滚滚流动的晨雾中很难看清官军的帅旗所在。而且敌人的气势如此凶猛,战局千钧一发,胜败决于呼吸之间,他不能多作耽搁。看见郝摇旗和刘芳亮又一次跃马跳上对岸,他的心中一喜,但转瞬间又看见他们被摆得像铜墙铁壁一般的敌人杀退回来,他的心头猛然一凉。就在这刹那间,他把斗篷刷地脱掉,向后扔去,随即听见他大吼一声,像一声晴天霹雳,菊花青随着这声霹雳腾空而起,像闪电般越过河滩,跃上对岸,直向敌人最密集的地方冲去,后边紧跟着十几名偏将和几百名骑兵。这一支人马在人数占绝对优势的官军中所向披靡,忽而向左,忽而向右,忽而杀出重围,忽而又杀进垓心,寻找官兵的主将。官兵多数是步兵,虽然也拼死抵抗,并且几次想把这一支人马包围吃掉,但总是在它的冲击下像洪水冲垮墙壁,纷纷倒下,闪开一条血路。他们的马匹常常在那些已经断气的和没有断气的、流着血在地上匍匐逃命的人们的身上践踏腾跃而过。

当刘宗敏冲入敌阵的时候,郝摇旗、刘芳亮和袁宗第不曾有片刻犹豫,率领着将士们也冲过对岸,深入敌阵,同官兵展开了一场混战。这时,官兵的炮火和弓弩都失掉作用。火炮手和弓弩手们有的退往一边,有的用刀和剑抵抗农民军的冲杀。郝摇旗同一股顽强迎战的敌人大杀一阵,把敌人杀败。他杀得性起,不再同刘芳亮等互相照应,率领着他自己的标兵追着一股敌人不放,离开了正面战场。刘芳亮和袁宗第起初还并肩作战。刘芳亮的一杆红缨枪遇到一个刺一个,不知有多少人被他的枪洞穿胸膛,有的还没有来得及招架就被他挑下马去。但是官兵仗着人数众多,随即把他同袁宗第的两千多人马分割成几股儿,并把他紧紧地包围起来。刘芳亮同他手下的两三百名将士把官兵杀退一批,第二批跟着就蜂拥上来,总是不能够突破包围。官兵同闯王的人马曾经打过多次仗,看见这位白净面皮、英俊而漂亮的青年将领,又加上他的红缨枪和雪白战马,就是不看他的旗帜,也认出他是哪个。这时一下子把他包围得水泄不通,就从四面八方发出叫喊声:"活捉刘芳亮!活捉刘芳亮!"但是尽管围得很紧,叫喊得很起劲,却不敢十分拢近。

　　正在寻找官兵主将的刘宗敏忽然看见刘芳亮被多过四五倍的敌人围困在一座土丘下边,就冲去解围。但当他冲到离刘芳亮一箭远近,才发现有一道几丈深的山沟横在面前,一队官兵埋伏在沟对岸的林莽中间,一跃而起,大声喊杀,炮声震地,硝烟弥漫,弹丸纷飞,加上乱箭齐发,使他的人马在片刻间有不少负伤落马,不得不后退几步。他略一察看,决定绕道过去。但是当他正要挥军从右边迂回过去,忽然看见刘芳亮杀开包围,一路向这边杀来。原来刘芳亮把人马布成一个圆阵,一面抵抗官兵的围攻,一面寻找突围的机会。看见刘宗敏在一箭外被沟岸上的火炮和弓弩挡住,他就把枪一挥,向手下的将士们说了声"随我来!"像出山的猛虎似的向一位敌将冲去。敌将举着大刀相迎,只见他的枪缨一闪,敌将手中的大刀飞出几尺远,咕咚栽下马去。官兵人马惊骇,纷纷后退,闪开一个缺口。那些站在沟岸上的火炮手和弓弩手一看刘芳亮从背后杀来,一哄逃散。

　　刘宗敏和刘芳亮会合以后,重新杀进官兵垓心,救出另外两三股陷入包围的人马,并且同袁宗第遇到一起。

　　郝摇旗也转回来,同他们会合了。他杀死了两员敌将,但是看见一员敌将骑的战马极好,想得到手里,死追不放,结果中了埋伏,一阵乱箭和炮火使他的人马成批地倒下去,登时陷于混乱。正在这时,有一股敌人从背后杀来,而刚才被他追赶的敌人也反转来向他猛扑。他大败而回,并且受了一处轻伤,手下的将士只剩了三百多名。

　　经过刚才的战斗,刘宗敏、刘芳亮和袁宗第三个人手下的将士也死伤了四五百名,另外有很多人负了重伤或轻伤。原来就挂过彩的,如今重又挂了彩。有不少人负伤几处,还在同官军厮杀。人员的大量伤亡,对他们十分不利。尽管他们战斗得非常勇猛，到底人数过少，总不能把官兵击溃，反而常常有被包围的危险。刘宗敏看得很清醒，敌人在这里投入作战的兵力至少有一万二千人以上，而且是精锐部队。

处在这样众寡悬殊的局面下，刘宗敏非常沉着，头脑非常清醒，丝毫没有动摇他的胜利信心。他想，只要他们能够继续在战场上保持猛冲猛打的气势，挫折敌人的锐气，一旦中军赶到，只须几百骑兵出敌不意地向官兵力量薄弱的地方猛冲一下，整个战场的形势就会改变。看准了这一点，他略微把队伍整理一下，分成两股，互相策应，专向敌人的步兵冲杀，忽东忽西，忽分忽合。他采用这样的战术把战场上的主动权稳稳地抓在手里，不断地杀伤和疲劳敌人，打乱敌人的队伍，而不再找敌人的中坚攻打。

李自成早已到河岸附近，把人马隐蔽在被疏林覆盖的土丘南面。他站在土丘上，右脚踏着一块磐石，静静地观察着战斗情形。这时，在南边几里以外也发出了喊杀声和战鼓声，使他不能不转回头来，侧起耳朵听了一阵。他判断出追击的官兵比往日增加了很多，而且他们不仅从正面，也从侧翼对李过和田见秀所率领的人马进行攻击。但是从他的神色上并没有流露出一点惊异或不安的表情，仿佛这些发生的事情全在他意料之内，而且好像是习以为常了。张鼐的大眼睛滴溜溜地望着他的脸孔，以为他马上会发出重要命令，可是他除了看见闯王的脸孔含着严峻的表情外，什么也没得到，简直猜不出主帅的心里在想着什么。

随手把头上的旧毡帽扶了一下，闯王继续向小河对岸的战场上观察。当看见刘芳亮被四面包围的时候，那肃然无声、簇拥在他的左右和背后的偏将和亲兵，包括张鼐在内，都感到心头紧张得像把攥一样，巴不得立刻冲入敌阵，把刘芳亮救出重围。然而他们用焦急的眼光向闯王的脸上望望，却仍然看不出闯王有任何表示，只是当刘宗敏遭到官兵埋伏的火炮手和弓弩手突然射击时，他的眉头猛地跳动一下。过了片刻，当看见刘宗敏安然无恙，而刘芳亮杀出包围并且杀散火炮手和弓弩手，同刘宗敏会合一处时，尽管别的几处还在苦战，却从他的眼睛里闪过了一丝欣慰的微笑。

他看出来这支官兵虽然人数众多，却有几个弱点：第一是士气不高，不像义军方面人人肯拼死冲杀；第二是指挥不灵活，也不齐心；还有第三，多是步兵，只有几百骑兵。他相信把他们击溃并不困难，等待着敌人的锐气开始衰落时，抓住要害猛力一击，就可以把敌人杀得溃不成军。但是当他从薄雾中看清敌人的旗帜时，他不禁心中一惊，暗暗叫道：

"啊，洪承畴果然来了！"

他从旗帜认出来这支拦在面前的敌人中有祖大弼和孙显祖两个总兵官的人马。这两个人都是洪承畴手下的大将。今年三四月间，当他从塞外退回陇东南时，洪承畴派祖大弼在洮州堵截，被他杀败一阵，让开了路。他只知道十天前洪承畴把祖大弼、孙显祖和另外几员大将都摆在蓝田、渭南和咸阳一带，防备他突入西安附近，没料到如今已经抢先来到潼关南原了。

李自成的吃惊丝毫没有被左右发现。人们都在十分焦急地等待着他下令过河冲杀。他向张鼐和簇拥在身边的将士们扫了一眼，看出来他们是如何地急不可耐，简直是目无强敌。他感到满意，说道："别急，咱们马上就给他们一点厉害看看。"他的声音是那样平静，那样轻微，那样随便，好像他不是在对别人说话，而是在自言自语。但是就这么十分简单和声调轻微的一句话，在张鼐和将士们的心上却发生了巨大的作用，不但更增了他们会立刻杀败敌人的信心，而且像一道准备出击的命令，使大家登时活跃起来。老兵王长顺在这样紧张而严重的时刻还不忘说笑话，小声对身旁的一位小伙子说：

"你的绳子准备好了么？"

"要绳子做什么？"小伙子转过头来问。

"看样子咱们面前不只有孙传庭，老洪也来啦。我身上只有一根麻绳，还少一根。"

小伙子对他笑一下，继续往前观望。这时有人小声惊叫：

"快救一救！那不是向导么？"

大家看见驼背骑着大青骡向河这边跑来，后边有几个骑兵追赶，几乎赶上。大青骡跃进河滩，后边的追兵仍然不放，前边又有几个步兵拦截。眼看他就要被擒，只见他的栎木棍子一扬，打倒了一个步兵，大青骡冲过河来。但几个骑兵仍在追赶，有一个骑兵追得最快，马头几乎接近大青骡的尾巴。他举起雪亮的马刀，只要再追一步，就会从驼背的背上劈下去。在此千钧一发之际，有一个伤得很重的战士突然抬起身子，从地上掷出一把短剑。前边的追兵突然身子一晃，倒下马去。几乎是同时，张鼐的一支箭射中了前边的马。马跳起来，打个回旋，挡住了另外的追骑。跟着，又一个骑兵中箭落马，其余的惊骇逃回。

"怎么只你一个人？"当驼背来到面前时，闯王问他。"没有挂彩吧？"

"我，我同大伙失散啦。一群官兵追着我，想得到咱这匹大青骡。我可不投降！"驼背喘着气说。

闯王看见他的腿上有血，棍子上也有血，又问：

"没挂彩吧？"

"不碍事。只大腿上受点轻伤。"

闯王嘱咐他去跟随老营，不再多问了。

一个由李过派来的小校骑着马从南边飞奔而至，跳下马跑上土丘，向闯王禀报说在后追赶的官兵已经开始进攻了：曹变蛟在正面进攻，贺人龙在右边，左边出现了左光先的人马。李自成点点头，向南边望了一眼，说：

"啊，知道了。回去告诉李将爷和田将爷，我随后就去。"

李过派来的小校带着闯王的吩咐，立刻下了土丘，跳上马，抽了一鞭，一溜烟向南奔去。李自成仍然停在原处，一面等候着中军到来，一面思虑着破敌之策。他已经明白，左光先看见他不能向兰草川①那边突围，已经把部队全调过来，加入追击。在洪承畴和孙传庭目前指挥的部队里边，左光先也是一位十分勇敢善战的总兵官，他的部队较有训练，战斗力仅次于曹变蛟的部队，而强于其他几位大将的部队。至于贺人龙，作战倒也勇猛，但是部队军纪很差，他刚才已经想出对付办法。想到贺人龙，他不由地想到高杰，心上飘过一缕痛恨和耻辱情绪，把牙根咬了一下。

转瞬之间，中军和老营到了。中军全是骑兵，连炊事兵都有马骑。这时因为情况紧急，不但所有的将士、孩儿兵、炊事兵以及受伤的将士都准备好随时厮杀，连所有眷属，不论老弱或妇女，都一个个手执刀剑，等待拼命。

闯王在一群偏将和亲兵的簇拥中走下土丘，跳上乌龙驹，命令李双喜同老营留下指挥中军，高一功率领五百名中军标营同他过河。

"闯王，叫我们也去吧？"孩儿兵头目罗虎激动地问，呼吸急促，眼睛里含着焦急和祈求的神色。

"你们不用去，随双喜保护老营！"闯王匆匆地命令说。"一功，跟我来！"

这时，官兵方面发现了李自成的中军已经到了河对面，在离河岸不远的土丘背后。他们赶快派来大约两千人马在河北岸摆

---

① 兰草川——通往河南卢氏县的一个关口。

开阵势,企图拦住闯王的援兵过河。闯王来到河边,不慌不忙地从背上取下了弓。但是张鼐赶快要求说:"闯王,让我来!"自成瞟了张鼐一眼,用非常信任的口气说:"好吧,先射死那个敌将。"张鼐搭上一支雕翎箭,不用特别瞄准,只见他两臂一举,一声弓弦响,那位在对岸挥刀呐喊的敌将已经中箭,脑壳一栽,咕咚一声滚下马去。官兵还没有来得及把中箭的将官救起,第二支箭又把旁边的旗手射下马去,一面军旗猛一摇晃,抛落河里。趁官兵这一惊慌,李自成把闪着寒光的宝剑一挥,镫子一磕,说了声"冲!"他的乌龙驹像流星般飞过河滩,跃过河水,一纵身腾空而起,上了对岸,直冲入敌人中间。张鼐和高一功紧随在闯王左右,背后是几百名偏将和骑兵。他们以不可抗拒的勇猛气势冲垮了敌人阵线,一直向敌人骑兵最多、招展着"祖"字大旗的地方冲去。凡是这股奔腾澎湃的洪流冲过的地方,只听见一片震人心魄的喊杀声,疾风骤雨般的马蹄声,武器和武器的碰击声,以及刀和剑砍在金属盔甲上和肉体上的各种声音。

祖大弼和孙显祖原以为农民军已经是疲惫之卒,又加上人数不多,不堪一击,没想到这些饥饿、疲惫的人们竟然以一当十,战斗得十分凶猛。他们以几百名骑兵和八九千步兵(其中有孙传庭的两千多人)包围刘宗敏等余剩的两千多人马已经感到很吃力,一看见"闯"字大旗就心中发慌,正想后退,恰好孙传庭又派一千五百名精兵增援上来,并且严令不许后退一步,一定得把李自成和刘宗敏擒获。祖大弼和孙显祖两位总兵的士气大振,分出一部分人马围攻宗敏,一部分人马迎击闯王。将士们既畏严令,又要立功,个个奋勇向前。

李自成看见敌人增加了援军,士气复振,就赶快把人马整顿一下,由他一马当先,继续猛冲猛攻。他很明白,如果不迅速杀败这支敌人,时间拖长,自己的人马死伤过多,加上前后不能相救，情况就会十分危险。他手下的将士们都明白这一点，所以都拼死冲杀。可是正杀到敌人垓心，与敌人的总兵官祖大弼正面交锋，胜负决于顷刻的当儿，只听铿然一声，自成手中的宝剑折为两段，那一段飞出去一丈开外。祖大弼趁这机会，把李自成和他的一部分亲兵亲将团团围住，四面进攻，大叫着"活捉闯贼"。闯王抽出短剑迎敌，极不得力。正在万分危急，忽听见张鼐在他的耳旁叫道：

"闯王，给！花马剑！"

闯王接过来花马剑，大喝一声，连刺死几个敌人，直冲到祖大弼的面前，叫道："姓祖的，休要逃跑！"随着叫声，一道寒光一闪，斜着劈了下去。祖大弼挡开了花马剑，忽然这口剑又向他的腰间刺来。他把身子一闪，躲过这一剑。他手下的一群将士帮助他迎战闯王，又形成了一次混战。杀了一阵，祖大弼看着不能取胜，官军的步兵死伤惨重，随即用骑兵作掩护，且战且退。自成也不追赶，趁机会整顿部队，准备同刘宗敏、刘芳亮和袁宗第等会合一起，让人马稍作休息。这时他才知道，小张鼐因为把花马剑给他，用短剑迎敌，在混战中被官军俘去了。

李自成在乌龙驹上向前一看，看见张鼐被捆绑着，左右两个骑兵把他夹持在马鞍上，随着祖大弼的中军走去，已经走到半里以外。官军在那里布成方阵，准备休息后重新进攻。隐约中还可以听到张鼐在敌人中间破口大骂。自成要立刻追去把他夺回，可是左右的亲将都觉得官军势盛，闯王去实在是过于冒险。老兵王长顺用力抓住他的马辔头，不放他去。自成用鞭子在王长顺的手上狠敲一下，大声说：

"怕死的都替我滚！小鼐子要不把花马剑给我，他怎么会被擒？纵然冒点风险，岂有不救之理！"

恰在这时，袁宗第率领着一队人马来到。自成从自己的亲兵亲将中匆匆地挑选了三十个人，叫袁宗第也挑选少数人，一共有四五十人，叫其余的都留在原地休息。他同袁宗第率领着这一小队骑兵杀开一条路，直冲进官军的方阵中心。祖大弼的将士们措手不及，张鼐已经被夺了回去。转眼工夫，自成的亲兵李强已经把张鼐手上的绳子割断，并把一口从敌将手中夺得的宝剑交给了他。

当闯王和袁宗第冲进祖大弼的方阵时，留下的几百名将士怎肯休息？他们一声呐喊，随着掩杀过去。祖大弼见官兵的阵容已乱，拨马便逃。袁宗第已经杀得两眼通红，络腮胡子支奓着，策马赶上，大吼一声，一铁鞭把祖大弼打落马下。他的亲兵和偏将们舍死反扑，把他救走。袁宗第手下的督尉党守素已经负了两处伤，看袁宗第把祖大弼打落马下，冲上前去，挥刀劈死了他的旗鼓官，又连着砍杀了几个人，夺得了他的大旗。正在围攻郝摇旗的孙显祖一望见祖大弼败下阵去，赶快逃走。刘芳亮在后追赶，一箭射中他的坐马，但是等刘芳亮赶到时，他已经跳上另一匹快马逃走了。孙传庭的人马也溃退了。

农民军看见官军败退，一个个精神百倍，到处追赶着官兵砍杀。俗话说，兵败如山倒，一点不假。这时官兵失去主帅，有的还在各自为战，有的完全失去了抵抗能力，像被猛虎冲散的羊群，漫山遍野地溃奔逃命，互相践踏。有时，溃逃的骑兵冲倒和践踏步兵，而步兵愤怒地辱骂他们，砍伤马腿，或把骑兵刺下马来。步兵逃得慢，被农民军杀死最多，有一部分逃不脱的就只好投降，还有些被活捉过来。

李自成没有让他的人马追杀过远，赶快敲锣收兵。他把刘宗敏等几个大将叫到跟前，吩咐他们在前边的土山上扎营休息，整理队伍。他担心刘宗敏脾气火暴，常常杀死俘虏，宗敏手下有一名叫李友的偏将更是一个杀人不眨眼的小伙子。他想把高一功留下来处理俘虏的问题，但后边十分紧急，使他不能把一功留下。

略一踌躇,他对宗敏问:

"捷轩,捉到的几百俘虏怎么办?"

"如今哪有人照看他们!"刘宗敏说,"我看,不如收拾了吧。"

"你又是这号脾气!"闯王用责备的眼光看看他,随即说:"凡是被俘的,都不要伤害。"

"自成,你难道没有看见洪承畴跟孙传庭会合一起了?咱们的人手很缺,哪能抽出人照看他们!"

李自成没有做声,抬头向俘虏群望一眼,摇摇头。

"别留吧,咱们哪有干粮养活他们!"袁宗第在一旁说,睁着铜铃似的圆眼睛望着闯王。"况且,官军抓到咱们的弟兄自来不留情,剖心,挖眼睛,什么都做得出来!"

"还是杀了干净!"郝摇旗跃跃欲试地说。

正在这当儿,田见秀派的一名小校飞马来报,说官军人数众多,攻势极猛,请闯王派兵增援。李自成对郝摇旗说:

"摇旗,你带着手下的弟兄们到玉峰那里辛苦一趟,只帮他守住阵地,不可硬拼。我另有退敌之计。"

郝摇旗带着手下的人马一走,自成就向刘宗敏、袁宗第严肃地扫了一眼,说:

"高闯王就不是你们这样!我们高闯王就是因为善于收容降兵,恩待俘虏,所以很得好处。你们就不会多学学高闯王!"他看出来他提到高闯王,刘宗敏和袁宗第都不再固执,于是吩咐说:"你们对他们说:谁愿意回家跟父母妻儿团聚的可以回家,可是不能再回到官兵那里。要是再回到官兵那里,下次捉到,定斩不饶。有谁愿意留下的就编在咱们队伍里边,一同剿兵安民,不得有三心二意。至于干粮,大家匀着吃。你们派人在战场上找找,官兵抛下的粮食一定不少。"

吩咐完,他立刻带着高一功、张鼐和几百名将士奔过河去。到了老营,他把中军骑兵几乎全数带去增援,只留下李双喜带着一些亲兵,平时不参加战斗的文职人员和孩儿兵守护老营。虽然追兵的压力看来很大,但是他心中有数,丝毫不慌张。他把一位叫做贺金龙的青年偏将和高夫人叫到跟前,对他们吩咐了几句话。贺金龙笑着点头说:"行,行。这办法可能中!"自成又叮嘱说:

"告诉田大哥,一定要不战而搞垮贺疯子,咱们好腾出手来给左光先跟曹变蛟一点厉害看看。"说毕,他率领着中军和标营人马飞奔而去。

高夫人不敢怠慢,赶快跳下马,按照闯王的吩咐去办。她心里说:"恶狗扑来,不能心疼肉包子啦。"她又想:"天哪,千万不要让闯王遇到高杰!"

她匆匆忙忙毫不吝惜地取出来许多金子、银子、绫罗绸缎、珠宝首饰,还有其他贵重东西,打成许多小包,又从腰间取下来一把短剑,交给贺金龙。这些金、银、珠宝之类的东西她都毫不心疼,惟独这把短剑,她拿出来的时候稍微迟疑一下。这是她心爱的一件东西,经常佩在身上。近来她曾经打算赏给慧英,但因为慧梅也想要,所以她暂时谁也不给,单等再得到一把名贵武器时同时赏赐。贺金龙看见她拿着短剑打量,有些舍不得,便笑着说:

"算了,夫人,这是个传家宝,留下自己用吧。"

高夫人看了他一眼,忽然心一狠,把短剑递给他,用干脆爽朗的口吻说:

"什么传家宝,拿去吧。闯王常说,自古想兴大事、立大业的真英雄都是只重人,不重宝货。只要能叫咱们打胜仗,能够突围,叫将士们少流点血,拿比这更宝贵的东西送给人也不心疼。

快去吧，遵照闯王的计策相机行事。你是机灵人，能说会道，成不成就看你的了。"

把贺金龙打发走后，高夫人带着慧英、慧梅走上背后的一座土丘，遥望南边战场。因为中间隔着丘陵、小山、林木，她看不清真实情况，只能看见双方的旗尖儿在阳光下闪动，而官兵旗帜的数量很多。一阵阵的战鼓声和呐喊声从战场传来，震撼着大地，也震撼着她的心。她的心中七上八下，乱糟糟的。她多么盼望闯王去了能够使战局"化险为夷"，马上有捷报传来！

但是，她左等右等，等不到捷报，什么消息也没有。望望双方旗帜，也看不出谁胜谁负。时间过得真慢，一刻好像一天。一功，你怎么不派人送个消息来呢？贺金龙，你们的计策可有效么？唉，多么叫人焦急啊！

怎么能放心呢？全军的命运都悬在今天的一战！再说，她也为自己的弟弟和丈夫挂心，特别是闯王。尽管她深知闯王的武艺高强，身边还有一大群亲兵亲将，但是她也明白，在沙场上不论武艺多么好，谁也说不定会有闪失。往日，每次闯王亲自参加战斗，什么时候不平安回来，她的心总是吊在半空云里，不能落实。何况今日的情形和往日不同。今日，官兵的人数比义军多几倍，还有像曹变蛟、贺人龙和左光先这些名将，还有翻山鹞高杰。她不愿往坏处想，可是坏的想法却老是不能摆脱。她相信天上有神，人间的是非善恶神全知道，所以她不断地在心中向神默祷，求上天保佑闯王和全军平安脱险。

在高夫人像一尊石像似的向南战场凝望的时候，她的侄媳黄氏，弟媳陈氏，还有几位大将的母亲和妻子都走上土丘，默默地站立在她的身边。当一阵呐喊过后，黄氏忽然看见李过营里的黑色旗帜好像在往后退，脸色刷地下来，忍不住把高夫人的袖子拉一下，紧张地低声说：

"婶子,你看!你看!……"

高夫人也心中一寒,但是她回过头来向黄氏的脸上看看,勉强一笑,用镇静的声调说:

"你跟着义军打了几年仗,什么大风大浪都经见过,怎么会这样沉不住气呀?"

"唉,我不知怎的,这颗心老是安静不下去,好像在锅里煮着似的。"

"你放心吧,咱们的人都是千锤百炼的铁汉子,会杀败官兵的。"

有一个妇人在背后怯怯地说了一句:"可是咱们的人数比官兵少得多。"

高夫人回头一望,说:"自古常言:兵在精而不在多。兵不精,多有什么用?"

从南边奔过来几个骑马的人,在一道山岗和树林的那边腾起来一溜黄尘。高夫人以为是闯王派人来送什么消息,心头止不住一阵狂跳。等那几匹马来到近处时,她才看清楚那头一匹马上骑的是医生尚炯,后边的几匹马上骑着他的一个徒弟和四名亲兵。

这位身材高大、瘦骨棱棱、四十开外的汉子昨晚一夜不曾休息,两只大眼窝比近些日子塌得更深,而鼻梁和眉骨也都显得更高了。他本来应该在行军时随着老营一道,但因为有一些挂彩的步兵走得慢,时常掉队,所以他就索性跟着李过的后队走。战斗开始后,他在李过和田见秀的队伍后面不远处树立了一面小红旗,上边绣着一个"医"字,为那些因负伤退下来的将士们医治。如今他知道前队战斗已停,有大批将士受伤,于是他就留下两个徒弟,自己往前面去抢救伤员。高夫人看见他来到面前,赶快一扬手叫他停下,匆匆走下土丘。他向背后的徒弟和亲兵们摆一下手,叫他们继续前去,自己却跳下马,向高夫人迎着走来。

"老神仙,后边的情形怎样?"高夫人低声问。

"夫人放心,闯王同一功一到,很快把官兵气焰压下去了。"

高夫人放下心来,又问:"咱这边伤亡的人数多不多?"

"两军阵上,刀枪无情,当然有些伤亡。"

"将校们都是谁挂彩了?阵亡了?"高夫人悄声问,生怕被那些将校的家属听见。

尚炯也不隐瞒,告她说,重要将领如马世耀、谷可成和谷英叔侄等许多人都已经负伤,甚至有的负伤几处,只是因为战事万分紧急,不肯退下战场。当他报告这些将领的情况时,由于他心中实在激动,声音有点哽咽,三绺长须索索打颤。高夫人只觉心头一热,两眼登时潮湿了。她喃喃地赞叹说:

"咱们的这些兵,这些将……"

她的话没有说完,喉头突然被泪水堵塞了。尚炯伸出大拇指比了一下,笑着说:

"真不愧是闯王的部下!"

老神仙不敢多停,跳上马往北去了。许多眷属走拢来,围着高夫人打听战场上的消息。她的心中仍然忐忑不安,但是她不肯把自己的担心流露出来,带着满怀信心的神气微微一笑,说:

"你们都宽心吧,咱们的前队已经打了大胜仗,后队也马上要打胜啦。"

由于她平日的威信极高,加上她的镇静而有信心的表情,女人们都以为她已经从尚医生口里得到了可喜的报告,登时都把紧锁的双眉展开了。高夫人不愿听大家絮絮叨叨地问这问那,赶快向大家挥一下手,说:

"大家赶快抓紧时间休息,该吃干粮的就吃干粮。打完这一仗又得赶路啦。"

她打算重回到土丘上边,等候着闯王那方面的战斗消息。但是她刚走几步,看见双喜带着一群亲兵,牵着战马,神色焦灼而激动地向她走来。她停住脚,等候双喜来到,觉得双喜有重要的话要对她说,也许是他得到了什么消息。双喜到了她的面前,像一个孩子似的咕嘟着嘴恳求说:

"妈,我在这里没有事,让我去吧。"

"往哪里去?"

双喜呼吸急促,吭吭哧哧地说:"我……我爸爸和舅舅,去了一大阵,官兵的旗帜还没乱。我看情况有点不妙,不如让我赶快去吧。"

高夫人听到双喜说"情况有点不妙",不禁背上一凉,心头上打个寒战,睁大了眼睛盯着她的养子,赶快问:

"怎么不妙?"

"咱们的人马少,利于速战,不利于缠磨的时间太久。我看,妈,不如让我去,出敌不意,拦腰插一拳,也许能够把敌阵冲乱。"双喜急急地说,不再吭吭哧哧了。

"你?"

"嗯。如今就要勇猛坚决,出奇制胜。"

"这……这太冒险啦。"

"俗话说,'骑马坐船三分险',何况打仗,舍不得娃子逮不住狼,该下狠心时就得下狠心。妈,让我去吧!耽搁得久了更不好。"

高夫人也觉得双喜的话很有道理,但是她一时下不了决心。她打量了一下他的用布条儿吊着的左胳膊,不由地皱起眉头,说:

"你是昨晚挂的彩,只剩下一只胳膊,怎么好去打仗?"

"使剑是右手,左胳膊挂了彩没大关系。"

"可是你要带什么人去?不带人有什么用!"

"带我的亲兵去。"

高桂英望一眼站在双喜背后的十几名战士。尽管他们个个精神抖擞，毫无畏惧，但是她仍然十分踌躇。她知道，让这十几个人投进千军万马的战场中是去白送死，对战局起不了什么作用。目前在老营里，每一家眷属都有自己的几名亲兵，但没有超过十名的。她把各家眷属的亲兵扫了一眼，看见这些人们都已经自动地凑拢来，都在摩拳擦掌，跃跃欲试，并且有些人已经说出来愿意前去，但是她还是不肯下定决心。她想到战场上的事情千变万化，万一有小股官兵冲到老营来，没有了这些亲兵堵挡一阵怎么好？这担子她担负不了！当她正在踌躇不语的时候，罗虎频频地望双喜，双喜也向他丢眼色，悄悄地点点下颏。突然，罗虎走前几步，向高夫人大声说：

"我们孩儿兵愿意前去！"

高夫人一惊："你们？"

"我们去！我们去！"孩子们一片声地叫着，不待高夫人允许就纷纷上马，敏捷得像猴子一样。

看见这情形，高夫人感动得说不出话来。她实在不忍心使这些孩子们投入沙场。这些孩子们，谁是无家可归的孤儿，谁是阵亡将士的子弟，她差不多都知道；绝大部分孩子的大名和乳名她都能叫得出来。三四年来，她亲眼看着他们中间有许多人从流鼻涕的、又瘦又弱的小娃儿长成了十五六岁的、体格健壮的半桩孩子；有的，从听见喊杀声吓得啼哭的胆小鬼锻炼成勇敢的小战士，立过功劳。她经常为这些孩子们的衣服操心，为他们的病痛操心，而孩子们也把她看成自己的母亲一样。几个月来，因为几次意外的遭遇战和一次官兵直冲老营，使孩儿兵在英勇壮烈的战斗中牺牲了两三百人。她为这些阵亡的孩子们暗暗流过许多泪。她怎么能够下这个决心，派孩儿兵跟双喜一同前去？再说，按照闯王的命令，不到万不得已不许派孩儿兵上阵厮杀。如今算不算到了必须使用他们的时候呢？……

"让我们去！让我们去！让我们去杀败官兵！"孩子们在马上一片声叫着，有的激动得脸颊和脖子通红，而战马也在焦躁地蹬着蹄子。

高夫人没有做声。她望望远处战场，回头来望望在马上招展的、绣着"童子军"三个字的粉红色半旧绸旗，望望孩子们，下不了决心。双喜恳求说：

"妈，别担心，让他们跟我去吧。我管保马到成功，得胜回营。"

双喜的话还没落音，又一阵呐喊声和猛烈的战鼓声传了过来。随即，一个站在小山顶上瞭望的亲兵跑下来，喘吁吁地向高夫人禀报："好像我们左翼的旗帜在往后退。"高夫人的心上又猛地打个寒战，用决断的口气对双喜说：

"你们去吧。可是要切记着出奇制胜，冷不防打到敌人的致命地方。要是不能出奇兵攻敌不备，把你们这二百多孩子增加上去也不济多大的事。"

"妈放心。我知道了。"

双喜正要上马，早已忍耐不住的黄夫人突然说："婶子，叫我的亲兵也跟着双喜去吧，他们留在老营里也是闲着。"

高夫人点点头说："也好。留下一两个人，其余的跟双喜去吧。"她转回头望着自己的十几个亲兵说："张材、长胜、二拴，你们留下，别的都去。"

高一功的夫人陈氏和许多将校的妻子都要求让她们的亲兵也去，但是高夫人坚决地摆摆头，说：

"不用了。老营也需要人，不能太空了。"她又嘱咐双喜不要大意，然后对罗虎说："小虎子，要一切听你双喜哥的将令。"

虽说他只比你大两岁,可是打仗的经验他比你多得多。在平日他是你们的兄长,在打仗时他就是你们的小李将军,违令者该打该斩,他有全权。"

双喜和罗虎刚上马,高夫人忽然发现李来亨不知什么时候已经脱掉斗篷,骑在马上,夹在孩儿兵们中间。要不是他的银护心镜在阳光下特别显眼,几乎被他混过去了。她吃了一惊,严厉地喝问:

"来亨!你要做什么?"

"我跟他们一道去杀官兵!"

"下来!不准你去!"

李来亨看见高夫人的神色是那样严厉,不敢违拗,含着两眶委屈的热泪,垂头丧气地溜下马来。黄夫人已经慌张地来到他身边,把他往怀里一拉,责备说:

"一眼看不见,你就偷偷上马了!真不听话!"

李双喜说了声"起!"率领着三十多名亲兵和二百多名孩儿兵飞马向战场奔去。

高夫人望着他们翻过面前的土岭以后,吩咐各家的亲兵全部集合。她挑出极少数必须留下照料自己主人的弟兄以外,其余的四百多人编成一个队,派她的一个亲兵名叫高长胜的统带,也有临时的都尉、掌旗、部总、哨总①,以及什长和伍长等种种名色,因材授职,层层节制,井井有条。立时三刻,这一群原来不相统属的、乱糟糟的人马变成了一支组织严密、缓急管用的武装力量。当进行这个工作时,她是那么坚决、明快、胸有成竹,以及对各家的亲兵情形是那样熟悉,知人善任,比起一位老练的将军来毫不逊色。把这件事做完以后,她望一眼小来亨,看见他噘

---

① 哨总——当时农民军中最低级的军官。

着小嘴,用手背揉着眼睛,随即用慈爱的口气说:

"孩子,你还太小。再过两年,我一定让你跟他们一起打仗。不要难过,快上马,跟我来!"

她上了马,带着李来亨,登上旁边不远一座较高的小山头,向南瞭望。

第 九 章

　　李自成率领着中军营和标营将士以最快的速度增援后队。翻过两道土岗,他看见漫山遍野尽是官兵的旗帜和人马,曹变蛟亲自挥着大刀,向李过的阵地冲杀,而李过拼死抵抗,仅仅能够使自己的阵线不乱。右翼方面,因为隔着一些丛林,看不清楚。左翼方面已经陷入混乱,有不少人退了下来。他吩咐高一功和张鼐带五百骑兵增援正面,帮助李过,自己带着一千五六百骑兵向左翼冲去。那些正在退下来的人们一看见闯王来到,立刻反身投入战斗。已经被敌人分别包围的将士们,正在奋勇苦斗,但已经不再打算胜利,而只是为着"多捞回一点本钱"。他们一看见"闯"字大旗,突然间呼声雷动,转守为攻,冲开了官兵包围,重新把战场的主动权夺到手里。

　　左光先的侄儿、参将左世雄,面如涂赭,绰号红面虎,在左营里是一位有名的虎将,平日左光先常夸他有"万夫不当之勇",倚为军中长城。他追杀农民军正在十分得手,忽见闯王来到,便在马上狂呼大骂,声如虎吼,须发戟张,目眦尽裂,横刀跃马,来战自成,满以为立功封侯,就在顷刻之间。不料李自成既不叫喊,也不说话,马疾手快,犹如闪电,但见寒光一晃,他还没有来得及招架,已被刺落马下,自成杀散左世雄手下人众,直取左光先的中军。

看见李自成带着骑兵冲杀过来,左光先立刻带着他的最精锐的标营相迎,在两座小土山中间的平川上展开了极其惨烈的血战。左光先所率领的是甘肃、宁夏骑兵,人强马壮,而他本人也是一个身经百战的总兵官,几年来在对农民军作战中获得过几次胜利,所以尽管左世雄已经阵亡,他仍然充满信心地进行战斗,企图一举击溃自成的主力,夺得首功,并为侄儿报仇。在过去他没有同李自成本人直接交过手。在战斗大约进行一刻钟以后,他不得不在心中佩服李自成果然名不虚传,真正是一位了不起的好汉。像李自成这样勇敢、沉着、机警、剑法熟练的敌将,他还是初次遇见。他同李自成有时碰到一起,单独交锋,形成将对将、兵对兵的厮杀局面;有时,因某一方的偏将和亲兵一拥上前,变成了混战局面。混战一阵,将对将和兵对兵的局面重新出现。有时我逼着你后退几步,有时你逼着我后退几步。两方面真是棋逢对手,都不能马上取胜。

尽管在进行着惨烈战斗,李自成还继续保持着相当冷静的头脑,一刻也没有忘掉整个战局。他明白时间拖长对他是很不利的:第一,农民军的人数有限,不能在一次战斗中消耗过大;第二,他的主要对手是曹变蛟,而不是左光先,如果同左光先缠得过久,正面阵地就有被曹变蛟突破的危险。当他同左光先厮杀了将近半个时辰的时候,他忽然把宝剑一挥,使他的骑兵向后撤退,他自己也拨马而走。左光先正觉得自己没法取胜,心中有点慌张,忽见李自成的人马后退,心中猛一高兴,说:"到底你招架不住!"随即率领着人马追杀过来。但是他毕竟是一个很有经验的大将,看见闯王的人马在后退时部伍不乱,心中发疑,不敢认真追赶。追不远,忽见自成勒转马头,取弓在手,他心知中计,本能地把上身往鞍子上猛一伏,同时小声叫道:"不好!"

刚说出这两个字,只听当的一声,一箭射中他的盔尖,盔缨飞出一丈开外。他大吃一惊,勒住马头。正在这当儿,又听见嗖的一声,他身边的旗手应声落马,大旗倒在他的身上。他正在不胜惊骇,李自成率领着人马杀了回来。

如果是一般将官,在这样情形下很容易失去了迎战力量,回马而逃。即使不回马而逃,只要他惊慌失措,也会影响自己的部队,立刻瓦解。但是左光先尽管不胜惊骇,看见闯王回兵杀来,仍能大呼大叫地进行迎战,表现得非常勇敢。他手下的将士们看见主帅如此,也都有了胆量,战斗得十分顽强。不过左光先已经不希望取得胜利,只希望且战且退,使他的将士牺牲不大,最后退到一个地势较好的地方,拼死守住,不要溃败。他很明白,如果大败,可怕的不仅是多年的威望扫地,而是很可能被皇上派缇骑[①]逮入京城,斩首西市[②],还要倾家荡产。所以他在退却时竭力保持着整齐的队形,不断地进行反扑。

李自成看清楚左光先是在苦撑,但是又不能够一下子把敌人杀得大败。这使他感到焦急和恼火。正在这时,在他的左边不远,隔着一座生满小松树的丘陵,突然腾起来一片黄色灰尘,同时听见左光先的步兵在高处大声叫着:"贼又增援啦!贼又增援啦!"这支援兵冲进了左营的步兵中间,驰突砍杀,使步兵首先发生混乱,随即影响了骑兵,牵动全线。李自成想着一定是刘宗敏派刘芳亮或袁宗第前来助战,心中猛一高兴,趁着敌人的骑兵队形开始动摇,连着劈死两个敌将,又一剑洞穿了一个敌人的胸

---

① 缇骑——明朝皇帝逮捕人的机关是东厂和锦衣卫。锦衣卫的骑校称做缇骑。去京城外逮捕文武臣僚由锦衣卫去办,不由东厂办。
② 西市——明代北京杀人的刑场在今西安门的西边,大拐棒胡同南口内。所谓西市就是指这个地方。清代刑场移于宣武门外菜市口。

膛，杀开一个缺口，冲进了官兵阵内。他的骑兵虽然已经死伤了三四百人，但是一旦胜利到来，这一支人马就变成了一个非常可怕的、不可抗拒的伟大力量。官兵方面有组织和有秩序的退却终止了，跟着是一片混乱，争着逃命，互相践踏。左光先连斩了几个士兵，仍然制止不住全线崩溃的可怕局面，只好不再管手下将士们的性命如何，也无暇考虑名将威信、皇帝问罪等等问题，带着几十名亲兵落荒而逃。

闯王挥兵追杀了两三里路，停止再追，赶快把他的骑兵集合。收兵的锣声刚住，突然从丘陵间像旋风一样卷过来一队骑兵，来到他的面前，他才知道是双喜带着孩儿兵，而不是刘宗敏派来的人。看见双喜已经是这样善于用兵，孩子们是这样勇敢善战，而他们来得又恰是时候，他说不出有多么高兴。尽管他曾经命令双喜和孩儿兵都不要离开老营，但是他不能再责备他们。他匆匆检点一下人数，问明白孩儿兵的伤亡极轻，然后排好队形，带着大家向曹变蛟的侧翼杀去。

高夫人立马在小山头上，看着看着，忽然看见左翼战线上官兵的旗帜混乱起来，有的倒下，有的奔逃，随即又看见闯王的大旗在向前追赶。虽然距离很远，她看不清旗上的"闯"字，但是那白缨子和银枪尖却在太阳下闪着白光。原来太阳是惨淡无光的，似乎山山岗岗、枯草寒林，到处都染着凄凉的黄色，如今突然全变了，太阳是娇艳的，而大地呈现着鲜明的色彩。她的心突然从半山中落下来，不自觉地喃喃说：

"谢天谢地，又打胜了！"她转过头来，望着来亨说："亨，快下山去，给老营报信，给你妈报信，咱们在左边战场上已经得胜啦！"

激动和喜悦的热泪充满了她的眼眶，在大眼角滚动着，差点儿奔流出来。

刘宗敏因为不知道后队杀得怎样,亲自率领三百骑兵前来增援。等他奔到老营时,听说左翼已经大胜,便让队伍停住,策马奔上小山,亲自观看。他看见左翼的战斗确实已经结束,空荡荡的看不见人马和旗帜活动;正面战场被较高的丘陵遮住,什么也看不见,但听见呐喊声和鼓声仍在继续。使他感到奇怪的是右翼,从旗帜的颜色上,他看出来是田见秀对付贺人龙,但是既没有喊杀声,也没有战鼓声,似乎官兵在缓缓后退,而我方跟着前进,并不猛追猛打。他向高夫人问:

"这边战场上是怎么回事儿?"

"刚才开始的那一阵,杀得可紧哩,后来就松了。"高夫人笑了一下,又说:"闯王把贺金龙派到玉峰那里去,也许这一个计策使着了。"

刘宗敏心中明白,不觉笑了一下。他又向正面战场上听了听,说:

"曹变蛟也在后退了。闯王已经从左边杀过去,我再同田副爷①从右边杀过去,把他美美地收拾一顿。"

"好吧,机不可失。我在这里等着,看你马到成功。"

宗敏走后,高桂英仍然同男女亲兵们立马山头,向着战场瞭望。她还不晓得田见秀和高杰在阵前的见面情形,只是猜到派贺金龙去这着棋走得不错,不由地从她的带着征尘色的脸颊上绽开来一朵微笑。她望望骑马回到她身边的小来亨,叹口气说:

"唉,孩子,打仗不光要斗勇,也得斗智啊!"

当正面战场上厮杀得难解难分的时候,贺人龙也派出手下

---

① 田副爷——田见秀的绰号。

的两员猛将，一个叫周国卿、一个叫董学礼的向田见秀的阵地猛攻，都被田的手下偏将张世杰和刘希尧杀退。但是田见秀因曹变蛟率领着五千人马正在猛攻阵线的中央，情势十分危急，他不得不暗暗地抽出一半人马去支援李过，所以在右翼采取守势，禁止将士们向敌人追赶太远。周国卿和董学礼第二次攻来时，田见秀根本不出战，只命令将士们凭险呐喊，用火炮、弓弩向官兵乱射，使官兵不敢接近。周国卿和董学礼只好后退，一面飞报贺人龙，一面派偏将贺国英骂阵，想激怒田见秀出来决战。

贺国英是贺人龙的族侄，只有二十一岁，生得身材魁梧，满脸横肉，眉毛像两把笤帚一样。他起小在村中就是个顽皮孩子，打起架来天不怕地不怕，拼命猛打，非把别的孩子打败不肯住手。长大以后，因为他气力大，又会武艺，跟着贺人龙做一名亲兵。不到两三年工夫，他就因屡立战功，升为都司。他在当顽皮孩子的时候替自己起了个绰号叫万人敌，在本村和邻村很快地叫开了。来到军中以后，他的这个绰号也带了来，本名反而不响。甚至贺人龙也很少呼他本名。一遇到需要骂阵或冲锋时，贺人龙常常把他叫到面前，亲切地拍拍他的肩膀，骂道："万人敌，好小子，妈的×，用着你啦，上吧！"或者亲自倒一大碗酒，说："来，喝下去这碗酒，好生去亮亮你娃子的本领，别给我丢人回来。"万人敌受此鼓励，倍加勇猛。如今周国卿正没办法，恰好贺人龙把他派来。周国卿大为高兴，先激他一下：

"万人敌，今日你顶好别出阵，要出阵得多加小心。田见秀左右有几个头目不是好对付的，你不一定是他们的对手。"

万人敌喷着酒气说："屎，我压根儿不把他们放在眼角！别说是他手下头目，就是田见秀本人也值不了俺的屎毛灰。让田见秀跟俺比武，要不活捉他俺不姓贺！"

"你要多少人跟你去骂阵？"董学礼问。

"只俺一个去,连亲兵也不带,多带一个人俺万人敌算是孬种。"

周国卿和董学礼商量一下,同意他一人骂阵,好把农民军引诱出来。周国卿平素有点讨厌他,心里说:"好小子,倘若你吃点亏,领领教,以后就不敢在全营里趾高气扬啦。"可是董学礼担心万人敌万一出了事他自己会受到贺人龙的责备,嘱咐说:

"老弟,天外有天,你还是小心为上,不可大意。"

万人敌也不理会,挺着长矛,跃马出阵,破口大骂,单要田见秀出来比武。田见秀这时因见闯王的援兵尚无踪影,而左翼战场上连着来人告急,又把一部分人马分去救援,所以下决心对贺人龙"挂起免战牌",任万人敌如何叫骂,只是不理。但将士们实在忍耐不住,也纷纷用粗话回骂,并要求出阵去活捉万人敌。田见秀装作没听见,干脆离开营门一箭之地,坐在马鞍上闭目养神。恰在这时,郝摇旗率领着三四百将士来到。田见秀大为高兴,立刻同郝摇旗转入田边小丘上,用鞭子指点着左翼和中央战场,商量起来。

刘希尧手下一个姓李的哨总也是个脾气暴躁的小伙子,对敌人的叫骂实在听不下去,勒马走到希尧的面前,忿忿地说:

"掌盘子的①,咱们闯王的人马什么时候受过这样气?咱们难道变成乌龟了么?你让我去把他捉来!"

刘希尧也正在恼火,本想自己出马擒万人敌,但因自己是重要将领,不能不严格遵奉田见秀的命令,只好忍气听着敌人叫骂挑战。他勒马营门,只等着万人敌来到百步之内,用箭把他射死,以泄心头之恨。但万人敌也很机警,总不到农民军的鸟铳和强弩的射程之内。希尧正在无计可施,见这个哨总请求出去捉拿

---

① 掌盘子的——当时农民军对负责首长的习惯称呼。

万人敌,他就立刻同意了。他深知田见秀的宽厚性格,想着如果马到成功,自然可以不受责备,即令不成功,也不过把哨总痛骂几句,由他一讲情,可以不受重责。但他也知道这个哨总不是万人敌的对手,于是小声嘱咐说:

"你带十个弟兄去,要乘其不备突然冲到他身边,使他措手不及。还有,"他向田见秀方面瞟一眼,挤挤眼,又说:"只当我不知道,去吧。"

李哨总立刻挑了十个弟兄,人和马都很精壮,突然开了营门,像十一支箭一般向敌人冲去。万人敌是一个乖觉的人,已经防着这一手。等到李哨总等十一个人驰到他的身边时,只见他一根长矛纵横盘刺,又快又猛,转眼间被他刺倒几个,还有的带伤而回。李哨总也带了伤,仍然不肯退下,率领着余下的三个人拼命格斗,但实际上只有招架的功夫。万人敌正杀得得意,官军阵营中也大声替他喝彩,不料从农民军阵营中奔出一人,骑着五花马,手举长剑,大叫道:

"弟兄们都退下,看我来活捉这个姓贺的浑小子!"

万人敌立即撇开那四个人,横着长矛迎敌,也不说话,用矛就刺,但被来将用剑格到一旁;他跟着又刺一下,刺得更快更猛,巴不得一下子从来将的前胸捅到后胸。这次来将不用剑格,却表现出惊人的眼疾手快,用左手夺住矛,猛力一拉,同时右手中的长剑虚晃一下。万人敌在宝剑的寒光中将身子一闪,手中的长矛被夺走,扔在几丈以外。他正要拔剑,却被来将一把抓住他的腰中战带,提了过去,横放在马鞍上,同时听见骂道:"不许动!你一动老子就砍掉你的八斤半!"他震惊异常,不敢挣扎,只看见马蹄飞一般地奔腾,地上的草呀石呀接连着闪过。"完了,完了!"他心里说,"再也别想活了。"当他被擒进农民军营中时,又被提起来往地上一抛。幸而抛到干枯的荒草中,没有把他的门牙碰掉。

"小子，你服气么？"马上的将领问。

"你是田见秀？"万人敌翻身坐起来，仰着头问。

"老子是郝摇旗！你服不服？"不等俘虏回答，郝摇旗在马上纵声大笑。

"我早就听说到你……"俘虏喃喃说。"快杀吧，笑个什么？老子二十年后又是一条好汉！"

这时田见秀已经走来。郝摇旗望着他问：

"怎么，田大哥，就送这小子回老家么？"

"不用急，留给闯王处理吧。"田见秀回答说，随即吩咐弟兄们把俘虏绑起来，拴在旁边的小松林中。

从战斗开始以后，贺人龙只叫参将周国卿和董学礼向田见秀攻打，自己却不上阵前。他不是不想立功，而是想等到曹变蛟和左光先快把敌人杀败时他才出马，不用过多的损兵折将就拿到胜利果实。他这半年来心中有很多牢骚，打仗时不肯像曹变蛟和左光先那样卖力。曹、左二人都早已升了总兵官，而他还是副将，这是他不愿卖力的第一个原因。曹变蛟的部队差不多有五千人马，左光先的也有三千五百人，而他的部队还不满两千五百人，这是他不愿卖力的第二个原因。他认为这两千多子弟兵是他的本钱，倘若再有重大伤亡，他就没有猴子牵了。还有第三个使他不肯卖力的原因是朝廷欠饷太多。到目前为止，他手下的官兵们已经欠饷五个月了。他很明白，纵然他自己想卖力，弟兄们也未必肯舍死拼命。

可是他正在等待曹变蛟和左光先的战斗结果，忽然得到周国卿的报告，不禁大惊。自己还没有擒斩一个"流贼"头目，平白地损失一员偏将，岂不被上司见责？他把眼睛一瞪，大声命令说："叫周、董两将军拼命攻打，不夺回万人敌提头来见！"

发出这一道严令之后，他也知道想从田见秀手中夺回万人敌并非容易，非他自己亲率将士们上阵猛攻不可，于是又大叫道："酒来！……擂鼓！排队！"

两个亲兵把早已预备好的酒坛子搬过来，替他斟了一大碗，又拿来一整只热气腾腾的熟羊腿。在震耳欲聋的战鼓声中，贺人龙一面歪着头看他的镇标营人马排队，一面大口大口地喝酒，吃肉。连喝了两大碗酒，把一只整羊腿吃去大半，他的镇标营人马也早已明盔亮甲排好队，等候出发。他扔下羊腿，扔开斗篷，刷拉一声拔出长剑，说声"上马！"一大群亲兵和将校随着他飞身上马，带着几百名骑兵和几百名步兵向田见秀的阵前奔去。

自从万人敌被擒以后，周国卿和董学礼就擂鼓呐喊，向田见秀的阵地进攻。但是他们亲眼看见一个敌将像老鹰捉小鸡似的活捉了万人敌，随后知道这个敌将就是郝摇旗，心中都有些畏惧，所以虽在阵前擂鼓呐喊，并不认真进攻。郝摇旗几次要出阵厮杀，都被田见秀阻止。见秀断定贺人龙必然会亲自出阵，率领全部精锐进攻。果然不到一顿饭工夫，贺人龙来到了。

贺人龙立马阵前，破口大骂。他仗恃人多，又乘着酒力，简直不把田见秀等放在眼里。田见秀正同郝摇旗商议如何出战，贺金龙飞马来到。他把闯王的计策对他们说出以后，郝摇旗还有点怀疑，觉得不如大家齐力杀出，把贺人龙杀一个落花流水，然后同李过并力去战曹变蛟，但是田见秀主意已定，说：

"摇旗，就用闯王的计策吧，如果不成，再同贺疯子血战不迟。目前咱们倘若能不损伤人马取胜，就是上策。"他随即用鞭子向小松林中一指，对贺金龙说："老弟，令侄贺国英在那里绑着，你去做个人情放他回去吧。"

田见秀把主力凭险埋伏，只派出两百名骑兵在小山前一字儿排开,叫郝摇旗和几位战将隐藏在这一排骑兵背后,他自己立马在大旗下边。贺人龙看见田见秀的人马如此单薄,十分轻视,挥剑跃马,直对田见秀奔来,大声喝道:

"田见秀,赶快投降!"

田见秀只带了几名亲兵,态度从容,缓辔出阵,拱拱手,面带微笑说:

"贺将军,我有几句话想与将军一谈,谈过后再同将军见个高下。"

"好,有话快说!"

"将军是米脂人,与我们李闯王同乡同里,应有同乡情谊,何苦逼人太甚?"

"呸!我是朝廷大将,你们都是流贼。我是为朝廷剿灭流贼,岂能管什么同乡情谊!"

"将军出身穷秀才,只因同义军作战有功,不满十年,升至大将。如果起义军剿灭,以后就没有立功机会。将军平时带兵不严,所到之处,烧杀淫掠,残害良民。民怨沸腾,恨入骨髓。一旦义军战败,将军对朝廷已无用处,鸟尽弓藏,兔死狗烹的时候就要到来。那时将军不惟无处立功,恐怕朝廷还要治你扰害百姓、杀良冒功之罪。因深知将军性情爽快,故敢冒昧直言,还请将军三思。"

贺人龙心里说:"怪道都说田见秀在贼中很受尊重,果然有一套子!"他觉得田见秀说的话很有道理,有些话他自己在平日也同样想过。但是,他没忘自己是朝廷大将,对田见秀大声喝道:"休得乱说!赶快下马投降,免得我一剑刺死!"

田见秀毫不在乎,接着说:"再说,将军即使不讲乡谊,也应该讲讲族谊和戚谊。贵宗族参加起义的人很多,十三家里边就有两家的首领出在你们贺家。像赫赫有名的革里眼贺一龙是将军族弟,争世王贺锦是将军族侄,他们如今都在河南和湖广一带。我这里也有将军的近族和亲戚不少,他们都常想同将军一见。我田某决不投降,将军休作此想。等贵本家和令亲戚同将军见面之后,我愿同将军决一死战。"

田见秀说完话就退后几步。立刻从阵后走出来几十个骑马的将士,为首的一员青年将军在马上向贺人龙欠身作揖,亲热地呼唤说:"四哥!好几年不见面,没想到在这儿看见四哥!"

贺人龙怔了一下,望着来将问:"你是金龙?听说几年前你入了贼伙,还没有死?早该死啦,畜生!"

"别骂,四哥。几年不见,我做梦都在想着四哥。今日乍见面,好歹是你自家门儿里的兄弟,算来才出五服,门头并不远,有什么值得老哥生气的?干吗一见面就吹胡子瞪眼睛?难道咱弟兄们还要拿刀弄杖,杀得你死我活,叫祖宗在地下心中难过?"

"胡说八道!"贺人龙大声说。"你身入贼伙,罪不容诛,我不是你的四哥!看在祖先面上,我不杀你。快叫田见秀跟众贼将前来投降,不要执迷不悟,自走绝路!"

贺金龙从容地笑着说:"四哥把话说差了。咱两个各行其是,各保其主,我不想劝你投降,你也不要劝我投降。可是兄弟还是兄弟,这是天生的宗族之亲,往上推几代,还是在一个锅里吃饭,同一双爷娘养的哩。四哥可以绝情,不认我这个弟弟,我可不能绝情,跟着四哥学。至于四哥说我身入贼伙,这话也不对。当年朱洪武打江山时,朝廷不也说他是贼么?朝廷无道,民不聊生,人们不造反有什么路走?我要是留在家里做庄稼,四哥,我同我妈怕早就饿死啦。即令我不饿死,也会给官兵炮制死啦。当然,四哥如今混阔啦,小百姓的死活,四哥是不关心的!"说到这里,贺金龙冷笑一声,接着说:"四哥是穷秀才出身,十年前穷得没办法才投笔从戎。可是四哥,你一升了官就把穷人的苦处完全忘掉，到处纵兵害民，斩良冒功，靠着小百姓的鲜血和眼泪升大官，发大财。我这几年跟随着李闯王打富济贫，剿兵救民，活着心安理得，死后见得祖宗。四哥，咱们各自拍拍心口窝里四两肉，你休要责备我啦！"

"混蛋！尽是狗屁！"贺人龙向左右大喝："快！替我把这个小畜生绑了！"

贺金龙满不在乎地对贺人龙的左右笑着说："都别动手，我的话还没说完哩。"他又向贺人龙正色说："四哥，你虽无情，我可有义。我不能跟着你学。你想想，倘若你绑了我向朝廷献功，国英侄儿还能够活得成么？"

"国英在哪里？快快放回来饶你不死！"

"我们义军从来讲义气。大家一听说国英是我的侄儿，已经把他放了。"贺金龙回头向阵上一招手，说："国英，快回去吧，不要怕四哥责备！"

万人敌从田见秀的大旗后边走出，羞惭地往官军阵上走去。挑战骂阵的时候他是那样的狂暴和无赖，如今却低着头，没精打采。刚才他还在为自己的突然得救而庆幸，如今要他回营，他却感到无脸见人，同时也担心会受责罚。

贺人龙背后的将士们看见万人敌被放回来，大出意外，连贺人龙的心中也有点吃惊了。贺金龙趁着这时候丢开了贺人龙，向着人龙手下的两员青年将领亲热地招手叫道：

"国贤二侄，国勇六侄，你们近来都好吧？呀，我的天，今日是咱们贺家大团圆！没想到在两军阵前会看见这么多的亲人！"

他把缰绳提一提，想越过贺人龙往前走几步，但是他又怕万一贺人龙翻脸不认亲。于是他没有挪地方，又向贺国贤一群人招着手儿，笑着说：

"来呀，往前来几步，叙叙家常。别害怕，让四哥怪罪我一个人好啦。"他又看着贺人龙,说:"四哥,你别生气。连朝廷老子还爱他一族一姓,何况咱们!"

跟在贺人龙身后的亲兵爱将,大部分是姓贺的,其余的虽不姓贺,但不是沾亲,便是带故,不然也是同乡或近邻。至于贺国贤和贺国勇的亲兵们也是一样。有人说过这话:如果把贺人龙麾下的老营将士几百口子人加以盘问,都可以找出来亲戚瓜葛,或者是直接血亲,或者是拐弯抹角的亲戚。按照贺人龙的说法,这是照顾乡亲,也是打不散的子弟兵。照他手下人们说法,这就是俗话所说的:"朝里有人好做官","一人得道,鸡犬升天"。因此,经贺金龙一招呼,大家一拥向前,在两军阵上你呼我叫,纷纷谈话,互相寒暄,争着打听亲故消息。田见秀的骑兵也有许多米脂人,也不时搭腔说话。贺人龙喝禁了自己的将士,但是也明白在这样的情形下很难厮杀。他对田见秀大声说:"田贼,你不敢同我交战,快去叫闯贼前来!"说毕,拨马自去。贺国贤和贺国勇,以及贺人龙的左右将士,不敢多停留,也跟着去了。

但是多数官兵并没跟着走。他们看见上边头头儿走后,越发没有顾忌,同农民军谈话更加亲热。有些不是米脂人的官兵也拉扯陕北延安府同乡关系,互相打听家乡情况,熟人音信。谈了一阵,贺金龙和他的亲兵们把身上的包袱解下来,取出金银、绸缎、首饰和其他贵重东西,分送给本家、亲戚和同乡作为礼物。田见秀也命令手下的将士们搬出来一些值钱的东西,送给乡亲。最后,贺金龙从腰里解下来高夫人给他的那把短剑,交给贺人龙帐下的一名姓贺的小校,说:

"这是我三年前打开凤阳皇陵时得的一把宝剑,你看,这剑柄是象牙的,镶着黄金,剑鞘是沙鱼皮的,镶嵌着黄金、宝石和钿螺。据几位内行看过,说这是宫里边的东西,至少值三百两纹银。务请贤侄费心,替我呈给我四哥,说这是我的一点点小意思，不成敬意。日后遇见更好的宝物，另外孝敬。"

姓贺的小校因为已经接受了金龙的礼物，对这件委托满口答应照办。他把短剑拿在手里，笑嘻嘻地打量着，看见剑锋闪着寒光，而剑柄和剑鞘装饰的黄金、宝石和钿螺光彩耀眼，不觉连声叫道："嘿！嘿！我还是第一次开这个眼界！"一股口水啪哒落下来。贺金龙赶快从口袋里取出一只金钗，说：

"老侄，这个你也收下。"

"不，不。刚才八叔你已经给我不少东西了，哪能再要你的！"

"这不是给你，你收下以后我告诉你。"等到对方把金钗收下，贺金龙接着说："我知道你已成了家。遇顺便人回家乡时把这只金钗带给你媳妇，就说是我金龙八叔的一点小意思。"

收到礼物的官兵们皆大欢喜，没收到礼物的人们除羡慕外也很欢喜。在一片欢喜的气氛中互相恋恋不舍地道了别，各回本营。

田见秀料定贺人龙不能够马上对他进攻，立刻又暗中抽出来三百名骑兵交给刘希尧和贺金龙率领，往正面战场上支援李过。

在正面战场上，自从高一功和张鼐率领五百名骑兵加入战斗，田见秀又分过来几百名骑兵支援，开始阻止了曹变蛟的猛烈攻势。曹变蛟见敌人增加了援兵，同时从瞭望哨得到祖大弼等已经大败的报告，也担心自己吃亏，就暂时把大部分人马撤下来休息，只用小部队轮番进攻，等着左光先和贺人龙从两翼突破敌阵。知道贺人龙并不力战，他已经感到事情有点不妙，但仍然把希望寄托在左营身上。后来一见左光先被闯王杀败，而贺人龙也忽然后退，他心中大为吃惊。为着避免三面受包围，他亲自断后，把弓弩手和火炮手布置两翼，缓缓地向南撤退。当闯王率领骑兵接近曹变蛟的右翼时，曹变蛟立刻炮箭齐发，使骑兵不能前进。自成见曹兵的秩序不乱，士气不衰，为着避免牺牲人马，决定不再进攻，只监视着敌人退走。

这一仗，李过和田见秀所指挥的三千多人马死伤了将近一半，而闯王的中军营和标营也牺牲了五六百人。虽然官兵死伤的人数要多得多，但是由于农民军的数量有限，又不可能得到补充，这次战斗对他们的实力是一个严重打击。所以虽然胜利，闯王和几位大将的心中都不轻松。随后谈到这次对待贺疯子的办法很成功，自成的脸上才露出笑容。田见秀带着遗憾的口吻说：

"可惜你的计策只行了一半，还有一半没有拿出来。已经布置好要活捉翻山鹞，万一捉不住活的也要把他乱箭射死，可是他今日没有露面，不知何故。"

闯王没有做声，心中也觉遗憾。原来他的计策是要田见秀在阵前痛痛地责骂高杰的忘恩负义，趁高杰自觉理亏，精神缺乏准备的当儿，郝摇旗和贺金龙等突然冲出，将他捉到，以为叛主投敌者戒。由于高杰平素对田见秀很尊重，所以李自成认为这办法可以成功。如今这个该死的畜生到哪儿去了？难道离开了贺疯子的麾下么？

郝摇旗见自成不吭声，怕他为着高杰的事情烦恼，说道："李哥，快下令怎么办吧。大丈夫报仇十年不迟。下回遇到这个杂种，老子不会放他过山，哼！"

李自成让将士们稍作休息，吃点干粮，随即下令：轻伤的不离本队，重伤的跟随老营，立刻出发，继续向北急进。这时已经是未末申初时候。他希望只要在两个时辰中不再遇强大敌人，一到黄昏，他就不怕敌人追击；一夜急行军，就可以冲到阌乡附近了。

刘宗敏率领援兵来到时，后卫部队已经开始整队出发。他简单地问明情况，不敢耽搁，又向前队奔去，临走时候，他对自成说：

"闯王，我还有话同你谈，咱们一起走吧。"

自成知道刘宗敏有重要话要对他讲，就叫高一功率领中军前进，他自己带着亲兵同宗敏飞马而去。奔了一段路，到了开阔地

方,宗敏与自成并辔前进,忽然放慢速度,小声说:

"闯王,曹操的情形我已经从一个俘虏的口中问明白啦。……他妈的,真不是东西!"

"什么情形?"

"他率领九营①人马退到房县、均州大山中,如今已经向朝廷投降啦。"

自成大惊,神色一变,问:"可是真的?"

"这个俘虏是孙传庭的随从,他正在战场上传达军令,受伤被俘。他的消息自然灵通。"

沉默一阵,自成心情沉重地说:"曹操只图保全实力,不来接应咱们,已经是不大应该,倘再投降朝廷,不管真假,那就更不好了。"

"他这琉璃猴子,终究成不了多大气候!"

自成在马上加了一鞭,向前飞奔。刘宗敏等紧紧地跟在背后。追上老营,自成跳下乌龙驹,大声吩咐:

"把那个奸细拉来斩了!"

亲兵们立刻往路边树林中拉那个下书人,但发现在刚才战事紧张中,人们没有注意,这个人已经逃了。闯王脸色铁青,沉默片刻,没有责骂亲兵们,却冷笑两声,说:

"好吧,遇到大天王时一总算账!"

尽管已经确知洪承畴已经率兵来到潼关,同孙传庭并力挡在前面,并且也确知曹操已经在湖广投降,但目前形势使闯王没有

---

① 九营——崇祯十一年冬,罗汝才(曹操)率领的是一支联合部队。九营就是九家,各营的人数不同。除他自己的部队外,别的诸营并不完全服从他的指挥。除罗汝才外,较著名的还有过天星惠登相、花关索王光恩、兴世王王国宁等。这九营(股)农民军从河南来到湖北,表面向明朝投降,实际按兵观望。因部队驻扎在房县、均州一带,所以通称房均九营。

从容回旋的余地,非拼死向前冲不可。他把鞭子一挥,中军营和老营的人马在他的面前整队启程了。

农民军的后卫部队刚刚开拔,曹变蛟和贺人龙就紧紧地追赶上来。左光先把人马整顿一下,又把原来留守在后方的人马补充上来,也随在曹变蛟的后边追赶。李自成命令李过等切勿恋战,尽速赶路,所以后边只偶尔有一些小的接触。

现在农民军已经没有了步兵。步兵一部分牺牲了,一部分因为从战场上夺得许多马匹,变成了骑兵。这样大大地加快了他们的行军速度。在一个时辰之内,他们差不多前进了五十里,把追赶他们的步兵扔在二十里以外,只有官军的骑兵一步不放地盯在背后。十月天最短,眼看就要黄昏。农民军看见太阳落在山头,刚刚松了口气,突然前边一声炮响,左右丘陵间伏兵齐起,喊杀震天。李自成这时正走在老营前边,吃了一惊,向前方和左右一望,随即拔出剑来,镇静地自言自语说:

"又开始了。"

第 十 章

　　陕西巡抚孙传庭在潼关南原预设了三道埋伏来截击李自成。第一道埋伏被农民军冲杀得纷纷溃逃,只起了消耗农民军有生力量的作用。但是这种结果,对作战有经验的孙传庭是早就料到的。他认为,如今李自成是在他布好的口袋里边寻找生路,以必死决心向前冲,头一道埋伏的地形又不够险要,自然难以将李自成包围歼灭。作战的规律总是"一鼓作气,再而衰,三而竭"。他相信经过上午的一场大战,又加上继续行军,李自成的士气已经是"再而衰"了,所以他把更大的兵力摆在这第二道埋伏上,并亲自督战。至于第三道埋伏,他只配备了少数兵力,准备截击溃散的农民军。

　　他虽是文进士出身,但是由于他生在尚武好斗的雁门关外,自幼习武,性喜谈兵,加上几年统兵打仗,举止言谈都不带那个时代的文人习气。今天,这位四十六岁的巡抚身披铁甲,头戴铜盔,立马高冈观望。他的四方脸孔冷如铁块,带着自信、傲慢和威严难犯的神气,使左右不敢正视。望着李自成的前队和中军在经过长期行军和上午的大战后仍然部伍整齐,他情不自禁地在心中赞叹:

　　"闯贼果然不凡!"

眼看着闯王的前队走进埋伏，他的心又兴奋又紧张，同时从紧闭的嘴角流露了一丝若有若无的微笑。他几乎是屏息地望着面前不远的农民军，轻轻说："刀来！"一个随从立刻把一柄大刀捧给他。他手横大刀，回头对一群将领说：

"数载经营，成功就在今天。你们必须生擒逆闯，上报朝廷，不可使一贼漏网！"

他的话刚完，只听一声炮响，几处伏兵齐起。孙传庭大吼一声，横刀跃马，冲下冈去，同时总兵马科按照预定计划，率领一支精兵直取闯王老营，企图将农民军截为两段。于是一场众寡悬殊的、两年来未曾有过的大混战开始了。

曹变蛟听见北边的杀声暴起，立刻督催诸军加速前进。左光先在右，贺人龙在左。骑兵在前，步兵随后。鼓声动地，喊杀连天。大小旗帜满山遍野，在惨淡的夕阳下随风招展。转眼之间，他们追上了李过和田见秀率领的断后部队，厮杀起来。

李自成派出贺金龙带一百骑兵去抢占左边的小山寨安顿老营之后，就带着高一功、李双喜、张鼐和中军营的全部将士投入战斗。他首先以不可抗拒的攻势向马科冲去，转眼之间把敌人的步兵冲得七零八落，跟着把马科的骑兵也冲得立脚不住，纷纷后退，使敌人企图截断老营，把农民军分别包围的计划成了泡影。马科斩了一个小校，仍不能制止住溃退形势，便只好拨马而逃。闯王追杀一阵，回头来增援前队。

刘宗敏在混战中看见了孙传庭的坐纛，就撇下了面前的敌人，直向孙传庭冲去。但是离孙传庭还有一箭之地，他和他的几百名骑兵被孙传庭的标营层层地包围起来。孙传庭熟知刘宗敏在农民军中是一名犷悍善战的首领，他的地位仅次于闯王，便下令一定要捉住活的，以便献俘阙下。官兵的气焰正盛，得到这个命令，个个奋勇上前，大声叫着："活捉刘宗敏！活捉刘宗敏！"

听着这种叫声，刘宗敏越发恼火，战斗得越发勇猛，像一只狂怒的狮子，一面挥动双刀乱砍，一面大声吼叫。有一个敌将刚到他的面前，猛然听见他大吼一声，马匹惊得一跳，还没有来得及招架，就被刘宗敏劈倒马下。宗敏的双手和袖子上染满鲜血，马蹄也早已被死伤者的鲜血溅污。但是孙传庭的人马众多，而且是训练有素。他杀到东边，东边的敌人纷纷后退，但阵容毫不混乱，使他没法冲破，同时西边的敌人像潮水似的涌来。当他回马去砍杀西边的敌人时，东边的敌人又杀了回来。他的身上负了几处轻伤，手下的兵将只剩下两百多人，其中一部分也负了伤。

黄昏的灰色烟流混合着马蹄践起的黄色尘埃笼罩着丘陵起伏的高原。刘宗敏相信在天黑以后就有突围的办法，一面战斗一面鼓励着身边的同伴。有一段时间，战斗得那么紧张，竟然听不见有谁呐喊，只听见武器碰武器的铿锵声，受伤者的低而短促的呼叫声，杂乱奔跑的马蹄声和脚步声。正在这时，刘宗敏听见一个熟悉的声音在叫他投降，他抬头一望，透过浓重的暮霭，发现叛徒大天王立马在前面十几丈远的小土丘上，望着他大声呼喊。刘宗敏大吼一声，胡须直竖起来，眼瞪得差不多眼眶迸裂，而他的菊花青战马同时纵身腾跃，冲向前去。围在前边的官兵猛一惊骇，人马纷纷向两旁闪开。当他到了土丘跟前时，大天王并不同他交锋，已经逃走。他驰上土丘，没有找到大天王。官兵又像潮水似的把土丘层层地包围起来。但是官兵对刘宗敏和他的手下人都已经有点畏怯，不敢再猛烈进攻。刘宗敏也让自己的人马略作休息，等机会杀出重围。这一片战场，突然在紧张中沉寂下来。

偏将马世耀和李友紧随在宗敏左右，三匹高大的战马并排而立。这两个勇猛的小伙子也都负了轻伤，但是他们正像俗话说的，已经"杀起了性子"，对这种沉寂的局面反而感到不耐。看出来官兵的劲头儿已经衰了，马世耀望着宗敏的脸孔，小声咕哝说：

"冲出去吧？"

刘宗敏没有做声,好像没听到他的说话。李友向宗敏的脸上瞟了一眼,随即同马世耀交换了一个眼色,接着向宗敏小声请求说:

"冲吧,我在前边!"

刘宗敏仍然没有做声。对于包围他的官兵方面的情况,他比手下的将校们看得更清。尽管他是被差不多七倍的敌人包围着,但是他觉得如今敌人已经对他没有多大办法了。凭着从几个地方传过来的喊杀声音,他判断出闯王和刘芳亮等几支人马都在继续同官兵混战,杀得很起劲,因此他觉得他以二百多人把孙传庭的一千多精兵吸引在这个地方对闯王很有好处。他相信等天黑后杀出重围并不困难,除非孙传庭再增加新的人马。在这片刻里他也曾经向最坏的结局想过。他想,即使万一孙传庭增加了生力军,使他同二百多亲兵爱将杀不出去,也没有什么,最要紧的是能够使闯王突围出去,保住"闯"字大旗不倒。这样想着,他要拖住这一支陕西抚标①的打算更加坚定。

这时,许多地方都在进行着惨烈战斗,喊杀声震天动地。刘宗敏向周围四处瞭望,望不见孙传庭的大纛,心中问道:"莫非他去围攻闯王么?"他忽然改变主意,向左右看了眼,将右手中的宝刀一挥,说:

"随我来!"

孙传庭本来打算先将刘宗敏的一股人马歼灭,亲自督战,悬出赏格,围攻很久,竟难如愿。正在这时,他看见李自成已经杀败了马科和几员大将,在战场上纵横驰骋,所向无敌。于是他留下一部分人马继续围攻刘宗敏,亲率手下一部分精锐将士和洪承

---

① 抚标——由巡抚直接统带的军队,即"巡抚标营"的简称。

畴派来的两千名生力军去包围闯王。

从混战发生以后，农民军虽然战斗得十分勇猛，以一当十，但由于人马过少，地形不利，加上人饥马乏，损伤十分严重，很快地被分割成许多部分，各自迎敌，不能相顾。李自成起初还能够掌握主动，寻找对象，分别杀退敌人。到了后来，这种主动权渐渐失去，东冲西闯，只是要救出被官军包围的人马，设法把部队向东边的小山头上转移。但是空前困难的局面并没有动摇他突围的信心。当孙传庭亲自横刀跃马督率三千多名精兵杀到闯王附近时，闯王的身边只剩下不到五百名骑兵。他正在掩护别的部队往小山上撤退，还有一些部队分别与官军苦战，摆脱不开。闯王手下的将士看见这种情形，大多数面现惊慌之色。有很多人只怕被大敌包围之后闯王一旦有失，全军就没有救了。李自成看出大家的心情，并且看见两个亲将同张鼐都焦急地向他的脸上望，好像是在问："是退呢还是冲杀过去？"

一眼就可以看出，孙传庭直接率领的标营人马确实训练有素。在这一片比较开阔的平地上，孙传庭的人马采取半包围的形势稳步前进，两三百骑兵配置在两翼，步兵走在中间，孙传庭和几十名亲兵亲将骑着披有铁甲的蒙古战马走在步兵前边。旌旗飘扬，战鼓动地，枪刀剑戟在夕阳的余晖中闪着寒光。李自成匆匆地对两个亲兵吩咐了几句话，他们飞马离开队伍，躲避着官军的拦截，向不同的方向驰去。

"闯王，怎么办？"小将张鼐大声问，脸皮绷得很紧，等待着闯王下令。

李自成没有做声，等待着敌人前进。在他同孙传庭之间有一条大路。在北方的黄土原野上常看见这样的大路：一年年被牛车轧，又被雨水冲刷，像一条干涸的沟，上边有七八尺宽，有的地方有一丈多宽。北方人把这样的路叫做大路沟。李自成知道这条大路沟对自己很有用处，但是它离自己的人马太近，不利于向前进攻。于是他叫将士们持箭引弓，分两批缓缓地后退二十几丈远，凭借一座土丘列成阵势，孙传庭一攻到离大路几丈远处，看见农民军引弓待发，就把人马停住。他相信只要他的人马越过大路，李自成的盔甲不全的四五百骑兵决不是他的对手。但是他想着困兽犹斗，何况李自成又是个十分骁勇善战的人。为着希望不战而消灭自成，好使他的抚标不受损失，前去北京勤王，于是他对带在身边的大天王说：

"你同闯贼是表兄弟，从前你们之间的感情很不错。如今闯贼已成釜底游鱼，亡在顷刻。你到阵前去向他晓谕：只要他赶快投降，本抚院可以上奏朝廷，赦他一死。去！"

大天王虽然明知道李自成一定不降，但不敢说出口来，毕恭毕敬地接受命令，勒马奔至大路边上。他知道自成的箭法如神，吓得他脸色灰白，心头乱跳，但他既要故作镇静给孙传庭看，又要竭力使李自成看出来他心怀坦然，所以没到大路边就脱掉头盔，向自成遥遥招手。

"自成表弟！自成表弟！"他大声喊叫。因为双方的鼓声暂时停止，所以人们听出来他的声音中带有掩饰不住的惶恐。

"这不是大天王小子么？"有人在闯王的身边小声问。

"闯王，我给他一箭吧？"

闯王回答说："等一等，听他有什么话说。"

老兵王长顺咕哝说："他这个淹死鬼，准是想勾别人下水。有话，让他娘的去鄠都城说吧，咱不听！"

但闯王不下令，谁也不敢射出一箭。大天王又大声说：

"表弟，请你往前走一走，我同你说几句话！"

自成把镫子轻轻一磕，乌龙驹向前走了四五丈远。他不让别人跟随，只有张鼐和亲兵头目李强手持弓箭跟在背后。

"你有什么话要同我说？"自成大声问。

"自成！咱们是表兄弟，又是郎舅之亲，还都是高闯王提拔的爱将，好多年同患难，有恩无怨。如今我因你兵败至此，眼看着要全军覆没，特意来向你进言。老弟，你听听愚兄的忠言吧！"

"你是想劝降么？"

"是的！我是实心实意地为你着想，请你务必听从我的话……"

"我明白。你不用说了。要让我投降，请你们孙巡抚亲自说话。"

"好，好。我请抚台大人来说话。"

大天王回去一说，孙传庭认为大概李自成有意投降，便在一大群亲兵亲将的护卫下来到路边。把大刀横在马鞍上，他傲慢地向李自成看了一眼，大声问道：

"李自成，你愿意投降么？"

"孙巡抚，历年打仗，人民死亡流离，白骨如山，我心中十分不忍。近来鞑子入塞，包围北京，深入畿辅。我李自成听到这消息不由地怒发冲冠，恨不能率领手下将士与清兵决一死战，为国家吐一口气。听说皇上有诏，要你与洪总督率师勤王。倘蒙抚台大人不弃，我李自成愿随同东征。但请抚台大人许我四件……"

"哪四件？"

"第一件，官军让开一条路，使自成暂到灵宝或阌乡，整顿人马，召集旧部，先做东征准备。第二件，朝廷发给粮草饷械，不得歧视。第三件，自成所部人马听调不听编，更不得设计消灭。第四件……"

孙传庭勃然大怒，说："尽是狗屁！外御夷狄，朝廷自有安排，何用尔流贼说话！本抚院体上天好生之德，赐尔等自新之路。倘仍执迷，死在顷刻！你还不赶快投降，更待何时？"

李自成冷笑一声，不再答话，勒转马头便走。孙传庭很担心闯王会从他的手中逃掉，赶快对麾下将士大叫说：

"有擒斩闯贼的赏银万两,官升三级!赶快追杀,不要使一贼漏网!"

顿时,战鼓与杀声并起,孙传庭的骑兵和步兵纷纷地抢越大路。大路有的地方只有二三尺深,有的地方四五尺深,甚至一人多深;有的地方坡度很抹①,有的地方很陡。当官军越过一半时,人马纷乱,前后拥挤,只有没有过来的还大体保持着严整阵容。孙传庭已经过来,顾不得整好队伍,麾军向前,要捉闯王。闯王正等待这个难得的战机。只见他把花马剑挥了一下,农民军方面的战鼓突然响起来,同时向官军射出了一排箭,一声"冲啊!"四五百骑兵随着他向前冲去。马蹄腾踏,刀剑乱闪,大路这边霎时间成了一片恐怖世界。孙传庭在开始时也惊慌失措,尤其是当闯王冲到他的面前,把他同少数亲兵亲将围在垓心猛攻时,曾经从他的脑海里闪过一个"大臣临难不苟生",准备自刎的念头。由于他的左右将士拼死抵抗,后边的人马又蜂拥越过大路来救援前队,孙传庭很快地在大路边站稳了一片阵地,杀退了闯王的进攻。闯王因自己的人马很少,不愿意同孙传庭死拼,转回头进攻那些立脚未稳的部队。这样虽然可以杀伤较多的官兵,但也给孙传庭一个机会去组织力量进行反扑。不到一顿饭工夫,马科率领一支人马也赶到了。孙传庭依靠他的人数众多,夺得了战场上的主动地位,把李自成的人马包围起来。

混战是空前惨烈的。李自成尽管人马很少,总希望在这一战中杀败孙传庭,以便今夜突围,所以他利用骑兵的行动迅速,忽分忽合,有时向孙传庭的步兵猛冲,有时突然直取孙传庭中军,有一次已经夺得了孙传庭的大纛,又一转眼被官军夺了回去。在混战中,他的"闯"字旗也一度被马科手下的一员小将夺去。农

---

① 抹——陡的反义词。北方土话。

民军拼命去抢,双方在大旗周围死伤累累,总夺不回。农民军不见了"闯"字大旗,顿时军心动摇,而官军欢声雷动,认为自己已经胜利,到处呼喊:"快投降!快投降!"在这千钧一发之际,李自成带着张鼐等十几个人像闪电般地冲来,官军挡者披靡,"闯"字大旗又回到农民军的手中。农民军重新看见高举的"闯"字大旗,爆发出一片雄壮的欢呼和喊杀声,震慑敌胆。刹那间,闯王和他的十几名亲兵亲将冲到马科面前。马科见他来势凶猛,拨马便走。只听张鼐骂了句"去你妈的!"马科的掌旗官登时被他的宝剑劈死落马。他正伸手去抓马科的大旗,被一群官兵拼死抢走了。

由于双方的人数悬殊,情形对闯王愈来愈不利了。他正在心中焦急,不知他派出的两名骑兵是否找到了刘宗敏和袁宗第,忽然看见官军背后西北角的阵容大乱,四散逃跑。他立刻带着人马向西北角冲去,随即看见一支人马杀到,刘宗敏一马当先,一双大刀在黄昏的烟霭与飞尘中闪着白光,所向无敌。李自成与刘宗敏会合之后,正准备向南杀去,将人马拉到小山头上,忽见东南角的官军也被杀开一个缺口。大约有三百左右骑兵,为首的是袁宗第,手执铁鞭挥舞,官军纷纷让开一条血路。等他奔到李自成的面前时,自成忙问:

"老营怎样了?"

"刚才有一支官兵包围了老营,混战一场,给一功救出来,送到那座小山上啦。孩儿兵和亲兵们损失不少,他妈的!"

"后队呢?"

"也来了一场混战,双方的人马都损失不少。如今曹变蛟们不再进攻了。"

"咱们的战将中有谁伤亡?"

"我不清楚,只听说摇旗挂彩了。"

自成一惊,赶快问:"伤重么?"

"不清楚。"

自成看看孙传庭和马科又督率官军包围上来,立刻把骑兵整顿好,向东南且战且退。孙传庭追赶一阵,因暮霭已经很重,加之步兵疲乏,随即鸣锣收兵。李自成见官军不追,便带领着人马向小山头缓缓退去。

经过上午和黄昏前的两次大战,农民军只剩下两千多人,其中有三分之一都带了轻伤或重伤,有许多人挂了几处彩,如今退守在山寨里和小山脚下。这座山寨没有人烟,除掉一座很小的山神庙以外没一间房屋,也找不到一眼井。大概在几十年或百年以前,这里曾经住过人家,经过大乱,居民死的死,逃的逃,寨里变成了瓦砾堆,连井也填死了。很显然,孙传庭看见这是一个绝地,所以不派官兵驻守,故意让给农民军前来占领。缺水给大家带来了很大痛苦。特别是受伤的人们更需要水喝,喉咙里像冒火一样难受。

面对着缺水情形,李自成心情烦恼,想不出好的办法。他自己也很渴,喉咙冒火,而且浑身困乏,但是他不休息,在战士们中间走着,给大家鼓励和安慰。当战士们望见他时,想着闯王同大家一样忍受着干渴,而他比大家辛苦得多,便都用感动的目光望着他,精神振作起来,不再咒骂。那些受伤较重的弟兄,看见他走到身边,或听到他的说话声音,连呻吟也没有了。弟兄们常常凑到一起,关心地互相打听着将领们和熟人们的伤亡情形。当人们知道闯王连轻伤也没受,不但顿时放下心来,而且觉得全军还有希望,决不会完。人们在私下说:

"咱们闯王当然不会挂彩。人家是大命人,犯星象!"

但是当闯王走过以后,隔了一阵,人们的心情又焦躁不安起来,咒骂和呻吟之声又起了。

在月光下,李自成看见一个高大的人影,背插宝剑,腰挂药囊,手拄枪杆,一瘸一瘸地在荒草和瓦石堆中走着,向一个呻吟最厉害的伤员走去。自成叫住他,小声问:

"老尚,挂彩的这么多,你没有办法么?"

"药完了,有什么办法?"

闯王失望地咂一下嘴唇,望着医生默不做声。医生摇摇头,避开了闯王的眼睛。他从没有看见过自成用这种含着痛苦的眼神盯着他。几个月来,不停地行军,不断地打仗,药品大量消耗,而买到的机会不多。往往买药的人刚派出去,部队又开走了,使买药的人追赶不上。有时,买药的人被官兵或乡勇捉去,人钱两失。看着这些挂彩的弟兄们没药医治,不要说自成的心中难受,医生何尝不心里疼痛?他向前走近一步,叹口气说:

"好药只剩下一点儿,不能不留下来以备急用。有些受伤的将校,有些特别伤重的,我自然要给他们上一点贵重药的。"

李自成的脸上没有笑意,点了点头。

"你腿上挂的彩怎么样?"他问。"骑马碍事么?"

"这一点轻伤算得什么!几年来受这样的轻伤也不是一遭两遭,还能够挡住我骑马打仗?"

自成叹息说:"你也该歇歇了。"

"闯王,如今挂彩的人太多,医生少啊。杜家寨留了一个,刚才又受伤一个,徒弟们只剩一个人啦,怎么能忙得过来?再说,有些伤重的,我不亲自动手也不行哪!可惜我教出来那个好徒弟……"

他提起来半月前牺牲的那一位得意门生,心中猛一酸,下边的话就和着热泪咽下去了。正在这当儿,一位青年将领匆匆走来,顾不得先向闯王招呼,望着医生说:

"老神仙,请你快去。我那里有一个小头目刚从战场上找到抬回来,快断气啦。"

"伤很厉害?"尚炯问。

"肚子上戳了一刀,肠子流出来啦。"

"唉,又是一个肠子流出来!走吧,只要他没有断气就有办法。"

李闯王想问一问这个受伤弟兄的姓名,但怕耽搁时间,没有张口。他正在目送着医生的背影,忽然一个小头目来到他的身边,双手捧着一件东西,说:

"闯王,快喝水。"

"水?!……从哪儿弄来的水?"闯王两眼发光,惊喜地注视着小头目捧的东西。

"离这里二里远有一条水沟。我带着两个弟兄去偷水,刚偷偷摸摸地到了沟边,就给官军的巡逻瞧见了。可是我们总算喝了水,还带回来一猪尿泡!"小头目得意地笑着,把水举得更高,说:"闯王,你快喝吧,快喝吧。"

李自成正渴得十分难过,双手接过来盛水的家伙,一股冰凉的感觉登时从手心透入心脾,说不出的爽快。他又打量一眼装得满满的猪尿泡,觉得这些水简直不够他一个人解渴。他对小头目称赞说:

"好,你们真行!"

他打开捆猪尿泡口子的细麻绳,贪馋地喝了一口,在干得发疼的口腔中漱了漱,然后咽下去,一股凉爽的感觉从腹中散满全身。因为猪尿泡是士兵们平日装烧酒的东西,所以水中还带有一点儿酒气。李自成重新把嘴唇对着猪尿泡口子,正打算像"长鲸吸百川"似的痛痛快快把水喝下肚去,忽然几处伤号的呻吟声,将士们因干渴而发出的叹息声,隐约地传了过来,他的心中一动,想了一下,只再喝一小口润润嘴唇,便把猪尿泡的口子捆扎起来，原物递给小头目，吩咐说：

"快拿去吧，让那些渴得特别厉害的弟兄们都喝一口。"

"闯王，你……"

"拿走吧。我肚子有点疼，不敢多喝。"

小头目还要说话，但闯王挥手使他快去，转身走了。

一天来惊涛骇浪的战斗生活，使高夫人的脸孔比往日瘦了许多。当老营被敌人包围，发生混战的时候，她表现得稀有的勇敢和沉着。多亏她上午把各家眷属的亲兵组织成老营护卫队，在这次战斗中发挥了很大作用。当指挥老营护卫队的高长胜阵亡之后，她立刻叫医生尚炯接替了他的地位。尚炯指挥的护卫队，罗虎指挥的孩儿兵，还有一部分伤员、文职人员、年轻妇女，都以高桂英为总的首脑，根据她指示进退，保护着老营的辎重和眷属。当局势十分危险的时候，她总是用镇定的口气对周围的人们说："不要慌，不要害怕。我们的救兵马上会到，我们会把他们杀败的。"她的这些话和她脸上的坚定神色，给周围的人们增添了无限力量。有一次她的亲兵们想保护她母女俩杀出重围，她坚决不同意。"胡说！"她严厉地责备说。"我们怎么能撇下老营不管了？今天不是大家齐心齐力杀败官兵，就是一起死在这儿！"尽管在混战中老营不免受到了惨重损失，但到底支持到救兵赶来，杀退了敌人。如果她那时听了几个亲兵的话稍有动摇，老营就要瓦解了。

自从把老营撤到这座很小的荒山头上，高夫人几乎没有坐下休息，就带着两个女亲兵去帮助医生们替将士裹伤。在裹伤中间，她从慧梅的手里接到一块烤得半生不熟的马肉充饥。后来她听说这山上树林中有一座残破的山神庙，就留下两个女亲兵继续替将士裹伤，她自己怀着一颗虔敬和沉重的心，去山神庙烧香祷告。从庙前回来，又去看孩儿兵们。

经过黄昏的这场大混战，孩儿兵牺牲很大，只剩下几十个人。现在他们靠着寨墙的一角，围着三个火堆坐着，在火上烤马肉。地上铺着干枯的荒草和树叶。那些过分疲倦的和受伤的孩子们都躺在地上，其中有的已经睡熟。看见高夫人来到，孩子们都要站起来，被她用手势阻住了。看见孩子们牺牲惨重，她的心中十分难过，往肚里咽着热泪。同孩子们说了几句话，她看见那个生得眉清目秀、聪明伶俐的王四眼睛红红的，似乎刚才哭过。她走近他的身边，拍拍他的头顶，问：

"小四儿，你刚才哭了？为什么哭了？"

小四儿因为有几个同他最好的孩子阵亡，刚才忍不住哭了一阵，如今经高夫人一问，感到不好意思，赶快藏起自己的眼睛，喃喃地掩饰说：

"我没哭。是烟熏的。"

罗虎怕王四会又忍不住哭起来，赶快插嘴说："夫人，你知道么？要不是小四儿去得快，来亨就完事了。"

高桂英点头说："可真是，多亏小四儿救了来亨。这孩子真行，真行。"

孩儿兵在黄昏前保护老营的勇猛作战情形，现在还激动着高夫人的心。在混战开始后，不仅像罗虎们这班较大一点儿的孩子们拼命冲杀，不稍后退，连小来亨也表现得非常不凡，可以看出来他长大后准定是一员了不起的虎将。在紧急时候，小来亨完全脱离了她和黄氏的管束，混在孩儿兵中同官兵战斗。那时惨烈战斗就在她的面前和左右几丈远的地方进行，所以她看得十分清楚。当李来亨第一次用自己的剑劈在一个步兵的头上，眼看着敌人在他的马前摇晃着倒了下去，他始而惊骇，继而感到新奇和兴奋，对别的孩子们大声叫着："我砍倒了一个！我砍倒了一个！"他的胆子越杀越壮,常常独自冲入敌人的步兵群里,砍杀几下,迅速地拨马而回。最后一次,当他正在呐喊着向敌人冲杀时,一支箭嗖地射中他的肩上,他突然栽下马去。看见一个骑马的官兵正要俯下身再用枪刺来亨,高夫人的心中猛一凉,想着完了,不料恰好王四赶到,从背后砍死了这个敌人。几乎同时,另一个孩儿兵也赶到跟前,把来亨从地上救了起来。可惜这个帮助王四救了来亨的孩子在混战中陷入敌人包围,英勇阵亡。

"来亨的伤不要紧吧?"王四望着高夫人问。

"不要紧。再过十天八天,又可以跟你们一起玩耍,一起打仗了。"

高夫人离开孩儿兵去找闯王,在老营的树林外碰到一起。她悄声问他:

"你打算怎么办?"

"正要同捷轩他们商量。"

"你不要耽搁时候,今晚杀不出去可不行啊!"

"打算在三更以后突围。"

"也好。人马太困乏了,就三更以后动身吧。"停一停,她又问:"你打算从哪条路上突围?"

闯王一向很尊重桂英,就问:"你看?"

"我看,不如来个回马枪,从南边杀开一条血路冲出去。"

闯王点点头。他向桂英的脸上打量一眼,在月光下他看出来她精神疲惫,眼窝深深地陷了下去,不禁小声说:

"你也该歇歇了。"

她摇摇头,痛苦地叹息说:"没有药,没有水,挂彩的将士们都在……"她哽咽一下,没有把"痛苦呼唤"四个字说出来,接着说:"你叫我怎么能不管啊!"

闯王没再说什么。他们互相望一望,各自走了。但走了几

步,闯王忽然转回头来问:

"那位背锅老头还跟着老营吧?"

"他又受了一点轻伤。想不到他还能打仗,用栎木闷棍打倒了几个官兵。……你是想突围时还叫他带条子么?"

"总得有几个条子熟的人才行。"

"唉,事不宜迟啊!"

闯王嗯了一声,向老营驻扎的林中去了。

第十一章

　　孙传庭匆匆地吃过晚饭，不顾身上疲困，骑马到战场上巡视一周，还到李自成被围困的小山脚下一里处看了很久，对今夜要擒斩李自成满怀信心。根据他的判断，李自成经过今天的两次大战，所余剩的不会超过两千人，已经没有突围的能力。为着集中全力一鼓歼灭李自成的残余部队，他下令撤销第三道埋伏，调那里的两千生力军火速前来，听候布置。当传令官拿着令箭飞马去后，他得意洋洋地转回老营。

　　自从他受任陕西巡抚以来两年多的时间中，他已经为朱明王朝建立了不少功勋，在当时的封疆大吏中被视为难得的干练人才。他的才能不仅表现在指挥作战方面，也表现在与军事有关的其他方面。例如在整顿屯垦积弊、充裕军饷问题上就有出色表现，很受皇帝嘉奖。原来在二百几十年前，西安周围实行军屯，不知从什么时候起，屯田大半被豪强霸占，也有被欺隐的，无从查对。国家在需要时，要饷无饷，要兵无兵。孙传庭雷厉风行地进行整顿，只在几个月的时间内就收到很好效果，计得实额兵丁九千多名，饷银十四万多两，米麦二万多石。在整顿过程中，霸占屯田的官绅不敢公然阻挠，却唆使西安的兵痞鼓噪反对。孙传庭逮捕了一大批，当时斩了十八个，杖责了十一个，把反抗的风潮镇压下去。由于这一措施的成功和在军事上的连续胜利,他变得十分自负和骄傲,常有"剿平流贼,舍我其谁"的想法。陕西、三边总督洪承畴是他的上司,又是他的座师,他也有些不放在眼里。今天他已经把李自成杀得只剩下两千多人,包围得铁桶相似。他认为多天来希望捉到李自成献俘阙下的事已经十拿九稳地要实现,很想在马上吟一首诗来歌咏今日的战功。但刚刚思得一句,尚未凑成一联,忽然中军参将刘仁达飞马迎来,告他说制台大人马上要到老营见他,有重要话当面相谈。孙传庭断定是北京的虏情紧急,朝廷又催促他同洪承畴火速勤王。一想不久就要同清兵作战,他的诗兴全完了。

当孙传庭回到老营时候,一大群幕僚和将军在帐外迎候。他对僚属们略微点头,对其中有些人好像根本就没有看见,昂首阔步地走进大帐。他刚刚坐定,这一大群人已经跟了进来,用各种阿谀逢迎的言词称颂他神机妙算,"指挥若定",果然使李自成陷于绝境,还称颂他如何在战场上横刀跃马,气吞河山;大旗指处,"悍贼"披靡。经此一番奉承,孙传庭把害怕同清兵作战的心理暂时放下,向几个地位较高的幕僚问:

"据各位看来,闯贼今晚能逃出我的手心么?"

"当然不能,当然不能。"几个声音同时回答。

有一个幕僚随即拿出一个斗方①,双手捧到他面前,躬身笑着说:

"这是卑职刚才写的一首七绝,敬请大人指教。"

孙传庭接过来斗方看了一眼,见诗题是《战场口占,仍用前韵,恭呈孙抚台》,随即慢声吟诵:

---

① 斗方——明末士大夫喜欢把他们做的诗写在一种四方纸上请别人看,这种纸叫做斗方。

> 疆臣豹略妙如神,
> 三载功高百战身。
> 今夜渠魁齐授首,
> 君王从此不忧秦。

这位幕僚今天连这首诗已经写了四首七言绝句,歌颂孙传庭的战功,都是用十一真韵,颇得孙传庭的称赏。看了这首诗,孙传庭更加高兴,以手击案,连声叫好。其余的幕僚们跟着叫好,摇头摆脑地评论着这后一句写得如何恰切和得体。孙传庭把这首诗重吟一遍,说道:

"如此好诗,真可浮一大白!"

左右的随从们都熟知他的脾气,立刻拿出来一壶新丰名酒和一只大杯子放在他的面前,并替他斟满杯子。孙传庭也不让人,甚至连那位献诗的人也不睬,端起酒杯子一口喝干。

"拿奏稿来!"他轻轻地说了一句。

立刻,一位幕僚把早已拟好的奏稿呈到他的面前。这份奏稿前边说赖皇上威灵,将士用命,以及总督臣洪承畴指挥有方,得以次第歼灭各股"流贼",使"闯贼"流窜计穷,陷于绝地。跟着大肆渲染一天来的战绩,把李自成方面死伤的人数夸大为"不下数万"。最后一段有几句空起来,准备等明天早晨誊清以前填上李自成及其手下重要首领何人被擒,何人阵斩,何人投降。奏稿的结尾是:"所有立功将弁及出力人员,容后查明奏报。"他对于这个奏稿还算满意,只提笔把"所获甲仗无算"一句改为"贼伏尸遍野,遗弃甲仗山积,诚十年来未有之大捷",然后他把笔向案上一扔,用威严的低声说:

"拿塘报来!"

当孙传庭阅读塘报的时候，说过奉承话的幕僚们踮着脚尖儿鱼贯退出，留下的少数人都肃静无声，注意着抚台大人的脸上表情。孙传庭对这些人们是退出去还是留下来并不注意。幕僚们很细心，总是把好的塘报放在上边，免得他先看见坏塘报，心中一厌烦，连别的塘报都不看不打紧，还说不定大发脾气。他先看的一份塘报是报告张献忠在谷城保境安民，似是实心投降。看毕这份塘报，他轻轻点点头，把塘报往地上一扔，举起酒杯子一饮而尽，又拿起第二份塘报。一个幕僚赶快弯下身子把扔在地上的塘报恭敬地拾了起来。一个亲兵同时又把杯子斟满。孙传庭心中实在畅快，不自觉地站起来，把右脚蹬在桌掌上。另一个年纪小的亲兵立刻替他掌着蜡烛。他看的这第二份塘报是报告罗汝才自从被他孙巡抚在潼关外杀败之后，率领九家"流贼"逃到房县和均州一带，向朝廷投降，愿意替朝廷保境安民，自耕自食，不要朝廷粮饷。看了这份塘报，从他的嘴角流露出一丝骄傲而得意的微笑，左手将塘报往地上一扔，右手端起杯子来一饮而尽。正在他低头拿第三份塘报时，不知道是由于他自己没注意，还是由于掌烛的小亲兵实在太困倦，打个盹儿，烛火燃烧了他的鬓发。他用手掌在鬓边一抓，将火扑灭，没有烧着几根。那个惹祸的小亲兵吓得面无人色，放下蜡烛，双膝跪下，浑身簌簌打颤。孙传庭向他看了一眼，立刻有两个亲兵过来，将小亲兵从地上拖起，推出大帐。左右幕僚们相顾失色，没人敢吭一股气儿。过了片刻，孙传庭已经坐下去阅完第三份塘报，中军刘仁达走进军帐，躬身问他对刚才的那个亲兵应如何发落。他没有抬头，没有向中军看一眼，也没有稍微踌躇，低声说出来两个字：

"斩了！"

刘仁达跪下去说："求大人恩典！姑念他整日作战，不曾休息，致有此失，饶他一死！"

孙传庭抬起头来，狠狠地向中军看了一眼，说："不要啰嗦，快斩！"

"是！"刘仁达不敢再求，从地上站了起来，一边慢慢退出，一边向幕僚们递着恳求的眼色。

幕僚们互相观望，随后都用眼色要求那位因善于做诗受到巡抚另眼看待的同僚出来讲情。他走到巡抚面前，恭敬地作了一揖，说：

"请老公祖息怒。方才这个亲兵虽然罪不容诛，但请老公祖姑念他过度疲倦，实出无心，法外施仁，饶他一条小命。今日我军空前大胜，眼看闯贼全部就歼，举国欢庆，请勿以细故斩人，致成美中不足。况古语云：'大火流金'。按五行，火能克金。金者兵象，又指西方。今晚烛火烧了大人鬓发，正应在经此一战，大功告成，兵气销尽，朝廷从此无西顾之忧，与拙诗中'君王从此不忧秦'之句不期相合。此是大大的吉兆，老公祖何必动怒？"

这位幕僚的几句话使孙传庭的心中感到舒服，拈着胡须，沉吟不语。全体幕僚一见这事情有些转机，纷纷求情。孙传庭向立在旁边的一个亲兵一摆头，说：

"打他两百皮鞭！"随即又加了两个字："狠打！"

这个命令从孙传庭口中轻声地说出来，却被传令官用大声传了出去，而帐外一呼百应地向远外传去，真是威风凛凛，杀气森森，说句话山摇地动。

孙传庭继续阅读塘报。这一份塘报是报告革、左等股"流贼"在大别山中潜伏，未敢出山大掠。他没有看完，把塘报扔到地上。外边打人声和哭叫声传进帐来，但他好像并没注意，又看第五份塘报，是详细报告河南各处大灾，"土寇"蜂起。他看完后扔到地上，去看第六份。这一份塘报说淮、泗一带"土寇"蜂起。他不自觉地把眉头轻轻地皱了一下，把塘报扔到地上。第七

份塘报是说清兵深入,高起潜在卢沟桥失利。他摇摇头,扔到地上。刘仁达走了进来,躬身禀道:

"禀大人,已经打过了。"

他没抬头,没用眼睛看,用鼻孔嗯了声。刘仁达蹑脚蹑手地退了出去。他看的第八份塘报是说清兵继续深入,已经到了易州和涿县一带。他把塘报往地上一扔,还有两份不再看了,叹口气说:

"满鞑子已经深入畿辅!"

替他从地上拾塘报的那位幕僚把一叠塘报放在桌上,说:"大人不必过虑。今夜一战将闯贼消灭,大人即可与制台大人前去勤王。大军一到,京畿一带就马上转危为安了。"

孙传庭没有回答,举杯在手,默默地饮了半杯,把杯子抛在案上,又把下巴一摆。那个亲兵会意,把酒壶和酒杯撤走了。他深知手下的将校一听说要去同清兵作战就心惊胆战,谈虎变色,加上他认为自己虽然对"剿贼"有丰富阅历,但对清兵作战从无一点把握,何况清兵的锐势正盛!但是他不愿将这话当众说出,只好默不做声。

从大帐外传进来一声吆喝:"总督大人驾到!"跟着,中军匆匆进来,对他说:

"禀大人,总督大人已经来到帐外。"

没等孙传庭来得及出帐恭迎,洪承畴已经走了进来。孙传庭率幕僚们在大帐门里躬身迎接,说:

"恭迎恩师大人!"

洪承畴很随便地向大家拱拱手,说:"战场之上不用多礼。你们各位今天都十分辛苦了。"

孙传庭同幕僚们赶快回答:"大人才辛苦了。"

洪承畴和孙传庭坐下以后,幕僚们除一两位最亲信的、经常参与军事密议的人留下之外,其余的都退了出去。孙传庭欠身说:

"大人连日鞍马辛劳，不在通洛川大营休息，亲来敝营，不知有何训示？"

洪承畴用带有福建土音的蓝青官话说："几日来我们连奉数道圣旨，要我们速将闯贼荡平，星夜率师勤王。皇上的火爆脾气，你我都是知道的。今晚我又接到兵部十万火急檄文，催促勤王。万一逆贼漏网，不惟皇上见罪，也使我们数年心血，功亏一篑。"

"恩师放心。依门生看来，闯贼经过今日整日大战，只剩下两千多人，其中有不少是妇女、儿童和伤号，能够打仗的不过一千多人，且均疲惫万分。如今被我军重重包围，粮草断绝，水源亦无，只得杀马而食。他们已是飞走路绝，恰似釜底游鱼，或降或死，别无他途。"

洪承畴拈着胡须，成算在胸地微微一笑，说："白谷兄，你未免把情况看得太容易了。"

孙传庭不觉一惊："门生看得容易？……请大人详示。"

洪承畴说："困兽犹斗，何况是李自成与刘宗敏等？以学生看来，今夜三更，他们必然要突围出走。万一堵截不住，岂非功亏一篑，遗患无穷？"

"恩师不必过虑。门生已经准备好一封谕降书，正要请恩师过目之后，派人送往贼营。倘彼等束手就降，则我军就可以兵不血刃，降此元恶巨寇。如其不降，我军即于五更进攻，四面截击，必能一鼓歼灭，不使一贼漏网。"

洪承畴摇摇头："李自成不是肯降的人。"

"从前李自成冥顽不灵，不肯投降。如今情况不同，彼必肯降。"

"未必，未必。"

"流贼中以张献忠与罗汝才人数最多，作乱亦较闯贼为早。今张、罗二贼先后就抚，朝廷免于诛戮，前例俱在。闯贼失去呼应，以孤立无援之贼抗数省精锐官军，势穷力竭，陷入绝地，逃死无门。情况如此，故门生料其必降。在今日阵上，闯贼已露出降意了。"

"已露出降意了？"洪承畴仍然不信，注视着传庭的眼睛问。

"当时闯贼愿意投降，但求率领贼众抵御东虏。门生恐其行缓兵之计，重弄欺骗官军逃出车厢峡故智①，不准所请。我想，如今彼已知我们非陈奇瑜可比，倘派人前去谕降，赦以不死，定然自缚来归。"

洪承畴又笑了一笑，说："白谷兄既然料贼必降，不妨试试。倘彼等愿意投诚，也免得我军将士再有死伤。"

孙传庭向亲信幕僚们瞟一眼，说："拿谕降书来！"

一个亲信幕僚赶快把准备好的谕降书呈给巡抚，巡抚又转呈总督。洪承畴看了谕降书后，望着孙传庭狡猾地拈须微笑说：

"白谷兄，我看还是以你巡抚的口气谕降为好。"

"恩师以宫保部院之尊，久任总督，德高望重，威名赫震，流贼闻之丧胆，故请用恩师名义谕降，更易成功。"

洪承畴推诿说："可是我的印不曾带在身边。"

"门生立刻派人把谕降书送往大营用印。"

洪承畴见不好再推，点头说："也罢，就送到学生的大营去用印，但须要派一个得力的人前去谕降才好。"

"学生打算派降贼大天王高见随中军参将刘仁达同去，恩师你看如何？"

洪承畴很明白他的用意，但故意表示诧异。因为孙传庭好胜

---

① 车厢峡故智——崇祯七年五六月间，李自成、高迎祥、罗汝才和张献忠等各路起义的部队在陕西省兴安县境误入车厢峡，四面山如刀削，只有一个口子被官军堵死。十几万人马被围困在这个绝地，粮草断绝，无法出去，又下了一个多月连阴雨，弓弦都脱了。自成用计贿赂总督陈奇瑜及其左右，伪言投降，骗陈奇瑜放他们的大军出峡，军势复振。

心强，他常用大智若愚的态度对他；倘若传庭在某些问题上虚心向他请示，他就拿出来老成练达的真面目，对传庭所疑虑的问题分析入微，独具卓见。现在他看见传庭过分自信，骄气横溢，就暂时装着糊涂，问道：

"为什么要派大天王？万一闯贼不降，恐怕连他也回不来了。"

"大天王投降以后，尚未为朝廷立功。派他前去劝降，正是给他立功机会。这种人反复无常，留下未必可靠，万一回不来，亦不可惜。"

洪承畴不再说话，只是拈须微笑。孙传庭向帐外叫：

"传中军刘参将同高见进帐！"

只听帐外一声传呼，随即大天王跟在中军参将刘仁达的背后走了进来。他们向总督和巡抚行了礼，肃立候令。孙传庭把谕降书交给刘仁达，吩咐说：

"你同高见拿着这封谕降书立刻到总督大人的行辕用印，然后去到贼营，面见闯贼，将谕降书给他，并要晓之以大义，动之以利害，叫他们立刻投降。速去，不得有误！"

中军参将刘仁达说了声"遵令！"正要退出，不料大天王高见扑通一声跪到巡抚面前，慌乱地说：

"求抚台大人恩典，小的实在不能前去，不能前去。"

"这正是你立功的好机会，为何不去？"

"李贼向来对投降朝廷的人最恨不过。如今大人叫小的前去劝降，不惟无效，恐怕小的一落入他的手中就活不成了。"

"胡说！他现在无计求生，岂敢杀害你么？本抚院倘无十分把握，决不会令你前去。你何必如此胆怯？"

"不是小的怕死，是小的深知李自成的为人……"

孙传庭的脸色一变，大喝道："本抚院军令如山，你敢抗命不前去么？"

高见在地上叩着响头，连说："小的不敢。"他想着若是不去，被孙传庭治以违令之罪，拉出砍头，倒不如硬着头皮前去，也许有一丝活路。于是他哀求说：

"小的此去，凶多吉少。倘若不幸被闯贼杀害，恳大人可怜我的老婆孩子，给他们一点抚恤，免得饥饿流离，小的在九泉之下也永感大德。"

"你放心去吧。"

高见又磕了一个响头，才随着刘仁达退出大帐。

"凡是投降的贼，都是怕死的没出息货！"孙传庭十分蔑视地骂了一句。洪承畴收敛了脸上的狡猾微笑，说："以学生看来，谕降书未必有效，还是以布置军事要紧。"

"请恩师指示。"

"白谷兄，据你看，倘若逆贼突围，将从何处冲出？"

"倘若逆贼突围，必从西南与东南两路。"

"何以见得？"

"逆贼经此一战，知大人亲率大军在北，必不敢自投死路。曹变蛟劲旅在南，倚险扎营，闯贼也不敢向南突围。西有华山，东北有潼关，正东驻有重兵把守，连飞鸟也难越过。西南为贺人龙把守，兵力较弱；东南为左光先把守，今日损兵折将很多。门生料他如想突围，必定选择这两条路冲出。"

洪承畴含笑点头："白谷兄久历戎行，果然料敌不差。有兄在此，学生何忧！军事上将如何布置？"

"请恩师下令。"

"由你巡抚下令也是一样。"

"恩师代天子总督诸军，亲莅战阵，岂有门生下令之理。"

"既然我兄如此过谦，学生就不再推辞了。可惜来不及传谕几位总兵前来，面授机宜，只好派人口传军令了。……"

洪承畴正在沉吟，一个孙传庭的亲信幕僚走前一步，躬身说："方才听说几位总兵与副将大人都来向抚台大人请示机宜，因见制台大人正在与抚台大人谈话，不敢进来，仍在外边恭候。"

"啊？这就好了！"洪承畴高兴地说。"传马科、左光先、贺人龙三位将军进帐！"

只听一声传呼，三位大将快步进帐，向总督和巡抚参见以后，肃立听令。洪承畴先说了几句慰勉的话，然后说明了今夜李自成如不投降，必会从西南或东南冲出。他命令贺人龙速将所部人马秘密地移到东南角上，与左光先协力堵截东南一路；命令马科将所部人马移到西南角上，设好埋伏，不得稍有疏忽。他因为断定李自成向西南冲出的可能性最大，所以一再说这一路特别要紧，叫孙传庭亲自率领巡抚标营精锐移驻西南角上的险要去处。最后他站立起来，说：

"诸位深受国恩，务望努力杀贼，以报皇上。倘能将李自成与刘宗敏等巨贼捉到，献俘阙下，上释九重之忧，下振军民之气，国家当不吝封侯之赏。如敢作战不力，致有一贼漏网，本总督有尚方剑在，决不宽容！"

三位大将同声回答："甘当军令！"

三位大将正要退出，忽然被总督叫住。洪承畴在他们的脸上扫了一眼，看见他们的神气都充满着信心，心中欣慰，但是他叮嘱说：

"各位不要因为今天我军大胜，闯贼残余无几，就有点骄傲大意。李自成智勇出众，且得部下死力，不同于其他流贼，望诸位千万要多加小心！"

"一定小心！"三将同声回答。

"还有，我听说李自成之妻高氏虽不熟悉武艺，但是为人也是智勇兼备，刚毅果决，深得众贼爱戴。诸位倘遇高氏，务必将其生擒，一同献俘阙下。"

"遵令！"

三将退出以后，孙传庭恭敬地说："门生此刻就率领标营移驻西南角上，请大人在此休息，等候闯贼投降回音。"

"好吧，白谷兄多辛苦了。学生在此稍候一时，如闯贼拒不投降，学生也要亲去兄处督战。"

"请恩师不必劳神。门生定不使一贼漏网。"

"但愿兄马到成功。"洪承畴把孙传庭送到帐外，拍拍他的肩膀，语重心长地说："白谷兄，皇上三下严诏，再赐尚方剑，其焦急的心情，可想而知。今夜如不能全歼逆贼，将李自成等阵斩或生擒，不要说影响我们勤王大事，也难免不惹皇上见责。闯贼既悍且狡，不可大意。"

"门生知道。"

洪承畴没有立刻回到帐中，站在寒风中，望着人马在苍茫的月色下匆匆移动……

第 十 二 章

　　闯王的帐篷已经损失完，老营就设在山头上的小树林里。落叶满地，有一些乱石可以坐人。背后是一块巨大的岩石，可以挡住北风。明月徘徊林梢，地上树影婆娑。刘宗敏和几位重要将领都已到齐，围着火堆烤马肉。从宿营以后，总管就派人到战场上牵回来许多匹受伤的战马，分给各营宰了吃，老营也留了一匹。吃马肉既可以把干粮节省，在缺水的情况下也比吃干粮容易下咽。闯王还没回来，大家已经在谈论着今晚如何突围的事，刘芳亮和李过争着要打前锋。正在争着，李自成走进来了。

　　闯王刚在火边坐下，正要同大家商量如何突围，把守在山脚下的偏将马世耀走进树林，报告说：

　　"禀闯王，洪承畴派一中军参将和大天王一道，随带亲兵十名，前来下书，我叫他们在山下等候。要不要带他们上来？"

　　"大天王一道来了？"自成问，觉得意外。

　　没有等马世耀回答，郝摇旗不顾身上挂彩，一跃而起，大声骂道：

　　"畜生！竟然敢前来送死！让我去宰了他！"

　　袁宗第也愤怒地说："光宰了他还不够。给他个大开膛，看他的心是不是黑的！"

自成把右手轻轻一摆,说:"你们都坐下,别暴跳如雷,看我的眼色行事。……世耀,书子在哪里?"

"在那个参将手里。他说他要亲自把书子交给你,听你的回话。"

"好吧,带他同大天王来见我。只准他二人上山,亲兵概不准带。"

马世耀走后,郝摇旗重新坐在石头上,望着闯王问:"李哥,你还想让高见活着回去么?"

闯王没有回答他,把大家扫了一眼,说:"他们是拿着老洪的书子来劝降的,咱们怎么回话?"

"怎么回话?"刘宗敏轻蔑地冷笑一下,说:"杀了他们,叫老洪知道咱们是铁汉子,决不投降!"

田见秀摇头说:"用不着杀下书的人。叫他们回去告诉洪承畴说咱们不投降就得了。"

"田大哥,大天王给你送了什么礼物,你还想留着他的狗命?"郝摇旗讥讽说。

田见秀笑一笑,没有回答。

袁宗第向大家说:"大家看,咱们来个假降行不行?"

"假降?"李过不以为然地摇摇头。

袁宗第说:"要是能骗过一时,让咱们脱离包围,未尝不可试试。怕的是洪承畴和孙传庭不会上当。"

李过说:"洪承畴和孙传庭都不是陈奇瑜,别想骗住他们。咱们宁为玉碎,不为瓦全。能突围就突围,万一出不去,跟他们拼到底吧。纵然战死,浩气长存,让后世说起来也不丢人,还可给世人树一个宁死不屈的榜样,虽死犹生。像大天王这样无耻苟活,还不如死了的好!"

袁宗第拍拍胸脯说:"好!补之!还是你说得对!我袁宗第

从造反那天起就没打算在床上善终。咱们活是好汉，死是英雄，要投降还不如头朝下走路！"

李过接着说："何况咱们总会冲出去一些人。只要'闯'字大旗不倒，就有重振旗鼓的日子！"

刘宗敏大声说："补之说得对。还是我的主张干脆：杀了来使，立刻向官军进攻，杀开一条血路出去！"

李过说："那也用不着杀来使，玉峰叔说得对，让他们给洪承畴带一句回话好了。"

中军报告，敌将已经上山。刘宗敏将大手一挥，除他和闯王之外，所有的将领都从火边站起来，分两行肃立。这时中军牌刀手早已分作两行站队，从树林中一直排到林外。马世耀先进来，向自成禀报说敌将和大天王已经带到。自成拍一下袖头上落的木柴灰，不动声色地说：

"带他们前来。"

敌将刘仁达原以为李自成已经溃不成军，老营中乱作一团，没料到竟如此军容整肃，威严难犯，不禁心中怦怦乱跳。就在这刹那间，他觉得他大概没希望转回去了，很后悔没有向亲随人和朋友们嘱咐几句话，但又想着，不嘱咐也不要紧，巡抚大人定会抚恤他的家属。不过他尽管心中害怕，却又横了心宁死不辱使命，不在"流贼"前失去面子，所以故意装得目空一切，旁若无人地迈步前进。随在他背后的大天王高见被迫来见闯王，虽然竭力想把生死置之度外，不在众人面前流露出内心恐惧，但是不行，愈走近闯王的老营愈是面如死灰，两腿瘫软又打颤，像犯人被拖上杀场一样。两个由孙传庭派来的谕降使者就怀着这样不同的心理，紧跟在马世耀的背后，穿过两行怒目而视、刀剑闪光的牌刀手，来到闯王面前。

李自成和刘宗敏坐在岩石上一动不动，用冷冰冰的眼神望着两个使者。火在地上烧得很旺，照得他们风尘色的脸孔通红，更显得神色威严。大天王为着向大家讨好，相隔几丈远就装作亲热的样子大声招呼，连连拱手，灰白色的脸上堆着极其不自然的笑。但是没谁理他，只有闯王用鼻孔嗯了两声，算是回答他的殷勤招呼。他看见这一招并不灵，就不敢再做一声了。刘仁达抱着豁出去的决心，在火堆边立定，带着战胜者的傲慢神气，向自成问：

"你就是李闯王？"

"我就是。洪总督派你来有何贵干？"

"总督大人因见你们人马死伤殆尽，已被重重包围，插翅难飞，体上天好生之德，网开一面，谕令尔等速速投降，免遭杀戮。如若尔等执迷不悟，胆敢抗命不降，一声令下，四面大军杀上山来，玉石俱焚，老弱不留，尔等就悔之晚矣。常言道：识时务者为俊杰。请勿自走绝路，快快投降！"刘仁达用一只手把谕降书往闯王面前一送，又说："这是谕降书，你自己看看。降与不降，立刻决定，我好回禀总督大人。"

郝摇旗刷地拔出剑来，抢前一步，大声喝道："畜生！你敢如此无礼，老子斩了你的狗头！"

刘仁达猛然一惊，谕降书从手中落到地上，离火堆只有一尺多远。他本能地拔出剑来，准备抵抗。但看见在一瞬间有五六个义军将领都拔出剑来，将他和大天王四面包围，他赶快老实地插剑入鞘，并且不管恰当不恰当，从嘴里吐出来一句平日从演义小说上常见的话：

"自古'两国兴兵，不斩来使'，你们这是为何？"

大天王赶快走到刘仁达前边，一边作罗圈揖，一边求大家息怒，千万不要动武。袁宗第对他冷笑一声，吓得他的脊背猛然一凉。李自成不动声色地将手一摆，使几位将领退回原位。刘宗敏向敌将问：

"今天我们捉到你们两个偏将,据说洪承畴和孙传庭传令,捉到闯王同我刘宗敏都有重赏,是么?"

"捉到李闯王赏银万两,捉到你赏银五千两,另外官升三级。副总兵以上并要保奏皇上,晋封侯爵。"

"听说捉到我们高夫人也有重赏?也是封侯?"

"也有重赏。不是封侯,是世袭指挥。"

"你们官军里最小的武官是把总。你可知道我们义军里像把总那样的小官是什么?"

"我听说叫做哨总。"

"对,在我们闯王的部队中叫做哨总。我不杀你,但请你回去传我刘宗敏的口谕,有人能斩洪承畴首级来降者赏一哨总,决不食言。"

刘仁达一惊,疑惑自己的耳朵出了毛病。刘宗敏还没有等他定下神来,严厉地命令说:

"把洪承畴的什么屌谕降书拾起来,双手呈给闯王!"

刘仁达顺从地俯身拾起谕降书,双手呈给闯王。他立刻后悔自己不该弯腰去拾,不该示弱,感到耻辱,但已经来不及挽回了。

李自成把谕降书看过之后,从鼻孔里轻轻地冷笑一声,把它扔到火上,望着它慢慢烧掉。刘仁达睁大眼睛,不自觉地向后退了半步,望望那正在燃烧的谕降书,又望望闯王的冷静、严肃又流露着一丝轻蔑微笑的脸孔,壮着胆子问:

"你真不投降?"

闯王慢慢地站起来,用一只脚踏在石头上,说:"胜败兵家之常。我不过一时受挫,算得什么!我同你们洪总督打了几年仗,原以为他知彼知己,谁晓得他竟然不认识我李闯王是什么样人!你回去对他说,崇祯八年我同高闯王、八大王长驱东进,破凤阳,焚皇陵,是我李某的主张。要是我打算今日投降,我不会焚毁他朱家祖坟。哼,对我劝降,真是可笑!"

"可是八大王和曹操都比你的人马多,他们都投降了,你还不服气么?"

自成听了这话,向前逼近一步,哈哈大笑起来,随即说:"你们以为八大王和罗汝才是真降么?你们敢说从此对他们可以高枕无忧么?他们是不是真降,他们的心中明白,你们的心中也明白。可是话再说回来,我李自成宁为玉碎,不为瓦全,也决不会像八大王和曹操那样,为着保存兵力,休养士卒,向朝廷低头,假降一时!"

刘仁达被李自成的这种威武不能屈的英雄气概和毫无通融余地的回答弄得无话可说,但又不甘心就此回去复命。他暗中用脚尖把大天王踢了一下,催他说话。大天王走前半步,愁眉苦脸地说:

"自成,我的好表兄弟,你千万不要这样任性,还是投降吧!四面官军围得水泄不通……"

自成不等大天王把话说完,突然大喝一声:"住口!"大天王浑身一跳,失魂落魄地说:

"是,是。我住口,住口。"

闯王厉声问:"你还有脸来见我么?你还配做我的表兄弟?枉披一张人皮!"

"自成!你,你,你不要生我的气。我投降是出于不得已啊!"

"有什么不得已?打了败仗就是不得已么?"

大天王从李自成的可怕脸色看出来自己很难活命,但仍然企图替自己辩解,能得到自成饶恕。他说如果不是他的两个儿子雷神保和三家保落到官兵手中,他也不会投降。李自成一听这话,再也按捺不住怒火,啪地打了他一个耳光,打得他趔趔地后退两步。

"有人为起义亲手杀了自己的老婆儿女,你还有脸说你的投降理由!"自成又飞起一脚把大天王踢倒地上,切齿骂道:"该死的畜生！"

大天王趴在地上连声哎哟，装出一副可怜相，上气不接下气地说：

"自成，你，你怎么是这样脾气……"

闯王下令说："牌刀手，快替我绑了起来！"

立刻过来几个牌刀手，把大天王按在地上五花大绑。刘仁达一看闯王要杀大天王，立刻大声说：

"他是洪制台派来的，你们不能害他！"

闯王冷峻地回答说："这是我们的家务事，用不着你搭腔！"

郝摇旗在一旁说："连他收拾了吧，让他同大天王做个伴儿往酆都城去！"

刘仁达不敢再做声，心中十分惶恐，但表面上还装作满不在乎的神情，甚至还流露着一丝冷笑。他心里说："不出今夜，老子就要跟你们算账！"

大天王哀求说："自成，老表，闯王，不看金面看佛面，看在如岳叔的情面上，你抬抬手让我过去吧！"

"我正是为了你对不起高闯王，今夜才把你处死！"

大天王望着田见秀哀求说："玉峰！玉峰！你救救我吧！"

田见秀回答说："你是自作孽。我救不了你！"

大天王又望着高一功说："一功！我是你的亲叔伯哥，难道就不替我讲一句情么？"

高一功冷笑一声，转过脸去，不再看他。大天王还在向左右看，希望能看见高夫人。忽然听见自成喝令"跪下！"他的两腿一软，扑通一声在自成的面前跪下，并把头低了下去。

自成问道："我问你，那个假扮曹操的下书人是谁派来的？"

"是孙抚台叫我派的。我混蛋。"

"高闯王死去不到一年你就背叛义军，率部投降，又帮助孙传庭设计陷害我同全军将士,连你的叔伯兄弟和妹妹全出卖了。你说,我该不该把你处死?"

"我该死,该死。自成,求你看在亲戚情分上,给我个快性①,我死到阴曹也感你的情。"

自成向牌刀手们吩咐:"推出斩了!"

刘宗敏原想把大天王凌迟处死,但因为闯王已经说出斩首,他就不言声了。郝摇旗大声说:

"闯王,让我监斩!"

自成心中明白,点一下头,挥手催促行刑。大天王听到摇旗要监斩,不禁浑身一震。当他被人们从地上拖起来时,他恨恨地望着郝摇旗,问道:

"你小子要报私仇么?"

摇旗回答说:"老子今夜只平公愤,不报私仇。走吧!"

大天王忽然变得十分凶恶,一边被推着往外走一边破口大骂。尽管几名牌刀手不住地拳打脚踢,用刀背砍他的脊背,他都不肯住口。过了片刻,郝摇旗同几个牌刀手走回来,将一颗血淋淋的人头扔在敌将面前,故意使它碰到刘仁达的靴尖。刘仁达赶快退后一步,不知闯王将如何发落他,想着也许会割掉他的耳朵或鼻子才放他回去,不禁又一阵心跳。但出乎他的意外,闯王把人头向旁踢开,只对他冷淡地望一眼,随即吩咐说:

"马世耀,送他下山!"

招降使者走后,在片刻间人们还不能把情绪平静下来。袁宗第和刘宗敏几乎同声说:"嗨,大天王这小子死得太便宜啦!"

郝摇旗哼了一声,说:"由我郝摇旗监斩,还能便宜了

---

① 快性——用最快的办法处死,如斩首。这样处死可以使受刑者少受痛苦。

他？我亲手替他小子开膛啦。"

李自成叫大家重新坐下，赶快商议突围的事。像往常议事一样，他自己不急着发表意见，只是先听大家说话。多数将领都主张从西南角杀出，奔往商洛山中，等洪承畴和孙传庭的人马北上后再出商洛山奔往河南；倘若万一官军不去勤王，继续追赶，他们就奔往汉中一带。提出这个主张的人们不仅想着商洛山一带人地熟悉，也认为贺人龙的人马在西南角，容易杀开一条血路。但是也有人主张从东南角杀出，奔往正南，然后转往西南。提出这个主张的是李过和田见秀。他们认为今日上午在大战中已经把左光先的精锐杀得丢盔抛甲，七零八落，而贺人龙的队伍还全师无损。两派主张都不坚持自己的意见，都要闯王决定。本来么，处在目前的情况，真正安全的计策是没有的，谁也不敢强作主张。

回师向南，奔往商洛山中，本是李自成已经想好的惟一上策。大家都不提继续向东北突围，冲往河南阌乡的话，也在他意料之内。但是弄到目前局面，他不免暗暗地后悔自己对洪承畴和孙传庭的用兵狡猾估计不足，把官军在潼关的兵力也估计不足，采取毅然北进的错误方略，致遭到这样惨败。纵然没有人说一句抱怨的话，他自己也深深地感到难过。

刘宗敏见大家的意见都说出来了，闯王仍然低着头不做声，便提醒他说：

"闯王，时候不早，该决定啦。你看从哪里突围妥当？"

自成抬起头来，向大家望一望，冷静地微微一笑，说："大家说的话都有道理，只能从贺人龙和左光先的阵地上杀出去，别的没有路可走。可是，洪承畴和孙传庭不是草包，咱们能想到的他们也会想到。我想他们一定会料到咱们会从西南或东南选择一路杀出，事先配置重兵等待我们。"

说到这里，他停顿下来，继续在心中盘算。大家觉得他的话很有道理，心上都有些沉重。自成想着最好的办法是分兵两路突围，使敌人不能够专力追赶，但看见目前精兵无多，又怕分两路兵力更弱。他正迟疑不决，贺金龙匆匆上来，走到他的面前说：

"禀闯王，我去察看敌情，看见西南和东南两处敌人调动很忙，好像有什么诡计。"

自成点点头，说："知道了。你去休息吧。"

刘宗敏向自成淡淡地一笑，说："果然不出你所料！可是尽管如此，咱们也非从西南杀出不可。应该趁他们正在调动，立脚未稳，赶快突围。闯王，请你立刻下令出发吧。"

"捷轩说得对，要趁他们立脚未稳，冲杀出去。咱们决定走西南一路……"

"请等一等！"一个声音从附近传来。

大家一抬头，看见高夫人从旁边树影中快步走出，到了闯王面前。她说：

"今晚突围，不比寻常。大家不管精兵和老弱缠在一起，都从一处突围，万一冲不出去，岂不要全盘输光？请闯王同大家三思！"

宗敏说："虽然分路突围最为上策，也是我军以前常用的办法，可是如今我们人数太少，能够作战的将士只有一千多名，倘若分为两路突围，力量更加单薄。快说吧，你有什么妙计？"

高夫人胸有成竹地说："虽然人少，必须分作两路。"

宗敏问："如何分法？"

"第一队，以一功的中军为主，加上明远的后军，精兵还有五六百人，连孩儿兵和老营的护卫，可以作战的约有千人之众，保老营眷属和彩号先向东南杀出。官军必以为闯王从此突围，都来追赶，然后第二队出发，向西南冲出。这第二队由前军、左军、右军和闯王的标营组成，全是精兵，大约有一千人样子。古人说，一人拼命，万人莫敌，何况你们所带的全是精兵，又是轻骑，毫无拖累，突围定能成功。"

李过忙问："婶子，你自己随着哪一队突围？"

"我一向率领老营，当然仍跟老营一道。"

李过摇摇头说："这样不行。别的眷属万一冲不出去，关系不大。你是官军悬重赏要捉到的人，万一落入敌手，怎么好呢？"

宗敏接着说："断然不能分兵！"

高夫人固执地说："必须分作两路！打仗的事，本来没有万全，何况今日？如今最要紧的是你们保闯王平安出去。只要有闯王在，这个大旗就倒不了；纵然全军覆没，也还有重振旗鼓的指望。只有分作两队，一则迷惑官军，二则你们没有拖累，才可以十拿九稳地杀开一条血路。为着迷惑官军，'闯'字大旗跟随着我，把官军引到我突围的这条路上……"

李过插言："这样不行。这样你就会冲不出包围，婶子！"

高夫人接着说："只要我和将士们上下一心，奋勇杀敌，总会杀开一条血路冲出。万一冲不出去，不碍大事；只要有闯王在，重振起义大业不难。高闯王留下的众多义军只剩咱们这一股人马了，在目前时候，舍掉我十条性命不足惜，只要能保住闯王突围成功！"

众将默默相视，没人说话。他们觉得高夫人的意见很有道理，但又很担心高夫人同老营会冲不出去。郝摇旗忽地站立起来，大声说：

"第一队既要保护老弱，又要引诱官军，决不可让嫂子率领！难道我们大将中就没有人了么？"不等别人发言，他接着拍拍胸脯说："这担子让我郝摇旗担了罢！一功同明远全都保护闯王和嫂子。只再拨几个偏将给我，我打着闯王大旗，保护老弱，从东南先杀出去，保管成功。万一杀不出去，我也会拖住官军不放，叫龟儿子们没法追赶你们，还得叫他们狠狠地死一些，血流成河！"

高一功也霍地站起来，说："摇旗，你保闯王！这担子叫我来担！"

李过站起来，争着说："叫我来！叫我来！"

刘芳亮和袁宗第也都争着要独自担起这副担子。刘宗敏见几个大将互相争执，害怕耽误时间，望着自成问：

"闯王，你快决断吧！"

闯王没有回答，望着田见秀问："玉峰哥，你觉得怎样妥当？"

田见秀回答说："让我想想。"

高夫人斩钉截铁地说："事不宜迟，请不要再争执下去！只要闯王同你们能突围出去，就能够号召义军，报仇雪恨，拯救黎民百姓。摇旗还是应该跟随闯王一路。只要有一功和明远们随我一道，准能杀开一条血路出去，大家可以放心。倘再耽搁，等官军布置已定，突围更加困难。"

当几位大将争执的时候，闯王已经考虑停当，认为采纳夫人的分兵办法比较妥当。等桂英的话一说完，他立刻站立起来，毅然说：

"我已经想好了，决定分作两路。众将听令！"

众将一齐起立，听闯王发令。闯王命令第一队由高桂英率领，刘芳亮开路，高一功居中，率领中军与孩儿兵余部保护老营，袁宗第从前军分出来，率领二百个较强的将士断后。这一路从东南角杀出之后，转往商洛山中与第二队会合。第二队由他同刘宗敏居中指挥，李过与郝摇旗在前开路，田见秀断后，从西南角杀出，转往商洛山中。他又下令：凡是能够骑马的重伤号都带走，一部分实在不能骑马的只好留下。

"这是没有办法的事。"他用沉重的低声说，"可是把他们驮在马上也是死，不如把他们留下来，少受些罪。"

听了这几句话,有几个大将把头低了下去。高夫人心中一酸,眼眶里浮出泪花。李自成继续说:

"至于'闯'字大旗,突围时不用打,卷起来随我一道,这事儿不必争啦。今夜突围出去,假若咱们的人马给打得五零四散,那就各自找地方潜藏起来,然后想办法互通声气,慢慢往一起会合。陕西一带的官军要开往北京勤王,这局面要不了几天就会缓和。虽说敬轩①和曹操投降了,可是我想,他们决不会真心投降,朝廷也决不会放心他们。我断定敬轩迟早还要起义,与其他晚起义,不如他早起义,所以我刚才对敌将说了敬轩决非真降的话,不过想要朝廷逼敬轩早点儿动手。只要过了目前一时,敬轩不动手,咱们也会重新大干;敬轩动手,官军顾东不能顾西,咱们更要大干。这一仗,只要保住高闯王留下的大旗不倒,咱们就算打赢了。"

郝摇旗心中恍然,笑着说:"怪道你刚才对敌将说那个话,我以为你是恨张献忠投降,故意替他上烂药,原来也是一计!"

自成也微微一笑,随即挥手使周围的亲兵和牌刀手全都退下,收敛了脸上笑容,对大将们说:

"打仗的事情是没有准儿的,也不能不往最坏的地方想。万一我不幸在突围的时候阵亡,你们就推捷轩做闯王。万一捷轩也不幸阵亡,你们就另外推举一个闯王。总之,一定要使'闯'字大旗不倒下去,不推倒明朝的江山永不罢休。现在已有二更天气,大家速去准备,听我的命令出发。"

高夫人向闯王要求说:"且慢,请你把'闯'字大旗交给我们第一队,引诱官军。"

闯王说:"今夜两队人马都要偃旗息鼓,'闯'字旗不用打

---

① 敬轩——张献忠的表字。

了。"他转向刘芳亮说:"明远,你同一功保护老营,这担子很重,务必多加小心。"

"闯王放心。我人在老营也在。"

众将走出树林以后,田见秀又折转回来,小声对自成说:"闯王,今天突围,确实不同往常。我想,还是让夫人随着我们,老营由一功率领就可以了。"

自成低声说:"玉峰,让她仍率领老营吧。她一向率领老营,在突围时仍旧率领老营,责无旁贷。将士眷属都在老营,她怎能独自离开?再说,自从起义以来,她一直跟着我南杀北战,虽然武艺不精,在女流中也算是有胆有识。有她在老营,遇到危难之时,如何随机应变,她也可以替众将出个计谋,做个决断。吉人自有天相,让她去吧。"

高夫人接着说:"田哥不必挂心我这边,你们大家保着自成杀出重围,留得大旗不倒,日后就有指望。至于我,有一功他们跟着,一定能冲得出去。"

田见秀望望闯王夫妇,不再说什么,迟疑一下,只好转身走了。闯王夫妇身边,除几个男女亲兵外,只有双喜和张鼐这两员小将跟着。闯王叹口气,望着高桂英说:

"老营跟着你一起突围,你肩上的担子不轻啊!一功同明远都太年轻,勇则有余,谋则不足;老袁更是个火爆性子。第一队能不能冲杀出去,就要靠你自己的胆气和智谋了。平日你没有离开过我,从今晚出发之后,你的身边就再也没有一个自成。遇到危急关头,你千万要沉着镇定。你沉着,你身边的将士们也就沉着了。也只有临事沉着,你才能想出办法来化险为夷。"

高桂英觉得心中阵阵酸痛,但竭力保持镇定,匆匆地说:"你不用挂心我,遇到危险时我自然会随机应变。好在一功他们平日都很听从我的话。只要大家齐心,总可化险为夷。千言万语，我对你只嘱咐一句话：千万要保重自己！留得青山在……"

她的感情激动，不再说下去。闯王也觉得有许多话要嘱咐她，但又不知嘱咐什么好。正在这时，他们的独生女兰芝从附近的一个火堆边睡醒了，由一个亲兵带来。她看见父母和双喜哥的神气，恍然明白了是怎么回事儿，走到母亲身边，把脸孔埋在母亲的怀里抽咽起来。又过了片刻，桂英望着自成，正要说话，忽然听见树林里有两声凄惨的叫喊："夫人救命！夫人救命！"随即有三四个妇女披头散发地跑了过来。高夫人大惊，拔剑在手，大声问：

"什么事？"

跑在前边的一个妇女喘着气说："夫人快救命，将士们要先杀自己的老婆孩子哩！"

高夫人还没有来得及说第二句话，只见郝摇旗的女人牵着一男一女两个孩子，抱着一个包袱，从另一个方向逃了过来。但离高夫人还有几丈远，她忽然变了主意，迟疑一下，回头跪在地上，颤声哭着说：

"摇旗，你杀吧，你快杀了俺母子们吧。杀了俺们你就无牵无挂，一心一意保闯王杀出重围。你日后保闯王得了天下，请你念起咱们是结发夫妻，念起我这几年随着你吃了千辛万苦，逢到清明，到野地里给我烧化几张纸钱。你快杀吧！快杀吧！"

这女人横下心，不再害怕，直起脖子跪在地上等丈夫来杀。两个孩子见母亲这样，也都不怎么哭泣，也不逃走，跪在母亲身边等死。郝摇旗大踏步追到面前，举起剑就要往下砍，只听高夫人厉声喝道：

"住手！不许杀害眷属！"

郝摇旗的剑没有砍下来，但是他还不死心，那剑还在高举着，不肯放下。高夫人向前走了几步，神色严峻地问道：

"摇旗，你疯了？你怎么忍心杀死自己的老婆孩子？"

郝摇旗到这时才手腕一软，把剑放下来。他哼了一声，对高夫人说：

"我杀了他们免得累赘，也免得落入敌手，活着受辱。"

"既然把眷属交给我，用不着你操心！咱们义军的眷属随着丈夫起义，几年来出生入死，什么苦都吃过，也见过些大阵仗。女人们平时替你们男人家抚儿育女，打仗时替你们裹伤敷药，遇紧急时都会拿着兵器同敌拼命，为什么今晚一说誓死突围就先杀自己的老婆孩子？如果我带着他们冲不出去，临时在马上自尽不迟，决不会落入敌手，用不着你们未出师先动手杀死自己的亲人！"

这几句话说得郝摇旗低头无言，扭头便走。还有两个追眷属上来的将士也赶快走了。摇旗走出几丈远，他的女人忽然跳起来，追上去，把一件斗篷披在他的身上，扯断针线。摇旗没回头，走下山去。高夫人对眷属们说：

"老营的人马在这东南边山脚下站队，你们快牵着自己的马匹去吧。"

眷属们走后，高夫人叹口气，望着闯王说："刚才，也不知有几家眷属被杀！"

"大概死的不多。你同摇旗说话时我已经派亲兵去传知全营，不许伤害一个眷属。"

这是高夫人几年来第一次看到这种情形。她很明白，倘若不是将士们认为处境万分危险，抱定必死决心，是不会下此毒手的，于是她的热泪忍不住刷刷地流了下来。自成也很激动，但是他没有工夫多想这些事，望着桂英说：

"但愿得你能够率领老营平安冲出，同我在商洛山中见面。倘若万一冲不出去，下一步怎样办，你临时自己决定。"

高夫人抬起头来，口气坚定地说："倘若万一落入陷阱，杀不出去，我就拔剑自尽，也叫女儿随我自尽，决不受辱，更莫说叫敌人献俘北京！"

闯王转向身边的两员小将说："双喜，你留在老营，保护你妈妈突围。小鼒子，你也留下。"

高夫人连忙说："不，老营不需要太多的人，叫他们跟着你吧。"

"叫他们在你身旁，缓急有点用处。"

"不，不！我身边用不着他们！"

双喜望望义父，又望望养母："妈！我同小鼒子到底跟谁一道？"

"跟你爸爸一道！"高夫人用命令口气回答说："闯王，你把他们两个带去吧。马上就要出发了，你也该去看看将士们准备得如何，不要为这点小事儿耽误时间！"

"唉，随你！"闯王心中刺疼，转身走了。

双喜和张鼒依依不舍地望望高夫人，转过身，正要随闯王离开树林，被高夫人叫住了。高夫人含着泪注视着双喜的大眼睛，哽咽地说：

"双喜，你原是一个孤儿，一家人有的死于官兵，有的死于天灾。从九岁上被闯王收为义子，如今你已经十七岁，成了一员武艺出众的小将。你虽是养子，可是他待你恩同骨肉。今夜突围，不同寻常。你要与爸爸战马相随，常在他的身边，不可疏忽。"

双喜噙着眼泪说："妈，你不用嘱咐，我决不离开爸爸一步。"

高夫人转向张鼒说："小鼒子，你在名分上虽不是闯王养子，可是多年来是我同闯王把你教育成人，同双喜一般看待，所以人们也常常看你是闯王义子。你哥哥张鼎也是跟着闯王的，不幸在三年前给官军杀死，从那时起你也成了个没有亲人的孤儿，闯王对你更加疼爱。如今你双喜哥一只胳膊中了箭伤，只能当半个人用。闯王每次遇到危险关头，总是身先士卒，独当大敌，今晚我对他很不放心。你要时时刻刻不离他的左右，小心在意！"

张鼐平时就在心中暗自盘算，如果闯王遇到危险，他甘愿舍掉自己十个性命也不许敌人伤害闯王。可是当着高夫人的面，又听着她如此嘱咐，激动得一句话也说不出来。他点点头，嗯了一声，把头一低，热泪几乎要滚了出来。高夫人把双喜重新打量一眼，又打量一下他的挂了彩的胳膊，然后抬起右手来放在张鼐的肩膀上抚摩着，轻轻地拍了几下，两行热泪在月光下簌簌地滚了下来。过了片刻，她低声催促说：

"你们快去吧，在商洛山中等我！"

两位小将不敢抬起头来看她，赶快一转身，含着慷慨的情绪和激动的眼泪走了。高夫人望着他们的背影，直到他们被树木遮住以后才转回头来，对身边的两个女兵说：

"今夜我们要血战突围。万一突围不成，我们只可血战而死，不可落入敌手，遭受侮辱。你们准备好了么？"

两个女兵齐声回答："准备好了。"

高一功匆匆来到高夫人的面前，告她说，第一队已经准备就绪，人马都已经在山脚下排好队了。高夫人用袖头拭去眼泪，冷静地问：

"你禀过闯王么？"

"禀过了。他说第一队可以动身了。"

"那就上马出发！"高夫人吩咐说，立刻带着女儿和男女亲兵们向树林边拴着一群战马的地方走去。

高夫人率领的这一队人马离开山脚向东南走了三里多路，一声呐喊，冲入左光先的营中。左光先扎营已定，并且做好了布置，所以农民军来势虽猛，却没有把官军的阵营冲乱。他们处处遇到截杀，人马损伤很大。高一功和袁宗第都在混战中负了伤。这时左光先已经知道高夫人在这支突围的部队里边，想着李自成必然是同她一道。他一方面把这一情况飞报巡抚孙传庭，一方面传令全体将士，务要活捉李自成夫妇，献俘阙下。凭仗官军人数众多，满山遍野，到处火把，到处狂呼：

"活捉李自成！活捉高桂英！……"

农民军且战且走，沿路继续死伤。刚刚把左光先的人马甩在后边，前边又被贺人龙的人马挡住去路。农民军不管男女老幼，一声呐喊，冲进贺营。虽然有总督和巡抚的森严军令，有皇帝的诏书和尚方剑，有皇帝亲信太监的监视作战，贺人龙极想立功，但无奈他的手下将士一则因欠饷太久，二则因闯王昨天派贺金龙所行的计策发生影响，多数人都不肯拼命作战。尤其那些下级武官和士兵平日满腹怨言，士气很低，如今因受了农民军中乡亲们馈赠的银子和礼物，更加怀着"手下留情"的思想。对于总督手中的尚方剑，他们根本不在乎，因为自来尚方剑只杀大官儿，杀不到他们头上。贺人龙一看手下的将士不卖力气，气得大声骂道："妈的×，你们是拿着老子的头做人情！"但是他骂也好，以杀头威胁也好，弟兄们总是不愿拼命，遇着农民军冲到时，稍事抵挡便让开了路。贺人龙一面嘶哑着声音督战，一面派人把高杰叫到面前，严厉地命令说：

"高游击！这是你报效朝廷的千载良机，还不上前把闯贼夫妇捉来！"

因为官军粮秣困难，高杰两天来一直奉贺人龙的将令率领着他手下的二三百名骑兵到处搜罗，沿途打劫，供给大军每日食用，所以没有参加战斗。今天贺人龙因见自己的将士都不愿同李自成的人马作战，深怕洪承畴和孙传庭治他的罪，所以黄昏后把高杰火速调回，希望依靠高杰出死力，使他能够在今天这一战中建立奇功。高杰和自成同里，很早随自成起义，因为作战勇猛，深受自成倚重。自成原来有一个妾姓邢，容貌不错，粗通文墨，十分能干，替自成掌管军粮、兵器和各种军资的发放工作。高夫人因为巴不得邢氏能够在这些事情上助丈夫一臂之力，所以待她很好，从来不多管她。自成虽有一妻一妾，却不是个贪色的人，经常操心打仗和练兵，不常同邢氏住在一起。高杰常向邢氏领取银、粮、甲仗，慢慢勾引上手。怕被别人知道后性命难保，他于崇祯八年八月间偕邢氏私逃，并带走亲信将士数百，投降贺人龙。他知道自己永远不能再回义军，就死心塌地为朝廷出力，有几股农民军被他带领官军袭击，吃了大亏。贺人龙见他实心投降，连立大功，遂保他做了游击将军。可是高杰不肯同李自成的老八队直接作战，因为他知道自己的亲信都是老八队的子弟兵，倘若同老八队遇到一起，很难指望他们认真作战。投降之后，他曾经毫不隐瞒地把不愿同老八队作战的话告诉贺人龙。贺人龙并不勉强，所以每逢直接同自成交战时总调他搞别的任务。但今晚是在洪承畴和孙传庭的眼睫毛底下作战，军令如山，连贺人龙自己都凛凛畏惧，更不能由高杰的意了。

　　高杰不知道闯王在什么地方，但看见面前的一股人马是高桂英率领的老营。于是他把人马一字儿排开，自己勒马阵前，挡住义军去路，大声劝降。正在这时，左光先的人马和贺人龙自己所率领的人马也分头追上来了。

　　高夫人见情势十分危急，但不愿同高杰硬拼。她立刻把三位大将和一群偏将叫到面前，先向刘芳亮问：

　　"明远，你没有挂彩吧？"

　　"我没有，夫人。"

　　"好，你去堵挡左光先和贺疯子一阵，让我用计谋来对付翻山鹞，叫他让路。"

　　刘芳亮走了以后，高夫人命令老营同孩儿兵撤到附近的土丘旁边，隐藏起来，等候着她。她挑了贺金龙等几员没有挂彩的偏将和大约不足一百名弟兄留在身边，叫高一功和袁宗第到老营那里。但是这两位大将没有接受她的意见,同她一起留了下来。

她对身边的一位男亲兵说:"张材,你的箭法好,躲在人背后把弓箭准备好。我同高杰讲话时你暗中对他瞄准,倘若他听了我的话让路就罢了,若是不肯让路,看我一挥手,你就对他射一冷箭。"她又转向一位女亲兵:"慧英,你也暗中瞄准他的马。张材射人你射马,只要有一箭射中,就杀了官军的气焰。"

"是!"张材和慧英齐声回答。

她把眼睛转向贺金龙。尽管追兵的喊杀声和狂呼"活捉高桂英"的声音已经很近了,但是她十分镇静地叫了一声:

"金龙!"

"有!"贺金龙回答一声。

"你准备好,看见张材和慧英射出箭后,你就猛冲上前,趁高杰惊慌失措,将他斩了。"

"是!"

高夫人吩咐完毕,策马向前,离高杰相距不到二十步远,在月光下连对方的鼻子眼睛也看得清楚。虽然高一功和她身边的将士们很担心敌人会向她乱箭射来,但是她很明白敌人要劝她投降或生擒她献俘阙下,决不会向她放箭。她这样更向高杰走近几步,张材和慧英的箭射出去就更有把握,而且也便于贺金龙出敌不意地冲向前去。高杰是一个有勇无谋、胆大心粗的人。他看见高夫人身边的将士所剩无几,而高夫人又策马来到他的面前,误以为她定然是自知无路可逃,愿意投降。他向高夫人大声说:

"李嫂子,老八队已经完蛋啦,快投降吧!"

高夫人按捺着一肚子怒气问:"你是英吾么?没想到在这里遇见了你!朝廷不是悬有重赏么?快来捉我吧,迟疑什么呢?"

"嫂子不要这样说。虽然嫂子一向待我不错,可是如今我已归顺朝廷,不能徇私情放走嫂子。请嫂子自己下马投降,免得动手。"

"英吾，你既然还有脸叫我嫂子，让我问你几句话。问过后，我是降是战，再作决定。我问你，我同自成一向待你如何？"

"李嫂子，两军阵前何必问这话？"

"七八年来，自成把你当手足相看，别人也说你是自成的心腹大将。你既拐走了邢氏，又拉走一批人投降官军，反脸成仇，杀害起义兄弟，如今又来劝我投降，想送我到北京给朝廷凌迟处死。你如此行事，别说对不起自成，难道能对得起一班朋友？能对得起咱们老八队的大小三军？你忘恩负义，禽兽不如，还有脸同我说话！"

高杰被斥责得满脸通红，说："高桂英，你休得胡说，再不投降，我就不留情面了。"

高夫人向高杰左右的将士高声叫道："老八队的众弟兄们，李闯王没有亏待过你们，有良心的都站远一点，让我同翻山鹞决一死战！"

她的话还没落音，两支箭已经从她的背后射出。慧英的箭射出稍早一秒钟，先中了高杰坐骑的右眼上边，穿透脑骨。张材本来要射他的喉咙，想一箭结果他的性命，不料因为他的马中了箭猛跳起，这一箭误中在他的护心镜上，铿然一声落地。高杰的马跟着咕咚一声倒下去，把他抛在地上。农民军早就咬牙切齿，趁着这机会同贺金龙杀了过去。高杰的二三百骑兵中有一部分听了高夫人的话拨马就走，但有一部分是高杰的死党，舍命抵挡，把高杰从地上救起。高杰跳上另外一匹马正要迎战，不知谁从后边对他放了一支暗箭，误中在他的盔上。他惊魂未定，贺金龙已到面前，一刀砍伤了他的左颊。他手下毕竟人多，把贺金龙团团围住。高杰自己怕部下有变，趁机会负伤而逃。

贺人龙趁着刘芳亮在同左光先厮杀，指挥着人马一拥过来，把袁宗第和高一功等包围起来，展开混战。罗虎害怕高夫人有失,留下一半孩儿保护老营,率领着一半拼命来救,在官军中左右冲杀,寻找高夫人。高杰的手下人虽然随高杰叛变,但他们的亲戚和朋友的孩子有不少参加了孩儿兵,因此他们不忍心同这些孩子作战,一哄而退。

贺人龙的部队本来就不愿出力死战,一见高杰的人马纷纷退走,不知究竟,就有不少人跟着后退。贺金龙趁机杀出垓心,大声喊道:"乡亲们!咱们无冤无仇,非亲即故,用不着彼此拼命!"一大群姓贺的将士听见贺金龙的呼喊,簇拥着贺人龙就往后退。贺人龙一面大骂不许退,一面却在将士们的簇拥中后退了一箭之地。等他再想追赶高桂英,高夫人早已不知去向。

高一功在混战中杀了一阵,看见贺人龙和高杰的人马已经后退,赶快回头来寻找姐姐,却没找到,连袁宗第和贺金龙也不知都杀往哪儿去了。遇见罗虎,询问老营情况,才知道罗虎是带着一半孩儿兵来救高夫人,对老营的情况也不清楚。他们赶快向老营方才隐蔽的土丘奔去,却不见了老营。月色下,但见满山遍野,到处是左光先的步兵和骑兵。他们在战场上跑了几个地方,都没找到。后来看见一股人马正在被左光先的人马围攻,情况十分危急,他们以为这被围困的一定是高夫人所率领的老营和卫队。不料他们冲杀过去,却看见是刘芳亮在那里苦战。他们把刘芳亮救出重围,一同在喊杀震天的战场上,在无边无涯的敌人中间左冲右突,到处寻找高夫人,却连踪影也找不到。后来他们的人马剩得更少,被左光先的骑兵冲散了。

刘芳亮的身边还有一百多人,好容易利用复杂的地形和树林的掩护,暂时甩掉了敌人,向一座小山脚下奔去,因为他刚才听见从那里传过来一阵杀声,想着高夫人可能会逃到那里。不料到了小山脚下,只看见小河滩上和浅浅的河水中到处都是人和马的尸体,有敌人的尸体,有农民军的尸体,其中有不少是妇女和孩子。分明是老营在这里同追兵有过一场混战,可是高夫人哪里去了?

刘芳亮同几个亲兵跳下马来,在死尸中到处寻找,要找一个尚未断气的农民军问一问高夫人的下落。有一种共同的心理却谁都不肯说出:他们留心看那些尸体中有没有高夫人在内,但又害怕会看见她的尸体。尸体是那样多,又加上月色不明,有一些尸体血肉模糊,他们时间紧迫,追兵已近,怎么能一一辨认?忽然,他们看见了驼背老头躺在血泊中,旁边躺着他的身中数箭、已经死了的大青骡。他只剩下奄奄一息,身上、头部和右手被砍伤,花栎木棍子已经丢失,左手中握着砍柴的短柄利斧、右手握着镰刀把。在他的前边两步远躺着两个官兵,一个人的脑袋和半个脸孔被劈开。刘芳亮俯下身认清以后,抱着他的血身子连叫几声,问他:"高夫人哪里去了?"他慢慢地呻吟一声,吐出来模糊不清的三个字:"都完了。"随即他的头一搭拉,停止了最后的微弱呼吸。刘芳亮放下驼背老头的死尸,站起来望望天上的星、月,望望河水,想着高夫人和老营的人们有的被杀,有的被俘,全都完了。他活着,有什么面目去见闯王?特别是想着高夫人的不幸牺牲,他欲哭无泪,恨不欲生,刷一声拔出宝剑就要自刎。多亏站在身边的一位小校眼疾手快,用力抱住了他的手腕。他一脚将小校踢倒,又要自刎。两个亲兵同时抱住了他,跟着,左右和面前的将校和亲兵们一齐跪下,劝他莫寻短见,率领大家突围,往商洛山中寻找闯王要紧。

正在这时,一个小校喘吁吁地来到他的面前,说是看见沙滩上有许多马蹄印直往东去,并有血迹往东,说不定是高夫人率领着老营的一部分人马往东去了。刘芳亮亲自到沙滩上看看,果然如小校所说,一线希望从他的心上出现。他把宝剑一挥,说:

"上马!往东寻去!"

转瞬之间,刘芳亮同将士们都上了马,像一阵疾风往东刮去,背后留下来一溜烟尘和一川月色。

第一队出发不久,闯王亲自率领的第二队跟着出发,悄悄地向西南疾进。当接近官军的营盘时候,一声呐喊,冲杀进去。官军已经有了准备,孙传庭和马科亲自率领官军,堵截义军去路。首先是火炮与弓弩齐发,使农民军受到很大损失。幸亏农民军全是轻骑,行动如风驰电掣,眨眼卷到敌人中心,短兵相接,展开混战,使敌人的火器和弓弩失去作用。他们以一当十,且战且走。官军虽然有巡抚亲自跃马督战,也没有办法把农民军拦阻,只好纷纷地给农民军让开血路。

农民军走了五六里路,已经杀出重围,遇到一条小河,人马都停下喝水。李自成检点一下人数,只剩下三百多人,而郝摇旗的人马没有跟来,不知在什么时候和什么地方给敌人截断了。

从南方传来一阵阵的喊杀声,相距大约有四五里路。李过有些焦急,向闯王说:

"二爹①,郝摇旗失散了,一定是误走到曹变蛟的阵地上,怎么办?我去救一救他?"

"算了,随他们去吧。一来我们无兵可分,二来你也没办法找到他们。"

追兵已经很近了。农民军迅速上马,肃静无声地等候着闯王下令。直到这时,这一支人员稀少、多数挂彩的队伍仍然保持着良好的纪律和秩序,并不因为官军的追到就惊慌溃逃。李自成骑在乌龙驹上,张弓注视。等看见官军的骑兵影子时,他命令说:"起!"同时他连发两箭,射倒了两个走在前边的骑兵,使官军

---

① 二爹——米脂县方言,称叔父为爹,称父亲为爸爸。李自成是李过父亲李鸿名的同胞二弟。

大为惊骇,纷纷停住。农民军沿着一条峡谷向南方缓缓奔去。李自成亲自带着张鼐、李双喜和亲兵断后。

前来追赶的是马科的骑兵。他们不敢猛追,但又不愿让农民军白白逃掉,所以总是相距半里上下,希望到天明时候或有乡兵拦击时候他们就一鼓向前。李自成看破了官兵企图,吩咐李过带着张鼐、任继荣和任继光等一群青年战将和二百多名骑兵留了下来,埋伏在两旁的树林里边。

马科率领着十几员战将和一千多名骑兵向前追赶,希望能够活捉闯王,建立大功。正在走着,突然听见背后发出来一阵喊杀,有两支人马从两边树林里同时拦腰杀出。他正在惊慌失措,李自成、刘宗敏和田见秀等杀转回来。他当时还企图抵抗,但是他的兵将们不知道农民军有多少人马,一哄而逃,并且把他裹在中间,拥着他不能不逃。他亲手砍死了几个兵,想制止这种混乱,但也无济于事,就只好带着一部分将校和亲兵在自己的骑兵中间乱冲,夺路而逃。农民军对着混乱的官兵大杀一阵,也不追赶,继续向前赶路。

当马科的人马正在峡谷中慌乱溃退的时候,孙传庭带着他的巡抚标营追到。他起初得到左光先的禀报,认为李自成夫妇带领老弱妇女和一部分精兵向东南突围,但当他正在亲自向东南追赶时,又接到马科的禀报,说是向西南的一股"流贼"全是精兵,并发现刘宗敏在内,可能李自成本人也在里边。他赶快回兵向西南追来。他的标营人马见马科的人马这般溃逃,以为是农民军追杀过来,也立刻惊慌后退。经他大喝几声,才算止住。

孙传庭派人把马科叫来,问问情况,但也不能断定李自成是否在这一股突围的人马里边。他正要下令穷追,从战场上连来了两个报告:一个说有人看见李自成负伤落马,藏在林中,如今正派人仔细搜索;另一个说在乱尸中发现了一个死"贼"很像李自

成,身旁躺着一匹乌驳马。孙传庭向禀事的小校厉声问:

"这个死贼的身上是不是挂着朱红描金牛皮箭囊?"

"回大人,是朱红描金牛皮箭囊。"

"手中拿的可是花马剑?"

"他的右手也受了重伤,剑不知失落何处。"

"难道连剑鞘也失落了?"

"没……没有看清剑鞘上有没有字。"

"谁派你前来禀报?"

"总兵大人。"

"混蛋!……回去细查!"

小校走后,孙传庭在马上想了片刻,下令停止追赶,速将人马撤回。以他看来,马科的人马经此一败,已经成了惊弓之鸟,难望拼命追敌。别的追兵受了这一仗的影响,对农民军也有点心中畏怯,前边山路崎岖,万一再中埋伏,损兵折将,不惟影响勤王,反而要受皇上责罚。另一方面,他想着"流贼"分为两股突围,闯王未必在这一股里;如若在这一股里,前边所有山路已经有乡勇把守,定难侥幸逃出。另外,刚才连来两个报告也增加了他的幻想。他想今夜"流贼"死伤惨重,大概李自成不死即伤。想到这里,他向跟在身边的中军参将刘仁达说:

"火速通令三军,闯贼等元凶巨恶不死即伤,务须认真于死尸中及林间草丛逐处搜查,不得有误!"

孙传庭回到战场上巡视一下,看见到处都是尸体和负了重伤的人,因这一阵月色昏暗,也分不清是农民军还是官兵。他来到曾经是农民军驻扎的那座小山寨中,农民军所留下的几百个重伤号都没有了首级。这种惨无人道的现象并没有动一动他的心。他明白这是某一部官军来割掉这些重伤号的首级虚冒战功,但是这对他并没有什么坏处。他也将以假作真地上报朝廷,也让那位从北京来的刘太监看一看他的战功。所以他看了后点点头,没有说什么话,赶快策马向他的老营奔去。这时,天色已经黎明,而总督也来到他的大帐中了。

洪承畴一直在高处观战,后来听说向西南一路突围的都是农民军的精骑,他断定李自成必然在这一路,随即率领标营前往督战。但走了一段路,得到禀报,知道孙传庭和马科已经退回,他就来到孙传庭的大帐中等候。听了孙传庭把追杀情形报告以后,他心中暗暗吃惊,越发断定李自成准是率领着刘宗敏等从西南逃走了。但是转念一想,这次大战使李自成差不多全军覆没,毕竟是十年"剿贼"以来的空前大捷,皇上大概不会责备;万一责备,这责任也是在巡抚身上。这么一想,他就没有把心中的不愉快流露出来,反而对孙传庭说了些慰勉的话。正好潼关兵备道丁启睿也来到帐中,他意味深长地说:

"丁大人,此次大捷,实为十载剿贼所未有。然闯贼与刘宗敏等或死或逃,尚不可知。学生与孙大人马上就要北上勤王,今后关中治安及查明巨贼下落,都要仰仗老先生了。"

丁启睿听出来这话中有保荐他接任陕西巡抚的意思,赶快躬身回答:

"职道一定遵命。"

随即丁启睿立刻又派许多人去传令各处山寨士绅,务须督率乡勇处处堵截,用心搜山,"不许一贼漏网"。

这次李自成伏击战虽然获得成功,杀死和杀伤了很多官军,使敌人不敢再追,但农民军也死了二三十人。在路上,又有一些原来受伤的人,因在伏击战中出了力,伤口迸裂,流血过多,加上过分疲惫,栽下马死去了。

黎明时候,李自成的人马正在崎岖的小路上前进,忽然发现前边的道路被树枝堵塞，不能通行。大家正在发疑，忽听一片锣响，从附近的树林和荒草中窜出几百乡兵，凶猛扑来，手执六七尺长的白木棍子，朝着人马乱打。农民军仓猝迎战，损失很大，只好落荒而走。走不到两三里，前边又出现了几百乡兵，截住厮杀，而背后的乡兵也呐喊着追赶过来。

刘宗敏在昨天黄昏前已经受了轻伤，夜间突围时受了两处伤，有一处箭伤在胸前，比较严重，如今精神已经委顿。而且糟糕的是，他的马也带伤了。但是当他看见一个穿红袍的人，骑着一匹甘草黄骏马，指挥乡兵进攻的时候，他的精神忽然振作，大吼一声，直向红袍奔去。那个人看他来到，回马便走。刘宗敏正在追赶，连人带马落进陷坑。红袍立刻转回，用大刀砍他。同时有十几个乡兵在岸上用枪向他猛刺，用白木棍子蒙头乱打，像落下的雨点一般。他在陷坑中狂吼如雷，挥舞双刀，使敌人的枪刀和棍棒不能近身。许多年后，这一带的人们还活龙活现地传说着当时刘宗敏的奋战情形，并说他简直不是武将，而是一个天神，又说他是蓝田某处大寺里的韦驮转世。却说刘宗敏虽然英勇抵抗，到底也无法跑出陷坑。正在万分危急，李过赶来，杀散乡兵。刘宗敏趁机会奋力一跃，出了陷坑。一看那个穿红袍的人尚在附近召集乡勇，企图反扑，宗敏不顾身上的三处伤口都在流血，大吼一声，纵跳而前，一刀把他砍下马来，抓过来甘草黄纵身骑上。他和李过已经没有一个亲兵，不敢恋战，赶快向闯王那里奔去。

随着闯王突围出来的兵将，大部分牺牲了，余下的也被打散，东一股，西一股，各自为战。他的身边只剩下双喜、张鼐、任继荣和任继光，还有少数几个亲兵。看见刘宗敏和李过来到，他用剑挥了一下，说："随着我来！"于是他在前边开路，李过殿后，一路砍杀，突破了乡兵包围，不管有路没路，望着正南奔去。走了一里多路,遇着田见秀和谷可成带着三个人从另外一条路上奔来。他们会合一起,继续前进。又走了两三里,从树林里走出来两个骑马的人,向他们呼喊。他们看见是袁宗第带着偏将李弥昌,每人的身上都染着鲜血。一看见袁宗第,自成的心中一凉,想着:"老营完了!"等袁宗第走到跟前,自成问了问他们身上的创伤情形,叫大家继续前行。又走了一里多路,遇到一条山溪,他才叫停下休息,饮马,打尖,并取出医生尚炯昨晚临出发前给他的金创神效散叫受伤的人们上在伤口上,还有一种内服的丸药也让他们用凉水吃下。从看见袁宗第和李弥昌以后,直到现在,大家都憋着没有问高夫人和老营的事,为的是一则大家心中都明白老营完了,不敢打听,二则也因为他两个的伤势很重。可是大家多想知道老营的真实情况啊!路上,李过和双喜都曾经忍不住要问,被闯王用眼色阻止了。如今上过金创神效散,又吃了止疼活血的丸药,他们的伤口不疼了,精神也好些了,李自成才向宗第问道:

"汉举,老营怎么样?明远同一功的下落呢?"

袁宗第,这位二十九岁,平日在战场上叱咤风云的猛将,突然像小孩子般哭了起来。他相信老营完了,愧悔他自己没有尽到保护的责任。他心中认为,老营中有他自己的妻子牺牲了不打紧,最痛心的是高夫人和兰芝没有下落,其次是刘宗敏、李过等各位大将和一部分偏将的眷属都跟着完了。

双喜和张鼐见他一哭,知道高夫人已经是凶多吉少,都不住抹泪,但不敢哭出声来。

袁宗第抽咽说:"闯王!老营给冲散了,一切完了。我没有面目见你,也没有面目见大伙儿兄弟!"

李自成安慰他说:"胜败兵家常事,难过什么?你自己也受了伤,并不是没有出力。"

潼关南原大战

田见秀接着说:"大家不用难过。老营不过是一时给官军冲散,过些日子就会知道下落。目前保着闯王找一个地方立脚要紧,不要为老营事弄得方寸无主。"

刘宗敏和李过也对袁宗第说几句宽慰的话。随后,李自成问了第一队的突围和失散情形,吩咐大家上马起程。

茫茫无际的冬日蓝天上,孤孤单单的一小群征雁,排成"人"字,向南飞去。蓝天下,群山中,崎岖坎坷的羊肠小路上,队伍在行进。这支剩下来的农民武装,连兵带将只有十五人,忍受着饥饿、疲惫和创伤的疼痛,心情沉重,在荒山野谷中不停地走呀走。尽管在作战中被汗水湿透的内衣冰着肌肉,冷彻心脾,但还是有人在马上昏昏睡去。地形曲折,常常没有路。他们知道这时已过中午,按照着太阳的方向前进。李自成走在最后,想着这是他起义十年来失败最惨的一次,在心中自问:"难道就这样完了么?"他自己回答说:"不会的。只要我李自成没战死,不投降,就不会完事。我们会重新起来的!"想着那些跟随他多年的将士们,想着那些被他当做孩子看待的孩儿兵们,想着自家妻女和老营的没有下落,他的心中十分酸楚。许多失踪人们的影子,特别是高桂英昨天夜间同他在火边说话时和临别时的音容,都浮现在他的眼前。

走着走着,天气转阴,暗云低垂,似乎要下雪的样儿。不知走了多远,人困马乏,转眼间已是黄昏。闯王想着已经到了洛南县境,也许离杜家寨没有多远,便下令在树林中一个背风的地方休息。那些受伤的将士早已支持不住,一被扶下马来,有的靠着树根,有的倒在草上,立刻睡去。李自成同几个没有受伤和轻伤的人赶快割了几堆干枯的荒草给战马充饥,又砍了许多干树枝生了一堆火。在点火之前,他小心地向四下瞭望一番,看清楚周围几里内绝无村庄,更没行人,料想决不会发生意外。

战马全不卸鞍,只把肚带松一松,好让它们吃饱。人不解甲,并且把马缰挽在胳膊上,以备万一。自成叫大家安心睡觉,他同两个没有挂彩的亲兵轮流放哨。他坐到二更时候,把亲兵李强唤醒,他才睡觉。但李强也实在疲困,坐不到一个更次,便不由自己的意,头一栽,靠在树根上睡熟了。

荒山寂寂。夜幕沉沉。林间宿鸟无声,只有枯草败叶在霜风中瑟瑟作响和战马嚼食干草的声音与偶尔从火边发出的轻轻鼾声相混合。就在这沉寂而黑暗的午夜,几百乡兵悄悄地来到附近,要将他们全部活捉或杀死。

完全出李自成和刘宗敏等的意料之外,他们下午在荒山深谷中迷失了方向,绕了许多弯,反而向西北退回来几十里,误入乡兵控制的地区。当他们来到这里不久,有两个巡逻的乡兵发现了他们的行踪,随后来到近处,躲在对面山坡上看清了他们的一切情形,奔回山寨报告。这里距山寨有十几里远,所以等寨主得到报告,集合几百乡兵拿着武器分三路来到附近,已经是三更以后。他们在一里多远的树林中聚齐,然后采取包围的形势向这一小股酣睡的农民军悄悄走来。

尽管火已经快熄了,午夜的荒山中刮着霜风,寒意刺骨,但是极度疲惫的农民军竟没有一人醒来。偶尔有人翻了一下身子。偶尔有人说了一句梦话。偶尔又有一个重彩号轻轻地呻吟一声。随即一切寂然,只有战马在静静地嚼着干草。

乡兵在树林中摸索前进,离他们只剩下半里远了。如果他们不能够及时醒来,不要片刻工夫,他们就要被扑到身边的乡兵们捆绑起来。

乌龙驹已经把地上的一堆干草吃得快完了。松了的肚带又感到紧起来了。身上重新感到有力了。但是它仍然低着头,贪馋地继续吃着,并且顽皮地探出头去,在旁边的一匹骟马的草堆上拉了一口干草，逗得骟马掉过屁股踢它一下。它正要还报骟马一蹄子，忽然仿佛听见了什么可疑的声音，立刻停止嚼草，抬起头，向着前方和左右张望，同时两只耳朵机警地左右转动。紧跟着，它似乎明白了有什么危险来到，用力拽它的缰绳。连拽几下，闯王仍没醒来。它连敌人在树林中摸索前进的黑影也看清了，于是愤怒地狂叫起来，跳着，踢着，前铁掌在石头上踏得火星乱飞。

李自成一乍醒来，忽地跃起。但周围黑漆漆的，什么也看不见。恰在这时，有一群宿鸟从附近的林中扑噜飞起。他心中恍然明白，一边拔出花马剑一边大声叫道：

"上马！"

他的声音是那样洪亮，不但这一声把他的全体将士叫了起来，而且使来到附近的敌人大吃一惊，有的人禁不住打个寒颤，向后倒退。农民军以惊人的速度紧了肚带，先把重伤号扶上战马，跟着全上了马，拔出来刀和剑。闯王把镫子一磕，同时说了声"随我来！"向着鸟儿飞去的方向奔下山坡。乡兵们齐声呐喊，打算追赶，但他们都是步兵，没法追赶得上。拦在前面的几十个乡兵见农民军来势很猛，一交手就死伤了十来个，立刻惊慌地让开了路。

这一小股人马逃出了危境以后，马不停蹄地继续前行。走到天明，遇到一个老百姓，他们才知道昨天下半天走错了方向，而现在走的方向很对，已经进到洛南县境了。李自成叫人马稍事休息，打打尖，继续走路。他看看只剩下的十五个人，又一次在心中问道：

"难道就这样完了么？"

第 十 三 章

当天下午,李自成遇见了高一功和两员偏将。他们都带着重伤,亲兵都死完了。为着高一功等重伤号实在没法继续在马上颠簸,自成决定在一个荒僻的小村中停下休息。这儿是在四无邻村的群山中间,村中只有三四户赤贫农民,与外边素少来往,不会走漏消息。休息了一个下午和一个夜晚,第二天上午,闯王等十八个人到了杜家寨。

杜家寨自前天闯王的人马过去以后,跟着官军经过,虽然百姓都躲了,但是房子搬不走,又给官军烧毁一些。那些没有被官军放火焚烧的茅庵草舍,几乎所有的门窗都给拆下来烤火了。因此,这次李自成兵败回来,寨里的老百姓对他特别亲热。另外,已经有风言说官军马上要离开潼关北上勤王。老百姓想着只要官军调走,闯王不久仍会重振旗鼓,所以他们在接近农民军时也比前几天胆大了。李自成一则因为二百多个重伤号还留在这里的山洞中,须要运走,二则看见杜家寨的百姓确实很好,三则也须就近派人打探潼关官军的动静和等候溃散的将士,打算在这里停留三四天,再向南走。他把这意见同刘宗敏等几位大将一商量,大家都很同意。在寨后边的树林中另外有一些窑洞,还搭有一些草棚,原来也是百姓平日逃反时躲藏的地方,现在就成为这十八个将士和战马窝藏之处。那个杜宗文老头派年轻人们每日在附近的山头瞭望,还派人往北乡,直到潼关县境,打探军情。

才在杜家寨住下的时候,李自成尽管在别人面前不曾流露出颓丧情绪,但暗中不免常常在心中自问:"难道就这样完了么?"他去山洞中探望彩号的时候,那些人们知道了全军覆没的消息,有少数人仍然对前途怀着信心;多数人信心动摇,但程度不同;还有少数人情绪低沉,认为以后要重振旗鼓,恢复两年以前的声势不可能了。这些人们的动摇和沮丧情绪更增加他的难过和沉重心情。他常常离开众人,只带着双喜、张鼐和亲兵李强,借休息为名,在树林中盘桓,愁思,消磨时光。有时他叫两个小将和李强站在远处,好让他独个儿愁坐林中,寻思办法。

从他到杜家寨以后,每天都有零星的溃散人员来到这里,多数都带着轻重不同的伤。有的骑着牲口,有的步行。李自成因为此地粮草困难,距离潼关又近,只把重伤的人员暂时留下来,叫其余的全都继续往西南走,指定在商州以西的一个地方集合,并且派一名将领先率领一批人去那里扎好老营。这些路过杜家寨的人员听说闯王没有死,住在这里,一个个喜出望外,好像眼前的世界又突然阳光灿烂。可是,高夫人和刘芳亮杳无消息,郝摇旗也没音信。人们都担心高夫人同老营一起完了。

高一功到杜家寨以后就发高烧,到第二天仍然烧得昏迷不醒。李自成十分发愁,很久很久地低着头坐在他的床边。想到几天前如果采纳一功的意见回头往汉中去,不同孙传庭在潼关附近硬碰,大概也不会全军覆没;又想着起义十年弄到这个下场,禁不住暗暗地长叹一声。

闷腾腾地从高一功的床边离开,李自成又一次走到山半坡上,在松林中盘桓很久。他一会儿想着那些没有下落的亲人和将士,一会儿想着今后应该怎么办,千头万绪,心乱如麻。在极度无聊中,他从口袋里摸出来一个天启钱,在石头上掷着卜卦,结果是两吉一凶。他的心中感到欣慰,但又奇怪:"既然是吉兆,为什么还有一个凶卦?"跟着他又卜桂英母女的生死下落,却得了三个凶卦。他的心头猛一沉重,抓起铜钱用力一扔,扔进山谷。他心绪烦乱地在树林中信步走着。看见一棵倾斜的小树挡着羊肠小路,他拔出花马剑,一扬手削断小树。一个石块挡在路上,他把它踢出几丈远。过了一顿饭工夫,他才在一个磐石上坐下,一边想着高迎祥,许许多多死去的亲戚、族人、朋友和亲兵爱将,一边重新思索着今后怎么办,忽然叹口气,自言自语说:

"胜败兵家常事,跌倒了爬起来,重新好生干吧。自古打天下都不是一帆风顺的!"

从窑洞附近的草棚中传过来一阵马嘶,又雄壮又精力饱满。李自成听出来是他的乌龙驹在叫唤。平时,纵然有千百匹战马在早晨纷纷嘶鸣,他也能辨别出它的声音。现在他听出来它已经吃得很饱,多天的疲劳都休息好了。听见他的战马迎风长嘶,他不由地抽出来花马剑看了又看。当他看着心爱的花马剑时,想起来那一柄折断的赛龙泉,心上起一股惋惜之情。花马剑已经多天没有工夫磨了,经过潼关南原的恶战,有些地方的锋刃看来略微显得钝了,有些地方带着干的血迹。他把剑放在靴底上来回擦了几下,但是不能把乌紫的血迹擦净。于是他把剑插进鞘中,连着鞘交给亲兵头目李强,说:

"快拿去把剑磨利。还有,叫人把乌龙驹牵出棚子遛一遛。你听听它的叫声,几天不上阵,它又急啦。"

"是的,乌龙驹连三天也不肯闲着。"李强看见闯王的嘴角开始有了笑意,心中说不出的欣慰,接着说:"这花马剑跟乌龙驹可真是出了力啦!"

李强带着花马剑走后,闯王继续停留在山坡上差不多有半个时辰。这一阵,他的心情空前地平静,一边在小路上散步,一边盘算着今后应该如何招集散亡,如何练兵,如何认真整顿军纪,如何搜集粮草,在商洛山中度过这一段困难日子。一个念头突然跳到了他的心上,他想了想,在心中说:

"对,对,趁如今朝廷在中原兵力空虚,一定得想办法使敬轩重新起义。倘若他起义,全盘死棋都活了。"

虽然他知道两三年来他同张献忠之间的关系很不好,而献忠的为人又有些诡诈,想劝说他不是容易的,但是他决计不管如何也要走活这步棋。他继续想了一阵,决定暂且不把这意见告诉几位亲信的大将知道,等在商洛山中扎定以后,赶快派人到谷城一带把献忠方面的情况打探明白,再作道理。

他正要离开松林回去,忽然听见从寨里传过来一个女人的哭声,紧跟着又一个女人也哭了起来。两天来他已经听熟了这两个女人的嘶哑的哭声。一个女人是因为惟一的儿子在去年被官军杀良冒功,这几天恰是周年;另一个女人是因为仅有的两间草房在前几天被过路的官军放火烧掉,如今没有住处。不一定在白天或在夜间,只要有一个女人一哭,立刻就引动第二个女人也哭了起来。现在闯王的心情刚刚开朗一些,听见她们的哀哭声又紧缩起来。他知道,寨中比她们遭遇更惨的还有许多家,只是有的人已经被接连的不幸遭遇弄得麻木了,有的人把眼泪哭干了,所以他只听见这两个女人的哭声。他的浓眉毛皱成了疙瘩,咬一咬牙,深深地叹了口气,对双喜说:

"快拿几两银子去周济她们。另外有几家房子给官军烧了的,每家也周济二两银子。你不小啦。像这样的事,我一时想不到,你自己也该留心!"

闯王走回到窑洞外边,恰好乌龙驹已经遛毕,被牵了回来,而李强也把花马剑磨好了。他接过来花马剑,看见一道青光照见他自己的面影,锋刃又显得无比犀利。在起义后不久得到这柄花马剑时,他曾经按照古人对一些名剑的传说,用马鬃试过它有多么快。现在他一时高兴,又随手从马尾上割下来十来根长毛,放在离剑锋两寸远的地方,用力猛一吹,那些长毛碰在剑锋上纷纷断落。左右的人们齐声叫好;有的人从没有见过这样快的剑,大为惊奇。闯王望着大家笑一笑,插剑入鞘,挂在腰间。乌龙驹好像看见主人高兴,顽皮地低头在闯王的肩上舔了一下,踏着蹄子,挥动着尾巴,昂起头萧萧地叫了一声。闯王在乌龙驹的肩上拍了一下,使它离开一点。他正要叫亲兵取马鞍子,打算骑着乌龙驹跑几趟,忽然张鼐跑到跟前,向他禀报说郝摇旗回来了。

"他回来了?在哪里?在哪里?"闯王连声问。

"他带回来的人马多。山下边的那座破庙没人住,他就驻扎在庙里啦。"

闯王听说郝摇旗带回来的人马多,不禁心中一喜,忙又问:"他带回的人马多么?有多少?"

"可不少,一百多人。马也有几十匹,还有几匹骡子。"

"啊,他还带回来一百多人!"

倘若在往日,就是一位将领带回来一千多人也不算什么大事,可是今天郝摇旗带回来一百多人,不但在张鼐看来是个意外,在闯王也看做一个意外。他满心地兴奋和高兴,说了声:"走,看他们去!"匆匆地下山了。

那天夜间,同大队失散之后,郝摇旗走错了路,向南冲去。等接近曹变蛟营盘时,他才忽然明白,但背后追兵很多,想回头重寻道路已不可能。正在忙中无计,忽见曹变蛟的营盘与马科的营盘中间守兵正在调动,他率领百余人呐喊一声,杀了进去。曹变蛟的麾下将士虽然比较精锐,但是他们正在调动人马驰援左右战场，没有想到会有敌人向他们自己的阵营冲来，而郝摇旗的一百多名将士又都是抱着必死决心，勇猛异常，所以竟然被郝摇旗冲乱了阵。等敌人弄明白是怎么回事儿，想把郝摇旗包围起来，这一群不速之客已经猛冲猛打地穿营而过。官军追杀一阵，因为地形复杂，终给郝摇旗逃脱了。

郝摇旗逃出以后，还有四五十人。路上遇到乡兵混杀一场，只剩下十几个人。他本来想从龙驹寨奔往河南内乡境内，但因乡勇和官兵把守甚严，无机可乘，只好折转向西，按照闯王在突围前的指示去商洛丛山中寻找闯王，不料在杜家寨碰在一起。沿路他陆续收容了别的队里溃散出来的弟兄，所以来到杜家寨时已经有一百多人，步骑都有，武器不全。郝摇旗一向跟李自成的作风不同，在平时就不喜欢严格纪律，何况是打了大败仗。他在从龙驹寨向这边来的路上，只要有机会抢到粮食他就抢，所以不但带来了一百多人，还带来了不少粮食。

李自成还没有走下山脚，就遇见郝摇旗上山来见他。一碰面，自成抓紧他的双手连连摇着，大声说：

"哎呀！摇旗！我日夜都在挂心着你的下落！"

"怎么样，李哥？我不但自家回来，还替你收容了百多口子人哩。"

"好，好。你一回来，大将中就只剩下刘明远一个人还没下落。"

"老营跟嫂子呢？"

"也还不得音信。"

"别担心。休息一天，俺替你往两省交界地方找去。"

"潼关一带官军还没有走，你同我先到商州以西站住脚跟，另外派人去探听老营下落。"

"官军能挡住咱寻找老营？哼，连曹变蛟的营盘咱还冲进冲出，别人还能挡住咱？我去找，李哥放心。洪承畴、孙传庭咬不了我郝摇旗的屌！"

自成笑着说："莫性急。等咱们到了商州西乡再商议吧。"

谈话之间，刘宗敏、李过、袁宗第和田见秀都来了。大家一起到破庙中，看了看回来的将士。自成叫亲兵取来了金创药，又把尚神仙留在山洞中的那位徒弟叫来。他带着田见秀、李过和几个亲兵动手帮医生洗伤，上药，包扎，忙了一阵。郝摇旗没有动手，站在一旁只是笑，有时向左右的将士们挤挤眼睛。等自成忙过一阵，郝摇旗拉着闯王的手，笑着说：

"李哥，怪道老八队的弟兄们愿意替你卖命，打散了都愿回来，原来你待他们比亲手足还亲哩！"

这天黄昏，郝摇旗把李自成、李过和田见秀留下吃饭。袁宗第和刘宗敏因身上的金创未愈，早已走了。郝摇旗从路上带来些牛肉、豆腐。他吩咐亲兵炒了一小瓦盆子端上来，放在桌上，雾腾腾地冒着热气。牛肉和豆腐都切成像小孩儿巴掌那么大的方块子，放了些大葱大蒜做作料，少油无盐。亲兵在每人面前放了一个粗瓦碗，随即又拿来一个装酒的葫芦。郝摇旗右手夺过酒葫芦，左手端起闯王面前的粗瓦碗，大声说：

"李哥，咱弟兄们福大命大，逢凶化吉，又团聚一起啦。孙传庭和洪承畴悬重赏要捉拿你送往北京，别说他们没有捉到你，连咱们一个重要掌盘子的也没捉到。在战场上他杀了咱几千人，咱也杀了他几千人。谁打败了？谁也没打败。要说咱们打了败仗，我郝摇旗的心中可不服！来，今天你开开戒，让小弟敬你一碗酒！"

郝摇旗的几句话说得闯王和众将都大笑起来。李过笑着说：

"可是高闯王死后咱们各股头合起来，连眷属有十几万人，如今陆续回来的只剩下三四百人，没有回来的想着也不过千把人。虽然咱们不泄气，到底是倒了霉。"

"几百人还算少么？你叔侄俩起义的时候不是只有两三百人么？俗话说，树起招兵旗，不怕没有吃粮人。等咱们把闯王的大旗一树，人马会像赶会一样地四处奔来！"郝摇旗转向自成，又说："李哥，你说是么？来，快喝酒！"

李自成在二十六七岁以前本来是喜欢吃酒的，也有纵情豪饮、使酒任性的时候。近几年来，他在各方面日渐成熟，觉得身上的责任重大，处处收敛，性情上有了很大改变。酒是轻易不饮了，要饮时也只饮一杯半盏，连青年时期的酒量也大减了。今天一则因郝摇旗平安回来，还沿途收集了一批人马，他心中十分高兴，二则大败以来将士死伤散亡殆尽，妻女均无下落，他的心中又异常烦恼，两种心情交织一起，所以也愿意陪摇旗吃酒。但是他夺着葫芦，只让倒给他三五口酒。摇旗也不勉强，笑着说：

"李哥，你这个人，名气一天比一天大，酒量一天比一天小，真是！瞧人家曹操，一般是义军首领，三日一小宴，五日一大宴；平日吃的是山珍海味，穿的是绫罗绸缎；帐中姬妾成群，吃饭时还奏着鼓乐。你跟他比起来，你简直成了吃苦修行的和尚啦。"

李自成在这些行事上是一向瞧不起罗汝才的，认为他不过是一个酒色之徒，缺乏宏图壮志，但是他听了摇旗的话以后却不说话，只是哈哈地大笑起来。倒是李过心直口快，冷笑一声说：

"曹操虽然手下人马很多，可是到底没有多大出息，成不了大的气候！"

自成赶快说："也不能这么说。曹操能够笼络住很多人，这就是他的长处，是他比一般人强的地方。"

郝摇旗已经替李过斟满一碗酒，替田见秀斟了半碗，自己先端起酒碗，让着大家说：

"咱们不谈他曹操、刘备，喝酒是正经。来，来，咱们来一个开怀痛饮！"说毕，他先大大地喝一口。

虽然郝摇旗也挂心自己的老婆孩子，但是他在自成的面前一字不提。他知道李过的酒量好，也善于猜拳，便伸出右手说：

"补之，咱俩划几拳，三拳两胜！"

李过刚伸出一只手来，却见他的叔父把头一摇，就把拳缩回去了。自成对摇旗和李过小声说：

"弟兄们都没有酒喝，有时连肚子也吃不饱。你们别大声吆喝，悄悄儿吃几口拉倒吧。"

郝摇旗吐一下舌头，缩回拳头，嘻嘻地笑着点点头，望着李过说：

"闯王说的是。咱们喝哑巴酒吧。"

就在这刹那间，李自成的脑海里闪过了一个问题，摇旗处处都好，就怕将来认真整顿起军纪来他有意见。他正在考虑着是否这时同摇旗谈一谈今后的一些问题，刘宗敏派一个弟兄来请他回后山去，他赶快起身走了。

李自成见了宗敏以后，才知道昨天杜宗文派出去的一个本村人探听消息已经回来了。这个人向北去走出几十里，因潼关县境内的乡勇还在到处搜山，盘查行人，不敢再往前走。他回来说，潼关附近的老百姓谣传闯王和高夫人都已经阵亡，如今官军正在各处的死尸中清查他们的尸首，并且说在靠近河南边境的一个什么峪中找到了一个女尸，官军认为就是高桂英，首级已经割下来送往潼关，但老百姓又说不可信。这个探事人还听说，如今各路官军云集潼关城外，总数不下五万，日内就要北上勤王，洪承畴已经先动身过河了。

听了这些消息，李自成的心中又喜又忧。喜的是，几年来在陕西各地同他们作战的比较精锐的官军差不多全要调往北京勤王,今后活动起来就不再那么困难了。忧的是,谣传桂英已经死了,真的?假的?说是死在靠近河南边界,按方向不是很对头么?

他把探事的农民叫到面前,亲自问了一遍,没有问出来更多的消息。叫李强拿钱赏了探事人,他同刘宗敏商议如何继续派人去河南交界处探听老营的下落。正在商议,忽报又有一起人回来了。

在新回来的一起人中有李过的妻子黄氏和养子来亨,有刘宗敏的两个妻子,还有孩儿兵头目罗虎和王四,他们都是由医生尚炯带回来的。在老营被打散以后,黄氏和来亨在亲兵们的保护下突围出来,路上遇见了罗虎率领的几个孩儿兵合在一起,继续南逃。中途遇着刘宗敏的眷属和尚炯。后来遇到乡兵截杀一阵,死了几个亲兵,孩儿兵也只剩下罗虎和王四两个,而罗虎的大腿上也带了重伤。

他们的脱险归来使人对高夫人的生死更加忧虑。他们都是随着高夫人一起的,他们回来了,高夫人呢?同高夫人最后失散的是黄氏和来亨。据黄氏说,当她同高夫人离开的时候,高夫人的身边已经只剩下两百多人,指挥各家亲兵作战的小将贺金龙已经受伤,高一功和袁宗第都已失散,刘芳亮被官兵隔断在另一个地方。高夫人看见情势万分危急,叫黄氏带着来亨向东南突围,而她自己指挥着身边的人马堵挡敌人。当时黄氏不愿意离开她,要同她死在一起,但被高夫人严厉斥责,并且不管三七二十一,吩咐十来个亲兵拥着她和来亨的马冲了出来。黄氏同高夫人年纪相当,多年来生死不离,虽然名分上是嫡亲的婶母和侄媳,但感情上却像是姊妹一样。加上高夫人英明干练,黄氏在许多事情上都对她依赖惯了,一旦失去这位婶母,就像半拉天塌了下来。在回来之前,她还存在着一些幻想;等到见了闯王和李过,幻想突然破灭,当着闯王的面就痛哭起来。别的女人们有的回来了见到亲人,有的没有见到亲人,本来就忍着满眶眼泪不敢哭,如今一听说高夫人凶多吉少,又见黄氏一哭,也都哭出声来。罗虎、王四和来亨,他们平日深受高夫人的恩爱,加上他们都是孩子,也禁不住抽咽起来。双喜比他们大一些,起初还竭力忍耐,不敢在闯王的面前哭泣,后来再也忍不住,头一低走出去,蹲在门外抽咽。张鼐跟在他背后出来,蹲在他的身边偷偷抹泪。那些跟着闯王和李过多年的亲兵们,也都很难过,噙着热泪,不敢抬头。

自从李自成起义以来,第一次在他的面前出现这样的场面。他心中很难过,但不知说什么好。刘宗敏平日最讨厌女人哭,但他现在却不发脾气,同李过一样低着头不做一声。自成望望大家,站起来轻轻地跺一下脚,说道:

"新吃了败仗,士气本来就不好,你们偏偏沉不住气!"

他走出门外,听见刘宗敏大声地骂他的两个女人,而李过也责备黄氏说:

"都怨你忍不住先哭!妗子只是下落不明,哪能就死了?真是!"

李自成一直往山坡上走去,连一个亲兵也不让跟随在身边。下弦月尚未出来,星光下隐约地现出来羊肠小路。这是他两日来走熟的路。他走到那个常坐的磐石边,不管石上多凉,颓然坐下。有很长一阵,他的心中像乱麻一样,忽而想到他的妻子、女儿和许多没有下落的将士身上,忽而想到摆在面前的许多困难,忽而想到潼关官军会不会留下一部分追来商洛山中,忽而又想到用什么办法使张献忠和罗汝才重新起义。虽然他不愿多想高桂英和兰芝的生死吉凶,但高桂英毕竟是他的患难与共的结发妻子和好帮手,兰芝是他的独生女儿,她们的影子总是不断地扰乱他的心,使他不能静下心来仔仔细细地考虑一个问题。在心情极度烦恼中,他对自己问:

"为什么我败到这步田地?为什么?……倘若张敬轩同曹操都不肯重新起义,难道明朝的江山就推不倒么?"

他一时不能够清楚地回答自己,感慨地叹息一声,抬起头来,望着星空。

看了一阵天象,他想起来高一功的情况不妙,尚炯回来了也许会妙手回春,便从石头上起来,往住的地方走去。走了不到一箭之地,他才看见双喜和李强站在一棵树下保护着他。他对双喜说:

"你舅舅在发高烧,快请尚神仙去瞧瞧,耽搁不得。"

"我舅舅在黄昏前已经退烧了,还喝了一碗稀饭。刚才尚神仙去瞧了瞧,给他吃了一包药。我听尚神仙说,俺舅吃了这付药就不碍事了。"

自成突然放了心,没说别的话,径直向高一功住的窑洞走去。他站在一功的床边,看见他果然神志清爽了。可是高一功因见尚炯等都已回来,而姐姐、甥女、自己的妻子儿女都没下落,加上创伤较重,心情比较晦暗,甚至担心今后不容易重振旗鼓。趁着屋里没有别人,他悄悄地对姐夫说出来他的灰心。闯王在他的床边坐下去,安慰说:

"一功,你不要为咱们打了个大败仗灰心。刘邦同楚霸王打仗总是打败仗,连自己的父亲和女儿都给霸王俘去,可是后来终于得了天下。眼睛要往远处看,别看目前一时。"

高一功叹口气说:"虽说胜败是兵家常事,但不知天意如何。"

自成说:"天意就是民心。只要看看民心背叛情形,就知道朱家的江山坐不长了。近几年各地的天灾,有时大旱数月,有时飞蝗蔽天,弄得赤地千里,断绝人烟,就知道明朝的气数已经尽了。自古成大事立大业都不是容易的,哪能像赵匡胤那样容易就黄袍加身?只要咱弟兄们百折不回,吃尽艰难,终会打出一个名堂来。"

一功的脸上露出了一丝微笑,说:"你说的很是。只有咱们能打出一个名堂,才能对得住那么多死去的人。"

自成看见一功说了这句话眼圈儿忽然一红,明白他所说的那些死亡的人是指的叔父高迎祥和许多十分亲近的亲戚、本族、邻人和朋友,也许还包括他的姐姐桂英。自成的心中也感到隐隐刺疼,避开了一功的眼睛,站起来说:

"你安心养伤吧。我想明天再停留一天,看是不是还有人马回来。明天晚上起身往商州西乡去。到那里驻定以后,咱们加紧恢复元气,重新大干。"

"这里不是久留之地,明天晚上起身拉到商州地带好。不过那个地方很穷,粮草缺少,困难很多。"

"许多困难我都想到了。世界上没有过不去的山,也没有走不通的路。"

这天夜里,李自成在床上翻来覆去,老是不能入睡;有一次刚刚朦胧入睡,又忽然从极不愉快的梦中惊醒。他索性悄悄地穿衣下床,提着花马剑走出去,在凄清寒冷的月光下舞起剑来。他舞到浑身冒汗便停下来,在山坡上徘徊一阵。尽管尖风刺面,胡须上结着严霜,他仍然不愿意进去睡觉。为着抵御寒气,也为着消磨长夜,他重新舞剑。舞着舞着,从寨中传过来断续的鸡叫,而他的乌龙驹也在草棚中发出了一阵长嘶。

由于杜家寨不宜久住,李自成决定今天黄昏后离开这里。午饭后他召集大小将领们开了个会,要大家赶快准备。他命令全部马匹都叫彩号骑,大小将领只要能够步行的一律不许骑马,轻彩号能够步行的,两个人轮换骑一匹。从前留在山洞中的重彩号经过这几天的休息和治疗,有一半都可以勉强骑马。自成决心把他们带走,余下的一半人也要在几天内派人运走。原来准备把重彩号转移到蓝田山中,如今都用不着了。

杜家寨的几个青年农民一听说闯王要走,都跑来要求入伙。闯王因为一则马匹缺乏，二则粮食困难，不让他们入伙。但是三天来他们不但跟闯王部下的弟兄们混得熟了，同李过和田见秀等也熟了。经他们死缠活缠，见秀才答应把他们收下。一个牧羊青年的母亲是个寡妇，又无兄无弟。母亲不让他去，他一定要去。母亲拉着他的衣襟哭着不放手。他挣脱母亲，噙着两眶热泪边跑边嘟哝说：

"这种年头，你让我去入伙吧，混好了我会捎钱养活你。你不放我去，眼看着娘儿俩活活饿死！"

恰巧这时候田见秀同郝摇旗从这里走过。见秀把牧羊青年叫到面前，责备他几句，说明坚决不收他入伙，要他在家孝顺母亲，又掏出几钱散碎银子交给寡妇。寡妇感恩不尽，趴地下连磕响头。离开这个寡妇以后，摇旗在见秀的肩上拍了一下，抱怨说：

"玉峰，人们都说你是活菩萨，我看你越来越变得婆婆妈妈啦。都像你这样，咱们一百年也不容易弄到十万八万人。从前，别说是自愿找上来入伙的，多少不愿入伙的，只要年轻力壮，咱们还不是裹①了进来？一裹了进来，他们不情愿也没办法。陕西驴子不拽车，由不了它的意儿。只有那样，咱们的人马才能像海潮一样。"

见秀笑着说："海潮涨得猛，退得也快。自成同我谈过，眼前粮草困难，不宜多添人。"

摇旗说："哼，打江山全靠人手多。人多啦就有办法！"

李自成正打附近经过，听见田见秀和郝摇旗的谈话，在心中笑着说："要是将领们都能像玉峰这样，就不愁不能把队伍变成仁义之师了。"他走到一间破茅屋的门口，一个约摸四十岁出头

---

① 裹——掳人强迫入伙，或用别的办法胁迫入伙，从前的口语中叫做"裹"或"裹人"，而在书面语或知识分子语汇中叫"裹胁"。

年纪的黑大汉笑嘻嘻地迎了出来,说:

"闯王爷,我的东西已经拾掇齐楚啦。"

这人名叫包仁,是个铁匠,久闻蓝田刘铁匠造反的故事,心中十分仰慕。当三天前刘宗敏同闯王回到杜家寨时,包仁夹在人堆中迎接,但不敢上前说话。后来经邻居们怂恿,由杜宗文带着他去看过宗敏一次。宗敏一听说他也是铁匠,正所谓"和尚不亲帽儿亲",心中很热乎,就问道:

"穷日子还能对对付付混下去么?"

包仁叹口气说:"不瞒你说,不行啊。有几亩地的人还活不下去,何况咱们家连打老鸹的坷垃也没有。从前靠手艺吃饭,现在喝西北风。"

杜宗文老头插言说:"真是喝西北风呢!这方圆几十里谁不知道他铁匠老包?可是这年头,到处田地荒芜,不成世界,有好手艺也不顶饥寒。"

包仁用鼻孔哼了一声,接着说:"如今倒清闲,抄着手过日子,等着饿死。"

宗敏的心中一动,眼光在包仁的脸孔上转了一下。军中很需要铁匠和各种手艺人,可是在目前情况下,他肯不肯入伙呢?于是他笑着问:

"老包,既然在家里活不下去,随俺们造反好不好?"

包仁回答说:"说良心话,我要不是上了年纪,一定要跟随你们造反去。我不会耍刀弄剑,抡大锤也管打仗。一锤打下去,连头盔也会打碎,不能只叫他头皮上起个青疙瘩。"

刘宗敏和周围的人们都忍不住笑了起来。

"年纪大一点儿倒没有什么,"宗敏说,"咱们队伍里用不着你打仗,修理兵器跟打造兵器可是要紧。"

"行,行。只要你刘爷不嫌我年纪大,我就入伙!"

后来刘宗敏把包铁匠愿意入伙的事情对自成谈了,自成也很高兴。今天上午自成同包仁见了面,知道他还没有同老婆说明,嘱咐他务必跟老婆商量商量。现在闯王顺便来看他,第一句话就问:

"老包,你的老伴儿可放你去么?"

"她喜不肯！①我在家里没活干,老两口眼看就要成饿死鬼,她巴不得我跟着你闯王爷找条活路。"包仁用脚踢一踢用麻布包着放在地上的锤子和钳子等工具,又说:"你瞧,我要带的东西,她老早就替俺拾掇好啦。"

包仁的老婆不知在屋里摸索什么,在黄昏的黑影中向外搭腔说:"闯王爷,你老进来坐吧,我给你老烧茶！"

"不坐啦,我还有事哩。"

包仁的老婆又说:"闯王,砧子和风箱也带么?他要挑着走,可是人饿得黄皮刮瘦,又是走长路,我就是担心他掉队！"她觉得心里有许多话要对闯王说,可是说不出,拉起衣襟揩眼泪,随即擤了把酸鼻涕。

闯王说:"包大嫂,砧子和风箱都要带,用时方便。你放心,这些东西用不着包大哥自己挑,咱们有骡子驮。"

包仁连忙说:"我挑,我挑。我的腿脚还硬。"

闯王转回头说:"小鼐子,你帮包师傅把东西送去交给管事务的,动身时驮在骡子上。"

包仁的老婆正鼓起勇气要对闯王说一句什么话,但闯王已经走了。她倚着门框,望着闯王的高大的背影转过墙角,又用衣襟擦眼泪,对男人哽咽说:

"只要你跟着闯王多做点仁义事,不无故杀人放火,菩萨会

---

① 喜不肯——即满心情愿。在我国语法中,往往加一个"不"字以加强语气,如不忿就是忿,不宁就是宁,等等。

保佑你。这年头,什么兵,什么贼,官兵行事比贼还差得远哩。"

一更时候,农民军整队出发。闯王叫郝摇旗率领一小股将士作为前队,所有骑马的彩号和十几匹骡驮子走在中间,后边是步行的轻彩号,他自己同李过率领一批人作为后卫。李双喜看见郝摇旗已经骑着马走了,就同张鼐一商议,悄悄地把乌龙驹留了下来。但他们又害怕闯王责备,走去对李过说知,要李过劝闯王骑马上路。李过虽然知道闯王决不会同意,但又分明看见叔父的身体近几天大不如前,辛苦和忧愁折磨得眼窝深陷,两颊消瘦了许多,所以他也很想让叔父骑马出发。考虑片刻,李过望着两员小将说:

"按道理他是闯王,他骑马天公地道,谁也不会说二话。可是我不好劝他。你们不妨试试看,顶多他说你们是小孩子不懂事,责备一两句算了。"

双喜眼圈儿发红,说:"只要爸爸肯骑马,我就是挨骂也心甘情愿。"

张鼐接着说:"双喜哥,别怕,挨打挨骂我替你!"

事情就这么决定了。等闯王动身时,李双喜提心吊胆地把乌龙驹从隐蔽的悬崖下牵了出来,拉到闯王面前,叫了声:

"爸爸!"

自成听见马蹄声就觉着奇怪,这时恍然明白是怎么回事,双目圆睁,怒不可遏,大步上前,也不说话,用力给双喜一个耳光,打得双喜趔趄两步,随即扑通跪在地上,不敢做声。他从双喜的手里夺过来马鞭子,扬起来正要往下打,张鼐也扑通跪下去,以自己的身子遮住双喜,并且说道:

"是我替双喜哥出的主意。我错了,你狠狠地抽我吧!"

闯王气得手颤,但鞭子打不下去。这两个小将在前几天的大战中舍死拼命,异常勇敢,如今双喜左臂上的箭伤还没痊愈,而两个小将又都因作战疲劳和吃不饱肚皮，瘦得眼眶变大，面有菜色。他自来没有亲手打过他们，如今实在不忍心用鞭子抽。可是，不责罚，如何能教训他们？他在张鼐的屁股上狠踢一脚。当他又扬起鞭子准备往下抽时，李过赶快过来拉住了他的胳膊，说道：

"二爹，你不用打他们，是我叫他们把乌龙驹留下的。"随即他转向两个小将，把脚一跺，厉声喝道："还不起来把牲口送给彩号！"

两个小将立刻跳起来：双喜牵着马追赶彩号，张鼐转到闯王背后，以便在出发后寸步不离地保护闯王。过了一阵，自成转向侄儿责备说：

"补之，他们小孩子懂得什么，你不该怂恿他们胡来！我自己下令全军马匹都给彩号骑，就应该以身作则。你们却暗暗把乌龙驹替我留下来，什么话！"

李过虽然论年纪只比叔父小几个月，但是他自幼对叔父非常尊敬，在自成的面前不敢随便。现在受了叔父责备，不敢抬头，也不敢做声。自成气呼呼地挥一下手，说：

"咱们走吧！"

走到后半夜，下弦月姗姗出来了。人马在一个背风的山湾子里停下休息。郝摇旗看见李自成同后边的将士们步行而来，并且听说了双喜和张鼐受责，连李过也遭了没趣，感到很不好意思，悄声对一个亲兵说：

"快把我的马牵到彩号队里去！"

第 十 四 章

在商州以西的丛山中选一个险要的地方驻定以后,李自成隐名埋姓,不使外人知道他的行踪。他叫将士们在老百姓面前不要再称他闯王。老百姓纵然有人疑心他是闯王,也没人多言多语。何况他一贯粗衣恶食,与弟兄们同甘共苦,当地的人们确实被他瞒住很久,反而有谣言说闯王逃到河南,在老回回营里卧病不起。自成派出几个探子到潼关一带探听官军消息,另外派一个探子往湖广谷城察看张献忠的动静。从潼关回来的探子说,洪承畴和孙传庭果然率领五万人马勤王去了,可是高夫人、刘芳亮和老营仍无下落,只知前些天传说高夫人阵亡的事情不确,送到潼关的是一颗良家妇女的首级,相貌有点儿近似高夫人。自成继续派人去打探消息,决心在商洛山中收集旧部,埋头练兵,自己也趁机会读一些书。河南是四战之地,暂时不打算去了。

摆在自成眼前的困难很多,最紧急的难题是粮食。商洛山中本来就是个人烟稀疏、地瘠民贫的地方,加上连年的天灾和战乱,老百姓逃的逃,死的死,留下来的稀稀拉拉,无衣无食,苟延时日。他用各种办法搜罗粮食,不仅要养活自己的部队度过严冬和荒春,也要赈济这一带的山乡百姓,使大家不要饿死,也不要再向外逃。当时搜罗粮食不外乎三种办法:第一种办法是他拿出许多银子派当地可靠的老百姓和手下士兵扮作粮食小贩，骑着毛驴，到城池里和附近的县份里买粮食。每人一头驴，两条长口袋。往往十头到二十头小毛驴结队而行，不怕遇到零星土匪或小股乡勇拦劫。这种成群结队的小粮食贩子在这里和豫西一带自来就有，俗称赶驴贩儿，所以官府并不怀疑。自成的老马夫王长顺已经回来，虽然挂了两处彩，都不严重，很快地给尚炯治好了。他对做粮食小贩有经验，自成就派他专负责这个工作。他依然很快活，爱说笑话，同他一起的士兵和老百姓都很喜欢他。

第二个办法是向附近山寨中的富户借粮，如果遇到抗拒，就杀一儆百。当时因官府无力派兵入山，地主们对这股从潼关溃下的农民武装都很害怕，不敢不借。不过托人说情，借多给少的情形也是常有的。自成的第三个办法是派几小队人马到一二百里以外的县份打粮。事先找好底线，查清某一个山寨里或村中的富户情况，派人在夜间送去一封信，或到寨外放几响鸟铳，呐喊一阵，点燃柴火垛，临走时将信贴在寨门上。这些信有一个传统的老套子，这样写着：

××寨财主××知悉：只因尔为富不仁，万人痛恨，本军特来向尔索要纹银××两，小麦××石，杂粮××石，赈济百姓。限尔三天以外，五天以里，将银钱粮食如数凑齐，送至××地方交付。倘若迟误，定将攻破寨子，烧尔房屋，杀尔人，鸡犬不留！

财主们有抗拒的，有托人说情，按照另外双方同意的数目把银钱粮食送来的。对于抗拒不交的财主，农民军就设法勾通内线，攻破山寨，用杀人放火和洗劫的办法进行惩罚。倘若没有内线，而山寨又防守严密，农民军为着避免损伤人马和威信，便不送去要银要粮的信。还有一些财主迁到城里或坚固的山寨中住，乡村里留着田地和宅子。农民军把信交给他们的佃户或邻人转去，如遇抗拒，便放火烧毁他们的乡下住宅。

李自成的打粮部队所采取的第三种办法是本地"杆子"常用的办法，所以起初当地财主们都误认为他们是从商州或洛南县来的"杆子"，也把他们叫做土寇。后来见他们行踪神出鬼没，马匹很多，很少奸淫妇女的事，对穷苦老百姓更不骚扰，财主们才知道这是李自成的溃散人马，但长久不知道是李闯王亲自派出的打粮部队。

尽管用各种办法搜罗粮食，但部队的生活仍然极苦。特别是在第一个月中，遇到几天风雪，闯王自己同弟兄们每天只吃一顿饭。棉衣很少，又缺被褥，大部分彩号还没有痊愈，有点粮食和棉衣先顾彩号，所以大家就更苦了。一天早上，风雪停止，闯王到买粮小队住的三间草屋中找王长顺谈谈放晴后如何购买粮食的事。他踏进门槛一看，不觉一惊。这三间草房中，一头放着本屋主人的一些东西，因主人走亲戚去几天了，单扇门上挂着一把锁；另一头乱堆着麦秸和干草，不见一个人，中间地上烧着一堆木柴火，用土坯圈着，并未熄灭，潮湿的树根半着不着，冒着浓烟，熏得闯王几乎睁不开眼睛。真奇怪，住在这里的二十几个弟兄到哪里去了？

闯王又向前走两步，仔细一看，看见从乱草堆中露出来一双破鞋，而且草在动弹，不觉笑了。他对着乱草堆叫了一声："王长顺！"王长顺答应一声，推掉身上盖的干草，忽地坐起。但他的头上还蒙着许多草，有些草像流苏一样挂在毡帽的檐儿上，两只眼隔着草茎和草叶闪着微笑。他用手扫掉毡帽上的草，站立起来，向着草堆踢一脚，叫道：

"伙计们，快爬起来。闯王来啦！"

大家纷纷滚出干草堆，站了起来，连忙在帽子和衣上拍打。王长顺好像猜到自成要问他们冷得如何，挺挺胸脯，嘻嘻笑着说：

"闯王，俺们睡得真舒服。这干草窝比大财主们的鸭绒被子还暖和。大前年咱们打到江北，我第一遭看见了什么叫鸭绒被，也盖在身上试了试。说良心话，还不如睡在这干草窝中暖和哩。"

自成笑着说："长顺，天气放晴啦，你今天就安排出去买粮食吧。雪一时化不了，山路难行。可是如今咱们正在困难头上，只好让你们多辛苦一点。"

"嗨，你放心，再大的雪也挡不住俺们赶驴贩子，何况昨儿的雪并不算大。想舒服，在家里搂着老婆睡，不来造反啦。如今吃点苦，等打下江山，那时才看咱们享福哩！"

闯王故意问："你看咱们能打下江山么？"

"能！能！我敢打赌！谁要是不信，我王长顺敢把头赌上！"

"怎见得？"

"大明气数已尽，四下起火，八下冒烟，崇祯的龙椅早就坐不稳啦。你李闯王替天行道，打富济贫，剿兵安民，做事都是为百姓着想，真是有仁有义。从前一道起事的人多啦，可是十三家七十二营的头领哪个赶得上你？再说，这几个月来打了多少仗，死了多少人，闯王你冲锋陷阵，竟然连一根汗毛也没损伤，可不是大命人么？命该你得江山，处处有神灵保佑！"

李自成快活地大笑起来。为着目前的情况万分困难，他很怕弟兄们暗中灰心，因此昨夜在床上辗转反侧，几乎整夜失眠，如今听了王长顺几句话，心上的愁云扫去大半。他从王长顺的乱蓬蓬的络腮胡子上取下来一片干草叶，拍着他的肩膀，说：

"你说得很好，很好。"自成又望着大家说："苦尽自有甜来到。有朝一日咱们打出商洛山，大家就不再像蛟龙困在浅滩了。"

双喜匆匆地走了进来,告诉闯王说郝叔叔来老营见他。自成觉得诧异:郝摇旗平日早晨起来较晚,今日特别冷,这样早来见他,发生了什么急事?他收敛了笑容,把如何出发买粮食的话对王长顺交代几句,便跟着双喜走了。

李自成自己住的是一座宽大的宅子。这原是一家大地主的宅子,全家于几年前逃进商州城内,只留下一个老伙计看门。自成到了以后,把看门人赶往别处,这一座宅子就驻扎了他的老营。他同双喜和张鼐住在堂屋两头,中间空起来作为他同将领们谈话和议事的地方。东西厢和对厅都住着老营的亲兵亲将,另外一个偏院住着高一功和部分将士。黑漆楼门外是一片空场,可以容纳两三百人在这里练习武艺,但练习射箭却得到村外,那儿有一片更大的空地,如今就作为校场使用。堂屋背后有十几间群房原是住长工们和喂牲口的地方,如今改成了老营的马号,也住了一些马夫和亲兵。除堂屋右边有角门外,另外有一个后门可以出进。

"摇旗,这么早来了,有什么事?"闯王问,拉着郝摇旗坐下烤火。

"我,我想跟你商量商量。"

"商量什么?没有钱用了是不是?"

"不是,不是。我想跟你商量一件事,怕你不会答应。"

李自成的心中更觉奇怪。平日郝摇旗说话爽快,今天为什么吞吞吐吐?

"你到底要说什么?"他问。"快说吧,说出来咱们商量。"

"我说,自成……"

郝摇旗刚要说出,看见李过匆匆走进院里,就把话打住了。他平日同李过之间相处得不很融洽,有些话他不愿当着李过的面前说出。李过一跨进上房门槛,向郝摇旗打个招呼,立刻对自成说：

"二爷，昨天后半夜，我派往潼关去的探子冒雪赶回，说潼关那边的风声又紧啦，咱们得赶快准备。"

"怎么又紧啦？"

"他娘的贺疯子又回潼关啦，要来打咱们哩。"

"他不是随孙传庭勤王去了？"

"听说是走到山西忻县境里，他手下的人马一则多不愿离开陕西，二则怕同清兵打仗，三则因欠了几个月的饷，哗变了一千多。恰在这时，洪承畴和孙传庭得到潼关道的火急禀报，知道咱们的溃散人马有不少来到商洛山中，就派贺疯子带着余下的一千多人马星夜回潼关，快到风陵渡啦。"

郝摇旗满不在乎地说："怕什么？贺疯子算不了我的屌毛！咱不是怕他来，是怕他不来哩！"

李过坐下说："贺疯子咱们自然不怕。不过咱们正要在这里收集旧部，训练人马，要是一打仗，俺二爷的屯垦和练兵打算就不行了。再说，潼关道丁启睿标下有一千多人，商州和武关方面驻有两千人，同贺疯子的人马合在一起足有五千人。另外，西安方面还驻有一万官兵，随时可以调来几千人。咱们虽然不怕他们来，也得准备一下。有备无患，免得吃亏。"

自成近来正在用心读《孙子十家注》，所以听了侄儿的话十分同意，点头说：

"对，对。咱们要快做准备，不可大意。孙子说：'故用兵之法，无恃其不来，恃吾有以待也。'这句话十分要紧。你多派几个人前去潼关和西安打探，商州和武关方面也要随时打探。"

"我现在就派人去。"李过说，从火边站起来，匆匆走了。

"摇旗，你刚才要说什么？"自成问。

郝摇旗有点儿勉强地嘻嘻笑着，却不说话。自从来到商洛山中以后，他带回来的人马有些回到原来队里去了，有少数因为受不了苦，觉着没奔头，开小差了。虽然开小差的只是几个人，但对于留下来的人们却很有影响。如今留在他手下的几十个人都是他的基本弟兄，在战场上都是好汉，可就是不愿在商洛山中吃苦，不习惯像李自成的老八队一样遵守纪律。他们起初在背后有怨言，后来就在摇旗的面前嘀咕，要求他拉到河南去另谋出路。摇旗起初不答应，无奈一天到晚被他们嘀咕，嘀咕久了，他就答应了手下将士们的要求。他想，他不能悄悄逃走，大丈夫来去光明，好朋友好合好散，所以特意跑来向闯王说明。可是一听说潼关官军有动静，他不能提拉走的话了。这时拉走，怎么能对得起自成呢？还有，别人不是会疑心他郝摇旗害怕官军么？自成见他不说话，问道：

"老弟，你到底有什么事？"

"别问啦，自成，没有屁事！你派我往潼关去抵挡贺疯子好吧？"

"别急，打仗时当然少不得你这员猛将。"

"妥啦，让我捉住翻山鹞替你出气！"

自成以为他并没什么重要事，也不再问下去，留着他吃早饭。刚吃毕，摇旗正要回去，自成也站起来要送他，忽然出外打粮的小将马世耀走了进来。自成笑着问：

"世耀，你回来了？弄到了多少粮食？"

"闯王，出事啦。大江大海过了千千万，阴沟里还会翻船呢！"

自成的脸色一寒，赶快问："怎么，出事啦？碰到了官军还是碰到了乡勇？"

"都不是。是土匪！"

一听说是土匪，自成的心中就明白了。他早料到迟早会同附近几县的杆子发生纠葛，而现在果然发生了。

"你吃过早饭么？"他问。

"已经吃啦。"

"坐下烤火吧。"等马世耀在火边坐下以后,自成又问:"慢慢说吧,到底出了什么事?"

马世耀率领着不足一百弟兄的打粮小队,去到一百五十里外的商县以西,向地主的山寨要粮要款,半月来一切都很顺利。可是几天前,他派了二十多个弟兄往老营运送粮食、银钱和绸缎,在半路上被一起土匪截住,全部牲口、银钱和东西都被夺去了,只把空人放回,有几个还被打伤。马世耀一打听,知道是黑虎星派人做的活。黑虎星是商县境内最大的一个杆子头儿,手下有七八百人,别的小杆子都俨然奉他为盟主。马世耀派人去见他,说明自己是闯王的人马,愿意同他讲和,各不相犯,只求把抢去的牲口、银钱和东西交还。可是黑虎星对着去的人破口大骂,说:

"我操你娘!李闯王同他手下的大将们都在潼关死光啦,你还拿他的牌子来吓唬老子?回去对你们的掌盘子的说:你们这些溃散的流贼娃儿,要想在这个地面混,赶快乖乖儿投降老子;不愿投降,赶快滚远一点儿,别留在商县境内。这次看李闯王的死人面子,我把你们的弟兄都放回啦;下次再给老子捉到,可别说老子不留情!"

不管去的人如何解释,甚至发誓赌咒,说李闯王和几位大将确实没有死,但黑虎星听的谣言太多,只不相信这个人的话。他后来动了火,拔出刀来说:

"别说李自成已经死了,就是他没死,亲自前来,老子也不会把牲口、银钱和东西给他!老子的刀认不得人。管他闯王不闯王,不事先说好,别想来老子的地面打粮。惹老子恼了,白刀子进去,红刀子出来,看谁是这一方的主儿!……来人,把他轰出去!"

马世耀听了去的人回来禀报,气得七窍冒烟,恨不得同黑虎星决一死战。但想来想去,毕竟自己的人马太少,不敢冒失。他只好连夜奔回,向闯王请示办法。

当马世耀向自成禀报时候,袁宗第、谷英、谷可成和刘体纯等七八位大小将领都来了。跟着,李过听说了消息也赶来了。群情愤激,纷纷议论,都主张出兵讨伐。他们认为如果自己显得软弱可欺,以后就别想在这附近几县站立脚跟。大家也想到,虽然黑虎星手下有几百人,临时还可以联络本地土匪一两千人,但毕竟是乌合之众,打起仗来狼上狗不上的,只须去三百多骑兵一冲,就可以把他们冲得溃不成军。何况还可以实行离间,单找黑虎星一人算账,别的土匪头子会乐得抄着手站在远处看热闹。郝摇旗顿顿脚说:

"闯王,你派我去收拾这些杂种吧!咱们什么时候受过他妈的这样欺负?这可不是虎行平地受犬欺么?火星爷不放光,他们不知道神灵。咱们走的路比他们听说的还要多,光凭你李闯王的威名也会叫这班没见过世面的小子们吓得屁滚尿流。他们以为强龙不压地头蛇么?我才不信这地头蛇有多么厉害!什么黑虎星白虎星,屌毛灰!"

看见闯王坐在火边听大家纷纷议论,只不做声,对他的请求也不说可否,郝摇旗忍耐不住,盯着闯王问:

"李哥,你怎么不下令呀?难道连这班毛贼娃儿也害怕么?派我去吧,即令捉不到黑虎星本人,只要杀他个落花流水,也让这班毛贼娃儿们知道知道厉害,乖乖儿把抢去的东西送回,以后车走车道,马行马路,井水不犯河水。你还犹豫什么呢?"

李自成望李过一眼,在全场中只有他一个人没有发言。自成心中明白,在如今潼关风声紧急的时候,李过也是不同意对杆子用兵的。他从容不迫地站起来,胸有成竹地对大家说:

"都别急,动武不是好办法。听说目前贺疯子已经回到潼关,准备来商洛山中。咱们不能用右手打贺疯子,又伸出左手去同土匪打。黑虎星的事,我另外有办法,一定会叫他把截去的东西原物退还。你们都走吧,让我想个好办法。摇旗,"他拍着摇旗的肩膀说,"我并不是怕什么黑虎星。咱们跟他用文办法,假若行不通,等打退了贺疯子,再用武办法不迟。到那时,我一准派你去,让你这位火星爷显显神灵。"说毕,他哈哈地笑起来,引得大家都笑了。

"世耀,"他又说,"你也去睡一觉吧。等我决定了办法之后,就去叫你。"

大家都相信闯王一定有好办法,听了这番话都陆续地离开了。只有李过走到屋门口,看见了叔父的眼色要他留下,他赶快退了回来。

"补之,你看应该怎么办?"自成问。

"我也不主张打。目前应该全力去对付官军,不应让屁股后出了乱子。冤仇可解不可结,何况咱们同本地各县的大小杆子素来无冤无仇。"

自成点点头,说:"你说的很是。我看,不如你替我去一趟吧。你想办法亲自见见黑虎星,让他知道咱们都平安在此,不日就要重振旗鼓。咱们同他们都是受官府逼迫造反,不要自家人拆自家人的台。咱们打败了从潼关来的官军,对他们也有好处。"

李过想了想,说:"看情形,黑虎星一定还害怕咱们在此地住久了,会对他大鱼吃小鱼。"

"所以你一定让他放心。一则咱们是讲义气的,二则咱们也不会在此长住。只要他们讲交情,别说咱们不会吃他们,他们有困难咱们还要助他们一臂之力。"

"可是我怎么同黑虎星见面呢?见面后他还是疑神疑鬼怎么办?"

"你自己见机行事,无论如何要把事情办成功。贺人龙说不定几天内就有动作。你在五天内一定赶回来，不可耽误。去，准备一下，等马世耀稍微睡一忽儿，你们就骑马动身。"

李过接受了这个困难任务，不敢多说别的话，从闯王的面前离开了。

一个时辰以后，李过带着二十名挑选的骑兵，携着干粮，同马世耀出发了。他们疾速前去，跑了一天，黄昏后也不休息，不到半夜就到了马世耀的人马驻扎的小村里。这里离黑虎星的老营所在地还不到二十里远。

天还不明，黑虎星就得到探子禀报，说李自成确实没有死，率领几百骑前来进攻，先行官是一只虎李过，昨夜率领一百多骑兵到了马世耀盘①的村庄。黑虎星大惊，后悔自己莽撞，怂恿手下人惹了大祸。但是事已至此，也只好豁上了。他立刻传知分散在附近各村的人马火速集合，准备迎敌。刚吃过早饭，人马全都会齐，有些人震于闯王和李过的威名，不免惊慌，但有些人好像初生之犊不畏虎，摩拳擦掌地等待厮杀。黑虎星为着面子，决心血战一场。他想，如果能杀败闯王，他就可以在商洛地区称王称霸，如果战败，他的地理熟，再逃不迟。正在这时，李过派人下书来了。

李过的书子写得很简单，只说他"久仰英名，特来拜候"。黑虎星不识字，听左右识得字的人替他读了以后，他的心中十分狐疑。他问了下书人，知道李过只带二十名骑兵前来，随后就到。他眨着眼皮想了想，骂道：

---

① 盘——农民军把驻扎叫做"盘"。这个词汇原是黑话，丝毫不含有侮辱的意思。后来用在统治阶级的文件中就带有侮辱性质，把"盘踞"二字合成了一个词儿。

义送摇旗

"操你娘,老子不会上当!弟兄们,擂鼓出战!"

黑虎星全身披挂,飞身上马,率领着几百人马前去迎敌。在村外几里远看见了李过的骑兵影子,黑虎星将自己的人马在赭红色的小山下一字儿排开,还准备一支步兵埋伏在树林中,打算在李过向前冲杀时从林中射出乱箭。但当李过的人马相距较近时,他有些迷惑了。他看得很清,李过确实只带了二十名将士,后边尘土不扬,显然并无另外人马。左右的头目说李过是用的诱敌之计,他觉得有道理,小声说:

"一只虎真有种,不愧是李自成的亲侄儿,只带二十个骑兵敢来诱敌!弟兄们,准备厮杀,莫要中计!"

鼓声大作。喊杀声震天动地。有些拿着鸟铳的小伙子,缺乏作战经验,为着恐吓敌人并替自己壮胆,乱纷纷地放起来。一时火光闪闪,硝烟腾腾。

李过离开黑虎星不足二里远了。弟兄们看见黑虎星的人马这个蛮横架势,都提心吊胆,暗想着这次来大概是凶多吉少。李过也有些不放心,但是他表面上却是惊人地沉着,嘴角浮出一丝鄙夷的微笑。他叫弟兄们都停下来,下马休息。他自己带着一名亲兵,继续缓辔前进,直向黑虎星的大旗走去。黑虎星一看这种情况,也叫手下人停止擂鼓、放枪和呐喊。但他还是手握刀柄,小心地打量李过,防备不测。李过到离黑虎星几丈远的地方跳下马来,把缰绳交给亲兵,拱拱手说:

"在下就是李过,特来拜候。我并没有多带兵马,请大家务必放心。"

黑虎星慌忙下马,趋前几步,一把抓住李过,大声说:"啊呀!有罪!有罪!请李大哥千万莫跟小弟一般见识!"

"我要生你的气就多带人马来了。"

"我不知大哥如此诚意。早知如此,真该远迎。大哥千万莫怪！"

李过笑着说："你带着全部人马迎我几里路，还不算看得起我么？哈哈哈哈……"

黑虎星的脸孔一红，也大笑起来，随即向左右喝道："妈的，快各回各村去！别排着阵势叫老子脸红啦。"他又向总管说："你愣怔什么？快去治备酒席！"

李过同黑虎星和他的几个亲信头目寒暄几句，招手把留在一里外的骑兵叫来，一同往黑虎星的老营去。一路上说说笑笑，十分亲热。到老营以后，刚让李过坐下去，黑虎星就连连作揖，说他一时糊涂，怂恿手下人做出了对不起闯王的事，求李过回去替他求情，至于牲口、银钱、粮食和绸缎布匹，马上就原物归还。李过也说了些客气话，并说如果他们困难，这些东西留下用也没什么。

"哪里！哪里！"黑虎星赶快说。"小弟这里纵然有困难，怎敢留下闯王的东西？原是小弟错了，可不能一错再错！"

李过说："老弟如此讲义气，讲朋友，我只有感谢，别的话不用再说啦。说实在的，闯王派我来，也只是同你们见见面，交交朋友，免得日后大水淹了龙王庙，一家人不认识一家人。至于那点东西，原不打算要回的。"

黑虎星久闻李过威名，原以为他是个态度傲慢、脾气凶暴的人，没想到竟是这样言语和善，心地诚恳，不拿架子。他又同李过说了阵闲话，就毫不隐瞒地说出他原来很担心闯王的人马在商洛山中住久了会对他不利，如今才知道那是以小人之心度君子之腹。李过见他说出实话，哈哈地大笑起来，把闯王嘱咐的话都告诉了他。黑虎星越发高兴，转向左右的头目说：

"你们瞧瞧，没有高山不显平地，什么人儿不比不知高低。人家李闯王怎会跟咱们许多杆子一样，上眼皮只看见下眼皮,也没有雄心大志,不是你想吃我,便是我想吞你,口里叫哥哥,背后摸家伙。人家闯王……嘿,这才是打江山的气象!"

到中午摆酒宴的时候,黑虎星望着李过,嘻嘻笑着,似乎想说什么,却又不敢出口。李过觉得奇怪,却不理会,只装毫无觉察。过了片刻,黑虎星突然站起来说:

"李大哥,小弟有一句话不知敢说不敢说。"

"老弟有什么话尽管说出来,何必见外?"

"我,我想跟大哥烧炷香,磕个头……这,这可是高攀啦。"

李过叫道:"好!我正想同老弟结拜,你先说出口了!"

立刻就有人用红纸写了刘、关、张的神位供在中间,还用黄表纸写了一道表文,无非照例写着:"从今后结为异姓兄弟,有福同享,有祸同当;如有负心,神鬼不容,天诛地灭。"等等。李过亲自点烛,焚香,然后拉着黑虎星跪下去对神磕了三个头,焚化了表文。黑虎星的本名叫做马重喜,才只有二十六岁,比李过小六岁,所以他又向李过磕了一个头。

这天中午,李过在筵席上放开海量,同黑虎星和众头目猜枚划拳,开怀畅饮,直吃到红日西斜。起席后,李过要走,黑虎星苦留不住,就吩咐手下人们把前天夺来的牲口、银钱、粮食和绸缎布匹,立刻原物送到马世耀盘的村庄。他又叫人牵出来一匹好马,接过缰绳,亲自牵到李过面前,说:

"大哥,我没有好东西孝敬咱闯王叔,这一匹风子①倒还骑得,一天能走五百里。你带回去给咱闯王叔,也算是表一表我的孝心。"

李过推辞不过,只得收下,赶快从退还的三千多两银子中取出来一千两,以闯王的名义强留下来,算是闯王对众头目和全

---

① 风子——马。杆子黑话。

体弟兄赏的酒钱。黑虎星率领众头目把李过等送出几里外，临别时，他对李过说：

"大哥，我本来应该跟着你去，今后随咱闯王叔一道打天下，可是我手下的弟兄们都是土生土长的，不愿意离开故土。你们把贺人龙打败了算罢，万一吃了他的亏，尽管往咱这方面退。"

他站在高埠上，一直望着李过一行人马转过山脚后才回去。

李过回到马世耀盘的村庄，却没有见到世耀。原来世耀因得知李过见黑虎星以后的情形很好，大为放心，午后带着人马出外打粮，只留下二十几个人看守老营。李过刚坐下休息片刻，忽然有本村百姓慌慌张张地跑来禀报，说有六七百官军从郧阳往西安开，从此地路过，离村子只有三里远了。弟兄们因实力如此悬殊，都很惊慌，要求李过率全体四十余人立刻撤走，免被包围歼灭。但李过想着，马世耀好不容易弄到几十石粮食，仓猝间没法运走，人马一撤，官军进村，这些粮食就完了。他决定冒点风险，用计策使官军不敢进村。于是他把世耀的二十多名弟兄布置在村边的树林中作为疑兵，自己带着二十名骑兵到村前一里外的河滩里，放马吃草，将士们坐下休息，随便玩耍，又派人从小路飞马去告诉黑虎星。

官军正要从村边路过，忽然看见这种情形，不摸底细，隔河停下，不敢前进，怕的是中了埋伏。过了很久，一位军官骑着马，率领十几名弟兄，来到河滩中察看情形。李过跳上马，带着两三个人奔向前去，一箭射死了骑马的军官，又连着射死两个人。这一小队官军一哄而逃。李过也不追赶，退回原处，下马休息。

官军愈看愈狐疑，黄昏又临，不敢久留，绕道走了。官军刚走，黑虎星也亲率救兵赶到。他跳下马，对李过大声说：

"哥，可惜我来迟一步，让杂种们逃走了！"

这天夜间，马世耀打粮回来，恰好李自成也派人骑马来到，说潼关方面风声紧急，催李过率马世耀等星夜赶回。李过把运送粮食的事对世耀嘱咐几句，自己在五更时先动身走了。

贺人龙已经率人马回到潼关，在金盆坡安营下寨。这时潼关道丁启睿升任了陕西巡抚，驻在潼关指挥军事。潼关原有的人马只留下二百人守城，其余的全数开出城外，驻扎城南通洛川，交贺人龙加紧操练。丁启睿一面征兵补充贺人龙的缺额，一面征集粮草、骡马、人伕，做好向商洛山进军的准备。城市和村镇，官路两旁，到处可以看见陕西巡抚张贴的告示，上边说："大军不日入商洛山中搜剿，务期扫清余氛，斩草除根，勿遗后患。"他要各地士绅百姓"协助官军，早竟肤功，不得逃避"。商州城和武关方面的官兵也在加紧准备，只等潼关方面大军一动，这两处就跟着动作。渭南、蓝田、镇安和山阳等处也都配备重兵驻守，以防农民军逃窜。到了十一月上旬，官军已准备就绪，向商洛地区大举"搜剿"已经像箭在弦上。

李自成现在连伤愈的将士合在一起，大约有六七百人。加上眷属和孩儿兵有千人左右，散驻在商州以西和洛南西南的万山丛中。有少数将士经过潼关南原全军覆没之后，还带着浓重的沮丧情绪，一听说官军要大举进攻，深怕再来次全军覆没或被包围起来，困死在荒山深谷。有一个小头目暗中勾结了一部分士兵，打算逃往山阳和郧阳交界处做小盗。正当李自成要出发御敌的时候，这一件叛变阴谋被发觉了。为首的小头目和十几名士兵全被捕获。李自成在校场里集合全体将士，把这十几个人拉出来，不管主犯或从犯，一齐当众斩首。然后他派田见秀和郝摇旗率领二百骑兵去防守商州和武关方面，高一功率领中军一百名将士和陆续回来的几十名孩儿兵保护老营，他自己率领刘宗敏和李过两员大将，三百多名挑选的精锐将士去迎击从潼关来的官军，派袁宗第率一百多名将士向蓝田和渭南方面警戒，设法牵制官军，有机会就赶快打粮。使自成觉得放心的是李过已经同黑虎星马重喜成了朋友，不但免去了后顾之忧，而且万不得已时还可以往西撤退。

依靠当地百姓带路，李自成和刘宗敏等神不知鬼不觉地率领着队伍过了洛南，埋伏在华山东麓的深山密林中。按照闯王的计划，从潼关到商洛丛山的沿路都不设防，只派偏将刘体纯率领几十名骑兵作为疑兵，袭扰官军的辎重和宿营地，并引诱官军深入。一旦官军越过洛南继续前进，他就同刘宗敏和李过率领少数人出金盆坡或通洛川，奇袭潼关城。丁启睿是个庸碌官僚，和孙传庭不能相比。自成料就，潼关一旦受袭，丁启睿一定惊慌失措，令贺人龙回救潼关。贺人龙不知虚实，一闻潼关被袭，必定军心动摇。他怕失守潼关有杀头之罪，必定星夜回奔，部伍零乱。这时，刘体纯率领疑兵虚张声势，从后追击，并在官军的经过处放火烧山，使得官军风声鹤唳，草木皆兵。他同刘宗敏率领的人马在潼关南原设伏，迎头截杀，而李过趁着官军混乱的当儿直取贺人龙的中军。

他们到了华山脚下的第二天，贺人龙果然率领着本部人马和原驻潼关的人马，共有三千多人，浩浩荡荡地出发了。但是缓缓地走了一天多，走了不上百里，忽然掉转头，急速地向潼关奔回。自成等从埋伏的地方手搭凉棚望了很久，不明白是怎么回事。莫非又有火急文书调贺人龙去勤王么？大家猜疑一阵，依然猜想不透。刘宗敏很想给官军一个突然袭击，但被自成阻止。自成说：

"算啦，捷轩。官军全师退回，队伍不乱，距离潼关又近。咱们人马太少，还是谨慎为是。况且又是大天白日，纵然出其不意占点便宜，也会露了咱们自家的底儿。算啦吧，探听清楚了再说。"

他们派人到潼关城关一打探，更加觉得奇怪了。原来在贺人龙率领大军出发的当天夜里，约摸三更时候，有一股人马不知多少，从东边进攻潼关，并派少数骑兵进入潼关城南金盆坡和董社原以北，南门和水门之外，烧毁了一些房舍。据说这支人马打着"闯"字大旗，还在潼关东门外的一通石碑上贴着闯王给贺人龙的书信，约期在灵宝以东会战。自成、宗敏和众将在一起议论猜测，都以为这一支人马可能与高夫人和刘芳亮有关，也可能是豫西一带的土寇假冒闯王。但是，假若是高夫人和刘芳亮率领的人马，他们突围出去后已经溃不成军，所余无几，为什么要冒险进袭潼关？

大家你一言，我一语，继续议论。李自成坐在石头上一边静听，一边思索。自从到了商州西乡住定下来的时候起，二十天来他派出过三个人往豫西去探听高桂英等人的下落，因为他一直疑心随高夫人突围的一队人马，一定会有一些跟着她和刘芳亮逃到了什么地方藏起来。除非确实知道桂英和刘芳亮都已阵亡，这样的推测是十分合乎情理的。他还认为，既然桂英和芳亮都没有回到商洛山中，大概他们是冲到河南去了。但这时所有通往伏牛山和崤山一带的道路都有乡勇和官兵严密把守，盘查很严。他所派出去的人，不管如何化装，还是有一个被捉去杀掉，有两个混过去尚未回来。现在他听了探子的报告，心头上产生了更多的希望，只是他暂时不急于把自己的猜想说出，甚至连一丝欣喜的笑意也不流露。

三天以后，李自成回到了商州以西的老营。隔了几天，又有一个探子从潼关城内回来，说那支打着"闯"字旗进袭潼关的部队曾经突袭灵宝，火焚灵宝东关，又说听许多人谈论，曾有闯王的一股人马冲到河南，所以潼关的官军现在确信那进袭潼关和火焚灵宝东关的人马是李闯王亲自率领的。但这个探子同时带回一个不幸的消息。他在潼关听到纷纷传说：有人看见李闯王的妻子高桂英确实死在乱军中了。并且说她是先受了箭伤，随后见情势危急，怕被官军所俘，自刎而死，如今官军还在各处寻找她的尸首。

关于高夫人的不幸消息，因为说的比过去听到的都确凿，大多数的将士们都信以为真了。尤其是那种临危不辱、举剑自刎的死法，同高夫人的平素为人很相合，使人不能不感到可信。李自成在乍听到这个谣言时也心中一凉，暗暗悲伤。但是不过半天，他又不相信了。他认为，那打着"闯"字大旗进袭潼关并约贺人龙在豫西会战的，除桂英外不会有第二个人。一定是桂英得到了贺人龙要进兵商洛山的消息，她为要解救丈夫，用计把官军引向崤函山中①。只有她才肯冒这样风险，只有她才能够想出来这种智谋，只有她才敢打出"闯"字大旗。可是，尽管闯王自信最知道自己的妻子，还是不能完全解脱心上的担忧。临分手时她曾对他说过，到不得已时她宁拔剑自刎，决不落入官军之手，献俘北京。这句话仍然在他的耳中回荡，如今可不是和谣传相符么？他在心中苦恼地说：

"唉，生死吉凶，仍然难说！"

贺人龙奉命向崤函山中追赶那一支"李闯王"的人马，商洛山中的局势稳定下来了。李自成让刘宗敏帮助他处理全军的重大事务，好使自己抽出一些时间来读一些书，想一些问题。高一功负责收集粮草、兵器、骡马，以及打造兵器的原料。李过负责练兵，立下新营规，认真执行，有扰害百姓的重责不饶。每天三个一起、五个一股回到这里的溃散弟兄立刻都归入编制，不许一个

---

① 崤函山中——泛指灵宝县以东和渑池县以西的山区，即崤山山脉和旧函谷关一带。旧函谷在灵宝县城西门外。

人继续成为散兵游勇在各处闲荡。这些陆续回队的人们，尽管初回来时大部分带着各种不健康的精神状态，但是一入编制，经过几天，精神就振作起来。

一切有利于重振旗鼓的措施，只要李自成想到，告诉了刘宗敏，或是宗敏自己想到的，得到了自成同意，都雷厉风行地做。几位大将除郝摇旗外都很尊重宗敏，能够同心协力做事，至于一般将校中即令有不卖劲的，也因为害怕军令森严，都不敢稍有松懈。

每天早晨，刘宗敏总是天不明就起来，有时到别的村子去巡视操练情形，有时自己带着一起人马在村外操练。越是天冷，他越是督促得紧，谁也别想贪恋五更鼓的热被窝。他认为只有这样才能把兵练好，才算是奋发图强气象。在他驻扎的村庄里搭盖了一个铁匠棚子，里边有两盘炉子和几个懂得打铁手艺的士兵，还有从杜家寨来的铁匠师傅包仁。他把收集到的废铁、废钢和陈旧兵器毁掉，打造新的兵器。他常常亲自担任师傅，拿着钳子和小锤，叮叮当当地干活，教大家如何看火候，如何把钢使在锋刃上，如何把各种兵器打造得又好看又便于使用。他的熟练的铁匠技术使包仁惊叹不止。有时他也抢大锤。一般的大锤他嫌分量轻，特别打造了一个顶大的锤子，大约有二十斤重。他挥动大铁锤，一锤一锤地打着，铁花迸飞，土地震动，他自己兴高采烈地说着，笑着，甚至嚷叫，一点也看不出吃力的模样。每当这种时候，周围的人们再也看不见他的大将威严和暴躁脾气，而是觉得他是一个有趣的、多少有点顽皮的普通弟兄。

李自成在商洛山中仍然隐名埋姓。附近的老百姓也看出来他是个大头领，却不知道他就是李闯王。他每天穿着普通百姓的衣服，有时同将士一起操练，有时去到刘宗敏的铁工棚中打造武器，或者到老百姓中间访问疾苦，同农民们坐在屋檐下晒太阳聊天。在商洛山中这一段时间是他一生中最难忘的时刻，好像天赐良机,使他安心地读一些有用的书,并把过去的事情回想回想,悟出了许多道理,替他以后轰轰烈烈的活动打定新的基础。三四年后,自成读的书更多了,左右又有许多很有学问的人,他也虚心学会了做诗。但只是偶一为之,以抒胸怀。几年之后,他还是念念不忘在商洛山中的一段生活,曾于战争之暇写过《商洛杂忆》七绝十二首和七古一首。可惜大顺军失败之后,凡是大顺朝自己的文献都给统治阶级毁灭净尽,不但这十二首七绝不再存留于天地之间,连那首七古也被埋没了三百多年,最近才有人因偶然的机会发现半首,余下的一半也将永难找到了。

　　这半首七古是否经过左右文人们润色过,不得而知,现在抄在下边,作为我们对这位杰出的农民英雄的纪念吧:

　　　　收拾残破费经营,
　　　　暂驻商洛苦练兵。
　　　　月夜贪看击剑晚,
　　　　星晨风送马蹄轻。
　　　　……

　　但是,商洛山中的局面并不是真正平静的,应该说是充满了不安和殷忧。有些问题,李自成看得很清楚,有些却只是朦胧地感觉到,还没引起多大注意。在闯王和刘宗敏、李过等没有注意的问题中最重要的是郝摇旗快要拉走了。

　　近来郝摇旗手下的将士们因见商洛山中的粮草越来越困难,到明春更不好过,而闯王还要雷厉风行地练兵和整饬纪律,所以他们天天劝说郝摇旗赶快离开。摇旗曾经打算把自己想拉出去的事向闯王说明,但左右的亲信将士苦苦劝阻。他们说,商洛山中风声紧急那一阵,有十几个人想逃走,不管主犯或从犯,都给闯王下令斩首了。闯王的军令森严，倘若摇旗去对闯王说明要拉走，岂不是自己送死么？不但摇旗会被斩，平日怂恿他拉走的这一群亲信将士都不会保住脑袋。经大家拿这些理由劝阻，郝摇旗尽管心中还在矛盾，还在想着应该对闯王说明，但实际上却不对闯王提了。在李自成方面，虽然他也意识到摇旗的部下一向纪律较差，新败之后的沮丧心情也较重，但他决没想到他们会打算拉走。他想，再过一些时候，他们的纪律会好起来，而士气也会重新振作。

李自成这时觉得最严重和操心最多的是另外的几个问题。第一，尽管用各种办法搜罗粮食，但只能勉勉强强地养活部队，没法拨出来多的余粮赈济饥民。现在每天都有老百姓向西安一带和汉中一带逃荒。再有一个月就是年残岁尾。年怎么过？过罢年就是荒春。许多人都打算在过年后向外逃荒。如果老百姓逃空了，义军在商洛山里怎能呆得下去？第二，目前打粮的办法只能对那些较小的山寨和不住在山寨中的富裕户行得通，可是对那些真正家大业大、有钱有势的富豪大户没有多少办法。这些大地主富豪都住在险固的山寨里，养有众多乡勇，请有教师习武，兵仗齐全，寨墙上摆着滚木礌石，抬枪大炮，而且往往几个邻寨互订乡约，结成联防。由于商洛地带多年来的特殊情形，他们不像潼关附近的大户那样公然同农民军为敌。他们对待小股农民军和本地小杆子是对抗的，能够占便宜就出来打一打，而对那些大股农民军和大杆子则但愿井水不犯河水。你向他们少要点银钱粮食，他们可以敷衍；你倘若要的多，他们就一面软拖，请人说情，一面严守山寨，同你硬顶。那些住在小山寨和不住在寨中的富裕户见这些大寨坚固，乡勇多，防守严，纷纷逃迁进来。这样一来，不但更增加了大山寨的力量，也使农民军打粮的对象越来越少。第三，尽管这些大山寨目前没有公然与义军作对，可是倘若日后一旦官军来到，它们就会是义军的心腹大患。以目前情形看来，既然新任陕西巡抚丁启睿已经知道有义军在商洛山中，他迟早会派大军前来，很难说这平稳局面能保持多久。李自成想来想去，也几次同几位大将商议，认为要想在商洛山中驻扎下去，非攻破几个坚固的大山寨不可。可是先攻哪个山寨呢？今天自己的人马很少，又无炮火，怎么能攻得破呢？即令能够攻开，一定会死伤很多将士。而今天全军惨败之余，决不应再去攻坚，遭受重大伤亡！

当李自成正在为这些关乎在商洛山中生死存亡的问题操心的当儿，派往湖广的探子回来了，给他带回来更令人焦灼不安也更为重大的问题。

在原来陕西起义部队中，除张献忠投降外，曹操、惠登相和王光恩等九家也在均州和房县一带投降了，射塌天刘国能在河南和湖广交界地方投降了，而且一心一意地替朝廷出力卖命。闯塌天李万庆在内乡境内投降了，也是翻回手来攻杀义军。其余，在英霍山中革里眼贺一龙、争世王贺锦等所谓革、左四营，在豫南的老回回马守应，据说也都在脚蹬两家船，不断地有朝廷的官员前去说降，所以他们都按兵不动了。老十三家中除掉已经被消灭的不算，如今坚不投降的只剩下由李自成继承的高迎祥这一家了。

"怎么办呢？"李自成在心中问道。"难道十几年来的起义竟会这样风消云散了么？"

这天晚上，自成几乎没有入睡。尽管他自己不论困难到什么地步都要干下去，决不罢休，更不要说投降朝廷，但是他明白，如果大家都投降了，他的处境会更加困难。等到清兵退出长城，朝廷还会集中几省的官军来对付他，甚至会比洪承畴和孙传庭曾经纠集到的人马更多。如果这样的日子来到，纵然他不会被彻底消灭，但是想打开局面也将万难了。想来想去，惟一的办法是赶快劝说张献忠起义。他断定张献忠在谷城投降是为着要得到使人马休息整顿机会向朝廷玩的花招,正如他在崇祯四年八月间对延绥巡抚洪承畴和总兵杜文焕玩过的假投降花招一样。李自成一向反对玩这样花招,丧失气节,但张献忠却喜欢自己的这种很不光明磊落的狡诈伎俩。现在自成希望,倘若能够劝说献忠在谷城重新起义,不但罗汝才会跟着起义,那些正在观望风色的人们也会坚定起来,还会重新大干,而半个中国的局面就可以立刻改观。至于劝说张献忠重新起义,派他手下的任何一个大将去都没办法,必须他亲自前去。可是他也担心,倘若他亲自去劝说不成,可能连性命也丢在那里。到底他自己可去不可去,自成在枕头上反复考虑,拿不定主意。鸡叫时候,同义父睡在一个房间里的李双喜听见他自言自语地问:"唉,怎么办呢?"过了一阵,双喜看见他忽地坐起,穿上衣服,提着花马剑走了出去。

早饭以后,自成把那个从湖广回来的探子叫了来,屏去左右,又一次仔细地询问了张献忠和罗汝才方面的情形,特别是对献忠在谷城的情形问得最详。问过之后,他决定自己去谷城一趟,越快越好。打开皇历一看,恰好今天就是一个吉日,注明"宜出门、打扫、沐浴"。他的嘴角流露出一丝笑容,决定今晚就悄悄动身。

刘宗敏一早就骑马到三十里外的一支部队处理一件违反军纪的案子,到吃过午饭以后才回来。未时过后,闯王来到了他所驻的山村里,并传知田见秀、李过、袁宗第和郝摇旗都来议事。高一功去山阳县打粮未归,未得参加。郝摇旗以为又是谈论整顿军纪和准备屯垦的事,引不起自己的多大兴趣,所以只推说身上不适,没有赴会。而且他很快就要瞒着闯王和刘宗敏等拉走,此刻正在心绪不宁,十分烦恼,更不愿去参加闯王的什么会议。

关于探子回来报告的各处情况,几位大将在昨天晚上都知道了。闯王简单地说明了他对全盘局势的看法,提出来他要亲自去谷城劝说张献忠重新起义，请大家各抒己见。大家都同意设法使张献忠重新起义，但一致反对李自成亲自前往。他们倒不怕路上风险，而是对张献忠这个人很不放心。大家都很清楚，张献忠有时对朋友很讲义气，有时又很毒辣。他比自成起义早一年，自成一家，比自成出名也早，近几年因见自成的声望蒸蒸日上，心中不免嫉妒。人们都明白他们两人之间迟早会发生火并。特别使刘宗敏等心上不安的是，崇祯八年正月攻破凤阳后，自成受不了献忠的骄傲蛮横，一时性起，给献忠一个难看，双方的友情一下子损伤了，从那时以后就没再合作。张献忠会不会对自成记仇呢？尽管自成总认为献忠不会把过去的小事情记在心上，可是刘宗敏等却认为献忠同自成不是一样秉性，说不定会乘机报复。李过对张献忠素有成见，说道：

"虽说罗汝才外号叫曹操，张献忠却比他更狡诈。他是吃秦椒长大的水晶猴子，不光刁滑，肚里还辣。"

大家在几个月前听到张献忠投降朝廷的消息以后本来就窝了一肚皮的气，经过潼关南原惨败之后，更恨献忠的投降，所以除田见秀之外，都说了许多非常愤激的话。自成看着谈不出一个结果，想平一平大家的气，便笑了笑，用老朋友的亲切口吻称呼献忠的字儿说：

"我看敬轩不会是真降，一定是耍的花招。"

宗敏哼一声，说："假投降也不应该！大丈夫既然起义，就应该不管啥时候都要做一个顶天立地的铁汉子，硬骨头宁折不弯，打了败仗更需要有一股冲天正气。像张敬轩那样，为着苟安一时，就玩假降花招，向朝廷的大官儿卑躬屈膝，那股起义英雄的正气给狗吃了？普天下不知多少穷百姓的眼睛都在仰望着当年起义的领头人物，无数起义的将士也在眼巴巴地望着。八大王给别人带的什么头？带一个向朝廷摇尾乞怜的头！说是假的？假的也不行!何况咱们各家义军就好比一盘活棋子儿,一边车马炮放着不动,那一边车马炮就活动不开,处处挨打。要不是他带头投降,曹操们九营也跟着投降,咱们何至于会有今日!"

李过说:"捷轩叔说的很是。要是张献忠不受招抚,南自长江,北至黄河,整个一盘棋都是活的。"

李自成虽然心中很鄙视张献忠玩弄的假降花招,但因为他从远处和大处着眼,不说出愤激的话。他慢慢地拨弄着火堆,心平气静地说:

"敬轩的错,是大错。不管他是真降,还是假降,不管他存有什么样的想法,都不能这么干。不管有多大困难也不能向朝廷卑躬屈膝,用变节投降的办法,苟安一时。对敬轩这个人,我们既要看到他的种种短处,还要看到他有许多长处。咱们光骂他没有用处,要紧的是应当从远处、大处着眼,赶快把他拉转过来,越快越好。来日方长,只要他不是真心投降朝廷,以后携手共事的时候还多着哩。据我看,他喘口气还要大干。就说目前,朝廷也看到这一点,处处防范着他;他住在谷城不动,也还是牵制了朝廷的不少兵马。"

田见秀点头说:"是的,张敬轩驻兵谷城,左良玉和陈洪范两镇的人马就不敢离开襄阳一带。"

"至于说到曹操,"自成接着说,"他跟老回回等人联合起来虽说有十几万人马,妇女老弱占大半。何况人各一心,同床异梦,当然顶不了多大事儿。咱们已经上了当,全当没有他们,天塌了有咱们长汉顶着。日后彼此见了面,最好不提这一章。"

刘宗敏说:"不提也好。反正是哑巴吃扁食,各人心中有数。"

李自成见大家的气愤稍微平了下来,随即又把话题转回到他要亲自去谷城的问题上,但还是得不到他们同意。自成有点动火,问道:

"你们不让我去，难道看着那些观望风色的人们都跟着投降朝廷么？难道看着各家义军先被诱降，随后一个一个被消灭，让起义大业从此一蹶不振，全部瓦解么？……你们说，有什么好的办法？"

袁宗第说："我们可以使用计策，使朝廷对张敬轩极不放心，逼得他不得不重新起义。像这样的计策多的是。"

"不行，"自成说，"一则失之太缓，二则事后敬轩会恨咱们。"

李过问："玉峰叔或捷轩叔，不管哪一位代你去一趟行不行？"

"也不行。敬轩一向目中无人，何况他现在手中还有两万多人马的本钱，咱们差不多全军覆没了。平日他只对咱们高闯王还尊敬几分，对我说不上尊敬，也不敢轻视。除非我亲自去，别人都不放在他的眼睛里，怎么能劝说动他？"

"可是你亲自去，万一他不讲朋友……"

自成截断了侄儿的话："补之，你又说这句话！你不要光看见敬轩的诡诈、毒辣，也要多看看他好的一面。他能够混到如今倒不下去，许多人愿意随着他舍死拼命，为的什么？就是为他只有诡诈跟毒辣么？"

李过见叔父的脸色很严峻，不敢做声。自成向大家扫一眼，接着说：

"我们看人要多看人家的长处，看事要多从大处着眼，对小事不要斤斤计较。敬轩虽然有时诡诈，有时毒辣，但是他这个人平时对朋友慷慨热情，遇事敢顶起来，说干就干，并不滑头。你们看人，不应该光看一面！"见刘宗敏和田见秀都轻轻点头，自成又接着说："再说，敬轩在十三家头领中是一个有抱负也有作为的人，一向痛恨贪官污吏，痛恨朝廷，三年前同咱们一道焚烧了凤阳皇陵。看敬轩就应该多从这些地方看。他现在说起来是向熊文灿投降了，实际上他是在玩弄老熊。可是结果他也会后悔的。他徒然落个投降的坏名声，很不光彩，不惟得不到粮饷，得不到名义，反过来还天天被官府要贿赂，弄得他同手下的将领们憋了一肚子怨气。我们从大局着眼，应该去推他一把，促使他早一点重新大干，对大局很有好处。自从高闯王死去，两年多来，过去人们常说的十三家七十二营，今日这个投降，明日那个投降；有的真降，做了朝廷鹰犬；有的一时假降，观望风色；还有很多被打散了，消灭了。目前的局势跟崇祯九年春天以前大不同。倘若长此下去，大家更会变得消沉，那些暂时假降的也会变成真降。咱们目前一件要紧的事儿是：不仅要准备自己重新大干，也要推动敬轩大干。他一旦大干起来，就会带动许多人都跟着干起来，大局就马上重新热闹了。我不妨冒点儿风险，亲自去谷城找敬轩，同他谈谈。话是开心斧，不愁他不听我的劝告。"

"你能够料定你到了他那里会十分安全么？"袁宗第问道。"你是主帅，关系重大。倘没有十分凭恃，你顶好不冒这样的风险。"

"不，汉举，话不能这么说。平时骑马坐船还不免有三分险，坐在房檐下晒太阳也说不定会落下瓦来砸破头，何况咱们干的这种事儿！我只能说，此去有七八成可以成功，怎么能够保十成？世间事很少事前能保十分的。咱们起初造反，都是逼上梁山，提着头过日子，难道是先料定准能成功才造反么？古人说：'不入虎穴，焉得虎子。'何况我去敬轩那里劝他起义对他也有好处，算不得是入虎穴！"

往日每次议事，李自成总是虚心地听大家发言，择其善者而从之，倒是今天他十分固执，不论谁的劝阻对他都没用。田见秀和刘宗敏已经勉强同意了之后，李过仍苦苦劝阻，但被他责备几句，堵住了嘴。最后他十分感慨地说：

"唉，自从白水王二在天启年间起义，到现在已经十几年了。我自己起义也差不多整十年了。人死了上百万，闹的什么牌名?不管冒多大风险,决不能使起义半途而废!"

　　他决定今夜三更就出发,从武关附近绕过去,到了湖广地界再转往谷城。在他走之后,对全体将士要严守机密,不许泄露风声。小将中只带双喜和张鼐。为着医生尚炯同张献忠本人和献忠部下的几个重要将领有很好的关系,所以自成决计带他同去。

　　刘宗敏留住大家吃晚饭,并把尚神仙请了来,买了两只鸡子炒了炒,算是给闯王和医生饯行。晚饭后,众位大将和医生各自回去,自成留在宗敏处又密谈很久,直到二更时候才骑马奔回老营。就在他回老营的路上时,一件出他意料的事情在他的老营发生了。

第 十 五 章

这是十一月中旬一个十分寒冷的夜晚。李自成下午就去刘宗敏住的村庄,吃晚饭没有回来。双喜和张鼐留在老营。他们按照闯王的规定,白天练武,晚上读书,每天还要写一张仿。现在这两员小将就坐在火边读书。总管曾在一家逃亡地主的宅子里替闯王找到一个古老而笨重的铁火盆,但是用了一天,闯王叫抬到铁工棚去炼成熟铁,打造兵器。如今是把一个破瓦盆当做火盆。盆小,火不旺。双喜和张鼐都感到很冷,有时身上发抖。他们过惯了掂刀弄杖的生活,在战场上厮杀不犯愁,可是背起书来就感到十分吃力,瞌睡得不住栽盹,上眼皮同下眼皮直打架。又冷又瞌睡,他们真想躺进被窝里睡觉。可是怎么敢呢?倘若闯王回来看见他们不用心读书,不知会怎样责备哩!

两个小将想出了好主意。他们派一个亲兵去老营外边看着闯王回来,他们就赶快到院里在月光下舞起剑来。一舞剑,他们的瞌睡没有了,身上登时暖和了。他们正舞到兴头上,一个在老营大门外守卫的小头目进来说,有一个住在陈家湾的老百姓有急事来见高将军。由于闯王在这里暂时隐名埋姓,由高一功出头露面主持老营的事,所以老百姓多把高一功当成了这一支部队的掌家的,有事总是找他。双喜停止舞剑,感到奇怪,侧着头问:

"有什么紧急事?"

"他不肯说出,一定要亲自告诉高将军。"

"好吧,你快点带他进来。"

农民被带进来以后,双喜一看,认得他是陈家湾猎户陈德娃。十来天前,他的母亲患病,家中断炊两天,要把七岁的女儿卖给人家,一家人正哭得难割难舍,恰好高一功到陈家湾有事,知道了这情形,立刻给他一些周济。从那以后,他时常来老营找高一功闲谈,并送来过一次野味,同双喜和张鼐也都熟了。双喜上前拉住他的手,带他进了上房,说:

"高爷不在老营。德娃哥,有什么紧急事情?"

陈德娃望望左右,吞吞吐吐地说:"唉呀,有一件大事,我说得么?"

双喜一挥手,三四个亲兵都退了出去。

"快说吧,什么大事?"双喜问,同时打量着德娃脸上的慌张神色。他心中猜疑:难道是官军来了?

"兄弟,你们的人马有一股哗变了,马上就要拉走了。"德娃小声说,慌得声音打颤。

"什么人哗变了?"

"郝摇旗的一股哗变了。快点吧,他们马上就动身了!"

张鼐把脚一跺,拔出宝剑,准备向外走,对双喜说:

"双喜哥,快传中军将士全部集合!"

双喜使个眼色让他不要急,又向德娃问:"你怎么知道他们哗变了?"

"他们这两天就常在人背后咕咕唧唧,可不知咕唧些什么。黄昏以后,我听见他们在一起商量,今夜三更就要拉走,奔往河南。我看见他们都在纷纷准备,就赶快跑来送消息。兄弟,这事千真万确。我不敢在这里多耽搁。我走了。"

"谢谢你。我不送了。"

陈德娃一走,张鼐就激动地注视着双喜的脸,巴不得立刻杀到陈家湾,把郝摇旗一伙人杀得一个不留。他呼呼哧哧地问:

"双喜哥,快集合人马。咱们一个也不让他们逃走!"

李双喜第一次遇到这样的事,又气、又恨,紧张得透不过气。义父在刘宗敏那里,相隔七八里山路,现在已经二更,派人骑马去请他回来已经来不及了。舅舅几天前去山阳打粮,中军和老营别无主将。偏将倒有一群,但是像这样的事谁敢做主?张鼐见他迟迟不做声,又把脚一跺,说:

"你要是害怕郝摇旗,我自己带着老营的人马前去!"

"你急什么?晚一刻也飞不了他!"

双喜向门外一声呼喊,一群亲兵走进上房。他吩咐一个亲兵立刻骑马去把这个消息禀报闯王和总哨刘爷,另外一个亲兵去传中军的各位将爷火速来老营议事,同时传令老营的卫队和中军全体骑兵紧急集合,准备出发。

老营的卫队一听说郝摇旗哗变了,一个个咬牙切齿。一年前高杰的叛变,几个月前周山的叛变,都给部队带来了许多祸害,到如今这两个忘恩负义、靠自家兄弟的鲜血去升官发财的叛徒尚未捉到,大家岂能叫郝摇旗安然逃走!在片刻间,整个老营以内和老营周围的空气变得十分紧张。人们都从棚子里把马牵出,鞴好鞍子,集合在老营大门外。朦胧的月光中,响着急躁的马蹄声,匆匆的脚步声,刀剑的碰击声,短促的悄语声和咒骂声。紧跟着,中军的人马也来到了。

刘体纯等七八位年轻的偏将匆匆地陆续来到,听了双喜说出来郝摇旗哗变的消息,一致同意不必等待闯王下令,立即去将陈家湾包围起来,不让他们逃掉一个。大家还共推威望较高的刘体纯指挥全军。

一群青年将领正要向外走，李过大踏步进来了。他住的村子离这里有几里远。下午他也在刘宗敏那里议事，晚饭前因事先回去，这时他以为闯王已经回老营，匆匆地骑马赶来。刘体纯正要向他禀报郝摇旗的事，他用手势阻止了刘体纯，说：

"我已经知道了。近来听说郝摇旗手下的人们过不了这样的苦日子，也讨厌军纪太严，背后有些怨言，没想到他们竟敢哗变！"

他丝毫不像这一群青年偏将的慌张和急躁，冷静地向大家扫了一眼，吩咐老营的卫队全留下守护老营，只令刘体纯和马世耀等四员偏将带领三百名骑兵到离开陈家湾三里远的小路上埋伏，以备出其不意将郝摇旗的人马截住，一网打尽。刘体纯等一声"遵令！"转过身，快步走了。李过又吩咐谷英和谷可成：

"你叔侄俩带一百名骑兵离开二虎他们二里远的地方埋伏。前边不管怎样厮杀，不许你们动。倘若郝摇旗的人马有漏网的，你们就把他们收拾了。不许有一人逃掉！"

"遵令！"二谷齐声答应，转身走了。

李过又命令留下的两员偏将在老营的村子周围小心巡逻，不要疏忽。双喜和张鼐看李过一直不派他俩去参加战斗，心中忍耐不住，几乎是同声说：

"派俺俩跟二虎叔一起吧！"

"你俩今夜要跟着闯王离开商洛山中，就留在老营吧。"

两个小将一惊，问："离开商洛山往什么地方去？"

"不要多打听，临动身时你们自然就知道了。"

两个小将满肚子狐疑，但是他们平日都怕李过，不敢再问。李过又吩咐从老营派出三个人到陈家湾村外察看郝摇旗的动静，轮流回来禀报。当这三个人走了以后，他还是放心不下。他想，郝摇旗近来收集自己的溃散余部，虽然只有七十多人，但手下几员偏将都不弱，郝本人又是一员虎将，不可低估了这一股人马的战斗力量。怕刘体纯们万一会对付不了，他嘱咐双喜等小心保护老营，便带着随身的几个亲兵，追赶刘体纯们去了。

李过走后不过半顿饭工夫，一阵急促的马蹄声在老营的外边停住。双喜和张鼐不知是什么人来，忽地从火边站起。正要出去看，忽然传过来一匹战马的萧萧长嘶。这是他们所熟悉的乌龙驹的叫声，按照他们的说法，任何马都没有它的叫声雄壮。两个小将猛一高兴，互相一望，跑步向外迎去。双喜说："妥啦，郝摇旗准不能活！"张鼐接着说："闯王准会亲自出马去活捉郝摇旗！"他们心头的兴奋简直没法用笔墨形容。整个老营里的将校和兵卒都激动地到大门口迎接闯王，个个摩拳擦掌，相信他一定会亲率他们去捉拿叛贼。

李自成下马以后，站在老营大门外朝着陈家湾的方向凝望片刻，对亲兵们说："马不要卸鞍！"又对亲兵头目李强说："挑选五十个人，五十匹马，准备好，等候着随我出发。"说毕，他不急不忙，踏着稳重的步子走进老营。双喜和张鼐随着他走进上房。大群的将士们都来到上房门外和天井院里。所有的人都紧张地望着他的脸上表情，等待着他一声令下，但遗憾的是，他只挑选五十个人，而不叫老营中的全体将士去参加惩治叛贼的战斗！双喜已经知道，他派去报信的弟兄在路上遇见闯王，所以用不着他再禀报，只等着闯王下令。在灯光下，他看见义父的脸色铁青，眉宇间含着苦恼。这种表情他是熟悉的。常常在战事不顺心的时候，闯王立马阵前，望着自己的将士纷纷倒下，也就是这种表情。李双喜每次看见他的这种表情，就想到暴风雨来临之前的天色，要不了多久，他就会把宝剑一挥，冲入敌阵，好像一声惊天动地的霹雳，暴风雨就开始了。双喜的心情紧张万分，悄悄地把张鼐的手捏了一下，交换了一个眼色。

当自成在路上才得到报告时，他不禁火冒三尺，恨恨地骂了一声:"该死!"他要捉住郝摇旗和他的左右亲兵亲将,凡是图谋拉走的人员一概杀掉,以肃军纪,并为后来者戒。但反心一想,他觉得这样不妥。几个月来,他因为大天王高见等许多人离开他以至投降官军,常常心中痛苦,责备自己。他认为,也许是因为他从前脾气暴躁,不能容人,才使得大天王等人不愿跟他在一块儿共度艰难。特别是潼关南原战败之后,这种反躬自责的心情更甚。如今他想:倘若郝摇旗只是因为吃不了目前的苦而拉往别处,杀了郝摇旗不是气量太小么?如果郝摇旗不是去投降朝廷,一旦杀了他,让很多起义的朋友听到岂不寒心?可是,难道能置之不理,让部下拿摇旗做榜样,想拉走就拉走么?

杀与不杀,在自成的心上连翻了几个过儿,终于把主意拿定,头脑冷静起来了。一到老营的大门外,看见将士们摩拳擦掌的情形,他的心中又稍微动了一下,但是没有对大家说一句话,大踏步走进大门。为着对大家表示他心中并不激动,他一到大门里就把脚步放慢,背抄手向上房走去。

"双喜,"自成进了上房问,"关于郝摇旗的事,你做了什么布置没有?"

双喜赶快把李过所做的军事布置禀明,想着义父一定会点头赞许。但是闯王把浓眉毛猛然一皱,说:

"怎么能这样办?真是鲁莽!"

大家吃一惊,但随即互相递着激动的眼色,并且有人小声说:

"瞧吧,闯王另有妙计!"

闯王吩咐说:"双喜,你亲自去,快马加鞭,越快越好,叫你大哥把人马全数撤回,路上一个人也不准留。郝摇旗带着他的人马愿往什么地方都可以,不许你们阻挡。哪个敢伤害郝摇旗一人一骑,我将按违抗军令治罪!"

在片刻之间,李双喜和张鼐目瞪口呆。上房外站立的成群将

义送摇旗 281

士也都大为失望,摸不着头脑。自成对双喜一挥手,催促说:

"去吧,愣怔什么?迟误了我惟你是问!"

双喜说:"爸爸!郝,郝摇旗,他忘恩负义!"

"我现在没时间对你多说,快去!"

张鼐忍不住大叫一声:"闯王!倘若白白地放走郝摇旗,全营将士都不心服!"

闯王叹息说:"你跟双喜年纪小,随后你们就会明白的。"随即转过脸来,对双喜严厉地问:"你还不快去么?要让我按军法办你?"

双喜怀着无限委屈,把脚一顿,从墙上取下马鞭子,噘着嘴,噙着汪汪的眼泪出去了。

上房门口和院子里发生了一阵小声议论,随即有一个老兵踏阶而上,站在门外大声说:

"闯王!家有家规,军有军法。像郝摇旗这样的人,平时居功自满,遇到艰难的时候又不肯同心协力,常发怨言,闯王你度量宽,容忍了他,已经够了。现在眼看着他哗变,拉人马逃走,不加阻拦,这就没法叫全军将士心服。闯王,郝摇旗放走不得!"

"放走不得!"许多声音附和说。

李自成走到门口,看见刚才大声说话的是今天才归队的亲兵王大牛,身上带着创伤,头上裹着白布。他的心中难过,面带苦笑,慢慢地说:

"郝摇旗原不是咱们老八队的人,我不能拿他同你们一样看待。如今咱们打了大败仗,日子十分艰苦,还要加紧操练,还要严厉军纪。郝摇旗同他的手下将士受不了,愿意离开,就让他们离开吧。我此刻心中有事,许多话不能详细对你们谈,事后你们会明白的。"

自成的神情和口气是那样诚恳,那样充满感情,所以虽然只简单几句，而且声音很低，却把大家的忿怒不平之气平息了大半。尽管人们心中还有委屈，但谁也不再说了。

"大家辛苦了一天，"闯王又说，"不是守夜的人，都去睡吧，睡吧。明天天不明还要下操哩。王大牛，你今天才回来，还不去休息么？去吧！"

说毕，他匆匆地走往里间，准备他去谷城要带的金银和别的东西。他一边收拾，一边心中刺疼，小声地责备自己说：

"自成！你同摇旗共事多年，出生入死都在一道。他现在要离开你，竟然事前连对你说一声都不肯。这是你的赤诚还不能取信于人，怨得谁呢？"

上房门口和院里的人们还没有散去，心中老觉得这问题不算结束。有些人平时看事心眼活，想着闯王口头上说让郝摇旗随便拉走，未必不是另有妙计，说不定是闯王定计派郝摇旗假装逃走，而这个密计连李过也被瞒过。从前就使用过这种妙计骗了官军，赚开城池。有不少人同意这种猜测，有不少人摇头怀疑。正在这时，奉李过的命令在陈家湾村外探事的人中有一个跑了回来，向闯王禀报说郝摇旗的人马已经拉出村外，正在排队。闯王继续收拾东西，不慌不忙地说：

"让他们排队好了。"

人们的心情又开始激动不安了。到底闯王的葫芦里装的什么药？难道白白地让郝摇旗拉着人马逃走不成？难道真是闯王同郝摇旗定的妙计？可是看闯王的神情，分明不像是他叫郝摇旗假装逃走的。刚才大家都看见，他的眉宇间有着苦闷，脸上带着苦笑！

闯王收拾毕东西，从里间缓步出来，看见张鼐噘嘴瞪眼，站立不安，像热锅台上的蚂蚁一样，又看见许多人都没散去，连王大牛也没有走。他理解大家的心情，走到门口，催大家快去睡觉。一部分人陆续散去，一部分人仍不肯走。闯王转过身来，慈爱地拧一拧张鼐的耳垂，含笑说：

"小鼐子，别对我噘着嘴。不要几年，你就要带着人马独当一面。到那时，你不但要学会处顺境，也要学会处逆境。当你处逆境时，难免不有朋友离开你，难道你都要同人家拼命么？"停一停，他在张鼐的肩上拍一下，又说："快去把你和双喜随身用的东西收拾一下，马上要跟我起程，说不定得一个月才能回来。"

听了闯王的话，张鼐默默地进去收拾东西。他的心里还是想不通，还在愤恨不平，还在委屈，并且在喉咙里小声咕哝说：

"做朋友就应该同生死，共患难。像郝摇旗这样的人，根本就算不得朋友！"

第二个探事的人跑了进来，向闯王禀报说郝摇旗排好队以后想来见闯王辞行，但他的手下人不让他来，正在陈家湾的村外边商议不决。李自成的心中一动，若无其事地挥退了报事的小兵，一句话没有说，走到方桌边坐下去，拿起双喜所写的一张仿，但是拿颠倒了。在这当儿，他听见有人在院里小声议论：

"我看他不敢来。他没有吃豹子胆。难道他活得不耐烦了，故意来找死？"

"即让他一时鬼迷心，想来辞行，他的部下也不敢放他来。事情明摆着：有他来的，没他回去的。"

"他要是真的来辞行，那才是老天爷睁了眼，让他自己来送命。"

大家正在小声议论，第三个探事人跑回来了。他喘得上气不接下气地说：

"禀闯王，郝摇旗辞行来了！"

"在什么地方？"闯王问，一丝欣慰的、热乎乎的感情掠过心头。

"正在骑着马往这里走，快到了。"

李自成叫院里的战士们立刻各回各屋，不许留在院里，也不许到大门外。又吩咐大门口的守卫弟兄：郝摇旗来到，要像往日一样，让他直接进来，不用传禀。看看院里将士们都遵令散去以后，他又写个字条，叫张鼐立刻骑马去送给李过，要李过按照字条上的命令行事。

像往日替闯王传送机密命令一样，张鼐不敢看字条内容，接到手之后往口袋里一装，拔腿就走，出了大门，跳上战马，镫子一磕，飞奔而去。他现在才觉得心中亮了：原来是闯王断定郝摇旗必来辞行，另有布置！他在马上猜想着闯王给李过的密令一定是叫李过趁着郝摇旗来老营，把队伍开去陈家湾，出其不意，不费一枪一刀，将郝摇旗的人马全部捉获。

在上房外边的将士们也觉得心头上猛然亮了。他们惊佩闯王料事如神，料定郝摇旗必来辞行，所以才那么镇定。刚才闯王对大家说的话也是提防万一他的妙计露出一点马脚，被奸细报给郝摇旗，郝就不会来自投罗网了。人们猜想着，闯王一定事前对几个最贴身的亲兵嘱咐有话，只等一个暗号，也许是一个非常简单的眼色，几个亲兵把郝摇旗捆起来，推出大门斩首；然后，派人提着郝的首级去陈家湾，号令他的部下不准乱动，听候处分，不伤一兵一卒就把事情解决了。如果郝的部下有人不服，那就由李过来收拾。刚才张鼐送去的，可不就是要他带兵往陈家湾的命令么？准是的，没错！

人们虽然不得不遵照闯王的命令散去，但是谁肯真的离开呀？他们躲在各屋里，暗中注意着事态发展，一个个抱定主意：倘若郝摇旗胆敢打算抵抗，大家一齐奔进上房，叫他剑下成泥。

李自成在灯下摊开一本书，连看两遍，却好像没有看进去。他在等候郝摇旗，但也不愿使郝摇旗一进门就看出他事前得到消息，为这件事心情难过。听见几匹马的蹄声到了大门外，停住了,又听见郝摇旗同守卫的弟兄们搭腔说话。

郝摇旗把四个亲兵留在老营大门外,提着马鞭子走了进来。他的心中有惭愧也有惊惧,所以一跨进上房门槛就直竖竖地站住,望着自成叫了一声:

"闯王!"

李自成从书上抬起头,笑一笑,但笑得很不自然。他放下书,慢慢从方桌边站起来,问:

"摇旗,这么晚来找我,有什么事?"

"闯王,我对不起你。我要走啦。"

"你要走啦……为什么要走啦?"

郝摇旗吭吭哧哧地说:"商洛山中本来是个苦地方,又连年遭灾荒。弟兄们受不了这个苦,都想往别处活动活动。我没有办法,只好带着他们离开你。李哥,日后不管你什么时候树起大旗,只要派人对我说一声,我郝摇旗不回来跟着你,不是娘养的!我,我现在来向你辞行。你让我走我就走;你不让我走,要治我违反军纪的罪,该杀该剐也凭你。"

"你们要往什么地方去?"闯王问。

"往河南去。河南虽然灾荒很大,可是天宽地阔,海大水深,人有活动余地,不像这里……"

自成不等他说完,又问:"你们打算什么时候走?"

"马上就走。我的人已经在陈家湾村外排好队,等着我来辞了行回去就走。"

自成坐到椅子上,沉默地望着郝摇旗,脸色沉重。他的十几个站在门口的亲兵用手握紧剑柄,目不转睛地注意着他的脸孔,等候一个示意,他们就除掉这个"该死的混账东西"。原来藏在东西厢房和左右夹道中的将士们都走了出来,把上房阶前围得水泄不通。有人手抓刀把和剑柄,有人已经不声不响地把刀、剑拔出鞘来。饱有战斗经验的郝摇旗虽然不曾回头看,也觉察出在他的背后发生了什么事情。他深悔前来辞行,自投虎穴。尽管他竭力保持镇静,但是脸色不禁灰白了。

自成皱皱眉头,用责备的口气叹了一声,又停片刻,问道:

"你想离开我,离开商洛山中,为什么不早对我说一声?"

"前些日子我来找过你,因为听说贺疯子要从潼关来打咱们,我就不说了。等你从潼关回来,我也从蓝田一带回来,风声缓和啦,我本来打算对你说这件事的,可是我怕你不让我走,怕你生气,就不再提啦。"

自成突然想起来,那次摇旗来找他,因李过来报告潼关的官军动静,摇旗没得把话说出来,从潼关回来后,他因为天天忙,竟然把这事忘得一干二净了。

"可是大丈夫来去分明,"郝摇旗接着说,"我郝摇旗不能瞒着你闯王拉走,所以已经站好队啦,我越想心里越不是滋味儿,特来向你辞行,凭你发落。"

门外有人觉得闯王是在审问郝摇旗,审问得对。有人觉得用不着多问,在心中说:

"对这种人何必再问?快推出去斩了吧!"

李自成的脸色严峻,突然从椅子上站起来,走到郝摇旗的面前。郝摇旗心中惊慌,本能地退了半步。门口的人们注视着闯王的动作,连呼吸都停止了。自成说:

"摇旗,你也够糊涂了!"

"我糊涂。我混蛋。愿杀愿剐,凭你!"

自成接着说:"你想想,你本来只收容了一百多人,有些人归还原队,你手下只剩下七八十人,盔甲不全,兵器也差。虽说人人有马骑,可是多是劣马,真正的战马不多。就凭着你这点人马,别说经不起沿路官军收拾,连乡勇也会收拾你们。想走,为什么不早说？"

郝摇旗摸不着头脑，一时不知如何回答。围在门口的将士们也糊涂了。

自成向门口瞟一眼，说："叫总管来！"

亲兵头目向外照传："请总管来！"

老营总管任继荣早就在人堆中站着，提着拔出鞘来的三尺宝剑。这时他很感意外，赶快把宝剑悄悄地插入鞘中，答应一声，走进屋去。

自成吩咐说："总管，你立刻挑选二十匹战马，三十副盔甲，三十把大刀，派人送往陈家湾，不许耽误！"

任继荣怔住了。这话是真是假？还是他自己的耳朵听错了？自从全军覆没之后，一个月来，他同高一功用尽心思，千辛万苦，弄到了一些战马、盔甲和武器，连自己的将士都不肯发给，怎么能够送给叛变的人？闯王为着战马和武器欠缺，常常发愁，怎么会忽然下了这样的命令？准是没听清楚！

自成把眼睛一瞪，严厉地说："你愣怔什么？快去！办好以后前来禀我！"

"是！"总管一转身奔出去了。

自成又对亲兵头目说："李强，取四百两银子出来！"

"是！"

不大一会儿，李强从里间把银子捧了出来。自成接住银子，对郝摇旗说：

"摇旗，我知道你手头没钱。这点银子，你拿去在路上用，估计够你们用到河南。你眼下人数很少，一路上打尖吃饭，一定要给老百姓钱，不可骚扰百姓，给官军和乡勇可乘之机。到万不得已时，也可以当做买路钱。"

"闯王！……"

"快接住。你知道我也在困难中，休嫌太少。"

"闯王！我，我……"

任继荣进来，向自成禀报：战马、盔甲和大刀已经派人送走了。闯王又对摇旗说：

"摇旗，快接住银子动身吧。你到了河南，千万注意军纪。从前你的军纪不好，我劝说你，你总是不肯听。今后你自己去闯江山，不能得民心如何能站稳脚步？这道理不难懂，你千万莫当耳旁风。我等着你到河南后的好消息。摇旗，倘若遇到困难，你千万派人来对我讲，我好立刻帮助你。快接住银子走吧，已经打三更啦。"

只听扑通一声，郝摇旗双膝跪下，大哭起来，断断续续地说：

"闯王！我糊涂，我该死，我对不起你！我不走啦！我死也不离开你啦！……"

在片刻间，李自成不知道说什么好。尽管郝摇旗身上有种种严重缺点，在目前困难时要离开他也很刺痛他的心，但是他们同是高迎祥的战将，有七八年的战斗友谊，如今发生了这件事，郝摇旗像一个小孩子似的跪在他面前哭，他自己也难禁鼻子发酸。他向李强点点下巴。李强走到他的跟前。他把银子交给李强，小声说：

"把这送到大门外，交给他的亲兵。"

李强走后，自成去搀郝摇旗。但郝摇旗抱着他的腿哭，不肯马上起来。自成一面用力搀一面说：

"摇旗，你是大将，跪在地上哭像什么话？快起来，听我对你说。起来。"

郝摇旗从地上站了起来，仍在抽咽，表示他决不离开。李自成拍拍他的肩膀，说：

"你还是走吧。潼关的官军听说我在崤函山中，都开往灵宝以东寻找我的踪迹去了。暂时这里风平浪静,你留下也没有多的事做。你去到河南,可以牵制一部分官军,不也很好么?再说,我要在这里苦练几个月的兵,马上还要学诸葛亮渭水屯垦的办法,开荒种地。将士们更加辛苦。你手下的将士吃不了这个苦,把他们勉强留下反而不美。你走吧,咱弟兄俩今日能够好散,来日还会好合。来日方长,还怕不能够重新拢家①?"

"我,我郝摇旗也是人生父母养的,也有良心,我觉着太对不起你!……"

"不要说这话。你出去如果不得意,随时可以回来。快走吧,弟兄们在等着你哩。"

闯王拉着郝摇旗的手把他送出大门。当他转回来时,院里的人们还没散,默默地望着他,换了另一种激动心情。

李过来了,背后紧跟着双喜和张鼐。当张鼐把闯王的字条交给他时,他用火镰打着火,吹亮纸煤,看清上边写的是这样两句命令:"人马回村后立刻解散睡觉,免误明日早操。你去子明处候我。"李过遵照叔父的命令把人马带回村子解散,转到医生的住处。尚炯已经准备好,只等待随闯王出发。坐了片刻,李过恍然明白:原来是闯王担心他同郝摇旗见了面会发生冲突,故意叫他来老神仙这里等候。他不同意叔父对郝摇旗过分宽容的态度,所以就不再在医生那里闲坐,气呼呼地往老营来了。一到老营大门外,他看见人们还没有全散,在激动地小声议论着这件事,但没有紧张空气。他问明经过,自己也松气了。见到自成的时候,他没有说什么抱怨的话,只是问:

"二爹,摇旗走了?"

"走了。"自成对他看了看,接着责备说:"你身为大

---

① 拢家——分家后再合起来叫做拢家。

将,遇事还是这么急躁,这么量窄,怎么能行?倘若我晚回一步,岂不铸成大错!摇旗身上固然有许多毛病,可是他多年来出生入死,忠心耿耿。夏天脱掉衣服,胸前和两臂伤痕累累,谁没看见?他如今离开咱们,并非前去投敌,岂可因此互相残杀,使亲者痛,仇者快,白白地便宜了朝廷!"

李过低着头不敢做声。张鼐用肘弯碰碰双喜,同双喜暗地交换了一个眼色。自成又说:

"常言说:将军额上跑下马,宰相肚里行舟船。你这样气量窄,将来如何能独当一面,肩挑五岳,胸罗百川,统帅百万大军!"自成向双喜和张鼐看看,但没有责备他们,随即转向亲兵头目:"李强,都准备好了么?"

"早都准备好了。"

"快请尚神仙!"

"他已经来到,在外边等候。"

"起程!"

李过突然说:"二爷!我想了又想,你还是不去谷城为好。张敬轩平日就心狠手辣,需要提防,何况他如今投降了朝廷,又加上同你不睦!"

"你又来了!别再掣肘。你高舅去山阳未回。你每天练兵之暇,常来老营看看。倘若过几天你婶子仍无音信,你就多派几个人到豫西一带山中寻找。"

李过仍要说话,刘宗敏、田见秀和袁宗第都来到了。李自成望着大家说:

"我一再嘱咐你们不要来送行,怎么都来了?"

刘宗敏大声说:"我们不是来送行,是来请你多慎重,不必亲自前去。刚才我同玉峰又想了想,万一张敬轩不讲义气,后悔无及!"

李自成斩钉截铁地说:"我不亲自去,敬轩不会起义。天下大局,决于此行!"

　　"可是这着棋太险了!"田见秀说。

　　"简直是孤注一掷!"袁宗第接着说。

　　李过叫道:"二爹!如果全体将士们知道,他们都不会让你去的!"

　　刘宗敏说:"闯王,我从来没看见你像这样不听从大家意见!"

　　李自成对他们苦笑了一下,不再说话,从桌上拿起马鞭,又从墙上取下弓和箭袋,背在身上,毅然向外走去。

潼关南原大战行军路线示意图

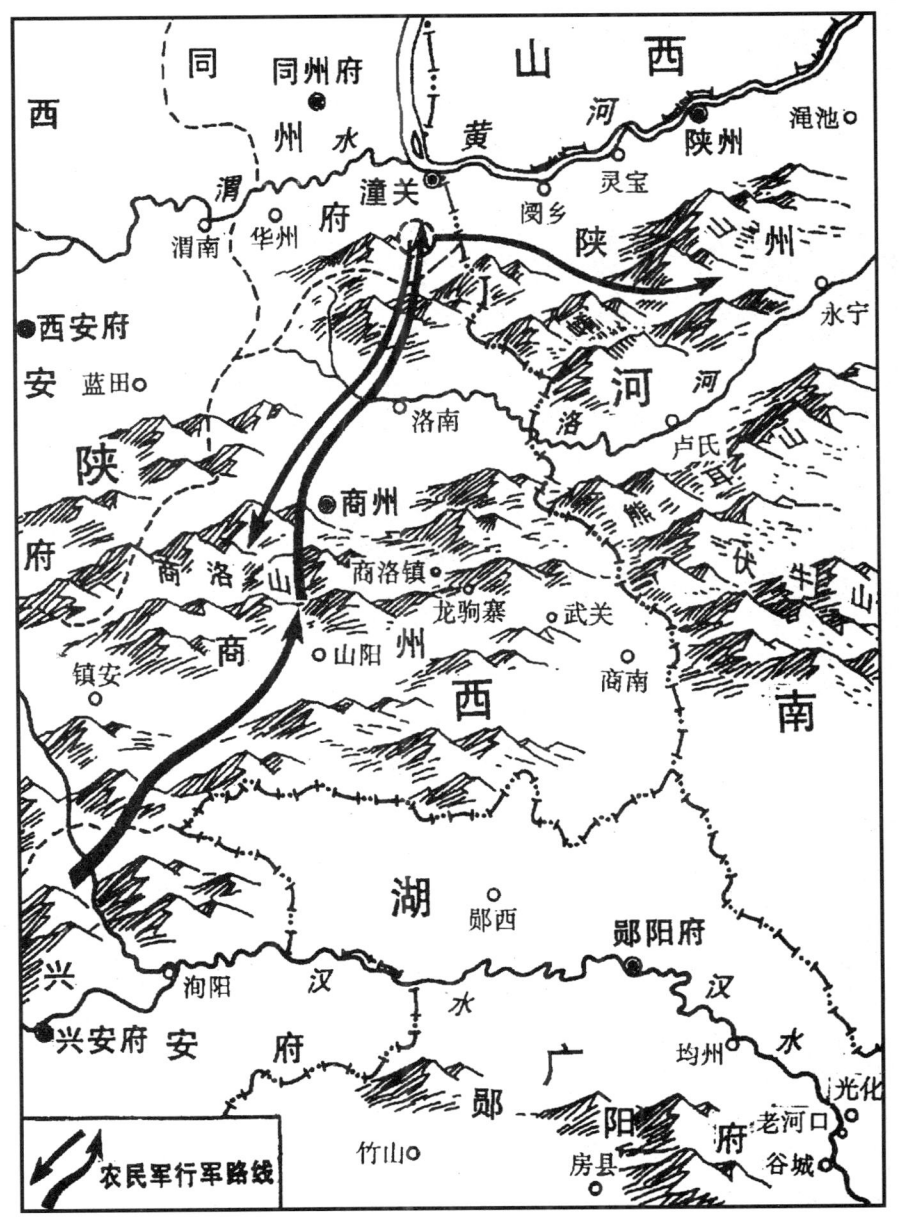

李自成

卢象升抗清殉国

姚雪垠 著

第一卷 下册

中国青年出版社

目　次

上　册
潼关南原大战

北京在戒严中	（第1—第3章）……………………………	1–58
潼关南原大战	（第4—第13章）……………………………	59–246
义送摇旗	（第14—第15章）……………………………	247–292

下　册
卢象升抗清殉国

谷城会晤	（第16—第19章）……………………………	295–377
崤函疑兵	（第20—第21章）……………………………	378–423
卢象升之死	（第22—第23章）……………………………	424–459
商洛潜伏	（第24—第25章）……………………………	460–514
从北京到商洛	（第26—第28章）……………………………	515–613
张献忠谷城起义	（第29章）……………………………	614–638
夫妻会师	（第30—第31章）……………………………	639–674
北京的忧郁	（第32章）……………………………	675–695

第 十 六 章

不断遭受战乱的谷城一带，自从张献忠的农民军驻扎在这里以后，稍稍有一些太平景象。均州和房县一带，如今驻扎着曹操所联合的九营农民军，其中惠登相和王光恩两营驻在均州。他们都不抢掠，公买公卖。朝武当山的大道在过去几年中路断人稀，如今又开始通了。从鄂中和鄂北来的香客，从河南来的香客，都经过老河口会合，然后越过汉水，一帮一帮地向武当进发。已经朝过武当、金顶回来的，也到老河口分开，一路沿汉水北岸的官路往东，一路从老河口往东北，打光化县城的东郊穿过，走向河南。尽管各地都有灾荒，而河南的灾荒十分严重，但善男信女们不远千里朝拜金顶的仍然在老河口、石花街和草店的大道上络绎不绝。沿大路旁原来三里五里都有些茅庵小店，专为来往香客而开，卖些素食茶水，也供晚上住宿。后来因兵荒马乱，香客绝迹，这些茅庵小店大部分倒塌，也有些被烧毁。如今一些草棚子又搭起来了。尤其石花街这个地方，一里多长的、铺着青石板的窄街道又热闹起来，每天人多得像赶集一样。

这一天早饭后，天朗气清，阳光明媚，温暖得好像春天。张献忠没有事，率领一群亲兵出谷城西门射猎，射得几只大雁，几只野鸡和两只兔子。随后，射猎的兴头过去，他纵马向西，一直奔到那条从老河口到石花街的朝山官道上才勒住马缰,翻身下马,走到一个草棚前,占据一张方桌坐下。亲兵们有的同他坐在一张桌上,有的坐在别的桌上,有的站在街边,还有几个牵着身上冒汗的战马在街外蹓跶。从石花街到老河口都有献忠的人马驻防,所以献忠每次打过猎以后总喜欢来这条官道上看看。卖茶卖饭的老百姓都认识他,也不怎么怕他。今天他因为一出城就猎获了不少东西,心中愉快,坐下后一边喝茶一边向殷勤招待的小堂倌问长问短。那些正在歇脚的香客们乍看见一起官兵来到,不免惊慌。随即看见他对堂倌的态度不坏,心中稍安。但等他们悄悄一问,知道他就是八大王张献忠时,他们一个个胆战心惊,脸色发白。

一群一群的香客从献忠的面前走过。他们背上斜背着黄布包袱,里边裹着香表,包袱外贴着红纸,上写着"朝山进香"。这些善男信女都被灾荒折磨,又经长途跋涉,风吹日晒,个个面目憔悴、黧黑。他们的脚上和裤筒上带着黄色的征尘。在他们中间有两个香客很引起献忠的注意:一个是中年人,用一根半尺多长的铁针从左边腮上穿进去,从右边腮上穿出来;另一个是十七八岁的青年,一根大铁链子一头锁住脖颈,一头拖在地上,边走边哗啦哗啦响。他们的衣服很破烂,显然都是农村里贫苦百姓。像这样的香客经常出现,都为父母许过大愿,前来朝山还愿的。献忠把这一帮香客叫住,问明白他们都是黄州府麻城县人;那两个受苦的庄稼人,果然都是为父母的疾病许愿朝山。他又问问东边的灾荒情形,便叫一个亲兵给为首的那个香客一些散碎银子分给大家,并嘱咐多分给两个孝子。众人慌忙跪下磕头。献忠挥着手说:"算啦,算啦,留下头到山上磕吧。"但众人仍然在石板官道上磕了响头,说出些千恩万谢的话,然后离开。

为着想打听潼关大战后李自成本人和他的一些亲信将领的消

息,献忠曾派出几个探子前往潼关附近打探,有的尚未回来,而已经回来的却没有带回来真确消息。今天他来到朝山官道上坐下吃茶,实想遇到豫西的香客,打听出一点线索。但非常遗憾,从他的面前走过了几起香客都不是打河南来的。后来有一起逃荒的男女来到面前,从服装和口音他知道他们是河南人。但是一问,他们是南阳府来的逃荒的,对潼关大战的消息仅仅听到一点荒信儿,十分模糊。他叫亲兵往官道上撒了几把铜钱让大家去拾,起身走了。

"难道自成们真的全完了?"他心中暗问,随即回答说:"老子不信!"

骑上战马,离开朝山官道向谷城走了两三里路,他勒住马回头看看那些络绎不绝的来往香客,在心中想着:要是没有贪官污吏,没有灾荒,老百姓都能够安居乐业,该有多好!

一位名叫王又天的客人正在他的老营等他,使献忠分外高兴。王又天双目失明,善批八字,是一个有名的江湖术士,在襄阳监军道张大经的门下做清客。总理熊文灿和很多大官们都很相信他,因而他就成了襄阳的达官巨绅的座上客,颇为走运。一个月前,熊文灿派张大经来谷城监张献忠的军,他随着来到谷城。张大经向献忠推荐过他,献忠也极想同他一见,可是他被熊文灿请到襄阳去了半个月,一直没有机会晤面。他昨晚才从襄阳回来,今天上午坐轿子来拜望献忠。献忠同他一见如故,谈了几句话之后,就把自己的和刚满月的儿子的生辰八字告诉他,请他算算。

"老兄,你可得直言啊!"献忠笑着说。"不要顾虑,八字上是什么就说什么。你要是随便奉承几句,不说实话,王瞎子,你可不是咱老张的朋友!"

"我是有名的王铁口,从来不随便奉承人。"王又天也笑着说。

王又天掐着指头，嘴里咕咕哝哝地推算一阵，脸上流露出惊异神色。他仰首向天，眨动着瞎眼皮，重新推算一阵，又拉着献忠的左右手摸了一阵，忽然又惊又喜地站起来，说：

"敬轩将军，你坐好，坐好，受愚弟两拜！"说毕，连忙深深地拜了两拜。

张献忠明白这里边大有文章，一面回礼，一面用开玩笑的口吻问：

"怎么样？俺父子俩会不会都做叫化子？会不会，嗯？"

"好八字！好八字！"盲人神秘地小声叫着说。"愚弟半生江湖，足迹遍于海内，朝野上下，相人多矣，从来没见过令乔梓①这样好的八字！"

"手相怎么样？"

"同将军的八字一样好。"

"该有多好？伙计，你可别以为我跟别人一样喜欢戴高帽子，故意奉承咱几句！"

王又天很认真地说："决不敢故意奉承。欲知八字如何好法，请将军屏退左右。"

献忠挥退左右，小声问："快说吧，该有多好？"

"敬轩将军，你以前可请人算过八字？"

"请人算过，可是都不肯说实话。"

"他们怎么说？"

"都说我要做大官，做大将军，可是没有人肯说我在做贼，这就是瞪着眼睛说瞎话。"张献忠哈哈地大笑起来，略带棕色的长胡须在胸前抖动。

"哎哎，将军真是会说笑话！阁下这个八字，嗨，这个八字……"

---

① 令乔梓——封建士大夫阶层对别人父子的美称。

"到底怎么样？"

王又天重新站起，又是深深一揖，然后探身向前，凑近献忠的耳朵小声说：

"贵不可言！"

献忠半信半疑地问："真的？"

"确实贵不可言！贵不可言！"

献忠故意问："能够做一个实实在在的大元帅？"

"岂止大元帅！这话只能我知你知：日后贵不可言！"

"又天兄，你是在同我老张开玩笑？"

"岂敢！岂敢！"

"要是真的……"

"真的，真的。"

"我一定要重重谢你。"

"此事关系重大，将军万勿泄露。"

"你也不要再提。"

"当然不敢乱说。"

张献忠把王又天留下吃午饭，并且约本城举人王秉真、名士方岳宗、应城秀才潘独鳌都来作陪。方岳宗是现任松江知府方岳贡的哥哥，为人慷慨侠义，豪放不羁，喜欢喝酒，十分健谈。献忠才进谷城时，借他家的房子安置家眷，以为他很富有，借故把他拘禁，要他出钱助饷。随后他知道了方岳宗确实没有钱，他的弟弟方岳贡做官有清廉之名，就赶快把他释放，表示歉意，并且同他做了朋友，时常约他吃酒，不拘形迹地畅谈。献忠对于一般的朝廷官吏都是痛恨的，曾经发誓要荡平中国，剪除贪官污吏，没有提出来更高的起义目标。所以到谷城不久，他出人意料地给远在几千里外的松江知府方岳贡写了封信，表示他对方的敬仰。

他在信里边坦率地说:"使为官者人人皆如我公,百姓不受朘削之苦,献忠何能起事!"他叫方岳宗派家人把信送往松江,并且说他知道方知府不会回信,他也不希望得到回信。

陪客中的潘独鳌原是应城县的小地主,半年前因为同本县的一位有钱有势的绅士争田,有理输了官司,气得走投无路,遂杀了知县和绅士全家,树了反旗,投了献忠。献忠待他很好,近来派他带一小队人马驻扎在南河同汉江汇合的仙人渡地方,向来往商船征税。

客人中还有一位是从河南省新野县来的丁举人。今年正月,他的妹妹出嫁,花轿正走在从新野往南阳瓦店镇的官道上,碰见了献忠从这条官道上经过,把他的妹妹抢来,当晚就拜堂成亲。瞎子王又天对献忠所说的"令乔梓"中的那位"梓",就是这位丁夫人所生的婴儿。当妹妹才被抢走的三四个月内,丁举人认为是奇耻大辱,痛恨妹妹不能殉节,做个"百世流芳"的烈女。每次听见母亲在堂屋里为女儿的事痛哭,他连母亲也极不满意,走进内宅,对老人说:

"你还哭她?哼,我恨不得亲手杀了你的宝贝女儿!咱家是世代书香门第,诗礼传家,没想到竟出了这个没廉没耻、失节从贼之人!你儿子好歹是个举人,出了这件丑事,叫我没脸见人,今后怎么在官场中混?她这个贪生怕死的贱东西,把咱丁家祖宗八代的人都丢净了!唉,唉,你老人家真糊涂,还在想她!"

老太太哭着说:"早知有今天,我不如在她落地时把她扔到尿罐儿里,也免得她长大了失节丢人!"

"唉,这都怪我们的家教不好!"丁举人又愤恨又伤心地说,眼泪扑簌簌地滚落下来。他本来想直率地责备母亲几句,但为着要在全家妻、妾、兄、弟和子、侄们面前做个孝子表率,话到口边又咽了下去。

可是从张献忠受了"招抚"以后,妹妹派人带了十匹绫罗绸缎和二百两纹银来家联亲,丁举人的态度立刻大变。他心中矛盾了半个月,在老母的催促下,亲自带着礼物前来同献忠认亲。当人们谈起来他的妹妹是张献忠将军的如夫人时,他便面带春风,笑嘻嘻地抬着胡子说:

"舍妹的八字么,从前经几个高人看过,都说生的不错。再说,生在兵荒马乱年头,文不如武,能够同武将结婚也好,不能讲是不是书香门第。"他为着面子上光彩,矢口否认他的妹妹是"如夫人",硬说是张将军的"续弦夫人"。

他经常来谷城探望妹妹和妹夫,打打秋风。但是他的胃口不大,一次给他百儿八十两银子他就满足。他除掉来谷城探望亲戚外,也常到襄阳活动。熊文灿左右的人们一则要笼络献忠,二则都受过献忠的贿,所以对丁举人都很客气。连总理本人也请他吃过饭,送过所谓"程仪"①。丁举人喜欢来襄阳和谷城走走,除要打秋风外,另外还有个政治目的。新野同襄阳虽不同省,却是邻县,同谷城也距离不远,他能同大官们和将军们交游,一则可以抬高自己的身份,在本县官绅和庶民中获得更大的敬重,二则也为他自己寻找一个在仕途上进身的机会。这次他来谷城,借口外甥满月,特来致贺,实际上他是想向妹妹要一二百两银子,趁着家乡灾荒极大,又是年残岁尾,买进一处庄子②和一处非常难得的好坟地。这坟地,据说可以出三品以上的大官,几家大户都在争,因为他想要,大家都怕张献忠,只好让他。

酒宴开始了。正中间一张八仙桌,王又天是首座,举人王秉

---

① 程仪——作为旅费名义送的银钱。
② 庄子——包括一个小村子的农民住宅和周围的耕地。这个名词显然是从古代庄园制遗留下来的。

真是二座。张献忠亲自坐在下席敬酒。另一张八仙桌上,新野丁举人首座,方岳宗二座,献忠的军师徐以显代表主人坐在下席。张献忠今天特别高兴,不住地大嚷大叫,同大家猜枚划拳,热情劝酒。在别人正在划拳当儿,丁举人趁机会掂着一把锡酒壶走过来给王又天和王秉真敬酒,惹动全桌子客人和主人都站了起来。王又天接受了敬酒以后,赶快恭维说:

"舅老爷今天要多喝几杯。我给令甥掐过八字,是一个大富大贵的命。难得,难得!"

"舍妹的八字也很不错,王先生可曾算过?"

"尚不曾算。改日一定要细细推算。不过,令妹的八字愚弟虽尚未推算,但既为敬轩将军夫人,不推算亦可知矣。如非八字特别好,也不会如此天缘巧合,于金戈铁马之中得遇敬轩将军。"

"是,是。婚姻都是命中注定的,非人力可以强合。"

每个人都向王又天敬酒,使他简直应接不暇。幸而他是海量,没有醉倒。大家对他这样客气,不仅因为他是初次来献忠这里做客,也因为他今天替献忠父子算了八字。人们从他叫献忠屏退左右、小声谈话的神秘态度,从他和献忠都不肯说出算八字的结果如何,从对他们察言观色所得的种种感觉,都猜到献忠的八字一定是"贵不可言"。这些人,在这个问题上都是非常敏感的。因此在酒宴上都很兴奋,各人都有自己的思想活动。例如,丁举人希望他的妹妹日后能成为娘娘,他自己能做国舅,封公封侯。略微使他遗憾的是,张献忠目前有一大群夫人,他的妹妹排在第八,未免美中不足,显然命中注定他的妹妹没有正宫的份儿,只能做不能专宠的妃子了。徐以显是一个政治野心极大的人,平生以诸葛自居。他希望自己能做开国宰相,建立不朽功业。举人王秉真投张献忠原是不得已,曾经逃跑一次被献忠追了回来。这时他也很希望献忠成功,像本朝太祖皇帝一样,因为这样,他这个举人就不但不会落个"从贼"的坏名声,反而是新朝的"从龙之臣",比宋濂和刘基的受太祖聘还要在前,在后人修的史书中少不了他的"列传"。至于潘独鳌,因为他是被地方当权派逼上梁山,当然切盼着江山易主。在座的还有几个人,尽管有不同的心理活动,但在希望张献忠成功这一点却是一致的。只有方岳宗一则因来得太晚,不知道王又天替献忠算命的情形,二则他自己并不想背叛朝廷,所以根本没注意这个问题。他今天在酒席上兴奋快活,只是因为他喜欢张献忠的奔放豪迈性情,同这样人一起喝酒,不能不感到痛快。

当大家都喝有七分酒意的时候,张献忠还是不断地向客人敬酒,特别向方岳宗敬酒最凶,由小杯换成大杯,大杯换成大碗。他喜欢方岳宗这个人率真、豪爽,在地方上并不倚势欺人,而且从来对他无所求,也不像别人一样害怕他,故意向他献殷勤,反而有时敢当面说出他某事某事做错了,应该改正。可是方岳宗知道自己已经喝得快醉了,而自己喝醉后往往会闹出事来,不大雅观,所以当献忠第三次用大碗给他倒酒时,他粗狂地推开酒壶,舌头不能转弯地大声说:

"不要再,再敬我酒。再多喝,我就、就会发酒疯啦!"

"在我这里,只要喝得痛快,发酒疯也不要紧。反正咱们今天是痛饮取乐,不喝醉别想回去!"

"再、再、再喝,我就成、成一摊泥啦。"方岳宗告饶说。

"有轿子抬你回府,怕什么?"

张献忠不但自己逼着方岳宗喝酒,也叫大家给方敬酒,存心看朋友的醉态取乐。方岳宗已经立脚不稳,看人的脸孔像隔着一层雾。起初他还想"适可而止",但喝着喝着,酒性大发,兴奋异常,大声呼叫,拍拍胸脯,说:

"好吧,来吧,舍命陪君子!别看我醉,我、我、我还能,'饮似长鲸——鲸——吸百川'!"

献忠笑着叫:"对啊,方兄!这才是好样的!"

"敬……敬轩将军!来,来,我同你对、对、对饮一碗!"方岳宗浑身摇晃,举着酒碗,继续叫:"对饮!对饮!不敢对饮……你是孬种!"

献忠看着朋友的醉态,听他说出粗鲁的醉话,快活地大笑起来。

"你笑?你笑?"方岳宗乜斜着眼睛说。"你笑也得对——对——对饮三碗!……你要是不饮、不饮,我就、我就捶你……三拳!"他自己把碗里的酒一口喝干,然后望着献忠大叫:"快喝!快喝!不要装孬!"

献忠因为巡按御史林铭球今天下午要到,已经派养子张定国去县境边准备,他自己不久要前去迎接,所以坚决不再喝酒,却望着方岳宗的醉态继续大笑。在座的人们一半感到有趣,一半也是凑趣,跟着大笑。

"快喝!快喝!"方岳宗发音不清地叫嚷着。"你不喝,我就、我就打你……三拳!"

张献忠只把满大碗的酒呷了一口,继续笑着。方岳宗突然扑了过来,左手抓住献忠崭新的青缎面紫貂皮袍的圆领,右手握成拳头,在他的脊背上狠狠地打了一下。当第二拳快落下时,献忠把身子猛一闪,没想到皮袍的领口哧啦一声撕破了一道足有三寸长的口子。两张八仙桌上的客人和在左右服侍的人们一齐大惊,脸上变色。方岳宗的酒意忽然醒了大半,但临时很难转弯下台。他松了手,继续说:

"你喝!你喝!"

许多人都以为方岳宗惹了大祸,性命难保,同时这酒宴也将不欢而散。但是他们还没有来得及开口劝解,献忠已经端着酒碗站起来，嘻嘻地笑着说：

"还是方兄有办法，有办法。好，我干这一碗！"说毕，他把漂亮的大胡子往旁一揽，一饮而尽，还亮着碗底儿叫方岳宗看。

大家松了一口气。王秉真的两手原来攥得很紧，这时松开了，才感到手心里出了冷汗。他正想使眼色叫方岳宗说几句赔罪的话，没料到献忠竟然像没有这回事儿，又替自己斟满酒，端起碗来望大家笑着说：

"请，咱们都门前清！"

派一乘小轿送走醉汉方岳宗，张献忠又同瞎子王又天说了一阵话，然后送给他五十两银子作为谢礼。王又天一面拒绝，一面接在手里，满脸堆笑，连连拱手，坐进轿里。献忠送走了瞎子以后，回过头来问徐以显：

"怎么，老徐，你要去太平镇么？"

"我马上要去。这几天正在操演方阵，还没操演熟。"

"好吧，你去吧。我也要到校场里去。你今晚回来么？"

"我回来一趟，听听林铭球来有什么事。晚饭后再去，因为明天五更要出发演习。"

徐以显跳上马，直奔太平镇去。这地方离谷城十五里，在汉水北岸，原名王家河。因为是张献忠向明朝假意投降的地方，所以他把它改成这个名儿，意思是他要同谷城人共享太平。那里驻扎着张献忠的一万多精兵，由他的养子张可旺率领，防备官军从仙人渡进攻谷城。徐以显的家小住在城内，他本人经常住在太平镇，按照着古兵法上的图式，参考近代名将戚继光等的练兵经验，每日用心操演人马。

"好军师，好军师。他娘的，打灯笼也找不到！"张献忠目送着徐以显的背影，在心中亲热地骂着。有时他对某个人特别亲切，赞赏，就骂得特别粗鲁。如果他对哪个人客客气气，讲究礼貌，这个人就一定是被他疏远，或者是要在他的面前倒霉了。

他走回大厅，脱下撕破的貂皮团花缎袍，换上箭衣，骑上雄骏的北口马，带着一群偏将和亲兵往校场奔去。

一千名中军标兵正在校场中分几股进行操练。有的在驰马射箭，有的在比剑，有的在演习单刀或双刀，有的在演习枪法，有的在演习狼牙棒①。献忠的部队从前不用狼牙棒，自从请徐以显做了军师，才采纳了徐的建议，增加了这种武器。校场中心，叠着几堆方桌和条桌，都有一两丈高。有的上边放把椅子，椅子上再放茶几，看起来十分危险。只听一声口令，士兵们像猴子一样，迅速地爬到上头；再一声口令，迅速下来。有时士兵们在上边拿顶，然后在空中连翻几个跟头，轻轻地跳落地上。但是也有人刚练习不久，有些胆怯，笨手笨脚，叫人看着可笑。张献忠站在附近，背抄手看了一阵，对有些人夸奖几句，对有些人嘲笑几句。由于他今天特别高兴，就是对那些练得最不好的士兵也没有发脾气。他对他们笑着骂了几句，骂得很粗鲁，但很亲切。挨骂的人们感到惭愧，但心中舒服，望着他嘻嘻笑着，保证他们一定能练好。

"再过几天你们还不长进，小心老子叫你们的屁股开花！"献忠用马鞭子做出威胁的样子，又添上一句："每个人顶少抽你娘的二十鞭子！"

"一定学会！"几个人面带笑容地齐声回答。

"来，让咱老子翻一个样子你们瞧瞧。你们这些龟儿子，妈的，笨得跟狗熊一样！"

他把马鞭子交给一个亲兵，把箭袖一卷，在手掌中吐口唾

---

① 狼牙棒——满身安着铁钉的短木棒。

沫，对着一搓，极其轻捷地爬了上去，跟着又爬了下来。第二次爬上去后，他抓住椅子一角，用单手拿顶，然后翻了一个跟头落地。将士们都用惊叹的眼光望着他，有些人不由地叫了声"好！"献忠从容地整一整帽子，一边拉下箭袖，一边兴致勃勃地骂道：

"你们这些小杂种，快给我练习，学着老子的样儿！"

他恐怕有几个新兄弟还不明白练习这一套本领的重要用处，向他们解释说：

"好生练。练好了，爬山，跳崖，翻城，越寨，就不困难。妈的，谷城人从来没看见过有这样练兵的，都说我是猴子转世。龟儿子们，少见多怪，乱说！"他哈哈地大笑起来，随即又开玩笑说："艺多不压身。日后你们要是不愿跟着老子打江山，可以到南京去跑马卖解，饿不了肚皮。"这句话逗得大家都笑了。

他的爱将马元利飞马来到校场，直到他的面前才跳下马来，向他禀报：巡按大人已经快到谷城县境了。

"如今咱们就去迎接么？"

"是的。人马我已经点齐啦。"

"定国呢？"

"他在边境等候。"

"好，走吧。龟儿子！"

张献忠同马元利立刻骑马回到老营，已经有两百名亲兵穿着一色号衣，骑着一色大马，站在辕门外边等候。队伍前边飘扬着一面红绸大旗，旗心绣一个斗大的黑色"张"字。献忠走进屋去，按照谒见长官的隆重礼仪的规定，换上全副盔甲，背上櫜鞬①，挂上宝刀，气宇轩昂地大踏步走了出来。正要上马出发，

---

①櫜鞬——音 gāo jiān，古代装弓箭的器具。

谷城知县阮之钿坐着一乘四人抬的青呢小轿来到，还没有走出轿子，就向他拱手叫道：

"张将军，请稍候片刻，学生有几句话要同将军一谈。"

随即轿子落地，阮之钿躬着身从轿里走了出来。这是一个四十开外年纪，有着稀疏胡须，带点迂腐和固执脾气的人物，摆着八字步走到献忠面前，向他深深地作了一揖。献忠心中很厌烦他，但也不得不回敬一揖，用含着嘲笑的口吻问：

"父母官亲临敝辕，有何吩咐？"

"将军可是去迎接按台大人？"阮之钿恭敬地问。

"是的。你要同我一道？"

"学生坐轿子走得慢，不能奉陪将军同去，只好在近郊恭迎。"阮之钿走近一步，带着很不自然的笑容，放低声音说："张将军，今天学生特来拜谒，不为别事，还是为麾下有一些士兵不守军纪，在城外公然抢劫。学生不敢不前来奉恳将军依法严办，使四郊绅民得以安居乐业，共感大德。"

"就是这件小事儿？"张献忠轻蔑地笑着问。

"就是这件事。事关将军声威，学生不敢不贸然奉告。"

"从前你告我说的那件事儿，我不是已经办了？"

"这是今天又发生的事。抢劫富户的士兵是白文选将军部下，学生刚才将抓到的兵犯交给他，已同他当面谈过。"

"你既然同他谈过，何必又来找我？"

"将军身为全军主帅，威令素著，故敝县不避冒昧，特来面恳，务请从严究治，以肃军纪，而安地方。"

张献忠在心里骂道："龟儿子，又将了老子一军！"

白文选派人假扮盗匪去抢劫和杀死一些为富不仁的富豪大户，这是献忠授意的。为的是维持着受了招抚的虚伪局面，他不能公开用自家部队的名义对这些富豪大户进行惩办。但去的弟兄们有时疏忽大意，竟然也有一次被地主们从背后暗地追踪，查出底细，向县衙门指名控告。他没有料到，今天竟然连人也给人家捉去，真是岂有此理！皱着眉头沉默片刻，张献忠带着无可奈何的、冷冷淡淡的神气说：

"上司不发饷，我也没办法。叫弟兄们空着肚子喝西北风去严守军纪，能行么？你是喝墨汁儿出身的，没有带过兵，不知道我的难处。弟兄们饿得没办法，向大户借粮充饥。等朝廷饷银发下，自然就没人再抢啦。"

"这个，这个……"

张献忠不等阮之钿再说话，飞身上马，鞭子一扬，同马元利带着亲兵们像一阵风似的奔出东门，在大街上留下一道滚滚飞腾的黄色尘埃。

"他这个龟儿子，这个'老猛滋'，"他在马上骂，"真是望乡台上吹唢哨，不知死的鬼！"

因为张献忠到过庐州府，知道合肥人不会发"母"和"鸡"两个音，把母鸡说成"猛滋"，觉得有趣，所以看见阮之钿身体矮胖，走路摇晃，就替他起了个绰号叫"老猛滋"。

张献忠出了谷城东门，从仙人渡浮桥过了汉水，顺着汉水北岸通襄樊的大道向东奔去。一个多时辰以后，赶到了离谷城五十里的半扎店，也就是现在的太平店，每匹马都跑得冒汗。驻在当地的三千马步兵早已在养子张定国的率领下在襄江两岸排开，并且有几十只大船和小船靠在两岸，每只船桅上都有一面红旗招展，船头船尾上站立着全副披挂的将士，军容十分严整。张献忠把带来的两百名骑兵排列在襄江北岸，所有的人都骑在马上不动。他自己立马在大旗下边，等候着从下游张起风帆驶来的七只大船。眼看着那七只大船相距不到二里远了，张献忠用下巴向马元利一摆，于是这位面目漂亮而举止潇洒的青年将领立刻下马，跳上一只小船，像箭一般向下游驶去。紧跟着，旗鼓官将手中的小旗一挥，从一个大船上连发出三声炮响，两岸上鼓乐大作。

实际上，张献忠对于湖广巡按御史林铭球不但心中怀恨，而且十分轻视。当今年二月间，林铭球同襄阳分巡道①王瑞柟、总兵左良玉秘密定计，要在张献忠投降之后去襄阳谒见总理熊文灿时把他逮捕，同时出其不意地向他的部队围攻。只是因为一则张献忠十分警惕，托故不去襄阳，二则庸碌贪贿的熊文灿及其左右文武都认为献忠是真心投降，坚不同意，林铭球们的计谋没有实现。事后张献忠知道了这件事，一方面恨他们阴险毒辣，一方面笑他们愚蠢。"妈的，这一群混账玩艺儿，把咱老子当成了一个傻子！"现在林铭球的七只大船渐渐近了。第二只船特别大，船头上站着几个头戴折角幞头、身穿圆领丝罗长袍的亲信幕僚，另外还有一群身穿号衣的兵丁和身穿皂衣的衙役立在船尾。船舱门外摆着"回避""肃静"虎头牌和各种执事②，还有一对很大的官衔纱灯笼。张献忠在心中说："屌！派头倒不小！"随即他向旁边一名小校吩咐一句，立刻在江岸上三声炮响，鼓乐大作。他下意识地把铜盔整了一下，从马上跳了下来。尽管像这样用十分隆重的礼节迎接林铭球是他同徐以显、潘独鳌、马元利等在事前商量好的，目的是要哄住朝廷，以便有一段时间安驻谷城，休兵养锐。但此刻他忽然对自己在将士们众目睽睽之下如此卑躬屈

---

① 分巡道——明朝每省设一按察司，由按察使掌之。省下分为若干道，每道设一按察分司，监察所属府、州、县的政治和司法。掌按察分司的长官称为分巡道。"道"是官职名称，即道员，比知府高一级。

② 执事——仪仗的俗称。

节,立在江岸上等候传见,感到很不舒服,心中说道:

"咱老子造反了十来年,纵横好几省,闯过些大风大浪,谁不说咱八大王是英雄,如今低三下四来迎接一个狗官,这是闹腾的啥牌名!妈的,下次再这样做,老子不是人养的!"

马元利站在小船头上向林御史的座船行了军礼,大声禀报"谷城驻军主将"张献忠在岸上恭迎。大船上有一个穿长袍的传事官员转禀舱中。林铭球没有做声,轻轻地点一下头。传事官员走出舱来,对马元利说:"按台大人知道了,请将军在前带路。"马元利转过身来向士兵们一挥手,小船立刻拨转头,带领着大船前进。

一会儿,林铭球的七只大船和马元利的小船都到了张献忠和马步兵肃立恭迎的地方,在鼓乐和鞭炮声中靠着北岸的码头停下。张献忠跳上大船,躬着身,拱着手,声音洪亮地说:

"卑将张献忠参见大人!"

林铭球本来早就该走出船舱,他为要显示自己是朝廷大员,一省的巡按大人,故意稳坐舱内,直到张献忠参见时才放下手中茶杯,从舱里弯腰走出。但是一方面他要竭力做出威重样子,不使献忠轻视,一方面却不免心中慌张,出舱口时忘记低头,把纱帽顶碰了一下,赶快用手扶正。

张献忠一见林铭球走出船舱,立刻极其恭敬地行跪拜大礼,而且叩过头以后跪在船头上故意不敢抬头。林铭球原来没料到张献忠会对他这么有礼,一看见这情形,心中大喜,赶快去搀献忠,说:

"将军请起,请起。请到舱中叙话。"

当林铭球同张献忠走进船舱以后,两岸的鼓乐停止,直到这时,排队的骑兵才下马休息,但仍然丝毫不乱。

林铭球接见张献忠的大船上有几个亲信幕僚,有的坐在后边

谷城会晤

舱中,有的站在船头上观看献忠的军容。紧后边也是一只很大的船,坐着林铭球的一个爱妾、两个老妈子和四个丫头,有两个舱里装着大小皮箱和山珍海味。这些箱子大多是空的,准备在谷城住上半年之后,把它们装满绫罗绸缎、金银珠宝、古玩玉器、名人书画等东西,运回武昌。按照明朝制度,巡按在任上是不准携带家眷的,但是到了末年,老规矩已经坏了。

后边还有四只大船,其中有一只船载着林铭球的幕僚和清客,三只船载着卫队。这些幕僚、清客和卫队都站在船头和船尾上,用好奇的眼光望着张献忠的将士们,窃窃地议论着,啧啧称赞。

把献忠让进舱中以后,林铭球带着矜持的笑容让座。献忠十分谦逊,不肯就座,躬着身子说:"大人请坐。大人请坐。在大人面前哪有末将的座位!"经林铭球一再让,他才恭恭敬敬地作了一个揖向巡按大人谢座,然后侧着身子在客位坐下。一个老家人端来两杯茶放在他同主人的面前,他又恭敬地欠欠身子。就在这时候,他在林铭球的保养得很好的、略微有点发胖的脸孔上瞟了一眼,立刻有一股恶心的感觉泛上心头,好像吃下去一个苍蝇。他暗暗骂道:"你王八蛋准是吃饱了民脂民膏,才养得这样肥头大脑,油光发亮!终有那么一天……"他仿佛看见这么一个胖胖的脑袋不是长在活人的身上,而是悬挂在谷城的城门上或什么地方。

林铭球对张献忠十分满意。几个月来,他本人、他的姨太太和亲信幕僚们,都通过不同的方式接受了献忠的贿赂,早已开始转变了对献忠的一切成见。如今看见献忠如此隆重迎接,如此拜跪有礼节,他相信献忠确实是真心诚意地归顺朝廷。

"学生此次来谷城……"林铭球说了半句,忽然停住,用肥胖的、细皮白嫩的、带着长指甲的手端起茶杯举了举,同时小声说:"请!请!"

献忠恭敬地端起茶杯说:"大人请。"

林铭球喝了半口香茶,放下杯子,拈着胡须,继续说:

"学生此次来谷城,是特意要同将军一晤。"

献忠赶快站起来,躬身回答:"献忠愚昧无知,一切听大人训示。"

"不必过谦,不必过谦。"林铭球点头微笑说。"请坐下说话,不必拘礼。自从将军归顺朝廷,谷城士民相贺于道,实乃苍生之福。不知麾下现有兵将若干?"

"约有十万多一点。"献忠欠身回答,故意多说三倍还多。

"十万人马不是一个小数目。将军如真能为朝廷效力,将来定能建不世功业,名垂竹帛。"

献忠慷慨地说:"献忠少读诗书,高深的道理不懂,但是'为朝廷效力'这个宗旨是抱定了。只要能给末将十万人的粮饷,给我正式职衔,发给关防,献忠愿意为郧阳、襄阳、荆州三府保境安民,不受盗贼骚扰,叫家家户户都能够大开着门儿睡觉。"

林铭球连忙回答:"既然将军有此诚意,朝廷也不能亏待将军。至于月饷、职衔、关防,等学生回襄阳后一方面向制府大人①禀明,一方面自己也上疏朝廷,代为乞请。"

"谢大人栽培!"献忠又站起来准备磕头,被林铭球拦住了。

"这是一个血性男子,深明大义。"林铭球在心里说。"可见外间所传种种,都是流言,不可凭信。"

献忠问:"大人,是不是现在开船,驾临谷城?"

"天色已晚,又是上水,今晚就停在这里吧。明天一早开船,如遇顺风,巳时可以赶到谷城。"

---

① 制府大人——指熊文灿。明、清两代习惯,下级对总督尊称制军、制府或制台。熊文灿的名义是"剿贼总理",地位同总督一样。

献忠站起来说:"大人旅途劳累,末将暂时告辞,准备明天率阖城绅民在城外恭迎。"

林铭球亲切地说:"请稍坐坐,随便叙话。"

老家人又轻脚轻手地进来,换上热茶。林铭球为表示自己的长者身份和对献忠的关心,问了问献忠的家庭情形和年龄。当他知道献忠今年只有三十三岁时,便连连点头,称赞说:

"正是有为之年!像将军这样年纪,只要效忠朝廷,取功名富贵如拾芥耳。"说毕,拈着花白胡须嘿嘿地笑了几声。

献忠说:"末将自然愿为朝廷效忠,无奈朝廷不肯相信,不给职衔,不发月饷。长此下去,难免不使将士寒心。恳乞大人多多提携,献忠与全营将士都会感激大人恩德不忘。"

"放心,放心。我一定替你奏明皇上。"

林铭球又谈到罗汝才新近受招抚的事情和李自成的被全部击溃。特别谈到后者,他感到十分欣慰,说:

"一则赖皇帝威灵,二则将士用命,陕西流贼一鼓荡平。"刚说到这里,他忽然想起来"流贼"二字可能触着献忠忌讳,不由地顿了一下。看一看献忠的脸上神色照常,才接着说:"看塘报上说,这一次多亏洪制府指挥得宜,秦抚孙白谷设三伏于潼关南原,每五十里设伏一道,而令曹变蛟、贺人龙等从后穷追。闯贼奔入伏中,人马自相践踏,曹将军亲自手执长刀,大呼砍贼,伏兵四起,四面掩杀。贼死伤不可胜计。那些侥幸逃脱重围的,有的弃了刀枪,有的抛掉马匹,逃入汉南山中。事前洪制府传谕各处乡兵,都用大棒截击,使贼飞走路绝,先后降者数十万,委弃甲仗如山。据塘报上说,李自成妻女俱失,仅从十七骑逃去。又说,他已被村民击毙,不过尚未找到尸首。唉,这真是苍生之福!"停一停,他又像画龙点睛似的加了一句:"自然,李自成如果能似将军这样深明大义,早日归顺朝廷,也不至如此结局。"

张献忠装做洗耳恭听的样子。当林铭球把话说完，他微微笑着，没说一个字。他相信李自成确实是全军覆没，他自己派出去的探子也是这样禀报，但是除此一点之外，他认为林铭球所说的许多话都是道听途说，顺口喷粪，使他觉得又生气又可笑，同时在肚里骂道："妈妈的，原来你是个吹糖人儿的教出来的！"

"敬轩将军，据你看，陕西局面是否会从此安定？"林铭球得意地笑着问。

"这很难说，末将不敢妄加推测。"张献忠回答说，想给林铭球一点教训，使他不要高兴过火。"李自成给官兵打溃了是真的，可是塘报上的话也常常很不可靠。"

"将军的意思是……"

"请大人恕献忠直言。"

"不妨直言。"林铭球拈着胡须，带着惶惑的微笑。

"不怕大人怪罪，末将说句老实话，朝廷的塘报实在不能信真。就拿刚才大人所说的那些塘报消息，末将在半月前也听人谈过，可是总觉得有些地方对不上榫儿。比如说，春天时候，我听说兵部杨阁老向皇帝上奏，说李自成进川时有几十万人，出川时只剩下几万人。其实，李自成在四川没有打过硬仗，不会损失多少人马。据末将估计，他们进川时的人马不会超过三万，出川时还是差不多这个数儿，其中李自成自己的人马不会超过两万。他这一股人连打了十个月的仗，到潼关南原还能有多少？说它有七八千人还差不离，连随营眷属在内，顶多估计它一万上下，不会再多。塘报上说杀死了不计其数，投降了几十万，这就对不上榫儿啦。"献忠笑起来，又说："大人，你说是么？"

"有道理。有道理。"林铭球笑着点头说。

由于替李自成驳斥了官方塘报的胡扯八道，张献忠的心里感

到愉快。有些话好像鱼骨头卡在喉咙里,不吐不行。吐出一点就痛快一点,全吐出来就全痛快。于是他接着说:

"再说,潼关离汉水很远。说他在潼关南原打败仗,逃到汉南山中,这就把方向弄错啦。又是对不上榫儿。"说到这里,献忠很想放声大笑,但是在林铭球面前他只好用力憋住,结束他的话说:"末将无知,冒昧直言,请大人恕罪。"

"啊啊,有理,有理。想来'汉南'应该是'洛南'之误。"

这时林铭球才略微感到不好意思,同时更清楚地知道张献忠确非一般凡庸之辈,更不能以简单的"流贼"看待。沉吟片刻,他笑着问:

"你觉得洪制府治军如何?"

张献忠谦逊地说:"献忠是什么人,怎么敢议论洪总督治军如何?"

"没有外人,说出不妨。"林铭球用眼光盯着献忠,鼓励他不必顾虑,实际上他想张献忠对洪承畴的善于带兵一定不能不佩服。

献忠笑一笑,出乎林铭球意外地说:"在朝廷的几位统帅中,洪总督还算是呱呱叫的。可惜他手下的军队也常杀良冒功,百姓恨之入骨。"

"洪亨九也会杀良冒功?"

"几个月前,献忠看见一份邸抄,上边有御史柳东寅劾洪总督的一封奏疏。大人可曾见过?"

"啊,记不清了。"

"洪总督向皇帝奏报他在四川保宁府旧县坝进剿李自成获得大捷。据柳东寅的奏疏上说,洪总督的人马并没有与李自成的大队交战,只是在后边不即不离地追着,有时截住几十个掉队的,捡点儿便宜。官军所过村镇,斩良民的首级报功。有一个村子被割走首级的良民有七十多人。这些冤死的良民中就有柳东寅的亲戚在内。"

"啊啊,我想起来了。确有此事。没想到敬轩将军对朝廷的一切动静能如此留心,如此清楚!哈哈哈哈……"

献忠也笑起来,说:"不瞒大人说,这也是没有办法,非留心不可啊。打仗不是玩儿的,不能够糊里糊涂地坐在鼓里。要是那样,可不早完了?"

林铭球对于张献忠的看事精明洞彻,不能不暗暗惊佩。尽管献忠的话未免唐突了他这位巡按大人,但是他无法不承认献忠的话实有道理。从前他听人们说张献忠目不识丁,非常粗鲁,最近才听说献忠小时读过书,人极聪明,但从前那种先入为主的成见总难从心上抛掉。今日一见,就把旧有的成见抛到爪哇国了。他正想问一问献忠目前在谷城练兵情形,献忠站起来向他告辞。他的话就不说了。

他变得十分客气,一直把献忠送到岸上,又站着说了几句奖励的话,然后拱手相别。

张献忠带着马元利和二百名骑兵奔回谷城,留下养子张定国保卫巡按。定国叫大部分人马仍回到附近的村镇上去,只留下三百人驻扎江边。他本人就驻在江岸上的龙王庙中。

望着张献忠的大旗在临近黄昏的日影中,在腾起的滚滚烟尘中,在冬季的荒寒辽阔的江岸上远去以后,几位亲信的幕僚和清客走进巡按大人的座舱,谈他们对张献忠的一些印象,更主要的是想听一听巡按大人的印象。他们称赞张献忠的军容严整,非一般"流寇"可比,又说张献忠颇有礼节,看起来是"诚心归顺"。林铭球被张献忠将的一军,他原不打算对大家说出,但是他想着那些话大概早已被同船的幕僚听去,倒不如说出来好,于是他笑着说:

"诸位老先生不知,张敬轩虽然读书不多,但心中极有见地，不怪他在流寇中能够成这么大气候。关于陕西官军最近在潼关南原之捷，张敬轩就有不同看法。学生认为他的话也颇有理。"

当他把献忠的意见说出来以后，这些幕僚和清客们立刻异口同声地说："啊，有理！有理！"其实，他们一向对于塘报，对于一切报捷的官方文件，并不多么相信，对于潼关南原的战果到底有多么大，也抱着半信半疑的态度，不过平时谁都不肯在公开场合说出心里话，如今趁机会说出罢了。话题转到张献忠的仪表上，有人说敬轩将军（他们从此都称张献忠为敬轩将军或单称敬轩，表示亲切和尊敬）的胡须实在好，恐怕有一尺多长，简直是个美髯公。有人说他面皮微黄，稍微清瘦，但看起来十分英武，"慓悍异常"。后来又谈到张献忠额上一块伤疤，推测着可能是今年正月间在南阳被罗岱①射的箭伤，但又说可能是被左良玉用刀砍的。

林铭球同幕僚们谈了一阵，打个哈欠，便走往爱妾船上。姨太太替他倒杯热茶，又亲手把银耳汤端到他的面前，娇滴滴地说：

"老爷，我从前以为张献忠是长着一把红胡子，头上插着两根雉鸡翎，原来不是！"

林铭球捻着花白胡须笑着说："那是戏台上的山大王，不是张敬轩。"

"你看，从前人们说他杀人不眨眼，多怕人！他为什么叫做八大王？"

"我听说他在兄弟中排行老八，所以起事后就自称八大王。"

看见丫头和老妈子都退了出去，姨太太小声说："明天咱们到了谷城，不知张献忠会送给咱们什么礼物，千万别叫我跟老爷白来一趟。"

---

① 罗岱——明朝的一位将官，于第二年（崇祯十二年）七月在作战中被献忠俘获。

"你放心,金银珠宝总是少不了的。"

"我什么都不想,就想要一颗祖母绿①。"

当林铭球正在陪着撒娇的姨太太说话时候,张献忠带着他的骑兵继续向谷城奔驰。他对马元利快活地问:

"元利,你说,咱们今天扮的这出戏有趣么?"

"很有趣。"马元利扬扬鞭子,发出会心的微笑。

"哎,他个龟儿子!"张献忠骂了一句,大笑起来。

第二天上午,张献忠率领一部分重要将领,监军道张大经率领着谷城地方官绅,在郊外迎候巡按大人。林铭球虽然因风不顺,换乘八人大轿,但路上耽耽搁搁,还是到未时才到。他的如夫人和一部分幕僚的来到,已经近黄昏了。

林铭球驻在察院里,离张献忠的公馆很近。进了察院以后,稍事休息,张大经和献忠率领众将同地方官绅正式进行参见,然后就在察院里举行盛宴为巡按接风。席散以后,林铭球把献忠单独留住,引进签押房,屏退左右,突然问道:

"敬轩将军,你可知道李自成的下落?"

献忠暗暗地吃了一惊:"巡按为何这样问我?"他实际也不知道,难道是朝廷听到什么谣言,对他有所怀疑?

"回大人话,末将毫无所知。不知朝廷可有确实消息?"

"朝廷也无确实消息。不过闯贼死尸迄未找到,传出许多谣言。学生此次前来谷城,实与此事有关。"林铭球一边说一边留心献忠的神色,口气中含有压力,不过他已对献忠使用"学生"这个自谦的词儿了。

---

① 祖母绿——一种名贵的绿色宝石,产于中亚,大约是现在伊朗或伊拉克一带。祖母绿是中国古代的译音,或译子母绿、祖木剌等。

献忠欠身问:"不知可有些什么谣言?"

"有的说他逃到汉南或商洛山中,有的说他逃到老回回那里卧病不起,有的说他确实阵亡。谣言纷纷,莫衷一是。十天以前,忽有一股流贼打着闯王旗号,突袭潼关,等贺人龙仓皇追出,这股流贼却不见了。闯贼下落如不迅速查明,不惟洪制台与孙巡抚会受皇上责问,连我们总理大人也有干系。"

"为什么总理大人也有干系?"

林铭球略停一下,说:"敬轩,我看你诚意归顺,不妨对你明言。近来有人向总理密报,说李自成逃来谷城,潜藏你处。虽是谣传,但总理对此极不放心,故特命学生亲来一趟。"

"末将敢对天起誓,李自成确实不曾逃来。自从崇祯八年以来,我与李自成闹翻了脸,互不来往。所以他纵然兵败后无处存身,也决不敢逃来末将这里避难。"

"你二人互相不服,意见甚深,朝廷也有所闻。但俗话说,和尚不亲帽儿亲。你们从前毕竟都是十三家中人啊。"林铭球注视着张献忠的脸孔,嘿嘿地干笑起来。

献忠也笑了笑,说:"献忠誓做朝廷忠臣,岂能与流贼暗中往还!恳大人转禀总理大人,勿信谣言,使献忠安心驻兵谷城,保境安民,为襄阳上游屏障,使总理大人无西顾之忧。倘若熊大人对献忠尚有疑心,献忠手下十万军心如何能安?"

林铭球赶快安抚说:"我一定转禀总理大人,请敬轩不必在意。不过,倘若闯贼走投无路,万一逃奔前来,请求将军庇护一时,也望将军务必不失此立功良机,将此凶狡巨贼缚送朝廷,则不惟将军从此见信于朝廷,且可邀封侯之赏,垂芳名于青史。"

"倘万一李自成敢来投奔,末将定遵大人钧谕,将他缚送朝廷,以表献忠归顺赤诚。"

"好,好!将军正富青春,前程不可限量。"

"多恳大人栽培。"

林铭球端起茶杯子放在嘴唇边咂了一下，露出倦容。张献忠赶快起立，躬身告辞。

出了察院，张献忠带着一大群亲兵亲将步回公馆，边走边心中骂道："林铭球，什么玩艺儿，还想来诈老子哩！"刚到院里，白文选迎上来，在他的耳边咕哝一句：

"李闯王来了。"

献忠一惊，瞪大眼睛向白文选望一望，但害怕走漏风声，没有问什么话，若无其事地向后宅走去。

第 十 七 章

走过穿堂,到了第二进天井里,张献忠见身边只剩下几个贴身的人,才向白文选小声问:

"自成在哪里?"

"他在城外等候,派老神仙先来见你。"

"尚子明?在哪儿?"

"我怕走漏风声,让他坐在后花厅中等候。"

献忠向右首穿过一个月门,绕过太湖石假山,三步并作两步,向花厅走去。在花厅的台阶下遇见笑脸相迎的医生,他上前一把拉住,连连摇着医生的双手,大声说:

"啊呀!老哥!真想不到!从天上掉下来的!"随即放低声音问:"伙计,从哪儿来的?"

老神仙没回答他的问话,也没法抽出手来作揖行礼,笑着说:

"大帅近来可好?"

"好,好。你们那里怎么样?听说完了,真的么?"献忠一边问一边拉着客人往大厅去。

"吃亏不小,不过没有完。"

"没有完?我听说你们是全军覆没,还没有完?"

"只要自成在,就不会完。"

献忠在医生的脸上看一眼,在他的肩上重重地拍了一下,说:"对,对。"哈哈地大笑起来。随后又带着深情地叹口气,说:"干亲家,你说这,我算放心啦!"他吩咐快摆酒,然后转回头来向医生问:"听说自成来了,我心中很高兴。自从你们在潼关大战以后,俺老张派人去打探你们下落,总是不得实信儿。有人说自成阵亡啦,咱不信,可是心上也不能不放块石头。如今,这块石头挪开啦。伙计,你们带多少人来?"

"五十来个。"

"将领中都是谁跟着来了?"

"都没来。闯王只叫双喜和张鼐跟来。"

献忠摸着胡子,含笑地沉吟说:"两个小猴子……这两三年都长高了吧?"

"不但长高了,武艺上也都很有长进啦。"

"当然,强将手下无弱兵,你不说我也知道。"献忠又大笑起来。"捷轩、玉峰怎么样?"他接着问。

"玉峰还好。捷轩挂了彩,已经治好了。"

"一功呢?"

"也挂了彩,如今好啦。"

"只要几位老弟兄都很好,我老张就放心啦。李嫂子听说还没有下落,是吧?"

"还是没有下落。"

"嗨,真是!要是万一李嫂子有三长两短,真是可惜!她真不愧是闯王高如岳的侄女儿,是自成的好帮手。咱们旧日十三家七十二营里,妇女上千上万,像李嫂子这样能干、受人尊敬的人尖子实在少有。"

尚炯不由地叹了口气,摇摇头,说:"如今大家尽管都盼望着她能够平安回来,当着自成的面总是说些宽心话,可是背后都害怕她回不来了。都说，纵然分了兵，她如果不是在突围时太照顾老营的眷属和彩号，一定会冲出来。要是她万一有个好歹，也是为大家而死，死得轰轰烈烈。"

"分兵是个办法，可是为什么让她同大股精锐离开呢？她应该跟自成一道突围才是。自成也真是，让自己的老婆独当一面！"

尚炯见献忠并不急着询问自成在城外什么地方等候，如何去迎接，安置何处住下等等，心中发生了狐疑：莫非他不愿意同闯王见面？医生正要拿话来试探一下，徐以显来了。

徐以显也在察院里参加酒宴。席散后，他被一个从前相识的、现在是林铭球亲信幕僚的方举人留下，谈了几句私话。方举人因为他是献忠的军师，特意把林大人这次来谷城的本意告诉了他，嘱咐他帮助献忠查听李自成的下落，将自成捉到，建立大功。徐以显从察院出来，匆匆来献忠公馆，要同献忠谈这件事。听说自成已到谷城城外，尚炯正在后边花厅中同献忠谈话，他就直接来到花厅里，弄明情况。李自成不早不迟，恰在这时候来到谷城，这消息使他高兴而又吃惊。高兴的是：神使鬼差，李自成自己来投到献忠手里。吃惊的是：李自成真有胆量，竟敢穿越几百里官军辖区前来会见与他早已不和的朋友。他决意要向献忠进言，趁此千载难逢之机，秘密地除掉李闯王，不留下一个日后能够同献忠争夺江山的人。

张献忠把他的军师介绍给尚炯，又指着尚炯对徐以显说：

"老徐，你可不要把他看扁了，他简直比华佗的医道还高！李铁拐行走背个药葫芦不顶屁用，他要是遇见俺这位干亲家，他的那条瘸腿早就好啦。"

他的话引起来哄堂大笑。徐以显虽然是第一次看见尚炯，但早已听到许多关于他的故事。崇祯八年因为张献忠参加了高迎祥领导的东进大军，他的部队同李自成所率领的第八队常常并肩作战，连营驻扎，所以尚炯常替献忠的部下医治金创。尚炯的医术本领高超，曾经救活了张可旺的爱妾徐氏，但是这件事经人们添枝加叶，成了个十分神奇的故事。据说有一天张可旺吃醉了酒，一剑斩了他的爱妾徐丽贞。酒醒之后，张可旺痛悔无及，十分悲伤。知道左右已经将徐氏埋葬，便去新坟上大哭一场。一连十天，他日夜愁苦无聊，寝食俱废。到第十一天，尚炯来见他，对他说徐氏并没有死，现同高夫人住在一起，要他亲自去将她接回。医生向他提出来两个条件：一是从今后不许妄杀一人，二是从今后不许对徐氏粗暴。张可旺自然满口答应。他怀着半信半疑的心情骑马随医生奔往李自成营中，在高夫人的帐篷前边下马。高夫人走出来，以长辈的身份委婉地对可旺责备几句，然后唤徐氏出帐相见。徐丽贞由高夫人的女兵扶着，低着头缓步走出，身体虽然较前虚弱，但依然颜如桃花，妩媚动人。她向可旺瞟了一眼，泪珠挂在睫毛上，默然不语，轻咬朱唇。可旺又惊又喜，上前问道：

"哎呀，你果然活了！这不是做梦吧？"

徐丽贞没有回答，两行热泪奔到颊上，哽咽着低下头去。

徐氏随可旺回去以后，立刻有人把这件事禀报献忠。献忠大喜，治备酒宴感谢医生，并叫可旺夫妇认医生做干老子。尚炯因可旺在献忠的四个养子中居长，最受宠信，又握重兵，十分骄横，坚决谦谢，只认徐丽贞作为义女。这件事在随高迎祥东进的几家农民军中哄传开来，在本来的浪漫色彩上增加了一些离奇情节，尤其改动最大的是徐氏的死而复生一个细节。原来是张可旺一剑刺倒徐氏，肠子从腹中流出，而且连肠子也刺了两个洞。当人们刚把她抬出帐外时，恰好医生从这里经过。他趁着张可旺在帐中大醉，叫人们立刻把徐氏送往高夫人住的村里，另外在荒野里埋了一个假坟。但故事传来传去却改为一剑把徐氏的头砍掉，只剩下喉咙未断,说医生把她治好以后,脖颈转动自如,仅留下一道伤痕犹如红线。这时候医生还用的是若干年前因避仇家逃出故乡时用的化名,所以哄传张献忠部队中有位老神仙是邓州陈士庆,而不知是李自成部队中的卢氏尚炯。

"彰甫,你只知道我的干亲家救活丽贞的命,还不知道文选也是他救活的哩。得啦,饭已经端上来,咱们边吃边说吧。"张献忠一把抓住医生的一只胳膊,把他硬塞进首座的太师椅中,对亲兵大叫:"快拿热酒!拿赊旗镇①的好汾酒!"

在酒席上,献忠告诉徐以显,从前白文选在庐州中了炮伤,伤势极重。多亏尚神仙用蒙汗药把他麻醉,取出来折断的那根锁骨,用同样长短的狗腿骨放在原处。过了两个月,他又能骑马打仗,像平日一样。听了这个故事,徐以显连称:"神医!神医!真是神医!"但是医生尚炯却心中很不舒服。不知何故他们都不提迎接闯王的事,暗想着刘宗敏等都不愿闯王冒风险前来谷城,看起来他们是对了。

从尚炯来到以后,张献忠一直在考虑着如何安置自成的问题。他既害怕走漏风声,不想把李自成接进城内,又顾虑倘若把自成藏在乡间,自成会轻视他畏惧朝廷太甚,误以为他是真的受了招安。现在,他的主意决定了。他替医生斟了一杯酒,说:

"快喝了这杯酒,吃了饭,咱们去接自成。"他转向徐以显,故意问:"军师,如今巡按大人来谷城,张大经也在这里,到处是朝廷耳目,把闯王安顿在什么地方好?"

徐以显一时摸不透献忠的心思,故意说:"按我说,最好请闯王住在山里边,多派人加意保护。等过上一年半载,局势有了

---

① 赊旗镇——又名赊店,南阳东六十里一个大镇,解放后设置社旗县,从前所产汾酒在豫西和鄂北十几县颇为著名。

转机,再资助他一些人马,他好去召集旧部,重振旗鼓。"

献忠摇着头狡猾地笑一笑,说:"不。咱老子要把自成接进我的公馆来,同老子住在一道。"

徐以显暗暗高兴,心里说:"你的诡计瞒不住我这个小诸葛!你不是平白地把他安置在你的公馆里,你是想来一个关门杀鸡,叫他无处飞逃。"他心中这么想,嘴里却故意说:

"这里离察院太近,不怕按院大人知道么?"

"屁!别说咱不会让他知道,万一给他龟儿子晓得啦,咱撑着,看他干瞪眼没有办法。"

徐以显笑着点点头。他认为张献忠说的不是真心话,可是又觉得对张献忠的心思摸不准了。

张献忠吩咐白文选立刻以保护巡按大人为名,派人在附近的大街小巷放哨和巡逻,禁止闲人通行;又吩咐一个亲兵去告诉他的第八个夫人丁氏,赶快派丫环把楼上打扫干净,安好床铺,生着火盆,供闯王一人安歇,从今晚起,一切闲杂人不准走进八夫人的小院。他对医生说:

"老尚,我想这样安排:自成的人马全留在城外,隐藏在我的兵营里;双喜跟小张鼐住在这花厅里;你呢,愿意住我这公馆里也好,愿意住文选那里也好,愿意去太平镇住你干女儿那里也随你;至于自成,就住在这东边小院里。楼下边住的是我的八姨太太,请他住楼上,万无一失。你看这样好么?"

"到了你这里,你怎么安排都好。"尚炯回答说。

徐以显在心中叫着:"妙计!妙计!"

"自成在城外什么地方等候?"献忠向医生问。

"离城二三里路,一个小村庄里。"

"快备马!"献忠向侍立背后的亲兵头目说。"准备二十个人随我出城,在后门等候。"

尚炯连二赶三吃毕饭,站起来说:"咱们走吧,莫让自成等得太久了。"

"走吧。老徐,你也去。"

于是他们出了后门,带着一小队亲兵骑马出发了。

李自成被献忠秘密地迎进公馆,果然连一个亲兵也没有带进城来,只有双喜、张鼐和尚炯相随。等到在花厅中坐定以后,尚炯觉得徐以显的眼神中含有杀机,又忽然想起来刘宗敏和李过等劝阻自成的许多话,很后悔他自己临事疏忽,竟没有提醒自成把亲兵带在身边。但如今后悔也迟了。他几次暗中观察闯王的神情,却看见闯王没有丝毫不安,好像根本没想到会万一发生意外。一会儿张献忠往厕所去,徐以显跟了去,花厅里只留下白文选作陪,还有几位亲兵在一旁伺候。趁着这个机会,老神仙用脚尖对自成的脚轻轻碰一下。自成的心中一动,但是他既不望他,也不做任何表示,似乎对他的用意毫不理会。尚炯没有办法,只好怀着一颗七上八下的心,听天由命。

徐以显守候在厕所外边,盘算着如何对自成下毒手。等献忠从厕所出来,他迎着献忠小声问:

"大帅,你打算怎样下手?"

"下什么手?"献忠略带惊讶地问。

献忠的回答和表情使徐以显觉得奇怪。他本想把趁机杀掉李自成的主张直接说出口,但在刹那中踌躇一下,改为试探的口气问:

"巡按大人可对大帅谈到了李自成的事?"

张献忠感到奇怪地问:"你怎么知道了?"

"他的一位亲信幕僚也把这意思对我讲了。"

"你觉得怎么样?"

"我们并非真心投降朝廷,不过是暂居此间,待机而动。大帅岂能卖友求荣,失天下义士之心?"

"对呀,那么你怎么要我下手?"

"以在下愚见,大帅虽不应听从林铭球的话将李自成缚献朝廷,但也不可将他放走,遗将来无穷之患。大帅平日也私自同我谈过,将来能与大帅争天下的惟有自成一人。不如趁此时机,暗中将他除掉,则今后天下义军惟大帅大旗所指,谁不服从!"

张献忠的心一动,没有马上回答。他虽然比李自成起义略早,一开始就独树一帜,为早期十三家的主要领袖之一,比李自成著名,但是他不像李自成那样很早就抱着个推倒朱明江山的明确宗旨,并且为实现这一远大的政治目的而在生活上竭力做到艰苦朴素,对军纪要求甚严,时时不忘记"救民水火"。献忠有时也想到日后改朝换代的事,但思想比较模糊,也缺乏夺取政权的明确道路。他攻破了许多城池,杀了许多贪官污吏,但不懂得将革命的目标对准朱明朝廷。在他的身上,常常露出来闪光的特点,远远超过同辈中许多起义领袖,但始终没有完全摆脱流氓无产阶级的思想烙印。来到谷城,他本来怀着很大的机会主义思想,希望明朝会给他正式名义,发给军饷,按照他的要求将襄阳一带的防地给他。如果这个打算实现,他会割据一方,等待变化。但是不仅这些要求都落了空,反而将几年来军中积蓄的金、银、珠宝一部分白送给北京的大官们,一部分给熊文灿和襄阳的文武官员们要走了。将近一年来,新的生活经历逼着他认识了一些新的道理,也懂得光反对贪官污吏不行,应该彻底反朱家朝廷。更由于徐以显、潘独鳌等失意文人和野心家来到他的身边,使他争夺天下的思想完全形成。但是现在他感到最可恨的是北京的混蛋朝廷、襄阳的文武大员,以及才到谷城的林铭球,而一点不是李自成。他想自成兵败来投,正是瞧得起他,信得过他,说自成将来会跟他争天下,远得很呢!徐以显见他沉吟不决,赶快接着说：

"请大师不必犹豫。俗话说，不奸不毒不丈夫。自古争天下者，兄弟父子之间尚且互相残杀，何况朋友！唐太宗杀其兄弟，仍为千古英主，光耀史册。项羽在鸿门宴上不忍杀害刘邦，终至逼死乌江。大师起义至今，杀人无数，何用在一人身上动妇人之仁，重蹈项羽覆辙！"

张献忠手握长须，仰视星空，仍然沉默不语。徐以显觉得献忠马上就会下了狠心，又怂恿说：

"敬轩将军！今日乃天将李自成赐将军；逆天意，失良机，后必受殃。倘大师担心传之于外，有损令名，此事甚易。只要你动动嘴唇，今夜我就派人将李自成一伙人全部活埋，或杀死之后沉入汉水，外界如何得知？"

张献忠握着大胡子的手猛地抖动一下，眼前不仅浮出李自成的被杀害后的尸体，也出现了干亲家的尸体。他把手松开，望了军师一眼，摇摇头，说："这不是一件小事！走，陪客人吃酒去吧。"一转身，大踏步往花厅去了。

在花厅中为客人摆上了洗尘酒宴。在饮酒中间，徐以显虽然恭敬而热情地向闯王敬酒，心中却继续想着如何劝说献忠下狠心。李自成说话谦逊，举止稳重；虽经惨败，妻女俱失，但谈到前途时信心百倍，毫无沮丧情绪；尤其是他思虑深沉，谈吐不凡，也不像他见到的许多义军首领那样肤浅和粗俗……这一切一切，都使徐以显更觉得非把他除掉不可。他假装恭听自成说话，仔细地看看自成的高鼻梁和高而有棱的颧骨，不由地在心中惊问："啊，这不就是古人所说的隆准日角①，帝王之相么？"他

---

① 隆准日角——隆准是高鼻梁，日角是高颧骨，迷信的说法是鬓上有日角隆起。古代相法说这是"帝王之相"。

看看想想，要下毒手的心思愈加迫不及待，就托故离开了筵席。

他绕过一座假山，穿过一道月门，进了一个小院，院中十分幽雅，梅花盛开，暗香扑鼻。在几十株古梅中间有一座小楼，帘幕深垂，悄无人声，只看见白纸窗上映着人影，并有丁冬的三弦声悠悠扬扬地弹个不停。徐以显放轻脚步，走到青石台阶下边，伫立片刻，故意咳嗽一声，叫道：

"哪位姑娘在？"

三弦声停。一刹那静默之后，是献忠的八夫人丁氏的娇嫩声音：

"春香，快去看谁在外边。"

忽听一双银镯丁冬一响，有轻悄而匆匆的脚步声传出，随即帘子一动，一个十五六岁的姑娘的俊俏脸孔从帘子边露出半边，问道：

"谁呀？"

"春香姑娘，请你禀八夫人，就说徐军师特来求见。"

不等丫环回禀，丁氏已经听得清楚，感到奇怪，忙吩咐说：

"替军师打起帘子！"

徐以显走进屋去，同丁氏见过礼，坐下以后，欲言又止，丁氏越发觉得奇怪。她想，徐军师从没有单独来找过我，今晚为什么事前来找我，而且神气很不平常？

"军师，有什么话要同我说？"她问。

"有一件要紧的事要跟夫人一谈，请夫人屏退左右。"

四个丫环看见丁氏把手一摆，有两个咚咚地跑上楼去，一个跑往厨房去听老妈子说古今，一个趁机会跑回小房里绣花鞋去了。

"夫人可知道李闯王今晚来了？"徐以显问。

"怎么不知道？大帅要请他住在我这楼上，刚才已经叫丫环们收拾齐备，火盆里也烧上木炭了。"

"夫人可知道李自成是怎样的人？"

丁氏不明白军师的用意何在，随便回答说："还不是同咱们大帅差不多？也不会多长个鼻子眼睛。"

"夫人不知，李自成实在是一个了不得的人物，非一般英雄可比。"

"我听说他近来在潼关全军覆没，连老婆、女儿都丢掉了，还有什么了不得的？"

"不然，不然。胜败乃兵家常事，夫人不可以一时胜败论英雄。"徐以显轻咳一声，接着说："李自成不贪财，不近酒色，与士卒同甘苦，这一点在当今群雄中实为少有。善于治兵，出于高迎祥手下而青出于蓝。近一两年来，听说他颇喜读书，更留意收买人心。我们的大帅在这些地方尚有不及，其他诸家起义英雄更差得远了。再说，此人颇有谋略，非一般战将可比。崇祯八年正月，十三家七十二营大会荥阳，商议如何抵抗官军围剿，多有畏惧之心，久而未决。那时候，李自成还是闯将，不很著名，在众议纷纭中按剑而起，大声说：'怕什么？一人拚命，十人莫敌，况我们十万之众！目下我们的人马比官军多十倍，只要大家齐心作战，纵然他们把关宁铁骑调来，也不会把我们怎样。请大家不要三心二意，还是快决定迎敌之策。我想，我们十三家人马应该分成几大股，分头迎敌，互相策应。'他又建议：有的南当川、湖官兵；有的扼守黄河；洪承畴所率陕军较强，可以派重兵封锁潼关，并在崤函山中步步设伏，使陕兵无法东进；另外派一支精锐部队直向东进，威逼南京，打乱朝廷的军事部署。大家齐声说好，杀马祭天，分头行动。这一次，高迎祥、李自成同我们敬轩将军并肩东下，千里进军，下颍州，破凤阳，焚皇陵，分兵直逼南京，举国震动，而朝廷围剿之计亦被粉碎。这件事，夫人总该听说过吧？"

丁氏开始有点明白了徐以显来见她的用意,抿着小口一笑,说:

"在娘家时我不出三门四户,来到谷城后又没有离开过这个小天地,像这样的事我怎会知道?"

徐以显用指甲敲着茶几说:"如此谋略,可谓大智大勇,虽古之名将不过如是!"

丁氏觉得这样的故事很有趣,可惜从来没有人对她谈过。尽管她平日讨厌徐以显这个人,但为着想听故事以排遣她的心中寂寞,便问道:

"他这个人还有什么了不起的地方?"

徐以显喝了一口茶润润喉咙,又说:"又如,崇祯七年夏天,诸家义军误入车厢峡,被陕西总督陈奇瑜围困。又是用李自成计,使大家平安脱险,转败为胜。这又是他的智谋过人。就以今天来谷城这件事说,也足以看出他的不凡之处。如果是别人,新经这样惨败,必然十分沮丧,即使不投降,也必苟延性命于一时,坐待时机。可是他不然。他,你瞧,竟然不顾妻、女下落不明,冒着路上风险,奔波数百里,前来游说敬轩。已经几乎是赤手空拳,他还要鼓动风浪,兴云作雨,推动大局!就此一事,也可见他的不凡。"徐以显偷偷打量一眼,见丁氏低头微笑,不知她心中在想着什么,而自己的毒计又不好突然说出,只好随便加了一句:"虽然李自成还没有将劝大帅重新起事的话吐出来,但我如果看不到他的肺腑,也白做敬轩将军的军师。"说毕,慢慢地端起茶杯,等候丁氏说话,以便抓住机会说出自己的来意。

丁氏抬起头来笑着问:"你是想请我帮点忙吧?"

徐以显赶忙回答说:"夫人明智。我不说出来,夫人也会猜到。"

丁氏被徐以显的眼睛看得不好意思,用指头掠一掠鬓发,又说:"你想请我在大帅的面前替你说几句话?"

"正是此意。"

"你一张口就谈李闯王如何了不起,我就猜到你是想到闯王那里干一番大事业,打算请咱们大帅把你举荐给闯王。可是,你想,大帅怎么肯放你去?算了,你还是别打这主意吧。别的我可以替你说话,这样的忙我可不帮。"

徐以显赶快说:"非也,非也!夫人把我徐以显看成了朝秦暮楚之辈!"

丁氏诧异,收敛笑容,问:"军师,你究竟来找我有什么事?"

"夫人,日后同我们大帅争天下者惟李自成一人而已。今日天送自成前来,请夫人劝大帅当机立断,将他除掉,免留后患。失此良机,悔之晚矣!"

丁氏的脸色突变,心头怦怦乱跳。她今年才只有十九岁,原是个大家闺秀,今年正月出嫁时在路上被张献忠抢了来,十一个月来她对杀人的事情仍是看不惯,提起来就有些害怕。如今要她劝说张献忠杀害别人,尤其是杀害鼎鼎大名的李自成,她如何能不害怕?她咬着嘴唇想了片刻,坚决地说:

"像这样坏良心的事情我不管。你想杀人,为什么不自己见大帅去说?"

"我已同大帅讲过,因见大帅犹豫不决,故来请夫人帮忙。夫人不为大帅的大事着想,难道也不为夫人你自己的前程着想?"

"你们杀人是五八,不杀人是四十,与我有什么相干?"

"夫人差矣。古人云:成者王侯败者贼。倘若大帅能得天下,则大帅即成了当今皇帝,夫人也成了皇后;倘若大事不成,则大帅不过是一个流贼,夫人也不过是贼之一妾耳。此事岂与夫人无干?"

徐以显的话直刺到丁氏的痛处。她自从被张献忠抢来以后,也曾几次想死,但终于下不了死的决心。她每天一想到自己出身于书香门第,哥哥是个举人,却落入贼人之手,已够丢尽了祖宗的人,何况是做了妾,而且是位居第八!每天无事,她不是拿三弦或洞箫解愁,便是暗暗流泪。幸好近来生了一个男孩,刚刚满月,使她在苦闷的人生中看到了一线希望,也许不是希望,只是暂时的一点安慰。现在徐以显对着她毫不客气地说出来什么贼呀妾呀,羞得她满脸通红。倘若不是因为徐以显是张献忠的心腹人,他的话又出自一片忠心,她一定会立刻叫丫环们把他赶走,甚至见了献忠时要大哭一场,求献忠替她出气。徐以显见她红着脸低头不语,又说:

"夫人难道甘做贼人之妾,不愿居皇后之尊么?"

丁氏猛然抬起头来,含怒说道:"徐先生,你说话太无礼貌。念起你是军师,居心不坏,我不生你的气。这事情我还是不管,不坏这个天良。纵然大帅日后做了皇上,别说皇后我没有份儿,连东宫、西宫也没有我的份儿。你去找别人帮忙吧,休得拿这话来怂恿我帮你杀人。"

徐以显不动声色,笑着说:"夫人,你又错了!"

"我怎么错了?"丁氏问,气愤中含有一丝儿侥幸心理:难道我真有份儿么?但是她接着说:"你想想,大帅的妻妾一大群,听说马上又要把本城敖秀才的妹妹娶过来。等他做了皇上,不知还要娶多少。到那时,倘若我还活在人世上,年纪已大,容貌已衰,还不是打入冷宫受罪!"

"不然,不然。夫人真真差矣!自古母以子贵。如今大帅虽有八位夫人,却只有夫人生有一子。将来大帅坐了天下,夫人之子必为太子,夫人岂不要位居正宫?不但要做皇后,往后还要做皇太后哩。"

丁氏冷然不语,但心中的怒气却消了。

"夫人,你难道不希望大帅日后坐江山么?"徐以显拈着胡须问。

丁氏有点不好意思。她在心中琢磨着军师的话,不由地想起瞎子王又天的话,满怀喜悦,心中又是一阵狂跳,但又觉得这希望有点渺茫,怕不牢靠。她希望这位足智多谋的好军师能替她解答一个疑问,便含着不好意思的微笑问:

"大帅的年纪还很轻,别的夫人难道就不会替大帅生儿子了?"

"自古立嗣以嫡,无嫡立长。大帅并无嫡子,夫人之子乃是长子,日后定为太子无疑。王又天昨天所说的话,夫人难道不知?"

"大帅昨晚对我讲过,不过我对看相啦,批八字啦,自来不大肯信。"

"有些江湖术士,顺口奉承,希图赏赐,自然不可凭信。像王又天这样有名的山人,非一般江湖术士可比,岂可不信?"

丁氏默然不语,但掩饰不住眉尖上、眼角、嘴角以及嫩白颊上的小酒窝,处处洋溢着喜气。徐以显见她已经变了态度,赶快接着说:

"夫人,如不趁早除掉李自成,则将来锦绣江山恐非我们大帅所有。请勿犹豫,力劝大帅除掉自成为是。"

"我帮你劝说倒是可以,就怕……"

"就怕什么?"

"他同李自成原是朋友,并无冤仇,未必肯下此毒手。况如今官军势大,义军势弱,他们正好像风雨同舟,只应彼此相帮,怎能互相残害?"

"不,夫人你不清楚。李自成早就同咱们的大帅闹翻了。我听说,崇祯八年破凤阳、焚皇陵那一次,我们敬轩将军得了十二个吹鼓手小太监,每次饮酒时叫他们奏乐。自成想要他们。敬轩将军不给。后来自成又要一次,惹得我们的大帅恼了,毁了乐器，杀了小太监，从此两个人失了和气，貌合神离。虽然这个传说未必全真，但他们两人平日不和，互不相容，则是千真万确的，人人都很明白。古语云'两雄不并立'，何能风雨同舟？"

"你跟大帅做军师才几个月，大帅同李闯王从前不和，你怎么清楚呢？"

徐以显说："如果我不清楚，也不敢劝大帅下毒手了。我同众将士一心拥戴大帅，所为何来？难道不是见明朝气数已尽，咱们的大帅是应运而兴的英雄，应该不惜肝脑涂地，竭智尽忠，辅佐他早成大业？今日除掉李自成，如同鸿门宴上除掉刘邦，一举手之事耳。失此机会，后悔莫及！"

"你何以知道李自成日后会同咱们大帅争天下？"

徐以显带着十分有把握的神气笑一笑，说："夫人不知，在目今各家义军领袖中，只李自成最有雄才大略，早有夺取明朝江山的心思。在高迎祥活着时候，自成是拥戴高迎祥的，不肯露出棱角，但行事多有与众不同。自从高迎祥死后，他被推为闯王，他对亲信将领们再也不讳言自己的远大抱负。司马昭之心路人皆知，我身为大帅军师，岂是糊涂之人？"

丁夫人说："他纵然像你说的那样，想夺取明朝天下，可是近来败得很惨，想恢复元气很难。我看……他不会再有心争夺天下了。"

"夫人所见差矣。自古打仗，有败有胜，得天下者很少有一帆风顺的，故云创业不易。自成虽然新遭大败，但此人百折不挠，锐意进取，加之重要将领均在，上下同心，亲密无间，又善于整饬军纪，救民之急，所以只要他喘息一下，重振旗鼓不难。"

丁氏觉得军师的话有道理，随即沉吟说："可是他今日是投奔朋友，并无对不起咱们大帅之处。"

徐以显冷笑一下，说："夫人这么想，正所谓'妇人之仁'，最误大事。刘备兵败下邳，关、张失散，妻子不保，只身寄食许昌。曹操一世英雄，多谋善断，明知刘备终非池中物，曾当面对刘备说：'天下英雄，惟使君与操耳。'错在他不肯除掉刘备，致后来有三分鼎峙之局。夫人读过《三国演义》，难道不记得了？"

丁氏不再三心二意了，抬起头来问："军师，万一大帅不听我的劝告怎么好？"

"夫人最受大帅宠爱，说话定然有效。倘若大帅仍然迟疑，我另有一个办法。"

"什么办法？"

"我送来一包毒药，夫人可叫心腹丫头给十八子送茶时下在壶里，岂不结果了么？"

"我们不得大帅同意，岂不要惹出大祸？"

"纵然大帅一时生气，事后必定感激夫人。"

丁氏的心中紧张万分，浑身微颤，连呼吸也有些困难。为着镇定自己，她低下头，用力咬紧嘴唇，直咬得下嘴唇变成青白色，但自己一点疼痛的感觉也没有。不但她的嘴唇麻木，连脑筋也麻木了。

"夫人，你到底意下如何？"徐以显用阴险而尖利的眼光逼着她问。"为夫人母子着想，请不要当断不断！"

丁氏仍不做声。徐以显认为丁氏年幼无知，又一向受献忠的另外几个女人嫉妒和欺负，孤立无援，对此事必然会听从他的指教，只是乍然间胆怯和踌躇罢了。

"好，请夫人再想一想，我马上就亲自把毒药送来。"

"不，不。我不要！我不要！"

徐以显不再说话，对着她阴险地笑一笑，转身走了。丁氏望着他的背影叫道：

"我一百个不要,你千万莫送来!"

她望着灯光发呆,瘫软得站不起来。过了一阵,看见有两个丫头已经回到她的身边,她对其中一个说:

"春兰,你到花厅去启禀大帅,就说楼上已收拾停当,请大帅亲自看看。"

丁氏正在担心徐以显转来,徐以显果然来了,将一包烈性毒药放在桌上。她恐怖地说:

"这是伤天害理的事,我不能下这个手……"

徐以显说:"自古为争夺天下,父子兄弟不能相容。子弑父,父杀子,兄弟互相残杀,史不绝书。我们大帅姓张,闯王姓李,姓张的杀姓李的,有何伤天害理。孔圣人和孟夫子爱讲仁义,他们的话只是说给别人听的,可是在当时就没人听从,后世更没有一个傻瓜指靠空讲仁义取天下。别说后世,在上古也没有。孔圣人把尧、舜禅让捧得天花乱坠,其实并没有那么回事儿,'尧幽囚,舜野死'倒是真的。后世不论官宦和平民人家,只要是有产业的,兄弟叔侄争产,势同仇人,平日所讲的仁义忠信,兄友弟恭,全都一风吹了。至于异姓之间,不是我骑在你头上,便是你骑在我头上,大鱼吃小鱼,小鱼吃蚂虾。几千年就是这样过去了,你不这样就会被别人吃掉。夫人,你母子要能够长保富贵,就在你今夜当机立断,敢作敢为。失此良机,悔之晚矣。毒药留在这里,请你勿多犹豫。"徐以显并不等丁氏说她同意,站起来略施一揖,匆匆而去。

丁氏在娘家时只懂得描龙绣凤,读一读《女四书》和《列女传》,听长辈讲一些三纲五常和三从四德的大道理,闷的时候吹吹箫,弹弹三弦,连厨房里杀鸡子也不敢看,连茶豆架下落掉一个毛毛虫也不敢踩死。她万没料到自己竟然临嫁"失节",成了八大王的第八房妾,亲眼看见了许多杀人的事,而如今军师硬逼她下毒药杀害李自成！军师一走，她的心中紧张万分，不知所措了。她觉得军师的话都有道理，既是为献忠创建大业着想，也是为她母子的前途着想。但是她平日风闻李自成的为人和行事跟献忠大不相同，想到要由她下手害死他，深深地感到受良心谴责。她将毒药包扔进抽屉，扶着椅背站起来，两腿仍然发软，艰难地走进里间，揭开锦帐，在灯光下看了看沉睡的婴儿，然后在婴儿的脸上吻了一下，又用食指尖在小脸腮上轻轻一捣，叹口气说：

"要不是为了你，我何必活在世上！"

她又精神恍惚地从卧房中悄悄出来，在方桌边重新坐下，紧咬嘴唇，低头沉思，等候献忠。楼上有老鼠把什么东西弄得响了一下，声音很轻，但丁氏大吃一惊，猛然抬起头来，心中一阵狂跳。她仰脸望着楼板，在心里害怕地说：

"他们用不上我下毒，就要把李闯王杀死在这楼上么？"

她继续望着楼板，仿佛看见鲜血从楼板缝中滴落下来。她的脸色更发白了。

忽然，想起来她的哥哥丁举人，又想到母亲，几乎忍不住痛哭起来。仿佛丁举人就坐在她的面前，等着要她的金银珠宝，脸上挂着虚情假意的笑。她在心中哭诉说：

"你原来已经不把我当成丁家的后代，如今却来认亲，把我当成了你们丁家的宝贝看待。唉，你只知要钱，可知我过的什么日子！原来你们常讲的三纲五常，忠孝节义，都是假的！"

她重新将徐以显讲的话回想一遍，更觉得他的话有道理。人都是为自己，为争名争利随时都要坑害别人。官杀民，富杀贫，有权有勇的杀无权无勇的，得志的杀不得志的……她想起来人们常说的"不奸不毒不丈夫"，确实如此，吃亏的都是老实懦弱人！于是她为着自己和儿子的富贵前途，决定按照军师的话做，别的暂时不想了。

听见献忠的脚步声，丁氏心头狂跳，机械地站起来。看见献忠一进来就往楼上走，她慌忙说：

"楼上收拾得很好，你不用上——上去看了。"

"那么你叫我回来做什么？"献忠在她的嫩脸上摸了一下，乜斜着眼睛说："一时不看见咱老张，就想得你坐立不安？"

她推开献忠的手，不知说什么好，简直有点后悔把献忠请回。可是，既然下定狠心，怎能三心二意？她使个眼色叫丫环们出去，然后一声不响地走进里间，揭开锦帐。她本来打算叫献忠同她一道坐在床沿上，却自己心一慌，腿一软，先坐下去，让献忠立在她的面前。献忠看见她的神色异常，颇为诧异，把一只手放在她的肩上问：

"乖乖儿，出了什么事？"

她望着他的眼睛，呼吸急促，紧紧地抓住献忠的一只大手，原来准备了许多话，却临时想不起来，只是吃吃地说：

"大帅，你把李闯王杀了吧！你不杀他，他日后就会杀你！"

张献忠甩脱了她的手，吃惊地望着她，抓住大胡子在手中揉着，过了片刻，严厉地问：

"是老徐刚才来过？"

丁氏感到献忠的脸色可怕，只把头点了一下，不敢出声。

"人家有了困难来投朋友，咱怎好乘人之危，就下毒手？我不干！"

丁氏觉得完全无策了，忽然抓住献忠的袍襟，哽咽说："大帅，你不替你自己日后着想，也该为我，为你的孩子着想啊！"因为提到她自己和孩子的前途，她真的忍不住滚出泪来。

献忠望望床上的婴儿，想起来王又天昨天替他父子批八字的事。自从十年前起义以来，曾有不少人说他日后会得天下，王又天只是重新说出了别人说过的话，所不同的是王又天的名望很大，连总理熊文灿都待如上宾，他的话特别能打动献忠的心。此刻回想着王又天的话，三四年来对自成的忌妒情绪忽然在献忠的心上活动了。

"妇道人家，这样的事用不着你们多嘴！"献忠说毕把手一甩，快步走了出去。

尽管献忠用的是责备口气，但丁氏却看出来献忠的心中有几分同意了。过了片刻，她又觉得对献忠的口气捉摸不定。她的心头很乱，也很恐怖，一会儿好像楼上马上就要杀死李自成或李自成拔剑抵抗，互相砍杀；一会儿又像楼上风平浪静，而徐以显来催她赶快命丫头用毒药毒死闯王。一想到徐以显，她就毛骨悚然。她心中叹道：

"这个人竟得到他的信任！同他搭配……"

丫环们忘记给铜灯添油，灯光不亮，一点昏黄的火苗儿在冷空气中颤抖。她觉得绣房中阴森森、黑黝黝的，更加害怕。

她突然扑到床上，抱起来婴儿，逃出绣房。丫环们已经进来，看见她神色惊慌，脸色苍白，浑身打颤，以为她受了感冒，赶快扶她坐在火盆旁边。在明亮的灯光下，在四个丫环的包围服侍中，过了一会儿，她慢慢好了。但是又忽然一惊，望着楼板，小声问：

"楼上有人么？"

"没有一个人。"春兰回答说。

"我听见好像有人在上边走动。"

四个丫头平时都怕狐仙，怕鬼，甚至在晚上提起来黄鼠狼也害怕。听丁氏这么一说，都恐怖地望着楼板，屏气静听。正在这时，从院里传进来一个陌生的男子声音：

"好幽雅的一座小院！"

第 十 八 章

丫环打起帘子。张献忠同徐以显把李自成让进屋里。丁氏已经躲进里间去了。献忠把她唤出来,介绍给自成说:

"李哥,认识认识,这是你第八个弟妹。怎么,还俊俏吧?"

李自成比献忠长几个月,按照自古传下来的老规矩,兄长是不能在弟媳妇面前开半句玩笑的,朋友间也是如此,何况自成又是个比较严肃的人,所以当时感到有点窘,无话回答。幸好丁氏匆匆地向他福了一福,羞得满面通红,一转身逃进绣房。张献忠乐了,拈着长胡须哈哈地大笑起来。

他们正要上楼,马元利来了。马元利同李自成从前也很熟,今晚因留在察院照料,没有机会来奉陪接风酒宴。他同自成见过礼,寒暄几句,就把一个红纸礼单呈给献忠。献忠紧皱粗眉,握着长须,把礼单细看一遍,抬起头来问:

"不能再少一些?"

"我同林大人的两位亲信幕僚琢磨很久,这一股子脓,疼是疼,恐怕要出。林大人跟他的左右,这次来谷城,不把胃口填饱恐怕不会离开。"

献忠带着怒意地说:"请他赶快滚还不容易?"

"当然容易。在谷城故意搞点儿小乱子,就会把他吓跑。可是咱们现在还得打鬼就鬼。腊月二十三打发老灶爷上天,用灶糖粘住他的嘴,让他上天后不能说坏话。大帅,你就忍口气,也忍点疼,权当是打发灶君上天吧。"

献忠沉吟说:"这么算下来,光送礼也得五千两银子以上。只是,这一颗大珍珠不好弄到……"

马元利笑着说:"听林大人的一位亲信说,这是四姨太太亲口说出来的,不好拒绝。她原想要一颗祖母绿,后经我再三说明咱这里如今没有,才改成大珍珠。"

"操他们的祖宗八代!"献忠轻轻地骂了一句,就往里间去了。

李自成完全明白是怎么回事儿,在心中暗笑说:"你玩假降这一手,玩来玩去,现在可尝够了好滋味!"同时他更觉得自己来得恰是时候,不怕献忠不听从他的劝说。为着避免打听,他不再同马元利说话,背过身去,打量着屋中的高雅布置。家具都是楠木的,式样古雅;墙上挂几幅名人字画,一张三弦,一管紫竹玉屏箫。箫的尾端带有杏黄色的两条丝穗子,上边用一块小小的汉玉坠儿绾着。他的眼光扫到山墙上,看见了一副装裱考究的红纸洒金对联,上写着颜体行书,十分雄劲和奔放:

柳营春试马
虎帐夜谈兵

他知道柳营是用的西汉名将周亚夫的典故,觉得这对联很合乎献忠的身份。看看落的下款,是题着"谷城徐以显彰甫拜书"。今晚看见献忠的军师,他对这个人的印象不怎么好。并没有什么根据,只是凭着他的人生阅历,朦胧地觉得徐是个阴险的人。但徐以显的一笔颜体字他觉得不错,增加了对这个人的敬意。

正当他欣赏徐以显书法的时候,他听见是献忠的八夫人小声赌气说：

"你们近来给大官儿们送礼，总是来挤我，把我当成个出血筒子。上月你们拿走我的一块祖母绿去给总理的小姐送礼，今晚又来要我的大珍珠。我不给！"

张献忠走出来，没有生气，无可奈何地对马元利笑着说：

"这个礼单放在我这里，咱们明天再商量吧。"

马元利一走，献忠就把自成请到楼上去，并对徐以显说：

"老徐，你也上楼来谈谈吧。"

徐以显赔笑说："我还有事，不能奉陪闯王啦。"

献忠也不勉强，说："你是忙人儿，随你的便。"

李自成对徐以显拱拱手，随着献忠上楼了。徐以显小声对春兰说：

"请夫人出来，我跟她说句话。"

丁氏从里间抱着婴儿出来了。她以为徐以显要问下毒药的事。但徐以显不再提这件事，因为他后来想，不得献忠同意决不敢下此毒手。献忠的脾气他很知道，一旦动了火，他的头就保不住了。

"夫人，你跟大帅说了么？"他小声问。

"说了。"

"大帅怎么说？"

"他不许我多嘴。看他的神气，他心里有些肯。"

徐以显轻轻点了一下头，没有说别的话，转身走出。他已经想好杀害李自成的新办法，用不着丁氏了。

李自成一到楼上，看见放着许多书架子，上边摆满了书，简直发呆了。他用眼睛扫着书架子，问：

"敬轩，这是个藏书楼么？"

"不是，不是。这些书都是方岳贡家的，官兵糟蹋，咱的弟兄也糟蹋，有的烤火啦，有的垫马棚啦。后来方岳宗请我帮忙，下令不准再糟蹋这些书，把已经散失的也收集起来，搬到这座楼上藏起来。这楼同咱们吃酒的花厅都不是方家的，同方家是紧邻，我把两家宅子打通啦，还开了一道月门。你看，你在这里住，不会有人打扰吧？"

"这地方确实清静。"

"只要你不嫌招待不周，在这里多住些日子吧，决不会有风吹草动。"

自成笑着说："八弟妹住在下边，自然闲杂人不敢进来。"

他们在靠近火盆的八仙桌边坐下。桌上放着一个霁红官窑梅瓶，新插了两枝红白二色的腊梅。春香来替他们倒了两杯茶。献忠一挥手，她赶快下楼了。献忠是一个不喜欢安静的人，更不喜欢稳重地坐下谈话。他站起来走到自成的身边，在他的肩上拍了一下，嘻嘻地笑着说：

"哎，李哥，你不如跟着咱老张投降朝廷吧，何必天天奔波？"

自成转过头来，看看献忠。看见他的狡猾的笑容，猜不透他这话到底是什么意思。但是他不管献忠的话是真是假，他把身子往椅背上猛一靠，头一仰，回答说：

"啊，不行，决不投降！"

"好家伙，已经'赔了老婆又折兵'，还不服输？"

"胜败兵家常事。没有败，也就不会有胜。自古起义，哪有一帆风顺的？"

"好我的哥，你难道打算丢掉几次老婆孩子？我看，还是受招安吧。"

自成笑一笑，说："要是只打算一家团聚，死在老婆床头，咱们起初就不必造反啦。"

"你真的不肯洗手？"

"既然造反,不反到北京城永不罢休。"

献忠瞪着眼睛在自成的脸上注视一阵,又在自成的肩膀上重重地拍一下,大声说:

"好样的,我就猜到你一定不服输,也不泄气!"随即哈哈地大笑起来,坐回原位。"李哥,咱们打开窗户说亮话,你以后打算怎么办?"

"我想听听你的主见。"

"听我的主见?"张献忠狡猾地挤挤眼睛,拈着大胡须说:"咱老张已经受了招安,也算是朝廷的人啦。咱们分了路,各人有各人的打算。你怎么好听我的主见?"

"敬轩,咱们说正经话,别开玩笑啦。我这次来看你,就是要跟你谈谈今后我们应该怎么办。"自成把"我们"二字说得很重,很慢。停顿片刻,见献忠一直含笑地盯着他,老不做声,他接着说:"从前官兵的力量比如今大,可是因为咱们十三家拧成一股绳,齐心作战,把官兵杀得顾东不能顾西。这两年,咱们十三家分成几股,你,曹操,我,老回回,还有革里眼他们,各打各的,没有好生配合,互相策应,都吃了官兵的亏。敬轩,如今满鞑子深入畿辅,洪承畴和孙传庭都去勤王,内地官兵空虚,加上河南等省连年灾荒,人吃人的年景,正是咱们大干一番的好时机。我不能住在商洛山中当神仙,你也不应该就这样在谷城长住下去。你说,咱们应该怎么办?"

"你想重振旗鼓,当然很好。痛快说吧,你可是要我帮助你?"

"我来谷城,不是来求你帮助,只是要跟你商议商议咱们今后应该如何干。一个巴掌拍不响,两个巴掌就拍得响。我来找你,不光是为我,也是为你。"

献忠又笑起来,说:"好家伙,还为我!"

"是,也为你。你大概还记得,几年前咱们在城固左近抢渡汉水，没有船只，水流很急，还有风浪。骑兵过去后，步兵过不去。大家正没办法，还是你想出主意，叫步兵强的跟弱的搭配，人牵人，手拉手，扯成长线，踏过汉水。转眼间，不但步兵都平安过来，连老弱伤病的弟兄也过来了。风浪大的地方，许多人手牵手站成一排，挡住浪头，让抬运伤病和辎重的弟兄们顺利过去。可见，力量分散了，就抵不住激流，挡不住风浪，力量合起来就什么困难也不怕。"

"你的力量在哪里，我的哥？你的人马不是打完了么？"

"那是暂时的事情。时候一到，只要我的路子走得正，重树起我的'闯'字大旗，人马要多少会有多少。"

"你有把握？"

"有把握。明朝已经失尽人心，加上灾荒连年，饿殍满地，只要我们能够为民除害，救民水火，还怕没有老百姓跟着造反？"

"你真是要干到底？"

"说实话，我目下已经在商洛山中集合力量。"

张献忠猛地跳起来，把大腿一拍，伸出一个大拇指，大声说："好汉！好汉！自成，我就知道你不会完蛋，定有重振旗鼓的一天。果然你丝毫不丧气，不低头，是一个顶天立地的铁汉子！高如岳死后大家推你做闯王，真不愧这个'闯'字！不过，老兄，你也不要在我老张面前打肿脸装胖子，硬不要朋友帮助。说吧，你需要什么？需要我老张送一些人马给你么？需要多少？……嗯？说！"

"敬轩，你的情谊我十分感激。可是，请你暂且不谈怎样帮助我。咱们先商量今后大计要紧。"

"好，暂且放下这一章，先谈重要的。你打算今后怎么干？"

"我想先问问你：你打算怎么干？"

张献忠拈着大胡须笑一笑，重新坐进椅子里，装出心安理得的样子说:"你看,咱俩走的不是一条路。我已经娶了八个老婆,不久还要娶第九房,是本城敖秀才家的姑娘,十七岁。咱们造反,还不是为着过几天舒服日子!"他挤挤眼睛,摇摇头,打个饱嗝,双脚蹬在桌撑上,接着说:"我没有别的打算,只想在谷城安安稳稳地住下来,把兵练好,朝廷需要我出力的时候我就出把力。"

自成笑着问:"真的么?"

献忠说:"信不信由你。"

自成坐下去,诚恳地、严肃地、不慌不忙地微笑着说:"敬轩,你不要跟我开玩笑,良机难得,咱弟兄俩应该好生谈一谈。咱们起义已经十来年啦,弟兄们死了不知有多少,老百姓遭殃更大,到如今还没有打出个名堂来。你抱定宗旨杀贪官污吏①,可是贪官污吏越杀越多,看起来若非推倒明朝江山,来一个改朝换代,吏治是不会清明的。我知道你想喘喘气,然后大干。可是这情形不能拖得太久。你在整练人马,左良玉们也在整练人马。你只有谷城县弹丸之地。池塘小,难养大鱼。等到你的创伤养好了,羽毛丰满了,左良玉们的人马也整练好了,比以前更多了。你的把戏只能够骗住熊文灿,可是骗不住左良玉和罗岱,骗不住朝廷,骗不住众人的眼睛。目前正是极其有利的局面……"

张献忠截断自成的话,问:"自成,自成,凭良心说,这几个月来你们是不是常骂我老张脊梁骨软?说我张献忠是真投降了?"

"不管别的人如何说你,我自己心中有数。"

---

① 杀贪官污吏——张献忠的义子孙可望(即张可旺)于公元1649年给南明永历帝的奏疏上说:"先秦王荡平中土,剪除贪官污吏。"先秦王就是指的献忠。孙可望在云南也曾对贪官污吏严惩不贷,自称是"恪遵先志"。可惜张献忠的斗争口号一直没有像李自成那样继续提高。

谷城会晤

"好，还是你厉害，有见识！"献忠因为自成没有误解他，快活地连连点头。随后，他叹口气说："自成，你不明白，我的日子也不是好过的。熊文灿在广东招抚过刘香，在福建招抚过郑芝龙，发了大财，吃惯了这号利，把我也当成刘香和郑芝龙。嗨，他妈的，老狗熊！"

"他们把你当成了摇钱树，聚宝盆。"

"李哥，我这十个月的安稳日子是拿钱买的，没有一个文官武将，不问咱老张伸着手讨贿赂。妈妈的，把老子几年的积蓄快挤光了，还是填不满他们的没底坑。就从这一点说，明朝非亡不成，不亡才没有天理哩！别说我是假投降，就是真投降，这班大小官儿们也会逼得咱老张非重新起义不可。"

"所以我劝你不要这样拖下去。"

"伙计，你以为我高兴拖下去？你以为我愿意低三下四应付那些大官儿们？这班官儿们，黑眼珠只看见白银子，句句话忠君爱民，样样事祸国殃民。你以为我喝了迷魂汤，愿意跟他们在一起长久泡下去？咱弟兄们虽不说曾经叱咤风云，跺跺脚山摇地动，可是不含糊，咱是从砍杀中闯出来的，一天不打仗急得发慌。如今这日子，像二锅水，不冷也不热，温吐噜的，尽叫人磨性子，你以为我喜欢？有人说咱张献忠服输了，真想投降，这可是把眼药吃到肚里啦。"献忠嘿嘿地笑一阵，把大腿一拍，接着说："至于熊文灿这班龟儿子，他们忘记了，我的名儿叫张献忠，可不叫张献宝！"

"我听说你派人到北京去花了不少钱，真的么？"

"别提啦，都怨那个薛瞎子！他龟儿子目下还住在北京。等他回来，我得好好地骂他一顿！"

自成知道他骂的是一个叫做薛子斌的，是献忠的亲信将领，一只眼睛在作战中挂了彩，瞎了。自成同他也很熟。

"难道不是你派薛子斌去北京替你拿银子打通关节？"

"我派他?派个屁。是他自家出的主意!我起初只打算假降一时,叫我喘口气,补充一些人马甲仗,可是老薛这个龟儿子想真降。他天天怂恿我派他去北京,走他堂伯薛国观①的门子,用金银财宝收买朝里的达官贵人替我说话。我一时糊涂,就派他去啦。妈的,钱花了不少,可是朝廷该猜疑还是猜疑,没有买到别的,只买到一点:让我暂时能够在这儿休息整顿!"

自成笑着说:"有你派老薛去北京花的那些冤枉钱,拿出来一部分养兵,一部分周济穷人就好啦。我们要成大事,应该首先得民心,用不着拿钱买朝廷的心。敬轩,你想收买满朝的达官贵人,他们的胃口如何填得满?你的钱扔进大海里啦。"

"扔进大海里还会听见响声,扔进他们的口袋里有时连响也不响。"

李自成诚恳地说:"损失一些金银珠宝还是小事,重要的是丧失了咱们起义领袖顶天立地的英雄气概,背离了起义宗旨,也给各地造反的人们树立了一个不好的榜样。因为咱俩是老朋友,在战场上共过患难,所以我才这么直言无忌。敬轩,你可莫见怪啊!"

张献忠点头说:"李哥,你说得对,说得对。不管是真是假,到底背了个投降的孬名儿。这几年因为我老张的名声大,众人的眼睛都在望着我。我是替自己名声抹黑啊,还要低三下四地应付那些王八蛋们!"

自成又说:"虽然你走这着棋替自己的半世英名抹了黑,好在赶快挽回还来得及。敬轩,我再奉劝一句:一生名节所关,你千万莫再这样下去!"

献忠点点头,但没做声。

---

① 薛国观——陕西韩城人,当时是辅臣,不久任首辅,后来被崇祯赐死。详见《李自成》第二卷《紫禁城内外》。

"曹操怎么样?"自成问。

"曹操?滑得流油,滑得像琉璃珠珠。他只花了不多钱,买通了太和山提督太监①李继政替他向熊文灿写了一封书子,又给熊文灿送点礼物,另外没花一个冤枉钱,就占据几县地盘安安稳稳地住下来啦。老熊反而将就他,生怕他三心二意不肯投降,又是派房县知县郝景春找他劝说,拉拉交情,又是向朝廷保他做游击将军,说他是诚意投降。妈的!有我张献忠在东边做屏风,替他遮风挡寒,他躲在大山里边安闲自在地享福啦。"献忠又笑了起来,他的眼色和笑声里带着鄙视,但又流露着亲切,分明很赞许曹操对朝廷的狡猾态度。

"他打算以后怎么办?"

"哼,还不是坐在山里边观望风色?熊文灿要调他出来立功,他不肯出来,说他不愿做官,也不要朝廷粮饷,只愿同他的部下散居在山里做农民,自耕自食,同老百姓在一起安居乐业过日子。你瞧,多会应付!可是,只要咱老张干起来,他就得跟着一起干,不怕他油光水滑。"

"你到底打算什么时候起事?"

"等我准备好了以后就动手。"

"大约什么时候可以准备好?"

张献忠心里说,你现在是输光了,巴不得我老张干起来,闹得四处起火,八下冒烟,你好趁火打铁。我偏不急!于是他装做不大在意的样子说:

"说不准啊,走着瞧吧。"

李自成也不再问,淡淡一笑,从桌边站起来,背着手走近一

---

① 太和山提督太监——太和山即武当山。明朝皇帝派一太监驻守武当山,称为提督太监,掌管祭祀和修建等事。

个书架,随便欣赏着那些带布套的和带夹板的、排列整齐但顶上蒙着一层灰尘的书,心中却在想着如何趁今晚将张献忠在谷城起事的日期商定,免得夜长梦多。献忠在他的背后忽然说道:

"李哥,你真是有胆气!"

自成转过身来:"什么有胆气?"

"我想问问你:你怎么打垮了以后不躲藏起来,竟然敢跑来谷城见我?"

"你是我的朋友,我没有做过对不起你的事,为何不敢来见你?"

"你不怕我黑你?"

自成心中吃惊,坐下去笑着说:"如果有丝毫害怕你落井下石,我就不会来谷城。"

"俗话说,不怕一万,只怕万一。你难道不怕万一我张献忠翻脸不认人,对你下毒手?"

"我根本没想到会有万一。在我们十三家弟兄中,除像刘国能和李万庆那样枉披一张人皮的畜生,死心塌地投降朝廷,卖友求荣,无耻之极,其余众多真正的英雄豪杰,从来没有黑过朋友的,何况你张敬轩?什么话!"

"要是俺老张处在你的地位,我的左右人就不会让我去找你。"

"那很奇怪。我的左右人没一个人不盼望我快来找你,共商大计。他们都说,只要咱弟兄俩能够携手,明朝官军虽多,就再也不会把咱们各个击破。"

"可是人们都说在十三家义军中咱俩是两雄不并立,互相不服。再说,这两三年咱俩又起了生涩①,撕破过面子,难道捷轩

---

① 生涩——在北方口语中,铁器生了锈叫做生涩(例如董解元《西厢记》卷二:"生涩了雪刃霜尖")。朋友间发生不和,好像铁生了锈,就说是犯了生涩。一般群众是不说"芥蒂"或"龃龉"的。

谷城会晤 353

他们都不想到这些事?"

自成哈哈地大笑起来,说:"敬轩,你也太把我那边的朋友们看低了!"

"怎么看低了?"

"在他们看来,咱俩虽然曾闹过意见,伤了面子,但是牙跟舌头还有时不和哩,何况是朋友相处?这是家里的小事情,不能因小失大。目前大敌当前,同心协力还怕迟误,谁还记着那些鸡毛蒜皮的小事儿!"

张献忠继续目光炯炯地逼着自成问:"可是,自成,有朝一日,打垮了明朝,咱俩终究要争江山呀!难道天有二日么?"

李自成完全没料到献忠会讲出这个问题,不禁身上出了冷汗。但是他用鼻孔冷笑一声,不慌不忙地说:

"眼下是大敌当前,只有同心协力才有办法。至于打垮了明朝以后的事,远着哩,你未免想得太早了。"

"太早?据我看,明朝也差不多到了山穷水尽地步,如今是勉强撑持,一旦要垮,很快。到那时,难道咱俩并排儿坐在金銮殿上?"

"敬轩,我们两人都是在刀枪林中过日子,每次作战都躬冒矢石,谁晓得何时阵亡?我们两个人倘有一个不幸阵亡,这难题岂非不解自解了么?"

"要是咱俩都不阵亡呢?"

"倘若托天之福,咱俩都不阵亡,那也好办。到那时,有一个人看见天命有定,自己争也无用,低首称臣,早弭兵祸,共建太平盛业,岂不甚好?"

"要是都不肯低头呢?何况你我,纵然有人肯低头,手下的将士们也不依啊!怎么办?"

"那也好办,不过多留下一些孤儿寡妇而已。"

"不是还得杀个你死我活么?"

"到那时,如果没有别的和解办法,咱弟兄俩就堂堂正正地排开战场,见个高低,总比目前大敌当前,自己家里互相残杀强得多。再说,不管你暗害我,或我暗害你,都只会使亲者痛,仇者快,失天下义士之心,留千载不义之名。假若你战败前去见我,不惟我不会下此毒手,连我的手下人也不会想到这里,除非他疯了。倘有人对我出这号孬主意,我会立刻砍掉他的脑袋。我向来做事情光明磊落,最恨的是当面做人,背后做鬼,阴一套,阳一套。我的部下决无人敢劝我做不光明磊落的事!"

张献忠用拳头在八仙桌上猛一捶,从椅子上跳起来,说:"好哇,这些话才真是痛快!李哥,你说得很真诚,也是英雄本色,叫俺老张听起来不能不佩服。"他向楼下大声叫:"拿酒来!"

自成赶快阻止说:"不用拿酒,咱们还有正经话没谈完哩。"

"俗话说,喝酒见人心。一边喝一边谈,岂不更痛快?"

"你知道我平素不大吃酒,今晚已经吃的不少了。"

"好,那就算啦。自成,说实在的,这两年就吃了咱弟兄俩闹意见的亏!"

"敬轩,你这一句话算说准了。过去都怪我气量窄,脾气躁,所以弄得弟兄们犯了生涩,给官军以可乘之机。三年来我吃了不少亏,作了不少难,才知道铧是铁打的,一个虼蚤顶不起卧单,所以冒着路途风险来找你,要同你重新拧成一股绳儿对付官军。今晚你既然掏出真心话,以大局为重,不计前嫌,我的心就安了。我对你说句老实话,有朝一日打下了天下,只要你张敬轩对百姓行仁义,对老伙伴大度优容,不要心存忌刻,诛戮功臣,我李自成愿意解甲归田,做一个尧舜之民,决不会有非分之想。我还要劝捷轩和补之他们都拥戴你像拥戴我一样。你放心吧,敬轩!"

献忠摇着头,狡猾地微笑着,拈着胡须问:"真的?"

"当然是真心话,我敢对天起誓。"

献忠往椅上猛一靠,哈哈地大笑起来。

"笑什么?"自成问。"你以为我说的不是真心话?"

"俺老张不是小孩子。枪刀林里混了十几年,刀把儿在手心里磨出茧子,肉屁股磨破了几副马鞍子,在这样事情上还不清楚?你就是一口说出二十四朵莲花不少一个瓣,咱老张也不信!你如今打成光杆了,自然没有争江山的心;等到你羽毛丰满,还会想到拥戴俺老张么?哈哈哈哈……"

自成望着献忠微笑,心里说:"不管你多么诡诈,只要你肯暂时同我合作,肯听我的话在谷城起义就成!"等献忠的笑声一住,他不慌不忙地说:

"敬轩,你对我的话没听清楚。我是说,倘若你日后对百姓行仁义,对老伙伴大度优容,我就拥戴你。反过来说,你要是不仁不义,不能解民倒悬,不用说别人不会拥戴你,我李自成也不拥戴你。天王老子地王爷,人血一般红。倘若你不仁不义,不能救民水火,别人凭什么要拥戴你?"

"这话倒有些在理。"

自成忽然脸色严肃,声调沉重地说:"敬轩!我虽然知道你一向直爽,可是你刚才说的那些话也真是出我意外!咱俩一起焚毁了凤阳皇陵,同当今皇上是不共戴天之仇。一旦满鞑子退出长城,朝廷能让你安生练兵么?你如今困在谷城,上而受朝廷疑忌,不给职衔,不发关防,不给粮饷,下而受地方官绅讹诈,日日索贿,这处境实在不好。另外,众家起义兄弟,只要有点骨气的,谁不说你不该投降?不管你真降假降,别人可捣着指头骂你!这样下去,别说朝廷这一头你抓不住,连朋友也会失尽!"

"我知道。我这一年是耗子钻进风箱里,两头受气。"

"可是,你竟然还想着咱弟兄俩日后争江山的事,这不是奇怪么?假若有人再挑拨离间,敬轩,我劝你砍了他的脑袋!"

献忠的脸红了,嘻嘻笑着说:"李哥,你莫疑心。不关别人的事,是俺老张跟你说着玩儿的。"

"近来我常常想着我们这些人为什么逼得造反,越想越不能半途而废。我小的时候替人家放过羊,挨过鞭子;二十一岁的时候因欠人家的债,坐过几个月的牢。因为我坐牢,母亲又气又愁,不久下世啦。拿你说吧,常听说你小的时候同张老伯赶着毛驴儿进川做小生意。你现在还常骂'龟儿子',就是你那时在四川学的,说习惯了。有一天你们把毛驴儿拴在一家绅粮①大门外,绅粮出来看见地上的驴屎蛋儿,逼着叫老伯捧起来吃下肚去。老伯跪下去磕头求情,情愿把地上扫干净。可是那个恶霸绅粮不答应,硬逼着老伯吃下去几个驴屎蛋儿。从此老伯得了病,从四川回来不久就死了。敬轩,别说咱们起义是为了救民水火,就说咱们的私仇……"

献忠不等自成的话说完,双目圆睁,眼珠通红,用拳头在桌上猛一捶,大声说:

"我操他八辈儿老祖宗!老子日后得了地,到了四川,非把那些绅粮大户杀光不可!"

自成突然问:"你到底打算什么时候在谷城起事?"

献忠正要回答,马元利走上楼来,笑着说:"真是蠓虫飞过都有影,世间没有不透风的墙。"

自成机警地问:"老弟,什么事?"

马元利说:"你路过石花街的时候有人认出你来,已经报给襄阳兵备道张大经了。你看,多快!"

"他妈的,真快!"献忠骂了一句,看着自成说:"可

---

① 绅粮——四川人把大一点的地主称做绅粮。

是,张大经的耳报神虽然很灵,咱的耳报神也不弱。他周围的动静不管多严密,咱这里马上就知道。"

"你的办法真多。"

"屌办法,还不是有钱能使鬼推磨!"

马元利对献忠说:"咱们得小心点。明天一早,张大经就会把这个消息禀报林铭球。"

献忠说:"林铭球这个龟儿子,说不定明天见面时会要我献出人来哩。"他调皮地对自成笑着挤挤眼睛:"李哥,你替我惹出麻烦啦。这可是闭门家中坐,祸从天上来。"

"这好办。你明天把我献给林铭球,岂不是既省去麻烦,又可以请功么?"

"那呀,那样一搞,俺老张在朋友们面前就只好头朝下走路了。"献忠转向马元利,把右手一挥,说:"明天在城里多派巡察,倘有人散布谣言,说闯王潜来谷城,都给我抓起来,轻则打他个皮开肉绽,重则叫他的吃饭家伙搬家。至于林铭球和张大经这两个杂种,咱老子自然有法子应付过去。"

马元利走后,李自成有点不放心,向献忠问:"万一他们找你的麻烦,你怎么应付他们?"

献忠笑着说:"你不用担心,李哥。玩一玩这班官僚杂种们还不容易?到时候我自有办法,保管你安安稳稳地住在这楼上,没人能动你李闯王一根汗毛。哎,谈咱们的正事吧。"

"好,还谈那件事吧。你说,你打算何时动手?"

"这件事我常在心中盘算。今晚同你一谈,我更想早日动手。李哥,我张献忠要不反出谷城不是父母养的!你说,我什么时候动手好?"

"我看,你最好是明年收了麦子就动手。"

"我也是这么打算。到那时,粮草就不发愁啦。"

"我的羽毛也长满啦,决不会使你陷于孤军作战。"

"这里是四月半间开始割麦,咱们就决定在端阳节过后一两天内同时动手吧。"

"敬轩,此事非同小可。咱们今夜一言为定,你可不要中途变卦啊!"

"自成,谁要是中途变卦,你看,"献忠跳到柱子旁边,拔出宝刀,喀一声砍进柱子,大声说,"就如同这根柱子!"

自成拔出一支雕翎箭,喀嚓一声折断,说:"我李自成倘若不同你协力作战,有如此箭!"

"好啊李哥,咱们大计已定,你就在我这里安心住下去,我替你多派几个人到各处打听嫂子的下落。"

自成暂不谈是否住下去的话,却提出个新的问题:"敬轩,老回回、革里眼、左金王,他们三个人怎么办?听说他们都在观望风色,准备投降朝廷,这话可真?"

"不假。他们都想跟俺老张学,好驻扎在大别山中休养人马,没有谁真打算洗手。"

"请你快派人劝说他们趁目前黄河以南各地官军不多,假降这一招切莫再用。请他们早做准备,一旦咱两个大举起事,他们也跟着闹腾起来。这样互相呼应,全盘棋都活了。"

献忠在自成的肩上拍了一下,笑着说:"嗨,你想的真周到!请放心,他们经常派人到我这里来,我只说一声就行啦。"

自成来谷城的全部计划都成功了。他的心中十分高兴,但为着提防意外变故,决定即刻离开谷城。他紧紧地握着献忠的手,感情激动地说:

"敬轩,如今咱们两条心又合成一条心,齐力往前干,大局就在咱们的掌握中了!"

"伙计,你到底肯不肯在我这里多住些日子?"献忠问。

"不，我今夜就走。"

"什么！今夜就走？"

"今夜一定走，决不在此多停。"

"为什么这样急？又不是火烧屁股！"

"你这里朝廷耳目众多，加之张大经已知道我潜来谷城，住下去对你诸多不便。"

"怕个屌！他们都吃过咱的贿，说话嘴软，也不想同咱闹翻。他们遇事替咱老张掩盖三分，双方都有好处，决不会过于顶真。再说咱老张手里有几万精兵，怕谁咬了咱的屌？倘若林铭球和张大经不识抬举，请他们滚出谷城很容易，不用费吹灰之力。明天夜间来个假兵变，声称要向朝廷索饷，在城里一阵鼓噪，烧几间草棚子，杀几个人，准保他们吓得尿到裤裆里，不敢在谷城多住。"

"不，你不明白我的意思。我在你这里住下去当然万无一失，可是咱们为着明年麦罢大举起事，万不能在事前走漏一点消息，使官军有备，甚且对你来一个'先发制人'。你要做得真像是诚心投降，到时候给他们来一个迅雷不及掩耳。请你不要留我，我说走就走。"

"你在路上走了五六天，还没有歇歇呀，我的哥！"

"你我多年来鞍马为生，骑在马上就能休息。"

献忠想了一想，说："好吧，我不留你！李哥，我没有别的帮助你，送你点马匹和甲仗好啦。你要多少？"

自成连忙说："不要，不要。这一年来你也受了挫折，马匹器械都不够用，我不能再要你的。"

"怎么，你看我不起？看我老张不够朋友是不是？你要是认为我老张不是朋友，你就不用来同咱商量什么今后大计，各人管各人的事好啦。"

"我知道你也困难……"

"我虽说也困难，目前到底比你的家底厚，帮帮你的忙也不会叫我伤筋动骨。说吧，李哥，要多少？"

"你要是马匹多，就送给我一百匹。另外，再送我一点甲仗。"

"只要一百匹？"张献忠望着他，好像没想到他提出的数目竟是这样小。"一百匹怎么够？这样好啦，我送你二百匹好马，你所需要的甲仗可以尽量驮去。行么？"

"这，这我可太领情啦。"李自成感激地说，连连拱手。

"小意思，小意思，算不得一回屁事儿！朋友们谁都会有遇着困难的时候，水帮鱼，鱼也帮水。要不要一点钱用？"

"不用，不用。银子我还有。"

"这个我不勉强，要用钱你就直说。反正咱老张不打算赶上沈万三①啦，从这只手里抓来钱，从那只手里花出去。真不需要？"

"真不需要。现在已经三更多天。我稍微休息一下，五更动身。你送我的马匹、甲仗，请你马上就派人准备好。还有，你顺便告诉我的人们，要他们五更以前把上路的事情准备停当。"

"我马上就去吩咐。你睡吧，还可以睡一个时辰。"献忠想了一下，又说："你带的人太少，马匹多，路上万一有事不好照料。我再送你一百名弟兄吧。"

献忠口说下楼，却未动身，仍在转动心思。李自成暗自庆幸不虚来谷城一趟，同时也担心他走后夜长梦多，献忠会由于嫉妒他，容易受别人挑拨，取消了明年麦收后大举起事的约定。他故意流露着心安理得的微笑望着瓶中插的梅花，并且闻了闻清幽的

---

① 沈万三——名沈富，字仲荣，因乡人们都叫他小名万三秀（宋元时候江南民间对男子称呼加一个秀字），所以流行的名儿是沈万三。他是元末江南最大的富豪。明太祖为忌他富可敌国，命他助修南京城。据说从洪武门到水西门的城墙是他修的，玄武湖也是他家的花园。后终被朱元璋充军云南（或云杀掉），家产抄没。

芳香，打个哈欠。

"李哥，你打算从哪条路走？"

"石花街这条路我比较熟，往西去驻着王光恩的人，我想还从原路转回去。"

"不好。既然有人在石花街看见你，暗中报给张大经，你再从石花街走，岂不容易走风？再说，你五更动身，白天走在朝山大道上，很不机密。"

"我来的时候没有去找王光恩，打算回去路过均州附近时顺便约他见见面。"

"你不用见他吧。看样子他是想真心投降朝廷。连曹操近来也对他存了戒心，你何必见他？他此刻纵然不会黑你，可是万一从他那里走漏消息，你从武关附近穿过时就说不定多些麻烦。小心没大差，别走原路啦。"

"老河口对岸不是有个冷家集么？我从冷家集和石花街中间穿过去，打青山港附近进入淅川境，你说行么？"

"不好。青山港驻有官军，附近没有别的渡口，两岸是山，水流很急。"

"那么走哪条路好。"

"我看这样吧，干脆出东门，从仙人渡浮桥过河。人们每天看见我的人马在谷城同王家河之间来来往往，一定不会起疑心。到了王家河附近，顺着官路往光化走，人们也只以为是我的人马去换防哩。过光化往西北，人烟稀少，山岭重叠，就不怕走风啦。我送你的人马在光化县西边的僻静处等候。"

"好，就这样吧。"

献忠匆匆下楼去替自成准备人马和甲仗。自成又打个哈欠，向床铺走去。他们都没料到，徐以显这时已经到了王家河，正在同张可旺秘密计议，要趁机除掉李闯王的办法已经决定了。

第 十 九 章

当张献忠同李自成在楼上谈话时候，徐以显带了几名随从，飞马奔往王家河，在路上不断地用鞭子抽打坐骑。到了张可旺的大营，已经是四更时候。他叫起张可旺，把应该趁机除掉李自成的主意说了一遍。可旺今年才二十二岁，但心辣手狠，超过他的义父。献忠在丁氏生下来儿子之前，一向把可旺当成他的继承人，而可旺也以献忠的继承人自居。近来虽然献忠生了亲儿子，但是因为一则农民军中一向重视养子地位，二则戎马间婴儿多不能养大成人，所以张可旺仍然相信他自己定会继承张献忠日后打下的江山。听了徐以显的话以后，他的睡意忽然全消了，虎地跳起，大声说：

"你说的对，决不能放虎归山！"

"可是大少帅，事不宜迟，越快越好。"

"急什么？飞不了他！"

"万一飞去，后悔莫及。"

"他既然远道前来，必不会走得太急，至少会歇息三天五日。杀他的事，包在我身上，容我慢慢同父帅商量。"

"将军差矣。李自成决不会在此多停。倘不立即下手，我们就交臂失之。"

"怎见得他不会多停?"

"我想,李自成正在忙着收集溃散,查听妻、女及部将下落,正所谓心急如焚,原来就无意在此多停,加上知道林铭球于此时来到谷城,更使他不肯多停。此人颇为机警,说不定今夜与我们大帅商定起事办法,明日天不明就会突然别去。"

"他会走得这么快么?"

"李自成平日用兵神出鬼没,常使官军捉摸不定,何况他今日远离部队,身入危境,岂敢大意?"

张可旺想了一下,说:"好,决不令他远走高飞!"

他立刻从标营中挑选了二百五十名精锐骑兵,随同他和徐以显往谷城出发,把早晨操练方阵的事情嘱咐义弟张文秀负责。他们奔出王家河寨外时,公鸡已叫二遍了。

鸡叫头遍,李自成被张献忠派的丫头叫醒了。他才匆匆漱洗毕,张献忠就走上楼来。

"李哥,我是个急性子,把你提前叫醒了。走,到花厅去吃杯暖心酒,你们就趁着天不明动身吧。你来的机密,走的机密,林铭球住的虽近,他会晓得我个屌!"

"子明来了么?"

"叫来啦,在花厅里等着你哩。"献忠陪着闯王下楼,又说:"为了机密,我已经叫人马甲仗连夜出发啦,到光化县等候你。你自己的五十名亲兵已经来到,正在吃饭哩。"

"这样很好。你想得很周到。"

张献忠在朋友的肩上拍一下,用开玩笑的口吻说:"有朝一日俺老张到你李哥的房檐底下躲雨,你可别让我淋湿衣服啊。"

自成抓住献忠的手,回答说:"敬轩,倘若有那一天,我决不会让你站在房檐下边,一定拉你进屋里。倘若你的衣服淋湿了,我就把身上的衣服脱下来让你穿。"

"真的?"

"当然真的。"

张献忠摇摇头,哈哈地笑起来。自成感到心头发凉,在这刹那间更清楚地意识到他同献忠的合作决难长久。他在献忠的背上用力打了一下,说道:

"日久见人心,到时候你就相信我说的话了。"

匆匆地吃过送行酒,闯王带着医生尚炯、张鼐、双喜和亲兵们出了角门,上马动身。献忠带着二十几名亲兵送他们出城。

天还不明,宵禁尚未解除。街上冷冷清清,只有献忠部下的岗哨和巡逻小队。献忠一直送出城外十里,过了仙人渡浮桥,走到一个三岔路口才同客人作别。他对尚炯说:

"哎,干亲家,我真想把你留下,怕的自成不肯,没有说出来。这里离王家河很近。你们要从王家河旁边经过,不看看你的干女儿跟干女婿么?"

"我要同闯王赶路,这一次只好不去看他们啦。以后事情顺手,见面的日子多着哩。"

尚炯的话刚落地,忽听见一阵马蹄声从北边飞奔而来。虽然有一片疏林隔断,看不清有多少人马,但他们都是有经验的,单听马蹄声也判断出有两三百骑。献忠觉得诧异:王家河出现了什么事儿?闯王的心中也不免紧张,同医生交换了一个眼色。医生用眼色给两个小将和亲兵们一个暗示,所有的宝剑在一霎间都拔出鞘来。献忠一惊,随即笑着说:

"干吗?喝,在我老张这里,何必这样?在这里,既没有官军,也没有什么人敢打你们歪主意。这些人是从旺儿那边来的,不用多心。"

自成也笑着说:"他们时时刻刻都怕遇到意外,已经成习惯啦。"随即向左右大声喝道:"还不快插进鞘里!"

尽管他这么大声一喝,双喜连说"是,是",却不肯把宝剑插入鞘中,而张鼐和那五十名亲兵都看双喜的眼色行事,自然也继续握剑在手,以防万一。双喜从义父的眼色中看得明白,这一声喝叫并不是出于真心,加上医生又对他瞟了一眼,所以他不但格外警惕,还想着万一出事,他要猛扑到献忠面前,来一个先下手为强。

转眼之间,张可旺和徐以显所率领的骑兵穿过树林。这时东方已经发白,所以张可旺一出树林就看清了自成正在同献忠告别。他对军师说:

"咱们来得正好,晚来一步就给他走掉了。"

"见面时请你不要急,一定得大师同意才好下手,反正他走不脱的。"

"我明白。"

一到三岔路口,张可旺和徐以显忙同客人们拱手打招呼,说几句挽留的话,但并不下马行礼。尚炯问:

"茂堂,你们有什么事跑得这么急?"

张可旺支支吾吾地回答:"夜里军师到了王家河,小侄听说李帅同你老驾临谷城,所以特意去城里拜望二位。没想到二位仁伯走得这么急,倘若迟一步,连一面也见不到了。"

徐以显接着说:"还算好,赶上送行了。"

自成连说"不敢当",不再耽搁,重新对献忠等拱手辞行,率领着一干人众策马而去。他们刚一离开,献忠向养子问:

"旺儿,你们急急忙忙跑来做什么?为什么带这么多人?"

张可旺对周围的将士们挥手说:"你们都退后几步!"

等将士们退后几步,他把要趁机除掉李自成的主张匆匆地告诉义父,要求答应他马上动手。献忠说:

"李自成虽然同老子尿不到一个壶里,迟早会翻脸成仇,可是今日他在难中,特意来找老子,老子怎么好收拾了他?不行!"

"父帅,既然你也明白迟早会翻脸成仇,为什么不趁此机会收拾了他,免留后患?宁为凶手,不为苦主!"

张献忠不再做声,眼色里流露出矛盾和迟疑。虽然昨夜他已经同李自成起誓要在明年麦收后共同起事,但是他压根儿就认为那是暂时间互相利用。刚才自成的左右人一听见突起的马蹄声就拔出宝剑,岂不明明白白地说明了成见甚深,难以化除么?如果天意真让他张献忠日后成就大事,今日除掉自成,正是上顺天意,下符左右之心,发的誓何足重视!但是,倘若把自成暂时留下,在陕西牵制一部分官军,对他张献忠目前的处境也有好处。到底怎样做好呢?……

徐以显看出来献忠的态度比昨夜活动了,正在犹豫不决,于是他赶快向献忠痛陈利害,求献忠立刻同意,勿失良机。最后,他说:

"大帅如不纳以显忠言,日后必败于自成之手。以显留在大帅身边无用,请从此归隐深山!"

张献忠仍然没有别的表情。他又向张可旺的脸上扫了一眼,转过脸去,向李自成一起人马的方向望望。这时,天色已经大亮。他看见李闯王的一小队人马在襄江北岸的大道上缓缓地向西北走去,甚至他还看见他的朋友李自成在淡红色的晨光中扬一下鞭子。

"马上动手还来得及,"张可旺焦急地催促说,发红的眼睛里冒着凶光。"父帅,我带着队伍追去吧?……嗯?追去吧?"

张献忠仍没做声,不住地咬着嘴唇。

"除了他,免落后患。"徐以显用坚决的口气说,同时把剑柄握在手里,用眼睛催促张献忠立刻决定。

从崇祯七年荥阳大会后,李自成的声望与日俱增;到李自成被推为闯王,更使献忠深怀嫉妒。昨天夜里因自成兵败来投,这种嫉妒心和由于互争雄长而起的积怨,暂时被压抑下去,同时自成的态度磊落,议论正大,也使他受了感动,对自成表现了慷慨热情。此刻经张可旺和徐以显苦口相劝,他的心头上陡然起一阵风暴。

他把可旺带来的二三百名精锐骑兵扫了一眼,又瞟一眼自成的小股人马,一个收拾李自成的计划像闪电般地掠过心头。他仿佛看见这一血腥事件的全部过程,简单而又迅速:他装做想起来几句什么重要话要同自成谈,策马追上自成,同自成并辔而行。自成毫不提防。他突然一举手,自成来不及惊叫一声就倒下马去。李双喜等还没有明白是怎么一回事,已经被可旺等收拾干净……

"请大帅当机立断,莫再踌躇。"徐以显一脸杀气地说,剑已经拔出了鞘。

但是张献忠还不能下这个决心。在农民军的众多领袖中,张献忠是以遇事果断出名的。张可旺从来没有看见过他的义父在决定杀人之前这样迟疑。

"马上他们就走远了,追起来就费事啦!"张可旺急不可耐地说,随即用眼色命令他的亲兵和标兵准备动手。他骑的蒙古骏马也急不可耐地喷着鼻子,踏着蹄子,挣紧缰绳,只要主人把缰绳稍稍一松,它就会像箭一般地飞奔前去。

张献忠没有点头允许,但也没有摇头拒绝。他一边注视着渐渐远去的人马影子,一边用右手慢慢地捋他的略带棕黄色的长须。这时,大家紧张屏息,所有的眼光都集中在他的右手上。大家都知道他有一个习惯:每逢决定特别费踌躇的重大问题,或决定杀不杀某一个重要人物时,他总是用右手握着长须,一边想一边慢慢往下捋,如果捋到一半时把手猛一紧,或往下猛一捋,那就是决定干,如果捋到一半时将手猛一松,那就是一切作罢。

当他把长须捋过一半时,张可旺认为他已经同意,拔出剑来,向弟兄们小声命令:

"准备!"

所有的剑都拔出鞘,马头朝西,只等大帅的马一动就出发追赶。但是献忠的马头没动。他左手勒紧马缰,右手仍然攥着大胡子,既没有往下猛一捋,也不松开。

李自成让他的乌龙驹在晓色中嘚嘚西行,但并不策马飞奔。张可旺和徐以显的突然出现而且带了那么多的人马,使他非常怀疑。不过他也看出来,张可旺的出现也出乎献忠的意外,可见献忠原没有黑他的心。因为他是这样判断,所以他宁肯冒点危险,也不奔驰太快,致引起献忠疑心。他明白,如果那样,不但昨晚同献忠会见的收获将化为乌有,连他自身和一干人众也会有性命之虞。

医生和闯王并辔而行,也深为眼前的情形担心。他悄悄地对自成说:"闯王,好像徐以显和张可旺不怀好意,你可觉察到了么?"

闯王点了一下头,微微一笑,说:"有些觉察,不过不要紧。敬轩纵然变卦也不至变得这样快。咱们的弟兄们要沉着,缓辔前进,不要露出来慌张模样。"

他说这后一句话是要两位小将和亲兵们听的,所以稍微把声音放大一点。果然,大家虽然情绪十分紧张,却不再用鞭子催赶马匹。

医生又问:"闯王,你原打算在敬轩这里歇息两三天,怎么同敬轩一见面就急着走,是看出敬轩不可靠呢还是因为官军在谷城的耳目众多?"

"官军的耳目众多是一个原因,另外,另外……"

谷城会晤

"另外是看出来八大王不可靠?"

"不是。我倒是觉得敬轩的那位摇鹅毛扇子的军师,生得鹰鼻子鹞眼,不是个善良家伙。昨晚在酒席筵前,这家伙皮笑肉不笑,眼神不安,说话很少,分明是范增①一流人物。所以我想,既然大事决定了,此行的目的已达,在此多停留没有好处,不如走为上策。"

"走得好,走得好。害人之心不可有,防人之心不可无。万一有一个料不到,连老本儿就赔上了。"

"为着大事,有时也不能不冒着几分险。当时我要是听补之他们的话不亲自来一趟,敬轩就不会有决心明年麦收之后起事。"自成说到这里,心中感到愉快,又加了一句:"看起来,担一点风险是值得的。"

尚炯说:"当时我虽然没有像补之他们那样劝阻你,可是也总是提心吊胆。常言说,虎心隔毛翼,人心隔肚皮。谁能说准张敬轩在谷城投降后安的什么心?"

"其实,我何尝不担心吃他的亏?敬轩的秉性我摸得很透!不过,我想着他投降后朝廷并不信任他,处处受气,连他的将士们都个个忍受不住,我突然来见他,帮他出谋划策,他怎么能加害于我?可是倘若多停留,那就说不准啦。"自成看着医生问:"你说是么?"

医生点点头,说:"你昨晚把亲兵通通留在城外,单带着双喜和张鼐住在敬轩的公馆里,我真是有些担心。可是我看看你的神色,跟平常一样。你真是履险若夷,异乎常人。"

自成笑一笑,说:"既然进了谷城,如果敬轩安心下毒

---

① 范增——秦末人,为项羽谋士,尊为亚父。在鸿门宴上力主杀刘邦,未被项羽采纳。

手,五十个亲兵有什么用?在这种时候,不能靠少数亲兵,要依靠一股正气,也靠见机行事。"

到一个村子外边,自成回头望望,看见离三岔路已经走了大约三里多路,张献忠等一群人马仍然站在那里向他们张望,他的心中更加断定张可旺和徐以显的来意不善,而献忠正在犹豫。他没有流露出惊恐不安的神色,等转过小村庄,才狠狠地在乌龙驹的屁股上抽了一鞭。

当李自成一干人马走进小村时,张献忠向他们最后望一眼,反对杀害自成的想法占了上风。目前,他自己的力量还不够强大,需要同别人配合作战才能够对付官军,打开新的局面。如果杀了李自成,会使罗汝才等许多人对他寒心,没有人敢同他合伙,剩下他一个巴掌就拍不响了。想到这里,他的心头一震。他又想,清兵在关内不会停多久;清兵一退走,洪承畴和孙传庭还会领着人马回来,说不定还会调来很多边兵。如果干掉自成,他自己更不好应付……

"对,留下自成!"他在心里说。"留他在陕西拖住官军的一条腿吧!"

"大帅,还在犹豫么?"徐以显问,随即给张可旺使个眼色。

"快动手吧,万不可放虎归山!"张可旺催促说,同时把缰绳一提,使自己的马走到前边。

张献忠把眼睛一瞪,把手中的大胡子向外一抛,严厉地说:

"旺儿,做什么?妈的,这样性急!……进城!进城!"说毕,他勒转马头,把镫子一磕,向浮桥奔去。

张可旺和徐以显互相看看,不敢违抗,沮丧地勒转马头,慢慢地把宝剑插入鞘中,随在献忠的背后往浮桥奔去。

薄雾散尽，冬日早晨的太阳显得分外娇艳。

汉水上闪着金浪。洪流向东去，人马向西行。不过大半个时辰，便到了老河口镇外。

老河口在明朝末年还是一个不大的市镇，不像清朝中年以后那样的商业发达。但因为它是朝山要道，濒临汉水，所以比它近边十里的光化县热闹得多。这儿驻有张献忠的少数部队，市面秩序很好。李自成因为弟兄们在出发前吃过早饭，就带着队伍从镇外绕过，免得招摇。

当队伍在老河口以北几里远横越朝山官路时，一个香客的口音引起尚炯的注意。他停住马把香客打量一眼，看他穿一件很破的紫花布短尾巴棉袄，戴一顶在当时北方下层社会中流行了短短几年的一种小帽，帽檐低得遮住眉毛，使别人看不清他的脸孔，人们就把这种帽子叫做"不认亲"。特别引起尚炯注意的是，在当时一般人的大襟扣子都是向右扣，只有宝丰、郏县和卢氏一带山里人的大襟向左扣，保留着上古某些民族"左衽"的遗风。看见这种服装，一种同乡的感情从医生的心头上油然而生，便在马上堆着笑容问：

"老乡，贵处可是宝丰一带？"

"不敢，小地方就是宝丰。"香客恭敬地站住回答，因为知道是同乡，也不怎么害怕。

"我是卢氏人，"尚炯说，"咱们相离不远。"

"那可是不远，近同乡哩！"香客笑着说。

"咱那一带灾荒怎么样？"

"唉，大灾啊，不能提啦！"

香客简单地把家乡的灾荒情形说了说，但他说比起南阳府十三州县来还轻一些，就怕明年春天会要饿死不少人。尚炯啧啧地叹息两声，又问：

"宝丰县有一位牛举人你可知道?"

"知道。知道。"

"他如今可在宝丰?"

"听人们说他在几个月前进京了,怕没有回来吧。"

"进京了?进京做什么?"

"听说是为打官司的事。"

"打什么官司?同谁打官司?"

香客看他问得这么关心,知道这人同牛举人不是泛泛的交情。可是他实在回答不了他的问题,只好抱歉地喃喃说:

"咱,咱是乡下庄稼人,不清楚城里的事。咱的邻村有牛举人的一家佃户,咱只是听说一个荒信儿,没有多打听。"

尚炯不再问下去,对香客笑一笑,鞭子一扬,继续赶路。

当他同香客说话的时候,李自成也停下来,听他们说话。这时他在马上回过头来问:

"子明,你打听一位什么牛举人?"

"啊,这是我的一位老朋友,极有学问,极有作为,可惜时运不佳,困守家园,不得一展抱负!"

自成连忙问:"什么名字?"

尚炯把缰绳轻轻一提,使他的马紧跑几步,同闯王并马而行,然后说:

"此人姓牛名金星,字启东,原籍卢氏,寄居宝丰。他是天启丁卯①举人,一次会试不售,原来也不屑于再去搞八股这一套无用东西,倒是很留意经济②,对于天下山川形势,古今治乱之

---

① 天启丁卯——明熹宗天启七年,即公元1627年。
② 经济——古人所说的经济指"经邦济世"的学问。经济的学问就是治理国家的学问,关于国计民生的学问。

理,了若指掌。我同他是少年同窗,自幼就对他十分敬佩,所以每遇到那一带同乡,总想打听他的消息。"

闯王又问:"这么说,定是一位有真才实学的人了?"

"确实是一个出类拔萃的人物。我们是孩提之交,深知他少有大志,胸富韬略,读书极博。"

自成感慨地说:"像这样的人才反而常常不能为朝廷所用,埋没一生,不得展其所学!"

"牛启东素不喜章句之学,认为那是腐儒伪装道学的幌子,驵侩谋求功名利禄的阶梯,无关乎国计民生。加上倜傥不羁,嫉恶如仇,因此不谐于俗,一肚皮经邦济世的学问无人赏识,无处施展。"

"多大年纪?"

"他中举的那一年是二十九岁,如今正是不惑之年。"

闯王频频点头,没再做声。他本有把天下英雄人才都罗致到身边的渴望和梦想,所以尚炯的谈话自然深深地触动了他的心思。过了一阵,他叹息说:

"唉,我们要是能得到这样的人才就好啦!"

"那当然太好啦。"

说话之间,他们从光化城外走过去三四里远,在一个荒凉的红土岗坡前遇见了献忠赠送的那队人马。为首的小校名叫王吉元,邓州人,约摸二十出头年纪。李自成问了王吉元的家中情形,又对弟兄们说了些勉慰的话,赏了点零用钱,继续赶路。

这天中午,他们在淅川县和光化县交界处的一个山村里停下打尖。当士兵们忙着烧水做饭的时候,闯王同老神仙在村边散步,走进一座破败的关帝庙中。关公的泥像塑得很不好,肚子过于肥大,像一个肉店掌柜的肚子,很没力气。他的左手拿一本《春秋》,右手拿一把打开的折叠扇。扇子上写着几行恶劣的草书,上款题"云长二兄大人雅属",下款题"愚弟诸葛亮拜书"。看了这两行题款,两个人都忍不住大笑起来。走出庙门以后,自成收了笑容,咂了一下嘴唇,说:

"子明,我很想派人去北京一趟,可是在马上想了很久,想不出一个合适的人。"

"派人去北京做什么?"

"你看,咱们不能老住在商洛山里不动,喘喘气还得大干,不干出个名堂来不会罢手。咱们应该多知道一些朝廷的虚实情形。坐井观天,闷在鼓里,怎么行?"

"你说得十分对。干大事、创大业的人就该如此。可是派谁去呢?"

"是呀,就是缺乏一个合宜的人!"停一停,李自成犹豫地望着医生的眼睛问:"老兄,你辛苦一趟行不行?"

尚炯怔了一下,等他明白了闯王确实想派他去北京一趟,他十分高兴地说:

"行!行!只要你觉得我办得了,我马上就去!"

"可是目下正是天寒地冻时候,路上太辛苦了。"

"只要穿暖一点,天冷怕什么?哎,小事!"

闯王大喜,说:"既然老兄不怕辛苦,我就重重拜托啦。"说毕,连连拱手。

尚炯赶快还揖,问:"什么时候动身?"

"等咱们回到老营后详细计议,自然是越早越好。"

尚炯因接受了这么一个重要的使命,感到满心快活,拈着胡子说:

"到了北京,说不定会找到我的那位同窗哩。"

"要是你看见这位牛举人,请代我致意。"闯王没有敢说出他希望请牛举人来参加造反,因为他知道在目前情形下,那班举人、进士们还瞧不起起义部队,看他是"贼"。

"我一定代闯王致意。"尚炯回答说。他有意把牛金星请来同闯王合作,但又不敢奢想,所以话到口边却没有吐出。

尚炯没有家。他的家世清寒,父母和妻子早死了,也没儿子。年轻的时候他喜欢击剑、赌博、嫖妓、结交江湖朋友。后来为打抱不平,得罪了地方豪绅,从故乡卢氏县逃出,在晋南平阳府[①]一带行医。崇祯六年冬天,闯王高迎祥率领农民军从陕西进入晋南时候,他被朋友怂恿,参加进去。由于农民军对医生特别尊敬,而他又是个慷慨豪爽、喜欢打抱不平的人,所以在农民军中如鱼得水。崇祯八年正月,农民军十三家七十二营在荥阳举行会议以后,他就一直跟着李自成。他的家是世代祖传外科,他自己的医术本来就十分出色,加上几年来每到一地就向老年人和僧、道异人们访问请教,搜集各种单方和秘方,再加上他在军队里积蓄了极其丰富的治疗经验,医术大进,达到了神妙境地。几年来他把李自成的部队看成了自己的家,把徒弟、士兵和孩儿兵当成自己的儿子看待。他熟识的农民军领袖愈多,愈觉得李自成是一个非一般可比的杰出人物。别的农民军领袖身上所具有的长处和美德他几乎都有,而他身上所具有的东西别人就不能都有。特别是近两年多来,就是说从自成被推为闯王以来,他看见自成正像树上的果子一样,更加成熟。他对自成怀着无限的敬爱和忠贞,把他的事业看成了自己的事业。所以,尽管他明知道在路上,在北京,都可能遇到危险(辛苦算得什么!)和困难,他并不考虑这些,而是以激动的心情和坚决的态度接受了任务。他暗暗地想,如能在北京找到牛启东,把李闯王对他仰慕的意思告诉他,为日后拉他来辅佐闯王打天下埋个伏线,该有多好啊!

---

① 平阳府——如今的临汾地区。府治平阳即临汾。

几天以后,他们这一起人马回到商洛山中。因为前站先回,所以等闯王率领大队快到老营时,成群的将士们出村迎接,像迎接久别的亲人。这些人中,有不少新回来的将士和孩儿兵。在路上的时候,李自成等每个人的心中都希望回来后突然看见高夫人和刘芳亮已经带着失散的老营人马回来,但此刻他们失望了。闯王的心中更加为他们担忧,不禁暗暗自问:"难道真的都完了么?"正在这时,忽然从人堆中走出来一个道士,缁衣黄冠,须眉疏朗,皂靴上还带着征尘,向自成拱手笑道:

"闯王,你看不出来是我吧?"

自成定睛一看,喜出望外,哈哈地大笑几声,走近去抓住道人的一只胳膊,大声说:

"啊呀,我简直认不出来是你啦!你从哪儿回来的?"

"从崤山里边。刚到,还没有来得及换衣服哩。"

"都是谁在崤山里边?"闯王放低声音问,不禁心有点跳。

"夫人同刘将爷都在那里。他们特意派我来商洛山中找你,请你不要挂念。这里人多,到老营我再细禀。"

"走,快跟我去老营!"

闯王回头来看看尚炯。医生只是笑,激动得不知说什么好。

第 二 十 章

突围的那天晚上,高桂英看见左光先的人马像潮水一般地杀来,而曹变蛟方面也有无数火把移动,她临时决定改变原议,向河南突围。这时,高一功和袁宗第已经失散,刘芳亮也被敌军包围,正在混战。她一面带着老营向东冲去,一面派人去告诉刘芳亮,但这个人没有看见芳亮就牺牲了。她的身边只剩下白天由她临时组成的老营卫队的残部和一部分孩儿兵。幸好贺金龙找到了她,在前开路,不过金龙的身边只剩十来个人了。他们继续夺路突围,在一道小河岸上同一股埋伏的官军遭遇,就在河岸上和河滩里发生了一场混战。虽然杀败了敌人,但是一部分将士、孩儿兵,还有一些眷属,在这里牺牲了。奔到豫、陕交界地方,他们才同刘芳亮遇到一起,由芳亮在前边开路,继续往东。

他们在荒山小路上走不到几里路,遇到一队官兵和乡勇从树林中呐喊杀出。高夫人左右的将士们早已人困马乏,突然遇到这股敌人,大惊失色,慌乱起来。刘芳亮和贺金龙在前边堵挡敌人,派人来劝她带着老营的亲兵和眷属赶快后退,免得陷于包围。她没有接受劝告,反而叫老营的亲兵和眷属们一个也不许动,准备死战。她向眷属们说:"都跟着我,别动。要是咱们老营一动,前边的弟兄们就顶不住了。"说毕,她带着几名亲兵,策马来到前边观看情形。挡在前边的敌人连官兵和乡勇大约有七八百人,有的端着红缨枪,有的掂着白木棍,有的拿着钢叉,有的拿着大刀、铁鞭等武器,大声呐喊着逼了过来。因为地势狭窄,人很拥挤,前边像一堵墙,而后边的多数人使不上劲,只能呐喊助威。像这样阵势,敌人想包围义军固然不容易,可是义军要冲过去也不容易。

在义军的背后大约一里远是一道川,地势稍微开阔,利于骑兵作战,并且是一个三岔路口,更多点回旋余地。高夫人立刻叫亲兵们到老营里收集来一些包袱和杂物,交给刘芳亮,对他说如此如此,然后她回到老营,率领着老营的人马很有秩序地向后移动。

正在这时,背后三四里以外,人喊马嘶,越来越近。这分明是左光先的追兵快来到了。对着这前有顽敌后有追兵的险恶局面,人们更加心慌了。高夫人赶快派人告诉刘芳亮,叫贺金龙率领几十个将士去抵挡追兵。贺金龙去后,她也率领老营退到川里。人们很明白,纵然地势险峻,对贺金龙有利,但以他的几十名疲困的人马要抵挡住左光先的追兵是不可能的,只能够阻止一时。倘若左光先冲了过来,这股义军,不管男女老少,不是要全完么?

刘芳亮开始从前边退下来,而背后的杀声更近了。刘芳亮退到开阔的川里时,佯装败逃,把包袱和杂物乱抛地上。官兵和乡勇都争抢财物,登时队伍大乱。趁这当儿,刘芳亮反身杀回,老营的人们也奋勇上前,在官兵和乡勇中拼命冲杀。敌人尽管人数众多,但多数都在抢东西,顾不得厮杀,也完全成了无组织的一群乱兵,失去了作战能力,转眼间被杀死杀伤很多,向后溃逃。刘芳亮正要一鼓作气杀出一条血路,可是敌人的后队又拥上来,而官兵的将领和乡勇头子也连砍了几个手下人,压住了阵脚,堵住了农民军向河南突围的路。

贺金龙已经同左光先的追兵在山路上厮杀起来。官军有一百多骑兵，三四百步兵，由一个参将率领。虽然双方力量悬殊，但贺金龙抢先一步占了险要，居高临下，让全部将士都下了马，利用路旁一个悬崖作掩护，用箭和石头抵御官军。官军一时不能近身，就用箭和火铳向上仰攻。金龙明白自己人数太少，又无火器，不能够死守多久，就派一个弟兄骑马去报告高夫人，要她赶快设法逃走，不得已时就扔掉老营眷属。高夫人匆匆地吩咐说：

"你回去告诉你们贺将爷，要他能守多久就守多久，尽力多守一阵！"

她望一眼面前堵住去路的众多敌人，又听一听背后的喊杀声和火铳声，那种到不得已同女儿自尽的念头忽然在心上闪了一下。但是，她注意到周围的许多人都在惊慌地望着她，同时临突围时闯王嘱咐她的几句话也在心上一闪。她镇静了，对周围的人们说："都不要慌，沉住气。我们一定会冲到河南！"为着在突围中不至于同女儿失散，兰芝同她骑在一匹马上。这时她叫一个亲兵把兰芝抱过去，接过来一个战鼓，策马向前，一直来到前队，亲自擂鼓督战。敌人在朦胧的晓色和月色中看见一位女将在督战，猜想着一定是李自成的妻子高氏，纷纷向她射箭。她的左右亲兵不断有人中箭，有人倒下马去。她的一个亲兵抓住她的马缰，急急地说："你后退一步！后退一步！"高夫人用鼓槌在他的手上一敲，喝道："丢手！你害怕你自己后退！"亲兵一松手，她一边擂鼓一边把镫子一磕，玉花骢又在箭雨中向前边进了几步。在震耳的鼓声中，在一片惊天动地的冲杀声中，左右的人们不断听见高夫人的镇定而急促的命令：

"慧英，射那个穿红袍的！张材，射那个旗手！慧梅，射近处这个当官的！……"

突然，她的右腿上中了一箭，差不多有三寸深。在片刻间,她的鼓声停了。她趁着左右的将士们没有看见,一咬牙,拔出箭,战鼓又从她的马上响了起来。慧英看见了这件事,并且看见鲜血已经把她的棉裤染了一大片,赶快说:

"夫人,你退下,把战鼓给我!"

"不准声张!快,快射那个骑白马的!"

在战争紧急关头,往往一个偶然的成功会产生很大影响。慧英一箭把那个骑白马、耍大刀的敌将射下马,而这个人正是敌方的重要将领。他一死,敌军登时就慌了起来,企图退到险要地方,采取守势,等候左光先的追兵来到。在农民军这方面,刘芳亮和众将士看见高夫人亲自擂鼓督战,一个个拼死向前,连那些受了重伤的也不肯后退一步。现在趁着敌军向后撤退,刘芳亮把红缨枪一挥,说一声"跟我来!"带着几十个将士向几百敌人的中心猛冲过去,一下子把敌人冲乱。敌人大败四散,自相践踏,死了很多。农民军冲过山口,到了河南地界,还夺得了许多马匹和干粮。又走了几里路,高夫人才停下来,让慧英替她撕破衣服把伤口缠好。因为流血过多,她的脸色已经蜡黄了。但是她忍着疼痛,不发出一声呻吟,望着左右问:

"金龙没有回来么?"

左右人互相望望,没人做声。大家向贺金龙最后扼守的那个山口的方向倾听,再也听不见喊杀声音。高夫人心中明白,不禁声音激动地说:

"我永远不会忘记金龙的赤胆忠心!"

将士们有人建议派几个人回去寻找贺金龙。高夫人摇了摇头。她知道如今那一带全是官兵和乡勇,要派人回去是办不到的,徒然再丢掉几个弟兄,而且一定会有几起追兵正在搜索她的行踪,说不定已经来到了近处。于是她下令起行,继续向河南境内奔去。

大约当高夫人说她不会忘记贺金龙的赤胆忠心时，金龙从血泊中睁开眼睛。他的身边堆满了义军战士和敌人的尸体，有的互相叠压，有的互相抓着，有的还有微弱呻吟。他听了听，似乎明白了大部分敌人已经离开了这一处战场。刚才那一阵极其壮烈的厮杀过程，很快地回想起来。原来他刚刚派去一个弟兄催促高夫人赶快冲出一条血路突围，官军就攻到悬崖下边，大约有几十个官兵向上射箭，使他的战士们不能抬头，另有一群步兵从旁边的小路爬上来，眼看着就要夺占这个地方。他已经中了三处伤，流血很多。他手下的大部分弟兄不是已经阵亡，便是身负重伤倒下。在这万分危急时刻，他一心想着不让官军冲过山口去追赶高夫人，不断对弟兄们说："你们狠射，狠射。有咱们一个人活着，龟孙们别想过这道口子。铁牛，你不能拉弓，快帮助拾箭！"他一边说一边用全部力气举起来一块石头，向快要爬上来的敌人砸去。这个敌人大叫一声，向下倒去，又冲倒了后边的人，一起从陡峭的小路上滚跌下去，同时他自己沉重地哼了一声，也倒了下去。官军因在悬崖下死伤很重，暂时停止了进攻，只不断向上放箭。过了一阵，又来到一队官兵。贺金龙听见有人在悬崖近处大声喊道：

"金龙叔！金龙叔！不要射箭。我是国勇，特奉四叔大人之命，前来寻你。金龙叔！金龙叔！"

贺金龙挥手使弟兄们暂停射箭，抬起身子问道："国勇，你来寻我做啥？是来找我送死么？"

"金龙八叔，咱们都是贺家人，咱们副将大人特意命我前来救你。他要你切莫在此死守，白送性命。八叔，快带着你的弟兄们跟我去，既可保住性命，又有官做。八叔，赶快跟我走吧，莫辜负咱们副将大人的一番好意！"

贺金龙愤怒地说:"畜生!你休要劝老子投降!咱们虽然都姓贺,同是一族,可是你们是朱家朝廷的鹰犬,我是'闯'字旗下的战将,各保其主,路分两条。我贺金龙生是'闯'字旗下的人,死是'闯'字旗下的鬼,宁可在此战死,决无投降之理。快滚!两军阵上,休怪你八叔的利箭不认亲!"

贺国勇又向前走几步,相距不到五十步,大声说:"八叔!八叔!李闯王突围不成,已经被曹镇①捉获,高桂英已经在阵上自尽身亡,你还不赶快跟我走么?"

金龙拉开弓,骂道:"妈的,老子射死你这个小杂种!"随即只听嗖一声,箭离弓弦。他本来想射中对方喉咙,但是他的气力很弱,箭到对方面前时向下落去,偏巧碰在护心镜上。他想再射一箭,右臂竟抬不起来。

官军马上又开始了凶猛进攻,利用取到的火器,使守军迅速死伤,攻占了悬崖。

贺金龙从血泊中苏醒以后,向左右看了看,想了想,声音模糊地自言自语说:

"夫人也完了么?"

"没有。听说她已经往东去了。"

"铁牛,你还没有死?"

"没有,将爷。我受了重伤,怕活不成了。"

贺金龙还在流血,喉咙十分干渴,声音模糊地说:"渴,渴。"他想挣扎,但是下半截身体被一个敌人的尸体压着,使他动弹不得。他又说出一句话:"只要她逃出去就好了。"随即闭上了眼睛,昏迷过去,再也不曾醒来。

天明以后,有许多本地乡勇和百姓来到这一带战场上寻找

---

① 曹镇——指总兵曹变蛟。

死伤的骡马和捡取财物,并从死人的身上剥去衣服。他们发现有一个十六七岁的半桩孩子还没有死,生得浓眉大眼,方口高鼻,十分英俊伶俐。有几个百姓动了好心,将他抬回山寨,救了他的性命。等他能够说话以后,才知道他是贺金龙的亲兵,名叫王铁牛。铁牛的伤快好时,决计往豫西寻找高夫人的部队,逃出山寨,被乡勇追获,发生格斗,当场被杀。

这一段故事,不久被叫化子编成快板,又编成莲花落,在这一带山中传唱,唱了若干年,激动着无数青少年的心。

十一月初旬,崤山中下了一场雪。千峰万岭,极目一望,尽是白色。第二天,天晴了,天空像海一般蔚蓝。上午,几间茅屋前静悄悄的,柴门半掩,一只小麻雀站在竹篱上啾啾叫着。房坡上的雪经太阳一照,暗暗融化,虽然屋檐还不见滴水,却有冰凌条垂挂下来。倘若你每隔一会儿仔细瞧瞧,就看见那些冰凌条在慢慢加长,增大,闪着银光。向阳的山头上冒着乳白色的烟雾,缭绕,蒸腾,汇集成云朵,一朵朵在蓝色的天海中向远处飘去。

小院里扫得干干净净。扫开的雪都堆在篱根。柴门外扫了两条小路,向左右分开。过了片刻,慧英拉着兰芝,从茅屋中走出来,把小麻雀惊飞了。近来高夫人她们在这个山村中潜住下来,每天早饭后,兰芝坐在母亲旁的小桌边写一张"上大人孔乙己",便跟慧英来到小院中练习剑术,然后下到前川里学习射箭。高夫人并不希望她长大后能成为樊梨花、穆桂英一流人物,但战争不知道何年结束,也须让她学一点武艺,好在戎马间防身护体。她除有一把漂亮的宝剑外,也有一张小的桑弧弓,一些小的雁翎箭。但这些弓呀剑呀,在一个十岁的小姑娘身上,如果说是武器,倒不如说是玩具还恰当一些。李来亨毕竟是男孩子,也比她大一两岁,曾经几次在战场上兴奋而激动地用小弓箭射伤敌人。兰芝的弓箭就不曾用过。但是她希望自己赶快再长大一点，能够参加战斗，能够在危险时用她的武艺保护母亲。所以尽管她小，对学习武艺却非常热心。起初高夫人把她喜欢学习武艺当做了贪玩，对她说："女孩儿家，已经十岁啦，除了认识几个字，还是学做针线是正经。将来不指望你成女将带兵打仗，武艺学一点就够啦，用不着天天练那么勤！"她每次听了这番话，好像受了很大委屈，把小嘴咕嘟起来。慢慢地，高夫人明白了她的心愿，同时也因为她是个独养女，所以不再多叫她学针线，除掉一早一晚必须读书，早饭后写一张仿之外，其余的时间随她的意，愿习武就习武，愿玩就玩。其实，在小姑娘眼中，习武和玩耍是不大有区别的。

由于整年过戎马生活，有时还得像男子一样同敌人厮杀，所以高夫人身边的女亲兵都是大脚。说是大脚，也不完全是天足。她们不但在当女兵前都缠过脚，而且如今也还没有自觉地反抗千百年来的传统恶习，不得不稍缠一点，表示并非同男人一样。兰芝是在这样的环境中生长的小姑娘，比年纪较大的姑娘们少一些幼年时的缠足痛苦。这种情况给她练习武艺，学习操纵烈马，都成了便利条件。

却说她同慧英来到院里，恰好看见竹篱外一棵落了叶的栎树上落着一只乌鸦，因为今天刮着劲峭的西北风，它就头朝西北，踏着摇动的树枝哑哑地叫了两声。兰芝立刻取来小弓，搭上箭，左手握弓，食指贴着箭杆，右手扣紧弓弦，叉开双足，身子半侧，略微向右偏着头，向树上的乌鸦瞄准。随即弓弦一响，这支雁翎箭嗖地射出，虽然乌鸦飞走了，却纷纷地落下来十几片羽毛。小姑娘为自己的成绩感到狂喜，蹦跳着大声欢呼。但慧英马上对她使个眼色，扭扭嘴。她望着眼睛含笑的慧英伸伸舌头，用双手把自己的嘴捂了起来。随后她跑出篱外，把散落在地上的几

片较大的黑色羽毛拾起来看了看,回头对跟着她的慧英用手指头比着,小声说:

"慧英姐,只差一丁点儿!"

"好啊,要不了一年,你就会赶上小来亨了。"

"慧英姐,真的么?真的么?"

"真的,只要你用心练。来,你再拉个样儿让我看看。"

兰芝摆开架势,做一个拉弓欲射的样儿,请慧英指教。慧英上边看看,下边看看,一面纠正小姑娘双脚站立的姿势,一面叮咛:

"兰芝,你的两脚站得不合规矩,又得太开,怎么会使上力呢?记着:'丁不丁,八不八,两足相离尺七八。'就是说,两脚站在地上,像'丁'字不像'丁'字,像'八'字不像'八'字。另外要双膝外分,双臀内吸,腰暗进,胸突出,这样才合乎规矩。"

"慧英姐,我这两脚相离还不到一尺七八,你怎么嫌俺的两脚太宽呢?"

慧英笑了,说:"傻姑娘!'尺七八'是指大人说的,你是个小姑娘,怎么能跟大人比?来,你重新拉个架势我瞧瞧。"

小姑娘重新站好脚步,拉满了弓,后手[1]离胸不到三寸,矢在颏颌之间[2],身端体直,架箭从容,使慧英不得不连连点头。她又细心地纠正了兰芝的腕姿势,并且说:

"兰芝,射箭的架势说来说去,最要紧的是个'平'字。左手持弓,手背要平;右手扣弦,手腕要平,不用力就不能平;前拳跟右眼要平;后边的胳膊肘要跟右耳平。这就是四平。后脑和

---

[1] 后手——射箭时左手执弓在前,右手搭弦在后,故后手即指右手。又因脸部是半侧面,故下边所说的后眼指右眼。

[2] 颏颌之间——下颏和嘴唇之间。

脊骨要成一直线。你的手腕有时不平,所以没有力量,射出的箭也不易瞄准。对啦,对啦,这样就平啦。好,瞄着那个老鸹窝射出去。射!"

只听弓弦一响,一支雁翎箭从椿树枝上的一个老鸹窝中间穿了过去,落下了几根干树枝儿和干草。兰芝又高兴得双脚蹦跳,尖声嚷叫。慧英忙做个手势,并使了一个眼色,停了片刻,小声说:

"夫人心中不愉快,你以后千万别又蹦又叫的,知道么?"

小姑娘伸一下舌尖,不做声了。想着母亲的心中不愉快,她的心头上立刻就沉甸甸的,把刚才的一团狂喜驱散得无影无踪。

自从到了这里以后,差不多二十天来,她知道母亲不时被腿上的箭创弄得很痛苦,也因为打了大败仗,全军失散,父亲、舅舅、哥哥双喜、大嫂黄氏和侄儿来亨等人的生死不明,更使母亲痛苦。特别是当得到消息说贺金龙一伙人为阻挡左光先的追兵,全部死在那个悬崖旁边,没有一个逃走,也没有一个被俘或投降,母亲忍不住大哭一场。许多年来,兰芝没有看见她如此哭过。这以后,尽管母亲既不为箭创呻吟,也不为心中烦恼叹气,每天照样安详地把刘芳亮叔叔和老营总管等叫来询问和吩咐一些事情,但是她的痛苦怎么能瞒住兰芝呢?这几天,母亲的箭创好得多了,可是心事反而沉重起来。大约是两三天前,晚饭后,母亲把一群孩儿兵叫来,关心大家近来的生活,问长问短,有说有笑,还为大家讲了两个早期义军中的有趣故事。当这些孩子们打听闯王的消息时,母亲笑着说:"你们放心,闯王同几位大将都不会出一点事儿,很快就会同咱们接上头啦。"可是当这些孩子们走后,兰芝却看见母亲一脸愁容,对着荧荧的灯光凝视很久,轻轻地叹了口气,才拉着她上床睡觉。

这天夜里,兰芝不知怎地一乍醒来,似乎听到(不如说是感到)母亲在悄悄抽泣。但是仔细一听,却什么声音也没有了。她用自己的脸贴着母亲的脸,发现母亲的脸是湿的,枕头上也湿了一片。她伸出小手去揩母亲脸上的泪,同时叫了声"妈!",母亲突然紧搂住她,忍不住痛哭出声。后来听见慧英和慧梅的床上响动,母亲赶快忍住哭声,用被子蒙住母女两人的头,悄悄地继续抽咽很久。可是第二天早晨,她还是像往日一样,找刘芳亮等商议事情,还找老百姓妇女们拉家常,有说有笑。

高夫人的痛苦,慧英和慧梅都很清楚。尤其慧英比慧梅大一岁,又是个事事留心的人,对夫人的情形更为清楚。每次兰芝或慧梅不是时候地大声笑、大声嚷叫,总是立刻被她用眼色或手势禁止。现在她拉着兰芝走回小院,小声说:

"来,我教你舞剑,可是你不要大声嚷叫。"

小姑娘因为心中沉甸甸的,对练习舞剑也感到索然寡味。慧英看见这情形,就从屋里取出两把竹剑,给兰芝一把,自己拿一把,先让小姑娘向她劈刺一阵,然后她向兰芝劈刺。如果看见兰芝躲闪和挡架得巧妙,她就用点头和眼角眉梢的微笑表示称赞。否则,她就让兰芝照样向她劈或刺,但动作加倍迅猛,由她自己做出躲闪或抵挡的样子让兰芝看。这一阵斗智斗勇的击剑练习才把小姑娘的兴致大大地提高起来。

她们正练得起劲,慧梅背着弓箭,挂着宝剑,气喘吁吁地跑了回来。俊俏的脸孔经冷风一吹,加上跑得发热,红得像熟透的苹果一样。没进柴门,她就兴奋地大声嚷叫:

"慧英姐!慧英姐!这里狼真多,我刚才又射中一只!"

慧英停住竹剑,问:"狼呢?怎么不背回来?"

"我射中了它的后腿,给它逃走啦。"

慧英抿嘴一笑:"看你高兴的像得了荆州,原来只射中狼的一条后腿,又给它逃掉啦。"

慧梅噘嘴说:"我没有骑马,又有大雪,自然赶不上它嘛。你本事大,你去追赶!"

"我不用追赶,准能一箭射中要害,叫它无法逃跑。"

"谁叫你是姐姐,比我大一岁呢?"

慧英又故意逗她说:"只怪你自己平日练习箭法不用心罢了,倒不在比别人小一岁半岁。再说,你一定是有点儿怕狼,所以尽管它带了伤,你也不敢一个人去追赶它。"

这两句话真把慧梅逗恼了。她简直不知道说什么话好。虽然她还不好意思把脸颊的笑容收掉,但那笑容好像已经僵死,并且在暗暗地散去,马上就要消失。

是的,怎能说她平日练习箭法不用心呢?更怎能说她是一个胆小的姑娘呢?如果她连一只受了伤的狼也怕,就压根儿不配跟随在高夫人的身边!不久以前随着高夫人突围到河南境内的时候,她奉高夫人的命转回去看一看落在后边的一些彩号和眷属,独自抵抗一群乡勇,把大家救回来,难道不是得力于她的箭法不错和磨练成的孤胆么?

那件事情的经过是很有趣的,至今还常常被人们当做故事来谈。当时,她奉命独自拨马回去,转过一个山脚,看见有二十几个乡勇把一起伤员和眷属截断在一座小桥那边。怎么好呢?她忽然想出了主意,把马一打,大胆地向小桥奔去,一边大呼:"快杀死这些土豹子,高夫人来迎接你们啦!"乡勇们起初信以为真,打算向山上逃跑,但看清转来的只有一个"女贼",且是一个少女,便不跑了。那些被隔断的眷属和伤员听说高夫人来接他们,隔着树木和丛莽看不真切,以为真的来了,一声呐喊冲过小桥。乡勇们没有马匹,回头追赶,追赶不上,但都想从农民军身上得外财,所以又不肯罢休。慧梅十分恼恨,又觉得好玩,便叫大家快去追上高夫人,她自己立马在一棵大松树下等候乡勇。

太阳已经出来很高了。乡勇们看得很清楚,在他们面前不远的这一位大姑娘的容貌俊俏,骑一匹略带粉红色的高大战马,简直比年画上的昭君出塞还要好看。有人想得到这个姑娘,有人想得到这匹战马,呐喊着向她扑来。慧梅随着高夫人见过些大场面,根本没有把这一群徒步的土豹子放在眼里。她不慌不忙地拔出一支箭,向一个跑在前边的乡勇虚拟一下。起初,前边的乡勇一惊,不敢追了,但随即见她只拉弓不放箭,想着她这个大姑娘一定射不准,又大胆地向她追来。她又虚拟一下。乡勇们又一怔,停了脚,瞪着眼睛看她。她用挑战的口气说:"有种的就上来!怎么不来呢?"前边的几个青年乡勇看见她的笑容,甚至连她的雪白整齐的牙齿也看见了,又听见她的声音那样好听,真是又嫩,又脆,又圆,还有点儿蛮,都有点迷了。据他们后来对人谈,这声音赛过春天的黄莺。谁会相信,这样叫人喜爱的大姑娘真的会打仗和会杀人呢?乡勇中有人馋涎欲滴地笑着小声说:

"你瞧,还是大眼睛、双眼皮哩!"

这句话也给慧梅听见了,登时脸颊上泛起来一阵红潮。人们看见她只在拉弓,都说她准不会射,是故意吓人的,忽听弓弦一响,一个人应声倒地。大家一时大骇,但马上又欺她只有一个人,呐喊着向她扑来,认为只要她一箭射不中就可以扑到跟前,将她同战马一齐捉住。慧梅又射倒一人,而乡勇们离开她已经不到十步远了。她勒转马头,跑了一段路,驻马回身,下决心再射死他们几个,便故意笑着招手说:

"来呀,我在等着你们!"

乡勇们不死心,又向她追去。有一个麻脸的乡勇掂着一根红缨枪,一边跑一边调皮地尖声回答说:

"姑娘,俺来了!"

慧梅又一箭射中了麻脸青年的肚子。人们离得更近了。她从箭袋里一抓,抓出来的不是箭,而是心爱的笛子。她赶快又一摸，箭袋空了。她把笛子当作箭虚拟一下，使得那些追赶的人们一怔。她带着笛子晃一晃，说："对不起，俺不同你们胡缠了。"说毕，拨马便走。过了一阵，她回头望望，看见那些被留在一里外的乡勇们有的在抬死尸，有的在望她。她恨恨地呸了一声，随即笑了。

来到崤山以后，慧梅并没有说出这一次事情的详细经过。首先是由那些被救回的彩号和眷属们谈出来，又经高夫人和慧英一问，她才带着腼腆笑着补充了一些话。慧英本来就同她非常好，待她像同胞妹妹一般。知道这段故事以后，她更加喜欢慧梅了。

现在看见慧梅那种委屈的样子，慧英轻轻地扑哧笑出声，拉着她的手小声说：

"傻丫头，我是跟你说着玩儿的。看你的小嘴噘多高，可以縻住一头小叫驴！"

"你不逗我，我会噘嘴么？把人家逗气了，你又笑起来。哼，还是姐姐哩！"

"你别大声嚷叫好不好？要不是你刚才大声嚷叫，我也不会说你。"慧英搂住她的脖子，小声说："你难道不知道夫人今天心中不愉快？"

慧梅小声问："她现在在做什么？还在绣'闯'字大旗？"

慧英点点头："马上就绣成啦。"

慧梅喷一声，说："昨晚差不多又是通宵没睡！"

兰芝问："慧梅姐，俺爸爸又不在这里，妈这些日子一没事就绣'闯'字大旗。你知道她绣这大旗做什么用？"

"我不知道，也没敢问过。慧英姐，你知道么？"

"这还用猜？一定是她担心闯王在突围时会把大旗失掉，绣一个预备着……"慧英刚说到这里，看见高夫人走出来，不自觉地把肩膀一耸，不敢再说了。

在崤山中住下来养伤期间，高夫人一没有事情就绣"闯"字大旗，到近两三天，绣得更起劲了。昨晚，她带着慧英和慧梅绣到二更以后才上床睡觉，可是不知什么时候她又一个人悄悄下床，在黑瓦火盆中加了几块木炭，挑亮灯芯，坐在桌子边继续绣起来。有时她停下针线，抬头凝思，眉头紧皱，不知她的心头上压着多少疑问、推测、悬念和忧虑。但也常常在一阵凝思之后，从她的大眼中露出来坚定与希望的神采，也从嘴角流露出若有若无的一丝微笑，分明她对于闯王的平安突围和将在不久后重树大旗充满信心。一天深夜，慧英被老鼠惊醒，抬头望望，小声说：

"夫人，快睡吧。你什么时候又起来了？"

"你睡吧，不要管我。"高夫人没抬头，哈哈冻僵的手指，继续绣旗。

慧英知道高夫人是因为心情烦恼，用针线来打发不眠的长夜。她的心中难过，在枕上辗转一阵，便也悄悄起床，拿一件棉衣服披在高夫人的肩上。高夫人猛回头，望望她，说：

"去睡吧，天还早着哩。"

可是慧英怎么肯离开高夫人去睡觉呢？她在方桌的另一边坐下去，帮助绣旗。高夫人又两次催她去睡觉，见她执意不肯，也就不再催了。过了一阵，慧英偶一不小心把剪刀弄掉地上，把慧梅惊醒了。慧梅用手揉揉困倦的眼睛，看见高夫人和慧英在灯下绣旗，她的睡意散了。停了片刻，听见村中已经鸡叫，便也披衣起床。慧英完全像个姐姐一样，小声说：

"慧梅，鸡子才叫头遍，你起来做什么？睡吧，到时候我会叫醒你练武艺。"

慧梅孩子气地嘻嘻笑着，并不回答，下床后用湿手巾揩揩眼睛和双手，坐在慧英对面，抓起大旗的一角就做起活来。看见慧

英仍在睁大眼睛望她,她才说:

"别瞪我。我早就睡够啦。"

"穿厚一点儿,"高夫人说,"五更天寒,小心着凉。"

到鸡叫二遍时候,树枝上的乌鸦开始啼叫。高夫人感到浑身困倦,冷得难禁。她放下针线,打个哈欠,站起来从墙上取下宝剑,说:

"夜真长!我到院里去活动一下身子。"

慧英吃惊似的小声叫道:"夫人,你腿上的箭伤还没痊愈!"

"怕什么,也差不多合口了。"

慧梅也劝道:"你还是再休息几天吧,可不要急着活动。"

"唉,为着这箭伤不好,马不能骑,路不能走,不知耽误了多少事!再这样住下去,我会发疯了。趁着如今身上有点冷,我试着活动活动筋骨。要是伤口不怎么疼,我们就可以不再老闷在这一个山窝里了。"

两个姑娘见劝她不住,只好提着宝剑随她到小院中。天才麻麻亮。冷风刺骨。高夫人试着舞剑,刚踢起右腿,伤口猛一疼,她的身子打个侧歪,同时抽了一口气。两个姑娘立刻扶住她,劝她回屋,但她推开她们,咬着牙,继续舞剑。逢到右腿活动时,她不敢动作太快,更不敢用力太多。两个姑娘看出她时时在忍受着疼痛,想劝她又不敢劝她。一直到额角冒汗,她才收了剑,像打了一个胜仗似的,笑着说:

"我大概也可以骑马啦。"随即又叹息说:"唉,我这些年,还没有像这么久离开马鞍,半月多啦!"

她仿佛预感到不久就用得上"闯"字大旗,所以早饭后稍作休息,又坐下去继续绣旗,一气把余下的针线做完。她想把大旗放在床上展开看看,但是旗太大,只能展开一半,另一半得用双手拉着。一个人欣赏着亲手绣成的"闯"字旗,她的心中有难以形容的愉快,仿佛她又听见咚咚战鼓,又看见闯王的大旗在千军万马前迎风飘扬,旗枪尖和旗鬃在阳光中闪着白光。她看见大旗在前进,人马朝前拥……

她叠好大旗,半天才使自己的心平静下来。本来她应该睡一睡。她也想睡一睡。可是远远的一阵马嘶把她的睡意驱散了。她不声不响地从屋里走出,靠着门框,神色安详地望望天色,望望对面山头上茂密的带雪松林和悬在松林上边的娇艳的太阳,然后把眼光转向慧梅,问:

"慧梅,你找到刘爷了么?"

"回夫人,我看见刘爷啦。他说请夫人宽心,人已经打发走啦,这次一定会到了商洛山中,中途不会有失。"

"扮做什么样人?"

"扮做一个朝武当去的道士。"

高夫人停了一停,不放心地问:"出家人的一些规矩他都懂么?万一遇到关卡,官军起了疑心,叫他念一段经试试,不要露了马脚?"

"夫人,你放心,不会露马脚。刘爷叫我回夫人说,这次派的人是他手下的一个老哨总,是灵宝西边一带人,口音很对。这个人小时因家里没饭吃,到华山出过家,出家人的礼数他都懂,也会念经,会念咒,还会画符。"

高夫人笑了,说:"俗话说,'人上一百,形形色色',真是不假。你们瞧瞧,咱们义军中的人才多全!"

兰芝马上接口说:"妈,连唱莲花落的都有呢!"

这句话引得大家都笑了起来。

"慧英,你去备两匹马牵来。"高夫人吩咐说。

"夫人,备马做什么?"

"你跟我去前川试试马。许多天不出村,连做梦也想骑马。"

慧英知道不能再拿"箭伤尚未痊愈"做理由劝阻她,只好说:

"可是川里有雪呀,夫人!"

"昨天的雪不大,可以试马。"

慧英不敢再多说,出柴门往马棚去了。慧梅望着高夫人问:

"夫人,我也去吧?"

"你留在家里,说不定谁有事前来找我。"

兰芝要求说:"妈,我去吧?"

高夫人点头说:"好吧,快去牵马。"

不一会儿,三匹战马都牵到柴门外的山路上。高夫人在上马时创伤仍然疼痛,不觉皱了一下眉毛。慧英赶快去扶她,但她不让扶,一咬牙,腾身上马,说声"走!"鞭子一扬,玉花骢迎着太阳兴奋地长嘶一声,踏着干燥的冰雪往山下走去。慧英帮兰芝上了战马,向慧梅嘱咐几句话,然后自己上马出发。

慧梅站在小院中遥望着她们在川中驰马,感到十分寂寞。从箭袋里掏出短笛,倚着柴门,吹了起来。

左邻右舍,许多老百姓都在院子里和柴门外晒太阳,女人们在一边纳鞋底一边拉闲话,孩子们在欢叫着堆雪人,老年人们在慢吞吞地说闲话,翻开破棉袄捉虱子,还有很多人用好奇的眼光遥看高夫人在川里驰马。等慧梅吹着吹着,所有的声音都停止了,大家偏着头听她的笛声。一个老婆婆听得出神,张着缺牙的嘴,唾沫从嘴里流出来,垂成长线,摆呀摆的,终于在她不知不觉中落到腿上,而新的唾沫紧跟着垂成了线。又听着听着,老头们的断断续续的闲话停止了,也不再捉虱子了。一个婴儿被尿布冰醒,刚刚哭了一声,立刻被母亲用奶头塞住了嘴。一只山羊咩咩地叫了两三声,被一个半桩男孩子在背上狠狠地打了一拳,不敢做声了。

听着听着，人们都不声不响地走近高夫人所住的小院，但是又不敢走得太近，怕的是惊动了吹笛的姑娘。那个全村公认为最顽皮的孩子二毛因为刚才跟哥哥们一起堆雪人，热得两颊红喷喷的，如今也被笛声吸引，拖着鼻涕，踮着脚儿走到慧梅跟前。但是还不满足，想再走近一点，不料刚向前多走一步，被他的哥哥狠狠地敲了一栗子①。倘若在平时，他会大跳大叫地进行反抗和报复，但现在他把头一缩，伸伸舌头，规规矩矩地退后两步。

一缕白云，像轻纱一样，被晨风徐徐吹送，从一片松林的梢上飘来，到了吹笛姑娘的头上停住，似乎低回留恋，不忍离去；过了一会儿，不知何故，忽然散开，飘飘上升，融进又深又蓝的天空。

慧梅继续靠在柴门上吹着笛子，明亮的大眼睛蒙上了一层稀薄的热泪，究竟她想着什么，无人知道。她原是淞江府靠近东海边一家农民的女儿，父亲被地主的高利贷逼死了，母亲带着她同弟弟住到舅舅家里。舅舅是一个乡村医生，也负了满身的债。父亲的债主继续逼迫母亲，要将慧梅作为丫头，偿还阎王债。母亲被逼无奈，在一个漆黑的夜间，趁着涨潮时候，撇下她姐弟俩，投到村里的沟中自尽了。后来舅舅也被高利贷逼得没法活下去，带着妻子和慧梅姐弟俩逃出故乡，不知怎么辗转地到了滁州。这时候慧梅才九岁，给一家地主放牛，跟着牧童们学会吹笛。一年之后，附近几个村庄的牧童们没有一个有她吹得好，连大人们也交口称赞。原来有些大的男孩子常常欺负她，后来因为都喜欢听她吹笛子，反过来争着帮助她，保护她。如果哪一天主人家给她气受，准定在三天以内会有几个孩子在深更半夜里将石头扔进她的主人院里，并且在屋后学鬼哭狼叫。

---

① 栗子——屈起中指和食指敲打孩子们的头顶，俗话叫做"吃栗子"。

在慧梅十三岁这年,农民军在高迎祥、张献忠和李自成的领导下打到了滁州附近,她和十二岁的弟弟被一股农民军掳去。恰好在路上遇见了高夫人,看见她生得聪明俊俏,体态麻利,问了她的身世,把她要出来,留在自己身边。她的弟弟也送去参加了孩儿兵。后来农民军攻克了凤阳皇陵,俘虏了一班皇家乐工,都是大小太监。因为高夫人很赏识慧梅的音乐天才,就叫一位善吹笛子的太监给她一些指点,从此她的笛子更吹得出神入化。小张鼐那时在孩儿兵中做小头目,在皇陵得到一只笛子,是北京宫中一百七十年前的旧物,由一个钟鼓司①的太监带到了凤阳皇陵。笛身用最名贵的建漆漆得红明红明,在月光下可以瞧见人影。上边刻有刀法精细的春山牧牛图,还有赵子昂体两行娟秀的题字,上题宋人诗句"牧童归去横牛背,短笛无腔信口吹";下题"成化元年制"。画的线条嵌成石绿色,题字嵌成赤金色,虽经历一百数十年,色彩如新。笛尾是一段象牙,整个笛子显得十分典雅。张鼐把这件宝物送给了慧梅。她喜欢极了,像爱护自己的眼珠一般爱护它。她喜爱它,第一,因为它是宫中御物,形式典雅,音色优美;第二,因为它上边刻的图画常使她想起来在滁州几年的辛酸生活;第三,因为它是张鼐送给她的,而她在心中暗暗地爱着张鼐。

几个月前,她的弟弟不幸在西番地阵亡了。从此,她在人世上只剩了三位亲人。第一位亲人是高夫人,慧梅把她当救命的恩人和母亲看待。第二位亲人是慧英,慧梅把她当做了同胞姐姐。第三位亲人是张鼐。但是尽管她爱他,暗中关心他,有时在梦里梦见他,却从来没有在他的面前流露过一丝与众不同的感情,所以张鼐对她的无限深情竟然毫无所知。高夫人也曾有意把她配给

---

① 钟鼓司——执掌音乐的机构。

张鼐,但是一则因为他们的年纪还不大,二则因为战事紧张,只是这么想过,并没有说出口来,连闯王也不知她有这个意思。

她吹了好长一阵,知道左邻右舍的男女老少都来到附近倾听,便离开柴门,走到院里,对着茅屋把最后的一段吹完。她不是怕别人偷听,而是怕别人看见她的眼睛里噙着热泪。当她吹完以后,揩去挂在睫毛上的泪珠,望着屋檐上挂着的冰凌条儿出神。这时太阳又暖了一些,每个冰凌条儿都在扑嗒扑嗒地落着水滴。

尽管邻居们天天同慧梅见面,大家还是怀着新鲜的感情和好奇心走到门口,隔着柴门和竹篱看她。二毛领着两三个小男孩和两个小姑娘蹑手蹑脚地走到小院,试探着走到她的身边,仰着望她的脸,也有的悄悄地把她手中的笛子摸了一下。慧梅被看得不好意思,用指头在二毛的前额上轻轻一戳,问:"你不认识我?"孩子们像一群山雀似的,呼隆一声飞出了柴门。一个小男孩因为骑有竹马,绊着石头跌了一跤,但没有哭泣。

慧梅正要往屋里去,有人在柴门外叫了一声:"姑娘,你一个人在家么?"她赶快转过身来,看见是本村的卖婆王大娘扤着篮子,笑嘻嘻地向院里走来。她忙给王卖婆搬一把小椅子让她坐在太阳地里,小声问:

"王大娘,你老人家什么时候回来的?"

"我昨晚上住在女儿家里,离这里八里路。今早一清早吃个窝窝头就回来,路难走,刚回到村里。别人都不要我惊动你,我只好躲在这近处等候你将笛子吹完。姑娘,我从来没听见过吹笛子吹得这么好。要是春天你在咱这山里吹,准定使百鸟来朝!"

慧梅不好意思地笑一笑,又小声问:"去到潼关了么?"

"自然去啦。"

"可得到重要消息?"

"消息重要得紧。姑娘,你快请夫人回来,我要向她禀报。你看,我进了村一直到这里来,连自己的家都顾不得回!"

慧梅平日极其挂心闯王和张鼐的下落,这时因不知是吉是凶,只是心跳,不敢往下打听。她跑出柴门,站在苔藓斑驳的悬崖上,望着前川,横着笛子用力吹了一口气,激越的声音一直越过前川,在对面的高山上荡回来,余音不尽地散入太空。随即,她看见慧英在马上向她这边望,她迅速抽出宝剑,在阳光中挥舞三下。看见慧英也用剑挥舞三下,她跑回小院,兴奋地对卖婆说:

"大娘,你老人家稍等片刻。夫人马上就回来啦。你自己烤火。"

川里有一条河,河身又宽又浅。冬天河水枯竭,只见乱石堆积。偶尔有积水的地方,也已经上了实冻,厚冰上覆盖着一层白雪。河边是一条由乱石中踏出来的路,有些地方盖着雪,有些地方雪被风吹到路边或路中间,堆成雪堆。阳光照在雪上,闪着耀眼的银光。

这些天来,寂静的山村,窄小的茅屋,对高夫人来说简直像监狱一样,把她闷得要死。如今一到这条路上,她感到心情豁然开朗,仿佛从今天或明天起就要开始恢复她的马上生涯,像鸟儿一样在无边的天空中自由飞翔。她在开始的时候只让玉花骢缓缓奔驰。过了一阵,她把缰绳稍微一松,同时把鞭子在玉花骢的耳后一扬。玉花骢完全明白了主人的意思,而且这意思正合乎它多天来的心愿,于是它四蹄腾空,像流星似的向前飞奔。慧英吃了一惊,只恐怕高夫人的右腿尚未好,在路上遇到什么险阻时会操纵不灵。她在自己的黄骠战马上加了一鞭,紧紧地跟了上去。兰芝的马看见前边的两个同伴都飞奔起来,自己纵然是匹骗马,也不示弱,紧随在黄骠马的尾后。慧英迅速地回头望一眼,大声叫:"兰芝,抱紧鞍桥!"路是坎坷的。三匹战马常常不得不从石头上,雪堆上,以及坑洼处飞跃而过。愈是颠簸,愈是惊险,高夫人愈是畅快。她怎能不心花怒放?多少天她没有像这样骑马了!为着减少颠簸,她让臀部离开鞍子,几乎是站立在镫子上,却把身子俯向前去。就在这时候她才感觉到她的右腿不能像左腿一样地多用力。但是她故意不断地把力量放在右腿上,好像故意同自己的伤痛找别扭。有时她咬咬牙,有时她皱皱眉头,一次,两次,三次……她顽强地忍痛试验,最后她证明自己差不多可以经受住长途颠簸,也可以操纵烈马了,那心中的高兴简直像破开了中都凤阳。

这样跑了几趟,然后高夫人略微地动了一下缰绳,坐在鞍上。玉花骢明白了她的意思,立刻把速度放慢,平稳地继续奔驰。慧英看见高夫人差不多能够像平日一样随心自如地操纵骏马飞奔在坎坷的道路上,心中自是高兴,但还是禁不住关心地问:

"夫人,你的右腿还是很疼吧?"

"哪里!只稍微有一点儿疼!"就在这当儿,高夫人感到一阵疼痛,好像伤口周围的肌肉在发烧,在跳动。但是她的脸上依然挂着笑容,望着慧英说:"再过三五天,慧英,咱们就杀出崤山,让官军知道我并没有死!"

慧英笑着说:"夫人,真是奇怪,怎么官军会谣传说你已经阵亡了呢?"

"这有什么可奇怪的?他们巴不得咱们这些人一个个早日死净。"

停了片刻,慧英又说:"可是冲过河南边境的那一仗也真够险了,要不是你那样沉着,亲自督战,全队人马说不定都死在那里。谣言说你先中了箭,随后自刎而死,倒不是完全没有一点谱儿呢。"

高夫人笑一笑,但没有回头望慧英,也没说别的话。这次突围,遭遇是那样艰险,死伤是那样惨重,至今想起来好像是一场噩梦。她缓辔驰着战马,默默地回想着一些往事。灿烂的阳光在她的眼睛里失去光辉,好像她又置身在一个杀声动地、月色苍茫的夜晚,一些激动心弦的场面和一些人影跳出她的眼前,同时一些永难遗忘的话语、喊声和刀剑的碰击声出现在她的耳边。想着那些死去的将士和眷属,特别是想起来贺金龙等一群抵挡追兵、至死不退的英雄好汉,她的眼睛不由地潮湿了。但过了片刻,她又想着这是她平生第一次离开丈夫单独率领一支人马作战,如果在危急万分时她慌了手脚,或者她扔掉大家逃命,今天会是什么样的结果呢?唉,那太可怕了,日后也没脸再看见闯王和全体将士!想到这里,她在心里说:

"自成!你如今在哪儿?在哪儿?唉,我没有一刻不在挂念你!"

她猛一抬头,才知道玉花骢已经信步走到原来出发的地方停住了。她感到双脚在镫子间冻得生疼,便牵着马遛了一会儿,把缰绳往鞍上一扔。在马旁边踏着碎步,走来走去,并且不时地顿着双脚,哈着双手。她还在思念闯王,心绪缭乱,愁眉不展,对于慧梅和慧英的"打暗号"根本没注意。慧英走到她面前,说:

"夫人,慧梅刚才用剑挥了三下,那是我同她约的暗号:有要紧事请你立刻回去。"

"有什么要紧事儿?"高夫人望着慧英问。不等她回答,随即吩咐说:"好,上马!"

王卖婆被高夫人派到潼关去探听消息,在潼关住了两天,探明白官军既没有捉到闯王和任何重要将领,也没有在战场上寻到他们的尸体,倒是谣传闯王的余部逃到了商洛山中,引起了官军注意。她还说,洪承畴和孙传庭率领五万官军去北京勤王,走到山西境内,得到报告,就派贺人龙率领两千人马星夜赶回,进行搜剿。贺人龙几天前已到潼关,留在潼关的一千多官军也归他指挥,如今正在火急地征催粮草,就要往商洛山去。

这些消息使高夫人又喜又惊:喜的是,她如今已经确信闯王和刘宗敏等几位大将都平安无恙;惊的是,她担心贺人龙追赶到商洛山中,使闯王没法立足。赏了王婆一点银子,把王婆送走以后,她坐在屋中,对着火盆默不做声,心中像翻江倒海般地激动。二十天来,她几次在夜里梦见闯王和他的左右大将,也曾被血淋淋的凶梦惊醒。这里有高一功和许多将领们的妻子,她们天天烧香许愿,算命打卦,背着她哭泣。她自己常常忍着一肚子热泪对她们说些宽心话。前天半夜,她又梦见了弟弟高一功,仿佛是幼年时代,同在村外的山上放羊。她看见了一只狼向弟弟跑来,正要大声呼喊,却急了一身汗,一乍惊醒。急忙睁开矇眬睡眼,看见弟弟的影子在床前一晃,向门口闪了出去。她披上衣,跳下床,开门一看,什么也没有,只有苍茫的月色照满前川。一股刺骨的寒风扑面吹来,她不由地打个冷颤。重新上床以后,她听着老营卫队在附近巡逻的脚步声,打更声,直到天明不能入睡,暗中流了许多眼泪。如今他是不是也到了商洛山中,同他李哥在一起呢?

等激动的心情稍微平静以后,高夫人在心中问道:"难道就看着贺疯子去进攻商洛山么?"又想了想,她忽地从椅子上站起来,脱口而出地说:

"不能!一千个不能!"

两个女兵都吓了一跳,望望她的异乎寻常的眼神和流露在脸上的坚决神色,都不知她的心中在想些什么。慧英小声问:

"夫人,什么不能?"

"我是说不能让贺疯子往商洛山去,一千个不能!"高夫人回答说。她的眼睛睁得很大,直视着慧英的眼睛,一双细长的眉毛向上扬起,使人从她的眉宇间也能够看出来刚毅的性格。

"你说,咱们能袖手旁观,让贺疯子率领大批人马往商洛山去么?"她问,好像立等着慧英回答。随即她转向另一个女兵:"慧梅,你说?"

慧梅被高夫人的眼光逼得退后半步,没有回答。本来么,一个十七岁的腼腆少女对这样的重大事情能说出什么呢?其实,高夫人自己也不一定要她们回答什么。

慧英喃喃地说:"夫人,咱们当然不能够对这事袖手旁观,不过……"

"你们都到外边去吧,让我一个人仔细想想。"

高夫人独个儿留在茅屋中,在放着已经绣好的"闯"字大旗的方桌旁边坐下,用右手支着腮巴,默默地寻思一阵。在她的脑海里出现了几个办法,但都是缓不济急,被她一个一个放弃了。"怎么办呢?"她茫然地、苦恼地在心中自问。"难道就没有办法了么?"她的乌黑的眼珠在转动着,转动着,偶然落在叠好的大旗上,落在那半个"闯"字上。忽然,她的心一动,一个念头从她的心上闪过。她赶快抓住这个念头,反复盘算,心中觉得豁亮了。

"这是个好办法,"她在心中说,"只是要冒风险。要冒的风险很大!"

她继续寻思,可是除此以外没有第二个更好的办法。为自己的丈夫冒点儿风险算得什么呢?在潼关南原突围的那天夜间,她不就是准备打着闯王大旗,引诱敌人,以便救丈夫脱险么?那时的艰险情形比将要遇到的艰险大得多呢!可是她想到了她的箭伤。因为没有医生,没有尚神仙的秘方金创解毒散,这箭伤竟然到今天还没有十分痊愈。要是再过三五天就好啦!她犹豫片刻,忽然下狠心说:

"不,不!不能等那么久,不能耽误!"

她看清楚对这件事需要当机立断,不能稍有迟误。如果成功,闯王就容易在商州一带站稳脚跟,早日重振旗鼓;如果失败,她也许会死掉,永远不能同丈夫再见。她下决心把这个天大的风险担当起来,吩咐慧英说:

"你去派一个亲兵,立刻骑马去把刘爷找来,我有紧急事要同他商议。"

第二十一章

因为房子欠缺,刘芳亮带着一部分将士驻扎在二里外的湾子里,本村里只驻一部分眷属和老营的卫队,还有一部分眷属同孩儿兵驻在另一个小村里。慧英出去传达了她的命令之后,不过一刻多工夫,刘芳亮就骑马来了。高夫人把潼关的消息对他说了之后,问道:

"明远,目前商洛山中的局势很紧急。我想闯王他们在商洛山中的人马一定很少,零零星星,一切都未就绪,说不定多数人身挂重彩,如何能对抗贺人龙的两三千人马?倘若他们被撵得无处立脚,那就糟了。你看怎么办?"

刘芳亮想了一下,问:"咱们是不是可以迅速冲过兰草关,去到商洛山中同闯王会合,免得他们人数过于单薄,没法对抗官军?"

"不行。你说的是下策!你再想想,难道没有一个好的计策?"

"我一时想不起来,恐怕别无善策。"

"我们如今连孩儿兵和轻伤的将士算在一起,能够骑马打仗的不足三百人,还有眷属和重伤号拖累,如何能冲过兰草关到商洛一带?纵然冲得过去,岂不又要损兵折将?别说要损兵折将,即令全数到达商洛山中也不过三百个能够作战的人,何济于事!"

"夫人,你有何妙计?"

"我有一个妙计,必须立刻动身。"

"你说出来,我立刻照计而行。"

"我们立刻树起'闯'字大旗奔到潼关城下,虚晃一枪,使贺人龙认为真闯王是在我们这里,不在商洛山中,把潼关的官军和贺疯子引诱过来。"

刘芳亮在闯王的手下平素以勇猛善战出名,听了这个计策却沉默不语,从地上拾起一个柴火棒,在手中慢慢地一截一截地掐断。

"明远,你为什么不说话?"

刘芳亮抬起头来,笑一笑,摇摇头,说:"我刚才在心中也闪过这个念头,可是一想,觉得这办法使不得,所以没敢说出来。"

"为什么使不得?"

"潼关原来就驻有一千多官军,加上贺人龙的,就有三千五百上下。潼关以东各州县都有官军,少者数百,多者一千多。咱们倘若树起'闯'字大旗,潼关官军势必倾巢来追,各州县官军再分头堵截,我们如何能招架得住?"

高夫人说:"潼关是朝廷的军事重地,必然要留下军队驻守。既然谣传商洛山中有闯王人马,加上咱们一次奇袭,贺人龙不但不敢倾巢追咱,还得多留下一些人马。追不上咱们,他不过受朝廷责备,万一失陷潼关他就要失去脑袋。据我看来,他顶多率领一千五百人马出关,留下五百人马协助原驻部队守关。"

刘芳亮不禁连连点头,但依然紧皱双眉。

高夫人又说:"至于附近各州县虽都有一些官军,但人数不多。一闻闯王在此,他们心惊胆战,各自守城不暇,谁还肯派军队远离城池?倘若他们出兵追赶,咱们有办法叫他们非守城不可。打了十来年仗,难道这一点小办法也没有?"

"夫人,你说的全对。可是不管怎么说,这是一着险棋,能不走就不走。请你三思而行。"

高夫人拿话激他："唉，明远，你十九岁就跟着自成起义，南征北战，立下了数不清的汗马功劳，由小校升为大将。别说咱们义军中人人敬佩你的英勇，就是官军看见你的白旗和一杆红缨枪，也纷纷退避。我万万没有想到，经过潼关一战，你竟会变得如此胆怯！"

刘芳亮的白净面皮刷地变得通红，苦笑一下，忘记按照近两年的习惯称"夫人"，忽然冲口叫道：

"嫂子！你把我刘某人太看扁了！"

高夫人含笑问："兄弟，难道嫂子说的不是么？"

刘芳亮霍地站起，激动地说："嫂子，潼关突围之时，闯王命我保护老营。老营失散了，一功和老袁不知死活，捷轩同补之等许多朋友的眷属下落不明，你也中了箭伤。为着这件事，我常常愧得要死。现在我把实话告诉你：前年我哥哥阵亡，我只哭过一次，可是为着这件事，我暗中流过多少眼泪！倘若再走一着险棋，成功了自然很好，倘有差池，我一时回不来，老营在此落入官军毒手，叫我日后有何面目去见闯王？！"

"此地尽是崇山峻岭，方圆两百里以内没有乡勇，更没官军，附近老百姓又同咱们相处很好，愿意帮忙。倘若官军远道找来，老营在此消息灵通，随时可以移动，官军有何办法？你放心。倘有一丝差错，嫂子我一人承担，决不会有人抱怨你半个字儿。"

刘芳亮想了一下，问："夫人，你觉得老营在这里会万无一失么？"

"我敢保万无一失。官军来到这几百里大山中是聋子、瞎子，可是咱们处处派有探子，又有老百姓通风报信，别说来少数官军，即令贺疯子的人马全来，也只会望着大山叹口气，找不到咱们老营的影子！"

"好，既然如此，我就挑选二百个弟兄随我前去玩弄官军，把轻伤的将士和孩儿兵留下来守护老营。倘若我不能像牵瞎驴一样把贺疯子牵到崤山中打转转，从此不再姓刘！"

"你打算何时动身？"

"请夫人赶快叫几位眷属来缝制大旗。一有大旗，我就出发。"

"大旗现成。"

"大旗现成？突围的时候，大旗不是由闯王自己带去了么？"

"我近日没事，已经绣了一面。"

"嗨，夫人，你真是一位有心人！"

高夫人抿嘴一笑："嫂子跟着你们打了这么多年仗，并没有吃白饭。"

"既然大旗现成，我随时可以出发，请夫人下令。"

"你现在就去挑选人马，提前吃午饭，饭后立即整队出发。老营的事，由我安排。我们必须日夜行军，尽快地奔到潼关，免得贺疯子往商洛山去。"

"你同老营留在这里，你身边并无多的兵将保护，叫我很难放心。"

"我自己有办法，不用你替我担心。"

"你自己？……"

"我同你一道去。"

"嫂子，用不着你亲自出马！"

"不。我一定得去。俗话说，一人不过二人智。这是一步险棋，困难很多，我同你一道，缓急之间可以帮你出个主意。"

"正因为是一步险棋，我决不让你亲自出马。"

"我非去不可。不说论公；论私，我是嫂子，你是老弟，你现在得听嫂子的话。"

"可是你的箭伤还没有痊愈。"

"我刚才已经试过,并不妨碍骑马。"

刘芳亮顿脚说:"嫂子!潼关自古称为天险,又有朝廷重兵镇守。我们只有二百骑兵前去,还得越过灵宝和阌乡两座县城,这事情不是玩的。即令贺人龙只带两千人马出关,也是我们的十倍之众。我刘芳亮为解救商洛山中之危,纵然粉身碎骨,连眼皮也不眨一下。万一夫人你有好歹,叫我,叫我今生永远无面目再见闯王!"

"明远!我们此去诱敌,要对付的可能不是十倍之众,大概还要多一些。正因为这件事不是玩的,我必须同你前去。我冲锋陷阵不如你,可是临机应变你不如我。咱们二人同去,方能走好这着险棋。"

"唉,相随八年,我从没有见过你像今日这样固执!"

"明远!你就让嫂子固执这一次吧!"

刘芳亮无可奈何地叹口气,摇摇头,告辞走了。

高夫人吩咐慧英和慧梅赶快准备。过了片刻,她又吩咐慧英出去把亲兵头目张材叫来,准备动身;吩咐慧梅把老营总管叫来,把后方留守的责任交代给他。然后她亲自出去到高一功的妻子那里,把照料各家眷属的事情托付给她。为着不走漏消息,她只对高一功的妻子说她同刘芳亮率领一部分弟兄出去打粮,顺便看看官军动静。从高一功妻子那里回来以后,她把兰芝拉到怀里,坐在她膝上,替她把一个没扣住的扣子扣上,又替她把辫梢上松开的红绒头绳扎好。兰芝含着泪说:

"妈,你带我一道去吧?"

高夫人忍着泪回答说:"这一回不能带你去。你同舅母住在一起,等着我回来。每天一早一晚,好生用功读书写字,白天愿意玩就玩,愿意练武就练武,随你。虽然常言道'女子无才便是德',读书和习武都不是女子的本行,可是咱们的情形不同。咱们是造反的人！你能多学会一些本领，几年后就是你爸爸的帮手！"

她一面叮咛，一面心中阵阵酸痛。为着赶快解救闯王和刘宗敏等在商洛山中的危急，她不得不带着箭伤，在冰天雪地中亲自去扰乱天险潼关，同强大的官军周旋。可是哪是自家的兵和将？一共才只有二百个人！起义以来她没有遭遇过这样的艰难，也没有独担过如此重担。打仗不是儿戏，纵然次次都打胜仗，也难免有人阵亡。此一去，说不定就是母女永诀了……

从明朝中叶以来，全国到处都有关帝庙，差不多家家户户都有关帝神像或牌位。农民军受了当时历史风气的影响，崇信关公。高夫人用清水净了手，在关公神像前焚了香表，跪下去磕了三个头，暗暗祝愿三件事：第一愿，闯王和几位大将，双喜和小张鼐全都在商洛山中，平安无事。第二愿，她此去旗开得胜，不要损兵折将。第三愿，她同闯王能够早日会师，骨肉团圆。她起来之后，慧英和慧梅跟着跪下磕头，也都有自己的祝愿。除掉祝愿此去旗开得胜，高夫人平安无恙之外，另外不尽相同。事属末节，就不提了吧。

提前吃毕午饭，人马在川里排好队伍。刘芳亮派小校来请高夫人。高夫人率领男女亲兵骑马下山，老营男女和村中百姓都站在崖上送行。奔到队伍前边，高夫人用亲切的眼光从排头看到排尾，然后从亲兵头目的手中取过"闯"字大旗，严肃地叫道：

"刘芳亮接旗！"

刘芳亮勒马近前，双手接住大旗。高夫人字字响亮地说：

"保大旗如保闯王。你人在旗在，不得有误！"

刘芳亮大声说："夫人放心！只要我刘芳亮在，大旗有失，提头见你！"随即转过身去，说："掌旗官，接旗！"

掌旗官接住大旗，还没有来得及举起，高夫人说：

"一路之上,偃旗息鼓,务求秘密。等到潼关附近,听我号令,再将大旗打出。"

"遵令!"掌旗官在马上回答,把大旗卷了起来。

高夫人又把全队从排头看到排尾,又特别看看那些随在队尾的十几匹骡驮子,转向刘芳亮低声说:

"明远,你下令起①吧。"

刘芳亮把鞭子一挥,大声说:"起!"于是这一小队人马精神奋发地在万山丛中出发了。他们专走偏僻小路,神出鬼没,昼伏夜行,第四天黎明时候便到了阌乡县西南乡的大山里边,潼关城隐隐在望。

潼关城居高临下,地势险峻,自古作战很少从东门仰攻。高夫人因为两次随闯王从潼关附近经过,早已对潼关城的地理形势有所了解。在到了阌乡县境之后,她让人马在山中隐藏起来,一面休息,一面派人打探潼关的官军动静。经过打探,她知道官军已经把粮草和驮运粮草的骡子、驴子准备齐全,定于十一月某日黄道吉日拔旗出发。潼关城南贯通河南、陕西两省的几条峪和崎岖小路,如今因潼关解严,四野无警,官府认为李闯王的余众都逃到两百里外的商洛丛山中,所以这些峪路的防守不再像一月前那样严密,而潼关南门和水门的守军也很单薄。

贺人龙在高夫人来到阌乡西南的第三天,也就是他所选定的吉日,率领着本部人马和潼关原有守军的大半人马,浩浩荡荡地向商州进发了。队伍开拔后,他也骑马出城,却故意不出南门,而从水门出去。因为他认为自己的名字上有个"龙"字,龙得水可以腾云致雨,从水门出取个吉利,便可以旗开得胜,马到成功。阌城官绅送他从水门出城,在通洛川为他饯行,预祝他一

---

① 起——出发,起身。

鼓扫清"余孽",使朝廷无西顾之忧。贺人龙认为李自成和刘宗敏大概都已阵亡,纵令未死,身边剩下的人马也很有限,苟延旦夕,已成惊弓之鸟,只要他用心搜剿,不难斩尽杀绝。他连喝几大杯酒,意气风发,与送行的众官绅拱手相别,飞身上马,挥鞭追赶大队。送行的人们望着他的大旗和前后簇拥的亲兵、幕僚们转过一个山脚,于是或骑马,或坐轿,散乱地各自回城。

到了下午,大约申尾酉初,高夫人和刘芳亮就率领队伍向潼关出动。一气奔了五十多里,黄昏后来到了潼关城外七八里远的一个村庄里。人马即刻把村庄包围,不使走漏消息。事前高夫人就从向导的嘴里弄清楚这个村子里有一个勾结官府、鱼肉乡里的土豪劣绅,家中广有钱财,骡马成群。农民军出其不意进到庄里,将他捉住,当众乱刀砍死,又杀了他一家二十多口,然后开仓放赈。刘芳亮把全村百姓叫到场①里,对大家说他们闯王亲自率领的人马,来此向潼关官军挑战,还有大队人马在围攻阌乡县城。老百姓看见他们杀了恶霸,开仓放赈,行事已自不凡,又看见"闯"字大旗和队伍整齐,一色高头大马,就对刘芳亮的话完全相信。高夫人还怕骗不住官军,事前从亲兵中挑了一个人扮做闯王模样,在场里出现一次,对刘芳亮低声说了几句话,仿佛有所指示,然后同他匆匆地在村中各处巡视。于是老百姓对李闯王的来到村中,更加坚信不疑。

刘芳亮散了赈之后,只叫大家帮忙做一件事,就是在挑战时候全村百姓去到潼关城下边呐喊助威。百姓们久已震于李闯王的威名,今晚又得到好处,且料就官军夜间不敢出关,纷纷答应照办。一些贫苦青年平日吃没吃的,穿没穿的,还受有钱有势的人们欺压,这时都恳求收留他们。可是农民军因为缺少马匹,不

---

① 场——音 cháng,河南人对打麦场的简称。

能多收留,只挑选了五个年轻力壮、家中没什么挂牵的小伙子留下,把在土豪家里得到的三匹好马和两匹骡子给他们骑。

三更时候,刘芳亮亲率三十名将士拿着沿途收集的鸟枪、火铳,到了潼关城下,站在滚木、礌石、箭和抬枪所不及的地方,向守城官军高声谩骂,挑战。站在后边一箭之外的将士和老百姓呐喊助威。关上驻军从梦中惊醒,齐奔上城,火炮、弓、弩乱发,滚木、礌石齐下。刘芳亮下令向城上施放鸟枪、火铳。官军刚把大部分人集合东门,正准备派一支人马出战,忽然南门和水门外炮声又起,火光冲天,呐喊挑战,并见树林中火把甚多,来往不绝,摸不清农民军的虚实,只好龟缩在潼关城内,等待天明。农民军在城外闹腾到四更时候,突然撤走,不知去向。

当农民军在城外挑战时候,丁启睿惟恐关城有失,仓皇奔上南城,督率将士严守,同时派人潜出潼关西门,飞马追赶贺人龙,叫他火速回师。等到农民军退走以后,他派人出城察看,见一通石碑上贴着李自成给贺人龙的挑战书,约他于十日之内到陕州以东的张茅镇附近会战;如贺人龙不去会战,闯王就要重回来攻进潼关。询问城外百姓,都说确实是李自成的人马,亲眼看见"闯"字大旗,并看见李自成本人穿着青布箭衣,戴着白色小毡帽,骑在一匹高大的灰青马上指挥挑战。丁启睿立刻一面火速奏报皇上,一面檄告河南巡抚李仙风。有一个幕僚对此事有点怀疑,趁他的奏疏尚未发出,走到他的面前说:

"大人,河南府①系藩封重地,不可有失。不论这股流贼是否有闯逆在内,给河南李抚台的文书均应火速发出。只是给朝廷的这封急奏以及与兵部的紧急塘报,是否可以稍缓发出?"

"老先生有何高见?"丁启睿问,轻轻地晃着脑袋。

---

① 河南府——洛阳。崇祯帝的叔父朱常洵封在洛阳,称为福王。

"以卑职看来,昨夜这股流贼,未必有闯逆在内。请大人再为斟酌。"

"何以知未必有闯逆在内?"

"当日流贼突围逃窜之时,分作二股,精兵悍将多向商洛山去。倘闯逆未死于乱军之中,必随这一股逃入商洛山中,何能到崤函山中?卑职对此不能无疑,恐坠入流贼狡计。"

丁启睿哈哈大笑,随即用指头轻敲桌子,说:"老先生仍不知李自成为何许人!此贼最善用兵,不能以常理度之。以学生愚见,当日李逆欺骗官军,分作两路,他自己潜携老弱,向豫西逃命。马科与孙抚台都上了他的大当,以为他必以精骑自卫,故误向西南一路追杀。倘若当时孙抚台一直向东追杀,则闯贼岂能逃脱?不幸孙抚台见不及此,致使功亏一篑,上贻君父之忧,下留地方之患。"

这位幕僚仍然不敢同意,又说:"大人明察贼情,所见自甚有理。只是卑职仍不明白:当时大军云集,围得铁桶相似,闯贼为自身计,离开精锐,而随老弱突围,岂不甚危?"

丁启睿又笑了笑,说:"这几年学生留心考察,李自成用兵往往与兵法暗合。即以他这次随老弱突围一事来说,也正是所谓虚虚实实,变化无端。《兵法》云:'故兵无常势,水无常形;能因敌变化而取胜者,谓之神。'①逆贼李自成之所以能流窜数省,屡挫官军,迄今未能斩除者,盖彼用兵往往与孙子暗合,出鬼入神耳。"停一停,他又说:"当夜有不少人亲见女贼高氏在此一股。按常理说,也断无夫妻分开逃命之事。纵然闯贼想抛弃高氏,高氏岂肯离开丈夫?人言高氏尚有本领,但不论如何,终是女流之辈,不要把她看得太非凡了。"

---

① 故兵……谓之神——语见《孙子·虚实篇》。

"大人剖析透彻,卑职实不应再有疑心。但卑职今日听说,昨夜袭扰潼关的流贼人马不多。闯贼新败之后,既然人数甚少,何以敢如此猖獗?难道不怕大军追剿么?"

丁启睿拈着胡须说:"此李自成之所以为李自成也!"

这位幕僚不再说话,其余的幕僚们同声称颂:"大人明智,所见极是。"两份送往北京的火急文书就这样发出了。

却说高夫人和刘芳亮进扰潼关后过了两天,突然在夜间攻进灵宝,占领了城东北角一里多远的娘娘山,进入东关,焚烧了几间房子,火光冲天。知县和驻军都惊慌失措地奔上城墙,在火光中只见"闯"字大旗招展,骑兵来往如穿梭一般。高夫人派她的亲兵头目张材一直骑马到吊桥附近,向城上射了一封书子,以闯王的名义告诉城中父老不必惊慌,他只是要逼贺人龙出关作战,并不攻城。一个守城兵探头往下问:

"喂,你们到底是谁的人马?"

"我们是闯王的人马。"

"李闯王不是在潼关南原完事了么?"

"放狗屁!我们闯王的人马永远不会完!"

"你是谁呀?"

"你问爷爷么?好,你听!"

张材清一下喉咙,用一套韵语向城上回答,声音中带着自豪和对敌人的轻蔑:

你爷爷的家住在
北山南里,
南山北里,
有树的村儿,

狗咬的营儿。
《百家姓》上有姓儿，
朝廷的告示上题着名儿。
十五岁跟了闯王，
放羊娃儿的鞭子换成了刀枪。
你爷爷走过平阳，
会过荥阳，
打过凤阳，
攻过南阳，
围过郧阳，
破过泾阳。
这一年你爷爷闯得远啦：
进过四川，
逛过甘南，
去过西番，
长城外打过转转，
逍逍遥遥地来到河南。
三天前攻过潼关，
如今来灵宝随便玩玩。

唱完这一段之后，张材拨马便走。等城头上一阵乱箭射下，他已经走到强弩的射程之外了。

农民军在这里没有杀人，只把粮店里的粮食装满驮子，把一部分粮食抛到大街上任穷人自己去拾。闹腾了更把天，整队撤走。这时城上发现了这一股农民军的人数似乎不多，但因为是夜间，不敢出城追赶，只在城头大骂。高夫人怕完全露了底，不许弟兄们回骂，却对慧梅笑着说：

"慧梅,吹一阵笛子让城上听听。"

城上的人们听不见农民军回骂,只听见在杂沓的马蹄声中忽然出现了美妙的笛声,登时不再骂了。农民军渐渐去远了,马蹄声听不见了,却听见那一管笛子继续在吹。过了一阵,那欢快而悠扬的笛声变得隐隐约约,在远远的岗岭间,在苍茫的月色中,不绝如缕。城头上有些人在谈论,有些人仍在侧着头,屏息静听,直到什么声音都听不见时还仿佛觉得有遥远而细微的笛声飘入耳中。

高夫人和刘芳亮率领着人马拉到熊耳山①下,又进入永宁县境。一天下午,人马刚刚走出一个山口,听见山下边一片呐喊之声,同时看见二十几个人,男女老幼都有,挑着担子,手执武器,从一座寨门里奔逃出来。一位女的骑着一匹小马同三个执刀步行的男人断后。有一百多条汉子手执刀、剑、红缨枪和棍棒等各色武器在后边呐喊追赶。那个女的逃了一段路忽然停止,身上带有弓箭不用,却用弹弓连着打伤两个追在前边的汉子,然后又走。走了不远,又回头打伤了一个追近的人。尽管她弹无虚发,但毕竟寡不敌众,又被行李所累,眼看着她的二十几个人就要被包围起来。高夫人用鞭子指着,向刘芳亮问:

"你看,这是什么事?"

刘芳亮仔细凝视片刻,说:"那一群逃跑的人分明是跑马卖解的。你看,走在前边的那个老头子还牵着一只猴子。"

"啊,我明白了。那后边穿红袍指挥追赶的中年人准是本地的恶霸。咱们快去救一救,不然他们就要吃大亏了。"

---

① 熊耳山——我国有几处熊耳山,都是因双峰对峙,势如熊耳而得名。本处的熊耳山是在河南永宁县(今洛宁县)东南,为伏牛山脉的主峰之一。后文的熊耳山是在商洛山中,不很著名。

刘芳亮没有说第二句话,一马当先,率领着人马飞奔前去。从寨中追出来的人们突然看见这一队骑兵和"闯"字大旗从山脚下奔来,大惊失色,怔了片刻,一哄逃回寨中,关上寨门。寨里响起一片锣声,寨墙上立刻站满了人。那一小群卖艺的人们看出来这一支突然冲出的人马是来救他们的,在一个土地庙前停了下来。高夫人和刘芳亮率领人马一到,他们都跪下去感谢救命之恩。高夫人看那个会使弹弓的妇女约摸有二十岁,模样儿生得不错,跳下马来,亲手拉她起来,问道:

"你们是卖艺的,怎么同他们打起架来?"

刘芳亮在一旁说:"你不要害怕。我们是李闯王的人马,她是李闯王的夫人,对你们在江湖上吃饭的朋友最怜念不过。"

年轻妇女赶快重新行礼,说道:"啊,我们久闻夫人大名,没想到在这里遇见夫人,永远感不尽夫人的大恩!"

"别这么多礼啦。快说吧,他们为什么追赶你们?"

年轻妇女的眼睛红了,恨恨地说:"什么也不为,只为我是个跑马卖解的,别人以为好欺负,不把我们当人看待。夫人,我们虽然是穷人,抛头露面混江湖,可是我们靠自己本事吃饭,卖艺不卖身,哪能受人们随便欺负!这村里有一个恶霸,听说是替永宁万安王府管庄子的,硬想欺负我。我们起初忍气吞声向他讲好话,谁知反而惹他动了怒,一声呼喝,上来一百多狐群狗党就打我们。我们当场打倒他们几个人,挑起行李往寨外逃……"她用袖头揩揩眼泪,又说:"唉!夫人,你看,我们吃碗饭多不容易!"

高夫人把她上下仔细打量,觉得她虽系女流,眉宇间却英气勃勃,又亲眼看见她的弹弓百发百中,心中十分喜欢和同情她,拉着她的手问:

"你今年几岁了?"

"二十岁,属羊的。"

"你的男人跟你一道卖艺么?"

青年妇女刷地满脸通红,摇摇头,低下头去。

牵猴子的老汉代她回答说:"她还没有出阁哩。家乡灾情大,婆家一家人前年逃荒出外,如今还没有回去,所以她也没法出阁。"

"她是你的女儿?"刘芳亮问。

"不是。她父母早死了。我同她的师傅是一个村子的。"

"你们是哪儿人?"

"小地方是大名府长垣县。在我们那里,打拳卖艺的、玩猴的很多。她起小就跟着师傅学会几套武艺,弓、马、刀、剑样样都通,走绳子是她的拿手本领。自从前年她师傅亡故,她就领着我们这个班子闯南跑北,给大家挣碗饭吃。可是这年头,姑娘大了,又生得有个模样,这碗饭实在难吃!"老头子深深地叹口气,连连摇头。停了停,老头子接着说:"今年春天,我们在杞县围镇卖艺,也是受当地恶霸欺负,幸而出来一位李公子打抱不平,救了我们。可是不吃这碗饭,散了班子,难道让大伙回到家里饿死不成?唉!唉!一言难尽!"

高夫人听到围镇,想起来崇祯八年从凤阳退回时曾打那里走过,便问:

"是杞县南乡的那个围镇么?那儿的年景怎样?"

"就是杞县南乡的围镇,年景也是很坏。"

卖艺的姑娘忽然接着说:"那个李公子可真仁义!年景坏,他除自家拿出来一百多石粮食赈济穷人,还作了个劝赈歌,劝富豪大户施舍粮食。全县穷人,没一个不说李公子好。"

高夫人沉吟说:"我们那年从围镇附近过,听说有一家大户姓李,老子是魏忠贤的一党,原是山东巡抚,在天启末年挂过兵部尚书衔。当时也有人主张攻破李家的寨,忘记为什么高闯王不同意,就从寨边附近,直奔开封。后来见开封有防备,我们的人马从朱仙镇往西来了。你说的李公子可就是这位兵部尚书的儿子么?"

"就是,就是。虽说他家死去的老太爷与魏忠贤有瓜葛,可是这李公子却是难得的仁义君子,也喜欢结交些江湖朋友。去年开封以东的白莲教造反,攻打杞县城,破了许多寨,可是大队人马几次打李公子的寨边过,秋毫不犯。"

"这个李公子叫什么名字?"

"他名叫李信,表字伯言。"

牵猴子的老汉在旁补充说:"听说他有一个堂弟名叫李德齐,也很不错。"

姑娘纠正说:"德齐是二公子的字,他的官名叫李侔。"

高夫人因见天色不早,急于赶路,没有工夫谈下去,对卖艺的姑娘和老头子问:

"你们的人不少一个吧?"

姑娘说:"不少,不少。我用弹弓打得那一伙狗东西不敢靠近,前边也有几个武艺好的伙计开路,把大家都带出来啦。"

高夫人赞叹说:"你们打得好,打得好。要是在这群恶狗面前软弱一点儿,就糟啦。"

姑娘笑着说:"冬天他们穿的衣裳很厚,我们专打他们不穿衣服的地方。"

牵猴子的老头接着说:"那一群恶狗原不信我们的班主厉害,硬往前扑。领头的是本寨的教师爷,拿一把明晃晃的大刀,一边追赶一边骂着难听的丑话。我们班主说:'混账东西,给我老实点儿,放下你的大刀!'他骂得更丑了。我们班主一弹打在他的右手上,那把举着的大刀当啷啷落在地上,吓得他握着手退了回去。又一个恶狗更坏,掂着红缨枪,挤眼歪嘴,十分下流。我们的班主说:'我先打瞎你的左眼!'话刚出口,那家伙左眼中弹,叫声'不好!'登时捂住左眼蹲了下去。追的人们一齐大惊,不敢走近。可是恶霸的乡勇头目大叫着'追呀!追呀!'驱赶众人向前。我们的班主说:'小心鼻子!'那家伙躲闪不及,鼻子中弹,满脸开花。我们跑到寨门洞时,乡勇们正在关闭寨门,我们的伙计一绳鞭打倒一个,其余的两个乡勇赶快逃命。我们出寨之后,他们仍不罢休。只是我们害怕吃官司,不敢放手打,伤害人命。要不,夫人呀,打死他们几条狗命实在不难。我们班主在箭法上也是百发百中。他们穿的棉衣不论多厚,也不会挡住利箭。我们班主一直忍住,不肯用箭射死他们的人!这一次,我们虽然不肯伤害他们的性命,也叫他们尝点儿厉害。"

姑娘说:"他们是地头蛇,一方之霸。我们的人太少,又有老弱拖累,要不是得到夫人相救,终究会吃大亏。"

高夫人说:"可惜,你们连老弱在内只有二十几个人!"

姑娘说:"俺们的这个班子本来有四五十人,因为挣钱糊口不易,分出一二十个人到城里去了。"

老人接着说:"我们这位班主,别看是女流之辈,行事却十分公正义气。挣来的钱,她从不独吞,总是按份子分给大家。有的吃三份,有的吃两份,有的吃一份,该吃多少是多少。因为她做事大公无私,所以伙计们都愿意赤心耿耿地跟着她走江湖。她师傅在日我们只有二十八个人,现下快有五十个人啦。"

高夫人笑着将姑娘上下打量一眼,随即说:"你们快走吧。趁我们在此休息,寨里的人们不敢出来追你们。等你们走远了,我们再走。"

老头子和姑娘又说了几句谢恩的话,赶快拜别高夫人和刘芳亮,率领众人起程。但是他们刚走几步,高夫人叫住走在最后的老头子,笑着问:

"日后咱们说不定还有相遇的时候,你们班主贵姓?"

老头子连忙回答说:"不敢,不敢。小人的班主姓邢,闺名红娘,艺名红娘子。在豫东、豫北、畿南和鲁西一带,你倘若遇到江湖卖艺的,问到走绳子的红娘子,无人不知。"

高夫人笑着点点头,目送着这一群跑马卖解的向北而去。她自言自语说:"红娘子,红娘子,这个姑娘的艺名儿倒很别致。"随即她也上了马,带着人马赶路。走了一阵,她仍然忘不了那个跑马卖解的姑娘,在马上对刘芳亮笑着说:

"明远,刚才这个姑娘,别的武艺不知怎样,我看她的弹弓倒是百发百中。"

刘芳亮笑一笑,但没做声。

高夫人又赞叹说:"一个女子会几手武艺不难,难的是她是一个尚未出阁的大姑娘,能够带领一班人在江湖上闯南走北,得到自己手下人齐心拥戴,江湖上也都敬服。少见,少见!"

贺人龙赶回潼关以后,因为欠饷,并对李自成有些畏惧,借口他是陕西部队,不负担去河南的"剿贼"任务,逗留在潼关不动。直到半月以后,经河南巡抚李仙风与新任陕西巡抚丁启睿公文协商,以洛阳藩封重地,不可有失,才调他出关去"追剿闯贼"。但高夫人决定不同他交战,只在几百里大山中神出鬼没地同他兜圈子。当时从陕州到郑州,黄河以南各县,一股一股大大小小的杆子和白莲教起义,遍地皆是。这情形很有利于高夫人的活动。

高夫人率领着人马在永宁境的大山中停留了十天,边休息边收集粮草。后来听说贺人龙率大军到了灵宝,她为要引官军继续东来,突然从永宁向北,攻克了陕州东边的茅镇,然后向东,穿过渑池城西北的仰韶村,穿过许多大山,到了一个叫做马蹄窝的黄河渡口。从进扰潼关到现在不过一个月的时间,人马扩充了一倍。

这是一个万里无云的下午，人马都在马蹄窝的小街里宿了营。高夫人带着十来个男女亲兵，登上一座山头，立马在夕阳中，遥望对面山西平陆县境内的中条山脉，童山秃秃，重重叠叠，雪峰上接青天。向着夕阳处，银光与金光互相闪烁，真是奇景。俯视黄河，夹在两边高山中间，像曲曲折折的带子一般。河水已经封冻，冰上有雪。时有行人在冰上来往，踏成一条大路。河身，向阳处银光耀眼，背阴处暗森森的，已经被暮色笼罩。马蹄窝虽有几家茅屋，却断绝袅袅炊烟。一群从野地归来的寒鸦在暮色中盘旋，纷纷地落下树梢。"闯"字大旗竖在黄河岸边，在西风中卷着夕阳。高夫人望望大旗，仿佛能够听见大旗在呼啦啦地响。对着雄伟的自然风光，玉花骢昂首扬尾，萧萧长嘶，随后不住地用蹄子蹬着岩石。高夫人也在心中唤起来一串回忆。崇祯七年十一月间，她随着叔父高迎祥领导的起义大军就从这里踏冰过河，进入河南。到次年正月间，十三家七十二营大会于荥阳，从此使战争的局面来个大变……

她继续立马高山，把眼光转向东北。几天来她不断得到消息，说清兵继续深入，快到畿南。如果不是怕崤山中的老营有失，她真想从这里渡过黄河，往北去看看情形！

"唉，鞑子兵要进到什么地方为止呢？"

她向东北凝望很久，满心疑团，直到山头上烟岚浮动，暮色渐浓，才率领亲兵们下山回营。

崤函疑兵　423

第二十二章

清兵从十月下旬越过北京,由良乡趋涿州,分三路深入:一路由涞水出易州,一路由新城出雄县,一路由定兴出安肃①,有围攻保定态势。到了十一月初,清兵越保定南下,破了高阳。从前在山海关外防御清兵有功的大学士孙承宗已经七十六岁,告老在家,住在高阳城内,率家人同清兵巷战,全家牺牲。初十以后,崇祯得到了这个消息,很为震动。"虏兵这样深入畿辅,如入无人之境,怎么好啊!"他在乾清宫走来走去,不时顿脚叹息。"唉,卢象升,一点用处也没有,太负朕意!"他在心里说,把一肚子怨气都推到卢象升身上,提起朱笔下了一道谕旨,切责卢象升畏敌避战,劳师无功,并收回了尚方剑。他很想找一个人代替卢象升总督天下援兵,但苦于想不出一个适当的人。在他的心中,洪承畴是个人选,但洪承畴还在来北京的路上,缓不济急。

今天早晨,像往常一样,天不明他就起床,在一群宫女的服侍下梳洗好,穿戴好常朝冠服,然后走出养德斋②到乾清宫前边的院子里焚香拜天。行过四拜叩头礼以后,默默地祝祷一阵,

---

① 安肃——今徐水。
② 养德斋——在乾清宫后边,是崇祯帝睡觉的地方。

回到乾清宫最西头的房间里。为着心情烦闷，他传免了皇后、太子、妃嫔和公主等的照例请安。

换了一身暗龙黄缎便袍，他在御案前坐下去批阅文书。这张御案，他已经在上边批阅了十一个年头的关于军国大事的各种文书，亲笔下过无数诏谕。但每次对着这张御案他就发愁。案上每天堆的各种奏疏和各地塘报像小山一样，几乎没有一封文书会使他高兴。这些文书，有的是报告灾荒的严重情形，充满了"赤地千里"、"人烟断绝"和"易子而食"等触目惊心的字句，有的是报告"流贼"和"土寇"的骚乱，兵燹的惨象，有的是报告清兵深入畿辅后，继续前进，又破了什么州县，焚掠得如何惨重，掳去了多少丁壮和耕牛，以及某些地方官望风逃遁，某些地方官城破殉难。诸如此类的文书使他每天必须看，而又实在不愿看，不敢看。有时，他恨不得一脚把御案踢翻。

如今，他的心思特别沉重，没有马上批阅文书，低头望着御案上的古铜香炉出神。一个宫女用双手捧着一个永乐年间果园厂①制造的牡丹瓣式银胎堆漆剔红托盘，上边放着一个盛着燕窝汤的成窑②青花盖碗和一把银匙，轻轻地走进暖阁。另一个宫女从托盘上取下来盖碗和银匙，放在皇帝面前，随手把盖子揭开。崇祯瞟了这个宫女一眼，随即拿起银匙，慢慢地把燕窝汤喝完。

他从一个桃花色玛瑙雕刻的双龙护日镇尺下拿起来一张由内阁进呈请旨的名单，上边开着十个人的姓名，有的要授给这样官职，有的要授给那样官职，有的是选授，有的是迁授③。按说，

---

① 果园厂——明初宫中制造御用漆器的地方，在现在北京图书馆附近。所制剔红托盘及食盒十分名贵。

② 成窑——明成化年间的御窑和官窑瓷器，简称成窑，在明瓷中最为名贵。

③ 选授、迁授——初经选取，授予官职，叫做选授。迁授是升级。

在目前敌兵深入的局面下，有许多天大的紧急事在等着他，像这样一般除授升迁的事情，既然经过了吏部和内阁，他满可以不必多费心思，该同意的就批个"可"字，如果对那个人不同意就把他的名字勾掉算了。可是崇祯帝偏偏拿起来这一份不大重要的文件，这是因为他一则害怕接触那些有关战乱、灾荒的文件，二则纵然在一些小事上他也常常对臣下很不放心，养成了一个"事必躬亲"的习惯。

他拿起名单来看了几遍，不能做出决定。有些人的名字他是熟悉的，有的他并不知道。他研究着那些知道的名字，心中发生了许多疑问：这个人不是某人的同乡么？那个人不是某人的门生么？还有，这个人由御史改授主事，是不是出于某人的意思？……他思索着，猜疑着，只好把手中的朱笔放下。

正在这时，司礼监秉笔太监[①]王承恩拿着一个文件走了进来，恭恭敬敬地放在御案上。崇祯害怕又有了不好的军情或灾荒，狐疑地问：

"什么文书？"

"启奏皇爷，这是大学士刘宇亮的奏本，刚才文书房[②]送进司礼监值房中来。"

"刘宇亮……什么事？"

"他因房骑深入，畿辅糜烂，恳求万岁爷派他去督察诸镇援兵。"

崇祯猛然一喜："什么？他要去督察诸镇援兵？"

"是，皇爷。"

---

① 司礼监秉笔太监——司礼监是宫中十二监之一，地位最为重要。秉笔太监是司礼监中一个官职，是皇帝的内廷秘书。

② 文书房——属于司礼监的一个机构，专管收发文书。

"读给我听！读给我听！"

王承恩拿起来刘宇亮的奏疏，用富于抑扬顿挫的声调朗诵起来。奏疏中许多句子写得激昂慷慨，充满忠君爱国的激情，使王承恩深深感动，不由地声音打颤，热血沸腾。崇祯当然也很感动，一面听一面不住地微笑点头，眼睛里闪着泪花，同时心里说："难得！难得！"当奏疏读完以后，崇祯已经做好了重大决定，果断地吩咐说：

"去，快替我拟旨，派刘宇亮代替卢象升总督天下勤王兵马。"

"卢象升呢？"王承恩怯怯地问。

"着他来京听勘！"

王承恩的心中一跳，偷偷地向皇帝的脸上瞟了一眼。他知道卢象升并没有打过败仗，皇上平时误听了高起潜和杨嗣昌的鬼话，才对卢象升做出这样的决定。但是他不敢说一个字，只好遵照皇上的吩咐出去拟旨。他刚走到乾清宫的廊下，崇祯又把他叫了回来。他躬身肃立在皇帝面前，等候着新的吩咐。但皇上什么话也没说，显然是等不及由秉笔太监代他拟旨，自己提起来象管狼毫笔，飞快地写出一个手诏：

首辅刘宇亮疏请督师，情词慷慨，殊堪嘉慰。着该辅臣即赴保定军前，总督诸镇，相机进剿，驱除逆虏，迅奏肤功，以安邦国。至卢象升畏葸不前，实堪痛恨，着即褫去本兼各职，来京听勘。钦此！

他把这个简单的手诏写好以后，自己看了一遍，放下朱笔，向王承恩瞟了一眼，随即又省阅别的文书。王承恩把皇上的手诏和御案上另外一叠批阅过的奏疏拿起来，恭恭敬敬地退了出去。

尽管大学士刘宇亮在崇祯的眼中并不是一个合宜的统帅人才，但是由于他已经对卢象升很不满意，又急于要改变畿辅的军事局面，就十分草率地决定了这样的重大问题。他一向是一个惯于聪明自恃的人，所以纵然做出最愚蠢的决定，也以为自己是天纵英明，临事果决。

他站起来，在屋里走来走去。这个暖阁里摆着两盆名贵的梅花，一盆是绿萼梅，一盆是玉蝶梅，都在盛开。但是两天来崇祯从没有注意，直到现在才突然看见，并且闻见了它们的淡淡幽香。一个宫女看见皇上望着玉蝶梅，脸上带着笑意，就指着朱红盘龙柱子旁边的一盆鲜花说：

"皇爷，这是昨天从草桥①送来的一盆牡丹，刚刚开放。"

崇祯走近花盆看了一阵，心里说："这么好的花，我竟会没有留意！"他对宫女称赞说：

"很好，雍容华贵中有无限妩媚。什么名儿？"

"听说叫芙蓉三变。"

"这名儿倒新鲜。为什么叫芙蓉三变？"

"因为它在清晨洁白如雪，巳时以后变作嫩黄，午间又变一次，粉白中带一丝红晕，宛如少女双颊，一直到夜间都是如此。"

"是草桥送来的？"

"是昨天从草桥用暖车送来的。一共送来了十盆牡丹，有姚黄、魏紫、沉醉东风、杨家一捻红……许多名色，都不如这一盆芙蓉三变最为名贵。皇后昨天下午就派都人②们把这盆牡丹送

---

① 草桥——在北京南郊，离右安门十里。明朝的丰台和草桥一带都是养花和种菜的地方。农民们利用暖房和火温办法，能够在阴历十月间使牡丹盛开，在元旦供给宫中鲜黄瓜和香椿芽。

② 都人——明朝宫中称宫女为都人，是从元朝传下来的蒙古语。

来,放在这柱子旁边。当时曾向皇爷启奏过,因皇爷总在省阅文书,没有留意。"

崇祯又看了牡丹一眼,若有所思地自言自语说:"啊,草桥,这个地方还没有给虏骑焚烧?"

当十月中旬清兵攻占卢沟桥和拱极城①,把防守卢沟桥的高起潜打得大败的时候,他一连三个晚上都登上煤山向西南郊瞭望,看见到处是焚烧村镇的大火。敌人把城外所有的村镇都烧光了。他一点不知道卢象升率领不足一万人马屹立在从永定门到右安门一带,保卫这一带安然无恙。有些小胜利,卢象升自己没有上奏,杨嗣昌和高起潜也不上奏,所以崇祯帝一直被蒙在鼓里,而他周围的宫女和太监们也没人能说清楚。他在心中叹息说:

"但愿用刘宇亮代替了卢象升,总督诸军能够改变目前的军事局面!"

天色已经大亮了。一群鹁鸽从翊坤宫②放出来,带着响哨,在紫禁城的上空盘旋一阵,向北海的白塔飞去。太阳照在乾清宫外的白玉雕栏、古铜仙鹤和鎏金铜鼎上。一个宫女把一只鹦鹉笼挂在向阳的桧松枝上,拉起青缎笼围。鹦鹉在阳光中舒展一下羽毛,看见一群太监带着乐器走来,忽然叫道:

"请皇上用膳!"

恰在这时,一个面貌漂亮的御前牌子③来到皇帝身边,请他用膳。他放下朱笔,哦了一声,站起来走出暖阁。

像平日一样,每顿饭都在他的面前摆满了几十样荤素珍馐,除非他传旨召皇后或某一妃子来乾清宫陪伴他,总是他独自

---

① 拱极城——即现在的宛平城。
② 翊坤宫——在紫禁城内西路,当时为袁妃所居。
③ 御前牌子——御前近侍太监的俗称。

寂寞地吃着,旁边站着许多小心服侍的太监和宫女,外边奏着老一套的鼓乐。对这种刻板的生活方式,他感不到一点乐趣,但是又不能不这样生活,因为不如此便不是皇帝派头,便不合一代代传下来的宫中礼法。

无情无趣地吃着早饭的当儿,他忽然想起来国库如洗、灾荒惨重和清兵深入等问题,便把筷子一扔,走回暖阁去了。

在心绪烦恼中,他重新把那张名单拿起来看了看,不再多考虑,用朱笔随便把次序改动一下。他对于这么随便一改动很得意,因为他认为这样办就可以对臣工"示以不测",而一个英明的皇帝就得经常使臣工摸不透他的思想和脾气。他一点没有注意,经他随便把次序一改,有的本来该升迁的反而无缘无故地降级了,该初授从七品给事中的竟然意外地变成了七品御史或六品主事。后来,内阁诸臣看见这个被御笔改动了的名单大为吃惊,但也不敢问,只好执行。更可笑的是,他为要对阁臣们"示以不测",从御案上拿起《缙绅》①随便一翻,找一个比较顺眼的名字添在名单的后边,并注上"御史"二字。后来内阁和吏部费了许多力量在北京找不到这个人,过了两个月才打听到这个人在一年前病故于福建原籍。

整个上午,崇祯没有离开乾清宫。他批阅着只能令他增加烦恼的各种文书,愁眉不展地思考问题。困倦时候,他就叫太监王承恩把奏疏或塘报读给他听。文书房把一封弹劾杨嗣昌的奏疏送了进来,他一看是翰林院编修兼东宫讲官杨廷麟的,不由地把眉头一皱,想道:这个大胡子的杨翰林又议论什么呢?

"把杨廷麟的疏子读给我听!"他不耐烦地低声说,向王承

---

① 《缙绅》——封建时代的官绅题名录,应该叫做《缙绅录》,但在明朝习惯上简称《缙绅》。

恩瞟了一眼。

王承恩拿起来杨廷麟的奏疏，朗朗地读起来。听着听着，崇祯的火气上来，不由地打断王承恩，问：

"他怎么说？把这句话重读一遍！"

王承恩念道："陛下有挞伐之志，大臣无御侮之才；谋之不臧，以国为戏！"

"什么话！"他不满意地说。"书生之见！下边呢？"

王承恩接着念："杨嗣昌与蓟辽总督吴阿衡内外扶同，朋谋误国，倡和议款，武备顿忘，以至于此！……"

"停！停！"崇祯从椅子上跳起来，用指头敲着御案说："什么'内外扶同，朋谋误国'，尽是胡扯！你知道，这个杨廷麟是否同什么人朋比为奸，故意攻讦大臣？"

"奴婢不知道。"

崇祯想一想，也想不出杨廷麟在朝中同什么人朋比为奸，只好说："好，念下去！"

"督臣卢象升以祸国责枢臣①，言之痛心。夫南仲在内，李纲无功；潜善秉成，宗泽殒命②。……"

崇祯把脚一顿，哼了一声，吓得王承恩的手一抖，不敢再往下念。

"太不像话！竟是肆口诋毁！"他在屋里走来走去，忿忿地问："谁是李纲和宗泽？谁是耿南仲和黄潜善？何不说秦桧在朝？难道朕是宋高宗么？……可恶！可恶！"

---

① 枢臣——此处指杨嗣昌。
② 夫南仲……殒命——耿南仲和黄潜善都是南宋初年的权臣，反对对金抗战，为宋高宗所信任。李纲和宗泽是主张抗金的两大领袖，李纲只做了七十七天宰相被免职，宗泽在开封饮恨而死，临死时还大呼："过河！过河！"

杨廷麟在疏中所使用的典故,使崇祯皇帝很难忍受。他想,这个杨胡子学问不错,才叫他担任讲官,怎么会这样胡乱用典,比得不伦不类?"什么话!"他心里忿然说。"赵构偏安江左,而朕虽然百般苦撑,到底还是一统天子!"他最讨厌有人把他的和议计划比成南宋对金的屈辱求和,偏偏杨廷麟硬把南宋的情形拿来比!他还记得,十来天前,有一次上朝时候,就是这个杨廷麟出班跪奏:"目今虏兵深入,畿辅糜烂。各路援军云集,大都观望不前,实因京师流言纷纷,不知朝廷要和要战。……"崇祯不等他把话说完,厉声问道:"哪个要和?"杨廷麟回奏说:"外边都在议论。"他说:"既是外边议论,不是朝廷意思,何必多问!"他以为这样厉颜厉色地用话一压,杨廷麟大概不敢说什么话了,没想这个人并不罢休,大声说:

"和议一事,朝臣早已风闻。虽然陛下说和议非朝廷意思,然外间传说纷纷,必有其因。满洲土地,尺寸皆祖宗所有。按之史籍,满虏原是女真苗裔,在周为肃慎,汉、魏称挹娄,后魏称勿吉,隋、唐称靺鞨,其黑水靺鞨后称女真。所以自周以后,女真世为我中国之一部落,连努尔哈赤亦受封于本朝,为本朝守边之臣。中国自古为大一统之天下,断无向部落输款求和之理。倘万一确有议和之事,则堂堂大明,二祖列宗艰辛缔造之天下,岂不为赵氏①之续乎?"

崇祯虽然心中恼火,但又感到惭愧,不好在这个问题上惩办朝臣,所以沉默片刻,只好说:"目今虏兵深入,凡我臣民都应该同仇敌忾,执干戈以卫社稷。款议出于谣言,不用再说,下去吧。"他说完这句话也赶快退朝,乘辇回宫了。

如今事隔十来天了,当时杨廷麟跪在他面前时那副倔强的神

---

① 赵氏——指宋朝。

气,还是清清楚楚地浮在眼前。"唉,对这样的人真没办法!"他心里说,轻轻地做个手势,让王承恩再读下去。王承恩正在害怕皇上动怒,会给杨廷麟治罪,看见皇上又叫他读下去,稍微松了口气,赶快清一下喉咙,读道:

"乞陛下赫然一怒,明正向者主和之罪,斩佞臣之头悬之国门,以示与东夷势不两立。如此则将士畏法,咸知效忠,无有二心。召大小诸臣,咨以方略,俾中外臣工共体皇上有战无和之意,卧薪尝胆,发愤图强。更望陛下谕卢象升集诸路援师,乘机赴敌,不从中制①。此乃今日之急务也!……"

崇祯帝转过身来,一字不漏地听王承恩把杨廷麟的奏疏读完。杨廷麟的奏疏中还有一些关于军事上的具体建议,但中心的意思是反对议和,认为只有在军事上取得胜利以后才能去考虑议和。刚愎成性的崇祯虽然看出来杨廷麟的奏疏是出于忠君爱国的心,但是他讨厌杨廷麟攻击杨嗣昌,讨厌有些话过于激烈,更讨厌杨廷麟替卢象升说话。他坐下去,把杨廷麟的奏疏接过来看了看,打算把它留中②,但随即打消了这个主意。他知道,他的祖父神宗皇帝常把一些不满意的奏疏留中,引起臣下不满,所以在他手中,极少采用这个办法。他竭力要做一个勤于治国、事事认真的"圣明之主"。他为着表示不同意杨廷麟的意见,提起朱笔批了几个字:

"知道了,钦此!"

---

① 不从中制——这是古代的政治术语,即是不由宫廷干预统帅的作战计划和行动。

② 留中——古代的政治术语。按照正常程序,奏章经皇帝看过后,批上皇帝的意见,发到内阁和有关衙门。如果把奏疏留在宫中不发出来,给它个置之不理,便叫做留中。

按照崇祯的想法,刘宇亮早饭后看见他的手诏,当天午后就会上疏谢恩,请求陛辞,迅速驰赴战场。他想,刘宇亮虽系文臣,但听说他善于击剑,从前在翰林院供职时天天与家童以击剑比武为乐,看样儿对于用兵打仗的事情也不外行。他不求刘宇亮能够冲锋陷阵,但愿他能够以首辅的威望去到军中,使士气为之一振,诸将不再畏缩不前,各州、县不再遇见清兵就望风瓦解。只要刘宇亮做到这一点,就算是了不起的功劳,够使他满意了。在午饭前后,他两次向王承恩问:"刘宇亮还没有请求陛辞么?"当王承恩回奏说刘宇亮尚未请求陛辞时,他在心中不高兴地说:

"古人'君命不宿于家'①,他怎么如此迟缓?"

约摸到未初时候,刘宇亮的谢恩疏果然送进宫来。但是这封疏叫皇上大为失望。他在疏中除向皇上谢恩之外,求皇上派他去督察诸军,代皇上鼓励士气,催促诸帅作战,而不要使他接替卢象升总督诸军。这时候,崇祯才恍然省悟,"督察诸军"和"总督诸军"是不同的。刘宇亮的原疏只是请求去督察诸军,而不是要总督诸军,只是因为他急于派人代替卢象升挽回局面,所以没有弄清,匆匆地下了手诏。可是刘宇亮又想立功又害怕直接带兵作战的心思,也给他看透了。

怎么办呢?是同意刘宇亮的请求还是维持他的手诏?他一时不能决定。恰在这时,司礼监掌印太监王德化进来,向他启奏:辅臣杨嗣昌请求召见。崇祯问:

"他有什么紧急事情?"

---

① 君命不宿于家——这是古人的简化说法,意思是接受君命之后,应该赶快动身,连回家宿一夜也不行。这句话来自《礼记·曲礼》:"凡为君使者,已受君命,言不宿于家。"

王德化躬身回奏:"奴婢不知。可能是为大学士刘宇亮督师的事。"

崇祯明白了,心里想,听一听他们的意见也好。

"叫他到文华殿等候召见。"他说。

未末申初时候,崇祯乘辇到了文华殿。杨嗣昌已经恭候多时了。行过常朝礼以后,崇祯问道:

"先生有什么事情要奏?"

杨嗣昌重新跪下,说:"臣为大学士刘宇亮督师的事求见陛下。……"

"他的疏朕已经看过了,先生的意见如何?"

"陛下一览宇亮奏疏,立即手诏嘉勉,命他迅赴前敌,代卢象升总督诸镇援军,与虏作战,足见皇上对宇亮倚畀之重,期望之殷。然宇亮以首辅之尊,假天子威灵,督察诸军,其地位实在总督之上。如仅代卢象升总督军务,其地位不过一总督耳,其所指麾者不过卢象升现有之万余残军疲卒耳。这就失去了首辅代皇上视师之意。"

"难道不让他前去督师?"

"刘宇亮原奏系请求督察诸军,而不是自任总督。况卢象升虽出师无功,贻误戎机,深负皇上委任,但目前军情紧急,不宜临敌易帅,影响军心。请皇上对象升稍示薄惩,使他仍为总督,戴罪图功,以观后效。"

"刘宇亮呢?"

"恳陛下仍按刘宇亮原疏所请,派他前去督察诸军。"

崇祯想了想,觉得杨嗣昌的话也有道理,失悔自己一时心中无主,手诏下得太急。

"好吧,"他说,"依卿所奏,前诏作罢,就派刘宇亮去督察诸军吧。"

"遵旨！"杨嗣昌说，叩下头去。

崇祯又说："目下虏骑深入，畿辅州县，望风瓦解，使朕忧心如焚。今首辅刘宇亮既愿代朕视师，朕甚嘉慰。望他早日成行，不要迟延才是。先生请起！"

杨嗣昌没有起来，说："臣尚有一事启奏陛下。"

"何事？"

"杨廷麟的弹章，蒙皇上发交内阁，臣已见到。臣以驽钝之材，负皇上委任之重，实在罪该万死。皇上天恩高厚，不加诛戮。臣非草木，能不感激涕零！只要有利于国，臣即粉身碎骨，亦所甘心。"

"此事朕自有主张，卿不必放在心上。"

"臣生逢圣朝，深受知遇之恩，对此不惟毫不介怀，且愿趁此为陛下举荐贤材，为国效力。"

"你要举荐什么人？"

"臣拟举荐杨廷麟为兵部职方司①主事，佐卢象升赞画军务，以展其平生所学。"

"行兵作战的事，他可懂得？"

"杨廷麟平日颇留心经世之学，对古今兵略亦甚熟悉，非一般儒臣可比。目前军情紧急，需才孔殷。如能使他去帮卢象升运筹帷幄，佐理军事，较之他供职翰林院，更可发挥长才，为国效力。"

崇祯见杨嗣昌态度诚恳，毫无报复思想，心中大为称赞，面带微笑说：

"卿能捐除私怨，为朝廷推荐人才，有古大臣之风，实堪嘉慰。朕知道杨廷麟是一个敢说话的骨鲠之臣，只是有些偏激而已。"

---

① 职方司——兵部的一个重要机构，掌管天下图籍，各地道里远近的记载，各地兵额数字。

"陛下圣明,深知廷麟,故不加以肆口攻讦之罪。其实廷麟只是误听了流言蜚语,不明实情,其用心倒是极好的。"

皇帝点点头,说:"好吧,就依卿奏,改授他职方司主事,着他迅赴卢象升军前赞画。"

"遵旨!"

杨嗣昌从文华殿退了出来,穿过一条夹道,回到内阁,先走进首辅刘宇亮的房间里,把见皇上的经过说了一遍。刘宇亮十分高兴,连连拱手,感谢他的帮忙。当他把举荐杨廷麟的事情说出以后,刘宇亮和别的几位走来打听消息的辅臣,齐声称赞他有古大臣之风。地位仅次于首辅的薛国观是一个很有心计的人,看穿了杨嗣昌举荐杨廷麟的真正目的是要把这个敢说话的翰林官赶出朝廷,送到兵凶战危的地方。但是他笑着拱手说:

"文弱兄,难得,难得!俗话说,'宰相肚里行舟船',此之谓也。"

杨嗣昌回答说:"学生同伯祥原有通家之谊,心中实无芥蒂可言,且对他的学问、风骨,一向也是钦佩的。三十几岁的人,难免不有些火气。学生不但不会放在心里,以后还要大大地借重他哩。"

"难得!难得!"同僚们齐声说。

杨嗣昌回到自己的房间,在长班的服侍下换去朝服,坐进太师椅里,接过来一杯香茶,喝了一口,嘴角露出来一丝冷笑,心里说:

"杨胡子,去到卢总督军中赞画吧,莫在朝廷上乱放空炮。到军中叫你领教领教,同满鞑子打仗不是容易的!"

崇祯皇帝仍然在文华殿,一边随便翻阅《资治通鉴》,一边等候着王承恩替他拟旨。不大一忽儿,王承恩把拟好的上谕稿子捧了上来。这稿子包含两件事:一是派首辅刘宇亮督察诸军,一是改授杨廷麟为兵部职方司主事,赴卢象升军前赞画。崇祯把稿子看了看,提笔改了两个字,加了一个内容,就是严厉责备卢象升畏敌不前,辜负国恩,着即免去兵部尚书衔,降为侍郎,继续任事,以观后效。

"马上发出去,不要耽误!"他说,疲倦地向椅背靠去。

他本来很需要留在文华殿休息一阵,但是在乾清宫的御案上还放着许多重要的文书等他处理,如何能够休息?于是他打个哈欠,站起身来,低声说:

"回乾清宫去!"

乾清宫的御案上除原有的尚未批阅完的文书之外,又新来了两份紧急塘报。他拿起来上边的一份塘报,见是从潼关来的,没有马上打开来,心里想,也许是李自成和刘宗敏等"巨贼"的死尸已经找到了?原来他希望最好是能够将自成等擒获,在午门举行献俘大典,以振奋军心和民气,其次是阵上斩首,验明无误。没想到潼关南原大战之后,李自成夫妇和他们手下的重要首领竟然杳无下落。虽然官军确实大捷,"流寇"确实全军覆没,但因为没有捉到李自成及其手下重要首领,他终觉放心不下。孙传庭在报捷的奏疏中说李自成等看来已死于乱军之中,正在寻找尸首。他对这句话一直半信半疑,疑其未必然,但又愿其真能如此。好在是冬天,高原气候又特别冷,战场死尸一时不能腐化,总可以查一个水落石出。如今他在打开塘报之前,心中很希望找到了李自成等的尸首。但是他的这个希望只在心上一闪就消逝了。他想,如果是找到了"逆贼"的尸首,新任陕西巡抚和潼关道都会有急奏到京,岂止一纸紧急塘报?在这一转念间,他的心头上登时笼罩了一层暗云,但又不得不怀着忐忑的心情打开塘报。他一看,像一瓢冷水浇头,不禁浑身一颤,颓然靠在椅背上。

站在旁边的宫女看见皇上的神色改变，赶快捧一杯香茶放在他的面前。

过了片刻，崇祯拿起来第二份塘报，见是从河南府来的，不看内容也知道报的什么事。但是事已至此，他只好打开看了。站在他身旁的太监和宫女看见他的神色更加难看，眼睛里燃烧着怒火，鬓角有一条青筋轻轻跳动。他们提心吊胆，屏息无声，踮着脚尖儿退了出去。不料他们刚刚退出，就听见哗啦一声，皇上把手中的茶杯摔碎。于是他们赶快跑进来，环跪在崇祯面前，颤声说道：

"请皇爷息怒！"

"叫杨嗣昌来！快！快！"

一个御前牌子奉旨刚奔到乾清宫的日晶门口，又被他命另一个太监追赶去叫了回来。他想，今天把杨嗣昌叫进宫来也没有用，无兵可调，他有什么办法？他深恨孙传庭，恨得咬牙切齿，忽地从龙椅上跳起来，把跪在地上的宫女踢了一脚，喝道："起去！"于是他六神无主，在乾清宫绕柱彷徨，几乎撞倒了芙蓉三变。过了好长一阵，他重回御案坐下，提起朱笔，打算下道手谕，将洪承畴严加责问，官降三级，将孙传庭逮捕进京，交刑部从重议罪。但又想了想，把笔放下了。

洪承畴和孙传庭已经率领五万勤王兵出了娘子关，进入畿辅。崇祯明白，如果在这时将洪承畴降级处分，将孙传庭逮京问罪，这一支勤王兵说不定就会瓦解。况且，他想着大臣中威望高，经验多，将来能够替他坐镇辽东抵御清兵的只有洪承畴，他最好还是原谅他的小过，使他更知道感恩图报。至于孙传庭，他决不宽恕他，只是目前还不是时候。等到清兵退走之后，他再把孙传庭叫进京来，治他的罪。

他重新把两份塘报拿起来看了看，心头上怒气消了一些，却

感到无比的焦急和沉重。他扔下塘报,靠在椅背上,仰视空中,自言自语地小声说:

"唉,怎么办呢?原来闯贼并没有死,逃在崤函山中!他既然能够进袭潼关和灵宝县城,可见不是全军覆没。河南到处都是饥民。这一股漏网逆贼倘不迅速扑灭,星星之火可以燎原!……天哪,怎么办呢?"

想来想去,他叫一个太监去传谕兵部,檄催潼关道和副将贺人龙火速出关"剿贼",务期在崤函山中将"残贼"一鼓扑灭,"勿使滋蔓"。这个太监刚走,秉笔太监王承恩拿着一封奏疏进来,恭恭敬敬地放在御案上边。

"谁的奏本?"崇祯问。

"是高起潜的。"

"什么事儿?"

"他奏卢象升拥兵避战,坐视虏骑深入,畿辅糜烂。"

崇祯把眼睛一瞪,拿起来高起潜的奏疏略略一看,便明白了全部内容,恨恨地骂道:

"卢象升……真是该死!"

王承恩明晓得高起潜的话多不可靠,暗暗替卢象升叫屈,但嘴里却不敢吐露一字。

第二十三章

一个月前，卢象升初到昌平的时候，他抱着一腔忠君爱国的热情同杨嗣昌碰，同高起潜碰，什么都不怕。一个多月的时间使他尝了不少苦头，领了不少教，开始明白了他自己是碰不过他们的，这些人依仗着皇上的宠信像大山一样地压在他头上。他想战，但又处处受到掣肘。皇上不但不支持他，反而生他的气，几次严旨切责，降了他的级，还几乎把他撤职，召回北京去听候勘问。他现在时常提心吊胆，害怕突然接到一道圣旨，把他革职拿问，使他在沙场上尽忠报国的机会顿成泡影。皇上的脾气他是知道的，像这样的事情谁说不会发生呢？

阴历十一月中旬，卢象升在庆都县境同清兵相遇，打了一个胜仗，割了一百多个首级。这虽然不是多么了不得的胜利，但使他非常高兴。多天来在一部分将士中存在的畏敌怯战情绪开始有一点儿扭转。他召集诸将，歃血誓师，要继续迎击敌人。就在这天黄昏，他接到邸报，大吃一惊，不由地叹口长气。

这份邸报上有两件事都和他有关连。一件是杨廷麟上疏弹劾杨嗣昌，被杨嗣昌玩个花招，一方面保荐为兵部主事，一方面谪发军前赞画。他把杨廷麟的奏疏读了两遍。如果在一个月前，他一定会感到痛快淋漓，拍案叫绝，拔剑起舞，但是他现在却没有那样感觉，反而深为不安。他指着奏疏中"南仲在内，李纲无功；潜善秉成，宗泽殒命"两句话，对一位僚友说：

"这两句话痛快倒痛快，可是徒招当事之忌，有何益处？伯祥毕竟是个书生！"

另一件事是皇上派刘宇亮督察诸军。他知道刘宇亮并不懂军事，平日也不是对清兵主战的人，但居首辅，只会唯唯诺诺，不敢有所主张。如今他自请督察诸军，不过是打算做一个代天子"临戎"的模样，博取皇上欢心。清兵继续深入，他没有直负重责；一旦清兵退走，又得算他首辅督察的首功。卢象升深切感到，在杨嗣昌和高起潜之外添了一个刘宇亮掣他的肘，他的处境就更加困难。

隔了一天，他又收到一份邸报，简直像在他的头顶上打个炸雷。密云巡抚赵光抃捉获了一个奸细梁四，供称太监邓希诏、高起潜和辽东总兵祖大寿曾经合谋投降清兵。赵光抃根据梁四的口供奏闻皇上，引起京城里人心波动。皇上大怒，立刻把赵光抃逮捕进京。赵光抃做密云巡抚是卢象升举荐的。想着赵的被逮，杨的谪发军前，他不禁叹息说：

"两公危，我从今以后越发难以安生了。天乎！天乎！敌人并不可怕，可怕的是……"他没有把话说完，又深深地叹息一声。

两天以后，杨廷麟从兵荒马乱中驰至军中。虽然来了一位知己朋友，多了一个膀臂，但卢象升并没有特别高兴。他的处境确实如他自己所料的，越来越坏，使他开始对一切都感到灰心，只求早早地战死沙场。

这时候，他的部队到了保定附近，既无饷银，也无粮草。上书兵部，如同石沉大海。叫清苑县预备粮草，根本不理。卢象升写了一道手谕派人送给清苑知县，上边说："如再复迟延，致三军枵腹当敌，当以军法从事！"清苑知县左某倚靠总监军高起潜的势力,不但仍然置之不理,并且挑唆高监军来书责备象升说:"我公屯兵坚城之下,不进不退,后之大事将何以济?"卢象升率领着饥疲的将士转移到真定,希望能得点接济。不料真定巡抚张其平见杨嗣昌和高起潜都排挤他,也紧闭城门,不让一人进城。军中已经快要绝粮,士兵每天只能吃一顿稀饭,有时连一顿也吃不上,不得不靠草根、树皮和着很少的杂粮充饥。起初张其平答应接济一天的粮食,但是卢象升派官员前去领粮,从中午候到黄昏,从东门转到南门,不开城门,从里边传出话来:"天色已晚,只有折色银一千两,没有粮食。"随即把银子从城头缒了下来。

乡村和市镇上的老百姓既怕清兵,也怕官兵,一听说军队来到就纷纷逃跑,所以卢象升得到一千两银子却无处购粮。有些士兵在军官的默许下,夜间分成小股,悄悄地离开营盘,到乡村去寻觅草料,出现了抢劫和奸淫行为。于是老百姓对官军越发痛恨和害怕。凡官军所到之处,百姓逃得越发干净,逃得更远。卢象升从前在同农民起义军作战的那些年月里,对于官军的扰害良民,种种不法情况,他早已熟见熟闻,莫可如何,常常只好装聋作哑。但目前是在同清兵作战,这样失掉民心的现象使他感到害怕和忧虑。由于不敢责问手下的将领,怕激出意外变故,他只好将大事化小,下令逮捕了两个士兵,然后集合全军将士,噙着泪把他们斩首示众。

为着阻止敌人继续深入,他在真定、巨鹿和赵州之间连着袭击敌营,常常小有斩获,但只是扰乱性质,无关胜败。因为粮饷匮乏,孤军无援,军心愈来愈显得动摇。到处有人唉声叹气和怒骂朝廷,抢劫的事情继续发生,还有人开小差。一天夜里,卢象升的老营扎在一个破庙里,他和杨廷麟睡在一个土炕上。杨廷麟本来抱着满腔热情来到军中,想对卢象升有所帮助,可是几天来他也是一筹莫展。他比在京时了解的事情更多,对朝廷更加失望,更加不满,常常在心里问道:"难道大明的气数要完了么?"卢象升坐在土炕上处理了一些公事,忽然望着他说:

"伯祥,你明白么?我们差不多临到绝境了。"没有等廷麟说话,他接着说:"我带兵多年,身经百战,还没有遇到过这样局面。你瞧瞧,弟兄们骨瘦如柴,每天还要打仗,还要奔波。大家都明白是在等死,不是死于锋刃,便是死于饥疲。如今使大家没有四散的是一点报国之心,而朝廷不惟不知鼓励士气,反而用各种办法来瓦解军心,沮丧将士们的报国热情。这样下去,有些人是会铤而走险的。只要有一队人马鼓噪而去,全军不瓦解也差不多了。伯祥,局势岌岌,如何是好!"

杨廷麟从土炕上跳下来,说:"我也担心不能够支持多久。两军对垒之际,安危生死判在呼吸,如何能使将士们枵腹作战?目前只有一个办法,就是移兵畿南三府①,筹募粮草,休养士马,待半月之后,寻敌决战。不然以饥疲之卒,当虎狼之敌,难免覆没,于国何益?"

卢象升摇摇头,苦笑一下,没有做声。杨廷麟接着说:

"畿南三府虽然也有匪、旱之灾,但还不十分残破,民心也未失去。如能移军广、顺,号召士民,则不但粮草无匮乏之虞,兵马亦将会四处云集。从前金人南下,太行山义民蜂起,结寨自保,与金对抗。无奈南宋朝廷立意主和,使岳飞北伐之谋不行,太行山与冀南父老痛哭绝望,诚为千古恨事,言之痛心。公平生以岳少保自勉,何不承岳少保遗志,联络畿南三府父老,共御强虏?在畿南三府士民,既是救国,也是保家,必能闻风响应,执干戈为公前驱。"

---

① 畿南三府——顺德府、广平府、大名府,都在现今河北省南部。

杨廷麟的这番话在目前就军事说确是上策，但是这一点并没有打动卢象升的心，倒是他的慷慨激昂的感情使卢象升深受感动。卢象升沉默一阵，叹口气说："伯祥，你的主意虽是上策，但我实不能用。我只能用下策，派人向绵竹①作秦庭之哭②。"

"既是上策，为何不用？"

"这还不明白？"卢象升突然觉得胸中一阵刺疼，站起来，在土炕边低着头来回地踱了几步，然后接着说："一个月来，枢臣与权珰蒙蔽主上，疏、揭③交攻，环顾中外人情④，尽伏危机，以相嫁祸。弟以待罪之身，暂统军务，常不知何时就逮。倘若移师广、顺，则朝廷必加以临敌畏怯之罪，不出数日就会有缇骑前来。与其死于西市，何若死于沙场？"

"可是，纵然公不惜死于沙场，与国何益？"

"但求问心无愧，不负皇上足矣。"

卢象升的心里充满了悲愤和灰暗情绪，竭力不让热泪从眼角滚落。他背过烛光，又来回踱了起来。杨廷麟在小桌上猛捶一拳，大声说：

"难道国家要亡在这班人的手里不成？我不信……"

卢象升陡地转过脸来，向杨廷麟摆了一下脑袋，不让他说下去。在这刹那间，东厂侦事人李奇的影子浮上了他的心头。他不替自己担心，而是担心他的朋友会说出一些不满朝廷的话，被什

---

① 绵竹——刘宇亮是四川绵竹人。明朝士大夫习惯，对内阁辅臣一级的大臣不称其名，称其籍贯。

② 秦庭之哭——楚国京城郢都被吴国攻破，申包胥到秦国求救，哭了七天七夜，求来了救兵。

③ 揭——即揭帖，奏本的一种。

④ 中外人情——朝中朝外的人情。此处实际上指杨嗣昌（朝中）和高起潜（朝外）。

卢象升之死

么人添枝加叶，报进京城。他向杨廷麟的面前走了一步，说：

"伯祥兄，我想拜托你去保定一行，如何？"

"当然乐于效命。不过，你是要我去向绵竹作秦庭之哭么？我看未必能得到他的接济。"

"尽人事以听天命吧。你在京中同他还有些来往，把军中的困难情形向他陈明，也许会打动他的心。我说过这是下策，但目前只有这一条路子。"

"何时动身？"

"事已万分急迫，愈早动身愈好。你这几天十分辛苦，今夜休息一宿，明日五更动身如何？"

杨廷麟想了一下，说："既然军情如此紧急，我今夜就动身吧。请赶快写手书一封，由我面呈绵竹，再以言词动之。"

"你还是睡一晚上。"

"不，事不宜迟，说去就去。"

"这你就太辛苦了！"卢象升拱拱手，表示他的感激。

约摸三更时候，杨廷麟拿着卢象升的手书，带着他的一个家人和卢象升拨给他的四名可靠士兵出发了。卢象升把他送出营外，握着手互嘱珍重。杨廷麟策马走了几步，感到很不放心，又勒转马头，叮咛说：

"公一身系国家安危，千万勿作孤注一掷。畿南为我公旧治①，民心可用，务望留意。"

卢象升点点头，说："兄快走吧，不必以弟为念。大丈夫既然以身许国，七尺微躯不敢私有。成仁取义之理，略知一二。以一死上报君恩，在弟犹嫌其少耳。"

他目送着六匹马在昏暗的星光下走了以后，又过了一阵才

---

① 旧治——指卢象升曾做过大名兵备道，治理过畿府。

转回营去。他已经决心战死沙场,想着这次同故人相别恐怕就是永诀,心中有点难过。明知刘宇亮不会给他什么援助,他之所以派杨廷麟前去,固然是抱着"尽人事听天命"的想法,但更重要的是要把廷麟打发走,替国家保存一个有用的人才。这后一点想法,杨廷麟是无从知道的。

卢象升送走杨廷麟的当天夜里,得到兵部的紧急文书,说是据山西塘报,清兵西趋山西,太原危急,命令卢象升督师驰援。象升明明知道清兵就在冀中平原攻城破寨,烧杀淫掠,并没有往山西移动,仅仅派少数游骑作为疑兵,佯装有西窥山西之势,却引起了太原官绅的惊慌。他把檄文投在炕上,心里说:

"将在外,君命有所不受。杨嗣昌于数百里之外,事事牵着我的手脚,这可奈何!"

虽然他自己决定不接受兵部的命令,可是他手下的大同总兵王朴也直接得到了兵部檄文。王朴手下的将士早就不愿随着他受苦拼命,一听说山西危急,兵部来了檄文,都要回去保护家小,鼓噪起来。不用分说,把王朴扶到马上,拥着他往西而去。

卢象升所率领的三个总兵官,以王朴的人马最多。王朴走后,虎大威、杨国柱两个总兵官的部队和象升自己的标营,连同不能作战的人员在内,合起来仅有六千多人。第二天中午,他率领着这几千残兵,开到南宫县境,在荒野中扎营立寨。各营都派出一些人挖掘草根,拿回来洗净,切碎,和着很少的杂粮充饥。卢象升也吃同样的东西。他知道清兵下一步或者深入畿南,或者由这里向山东掳掠,所以他打算在这里使人马稍微休息一下,明天到巨鹿找敌人进行大战。这时高起潜带了将近两万人马到了鸡泽,离这里只有几十里路。他赶快写了封恳切的亲笔信,派一名小校飞马送去,请高起潜也把军队开往巨鹿,以便互相声援,分散敌势。

他刚把使者派出,有畿南三府的几百父老代表来到营外,要求见他。卢象升听到禀报,赶快走出营门,接见了父老代表,问他们前来何事。从代表中走出来一位体格健壮的老人,飘着花白长须。象升一看,并非别人,正是巨鹿的爱国志士姚东照,腰间挂着他不久前赠的宝刀。姚自清兵入塞后,到处奔走联络,号召抗御清兵,保家卫国,在畿南三府百姓中深孚众望,所以大家推举他代表大家同总督说话,他还不知道卢象升已经降级,所以一开口就称他"尚书大人"。他声音洪亮地说:

"尚书大人,天下汹汹,快有十年了。满鞑子已经数次入塞,杀我人民,掳我丁壮,淫我妻女,焚我屋舍。凡我大明臣民,都应该同仇敌忾,与敌周旋。无奈虏骑所至,我兵不战自溃,州、县望风瓦解,实在令人痛心!大人不顾万死,屡挫凶锋,以为天下表率。可恨奸臣在内,大人一片孤忠,反被嫉恨。上下千里,空腹驰逐,徘徊荒野,竟连吃一顿饱饭也不能得!唉,天哪,像这样,如何能对抗强敌!"

姚东照的声音哽咽和打颤,不能不停顿一下。周围的人们,不管是父老代表或象升的麾下将士,听到这里,都感到喉咙堵塞,心里憋得难过。有人低下头去,有人悄悄地向总督的脸上瞟了一眼,看见他两眼潮湿,神色激动,从嘴角流露出一丝苦笑,等着老头子继续说话。

"听说今天五更,三军鼓噪,大同总兵王大人借口出关①去救山西,带着他的人马走了。将要临敌决战,竟然发生此事。大人只剩下几千饥饿疲惫的人马,如何能杀败鞑子?请大人听从愚

---

① 出关——当时畿辅北部的人们说出关是指出居庸关和山海关,畿南的人们说出关是指出固关。

计,赶快移军广平、顺德一带,征募粮草,召集义师。我们三府子弟一向报国有心,投效无门,一旦知道大人来到,人人会踊跃慷慨,同心齐力,听从大人指挥,虽肝脑涂地亦所不辞!只须大人振臂一呼,我敢断言,数日之内,人们会背着干粮,云集麾下,十万人不难召集。如此岂不远胜于大人只臂无援,独抗强敌,徒然送死?望大人三思!"

老人的句句话都打在卢象升的心上。他很明白,如果采纳这位老人的意见,不但能免遭全军覆没的危险,还可以取得胜利。想起来杨廷麟给他的忠告,他在心里说:"三府民心果然可用!"然而他毕竟是一个封建士大夫出身的总督,虽然知道畿南民心可用,却不明白应该如何将老百姓的力量因势利导,充分使用。在他的思想中,抗击异族入侵只能是朝廷和文臣、武将的事,而百姓们仓猝集合,虽有敌忾之心,毕竟是乌合之众。他深知三府百姓平日与官府势如水火,人心思乱,处处潜伏危机,所以很担心倘若畿辅百姓都起来同清兵作战,纵然一时能帮助他将清兵赶跑,也会给朝廷带来"殷忧"。倘若有"无赖之徒"乘机作乱,他何以上对朝廷?岂不是一波未平,一波又起?到那时,他将不是死于战场,而是死于西市。他没有多犹豫,向姚东照等父老们拱拱手说:

"暾初先生,各位父老!我十分感谢父老们的隆情高义!象升十年来身经百战,未尝败衄,然今日情势如此,惟有一死报国!"

听了他的话,群众的情绪更加激动,纷纷地劝他移军广、顺,整顿兵马。一个农民老人揩揩眼泪,大声说:

"总督大人!你不要以为老百姓是无知愚民。只要大人移军广、顺,军民齐心,还怕不能够打败敌人?难道大人不信咱三府老百姓会拿起刀枪来保家卫国?大人,光想着一死救国可不是办法,如何打胜敌人要紧!"

卢象升摇摇头说:"唉,今日象升虽名为总督,实际只有疲卒数千。大敌由西边冲来,我既无援兵,又无粮草,千里转战,已经力竭。可是事事都由中制,动遭掣肘,夫复何言!象升旦夕就要战死沙场,不必连累畿南三府的父老兄弟!"

姚东照大声说道:"死有重于泰山,有轻于鸿毛。不能击败鞑虏,徒死何益?"

听了这几句话他很感动,但是他心中明白,如果他移军广、顺,朝廷一定会说他是逃避敌人,把他逮捕进京,到那时他纵然有一百张嘴也无处替自己申辩。但他是朝廷大臣,这样话不能对百姓父老说出口,只能回答说:

"象升身为朝廷大臣,何能违背圣旨,擅自移军就食?见危授命,死而无憾!"

"可是'将在外,君命有所不受'。"

"不惟君命难违,且总监大人即在数十里外。诸君虽出自一片好心,然象升倘以违抗圣旨、临敌畏怯的罪名,死于西市,千古含冤,何如慷慨跃马,死于炮火锋镝之间!象升死志已决,请父老们不必再讲了!"

父老们明白了他的苦衷,有人摇头不赞成,有人叹息,有人失望顿足,也有人因军情危急,朝廷昏暗,卢象升徒然就死,激愤难忍,不禁失声痛哭。象升和他身边的将士们看见百姓哭,也都忍不住淌下热泪。姚东照向他的面前走近一步,慷慨陈说:

"大人,自从崇祯二年以来,如今是东虏第四次入犯,比以往更加深入。每次虏骑入犯,京城戒严,朝廷束手无策,听任虏骑纵横,蹂躏畿辅。州、县官吏只会闻风逃窜,不敢固守城池。地方上乡绅巨室,也是闻风先逃,从无人肯为国家着想,全无忠君爱国之心,更莫说号召百姓共保桑梓。官军来到,对虏骑畏如虎豹,对百姓凶如豺狼。每次虏骑入犯,所过之处,房屋被焚,妇女被奸淫，耕牛、农具、牲畜、财物被抢掠，很多人被杀死，很多人被掳走。我们小百姓上不能依靠朝廷，下不能依靠官府，既怕虏兵，也怕官兵。可是光害怕不是办法，所以我们号召三府子弟，保家卫国，与虏骑周旋。百姓们因见朝廷畏敌主和，各路官军名为勤王，实为扰民，只有大人肯与虏兵一战，所以不愿看着大人徒然捐躯，无益于国，愿意助大人一臂之力。望大人勿失三府民心，勿挫三府民气！"

卢象升说："暾初先生，自从虏骑初次入犯，你就力主号召畿辅百姓保家卫国，故素有义士之称。但今日象升为国尽节，势所必然。决战就在眼前，象升只知为皇上效命疆场，生死早已置之度外。三府父老盛情爱护，象升惟有感激而已。"

"大人，听说虏骑正在向南来，请大人暂时退兵，稍避凶锋，缓十日与虏决战如何？"

"为何？"

"如大人能在十日内不与鞑子决战，东照与三府父老就可以率领数万子弟前来助大人一臂之力。"

象升抓住姚东照的手，把他拉到几步之外，用潮湿的、十分激动的眼睛望着他，叹口气说：

"暾初先生！我的处境你还不完全明白。我感谢你的好意，可是我怎么能等待十天呢？"

"为什么不能等待？"

"第一，学生已被朝廷夺去了尚方剑和尚书职衔，不知何时会有缇骑来逮入京师问罪。万一在十日之内学生被逮入京师，倒不如赶快与虏一战，宁为国殇，胜死于诏狱①多多。第二，看

---

① 诏狱——由皇帝下诏令逮捕下狱，称为诏狱。在明朝，一般由东厂或锦衣卫执行逮捕，下入镇抚司狱中。

虏骑趋向，分明拟深入山东，截断运河，威胁济南，倘不趁早迎击，挫其气焰，则山东数十州县必将望风瓦解。到那时，不惟朝廷将治学生以纵敌深入之罪，即学生亦将何以对山东百姓？第三，"象升放低声音说，"目前官军士气不振，畏敌如虎；自王朴走后，军心更为动摇。这所剩的数千饥饿疲惫之师因感学生一片忠君爱国之心和平日赤诚相待，暂时不忍离去，勉强可以一战。稍缓时日，军心瓦解，学生纵然想战也不可得矣。"

"那么候我五日如何？"

"五日？……不行，不行。"

"倘若五日不行，请大人务必候我三日！"

卢象升虽然判断不出三日，也许就在明日，清兵就会来到，过三日百姓的增援已无济于事，但是他不好再拒绝姚东照的好意，于是回答说：

"好吧，你们快回去号召三府子弟不令虏骑长驱南下。三日之内，我这里会有消息。我看，虏骑行军甚疾，常如骤风急雨，恐怕你们想助我一臂之力已经来不及了。我明天将稍向西南移动，以便与高监军大军靠近。巨鹿为先生桑梓，但愿我们能够在巨鹿再次相见。"

他同姚东照回到众人面前。父老们把随身带来的少数粮食拿出，献给象升。一位父老颤抖着雪白的胡子说：

"大人，我们因来得仓猝，又不知是否能遇到大人，所以带来的粮食不多，只算是略表三府百姓的一点心意。如大人移军广、顺，我们三府百姓为抵御异族入犯，尚有忠义之气。虽然日子很苦，把自己下锅的粮扫数拿出，都很高兴；只要能毁家纾难，甘心情愿。"

附近乡村和南宫城内的有钱人家早就逃避一空，只剩下一些无力逃迁的穷苦百姓。他们听说卢象升决心同清兵作战，军中已经绝粮，三府父老们前来献粮，也纷纷把埋在床头的，藏在墙洞里和窖里的各种杂粮都拿出来,送到营门外。一位满面菜色的农民老太婆兜着一手巾枣子,拄着拐杖,喘吁吁地赶来。她两眼流着泪,用双手把枣子捧给象升,说:

"大人,连年又是大旱,又是蝗虫,还加上兵荒马乱,老百姓家家缺粮。我这个孤寡老婆没有别的东西,把这一点红枣送给大人煮煮吃,多杀几个鞑子。"

"老大娘,你没有儿子么?"

"唉,苦命!儿子都没啦!上次鞑子来到这一带,一个儿子被杀,一个给掳了去,杳无音信!"老婆子哭着说。"朝廷老子养那么多兵,只会骚扰良民,谁肯出力打仗?末梢年,老百姓活该遭殃。在劫啊,有啥法子?"

卢象升不肯收她的枣子,但老婆子哪里肯依,只好留下。

这天晚上,卢象升心绪纷乱,不能安眠。三更以后,他带着人马离开营寨,向巨鹿县迎击敌人。中午时候,部队到了巨鹿县的贾庄。得到探报,有几千清兵快到附近。他叫将士们站成一个圆圈,然后他勒马站在中间的土丘上,向四面拜了四拜,说:

"将士们,今天我们就要同敌人相遇了。我与诸位同受朝廷厚恩,今日正是我们为朝廷效命的日子。我们怕的是不能够为国战死,不怕不能得生。宁作断头将军,战死沙场,不能辜负国恩,临敌畏缩。纵然我们今天为国战死,也使敌人不敢再轻视我们,并使千万志士闻风兴起。弟兄们,随我前进!"

说完以后,他把五明骥的镫子一磕,带着标营人马,向敌人的方向奔去。虎大威和杨国柱两位总兵官的人马紧紧地随在后边。走了十来里路,见北方烟尘蔽天,霿篥声阵阵传来。象升策马朝着尘埃飞扬的敌营奔去。虎帅担任左翼,杨帅担任右翼。刚一接仗,右翼兵马受不住敌人骑兵的冲击,稍向后退。虎大威立刻从左边扑上去，象升也舞刀跃马大呼，向前冲杀。一时三军振奋，杀得清兵大败，四散奔逃。附近没有逃迁的村民自动地纠合成群，拿着锄头和白木棍子，把那些落荒而逃的清兵打死不少。

黄昏前，卢象升率领将士们退回贾庄，准备明天同清兵的主力决战。派往鸡泽送信的小校已经转来，知道高起潜不肯发兵相助，象升恨恨地叹口气，一句话也没有说。

三更时候，月色苍茫，觱篥声突然从四面吹响起来。卢象升走出军帐，四面一听，知道已经被敌人四面包围。他非常镇静，好像这结局早在他的意料之内，只是仍不免在心中遗憾地说：

"高起潜的关宁铁骑离这儿只有五十里，假若能够赶来，给敌人一个内外夹击，该多好啊！"

第二天是十二月十二日。敌人在拂晓前从西边又来了一万多骑兵，连昨夜来到的有三万以上，把卢象升的营寨围了三重。过了一会儿，天色大明，但天气昏霾，日色惨淡，刮着冷风。突然，觱篥声、炮声和喊声大作，开始从四面向明军猛攻。虎大威守西面，杨国柱守东面，南北两面由副将等官防守。在四面紧要地方，架好大炮。卢象升往来指挥，炮不乱发。这些炮手的名字他全记得，他叫谁谁就点放。有一次当他正在指挥开炮时候，炮手中流矢阵亡，而敌人像潮水似的涌了近来。他立刻跳下马，抓住火绳，连开两炮，打死了一批敌人。第二个炮手赶来，从他的手中接住火绳，他才重新上马，赶往另一个最危急的地方督战。

自辰至未，敌人猛攻不退。象升营内的火药和铅弹完了，箭也完了。他的脸孔被硝烟熏黑，衣服被烧破几处，并被流矢穿透了几个洞洞。西南角的敌人，听见象升营中的炮声齐喑，扛着四面红旗，冲了进来。这时营中炮烟弥漫，几丈远看不见人。象升大呼杀贼，在潮水一般的清兵中左右冲杀。忽然看见虎大威被敌人包围，支持不住，他冲了上去，大叫说：

"虎将军！今天是我辈为国尽忠的日子，不要怕死！杀呀！杀呀！"

虎大威杀开一条血路，同他会师，挽着象升的马缰劝他突围。他不肯突围，用刀向虎大威扬一扬，大声说："放手！"虎大威放了手，立刻有一大群敌人把他们冲散了，以后再也没有会合的机会。

经过半天的攻守战和半个时辰的混战之后，卢象升的将士死伤惨重，剩下的不多了。贾庄外边不远有一座蒿水桥。战场已经由贾庄移到蒿水桥边，实际上也只是些零星战斗。明兵这一堆，那一团，被敌人分割包围，坚持着最后的战斗。这种战斗，既不是为着胜利，也不是为着突围，而是受一个十分单纯的愿望所支配，就是要在自己倒下之前多杀死一个或几个敌人，死不投降。

虎大威和杨国柱都负了伤，不知什么时候已突围走了。家人顾显一直跟在卢象升的身边，负了十几处伤，栽下马去，失了知觉。过了片刻，他突然抬起头，睁开血红的眼睛，但是他没有再看见总督和五明骥。正在这时，有一群敌骑从他的面前奔过。他从地上拾起短剑，用力向敌人掷去，恰好刺中了一个敌人的头部。敌人大叫一声，栽下马去。"老子又赚了一个！"顾显在喉咙里骂了一句，倒下去死了。

卢象升已经受了三处箭伤和两处刀伤。他的身边只剩下宣府参将张岩、掌牧官杨陆凯和二十几个骑兵，而且都负伤了。他率领着二十几个人杀到蒿水河边，被宽阔的河水拦住。冰不厚，已经有几匹马踏破了冰凌陷在河里。对岸有一个穿红袍的敌将带着一起人用乱箭射来。象升的左胸上又中了一箭。他拔出箭，大吼一声，五明骥腾空一跃，跳过了两丈多宽的河水。敌将大吃一惊，回马便逃。象升连砍死两个敌人。如果他这时向南奔去，会很容易地脱离战场。但是他没有这个想法。他回头一看，发现跟着他的二十几个人都不曾过来，正在被十倍以上的敌人围攻。他又吼叫一声，同时把镫子一磕。五明骥好像懂得主人的意思，打个转身，踏着蹄子，喷鼻，奋鬣，愤怒地叫了一声，一纵身跳回到河水这边，往敌人的垓心冲去。卢象升因为流血太多，感到自己快要不能支持，快要死了。他一面砍杀，一面呼喊着下边的话，鼓励他的将士，也鼓励他自己：

"将军断头，勇士捐躯，就在此时！杀！杀！……弟兄们，用劲儿杀呀！……"

他的背上又中了一刀，身子猛一摇晃，几乎栽下马去。但是他赶快用左手扶住马鞍，回身砍死了一个敌人。他把自己的人马救出来，重新来到蒿水河边，背水作战。这时，他的身边只剩下五六个人，参将张岩和大部分弟兄都死了。掌牧官杨陆凯骑着千里雪，紧随在他的身边。千里雪的洁白的身上被鲜血染污几片，有些血是杨陆凯的，也有些是从敌人的身上迸过来的。杨陆凯负伤很重，困惫不堪，衰弱地对卢象升说：

"大人，你快跳过河走吧，我在此挡住敌人！"

卢象升似乎没有听见他的话，又似乎在鼓励他，重复着叫：

"将军断头，勇士捐躯，就在此时！"

战斗又继续了一阵。五明骥的一条前腿突然中了流矢，打个前栽。卢象升翻身落马。但他挣扎着站了起来，徒步迎战。一群敌人骑兵包围着他，要他投降。他一面抵抗，一面愤怒地说："堂堂大明，只有断头将军，没有投降将军！"但声音已经很弱，很低，不能连贯。片刻之间，他的头上又连中两刀，一刀在后脑，一刀在脸上。他大叫一声，倒了下去，把大刀抛得很远。他的耳膜上还在响着刀剑声和喊杀声，而他自己像做梦一样，模模糊糊地觉得自己仍在战斗，仍在呼喊。不过，他又模糊地知道自己受了重伤，躺在地上，血正在向外奔流。他还想挣扎起来，再杀死一两个敌人，可是他挣扎不动，哼了一声，失去知觉。

杨陆凯也从马上栽下来，离卢象升躺卧的地方只有几尺远。

他以为象升还没有死,赶快挣扎着爬过去,用自己的血身子遮盖着总督。敌人不知道那第一个倒下去的、穿着小兵号衣的勇猛战士就是卢象升,所以没有割取他的首级。但他们非常恨他,尽管看见他已经死了,还用乱箭射他,为死伤的伙伴报仇。杨陆凯在箭雨中紧紧地抱着总督,没有叫喊,也没有动一动。他死了,背上中了二十四箭,还有许多箭落在他的周围,深深地插入土中。

当卢象升落马之后,五明骥昂着头,吃惊地向周围望望,不知道发生了什么事情。随即它明白自己受了伤,而主人也离开它了,它又失望又愤怒地冲出重围,几乎将一个敌方骑兵冲倒。一群敌人看见它是一匹稀见的骏马,从四面围上来,打算把它捕获。它昂着头,抖抖鬃毛,兀立不动,连喷几个鼻子,望着蒿水长叫一声。等敌人走近身边时,它突然狂怒地跳了起来,踢倒了一个敌人,跛着一条前腿向旷野奔去。几个清兵仍不死心,继续追它。它跑到蒿水的转弯地方,徘徊起来。一眨眼工夫,几个清兵又追到了。它打算纵身跳过河去,但因为它的前腿负伤,而这地方的河身又特别宽,它在离岸两丈远的地方落下水里。它正在挣扎着往对岸浮去,清兵射了几箭,把它射死。

三天以后,在一个夜间,杨廷麟赶到战场上寻找卢象升的尸体。

他没有看见刘宇亮。卢象升的手书还揣在他的身上,刘宇亮在安平风闻清兵将到,吓得面无人色,急急慌慌地逃往晋州。晋州知州陈宏绪同城中士民歃血盟誓,不让刘宇亮一兵一卒进城。刘宇亮大怒,一面上疏请旨将陈宏绪逮京问罪,一面往真定逃去。杨廷麟到了保定,正要往真定追赶,忽闻卢象升全军覆没,放声大哭,就连明彻夜往贾庄奔来。

贾庄一带方圆几里的范围内,成了个死亡世界,到处是人和马的尸体。明兵固然绝大部分阵亡了,清兵也在这场恶战中死了几千。杨廷麟正在设法寻找卢象升的尸首,忽然从附近传过来一匹战马的萧萧悲鸣。他身边的一个弟兄原是跟着卢象升多年的亲兵,激动地说:

"老爷!老爷!这是千里雪的叫声!"

他们向着战马嘶鸣的地方跑去,果然看见一匹雄骏的白马昂首兀立在月光下,似乎在等待他们。等他们走近它时,它一扭头跑开了,在远远的荒野上停下来,又发出苍凉而悲哀的嘶鸣。他们又按着声音追去,而它又跑了。它这样跑了几次,萧萧地叫了几次,最后来到蒿水岸上,不再动了。杨廷麟同随从们来到白马身边,首先发现了杨陆凯的死尸,随后从杨的死尸下找到了另一个人的尸首。虽然象升的面部被砍伤,血肉模糊,但是那个老兵一看见他的头上束的白网巾,号衣里边的麻衣,就抱着尸首大哭起来,说:

"这就是我们的老爷!我们的总督!"

他们把象升的血衣脱下,看见总督印还绑在肘后。

杨廷麟等正在收拾卢象升和杨陆凯尸首的当儿,忽听人声嘈杂,自远而近,并有很多灯笼火把,使他们大为惊异。等他们跳上马向前迎去一看,看见来的人都是畿南百姓装束,手执各色武器,也有拿着锄头和白木棍子的,在月光下黑压压地望不见边儿。经他们一问,才知道是姚东照来寻找卢象升的尸首的。原来姚东照回去一天多工夫就号召了两三万人,汰去老弱,挑选了七八千人,正要连夜往贾庄赶来,恰有一支清兵南下,如入无人之境。其实敌人只有两千多骑兵,利用明军畏怯避战,才敢离开主力,孤军长驱,冲到巨鹿与广宗之间,到处焚烧房屋,奸淫抢掠,掳走男女人口。姚东照等父老号召的义勇百姓埋伏在广宗城北,突然将清兵从中间截断,四面呐喊,八面围攻,一阵混战杀死了清兵三百多人,夺回了很多人口和耕牛。清兵不敢恋战,向东逃去。打过了这一仗,姚东照等重整队伍,奔救卢象升来。等他们赶到蒿水桥战场,卢象升已经阵亡三天了。

姚东照一看见卢象升的尸首,不禁失声痛哭,说:"大人!你要等三天与虏兵决战,断不会兵败身亡。是朝廷将你逼死的啊!"数千爱国百姓对朝廷的无道更为清楚,有人忍不住用很粗鲁的话诅骂朝廷,骂兵部尚书杨嗣昌,骂总监军太监高起潜,也有不少人惋惜卢象升只懂得一个"愚忠",落得如此下场。有一个人在看过卢象升的尸首后大声骂道:

"这算是什么世界,什么朝廷!不肯为国打仗的人受到皇上宠信,愿意为国打仗的人反而受到责备,不给援军,不给粮饷,逼死沙场,高兴了敌人!"

卢象升的亲兵并没有死尽。有一个名叫郑奎的亲兵带着重伤逃出来,驰马到了北京,向兵部禀报总督的阵亡经过。杨嗣昌亲自召见了他,听了他的详细禀报以后,问:

"杨赞画死了没有?"

"他没有死。卢总督前一天派他往保定去啦。"

杨嗣昌感到遗憾,不再问下去,起身走了。他不相信卢象升真的死了,派了三个人去贾庄察探实情。有一个叫做俞振龙的回来禀报说卢总督确实阵亡,被诬以禀报不实的罪名,吊了三天三夜,打了几百鞭子,希望他说出卢象升是逃跑了,没有下落。但俞振龙决不说谎。他在临死时候,对着审讯他的官员说:

"唉,天道神明,不要冤枉忠臣!"

杨廷麟回到北京,把军中的曲折实情,上奏皇帝。杨嗣昌代皇帝拟了一道上谕,责他所奏不实,将他降了级,贬到江西①去做个小官。这时清兵主力已由畿辅转掠山东,未经战斗就破了济南。

---

① 贬到江西——顺治二年清兵下江南,他在江西从事抗清活动。次年守赣州,被清兵围攻半年。十月四日城破,他投水自尽。

第二十四章

从谷城回来以后,得知高桂英母女同刘芳亮平安脱险,李自成的心中大为宽慰,但是这种宽慰很快就被摆在眼前的困难压倒了。不管打粮也好,买粮也好,粮食来源愈来愈困难,而失散的人马却又陆续归来。附近县份里杆子众多,小盗如毛,不要说一般殷实户多被烧杀抢劫,连穷人们的鸡、羊和留着过年的一点杂粮也被抢光。老百姓不等荒春到来,已经有不少家开始吃草根树皮。李自成每天骑马出去,总看见一些路边和村边的榆树被饥民剥去了皮,露出来白光光的树身,还常常看见一些枯瘦如柴的男女饥民出外逃荒,心中着实难过,但也想不出多少救济办法。除非攻破几个富裕的山寨,开仓放赈,设法救此燃眉之急。可是一想到攻城破寨,就想到必然要死伤不少将士,这是在目前他极不情愿的。而且山寨的地势都很险要,防守严固,倘不施用奇计,损兵折将也未必一定能够攻破。

一天上午,李自成心中烦闷,只带着一个亲兵出寨,也不骑马,信步在山脚下走走。他本来想在野外散散心,同时看看到底附近哪些地方可以开垦,不觉走出二三里外。他在一个高坡上站定,望望坡上的荒地,一回头看见路边的两棵榆树,不禁啧了一声。昨天他骑马从这里走过,看见这两棵树还不曾有人剥皮,今天一看，树身上差不多给剥光了。他正在感到问题严重，忽然听到几声鞭子响和一阵铃声从坡下上来，同时有一个熟悉的声音开始唱着延安府一带的民间小调，调子忧郁而无力。过了片刻，王长顺同十几个人押着一队毛驴儿走上坡来。相离十几丈远，李自成就注意到毛驴背上的布袋都是空的，而王长顺等也都是无精打采地坐在驴背上，有的在驴背上打盹。王长顺忽然看见了他，从驴背上跳下来，叫道：

"闯王！"

自成问："怎么空着布袋回来了？"

"唉，闯王，看起来我这个买卖是不行啦。"

"难道一点粮食也买不到么？"

王长顺走到闯王面前，正要禀明情况，恰好总管骑着马飞奔而来，在闯王的面前翻身下马。自成问：

"有什么事？"

总管已经看清楚所有二十几头驴子背上的布袋全是空的，也看见王长顺那一副沮丧神气，便回答说：

"我没有多大要紧事，你先同老王说话吧。"

李自成把眼光转向王长顺，催他快说。王长顺苦笑一下，说：

"原来路上就不平稳，如今年关迫近，水更浑啦。沿路大杆子，小杆子，乱得如毛。咱又不能带多的人马打着过去；亮牌子吧，他们也不讲朋友，不看面子。上一次我们勉强走了百把里路，走不通，转回来啦。这次，他妈的，又走了百把里路，几乎把命丢啦。咱们一向吹口气儿刮大风，吐口唾沫河涨水，如今龙困沙滩，连小贼娃儿也敢欺负咱！有什么话说呢？这就叫强龙不压地头蛇！"

自成问："往西安的路不通，往汉中去的路怎么样？"

"更不通。"停一停，王长顺又说："还有，闯王，我听说西安和汉中都盘查得紧哩。有谣言说咱们的人马逃在商洛山中，所以只要是从商洛山出去的小商小贩，官军看见了都说是奸细，轻则把银钱东西没收，重则人财两失。"

总管插言说："听说近来西安因到处久旱，粮价飞涨，官府已经出告示严禁粮食外运。别说如今路上过不去，就是能过去，也不能把粮食运出。"

这些情形，李自成近两三天也有所闻，所以他点点头，没有做声。总管接着说：

"再说，咱们如今已经有一千多人，纵然王长顺的毛驴队出去买粮食能够买到，也济不了多大事儿。路程太远，买到了也只能是小补助。看起来，如今非想别的法子不可。"

自成挥手叫王长顺带着他的毛驴队回老营休息，然后向总管问：

"你找我有什么事？"

"咱们原说今天中午向附近十来个村庄放赈，我来问问，还放不放？"

"为什么不放？"

"我昨晚算了算，咱们现有的存粮吃不到年底。虽然这次只拿出几十石粮食放赈，可是这么一放赈，咱们的粮食就只能吃到小年下。各处打粮都有困难，过年以前能打来多少粮食，没准儿。万一打来的粮食很少，弟兄们怎么过年？"

"你打算怎么办？"

"我打算暂时不放赈，等再弄到一批粮食再说。"

"今天放赈的事，已经对各村老百姓说了么？"

"还没有。"

李自成低下头去，沉吟不语。如今离年下还有半个月，他本来打算今天放一次赈，到腊月底再放一次赈，让老百姓能够过年。可是如今粮食的来源如此困难，怎么好呢？目前将士们也是只能吃半饱，饿得黄皮刮瘦。倘若过年时再不让大家吃几顿饱饭，定会有许多怨言。俗话说，兵没粮草自散。难道能让弟兄们饿着肚子散伙么？可是如果不放赈，难道能眼巴巴地看着附近的百姓饿死和逃光么？

"暂时不放行不行？"总管等不到闯王回答，小心地问。

"你先回去，让我想想再说。"

总管骑马走后，李自成又寻思片刻，决定去找刘宗敏商量一下，便吩咐亲兵跑回老营去牵马匹，独自留在高坡上等候。

旷野寂静，一片荒年和残冬的萧条景象。自成走到一座破土庙前避避寒风，望着干燥的、万里无云的蓝天，长叹一口气。忽然他似乎听见有一个女人在呼唤他的乳名，使他十分诧异。仔细一听，果然有人在坡下边呼唤，很像他小时母亲唤他的声音：

"黄来儿[①]！黄来儿！……"

声音拖得很长，微微打颤，十分凄惨。喊了几声就停下来，哭了两声，然后再喊。李自成的心弦被这呼唤声深深打动，暗想道："多么像娘在叫我！"他迅速离开土地庙，走到可以望见坡下的地方，看见一个老婆扠着一只破荆条筐子，挂着一根棍子，正在艰难地往坡上爬，走两三步就站住回头呼唤，呼唤不应就坐下去哭。约摸半里外，小路旁边，坐着一个十来岁的小孩，不回答，也不望她。自成的心中明白了，赶快走下高坡，要去搀扶这个老婆。当他下坡时候，忽然想起来他的父亲，心中一酸，眼眶里涌满热泪。父亲李守忠是一个庄稼人，为着养家糊口，每到农闲时候就自己做些瓦盆瓦罐放在土窑中烧熟，挑着走乡串村

---

① 黄来儿——相传李自成诞生时，他母亲曾梦黄衣人走进屋中，故替他起一个乳名叫黄来儿。

叫卖。他十三岁那年冬天，父亲已是五十多岁，一天下午，挑着没有卖完的瓦器回来，因为忍受饥饿，腿脚无力，在离家几里远的山坡上跌倒下去，死在那里。如今想起此事，好像脚下就是家乡的那个山坡，不远处就是父亲跌倒的地方，仿佛地上还散着摔碎的灰色瓦器。等他走到女人跟前，这一些幻象消失，他才看见她并不像他想的那么老，只有四十多岁，饿得三分像人，七分像鬼，脖颈很细，暴着一条条青筋。这个女人看见自成走到，也不害怕，只顾哀哀哭泣。自成问道：

"大婶子，你是爬不上这个坡子么？"

女人止住哭，抬起头来打量他一眼，哽咽说："可不是？人都饿得跟纸糊的一样，风一吹就会倒，连站也站不稳，还说爬坡！可是过了这个坡，离家还有六七里，用屁股在地上挪也得挪回家去。家里还有三四口人，老的老，小的小，回去晚了都要饿死啦！"说毕，又用手捂着脸哭了起来。

自成又问她几句话，知道她的男人病在床上，家里还有一位婆母，一个小侄儿。那个坐在路边不动的是她的小儿子，已经有两天没吃东西，刚才才吃了几口谷糠。她的大儿子在十天前随着他的兄弟和村人们出外逃荒去了。自成看看她的筐里，知道那装在小口袋里的是二升谷糠、半升黑豆，四五斤豆饼①，另外就是沿路剥的榆树皮和挖的草根。

"大婶子，你这些东西从哪儿讨来的？"

"从我娘家借来的。我爹娘也够可怜，可是他们不能看着我一家全饿死，借给这一点东西。"

"这一点东西也不够一家人吃几天啊！"

"挨一天是一天呗。在劫难逃，有什么法儿？只是可怜这孩

---

① 豆饼——榨过油的黄豆渣子，圆饼形。

子才十岁,是个嫩生生的人苗儿,也眼巴巴地看着饿死!"女人说毕,又忍不住啜泣起来。

自成向自己的怀中摸了摸,偏偏今天身上没有带散碎银子,连零钱也没带。他望望女人,望望坐在路边的孩子,不由地想起来幼年时候随母亲逃荒的悲惨情形,于是他下定决心,不管有多大困难摆在他面前,今天也要放赈。他用一只手提起荆条筐子,一只手拾起棍子递给女人,说:

"大婶子,来,我帮你提着筐子。你拄着棍子,爬上这个高坡。你家是哪村的?"

"张家湾的。"

"啊,路还好走,翻过这个高坡就是平地了。快回去,听说义军今天又要放赈啦。"

一听说义军又要放赈,女人的眼睛亮了,赶快问:"副爷,你说这话可是真的?"

"自然是千真万确。"

"唉,我的天!咱这一带的穷百姓永远也感不尽你们义军大恩!可是今天就放赈么?"

"今天就放赈。"

女人急着要回村子去,又提高颤栗的悲声唤她的儿子。那小孩不但不理,反而倒在路边,不肯起来。闯王看这位大婶子急得不知如何是好,又是揩泪,又是呼唤,便说道:

"你不用叫他啦。马上就有几个弟兄来这里,我叫一个人把他带上来。这孩子是饿瘫了。"

女人听了,重新把闯王浑身上下打量一眼,看相貌不是等闲之人,论打扮却看不出一点阔气,而待人又十分和善,随即说道:

"副爷,你真是一个好人。你也是个小头儿吧?"

闯王笑着说:"不是。我是个喂马的。"

"你老别哄我。我看你不像是马夫,一定是一个小掌盘子的。"

"我是个马夫头儿。"

"也管十来个人吧?"

自成微笑着点点头。

"像你副爷这样好人,神会保佑你,迟早会升成掌盘子的。"女人说毕,又呼唤儿子,吩咐他等候片时,有人带他上坡,然后才拄着棍子,随在闯王背后,艰难地往上爬。

"你的小儿子可叫做黄来儿?"自成一边走一边问道。

"是叫华来儿,不是黄来儿。"

"啊,我听成黄来儿了。"

女人解释说:"他是他老子朝华山时求来的,所以就叫他华来儿。"停一下,又叹口气说,"只怪他自己投错了胎,那么多富家大户他不去投,偏投到俺这穷家小户来,跟随着爹妈受罪!"

闯王笑着说:"我也是从华山求来的孩子。"

"你也是?"

"不是这西岳华山。俺县城东边有座小山,也叫华山,也有座华岳庙。有一年我爸爸去华岳庙烧香求子,第二年就生了我。"

"副爷,你贵县是?"

"小地方米脂。"

女人怔了一下,随即说:"听说李闯王也是米脂人,你们可是同乡么?"

"是同乡。"

"你一定见过他吧?"

"当然见过。"

"有人说闯王在这里,有人说不在这里。你可知道闯王到底在哪儿?"

"我也说不清楚,只听说闯王快来了。"

"你们闯王的人马真好。自己吃不饱,还几次拨出粮食来救济穷人!"

坡子越往上越陡。女人不住喘气,脚步十分艰难,不再说话了。自成有时不得不站住等她,搀她一把。等爬上高坡时,李强率领一群亲兵也骑着马奔到,在自成的面前跳下马来。女人吓了一跳,不敢做声。自成对亲兵头目吩咐:

"李强,你快去把躺在路边的那个小孩子带上来,然后回老营去,叫总管赶快放赈,不得迟误。你就说我说啦,不要怕军中缺粮,天塌有我长汉顶着,我有法子弄来粮食。去!"

"是!"

见李强上马奔下高坡,闯王笑着对女人说:"大婶子,等你回到村里,就该放赈啦。"说毕,他跳上乌龙驹,带着亲兵们飞奔而去。女人简直吓得糊涂了。她还没有清醒过来,李强已经回到她面前,一俯身从马鞍上把华来儿放到地上。女人顾不得说感谢话,赶紧问:

"副爷,刚才替我提筐子的那一位是什么人?"

李强笑着回答说:"他么?……他是俺们的头头儿。"

"也是个掌盘子的?"

"是个大掌盘子的。"

李强没有时间同这个女人多谈话,勒转马头,加了一鞭,向老营飞奔而去。女人恍然大悟,不由地大声叫道:

"我的天!难道刚才的那一位就是闯王么?"

李自成同刘宗敏商议之后,下午又把几位大将请到老营,一起计议。恰好这一天高一功也从蓝田交界的地方回来,赶上了这次会议。听了几位大将的发言,自成明白当前的情况比他原来所知道的更坏。在偏将和士兵中有不少人因粮草困难,对留在商洛山中练兵都有二话,说:"人是铁,饭是钢,一天不吃心发慌,操练个屌!"又说,"闯王不许往别处去,硬叫驻扎商洛山中,这才叫坐吃山空。倒是人家郝摇旗的想法对头。"弟兄们对于在目前情况下整肃军纪,对于分出粮食来救济饥民,都有一些闲言碎语,总之是希望自己稍微吃得饱一点,害怕困死在荒山穷谷里。至于对准备屯垦的事,那怪话就更难听了。有的说:"闯王想得倒美,可是种子在哪里?农具在哪里?别说这事办不成,即使办得成,老天爷不帮忙,继续旱下去,那才是赔了夫人又折兵。与其浪费种子,还是吃了好。"另有人说:"咱们闯王是看《三国演义》看邪了,如今打了大败仗,连脚跟还立不稳,却想学诸葛亮渭南屯垦的故事,真是虎瘦雄心在。"几位大将原来只把这些话当做笑话听,不放在心上,因为十年来习惯于人们所说的"流寇"生活,难免不有军纪松懈的时候,军中什么样的闲话没有?可是大家同闯王在一道一琢磨,才认为情况和往日不同。如果不赶快解决粮草问题,不但闯王的许多打算都会落空,连现在回来的这千把人也会离心。

特别使闯王感到意外的是,在几个亲信大将里边也有人不同意继续停留在商洛山中。他们不是别人,竟是他的侄儿李过和袁宗第。他们不明白说出他们希望早离开商洛山中,却只说下边将士们如何急于想去河南,想赶快树起大旗来大干一番。开始时候,仍像往常议事的情形一样,自成总是默默地听几位大将说话,自己只在紧要地方说一两句话,倒是在心中盘算的时候多,但后来他再也忍耐不住,虎地站起来,在屋中走来走去,走了一阵,然后坐下去,用斩钉截铁的口气说:

"兵要练,军纪要整饬,老百姓也要救济,至于屯垦,等过罢年,看情形再说。几个月内,决计留在此地练兵,哪儿也不去!"

李过看见叔父的脸色严峻，口气坚决，吓得不敢做声。袁宗第嘻嘻笑着说：

"李哥，下边将士们盼望早一天树起大旗，出山去大干一番，不也是好意么？"

自成把口气放得和软一点，说："老弟，虽然将士们也是好意，可是他们只看见一面，不明白我的宗旨。你怎么也拿不定主意了？"停顿一下，他看见宗第只是笑着不做声，随即接着说："十年来，咱们总在打仗，跑路，很少能在一个地方盘上几个月。如今得到这个机会，为什么不练兵？连敬轩在谷城还日夜练兵，咱们岂不更该练兵么？别看咱们目前的人马很少，只要能够操练好，军纪整饬好，这就是真正本钱，是个正经根子。"他转向大家说："咱们这一支起义人马，十年来路子是怎么走的，大家总不会忘记吧。我们这一队是崇祯二年春天起义的，人数不多，归到高闯王旗下编为第八队。虽说咱八队的人马不多，可是走的是一条正路，所以受到高闯王的看重，也被其他各营另眼相看。咱们走的路正，正在哪里？就正在咱们一开始就立下一个起义到底的大宗旨，不推倒明朝的江山决不罢休。我那时自称闯将，咱们的八队也称闯营。要是离开一个大宗旨，岂不是瞎闯？能够闯出个啥牌名？咱们立志灭亡无道明朝，救民水火，就是按照这个宗旨做事。从前十三家七十二营的大小头领，抱有这种大宗旨的人不多啊。咱们老八队因为抱定这个大宗旨，所以不管遇着多大困难，一不投降，二不扰害百姓。一支起义人马，倘若没有这样大宗旨，就是方向不明，没有奔头，胡混一场。从前十三家七十二营，人马可真不少，可是大都是军纪不严，宗旨不明，所以这两年才都走下坡路，有的投降了，有的完事了。咱们不须多久就要重新树起大旗，尽管朝廷还骂咱们是流贼，咱们可一定得成为仁义之师，还得成为百战百胜之师。今日我下狠心停留在商洛山中,就为的是想替日后的百万大军打个好根基。所以必须整顿军纪,必须加紧练兵。这件事关系重大,势在必行,你们万不可随风摇摆,三心二意。"

袁宗第的脸上有点儿发热,心中认为自成所说的话确实在理,用巴掌在大腿上用力一拍,大声说:

"妥啦,李哥,你不用多说啦。哪怕一天喝一顿稀糊涂,没有糊涂喝挖草根充饥,我姓袁的也要跟着你下劲儿练兵,整饬军纪!"

自成半开玩笑说:"目前确实困难得很,可是你不要害怕。活人不会给尿憋死。困难能把咱们压扁么?只要咱们自己不泄气,挺起腰杆来,压不扁的,放心!"

"看你说的!两军阵上,枪对枪,刀对刀,眨眼人头落地,我袁宗第从来没害怕过,会能够在困难前直不起腰杆?李哥,以后你倘若听见我说出一句害怕困难的话,就叫我头朝下走路!"

大家都笑了起来。李自成轻轻地叹口气,意味深长地说:

"像咱们这号从枪刀林里混出来的人,在沙场可以视死如归,毫不含糊,就是有人害怕过困难日子。摇旗在沙场上什么时候装过孬?可是一看商洛山中的日子困难,熬不住苦,带着自己的人马走了。在困难面前挺起腰杆不泄气,并不是容易的。这也是磨练啊!"

这几句话说得大家点头。高一功望望闯王和刘宗敏,说:

"目前既要养兵,也要养民,既要为目前着想,也要为明年荒春着想,光按照现在筹措粮食的办法是不行的。你们两位可想出来什么好的法儿没有?"

刘宗敏用拳头在桌上猛一捶,大声说:"有!赶快攻破几个富裕山寨,不愁没有粮食!"

闯王接着说:"只要咱们能攻破两三个防守坚固的山寨,其余的山寨就不敢不借给粮食。如今离年底只有半个月了。咱们必须在年底以前至少攻破一个山寨,好让将士们和老百姓快快活活地过年。"

一听说要进攻山寨,袁宗第和李过的情绪立刻振奋起来,齐声说好。李过说:

"近来弟兄们在背后嘀嘀咕咕,大家盼望的就是这件事。如果下令叫他们明天去攻寨,包管今晚上就高兴得不肯睡觉。"

袁宗第说:"闯王,你决定先攻哪个山寨,把这个活儿交给我行不行?"

自成笑着说:"你另有重要活干,这件事暂时不要你去。"

"要我干什么活儿?"

"剿匪。"

"什么?"

"剿匪!"自成带着气愤说。"这些大杆子,小杆子,零星刀客,小贼毛子,不能打富济贫,只会苦害良民。老百姓有几升粮食也给他们抢去,牛、驴都快给他们抢光啦。这样下去,老百姓如何能活得成?咱们也叫人劝说过几个大杆子头儿,他们不听话。咱们既然在此地驻扎,就不许他们在这一带动百姓一草一木。有本事的去攻山寨,没本事的趁早滚远一点。咱们遇见官兵就剿兵安民,遇见土匪就剿匪安民。总之要叫老百姓活下去,活下去!"

李过说:"按说这些土匪确实该剿,只是,二爹,会不会有人说咱们是大鱼吃小鱼?"

"这不是大鱼吃小鱼,是一正压百邪。"

刘宗敏对宗第说:"老袁,给你三百人马,限你在年底前把方圆几十里以内的贼娃儿收拾干净,开年后再收拾远处的。近一个多月,咱们越是宽容大量,他们越是肆无忌惮。火星爷不放光,不知神灵。你要多砍几颗脑袋!"

袁宗第向自成问:"派谁去攻打山寨?"

自成回答说:"请玉峰哥去,捷轩和补之事情多,离不开,只有玉峰眼下没有多的事。"

关于先攻哪个山寨,闯王近些天总在考虑,已经考虑成熟了。离老营不到二十里路有一个宋家寨,十分富裕,但一则因为寨子在山头上,地势险峻,并且每次向寨中借粮,寨主宋文富都小心应付,如期送到。所以虽然这个寨位置在"卧榻之侧",相离很近,但闯王决定暂不攻打。从这里往西去大约有七十多里路,有一个山寨名叫张家寨,住有三百多户人家。寨主姓张,家有几百顷田地,在商州和西安还有当铺,富而不仁,鱼肉一方。另外还有几十家姓张的虽不似这家豪富,也都很殷实。近来有很多邻近富户,为避土匪,搬到这个寨里居住,使寨中增加到四百多户,男女老少人口在两千五百以上。寨的位置是在一座小山坡上,并不险峻,只是乡勇众多,防守严密,不是熟人谁也不能进去。寨主张守业自恃手下乡勇众多,时常派乡勇出来剿匪,同附近的大小杆子结成死仇。农民军两次送信借粮,他都置之不理。李自成决定先攻打这座山寨,不仅为着它富甲一方,也为的先攻下它有敲山震虎的作用,使别的山寨不敢再抗不借粮。但是以今天义军的力量要攻取这样的山寨,显然是十分困难,简直是没有谱儿。除刘宗敏已经知道自成的妙计外,其余的人都感到奇怪,用疑问的眼色望他。田见秀一直没说话,这时因为担子放在他身上,忍不住问:

"你给我多少人马?"

"也是三百人。"闯王笑着说。

"只给我三百人?"田见秀吃惊地睁大眼睛,含着微笑问。"你估计守寨的有多少乡勇?"

"我同捷轩估计了一下:原有住户加上四乡逃去的,寨里大约有四百户以上。平时寨中有三百名乡勇,守寨时家家男人都上寨,会有一千多人。倘若妇女儿童也上寨,那就更多了。"

"自成,你常读孙子兵法,有一句'十则围之'①的话你大概忘啦。"田见秀拈着短胡子嘿嘿地笑了笑,又说:"你可有什么妙计?当然,对付这样的山寨,只可智取,不可强攻。"

"你说的很是。当然只可智取。"自成暂时不把计策当着众人说出来,随即转向袁宗第,说:"汉举,你现在就带人出发。虽说剿匪必得杀人,可是能少杀就少杀,赶他们滚开就行。那些贼娃子,不是饿急也不会干这号买卖。事情很急,我不得不催你快走。等你把这个活儿干完,好腾出手来去帮助玉峰。"

一听说剿完土匪以后还派他去帮助田见秀进攻山寨,袁宗第十分高兴,站起来说:

"好,我现在就去点齐人马。"

"去吧,临出发前你再来一下。"

袁宗第走后,李自成命令李过赶快回去准备一下,连夜出发,往商县境内找黑虎星,一方面把剿灭附近土匪的原因对黑虎星说知,一方面请他在破张家寨这事上帮一把忙,并凑近李过的耳朵把要使用的计策简单告诉了他。李过笑着说:

"二爹这个计策黑虎星一定赞成,他同张家寨一向有血仇。"

"你现在就去准备,黄昏后出发。替我带点礼物去,就说我问候他那里全体兄弟。"

田见秀已经大体明白了闯王的计策,觉得心上稍微轻松了。等刘宗敏和李过走后,闯王又留住田见秀谈了一阵,把办法详细地研究一下。田见秀临走时,闯王一直把他送出村外,又同

---

① 十则围之——语出《孙子·谋攻篇》,意思是自己的兵力比敌人多十倍,才可以去包围敌人。

他并马走了一段路。最后,闯王望着他说:

"玉峰,咱们能不能在商洛山中住下去,老百姓能不能度过年关,就看咱们能不能在年关前攻破一两个富裕的山寨。如今千斤重担放在你的肩上。万一不成功,咱们只好离开这儿,一切打算都付之东流!"

听了这话,田见秀又感到自己的担子过于沉重,深怕辜负了闯王的托付,但又不好推辞。踌躇片刻,说道:

"这事干系重大,只怕我力不胜任。请一功和我同去怎样?"

"一功今天才回来,有许多事需要同他谈谈。我想让他在老营休息一天,赶快回到原处。倘若他在年关以前也能攻破一个寨子,咱们的日子就好过了。"

"可是在细心周到上我不如一功,在临机应变上我不如补之。"

"你放心去吧,过几天我会悄悄地到你那里帮你一把。我曾考虑再三,认为只有你去合宜。你在咱们义军中是有名的忠厚长者,去同张家寨打交道他们会乐于跟你来往。再者,由你去主持攻寨,也可以少死一些无辜。"

田见秀不好再说话,怀着略微沉重的心情,向闯王拱拱手,策马而去。

第二天五更,田见秀率领着三百人马向张家寨方向出发,沿途剿匪,打跑了几个杆子,杀死了一些一贯奸掳烧杀的土匪,夺得了不少肉票[①]。他把这些肉票问了问,其中大半是没有什么钱

[①] 肉票——土匪拉人的目的在换取钞票,故江湖上将被绑架勒赎的人叫做"票"。常常为说话时音节谐和起见,加上一个名词语尾,便成"票子"。有时为着同钞票区别起见,变成一个复合名词,便成"肉票"。在票的语根上加一个女性语头,便成"花票"。

的小户,都放他们回家,只把那些比较有家产的票子留下来,通知他们的亲属来赎。但名义上不叫做赎,叫做随便送点礼物为弟兄犒劳。对于夺得的几个花票,都严禁弟兄们侮辱,也通知亲属领回。五六天内,田见秀只在离张家寨十里到二十里远近转来转去剿匪,一面派人给张家寨的寨主张守业送信,说明他要替地方剿匪安民,决不动老百姓一草一木。只有一次,他派出几十个骑兵突然到了离张家寨五里以内,但那是因为他探听出有一小股刀客窝藏在一座树林中,他派人去把他们赶跑。

农民军派出袁宗第和田见秀两路剿匪,在商洛山中成为一件重大的新闻被人哄传。因为刀客们往往连穷百姓仅有的几升粮食、几只山羊,甚至连鸡、鸭都要抢去,弄得路断人稀,鸡犬不宁,所以大多数穷家小户对剿匪都很高兴。那些剿匪的义军还没有去到的地方,都等着义军快去;来向义军告状的、送消息的、反映各种情况的,每天不断。张家寨的人们对于田见秀的大名早已熟悉,并且知道他一贯行事都与别人不同,在"流贼"头领中有忠厚长者之称。起初接到田见秀的书子,张寨主还有疑心,置之不理,加紧守寨。几天之后,他们看见农民军确实是在剿匪安民,心中既感奇怪,又感欣慰。恰好在田见秀夺得的票子里边有几个人是张家寨的亲戚,这些人家近来也搬到寨中逃乱。还有一个花票就是寨中的姑娘,在婆家被土匪拉去。到了这时,寨主张守业不得不派人带着礼物,抬着猪、羊和烧酒,拿着他的大红帖子去拜见田见秀,帖子上按照当时士大夫阶层平辈交际的习惯,谦称"侍生"。

张家寨派来的代表是寨主的远房哥哥张守敬,一个破落的地主和赌博光棍,一向同杆子打交道都由他出面。这种人既为地主办事,做寨主的腿子,但也不愿意得罪杆子,遇机会还想交几个江湖朋友。人们把这种人叫做两张皮。虽然双方都对他不完全信任，但遇事还不得不找他在中间说话。他自己也利用这种身份混水摸鱼，弄点儿外快，至少有机会吃喝几顿。田见秀对这位代表十分客气，走出村外相迎。张守敬跟本地的杆子打交道多年，见过许多大大小小的掌盘子的，熟悉他们的生活，甚至有些羡慕。在杆子中流行的两句话是"夜夜娶亲，天天过年"。他想，纵然传说李闯王的人马如何与杆子大不相同，但耳听是虚，眼见是实，他没有亲眼看见，总不肯十分相信。他想，说他们比杆子好是没有可疑的，但也不会像人们传说的那样好法。等他一看见田见秀，简直感到意外。这个在李闯王麾下十分有名的人物却穿着一件深蓝色的短尾巴棉布袄子，补着补丁，腰中束着一条布带子，棉裤的膝盖上也补着补丁，完全像普通的庄稼人打扮，只不过衣服还干净，也不是破烂得"鹑衣百结"。从他的相貌、神气和言谈、举止看，也很温文儒雅，不带一点儿草莽英雄模样。

"嗨，李闯王手下的大头领竟是这样朴实！"张守敬不由地在肚里叫道。

田见秀住在一家小地主的堂屋里，这家地主如今也逃到了张家寨住。同客人坐下以后，互相说了一些客套话，田见秀就说明义军在商洛山中不打算久住，到明年春天要往别处去，但既然住在这里，就不能看着老百姓受土匪残害不管，所以才剿匪安民。张守敬满口称颂，随即把礼单呈上，上边开列着纹银二百两、大红彩缎八匹、本色山绸二十匹、松江棉布二十匹、粗细粮食共十石、猪二口、羊四只、烧酒二百斤。田见秀接过礼单一看，笑着说：

"敝军驻扎商洛一带，对地方多有骚扰，何敢受此重礼。可是完全不收也辜负贵寨主雅意，只好留下一两样，其余的还请老兄带回吧。"

"哪里话！哪里话！"张守敬站起来说，"贵军剿匪安民，功在地方。区区薄意，何足挂齿。足下要是不肯全部收下，不是嫌礼太少,就是不给面子,小弟就不好回寨复命了。"

"既然这样,只好全部收下。实在是却之不恭,受之有愧。"

抬送的礼物已经来到大门外,田见秀吩咐预备酒饭招待,随即向张守敬笑着说:

"不瞒老兄说,敝军口粮欠缺,更无酒肉,今日只好用你们送来的东西款待你们,这也算借花献佛。"

正谈笑间,有人来禀,说昨夜出去剿匪的一队人马已经回来,捉到了三个看票的,起出来五个票子和两个花票。田见秀立刻叫谷可成陪着客人,自己出去看看。张守敬向谷可成说道:

"你们贵军的大小掌盘子的都很俭朴,我今天还没看见一个穿绸挂缎的。田将爷尤其俭朴。往年你们打胜仗的时候,他也是这样俭朴么?"

"他永远是这样俭朴。在前两三年我们极盛时候,他手下有一万人,也是穿着破旧的粗布衣服,吃的是粗茶淡饭。"

"你们有时打开城池,得到许多绫罗绸缎,轻裘美服,金银珠宝,难道他全都送回家去么?"

谷可成笑着说:"我们田爷没有家。每次打开城池,分给他的东西很多,可是他立刻都散给手下将士,自己不要。崇祯八年春天打开凤阳以后,全军十分富裕。在别的营里,许多做头领的人都把绸缎衣服穿在身上,可是我们闯营自来不兴这一套。连我们李闯王也只穿蓝布箭衣,下边都跟着学,成了风气。田爷比别人更喜欢俭朴,一年四季都是穿着粗布衣服,补着补丁。"

"啊呀,真奇怪,我活了四十多岁还没有见过这样的一支人马,这样做大头领的!田爷可喜欢喝酒么?"

"不大喜欢饮酒。打开凤阳时候,连着几天军中摆筵作乐,他常常不去吃酒,不是到弟兄或老百姓堆中扯闲话,便是到庙里去同老和尚下棋。"

"你刚才说他没有家,难道连一位压寨夫人也没有么?"

可成笑着说:"我们不是山大王,用不着压寨夫人。"

"啊啊,失言,失言!在下不知忌讳,言语冒犯,务乞恕罪。"

"哪里话!这算什么冒犯?"谷可成觉得有趣,大笑起来。"我们是堂堂正正的一支义军,不是草寇,不是杆子,所以在我们这里说话很随便,什么都不忌讳。你问我们田爷为什么没有夫人么?"

"是,是。"

"他的老婆早亡故了。这些年别人常劝他娶个老婆,他总是说:'天下未定,要什么家啊!'别人也就不好多劝啦。"

当谷可成陪着客人谈话时候,田见秀已经到了相离不远的一座宅子里。他看见几个弟兄和一群本村男女在围着花票看,纷纷问花票们的家是哪个村庄,婆家姓什么,娘家姓什么。有的花票低着头,红着脸,不肯回答。见秀立刻叫众人全都出去,在门口设了岗哨,不许闲杂人随便进来。他把男票和花票分开,问过了他们的家乡居住和姓名,便退了出来,在大门外对一个负责看守的小校责备说:

"我前两三天就说过,遇到夺回花票时,不许弟兄们和本地老百姓围在她们身边看,打听姓名和家乡居住。你怎么不听从我的话呢?"

小校红了脸,嘻嘻笑着说:"我看这些老百姓是关心才来问一问,没有坏意思。"

"自然没有坏意思。可是这些花票都是方圆左近二三十里以内人,给土匪拉来受了糟蹋,正觉没脸见人,这个一问,那个一问,日后张扬开了,有的羞辱不过,说不定会寻短见。我们只可赶快通知她们家中派人来领回去,怎么可以叫闲人随便张扬?"

他又到另一个院子里看那些被抓来的土匪。这是三个年轻人，面黄肌瘦，看见他扑通跪下。他打量他们一眼，叫他们站起来，并叫人把他们手腕上的绳子解开，问道：

"你们都是看票的？"

"都是的。"他们回答说。

"谁是票房头儿？"

"回掌盘子的大爷，小的是票房头儿。请你杀我一个人，恩典恩典，把他们两个都放了吧！"

"你姓什么？"

"贱姓瓤子①。"

"我们这里不忌讳。可是草字头的范？"

"不，不，不是。是……瓤子梨花的瓤子。"

见秀扑哧笑出来，说："不要忌讳嘛，看你说得多别扭！噢，你是樊梨花的樊。名字呢？"

"穷人家，没有大号。小名儿小五，人们就叫我瓤子小五。"

"蹚②多久了？"

"今年秋后才下水。也是饿得走投没路啦，只好跟着别人蹚哗，不蹚也是死！"

"我看你们都是穷百姓，不是惯匪，我不杀你们，也不打你们。你们不要再蹚啦，还是回家做老百姓吧。"田见秀转向小校吩咐："中午叫他们饱饱地吃顿热饭，再取点零钱给他们，打发他们走。"

田见秀回去同客人重新坐在一起谈话时，张守敬提起来赎票

---

① 瓤子——黑话忌说"饭"，因与"犯"同音，把饭叫做瓤子，已见前边第118页正文及注②。引申开来，"范"、"樊"也用瓤子代替。

② 蹚——动词，混的意思。在地方上混人物叫做蹚光棍，高级一点叫做蹚绅士。土匪又称做蹚将。

问题,想探探他的口气,共需要多少银子。不等客人把话完全说出,见秀赶快截住说:

"恭甫兄,银子的话请你莫提。敝军的宗旨是剿匪安民,并不是为的银子。何况,我们对令昆仲都是久仰,本该备点薄礼,亲到宝寨趋谒,以表仰慕之心,只是无人介绍,深恐冒昧。今日劳兄台光降敝营,实在万分荣幸。倘蒙令昆仲不以草莽见弃,今后做个朋友,遇事互相关照,什么都有了,何在乎几两银子!"

"玉峰老兄,话虽如此,但愚弟怎好把票子白白儿领回去呢?并非弟一定要提起银子,实在说来,也只是要略表敝寨父老兄弟的感激之情。何况贵军在此剿匪,功绩卓著,就不说那些票子,敝寨也应该拿出若干银子为弟兄们买双鞋袜。"

争执半天,田见秀一味逊谢,不肯说出银子数目。最后没有办法,他只好说:

"恭甫兄,银子数目弟决不说。你们自己斟酌,不管多少,表一表你们的意思就行。即使送来一钱银子,弟也决不嫌少。如果斤斤计较银子多寡,那就太不够朋友了。"

"大概贵军目前很需要粮食吧?"

"提到粮食,敝军确实困难。还有,老兄大概也知道,敝军在万分困难中还经常赈济饥民。倘若宝寨可以惠借粮食若干担,不胜感激之至。"

"不知需要多少?"

"多寡都可。既蒙惠赐,但请从速,因弟不拟在此久留,恐一二日内就要往别处剿匪去了。"

张守敬见田见秀如此厚道,毫不要挟,大为放心,并且认为张家寨很应该同田见秀拉个交情,以后鱼水相帮。在吃酒时候,又谈到剿匪问题,他趁着这个机会,满面堆笑地试探着问:

"近来敝处一带的最大杆子是谁,老兄可知道么?"

"知道,是黑虎星的杆子。"

"对,对。敝寨有练勇数百,零星小股杆子都好办,就是对黑虎星不好办。"

"我已经派人送去书子,劝他不要再来这一带骚扰。倘若他不肯给我面子,我也就对他不讲客气。"

"可是,听说他同你们一只虎李爷烧过香。"

田见秀笑着说:"我怕他们烧的是断头香。"

"此话怎讲?"

"一只虎当日因见他还讲义气,也颇有向善之心,所以才同他烧香。不想他近来还是土贼性情,奸掳烧杀,残害百姓。补之已经规劝过他,他不惟当做耳旁风,不肯听从,反而背后说些二话。如今补之已经不理他了。再者,我们李闯王的老八队一向纪律很严,纵然是亲手足犯了军纪,也不容情,何况是烧香弟兄?虽说闯王本人不在商洛山中,可总哨刘爷对事情比闯王还要顶真,补之纵然是闯王的亲侄儿,也不敢以私害公。我说他们烧的是断头香,就是这个意思。"

"喝,这真是大公无私!"张守敬把杯子向见秀的面前举起来,说:"单凭这几句话,我就该敬你一杯。"喝过这杯酒,他又说:"玉峰兄,既然你说出这话,我就不妨直言了。"

"当然,有话请说在当面,不要见外才好。"

"这个黑虎星,一向同敝寨不睦,前天晚上又下了一封书子来,真正是岂有此理!"

田见秀在心里说:"自成的计策出来啦,怪道你们今天送来这么一份儿厚礼!"他装做略带吃惊的神气问:

"书子里讲的什么事呀?"

"黑虎星在书子里责备敝寨不该勾引你田爷来此剿匪,杀害他的朋友,百般辱骂,定要兴兵报仇。书子里还限敝寨在三天以

商洛潜伏 481

外，五天以里，送给他细粮一百石，纹银五千两，好马十匹，好骡十匹，猪羊各二十只，作为年礼。倘不送去，不日攻破寨子，杀得鸡犬不留，寸草除根。你看，这不是岂有此理么？"

"竟有此事？"

"确有此事！"

田见秀怒形于色，把杯子猛一放，当的一声，半杯酒完全溅到桌上，说："好个不识抬举的黑虎星，竟然敢故意往我田某的脸上撒灰！你们打算怎样给他回话？"

"敝寨防守很严，自从荒乱以来，见过些大股杆子，还没有失过一回。我们谅他黑虎星也不敢真来攻寨，纵然来攻也是白白地损兵折将……"

"你们可不要太自满，吃了大意的亏啊！"田见秀提醒一句，脸上又露出笑容。

"请老兄放心，并非愚弟酒后乱吹，敝寨确是像铁打铜铸的一般。"

"万一他烧你们寨外的庄子怎么办？"

"敝寨也担心他这一手，所以打算派人去同他讲和，拿出一些银钱、粮食，但求暂安一时。只是，"张守敬嘻嘻一笑，说："既然他说是敝寨勾引你田爷来此，杀了他的绿林朋友，还得请老兄派人告诉他，你来此地原与敝寨无干。"

田见秀的脸一寒，沉吟片刻，说："恭甫老哥，既然黑虎星对我撕破了面皮，就由我来对付他吧。我想他一二日内一定会派人到贵寨催款，说不定还会烧你们一两处庄子。他们来的时候，请你火速派人前来告知。我要杀他几个人，赶他滚蛋。本来是井水不犯河水，他倒找上门来了。既然如此，我要他再不敢骚扰宝寨！"

"倘能如此，敝寨实在感激不尽。但能将黑虎星赶走，敝寨定当另有重谢。"

"剿匪安民，理所应该，何必说谢。"

午饭以后，田见秀把张家寨的几个票子交给了张守敬，并派谷可成带二十名骑兵护送他们回寨。田见秀还叫弟兄们牵过来几匹马，请张守敬和被土匪折磨得十分衰弱的票子骑上。他亲自把张守敬送了二三里路，转过一个山脚，又站在岔股路口交谈一阵，才拱手相别。

在转回村子的路上，田见秀暗暗思忖，看出来闯王的计策有了三分把握，但到底能不能成功，仍觉没有谱儿。想着全军的困难情形和自己前来破寨的艰巨责任，不禁又感到心头沉重。还没有走到村边，他忽然看见村边多添了一些马匹，而特别高大雄骏的乌龙驹赫然在目。他的心中猛一喜，正要问，一个小校跑到他的面前，小声禀报说：

"将爷，闯王来啦。"

闯王只带了十来个人，来到了田见秀驻扎的村内。他一边吃饭一边听田见秀报告情况，听完以后，饭也吃毕了，笑着说：

"玉峰，咱们这个计是打鬼就鬼，看来成功的成分很大。你派谷可成护送他们去，可要进寨看看么？"

"我嘱咐他这一次不要进寨，一则不得不提防万一吃亏，二则还不到进寨察看地形的时候。这次只让他在寨外把地形看清楚赶快回来。"

"也好。这样也免得万一会引起寨里的人们疑心。"

一个亲兵来收拾碗筷的时候，顺便对田见秀说樊小五等三个人仍想见他一见。田见秀问道：

"他们怎么还没走？见我有什么事？"

"他们不愿回家，想恳求你把他们留下，哪怕是当马夫也情愿。"

"这个……"

自成问："什么人？怎么回事儿？"

田见秀笑一笑，把樊小五等的事情对自成说了一遍。自成略一思忖，说：

"本来么，他们回到家中也没有法子过活，别人还认为他们蹚过土匪，看过票子，抓住他们也是不得了。我看，他们既然不肯走，就收留下吧。"

"可是没有牲口给他们骑。"

"咱们总得再成立一支步兵。"

"你不怕粮食困难？"

"要是不从根本上解决粮食困难，全军都活不成；要是这根本困难一旦缓和，何在乎添少数步兵。"

田见秀点点头："好，把他们留下吧。"

"唉，田哥，我是为着在粮食这个难题上心中焦急，今日才赶来这里看你。咱们目前在粮食上确实困难万分，可是咱们的弟兄还没有饿死，老百姓已经有不少饿死的啦！"

自成屏退左右，告诉见秀说：近几天留在老营附近操练的弟兄们虚弱得更厉害了，竟有人在下操时昏倒在地上。他已经传下令去，将每天的两操改为一操。老百姓已经有人挖观音土吃，有些村庄已经有老年人和小孩饿死。将士中的怨言比前几天更多了。昨天有三个弟兄开小差被捉了回来。他一看这三个弟兄有两个骨瘦如柴，有一个浮肿得跟判官一样，不忍杀他们，但军律又不能放松，只好忍痛杀了一个，其余的两个各责二十军棍，贯耳游营①。他知道他们都受不了军棍打，不得不暗示行刑的人，打二十出头棍子②，做个样儿。当闯王谈这件事情时尽管竭力使脸

---

① 贯耳游营——古代对士兵的一种惩罚：用箭穿着耳朵，在军营中游行示众。
② 出头棍子——棍子落下时，棍子头敲在地上，故虽声音很响，受责者挨打却轻。

上挂着微笑,不使田见秀感到难过,但他的眼睛却是潮湿的。随后,他又说:

"玉峰,目前我担心的不是别的,而是看着老百姓实在可怜,再不立刻弄到粮食救济,过年以后会有大批饿死。咱们既然驻兵在此,可不能坐视不管!另外,目前在咱们的士兵中,有些人只看见眼前困难,不往远处看,也不信咱们能渡过难关,说出怪话:'不怕官军来打,就怕不打自散,不散就同归于尽。'"

"是什么人竟敢说这种丧气的话?这不是扰乱军心么?"

"说这样话的人不在少数,有些人的名字我也知道,但是我已经嘱咐将领们不许追究。只要他们不哗变,不开小差,决不追究。那些说怪话的,有许多人跟随咱们起义多年,挂过多次彩。他们如今在饿着肚子,怎能过于责备他们说怪话?况且,有些人不说怪话,说不定心中的怨言更多。咱们的将士从起义以来南杀北战,叱咤风云,只记得十三家七十二营荥阳大会,只记得横扫江北,大破凤阳,谁也不肯想一想咱们也曾经困在车厢峡,几乎完事。如今他们一见十三家不是被官军消灭,便是纷纷投降,而咱们遇到惨败之后又遇到这样的困苦艰难,难怪不有人灰心丧气。"

"你现在打算怎么办?自成,既然军心不稳,可万万不能大意!"

李自成沉吟片刻,说:"我们的部队毕竟同官军不一样。官军一旦缺少粮草,就会鼓噪哗变。咱们的将士多年来随我一道造反,同生死,共患难。如今虽然有怨言,也有人想开小差,可是鼓噪还不会。只要能赶快攻破张家寨,弄到大批粮食,军心就稳了。开春后再连破几个寨子,打几个小胜仗,军心就会重新振奋。目前就看你这一炮响不响。你看,什么时候可以破寨?"

"这话很难说。目前还八字没一撇儿哩。"

"玉峰,事不宜迟。今天二十,离小年下还有三天。我想,咱们就决定在小年下以前破寨吧,不能再耽搁了。"

田见秀吃一惊："怎么能这样快？难道用硬攻么？"

"不，仍用计取，免得将士们伤亡太多。"

"用什么计策会这样快？"

"如果不是今天张守敬来一趟，把票子领回去，我也不敢说什么时候能够破张家寨。今天你做得很好，明天他一定还要来一趟。原来我想的几步棋，立刻就可以走啦。"自成站起来，用决断的口气说："好，不要夜长梦多，决定在后天早晨太阳出来以前破寨！"

他把想好的几步棋对田见秀一说。见秀点着头琢磨一下，觉得很行，但又不放心地问道：

"他们明天会一定派张守敬再来么？"

"按道理讲，明天张守敬一定会来。"自成想了一下，接着说："好吧，我又想了一个主意，使张守敬不但断无不来之理，而且按照咱们选定的时候来。"

"竟有这样把握？"

"有，不过将来破寨之后少不得多少分给黑虎星几十石粮食。我原想只请黑虎星只给张家寨送一封要粮要款的书子就行，如今还得他带着几百人马来张家寨外边闹腾一下了。"

自成把他所想出的主意告诉见秀。还没等他的话完全说毕，见秀把桌子一拍，跳起来说：

"行！行！就照这计策办！这不叫别的，应该叫做'李闯王智取张家寨'。"

两个人哈哈地大笑起来，方才的一团愁雾从心头上扫开了。随即，闯王写了一封书子，唤来随他来的老兵王长顺，派他立刻将书子飞马送往黑虎星盘的地方。如今黑虎星已经把人马盘在离张家寨三十里远近的地方，以便随时在闯王需要时帮一把忙。王长顺因几次赶着驴群出外买粮，对这一带的道路比较熟悉。

晚上，李自成临走时候，忽然皱起浓眉，叹口气，拉着田见秀的手说：

"玉峰，有人说尚神仙在路上出了事，已经死了！"

见秀大惊："嘿！嘿！真的么？"

"只是个荒信儿，不知到底真假。可是路上兵荒马乱，拦路打劫，得财伤主的事儿原是常有的。"

"到底是怎么一回事儿？"

"咱们的一个细作今天从西安回来，说他从西安药材行里得到消息：有一个从西安往北京的药材客官，走到平阳附近，主仆二人给人杀死在路上，把贵重药材和银子给抢走了。药材行中有人说这个客官就是子明，因为衣服很像，也是个高个子，四十多岁。但是也有人说不是的。"

"真是倒霉！"

"如今且不去管，慢慢打听，等候确实消息吧。但愿子明能一路平安到了北京，死的是别的客官。"

他们都不再谈这件事。田见秀默默地把闯王送出村庄，望着他同十几个亲兵上马走了。过了一阵，见秀的心思又回到破张家寨的问题上来。

第二十五章

张家寨的寨主张守业和士绅们、财主们看见票子不用赎就被放回来,而且田见秀还派人护送,又听了张守敬叙说田见秀如何仁义,如何忠厚,如何决心剿匪安民,愿意同寨上做朋友,答应给黑虎星一点颜色看看,所有这些,都出乎大家的意料之外。特别是几个票子的被送回来,在全寨中大为轰动,认为这是破天荒的事。过去城里的官军也下乡剿过土匪,有时打掉票子,有时起出票子①,可是他们把票子当做奇货可居,非要交足了钱才肯放回。哪有过像这样慷慨仗义?这真正是闻所未闻!

张家寨的人们丝毫也不怀疑田见秀有什么别的诡计。这是因为:第一,他们看见农民军近来在商洛山中剿匪安民是真的,确实杀了一些作恶多端的惯匪;第二,他们平素常听说田见秀是一个心地善良的人,如今事实证明是果不虚传;第三,他们也知道李自成的老八队和别的"流寇"不同。除此之外,他们还知道田见秀只带着三百骑兵前来剿匪,所以他们更不疑心田见秀会有破寨的心思。

---

① 起出票子——土匪将票子窝藏在什么地方,被军队或什么人找到,叫做起出票子或叫做起票,以别于在战斗中打掉票子。

这天晚上，在寨主的客房里聚着本寨的几位管事人和几家肉票的当家人，商量如何酬谢田见秀。钱财当然只能出在被拉去票子的苦主们身上，别人只是来帮助研究一个适当数目。但是这些苦主们在票子回来以前，每天急得像热锅上蚂蚁一般，东求情，西托人，辗转向杆子哀求，愿意出很多银子赎人，只害怕土匪们一怒把票子撕①了。甚至为着打救亲人，不惜倾家破产。这些票子之所以没有赎成，不是因为苦主们不肯出钱，而是因为杆子的胃口太大，漫天要价，尚未说妥。可是如今票子们平安回家了，要谁家多拿出一两银子就好像要从身上揭掉一层皮，疼到心里。他们对着诉苦，都说自己乡下的地荒了大半，不荒的地也因为连续旱灾，没有收成，搬到这张家寨以后，青石板儿上过日子，只有出项，没有进项，手中的浮钱都一厘一厘耗干了。总之，尽管他们有的人把银子埋在地下，有的人在暗中放阎王债，却谁都把自己说得是从黄檗汁里泡过的，苦不堪言。谈到二更以后，仍然没有眉目。张守敬大为生气，只好抹下脸皮，说出丑话道：

"你们这些土财主儿，不见棺材不掉泪，不挂哀杖不哭爹。票子没有放回来，你们托我想办法赎票子，难道也这么诉苦么？既然大家说得这么苦，那好啦，算我是六指儿搔痒——多这一道子。明儿一清早，我把票子送还给田玉峰（他故意称田的表字，以表示对田的尊敬），永不再过问这号闲事。到那时，你们有的哭爹，有的哭儿，活该！"

几句话，说得苦主们哑口无言。张守业玩弄着翡翠扳指②，望望这个，望望那个，心中暗笑。过了半天，他慢条斯理地开言说：

---

① 撕——把肉票杀死叫做撕票。
② 扳指——用玉石、翡翠、玛瑙或象牙做的圆圈，射箭时，套在右手大拇指上，以利勾弦。

"三哥,你不要生气,有话慢慢谈。不要一头碰到南墙上,把事情弄得没有转弯余地。"

"我不管,我不管。我一百个不管!我明天不把票子还给田玉峰我是丈人!"

"什么话!你怎么好把票子送还给田玉峰?都是邻亲,能够让田玉峰把票子撕了么?笑话,笑话。"张守业转向苦主们,接着说:"你们各位休怪我直言,连我也觉得不像话。倘若你们不住在我的寨里,我跟三家兄根本不会管你们的事。今天既然是三家兄拿着我的名帖去拜见田玉峰,——虽说礼物是你们大家凑的,可是寨上也出了一些,——所以这事情我不能脱掉干系。田玉峰还不是看在我三哥面子上才把票子放回来?你们如今不肯做出血筒子,不是过河拆桥么?何况这桥才过了一半!"

一个苦主说:"寨主,你是公正人,你说该怎么办就怎么办,决不叫令昆仲失掉面子。"

"照,照①,这才像话!"

张守业和张守敬,一个唱红脸,一个唱白脸,说好说歹,最后决定叫大家拿出一千两银子和五十石粮食,粗细对半,另外拿出来五十两银子给张守敬作为酬劳。银子和粮食按照各家家产大小分摊。大家对这个总数都还满意,因为倘若票子从杆子手里赎回,至少要破费三四倍的银钱和粮食。把数目议定之后,大家又担心这个数能不能使田见秀心中满意。他们决定请张守敬明天去一趟,把这个数目说明,倘若田见秀同意,然后就把银子和粮食送去。

差不多到了三更时候,众人刚刚散去,张守业正要就寝,忽然听见寨墙上一片呐喊,炮声乱响。他慌忙跑到院里,看见南

---

① 照,照——对,对。

寨外火光冲天。"妈的,黑虎星来啦!"他骂了一句,随即提着刀,带着一群家丁奔上寨墙。有许多刀客站在寨外和守寨人对骂,声言不日将来攻寨,今日先烧一座庄子让寨里人知道厉害。离寨三里外的一个庄子果然被点着了,草房和柴火堆烈焰腾空。火光中有人影奔跑。守寨的乡勇见寨主来到,纷纷要求出寨打仗,但张守业怕中埋伏,不许人们出战。他命令大家严密防守,不得疏忽,同时派两个人带着他的书子,暗暗开了东门,飞马向田见秀搬兵去了。

田见秀远远地望见火光,知道黑虎星已经遵照闯王的指示行事,便立刻点齐人马,向张家寨这里奔来。走到半路,恰好遇见张守业派来的下书人。田见秀对他们说:"我知道了。请你们寨主放心!"他催军前进,转眼间来到寨外。但黑虎星没等田见秀骑兵来到,就一漫正南拉走了。田见秀同张寨主隔着寨墙说了几句话,挥军向南追赶。在离张家寨十里远的荒山脚下,田见秀的骑兵追上了黑虎星的人马,假意喊杀一阵。黑虎星吩咐手下人把十几个打扮成刀客模样的人杀了,扔下死尸,然后带着人马走了。田见秀叫弟兄们割下这些死者的首级,又虚追一阵,停下休息。天明以后,田见秀派谷可成率领二十名骑兵,马镫上挂着十几颗人头,奔往张家寨,他自己带着大队人马兜了一个大圈子,到将近黄昏时才回到几天来驻扎的那个村庄。

张家寨的人们看田见秀的骑兵闻警前来,追杀杆子,说不尽的高兴和感激。到了第二天早饭时候,人们果然看见他们打了胜仗,把十几颗人头送来,其中有的人脸上和头顶上带着刀剑的砍伤,血肉模糊,显然是经过了短促的激烈战斗。谷可成和他所带的这一小队骑兵昨天曾护送张守敬和票子们来到寨外,所以寨上有不少人认识他们。现在一看见是他们把人头送来,大家对他们非常热情,立刻飞跑去禀告寨主。寨主明白田见秀派他们送来人头是表示对他尊敬，毫不犹豫地吩咐大开寨门，迎接谷可成等进寨休息。不大一会儿，谷可成等牵着马匹，由张守敬和其他几个寨中管事人陪伴着，由一大群看热闹的男人和孩子们在背后跟随着，来到了寨主张守业的大门外边。张守业已经站在大门外的台阶下等候，看见可成等来到，满脸堆笑，趋前几步，拱手相迎。当十几颗人头从马镫上解下来扔在他的面前地上时，他对可成说了几句慰劳和感激的话，随后拉着可成的手，走进内院，直到大厅上，重新施礼，分宾主坐下叙话。那二十个弟兄由另外的人们相陪，在前院的客房休息。

"把那些人头挂在南寨门上！"张守业对手下人吩咐说，声音中带着威严和杀气，随即转脸望着客人，满心愉快地大笑几声，左颊上的一颗有长毛的黑痣随着笑声跳动。

因为知道田见秀在巡逻清乡，到黄昏才能回去，所以张守业招待可成等吃过早饭以后，又留住他们在寨中休息，到中午又用丰盛的酒席招待他们，一个个喝得满面春色。谷可成遵照田见秀的嘱咐，利用在寨中休息时间，借着散步的机会，把寨中的地势和道路看个清楚，并把破寨时应该在什么地方点火也确定下来。到申刻时候，谷可成等先动身回去，随后张守敬代表寨主，带着一群乡勇牵着一头黄牛，抬着猪、羊、鸡、鸭和几坛烧酒，还带着几个吹鼓手拿着响器，前去向田见秀慰劳并恭贺大捷。今日前去，因为张寨主对田见秀已经放心，所以特别叫人备了一匹好马让张守敬骑着。张守敬俏皮地说：

"怎么，老五，你不怕田玉峰把这匹牲口留下么？"

"今天我可放心。就让三哥骑一匹金马去，田玉峰也不会留下。"

田见秀好生用酒肉款待抬送礼物的人们和吹鼓手们，多多地开了赏钱,使大家十分欢喜。张守敬没有随着大家回寨。他留在田见秀这里过夜,像老朋友一样围着火闲话到三更时候,同榻而眠。关于那几个票子的事,他对田见秀替苦主们诉说了许多艰难的话,然后说出来粮食和银子数目,请见秀看他和寨主的面子,不要嫌少。见秀不但没露出嫌少的意思,反而说了些领情的话。关于粮食的运送问题,商定由田见秀派去二十匹骡子,驮运二十石,其余三十石由寨里派牲口送来。

第二天,田见秀把张守敬留住吃午饭,叫谷可成等几个同桌相陪的偏将殷勤劝酒,十分亲热。在饮酒中间,田见秀吩咐谷可成带他的手下弟兄押运粮食,不要大意。吃酒直吃到太阳偏西。田见秀还要留客人再谈一阵,忽然从刘宗敏那里来了一个弟兄,马跑得浑身淌汗,送给他一封书子。他打开书子一看,脸上微露不安神色,对客人笑着说:

"恭甫,恕我不再留你啦。我们总哨刘爷叫我立刻往商州东边去迎接从河南来的一支人马,不能耽搁。"他吩咐将士们迅速准备,黄昏出发,路上饿了拿干粮充饥,随即又向张守敬说:"我三四天以后就会回来,那时咱们再畅谈吧。"停一下,他又说:"我看,黑虎星这家伙是不会死心的。我不在此地时候,你们务要小心守寨。"

"请放心,敝寨万无一失。粮食送到哪里?"

"只好送到总哨刘爷的老营去了。离这儿有六十多里。"

田见秀把客人送出村边时候,他的全体将士都在鞴马,有的已经在站队,准备出发。另外谷可成的二十个弟兄和运粮食的骡子队也准备停当;牵骡子的是十个弟兄,各挂腰刀。田见秀正要同客人分别,小将马世耀跑到他的面前禀报:刚才有老百姓来说,离这儿七八里路的一个村庄里到了一百多个刀客,正在向老百姓派饭。田见秀问道:

"是黑虎星这小子的人马不是？"

"不知道。"

田见秀想了一下，说："世耀，你带着三十名弟兄留下来，明天四更以后到张家寨东门外等候，听可成的将令行事，随着他押运粮食，多多小心。"他又转向客人，脸上挂着笑容说："恭甫兄，弟有军务在身，马上出发，恕不远送。"

"再晤非遥，伫候佳音。"

张守敬走了一阵，到一个小山头上，立马回顾，看见田见秀的大队骑兵已经离开所驻的村子向东行，旗帜在夕阳中隐约飘扬。但他没料到，田见秀的人马只走了五六里路，在一个山沟中停下休息，等到太阳落下以后又回到那个村里，而见秀本人却跟马世耀留在村中未动。

这天晚上，田见秀同几个偏将谈了一阵，并嘱咐他们明天五更进寨以后务必约束部下，不要多杀无辜。随后，他叫大家早去休息，自己坐在火边等候袁宗第率领人马到来。十年来经过数不清的战斗，攻城破寨好似家常便饭，但今晚他的心情却有点不同平常，担心这计策会万一被寨中识破不能破寨，闯王的处境更加困难，留在商洛山中练兵的计划将成泡影。过了一阵，他又觉得两天来步步棋都走得很顺，只要在一夜之间张家寨的人们不能识破计策，到五更鼓就可以把寨子破了。据他同自成估计，张家寨中积存的粗细粮食至少有三四千石，银钱、衣物和珠宝、首饰等当然也很可观。想着破了寨子对全军和饥民的眼前好处，他的心暗暗地感到兴奋。但随后他又想着攻破寨子后不知将有多少人被杀死，其中有许多是无辜的老弱妇女，他的心又感到不舒服。他从火边站起来，抄着手在屋中走了一阵，想起来几天前从本宅主人的书柜中找到的一些书籍，其中有一部佛经，他始终没去翻动。于是他一时心血来潮，洗洗手，取出来这部有注释的《金刚般若波罗蜜经》,摊在桌上,恭恭敬敬地坐在灯下读起来。

在开始读的时候,他的心中很清静,外边的马嘶声、人语声,仿佛都隔得很遥远,似听见又似听不见。但过了一阵,他的心又渐渐地乱起来,禁不住考虑着将要如何同乡勇们争夺寨门,如何免不了进行巷战,如何搬运为数众多的粮食和财物。越想越读不下去,他合上佛经,叫来一名亲兵,问道:

"袁将爷的人马还没有消息么?"

"还没有消息,大约快到了。"

说话之间,袁宗第率领着五百骑兵(其中有二百名是从老营增援来的)到了。田见秀正要走出院子迎接,他已经提着马鞭子,精神抖擞,大踏步冲进大门。他一把抓紧见秀的手,苍声苍气地说:

"玉峰哥,快叫弟兄们给我弄点东西吃,在马上冻坏了!"

他们手拉手走进上房,就像是很久不见面那样亲热。袁宗第在短短的胡子上抹了一把,抹去了凝结在上边的一层霜花,又把脚连着顿几下,说:

"骑马真冻脚,完全冻麻木了。怎么,事情进行得很顺利吧?"

"到目前看来很顺利,但愿五更时也能像这样顺利。"

"准会顺利地撕开围子。今天下午我动身时,有两只喜鹊迎着我的马头叫得可欢!"袁宗第说毕,哈哈地笑起来,伸出手在火上烤着。

"自成什么时候来到?"

"恐怕要到天明前后了。三四千石粮食,还有多少财物,不得几千人来搬运?搬运去放在哪儿?为这事,听说老营里从今天上午就忙乱得不亦乐乎。"

见秀笑着说:"这几年来我常说自成的智谋出众,如今看他智取张家寨所想的妙计,叫我实在不能不五体投地。"

"提到自成,我姓袁的真没话说。咱们不说荥阳大会和兵困车厢峡时自成的智谋多么叫人敬佩,就拿上月他去谷城这件事说,咱们谁有他看得高,看得远,看得清楚?所以我说,潼关这一次惨败算不得什么事儿,这只是上天故意磨练磨练他。自古成大事立大业的,有几个人不栽过几次跟头?江山可不是好端端从天上掉下来的!"袁宗第的眼光随便转往桌子上,看见豆油灯的青光下放着一本黄封面的经卷,感到新奇,望着见秀笑一笑,问:"你在读这个东西?"

"从来没读过,刚才才拿出来读了一段。"

"嗨,你这个人呀,别人说你是活菩萨,你真想修行成佛哩!到五更咱们就要攻寨子,杀人放火,你却在二更时候又布置军事,又读佛经,不是很可笑么?"袁宗第见见秀笑而不言,又说道:"田哥,别生气,你能够成佛也是好事儿。可是咱们目前还得靠自成的妙计和将士们的刀剑去破开张家寨,靠念经可没有门儿。"他大笑一阵,向站在门外的一个亲兵问:"人马都到齐了么?"

"已经到齐啦。"

"去,传知各哨:马上埋锅做饭,吃毕睡觉,四更出发,攻开寨子以后再吃早饭!"

"是!"

"还有,做饭时不要让火光照到天空,小心莫给张家寨的守寨人们望见火光。"

田见秀的亲兵端来了一盘玉米面掺柿子皮做的窝窝头,还有一黑瓦碗玉米糁做的稀饭。窝窝头是皮有热汗内里凉,来不及馏透,但好的是稀饭是现做的,喝下去暖到心里。袁宗第很满意,狼吞虎咽地把干的和稀的一扫而光。一吃毕,他就和衣躺在田见秀的床上,鼾声如雷。

田见秀却没有瞌睡。他带着几个亲兵走出两三里路,站在山头上望望张家寨寨墙上的灯火，听听更声，总是免不掉对谷可成等一起人在寨中有些担心。回到村中，已经交四更天气。他把马世耀叫到面前，嘱咐了几句话，命令他带着三十名挑选的精兵即刻出发。然后他传令全体将士起来，在村边站队。最后他才把袁宗第叫了起来。虽然按照闯王的指示，在这次战斗中他是主将，但是他还是谦逊地说：

"汉举，你下令吧，时候不早啦。"

袁宗第睁大眼睛："你是主将，怎么叫我下令？"

"咱两个不管谁下令都是一样。"

"别谦逊啦。你再谦逊一阵，时光就来不及啦。"

田见秀不再推让，同袁宗第走到村边，把如何破张家寨的办法对全体七百多将士说清楚，分派了不同任务，最后说：

"进了寨，千万记清三件事：一不许杀害无辜，二不许奸淫妇女，三不许随便烧房子。这是闯王的军令，谁违反，军法不容！"

队伍悄悄地出发了。人衔枚，马摘铃，武器不准碰出响声。只有马蹄踏得石路响，但那是没有办法的。

四更打过不久，在张家寨东寨墙上的守夜人听见远远地传来马蹄声和咳嗽声，大家立刻警觉起来，把那些打瞌睡的同伴们推醒，共同等待着，从寨垛上探头凝望。转眼间，马蹄声近了，在朦胧的月色下出现了一小队骑兵的影子。一个守寨人大声问道：

"谁？干什么的？"

"我们是田将爷派来押运粮食的。"马世耀在马上回答说，随即命令他的弟兄们下马，在寨门外等候。

寨上问："今天来的一位姓谷的头领，你可认识么？"

"当然认识。今日我俩一道陪着你们寨上的恭甫三爷吃酒哩。老哥，能扔下来一捆柴火让我们烤烤火么？"

"行，行。别说一捆，两捆也行。可是，请问你贵姓？"

"不敢。贱姓马，大号世耀。你们恭甫先生认识我，不信，你们去问他。"

"不用问，不用问。既然是田爷那里来的人，我们就放心啦。"

果然很快地从寨墙上扔下来两捆柴火。马世耀等把柴火点着，围着火堆烤火，等候着寨里动静。寨墙上不断地有人同他们谈话，态度很亲切。

当马世耀等在烤火时候，田见秀和袁宗第率领的大队人马来到了离东门三里外的山沟中停了下来。为着不使守寨人听见马蹄声，也为着攻进寨里作战用不着骑马，他们留下来五十名弟兄看守马匹，二百名弟兄准备着攻破寨以后骑着马在寨外巡逻，拦截那些跳寨逃跑的人们，其余的五百多将士悄悄步行，走到离东门不到半里远的山坡下埋伏起来。

鸡子叫二遍了。寨里打着五更。但天色还不亮。斜月挂在林梢。启明星在东方闪着银光。有些守寨人见整夜平安无事，马上就要天亮，开始陆续地潜下寨墙，躲到附近的背风地方烤火。那些胆大的，干脆溜回家去。正在这时，从寨里传出来纷乱的牲口蹄子声和人语声。马世耀向寨上问：

"是送粮食出来了么？"

"怎么不是？在等候开寨门哩。"

马世耀对手下的弟兄说："上马！"三十名弟兄刚跳上马，寨门打开了。首批出来的是田见秀派来的二十匹骡子，由十名弟兄押着。跟着第二批是张家寨的二十几个人押着的几十匹牲口，其中有骡子，有马，有驴。这些人有的带有武器，有的没带，还有的是佃户家的老头和半桩孩子。这一批人和牲口出来以后，才是谷可成的护运队。谷可成的人马走到寨门边，一声喊杀,就把几个把守寨门的乡勇砍死,一部分弟兄占领了寨门洞,一部分弟兄就在寨门里的大街上动起手来,杀死了张守敬等几个送行的人,同时点着了靠近寨门的几间草房。几乎是同一瞬间,马世耀的三十名骑兵也发出一声喊杀,登时把那些送粮食的人们砍倒几个,其余的不是跪在地上磕头求饶,便是往路两旁的荒草中撒腿逃命。世耀等并不追杀,却大声呐喊着向寨里冲去。走在第一批的十个弟兄,赶快回来,把所有的受惊的牲口牵住,不使它们跑散。他们举着明晃晃的刀剑威胁那些跪在地上的老乡说:

"起来!牵着牲口跟我们到山坡下去!"

田见秀和袁宗第率领的步兵听见喊杀声,又看见义军已经占领了寨门,便齐声呐喊着奔跑过来,像一股潮水似的涌进寨内。那些守在寨墙上的人们一见东门失守,火光冲天,寨里和寨外一片喊杀声,而且寨里到处是奔跑的马蹄声,吓得魂飞天外,有的一面逃命一面哭叫着:"破寨啦!破寨啦!快逃命吧!"但是也有一部分人退到几家坚固的宅子里,同宅子里边的男人们合起来进行抵抗,向街上的农民军抛掷砖瓦、放箭、放鸟枪和火铳。寨主张守业的宅子集聚的人最多,一部分是他的家丁,一部分是乡勇,一部分是左右邻居,还有一部分是佃户和雇工。他自己手执三眼铳,站在房坡上,指挥着大家拼死抵抗。

李自成的这一支农民军十年来对于攻破城寨后进行巷战具有丰富的经验。张家寨是一个大寨,而农民军的人数又只有几百人,因此田见秀在进寨以后并不派人上寨墙,任守寨人在惊慌中自行瓦解,却一面占领重要路口,一面集中力量进攻那些孤立的据点。和往日不同的是:往日如遇到这种抵抗,只要把房屋点着,就可以使顽强的抵抗登时瓦解,甚至玉石俱焚。但是在张家寨中,为要取得粮食和其他十分必需的物资,田见秀对将士们再三叮咛过,进寨以后只烧几间茅庵草舍吓吓居民,除非万不得已,对"好主儿"①的房子都不许随便放火,只能到退出时他传令放火才可以放火。田见秀和袁宗第用三百多人围攻张守业的宅子,大声叫喊:"投降免死!倘不投降,不分男女老幼,一齐杀光!"但是张守业和他的亲信们压根儿不相信这些话,同时害怕妇女们受辱,又依恃垣墙高厚,宅子坚固,对农民军破口大骂,于是激烈的战斗开始了。

这宅子前面临街,后面是空场,左边同相邻的宅子中间隔着一条小巷,只有右边有别家的房子相连,但比较矮。对面的街房也矮得多。当寨初破时,附近的邻居大批逃了来,守寨的人们也逃来一部分,如今这宅子里连妇女儿童有两三百人,而男子有七八十人。农民军起初把进攻的重点放在右边。他们一面从右边邻居的房子上步步逼近,但是到接近这宅子时,却被敌人从高处投下来的密如暴雨般的砖、瓦、石块打得不能抬头。妇女们还烧了开水,煮了稀饭,一桶一桶地送到房坡上,随着砖石浇下去。农民军不顾死伤,轮番进攻。每次进攻,所有参加围攻的将士们为着助威和惊破敌胆,齐声起吼,并且大声叫着:

"灌呀!灌呀!灌进去②啦!……"

有一次,一个魁梧有力的小头目戴着铜盔,把大刀噙在嘴里,双手举着一扇榆木门板做盾牌,不顾一切地向前"灌",背后跟着两个弟兄,也都拿门板护身。中途有两个挂了彩,滚下房坡,但是他连头也不回,继续前进。他的门板上中的箭像刺猬一样。砖头和瓦块像雨点般地打在门板上,咚咚乱响。防守的人们

---

① 好主儿——解放以前,在口语中把地主称做好主儿,极少称为地主。这个语源显然来自秦汉以来的良贱之分。良家就是好主儿。
② 灌进去——就是攻进去。这是拿水来比方队伍,队伍攻进城寨或住宅像一股水灌进池子,所以又把撤出叫做"出水"。

见对他没有办法，就点燃了一响抬枪。他看见火光一红，就站住不动，扎好架势等着。抬枪虽然比鸟枪和火铳的杀伤力强大得多，但是它用的仍然不是炮弹，而是装着很多像蚕豆大小的铁子儿和铁钉子，特别多的是石头子儿。火光闪过之后，随即抬枪响了。小头目觉得好像有什么人向他的门板上猛力一推，使他一屁股坐在房坡上，同时耳朵震得嗡嗡响。一部分枪子儿打在他的门板上，一部分从门板上边和两旁扫过，刷拉拉打在房坡上和房脊上，同时把他背后的两个弟兄打倒了。正在呐喊着"灌呀！灌呀！"的将士们突然住声，以为他不是被打死便是挂彩了。而相反的，那些守宅子的人们却得意地大声叫好。第二次叫好声还没歇音，这个小头目一跃而起，在一团充满硝磺味的浓烟中扑向前去，迅速地把门板靠到张守业的房檐上，爬上去，一面往屋脊上跑，一面举着大刀狂呼：

"弟兄们随我灌哪！灌哪！"

几十个将士都在他背后十几丈远的屋脊上一跃而起，狂呼着随他冲去。他冒着砖瓦和石块，还没有跑到屋脊时就已经被打中几下。但是他没有后退，狂呼而前。他正要翻过房脊，忽然从房脊里边站起来五六个人。有一个人照着他的头砍了一刀，被他用刀挡开。第二个人几乎同时用矛子刺进他的胸脯。他用左手夺住矛子杆，用右手将对方砍死，但他自己也倒了下去。当他正倒下去时，另一根长矛也刺中了他。背后的将士们看见他已被杀死，而敌人又用火铳和乱箭齐射，登时挂彩了十来个人，只好停止进攻。正在没有办法时，袁宗第已经派人从寨门上把一尊大炮运来，由二十多个人往房脊上搬运，另由许多人搬运粮食包在房脊上堆成炮台。张守业看见农民军在房脊上架大炮，吩咐用抬枪、火铳、鸟枪和弓弩齐射。但当他们射击时，农民军就伏下身子，用房脊作掩护，等他们停歇时就赶快堆粮食包。转眼之间，炮台堆成，大炮架好，装上火药和十几斤铁钉子和石头子儿，准备点燃。这种炮是用生铁铸成的，炮口有二号饭碗那么粗，炮身用榆木包裹，外用铁条箍着，为的是防它炸裂，因为外包榆木，所以俗称榆木喷。袁宗第挑选三十个精壮小伙子担任灌手，准备了几副门板当做梯子，只等榆木喷响过之后，趁着敌人大批死伤，在浓烟中冲向前去。没有料到，炮口放得不够高，引线点燃后，大家屏息等候，只听轰然一声，打塌了张守业宅子这边邻居的两间房子，竟没有打到寨主的房子上去。更意外的是，不但把架炮的房脊震塌了一个大洞，还把附近的将士们震倒了许多人，有些人咕噜噜从房坡上滚落院中，幸而房檐不高，摔伤得不严重。这件事，在这次战斗结束后被大家当做笑话谈，谈了几年，但在当时那一刻，真够叫人扫兴。

袁宗第叫弟兄们赶快把榆木喷换一个房脊，重堆炮台，张守业早就想到应该放火烧着右边相邻的宅子以阻挡农民军在这方面的进攻，但因为这些宅子是他的两位叔父的，不到万不得已他不能下此辣手。现在他看见农民军又在架榆木喷，便跳下房坡，站在院里对他的两位叔父说：

"没有别的法子，我看只好用火烧啦。你们的几十口家眷都在我这宅子里，什么祖业不祖业，家财不家财，保住性命要紧！"

他的一位叔父含着眼泪颤声说："你放火吧。只要保住一家性命，我一切都不要了。"

另一个叔父问："不会把你这边的宅子也引着么？"

张守业回答说："不会的。你没看风是向那边刮的？再说，我这宅子是砖裹檐。"

当农民军正在重新架设大炮的时候，从张守业的房子上抛出来十几个点燃的硫磺包和火药包，有的落在房坡上，有的落在院子里。那些落在柴堆上和草房上边的登时就引起大火，跟着就把瓦房也烧着了。在农民军和张守业的宅子中间成了一片火海,使得农民军不但放弃了进攻,还得分派一部分弟兄督同百姓扑灭向外扩展的火势,同时从已经燃烧的宅子中抢运出粮食和财物。

这时,太阳已经有树顶高了,另外几处孤立死守的宅子都已经次第攻破了,只剩下寨主张守业的宅子仍在同农民军继续对抗。田见秀和袁宗第召集几个将领到一起,商议下一步进攻办法。如今只能从南边正门和北边后门任择一路进攻,或两路同时进攻。前边临街是一座高大的门楼,门楼的两旁是砖裹檐倒坐围房,后墙上开有枪眼,可以向外点放火铳和鸟枪。很厚的榆木大门包着铁叶子,一排排钉着大头生铁钉,用斧头绝难砍开,而且在宅子被围攻时,站在对面街房上的兄弟们听见声音,知道守宅子的人们用石条和木头从里边把大门顶得很牢。后门小而坚固,垣墙是用石头砌起来的,约有一丈二尺高,听本村百姓说有二尺多厚。倘若从这里架云梯进攻,灌手们的伤亡必然较多,而且攻破以后,也只能进到张守业的后花园、居住雇工和喂养骡马的群房院中,还须要费大劲进攻主宅。大家正在商议不决,李自成和李过到了。

随着闯王来到的几千老百姓,老少都有,还有一部分妇女,有牲口的赶牲口,没牲口的挑箩筐或布袋。俗话说,人马上万,没边没岸。这虽然不过四五千人,却因为队伍不整齐,加上山路又窄又曲折,简直从队头望不到队尾。山中人烟稀,老营一带方圆几十里以内能够出动的百姓都出动了。

号召饥民的工作是昨天午后在许多村庄差不多同时开始的。没有敲锣,毫不张扬,只是有人分头暗传,说义军要去破商州城,叫老百姓都去抢运粮食和财物,运回后交到指定地点,然后由义军分给百姓。这一带百姓曾有过吃大户①的经验,有少数还有过随在杆子后边抢大户的经验,如今眼看山穷水尽,加上年关已临,正苦没人带头抢粮。尤其他们近来见义军确实卫护穷人,几次放赈,都相信抢回来的粮食和财物定会分给众人。一听号召,顿时村村落落如同锅滚了一般,争先恐后地响应,立即准备行动。闯王派李过负责押运粮食和财物的事。为着避免临时争抢纷乱和私将东西拿回家去,李过传令叫大村每一村举出一个头儿,小村数村共举一个头儿,各成一队。一乡的人又共成一个总队,由一个总头儿照管。又怕跑乱了队,叫每一乡的人用一种颜色的布条缝在臂上。看见侄儿在仓猝之间把四五千没王蜂似的饥民编成队伍,闯王在心中暗暗地点头嘉许。在过去十年中,每次攻克一个地方,总是义军把粮食和财物抢取一部分,余下的任穷人随便拿,结果只有胆大的和有力量的得了好处,胆小的和力弱的纵然抢到东西也往往被别人夺去,甚至被强者杀伤。因此,这一次由义军统一安排百姓抢运,将来统一发放。事情好像是偶然的,却具有重要意义。闯王见这次的办法好,以后继续采用,办法也逐渐周密起来,所以两年后攻破像洛阳那样的大城池才能做到秩序不乱,除义军得到了大量粮饷之外,也使几十万饥民得到好处。

　　黄昏以前,这四五千饥民已经一群一群,陆续地集合起来。有干粮的自带干粮,实在没有的就由农民军给一点。直到这时,大家才知道并不是去商州城,而是往张家寨去。李自成带着双喜、张鼐和几名亲兵,来到集合的地方看看。看见一个满头白发的老婆婆牵着一个不到十岁的男孩子也来到集合地点,便问道:

---

① 吃大户——饥馑年头,穷人们千百成群,拥向大地主门前,强迫供饭,吃毕再转移别家。倘遇拒绝,便行硬抢。

"老奶奶,你俩老的老,小的小,怎么也要去?路太远,你们走不动,回家去吧。"

老婆婆恳求说:"掌盘子老爷,你老可怜我,让我也去拿一把粮食吧,俺奶孙俩快要饿死啦。"

"粮食运回来,我们会挨门挨户放赈的。你奶孙俩快回家吧。"

"自己不去也能够分到粮食?"

"能的,能的。你放心。"

"唉呀,这才是有青天啦!大爷,让我奶孙俩给你老磕个头吧!"老婆婆拉着孙子跪下去,给闯王连磕了两个响头。

人们不知道他是闯王,但看出来他是个大头领。有人猜到他是闯王,但不敢说出口来。闯王等饥民出发以后,又回到老营去,处理别的事情。二更以后,他才出发,追过了饥民,追上了骑马走在饥民前边的李过。那时月亮还没有出来,无数的火把在万山中好似一条火龙,十分壮观。李过对他说:

"沿路经过一些村庄,饥民都要加入。我怕到时候乱抢粮食,不许他们加入。"

自成沉默片刻,说道:"这次不让他们加入也好,以后攻别的寨子时再说吧。"

他望望那一条浩浩荡荡、曲折前进的火龙,心思如潮,仿佛看见沿途无数的老百姓站在村边张望,因为不许他们加入而怀着嫉妒和抱怨。一个念头闪过他的心头,他仿佛看见了再过几个月,当他重新大举以后,从陕西到河南,到处都是这样:成千上万的饥民跟随他,攻城破寨,开仓放赈。不,那时候将不是这样的规模。那时候的规模会比如今的大许多倍,许多倍!

到了张家寨,向田见秀和袁宗第问明了战斗情况,李自成叫佺儿去指挥抢运粮食和财物,自己由见秀和宗第陪着把张守业的宅子看了一圈。他站在街对面一箭外的房坡上看了一阵,转过头来问：

"咱们来一个'围师必缺'[①]，撤开围在后门的人马，给他们一条路往外逃跑，专攻大门怎么样？"

田见秀说："刚才我们也想着应该从大门进攻，一攻进去就到了主宅。只是这大门很坚固，怎么攻法？"

闯王想了想，说："这好办，在大门下边放迸吧。有三四百斤火药不就炸开了？"

一提放迸，人们的心中登时亮了。这是多么简单的办法，但闯王不提，大家竟然都忘了。所谓放迸，就是用火药爆破。不知什么时候，高迎祥和李自成的部队曾用这办法炸开过城门，将士们因为火药爆发时砖石四下飞迸，就把这办法叫做放迸。但十年来农民军很少攻坚，对于城池多采取奇袭和内应的办法攻破，或采用云梯爬城，用火药爆破城墙或城门的次数很少。用这种办法必须挖地道，费时较久，而过去总是速来速往，很少对一座城池围攻过几天以上。因为放迸的办法不常用，所以临时没有人想起来是不足为奇的。

"好哇！这办法准能成功！"袁宗第高兴地叫着说。"人躲在大门下边埋火药，连挖地道也不用！"

办法一决定，立刻进行。田见秀让大部分将士都休息，吃东西，同时监视着房坡上的敌人活动，只派十来个人蹿到张守业的大门下边，从两边门墩下边掘开石头，往下挖洞。张守业起初不知道农民军的真正意图，以为他们是想拆毁大门，所以并不害怕。当他明白是要在门墩下边埋火药时，害怕极了，但想不出对付办法。挖洞的人们是在他的门楼下边，从房脊上用鸟枪和弓箭

[①] 围师必缺——语出《孙子·军争篇》。意思是围敌三面，空其一面，诱其出奔而邀击之。

射不到,抛火球也烧不到。他想烧毁对面的宅子,可是对面的房子全是瓦房,院中凡能引火的柴火和家具都移开了。在无可奈何中,他把一部分男人撤退到二门里边,把十几杆鸟枪和火铳对准大门,等待着农民军从轰塌的大门缺口冲进来。

大门下边的挖洞工作进行得很顺利,不到一顿饭时,两个地洞都挖有二尺多深,像水桶那么粗。弟兄们将两个木桶装满火药,埋进洞中,插上一丈多长的引线,然后把引线点着,飞快逃走。那些在对面街房上和院子里的将士们听见约好的唿哨声也一哄而逃,站在二十丈以外的地方等候。突然,紧接着轰隆两声,大地震颤,浓烟和尘土漫天,砖瓦和木料向四下飞迸,有一个石狮子门墩被抛在十丈以外。有些砖瓦飞进二门里边和房坡上,把守宅子的人打伤几个。在火药爆炸以前的片刻中,在对面等待的农民军和宅子里的人们,都是出奇的静寂。爆发刚过,农民军发出一片惊天动地的呐喊,谷可成带着人们首先冲进轰塌的大门,用抬进来的木梁冲击二门。张守业预备在二门上的那些人们,有几个是佃户和长工,原来是在主人的威迫下不得不卖命守宅子,这时扔下鸟枪和火铳,跳下房子就向后院逃命,一面跑一面大叫:

"快逃命呀!快逃命呀!已经杀进院里来啦!"

别的人看见这情形,也都跟着逃命。他们打开角门,穿过花园,又打开后门逃出。张守业见大势已去,农民军马上就会进来,慌忙奔进内宅,用大刀逼着他的妻妾和女儿们说:"你们快上吊!快上吊!"然后他也向后院逃命,企图混在人堆中冲出寨外。当他才跑到花园时,二门已经被打开了……

当弟兄们在张守业的大门下挖地洞时,李自成同田见秀到寨中各处巡视,留下袁宗第指挥攻宅子。等火药一爆炸,他们赶快回来,见弟兄们已经从塌毁的大门缺口冲进去,便勒转马头,绕出这座宅子的背后。那些逃出来的人们都在从后门到寨墙根这一段的空地上被埋伏的弟兄们杀死了。他们下了马,打算从后门进去看看。刚到后门口,看见几个弟兄押着一群人走出来,其中除一个农民装束的青年外,全是囚犯,有的戴着脚镣,有的脖子上锁着铁链子,有的手上绑着绳子。自成一问,知道这些人都欠张守业和别的大户们的租课和阎王债,因无力偿还,被张守业派乡勇和家丁去抓了来,下入私牢。他正向一个戴铁链子的人问话,有一个弟兄叫那个农民青年跪下,举刀要杀。几个囚犯同时跪下去救那个青年,哀求饶命。自成不知是怎么回事儿,望望那个举着刀的弟兄。那个弟兄放下刀,说:

"他不是囚犯。我才看见他把一把刀扔到地上。"

"不,不!"一个囚犯叫。"他是被逼来守寨的。刚才是他把牢门打开的。他跟我是一个村的人,人老几辈儿受苦!"

闯王明白了,挥手叫跪着的人们和那个青年都站起来。他对押这群人的小头目说:

"快把他们的脚镣和铁链砸开。给他们每人几升粮食,让他们回家去。"他转向那个青年,笑着说:"好险哪,差一点儿你完事了。你为什么不求饶呢?"

"活着也没福可享,砍头不过碗大疤瘌,求什么饶!"

"有种!你愿意随我们去么?"

小伙子眨眨眼睛,忽然高兴起来:"你们要我?"

"要。"

"妥啦,哪鬼孙不跟随你们!"

闯王拍着小伙子的肩,哈哈地笑起来,又问:"你看见寨主逃到哪里去了?"

"那不是?"小伙子说,向假山下边一指。

张守业已经挨了一刀,但还没有死讫,趴在假山下边呻吟。自成的一个亲兵正要去结果他的性命,小伙子兴致勃勃地

说:"让我来。今天可让我出一口气!"他从地上拾起一块石头,往张守业的后脑上砸去,随即恨恨地骂道:

"你妈的也有今天!"

李自成到张守业的宅子里看了一下就退出来,同田见秀骑上马去别处巡视。弟兄们伤亡很少,攻破了这样坚固而富裕的大寨,解救了眼下的粮食困难,自然是一件喜事。但他同田见秀都不像旁人一样。他们的心情很矛盾,在快活中夹有不愉快。聚集在寨主宅子中的男女老少三百多口将近一半都死了,其中有一小部分年轻妇女是上吊死的,别的是被杀死的。他们对这宅子中的屠戮还不感到太过分,因为这是怪他们固守顽抗。但是别处也杀死了很多妇女老弱和并没有进行抵抗的男人。寨外因为有骑兵巡逻,从寨里逃出去的人们也大半被杀了,其中也有老人和小孩。尤其使闯王不愉快的事情是,奸淫妇女的事还是有的。看过了寨里寨外的情形,他对见秀说:

"玉峰,你看,要真正成为仁义之师,纪律严明,多不容易!"

"是的呀,临出发时我还三令五申,不许妄杀无辜,不许奸淫哩!"

停了一阵,自成又说:"有人不同意我留在商洛山中练兵。倘若没有纪律严明的仁义之师,如何能成就大事?"

他没有在张家寨多停留,对田见秀嘱咐了几句话就带着双喜、张鼐和一大群亲兵回老营去了。

张家寨的东西运了两天,留下来没运走的东西准许附近老百姓自由去拿。到第四天,一切东西差不多被拿光了,留下来最后撤退的农民军才在几家大户的宅子里放火,并把寨门也放火烧了。

方圆几十里以内的饥民及时地得到赈济,个个欢喜,感激不尽。远处的老百姓闻风羡慕，到处哄传。老百姓得到好处，不断地把许多山寨的底细暗中告诉义军，有的人愿意做底线，请义军前去破寨。从小年下到年除夕，几天之内，义军利用内应，连破了两座山寨。高一功在蓝田边境也用计在除夕黄昏攻破了一座山寨。这个新年，财主富户提心吊胆，哭哭啼啼，贫家小户却过得比往年快活。本来是灾荒的年头，凋敝的农村，凄凉的年关，却因为几十个村庄普遍地放了赈，又没有本地杆子骚扰，竟然出现了一些儿暂时的太平景象。差不多家家户户都贴了春联，有的挂了桃符①；村村落落在大年初一五更接神时还放了鞭炮。人们互相拜年，也给驻扎在村中的、已经相熟的义军大小头目拜年。军民见面时，不管识与不识，拱手道喜。

百里以内，没有一个山寨不向义军送年礼。义军再向他们借粮，他们也不敢像过去硬抗了。将士们有了粮食，有了衣被，牲口也增多了。大家的精神振奋，不再说怪话了。初一五更，李自成的老营将士按照着米脂县的古老风俗，把石炭烧红，用醋浇在上边，遍熏屋内，据说可以去一年的瘟疫，名叫打醋炭。自成看着李强和双喜等兴致勃勃地在他住的屋里打醋炭，笑而不言，一缕乡思浮上心头，在肚里说：

"唉，什么时候才能够大功成了，回故乡看看！"

天色才麻麻亮，就有将领们来给他拜年，一直到早饭后，还是来往不断。到了半晌，他看人来得少了些，才出去给田见秀等年纪较长的将领回拜年，也到相熟的老百姓家走走，到弟兄们的窝铺里看看。这一天，因为军民暂时有了粮食，他过得相当畅快。

---

① 桃符——古人过年时用两块桃木板悬挂门两边，上书神荼、郁垒二神名以辟邪，叫做桃符，或叫仙木。五代时桃符上开始写对联。明初开始用红纸写春联，但是直到明末，悬挂桃符的习俗未绝。

大年初二，黑虎星来给闯王和李过拜年，并感谢给他的几十石粮食。李自成对他很亲热，留着他住过破五。他对李过说：

"大哥，咱闯王叔什么时候树大旗？只要咱叔树大旗，你兄弟一定来跟着他老人家打天下，要不来不是娘养的！说良心话，我现在才觉得眼睛开缝啦。"

破五这一天，自成为着使将士们过得快活，吩咐老营总管，多发给各哨一点灰面，让大家按照延安府附近往年乡俗，早晨饱饱地吃顿面条儿。这顿面条儿俗称春面，饱吃一顿叫做填五穷。五更时，李自成舞了一阵花马剑，到宅后窝铺中随便看看。因为过节，将士们暂停操练。他看见老兵王长顺用白纸剪成一个女人模样，同着屋中扫的一堆尘土一起送出院子，在大路旁边倒掉。他笑着说：

"长顺，你在送穷①么？"

"唉呀，闯王，给你看见啦！"王长顺猛抬起头，捋着短胡子，嘻嘻地笑起来。

"你看能把穷鬼送走么？"

"我爷爷奶奶送了一辈子，我爸爸妈妈送了一辈子，我自己在家也送了半辈子，都没送走。穷鬼跟我们一家住得有感情，老不肯走。不过，现在我是替咱们全营送穷鬼，托你闯王福大命大，我看他一定会走。这个新年，咱们全营不是过得火火色色么？经我这一送，以后咱们全营的日子就更好啦。"

闯王忍不住大笑起来，在他的肩膀上重重地拍了一下，大声说：

"好哇，老王！咱们不要穷鬼，老百姓也不要穷鬼，你把穷

---

① 送穷——即送穷鬼。这是很古老的民间风俗。唐代送穷是在正月晦日，明、清米脂县及其附近各县是在破五。

鬼送给那些大财主们吧！"

黑虎星明天要走。吃过午饭，闯王陪他去向几位大将辞行。他们先去看田见秀。到了田见秀住的村子，看见见秀的屋里只有几个亲兵在烤火，桌上点着一炉香，摊着一本《金刚般若波罗蜜经》，自成笑一笑，说："我们玉峰哥，没放下屠刀就打算成佛了。"知道见秀在一家老百姓的牛屋中聊天，他便同黑虎星往那家的牛屋走去。

牛屋中的当门地上烧了两个树根疙瘩，冒着烟，呛得人们不断咳嗽。尽管这一家老百姓已经穷得只剩下一头小毛驴，但小石槽上仍像往年一样贴着一张红纸条，上写着"槽头兴旺"。田见秀和他的两名亲兵背靠石槽，挤在老百姓中间，面对火堆，也是被烟气熏得淌眼泪。他面带微笑，聚精会神地听一个老头子在读刘伯温的诗。据说最近在西安附近挖出来了一通石碑，是两百多年前刘伯温埋下去的，上面刻着一首诗，把近来的国运说得明白无隐，总之是天下大乱，明朝的气数尽了。

当闯王带着黑虎星走到牛屋门外时，屋里的人们谁也没注意。亲兵头目李强正要去推开半掩着的门，被闯王用手势阻止了。他不愿这时走进去，惊扰大家，于是悄悄地立在门外，听那位老头子继续在朗朗地背诵：

    家家哭皇天，
    人人哭皇天，
    父母妻子相抛闪！
    你也反，
    我也反，
    人马滚滚数不尽，

投晋入楚闹中原[1]。
　　仇报仇,
　　冤报冤。
　　在劫之人难逃命,
　　血债还用血来还。
　　到头来,
　　达官贵人不如狗,
　　干戈扰攘入幽燕。

　　老头子念到这里,向大家扫了一眼,用细瘦的指头拈着花白长胡须,说:

　　"你们看,这末尾一句,不是说要反到北京城么?所以说,大明的气数是要完啦。"

　　田见秀称赞说:"你这老头的记性真不坏,记多清楚!一句不漏,滚瓜溜熟。"

　　类似这样用歌谣体编的预言,几年来不断出现,有的说是从地下挖出来或从井中捞出来的石碑上刻着的,说是刘伯温的诗;有的说是玉皇大帝或吕洞宾降坛时写出来的。从明朝中叶开始,阶级斗争和政治斗争特别激烈,在民间传说中就将足智多谋的明初开国功臣刘基(字伯温)这个人变成了一个大预言家,经常借他的名字编造政治预言诗在民间传播,对造反起鼓动和宣传作用。就是今天老头子所背诵的这首预言歌谣,也流传很广,闯王和田见秀早已听过,只是词句上稍有出入。这分明是一些不满朝廷、同情造反的农村知识分子编造出来的,故意染上神秘色彩。

---

① 投晋入楚闹中原——这句话是指初期农民军的活动路线是由陕西渡黄河入山西,然后活动于湖北、安徽、河南一带,而以河南为中心。

在当时不少有学问的人们都相信这类预言,农民军的将领和士兵更喜爱听,也更相信。他们常常从这类带有神秘色彩的预言中得到鼓舞,增加推翻明朝政权、夺取江山的勇气和决心。田见秀望望老头子,对大家说:

"到了'达官贵人不如狗,干戈扰攘入幽燕'的时候,就该改朝换代,否极泰来,老百姓能够安居乐业了。"

老头子感慨地说:"但愿早一天否极泰来!"

闯王推开半掩着的门,探进头去。老百姓看见他,纷纷站起来打招呼,请他进去烤火。他没有进去,同大家说几句话,便把见秀叫出来,一起往见秀住的宅子走去。黑虎星忍不住说:

"田爷,你真行。看你同老百姓在一起多家常。他们见了你一点儿也不害怕。"

田见秀慢慢地说:"咱在造反以前,不也是受苦的百姓?还不也是打牛腿种田过生活?如今造了反,可不能忘了当年自己也是受苦的人!"

"对,对。你说的对极啦。"黑虎星又转向自成说:"闯王叔,咱们在这里快快活活地过新年,朝廷老子就不会有咱们快活。到处闹灾荒,满鞑子也没有退,有他坐萝卜①的日子呢。"

李自成和田见秀都笑了起来。但这句话也引起来自成的另一条心思:他多么想知道北京的情况啊!尚神仙如今在哪里?难道真的在路上出了事情么?想着尚炯的吉凶难说,他的心情登时感到沉重了。

---

① 坐萝卜——作难,不好过。

第二十六章

由于清兵的主力移向山东,洪承畴、孙传庭和别的援军陆续到达畿辅,北京城的局势缓和多了。尽管并未解严,但为着皇帝、贵族、达官、富人以及宫廷的需要,一年一度的灯市又开始了。

西从东安门外起,东到现在灯市口大街的东口止,约摸二里长,几条街全是灯市。每年从正月初八日开始,到十七日结束,共有十天。白天是市场,晚上看灯。在灯市场上,会集着各地商人,有南北两京的、各省的以及外国的各种货物。从年代和范围上说,有三代以来的各种古董,有时兴的锦缎、绫罗、刺绣、布匹、手工艺品、家常用具,还有西洋的自鸣钟和稀奇玩艺儿。商肆按行业分类,各占一段街道。一吃过早饭,大小街道都涌着人流,到巳时后就拥挤不堪。人们有买东西的,有看热闹的,有看稀奇开眼界的,也有专为着看人的。人们有时被踩掉了靴、鞋,有时被扒走了银钱,有时被挤散了同伴或孩子,叫叫嚷嚷,呼呼唤唤,像锅滚似的。俗话说,灯市是"九市开场",就是指附近的许多街道和胡同在灯市期间都随着热闹起来。

晚上,店铺关门,通夜赏灯,放烟火。沿着以灯市口大街为中心的东西长街,两边尽是彩楼,南北相向,朱门绣户,画栋雕梁。楼上有帘幕的多是勋家、贵戚、大官宦和缙绅眷属。每座彩楼的租价,一夜就得几百串①钱。从灯的质料说,有烧珠料的、夹画堆墨丝的、五色纱的、明角的、纸的、麦秸的和通草的。从形式说,有百花、鸟、兽、虫、鱼、走马灯……巧夺天工。至于烟火,也是花样繁多,令人惊叹不止。各种乐队,各种杂耍,通宵演奏。另外,这儿那儿,有队队童子彩衣击鼓,从晚到晓,叫做太平鼓。通宵男女拥挤,人山人海。

今年的花灯和烟火虽不如往年热闹,但也相差不远,只是乡下的灯进城来的较少罢了。

正月十四日是灯市进入高潮的第二天。这天上午,有一个相貌不俗的中年人,生着疏疏朗朗的三绺胡须,穿一件半旧的圆领羊皮袍,戴着方巾,眉宇间含着几分郁悒神气,骑着一匹驴子,从西城来到东城,在东长安街向王府井的转角处下了驴子,开了脚钱,慢慢地往灯市走去。一边走一边颇有感慨地低声吟道:

近畿才消战火红,
太平灯市闹春风。
感时诗就心如捣,
蹋蹋游人笑语中。

这个人就是医生尚炯对李自成所说的举人牛金星,他来到北京已经几个月了。

越走人越挤,生意越热闹,使牛金星不知道看什么好。有时他想站在一个店铺前仔细看看,但正在看着,又被人潮推向前去。他走到一个较大的珠宝店前,由于好奇,进去随便观赏。这

---

① 串——一千铜钱叫做一串。当时银价大约是一千二百钱一两。在以后几年中银价不住飞涨,变化很大。

个店里的广东老板正在请一位太监看一颗很大的珍珠,几尺之外,光耀人目。牛金星知道这就是古书上所说的"径寸之珠"。他不敢走近,也不敢问,只听那个太监说:

"三千两不能再少?"

商人极其恭敬地回答说:"实在不能再少,公公。田皇亲府上的总管老爷已经来看过,叫小的把这颗珠子给他留下。只是公公喜爱,我才敢卖给公公。要是在往年,像这样的宝物至少可以卖四五千两银子。今年生意差一点,又是公公想要,作价三千两卖给公公,赔几百两银子算小的的一点孝敬,以后仰仗公公关照的时候多着哩。"商人随即走近半步,嘻嘻地笑着小声说:"以后里边采办珠宝,只要公公垂爱,照顾小的一下,什么都有啦。"

太监又把珠子端详一阵,说:"好吧,我留下吧。其实我也不打算用它。我看这颗珠子还不错,送给我们宗主爷①嵌在帽子上,倒是很好。"

牛金星第一次看见用三千两银子买颗珠子,骇得张嘴瞪眼,不由地摇摇脑袋。看见太监向他扫一眼,他赶快一转身退出了珠宝商店。当回到人潮中继续向前拥挤时候,他禁不住喃喃地说:

"一颗珠子的价钱在乡下要救活多少人家!"

刚吐出这句闲话,正担心有东厂的人听见,果然有人从背后照他的肩膀上拍了一下。他骇了一跳,回头一看,颇觉意外,又惊又喜。"啊啊,是你!"他立刻抓住拍他的这只手,正要往下说话,那个人赶快使个眼色,说:

"这里人太挤,咱们出去找个地方畅叙吧。"

他们回头向南挤去,看见金鱼胡同里的人稍稀,就从抚宁侯朱国弼的府第前穿过去,转了几个弯子,来到了东长安街。牛金

---

① 宗主爷——明朝太监们对司礼监掌印太监的尊称。

从北京到商洛 517

星急于想知道这位朋友的来龙去脉,看见身边没有人,边走边问:

"你如今……"

尚炯不等他把话说完,抢着说:"启翁,你没有料到吧?我是年底到京的。好容易找到足下!"随即向左右一看,放低声音说:"我现在改名常光甫,以字行。籍贯是内乡。"

牛金星点点头,问:"下榻何处?"

"住在前门外仁寿堂药铺里。弟一到京就向河南同乡打听老兄消息,昨天才打听出尊寓在西城皮库胡同。今早去尊寓趋谒,不想大驾已经出来,不胜怅惘之至。询问贵价①,知大驾来看灯市。我回到仁寿堂交代几句话,便赶快来灯市相寻。原以为此处九衢纵横,人山人海,无缘遇到,只好晚上再登门叩谒,没想会看见老兄在珠宝店中。数载阔别,常怀云树之思②;今日邂逅相逢,快何如之!"尚炯说到这里哈哈地大笑起来。自从离开商洛山中以后,他在同有身份的人们说话时故意文绉绉的。

金星紧紧地握着他的手说:"多年不见,你还是那么热情豪放。"

尚炯在朋友的脸上端详着说:"阁下也是风采犹昔,只是鬓上已有二毛③了。"

"唉,光阴荏苒,不觉老之将至!足下近几年寄迹何处?何以知愚弟来京?"

"去年冬月,弟因事有谷城之行,路过老河口,遇一宝丰香客,始知兄有官司纠缠,来到北京。目下贵事可已办妥?"

---

① 价——仆人。
② 云树之思——从前知识分子口头上和书信中常用的话,指朋友阔别后相思之情。典出杜甫怀念李白的诗句:"渭北春天树,江东日暮云。"渭北指杜甫所在地,江东指李白所在地。
③ 二毛——黑发杂有白发,古人称做二毛。

"没有。目前奸贪横行,公道沦丧,谁肯仗义执言?愚弟深悔此行!"

"究竟所为何事?"

"一言难尽。"

"仁寿堂离此不远,请到敝寓畅谈。"

"好,甚愿一倾积愫。"

尚炯下榻的仁寿堂是一个有名的老药铺,兼营参、茸、银、燕等贵重药品的批发生意。尚炯路过西安找当铺办理汇款的时候,那个同李自成部队有秘密联系的当铺伙计拜托管账先生给尚炯写了一封书信,介绍他到京后在仁寿堂落脚。他扮做贩卖贵重药材的行商,从西安来的时候带来许多真正的藏红花、四川银耳、犀角和麝香,打算回去时带一些高丽参和燕窝之类。仁寿堂原来只把他当做一位有钱的客官,殷勤招待。后来一位邻家妇女上吊,大家认为已经死了,经尚炯扎了一针,灌下去一剂猛药,过了两个时辰,竟然活转。又有两次外科难症,别人认为不可救药,经他着手回春。从此仁寿堂的人们才知道他是一位了不得的医生,对他更加尊敬。

当尚炯同牛金星来到仁寿堂药铺时,梁掌柜赶快起立相迎,拱拱手笑着说:

"常先生,刚才派两个伙计去灯市上找您,倒是大驾自己回来啦。"

"何事如此火急?"

"刚才王给事中王老爷亲自驾临,请台驾去替兵部杨老爷治病。杨老爷长了一个搭背,群医束手,十分危险。务恳台驾费神一去,妙手回春。"

尚炯正在犹豫,牛金星忙问:"是哪位杨老爷?"

梁掌柜说:"听说是兵部职方司主事杨老爷,两月前奉派赴卢总督军前赞画。新近不知为何事贬往外省做个小官，正要出京，竟然害了这病。也是这位杨老爷性情耿直，一时看不开，窝了闷气，所以病势日渐沉重。还听说，他的公馆里连他的后事都准备了。"

牛金星和尚炯同时心中一动，交换了一个眼色。虽然他们同杨廷麟并不认识，但是他们对于杨廷麟是怎样一个人却都清楚，特别是弹劾杨嗣昌这件事和那封奏疏，在京师哄传一时，他们都能够背得出"南仲在内，李纲无功；潜善秉成，宗泽殒命"的名句。

"赶快去，常兄，义不容辞！"牛金星怂恿说。

"可是你我好容易见了面，还没有谈几句话哩。"

"听说杨主事住在舍饭寺，离敝寓不远。我眼下先回去，在敝寓恭候如何？"

梁掌柜慌忙说："常先生务必费神一去，一则听说这位杨老爷在朝中颇有风骨，众所仰慕，二则是王给事中亲自来请，十分诚恳。至于这位先生，在下尚未请教，请留在敝号便饭，等候台驾回来。这样如何？"

尚炯介绍说："这位是河南举人牛启东牛先生，愚弟少年时同窗好友，多年不见，不期在灯市上邂逅相逢，正如俗话说的'久旱逢甘雨，他乡遇故知'。尚未一叙阔别之情，梁掌柜，你倒出一个应急题目叫我去做！"他哈哈一笑，转望着金星问："启翁，你留在这里等我好么？"

梁掌柜一听说是他的同窗好友，又是举人，不等金星回答，重新向金星施礼，留得越发殷勤。金星同梁掌柜不熟，不愿相扰。他想趁这时往正阳门内一位朋友处谈一件事，再到西长安街一位同乡家里取点东西，坚决不肯留下，告辞先走，约好中午在他的寓处等候尚炯。尚炯到后边打开皮箱，取出两样药品和刀子、镊子、钳子，骑上仁寿堂替他雇好的脚驴往舍饭寺去。

牛金星在同乡和朋友处没有多停留，匆匆地赶回下处，等候尚炯。午时过去很久，还不见尚炯来到。虽然他明白尚炯去给杨廷麟治病是件大事，比他们的谈心要紧得多，而且他也明白尚炯在杨公馆必然要耽搁很久，被留下吃午饭也说不定，但是因为他急于想知道尚炯近几年的生活情形，心中如饥似渴，巴不得这位不寻常的老朋友赶快来到。特别是由于他近几年抑郁无聊，对世事不满，受人欺负，来京城碰了钉子，看透了朝廷的腐败和"亡国"征象，这就使他很想在同尚炯的谈话中多知道一些关于"流贼"方面的情形。至于这些"流贼"日后会同他发生什么关系，他倒不曾想过。

平时一回到屋里，他就手不释卷地读书。近几天，他正在读《贞观政要》和《诸葛武侯集》。现在趁着等人时候，他又摊开来《贞观政要》。但是读了几页，他的思想就从书本上离开了。他把书掩起来，在屋里走来走去。想着尚炯真是奇人，奇遇，更兼奇行，他的脸上不觉露出来赞赏的微笑。

他还不能想象尚炯在农民起义部队中如何生活，有些什么活动，所以只能用一个"奇"字评论他的朋友。他自幼喜读司马迁的《游侠列传》，他自己的身上也有些游侠精神，但是他觉得尚炯比《游侠列传》中的人物更进一步，竟是跟着"流贼"造反。特别使金星感到奇怪的是：尚炯来到北京做什么？难道是因为李自成被打垮了，他逃出命来，决计从此洗手，改名换姓，要做个药材商人过一辈子？……

一大串问题在金星的心上盘绕。想着想着，他又觉得尚炯是一个危险人物，同这样的人不可来往太多，最好今天见面之后，以后不要多来往。他有点害怕，万一朝廷的打事件番子查出来常光甫就是投"贼"多年的尚炯，牵连了他，会惹出滔天大祸。这样一想,他的渴望朋友速来的心情忽然冷了大半。他甚至后悔,不该约尚炯来他这里。

约摸在未初时候,尚炯匆匆来了。牛金星看见他满面喜色,忙问:

"如何?幸遇你这位高手,想来可以痊愈吧?"

"看情形好像不碍事啦。幸而我带有两种药,一种是内服的,一种是外用的,对这种毒疮很有奇效。不过,明天再去一趟,才敢说有没有十分把握。"

"这种病,恐怕心境好坏很关重要。"

"正是此话。医生只能治病,不能治心。但愿杨赞画能把心境放宽一点,药物才能够完全奏效。"

牛金星又问了问杨廷麟的病情和尚炯如何动刀,以后打算如何治法,知道尚炯这几年在"流贼"中医术大进,大为惊异。特别是当听到尚炯说他用了一种秘传丹药,叫病人温酒服下,过了一刻工夫,割治时病人毫不疼痛,金星拍案叫道:

"妙!妙!不想我兄有如此神技,虽古之名医有所不逮,堪入《方技列传》①而毫无愧色!"

"过奖,过奖。其实三国时候华佗为关公刮骨疗毒,即知使用蒙汗药,名曰'麻沸汤',不过著《三国演义》者为要将关公写成神人,不肯写出华佗曾用麻药罢了。"

"对!对!弟读书数十年,不求甚解。你这一句话提醒了我,不觉茅塞顿开!"

牛金星纵声大笑,惊得卧在房檐下晒太阳的几只鸡子猛地跳起,咯咯嗒嗒地叫唤着,扑扑噜噜地飞往院里。尚炯也跟着大笑

---

① 《方技列传》——我国有些正史中有《方技列传》,其中有最著名医生的传记。

起来，同时，牛金星青年时代的影子浮现在他的眼前，心里说："虽然他的鬓发斑白了，笑声可没有改变，倜傥豪迈的风度依旧！"

"子明兄……你看，叫惯了，一失口又叫出你从前的台甫！"金星揭开门帘向外望一眼，接着说："我这里不方便，没有什么款待你，略备几杯淡酒，不成敬意。吾辈总角之交，想兄不会以简慢见怪。"

"启翁，你这话太见外了。我方才被杨公馆坚留，已经吃得酒足饭饱。俗话说，'他乡遇故知'是人生一大乐事。今日能够见到老兄，畅快谈心，比吃龙肝凤胆还要快意。这里谈话可清静么？"

"院里倒还清静，有些话可以小点声谈。"金星望着外边叫："王德，快拿酒来！"

仆人王德用托盘端上来几样热菜和一壶白干。喝过一杯酒以后，牛金星不好先问医生的诡秘行踪，随便问道：

"光甫，你到杨公馆治疗，觉得杨伯祥究竟是何如人物？"

尚炯说："杨先生病势沉重，精神委顿，呻吟病榻，不能多谈。他的学问、风骨，弟来京后颇有所闻，人人称道。只是我同他略谈数语，也看出他正像一般读书人一样，看事半明半暗；有时一叶障目，不见泰山。"

金星不禁一惊，忙问："此话怎讲？"

医生笑一笑，说："他知道我是从西安来的，不免问到陕西局面，跟着就大骂流贼祸国，说道倘若不是流贼闹了十多年，国家何至于陷到今日地步，听任房骑深入，蹂躏畿辅、山东。启翁，你说，这不是一隅之见么？"

"怎么是一隅之见？"

"你难道也不明白？"

"愿闻高论。"

"启翁，百姓倘能安居乐业，断然不会造反。许多人只是因为吃纣王俸禄，不肯说纣王无道，将百姓造反看成罪不容诛，而谁逼百姓造反倒不问了。"

"你对杨赞画怎么说？"

"我对他说：自天启末年以来，各地百姓造反，势如狂澜，致使目今朝廷焦头烂额，国步十分艰难。但推究原因，罪在官而不在民。"

"他怎么说？"

"他一阵疼痛呻吟，也就不再谈了。"

牛金星又问："后来谈到卢总督殉国的事么？"

"后来，他疼痛稍轻，又同我闲谈起来，自然谈到了卢总督的殉国上去。我也没多说别的，只说卢总督处此时势，实在不得不死，但论其平生，也算死得其所。"

金星笑一笑，说："卢九台曾任剿贼总理，为朝廷立过汗马功劳，所以皇上原来也是很看重他的。不料朝廷有意对东虏主和，这就使卢公只能一死殉国。你在杨伯祥面前谈论卢公之死，似乎对他的平生含有贬意。杨伯祥可说什么？"

"他不明白我的意思，就问：何谓'论其平生，也算死得其所'？我对他说：卢公前几年带兵剿'贼'，实亦无大功效。战场上奏报不实，虚饰战功，久成风气，虽卢公亦非例外。至于杀良冒功，扰害百姓，所有官军皆然，卢公对他的麾下将士也只能睁只眼，合只眼。倘若卢公继续做剿'贼'总理，日子久了，'流贼'难灭，未必有好的结局，徒令小百姓多遭兵殃，背后恨骂而已。所以抵御虏骑入犯，为国捐躯，正是他死得其所。我不怕冒昧，说出这番话来，杨赞画似有不愉之色，就不再谈下去了。"

金星笑着摇摇头，说："老兄年逾不惑，说话反而比年轻时还要直爽。在杨公面前，你何必如此评论卢九台，惹他心中不快？"

尚炯不在乎地笑着说："常言道，'无欲志则刚'。弟在人前一不求官,二不求名,三不求利,何必违背自己良心,说些假话?"

金星说:"此是辇毂之下,纵然不说违背良心的话,也要小心会因一时言语不慎,惹出祸来。"

医生说:"我想,杨翰林虽然不喜我的直爽之言,也断不会有害我之心。最可怕的是东厂和锦衣卫的打事件番子,这样人大概不会在他的病榻前边窃听。我何惧哉?"

老朋友二人举杯相望,同时笑了起来。

他们都明白刚才所谈的都是些题外的话,需要赶快转入正题。医生喝下去半杯酒,望着金星问道:

"启翁,你的官司到底如何?究竟为了何事?"

"谈起来话长,先吃酒吧。"又敬了一杯酒,金星用筷子往一盘肥肉片上点着说:"请,请。这是缸瓦市砂锅居的白肉,近几年在京城里也算有名。肉虽然很肥,可是吃到嘴里不腻。请尝尝。"

"好,好。"尚炯见金星故意不谈官司,愈想快点知道,遂停住筷子说:"启翁,自从我听说你来北京打官司,心中就常常奇怪:像你这样襟怀开朗的人,怎么会与人官司纠缠?你既不会倚势欺人,难道还有谁欺负到你举人头上?"

金星笑一笑,端起酒杯来自饮一杯,又替朋友把杯子斟满,说:

"你别慌问我的事,弟倒要先问问兄的近况。这几年,风闻你一直跟着十八子,可甚得意?"他的声音很低,停住筷子,不转眼珠地望着对方脸孔,等待回答。

尚炯笑着点点头:"一不怕官府缉拿,二不怕仇家陷害。以天地为心,以四海为家。虽不能读万卷书,却行了万里路。"

"何谓'以天地为心'?"

"所作所为,上合天理,下顺舆情,就是以天地为心。"

"你可是指的打富济贫?"

"对。杀贪官，除豪强，拯危济困，救死扶伤，难道不都是以天地为心？当今朝廷无道，百姓陷于水深火热之中，十八子奉天倡义，救民水火，矢志打倒明朝，重建清平世界。至于……"

金星目瞪口呆，伸着舌头，心头怦怦乱跳，摆摆手不让尚炯再往下说。他走到门口，轻轻推开风门，向院中左右张望，看见确实无人，然后走回，重新坐下，心中波涛激荡，沉默片刻，猛然举起酒杯说：

"说得好，再干一杯！"

几杯热酒下肚，牛金星听尚炯又谈了几句话，句句慷慨磊落，为他平生闻所未闻，想不曾想，胸中感到又是激动又是畅快，并且很羡慕尚炯的奇特遭遇和英雄生涯。他按捺着胸中的复杂感情，用着关心的口吻打听：

"常兄，听说你们在潼关附近全军覆没，究竟如何？"

"吃亏不小是真，但并未全军覆没。目前十八子正在集合人马，加紧操练，时机一到就会重整旗鼓，石破天惊。"

"这里曾传闻他已经阵亡，近来又传闻他或在崤函山中，或在商洛山中。到底现在何处？"

"启翁，咱们是自己人，我用不着对你隐瞒。十八子的部队有一部分由他的夫人率领，在崤函山中，他本人却是在商洛山中。"

"你们如今还有多少人马？"

"这话看怎么说。要说现有人马，我不怕对你亮底，崤函山中的不算，单说闯王身边的还不到一千。"

"嘿！只剩下千把人了？"

尚炯坦然地点头微笑，说："可是义军与官兵不同。官兵一千人只是一千人，动不动还要逃跑一些。我们的人，今日你看只有一千，明日一招呼，说不定就变成十万、八万。弟在义军数年，深知此中奥妙。目前商洛山中兵燹之余，加上天灾，粮食困难。十八子一则不愿加重百姓负担,二则要埋头休息整顿,不惹朝廷注意,故暂不急于集合多的人马。现有人马,也是分驻在几个地方。这是我们常用的化整为零,分散就食之策。"

"此话甚有道理。目前百姓生活于水深火热之中,朝不保夕,只要有人振臂一呼,谁不揭竿而起?"

仆人端进来一个暖锅,放在方桌中间。金星把酒壶放在酒铛上热一热,连敬了两杯酒。他看着尚炯虽然身在"贼伙",却扬眉吐气,不禁暗自感慨,给自己斟了满满一杯酒一饮而尽。

"启翁,请谈谈老兄的近况,使愚弟略知一二。"尚炯说,他从老朋友的眼睛里觉察出有一股愤懑和郁悒情绪。

牛金星摇摇头说:"我实在不愿多谈。处此无道之世,夫复何言?惟有搔首问天而已!"

"难道还有人欺负你举人老爷?"

"不但受人欺负,连我的功名也革了!"

尚炯大吃一惊,问:"竟有此事?"

"不惟革去功名,且被投入囹圄,几死于墨吏、豪绅、衙蠹、狱卒之手!"

医生见他气得脸色发紫,脖颈上一条血管直跳,便不再急着催他往下说,陪着他慢慢地饮了几杯热酒。

"我自己也有毛病,"金星叹口气说,"一生就吃亏在'使酒负气'这四个字上。足下不知,弟同宝丰王举人原是很要好的朋友,后来又成了儿女亲家。他的第二个姑娘嫁到寒舍……"

尚炯忙问:"可是同尧仙结婚?"

"正是佺儿。"

"既是爱好作亲,又是门当户对,岂不甚佳?"

"哼,亲戚变成了仇人!"

"此话怎讲?"

"近几年,王举人闲居在家,勾结官府,又与祥符①进士王士俊联了宗,成为一方恶霸,鱼肉桑梓。弟对王举人深为不满,当面责备过他两次,遂成水火,不相往来。王士俊同弟也是熟人。此人颇有闺门之丑,秽声四闻。前年弟因事住在汴梁,有一天王士俊请吃饭。也怨弟多喝了几杯酒,在酒宴上当着满座宾客骂他扒灰,使王士俊不能下台,十分恼恨。这就种下了一个祸根。来,对饮一杯!"

饮了一杯酒,尚神仙笑了笑,说:"这就是你过于'使酒负气'了。我们在年轻时都有此毛病,不想兄至今仍未改变。"

"岂止未改,更有甚焉。去年春天,弟在乡下走亲戚,恰遇县吏催粮,如狼似虎。弟一时看不下去,乘着一股酒劲,叫人们把他们捆起来各打几十鞭子。此事不惟触怒县令,且为一班奸贪胥吏所切齿。幸有朋友出面奔走,乡闾百姓共为申诉,知县未即深究。不久,舍媳暴病死去,王举人就控弟虐待致死。王进士又怂恿知县张人龙百般罗织,捏造罪款,上禀巡方御史。按院根据片面之词,上疏弹劾,将弟革去举人,下入狱中。弟负屈含冤,百口莫辩。"

"后来如何出狱的?"

"幸亏一位好友周拔贡在地方上颇有声望,约着几位公正士绅代弟说情。张知县亦自知做得太过,舆论颇为不服,向周拔贡卖个人情,叫周拔贡出具保状,将弟保了出来。但只是'因病保释',随传随到,官司并不算了。"牛金星喝了半杯酒,苦笑一下,接着说:"弟为此事来京找兰阳②梁御史帮忙……"

"是梁云构梁御史么?"

---

① 祥符——宋、明、清三朝的祥符县就是开封县。
② 兰阳——后来改称兰封县。解放后与考城合并,改称兰考县。

"正是梁云构,弟同他是乡试①同年。"

"他可帮忙?"

"哼,俗话说得好:'官官相卫。'弟未到京,他已接王进士一封书子,岂肯帮我这个已革举人的忙?"

尚炯把右手攥成拳头,照左掌上狠狠一捶,叹口气说:"没想到兄台满腹经纶,抱负不凡,遭遇竟然如此不佳!今后如何打算?"

"回去。已择定日内就动身回去!"

"日内就走?"

"走。决计离京!"

"官司未了,回去岂不吃亏?"

"不回去有何办法?一则弟不能使周拔贡为弟受累,二则长安米珠薪桂,居大不易。回去,我看他们也不能把我怎样!"

"请千万不要急着动身。俗话说:'光棍不吃眼前亏。'以兄台正在壮年,处此乱世,倘遇机缘,不难一展所学,建功立业,使万人刮目相看。如何可以再受这班小人欺凌?难道还想重对刀笔吏乎?"

"弟有家室之累,如何能不回去?且弟是靠保出狱,万一衙门问周拔贡要人怎么好?决计回去,到宝丰后看情形再作道理。"

"你能否稍留几天?"

"弟已定十七动身,实实不能再留。"

尚炯感到惘然,说:"咱弟兄多年不见,还没有深谈哩!"

他的话刚落地,有两位客人进来。他们都是河南同乡,一位是不入流②的小京官,一位是上一科会试落第的举人,在西城兵

---

① 乡试——每三年各省举行一次考试,称做乡试,考中者为举人。

② 不入流——明代官阶最低的是从九品,从九品之下叫做不入流。

从北京到商洛 529

马司王老爷家中坐馆①，等候下次会试。他们因金星几天内就要离京，特来话别。尚炯怕在同乡中露出马脚，同来客随便应酬几句，推说另有约会，匆匆告辞而去。牛金星也不敢挽留，把他送出大门。临别时候，尚炯低声说：

"明天早饭后我要到杨公馆看病，随后来尊寓与兄细谈，务请稍候。"

牛金星很担心别人知道他同尚炯来往，但又愿意同这位热肠的、遭际不凡的老朋友多见一面，赶快说：

"我这里来往人多，明日弟到尊寓奉访吧。"

"敝寓也不清静。兄可知道，有没有清静的吃酒地方？"

"有。西长安街有一家梁苑春，是开封鼓楼街梁苑春的分号。那里有单房间，谈话方便。"

"好。我做东道，明日望早光临，以便深谈！"

"一定不误！"

在尚炯同金星谈话时候，金星曾说了一句话："长安米珠薪桂，居大不易。"真是言者无心，听者有意，使医生的心里一动。他想到素来不事生产、也非素丰之家的牛金星，既出了丧事，又遭到官司纠缠，手头一定很是拮据。回到下处以后，医生立刻取出来三十两纹银，写了一封短简，请梁掌柜派伙计送往牛金星处。这天下午和晚上，他不断地想着他同金星的会面，感到欣幸，又感到遗憾。遗憾的是，牛金星不肯在京多留，几天内就要走了。他又想时机未至，像牛启东这样有些田产又有身份的人物定不肯轻易下水。

同尚炯晤面之后，在牛金星的心上也久久地翻腾着不小的波

---

① 坐馆——在家塾或私塾中当教书先生。

浪。两位同乡走后,他独坐在火盆边胡思乱想。他想着自己这样一个满腹经纶的人,却遭逢末世,不得扬眉吐气,反受贪官豪强欺凌,身入囹圄,过年节也不能一家团圆,困在京城,倒不如尚炯做了名教叛徒,草莽英雄,活得舒畅。正在他越想越感慨万端的当儿,仁寿堂的伙计把银子送到。金星看了医生的信上写得十分诚恳,也不怎么推辞,把银子收下。为着筹措回去的路费,他前天忍痛卖去了他所心爱的宋版《史记》。但是因为在北京住得太久,拖了些债,回家的路费仍不宽裕。尚炯的银子正像是雪里送炭,来得恰是时候。他是一个看惯了世态炎凉的人,到北京这几个月更觉得人情比纸还薄。尚炯的慷慨相助,使他不但十分感激,也使他觉得还是江湖上的朋友讲究义气。理智上他觉得自己同尚炯不是一道人,感情上却喜欢像尚炯这样的人,并喜欢所有的草莽英雄。

第二天上午,尚炯先来到梁苑春,叫堂倌找一个雅静房间,坐下等候。过不多久,金星来了。一见面,他首先提到那三十两银子,刚要说感谢的话,就被医生拦住,说:

"自古朋友有通财之义。区区微数,何足挂齿!兄肯笑纳,足见对弟尚不见外。说一个感谢的字,就显得俗气了。不知这一点银子是否够用?"

"够用,够用。蒙兄慷慨相助,弟却之不恭,受之有愧;为着免俗,弟只好暂不说感激的话,以俟相报于异日。"

堂倌走来,报出来十几样菜。他们商量着点了四样热菜和一个拼盘吃酒,别的菜以后再要,并要他快点把拼盘端来。堂倌走后,金星问:

"杨赞画的病情如何?"

医生笑着说:"已有起色。今日弟始敢大胆说句话:用不着再为他的性命担忧了。"

金星也大为高兴，说："果然是妙手回春！幸而遇到你这样高手，使忠臣得以不死，为朝廷保存一点正气！"

"不过，朝廷如此无道，别说留得一个杨伯祥，即令有十个杨伯祥，有何作为？何况他也只是在反对与满鞑子议和这一点上较有骨头，在其他军国大事上未必是一个心地清楚的人。目前国势一天比一天……"

金星赶快站起来，走到门口，先向院里听听，随即又揭开帘子一边向院里望望，见小院中空无一人，这才放下心来，小声说：

"到处是东厂的打事件番子，说话务必留神。"

"我看这个地方还清静，不大有人进来。"

"不管如何，小心为妙。"金星重新坐下，低声问："昨天不曾来得及叩问：你来到北京有何要务？"

"弟是奉十八子之命，前来看一看朝廷动静。"

"已经看清楚了？"

"尚不清楚。我是初次来京，人地生疏，又不敢公然访亲问故，只好慢慢探听。启东，你来此较久，且与中州同乡来往较多，朝廷情况，必定十分清楚。"

金星笑笑："朝廷的事，谁都看得清楚，一言以蔽之曰：民穷财尽，势如累卵。"

"请兄略谈一二。"

跑堂的先用托盘送来了一个拼盘和一壶酒，随后陆续地送上来两样热菜。牛金星一边吃酒，一边谈着朝中朝外的种种情形。由于他平素对朝廷不满，又感于尚炯的推心置腹，就把他平日不轻对人谈的话都谈了出来。最后他摇摇头，拈着胡子说：

"总之，目前的国运，好像一个害痨病的人一样，已经病入膏肓，成了绝症，纵有扁鹊再世，亦无回春之望。今上十一年来宵衣旰食，孜孜求治而天下日乱，以严刑峻法督责臣工而臣工徇私害公，泄泄沓沓如故。盖积渐之势已成，非一二人之力可以挽回。况又猜忌多端，措置失当乎？"

"据你看，是不是气数尽了？"

牛金星用右手中指蘸酒，在桌上写了"大明必亡"四个字，随即望望医生，悄声说："但不知鹿死谁手耳。"

尚炯笑着说："自然是捷足者先得之。"

金星叹口气说："徒见天下扰攘，可惜尚未见像汉高祖和本朝洪武爷这样的人物出世。"

"也不能这么说。当洪武爷未成功时，人们谁知他是个创业皇帝？"

金星正端起杯子，听了这句话，心中有点吃惊，望着医生，不觉放下杯子，眼睛流露出不肯相信的神气；停了片刻，微微一笑，小声问：

"你这话可有所指？"

尚炯笑着点点头，也用右手中指在酒杯里蘸了一下，在桌上写了一个"闯"字。

金星问："何以见得？"

"洪武爷虽是少有的创业之主，但是太残暴多疑。这一位，有其长而无其短。"

"请详言之，"金星说，不相信地拈着胡子微笑。他没有料到尚炯竟然如此推崇李自成，这倒要听个新鲜。

尚炯是那样地敬爱李自成，并且自认为对自成的了解很深，所以一谈起自成就不禁眉飞色舞。金星起初抱着个"姑妄听之"的态度，但是刚听了关于自成的几桩事情，就不能不频频点头，有时不自觉地用指头在桌面上轻轻一敲，脱口而出地小声说："好！好！"正在这时，堂倌送来一盘葱爆羊肉和一碗用海参、鱿鱼和鸡丝做的三鲜汤，使尚炯的话不得不停了下来。牛金星很熟悉开封馆子的规矩是喜欢向客人敬汤,除客人自己要的汤之外,堂倌还要多送上几次汤,作为敬意,而这些汤都做得鲜美可口,很有特色。可是这个汤来得很不是时候,打扰他同尚炯的秘密谈心。他望着跑堂的说:

"今天你们不用敬汤,也不要多来伺候。需要什么汤的时候,我会叫你。"

堂倌笑眯眯地答应了一个"是"字,站在旁边仍不肯走,恭敬地问:

"有活鲤鱼,来一个吧?"

"别急。我们要慢慢吃酒。你等会儿来吧。"

堂倌又笑着答应了一个"是"字,才一弯腰,提着托盘走了。

尚炯拿起羹匙来做一个让客的姿势,同金星尝了一口,说:"味道不错,在别处的馆子里怕不会有这样好汤。"金星喝了一羹匙,说:

"咱们快回到本题吧。请快继续说下去。"

尚炯接着谈起来。他越谈越有劲,而金星也越听越暗暗地感到惊异。当尚炯谈到崇祯八年起义军十三家七十二营的荥阳大会时,金星不自觉地连饮了满满的两杯白干。

"崇祯九年,"尚炯又说,"十八子打回故乡。这米脂县古称银州,前对文屏山,后对凤凰岭,无定河斜绕城西。只有东、南、北三个城门,没有西门。十八子的人马占据了文屏山和凤凰岭,老营扎在无定河边的郭王庙,也就是相传郭子仪遇见仙姬的地方。一座弹丸孤城被围得水泄不通。城里住着十八子的几个仇人,有他当牧童时鞭打过他的主人,有向他放阎王债,又把他投进牢狱的人,有折磨过他的狱吏和书办。他的左右人都巴不得一下子攻破城池,替他报仇。城里兵力很单薄,要攻开城确实很容易。可是,你猜十八子怎么办?"

"难道他不攻城么?"

"不攻!"

"他要知县把他的仇人送出城来?"

"不,不。"

"那末他怎么办? 要城中送出几千或几万两银子以助军饷?"

"哼,你简直想不到!"医生兴奋地喝干一杯酒,接着说:"他说,成大事不记小仇。还说,攻破城池,不管怎么都得死人,对不起桑梓的父老兄弟。他在城外驻了三天,秋毫无犯,赈济饥寒。还从四乡请了些年高有德的人前来赴宴。临走时候,他立马城外,唤知县到城头说话。他把两千两银子放在城下,嘱咐知县拿一千两修缮文庙,周济贫寒士子读书,另一千两赈济城中贫民。他还说:'你倘若贪污一两银子,我下次回来,定要剥你的皮!'当众吩咐完毕,率领人马离去。你说,如此人物,古今能有几个? 比之本朝太祖爷何如?"

牛金星情不自禁地用拳头在桌上猛一捶,大声说:"来,干一杯!"同尚炯对饮了一杯之后,他连说:"想不到! 真想不到!"随即目光炯炯地盯着医生的眼睛,问:

"还有么?"

"有,有。可惜一时说不完。启翁,咱们且不管知县肯不肯听他的话修文庙,周济贫寒士子读书,赈济城中饥民。从此以后,十八子的好名望在延安府深入人心,不仅穷苦百姓爱戴他,连众多的清寒士子也都异口同声地称赞他。十八子做事,就会从大处着眼,出一班常人的意表。"

尚炯又说了一阵,用一句话结束了他的介绍:"敝东十八子做的只是想着如何救百姓,收人心。"金星连连点头说:

"我也听到人们说他有勇有谋,不贪色,不爱财,与部下同甘苦,他自己的老八队也不很烧杀奸淫,却没想到他是这样的一个不凡人物。看起来他倒是胸怀大志,非赤眉、铜马①可比。像他这样的人……"

牛金星的话才说出半句,那个堂倌又匆匆进来,打断了他的话。堂倌提着一条约摸十二三两重的活鲤鱼的脊翅,请客人亲眼过目,满脸堆笑地问:

"请问,鱼怎么吃法?一吃还是两吃?"

"启翁,你是客人。你说,怎么吃?"尚炯望着金星问。

"两吃吧。糖溜一半,焦炸一半。糖溜的一半,吃剩的鱼骨头来一个鱼骨焙面。"金星对堂倌吩咐毕,转向医生笑着说:"这是咱们河南馆子的拿手菜,在别省馆子里是吃不到的。"

跑堂的按照河南馆子的老规矩,把活鱼往地上一甩,然后把半死的鲤鱼拎了起来。但是他还不走,望望桌上的三鲜汤,问:"这碗汤不合二位的口味,我拿去换一碗吧?"

尚炯一看,汤果然早已冷了,笑着说:"不是不合口味,是我们忘记喝了。端去热一热,上鱼的时候一起端来。"

跑堂的答应一声,左手端汤,右手提鱼,笑眯眯地退了出去。

牛金星又一次站起来把门帘子揭开一个缝儿向外看一眼,重新坐下,接着低声说:

"像十八子这样的人,倘若得到几位有学问的人辅佐,那就如虎生翼,说不定会成大气候。自古成大事、建大业者,宁有种乎?虽有天命,亦在人事而已。"

这句话恰恰打在尚炯的心窝里,他赶快说:"目前缺少的就是宋濂、刘伯温这样的人物。他时常同弟谈到这一点,真是寤寐求之,恨不能得。我同他也谈到过你,他十分渴慕,说,'咱如今池浅不能养大鱼,何敢妄想?倘获一晤,一聆教益,也就是三生有幸。'弟临

---

① 赤眉、铜马——王莽的新朝末年,两支重要的农民起义军。

来时候,他再三嘱咐:'老尚,你要是在北京能够看见牛举人,务请代我致仰慕之意。'启翁,你看他是如何思贤如渴!"

"啊啊,没想到你们还谈及下走①!哈哈哈哈……"

尚炯不知道牛金星的这一笑是什么意思,但是他现在决计要试一试,劝说牛金星参加起义,至少拉他到商洛山中同闯王一晤。这种希望,他在今天同金星倾心谈话之前是不敢多想的。

"启翁,我有一句很为冒昧的话,不知道敢说不敢说。"

"但说何妨?"

"张献忠那里有几位举人秀才,给他帮助很大,令人实在羡慕。如蒙足下不弃,肯屈尊到我们那里,十八子定然以师礼相待。足下可有意乎?"

金星一笑,说:"实在惭愧,有负厚爱,务乞见谅。"

"你是瞧不起么?"

"非也。你知道,弟十年来株守故园,教子读书,苟全性命,不求闻达。不惟才识短浅,不堪任使,且又疏懒成性,无心世事。"

"是不是你觉得我的话不够至诚?"

"亦非也。兄的话自然是出于至诚,无奈阔别数载,兄今日对愚弟有所不知耳。"

"弟别的不知,但知兄平素满腹经济,热肠激烈。目今百姓辗转于水深火热之中,兄安能无动于衷?"

"当然不能无动于衷。然弟一介书生,纵热肠激烈,也只能效屈子问天,贾生痛哭②而已,更有何用!"

---

① 下走——即奴仆,古代士大夫对朋友的自谦之词。
② 屈子、贾生——屈原和贾谊。因前者做过《天问》,故有"屈子问天"的话。后者是西汉文帝时人,常感慨时事,叹息流涕。在他给文帝上的《治安策》中,用了不少"可为痛哭流涕者也"这样的句子。

"诸葛孔明千古人杰,如不遇刘备,不出茅庐,也不过老死隆中,既不能建功立业,亦不能流芳万世。只要际会风云,谁说书生无用?"

"弟非佐命之才①,岂能与古人相提并论?"

"请兄恕弟直言。我兄敝屣功名,高风可钦。然今日天下离乱,万姓望救心切。兄有济世之才而不用,洁身隐居,岂非自私?甘与草木同朽,宁不可惜?"

牛金星微笑不语,慢慢地拈着胡须。

"况且,"尚炯又说,"目今公道沦丧,奸贪横行,读书人想与世无争,安贫乐道,已不可得。兄年来备受欺凌,奔告无门,岂不十分显然?"

"宝丰虽不可居,伏牛山中尚有祖宗坟墓与先人薄田百亩。弟已决计俟官司完毕即迁回伏牛山中,隐姓埋名,长与农夫樵叟为伍,了此一生。"

尚炯知道牛金星并不是一个甘心与草木同朽的人,这话也不是出于真心,只不过时机不到,还不肯走上梁山。他决定暂不勉强劝他,笑着说:

"天下大乱,伏牛山也不是世外桃源。"

医生劝金星在北京多留几天,以便请教。金星归心很急,但又感于故人热情,颇为踌躇,只好说让他回去考虑考虑。直到结束这顿午餐,医生没有再劝金星入伙,只同他谈一些别的闲话。

这天晚上,金星回到下处,想着今天同尚炯的谈话,心中很不平静,连书也看不下去。仆人王德进来,看见他的神色和平日不同,却不敢多问,只提醒说:

---

① 佐命之才——辅佐开国皇帝打江山的人才。"命"是天命,封建皇帝都认为自己的得天下是受有天命。

"老爷,咱们后天动身走,当铺里的几件衣服明天该取出来啦。"

金星望望他,说:"急什么?后天再说吧。"

"不走了?"王德吃惊地望了主人片刻,又说:"可是住在这里没有要紧事,家里都在盼着老爷回去哩。"

他没有再做声,挥手使仆人出去。"走乎不走?"他在犹豫。坐在椅里沉思一阵,仍然不能决定。尚炯劝他去商洛山中入伙的话虽被他婉词拒绝,但是他的内心深处却又一次起了很大波动,好像有谁在不曾平静的池水中又投下了一块石头。他想,难道真有一天我会像诸葛孔明一样走出隆中么?他忽然抬起头来,用慷慨的声调慢慢地背诵着诸葛亮的《草庐对》①。

他像那个时代的一般读书人一样,一遇到心情兴奋或郁悒时总爱朗诵熟记的古文或诗、词,算是借他人杯酒浇自己胸中块垒。朗读的调子很好听,就像是歌唱一样,所以也是借着唱歌来抒发感情。但是这时牛金星的心中是兴奋呢还是郁悒?是不是在朦胧的意识中把自己比做等待三顾的孔明呢?连他自己也说不清楚。朗诵毕《草庐对》之后,他的心仍不能平静下来。过了很久,蜡烛熄了,木炭却着得更旺,火光照得他脸色通红。他心中慷慨,加上几分酒意,拿起铁筷子铿地敲一下火盆,震得火星飞迸,随即朗诵出曹孟德的著名诗句:

老骥伏枥,
志在千里;

---

① 《草庐对》——陈寿在《三国志·诸葛亮传》中记叙了刘备到隆中三顾草庐,向诸葛亮请教大计。诸葛亮的一段答话很有名,后人把这段答话题做《草庐对》或《隆中对》。

> 烈士暮年，
> 壮心不已！

朗诵毕，他从火边站起来，绕室彷徨，直到深夜。后来刚躺到床上，他忽然想起来一个朋友，心中遗憾地说：

"要是宋献策没有离开北京就好了！"

第二天，尚炯给杨廷麟看病以后，又来约牛金星去梁苑春吃酒谈心。他只劝金星往商洛山中同闯王一晤，也被金星拒绝了。从梁苑春出来时，大街小巷，家家都在敬神，大门口挂着花灯，放着鞭炮，有的人家还放着烟火。尚炯和牛金星决定先到正阳门外商业繁盛的地方看看，然后往东城去看灯市。于是他们从西长安街转至江米巷，进武功坊到了正阳门内棋盘街。

在正阳门那里，只见月光下成群结队的妇女，有很多穿着白衣白裙，像潮水似的从城门洞涌进涌出，几乎连道路都阻塞住了。有不少年轻男人，故意在妇女群中乱挤，以便偷偷摸摸地占点儿便宜。有时，有些妇女因为身上什么地方被陌生男人的手摸一下或拧一下，或脚尖被人故意踏一下，发出来小声怒骂，但也有不少妇女吃了哑巴亏，一阵心跳，脸红，慌忙地躲进女伴堆中。那些盼望早日生子的妇女们，用力挤到大开着的城门边，把门上的圆木钉子摸一摸；往往还来不及摸第二个钉子，就被挤走了。有的妇女比较幸运，可以抢着摸几个钉子。摸过钉子之后，她们怀着幸福的心情，怀着甜蜜的希望，随着人潮离开了城门洞。

尚炯和牛金星在热闹的棋盘街看了一阵，又走到离大明门不远的地方站住，凭着围绕棋盘街的白石栏杆偷眼向大明门里张望。大明门朱门洞开，禁卫森严。门外挂着一排很大的朱红纱

灯,垂着穗子。门内是东西千步廊,挂了无数纱灯,望不到尽头。金星悄悄地对医生说:

"千步廊北头是金水桥,过了金水桥就是承天门,再往里是端门、午门。听说承天门两旁有解学士①写的对联:'日月光天德,山河壮帝居'。那午门内就是九重宸居!"

尚炯没敢做声,但心中闪过了一句话:"也只剩下一个空架子了。"

金星怕惹出是非,用肘弯碰碰他的朋友,向正阳门洞走去。他们随着摸钉的妇女们挤出正阳门,挤过正阳桥,才到了前门大街。牛金星笑着说:

"北京风俗,说是元宵节走过正阳桥可以除百病,腰不疼,所以这些妇道人家都要挤着过桥。咱们今晚一过,也可以一年无病了。"

尚炯说:"幸而有很多懒人和忙人不来过正阳桥,不然,北京城的医生只好抄着手喝西北风了。"

二人哈哈大笑,继续往南走去。正阳门大街十分热闹,有玩狮子的、玩旱船的、踩高跷的、放烟火的、耍龙灯的、猜灯谜的。看了几个地方,牛金星拉着尚炯的袖子挤进一处猜灯谜的人堆中,随便一望,立刻指着一个灯谜向尚炯咕哝说:

"这一个谜面是'挑灯闲看牡丹亭',用的是钱塘妓女冯小青的诗句,谜底我已经猜到了,很巧,也很雅。"于是他指着谜纸向主人大声问:"这个谜底是不是王勃《滕王阁序》上的一句:'光照临川之笔'?"

"是,是。您先生猜中啦!"主人笑着说,赶快撕下谜

---

① 解学士——解缙,明初人,官翰林学士,为历史上有名的才子,民间流传许多解学士的故事。

纸,取了一把湘妃竹骨的白纸折叠扇交给金星。

周围的人们用欣喜和羡慕的眼光望着金星和扇子,有几个人称赞他猜得好,也称赞灯谜出得好。金星拉着医生走出人堆,笑着说:

"这把扇子虽然眼下没有用,可是这是一个吉利。走吧,我们进崇文门逛灯市去。"

尚炯愉快地说:"但愿你今年百事顺利。"

他们在崇文门内吃了汤圆,歇歇脚,继续往灯市走去。愈近灯市,人愈拥挤。等到了东单往北,米市大街上人山人海,简直无法前进。他们用力挤了一阵,看看不容易挤到灯市口,便从金鱼胡同穿过来,在八面槽和东安门大街看了看,从皇城南夹道转到东长安街。尽管所谓"九衢灯市"只看了少部分,而且最热闹的部分没有看,但尚炯已经为那些竞奇斗胜的彩灯惊叹不止。在东长安街上走着时候,他听见走在前边的两位外省口音的人正在谈话。一位老者向一位戴方巾的中年人问:

"听说因为万岁爷圣情寡欢,宫中今年的灯节不如往年之盛,未知确否?"

"我也听说如此。"戴方巾的叹口气,感慨地说:"在往年,每逢灯节,宫眷①与太监都穿灯景补子②蟒衣,并于乾清宫丹陛上安放牌坊灯,于寿皇殿安放方、圆鳌山灯。崇祯元年,宫中的灯节特别讲究,牌坊高至七层,鳌山高至十三层。目今国步维艰,当然不能像往年那样了。"

老者也感慨说:"国家愈来愈穷,自然是今非昔比。听说

---

① 宫眷——妃嫔和宫女统称宫眷。

② 补子——缀在蟒衣前后心的方形丝织品,上边按照品级绣着不同的图案。灯景补子只在灯节时用。

在崇祯初年，宫中有珍珠灯，高四五尺，全用珍珠穿成，每一颗珍珠有一分多重；华盖和飘带皆用众宝缀成，带下复缀以小珠流苏。一尺多高的珍珠灯，据说一共有四十九盏。宫中各殿都有极贵重之彩灯数盏。殿陛甬道，回旋数里，全有白玉石栏，石栏外边每隔数尺远有雕刻精致的龙头伸出，颔下凿有小孔，专为悬插彩灯之用。无殿陛石栏处，立有莲桩，每桩悬挂琉璃灯一盏。紫禁城中各处所悬各色花灯，共有数万盏。遇宫女成群嬉耍，碰落几盏，顷刻间就有太监拿新的换上。如此太平豪华景象，转眼间已成陈迹！"

尚炯用肘弯碰了金星一下，放慢脚步，小声说："不要说宫中的珍珠灯，就以前天我在灯市上看见铺子里卖的那些灯，有一百两一架的，有数十两一盏的。一灯之费，可活数口之家。真不愧繁华帝都！"

金星冷笑一下，说："玩灯的人们只知安富尊荣，何尝知道天下小百姓嗷嗷待哺，易子而食！"

尚炯把牛金星送到西长安街，快到府右街口时仍然依依不忍分手，又站在行人稀少的地方同金星谈了一阵。他苦劝金星暂留京师，将来同他一起动身；如金星怕家中悬念，可派仆人王德先回，川资不须金星费心。金星感于老友的深情厚谊，只得同意。两人并商定二月下旬离京，由太原南下，以求安全。今天下午，金星曾同医生谈过宋献策是一位了不起的人才，不久前从北京赶往太原去经纪一位朋友的丧事，他们路过太原时也许能同他遇见。医生正想替闯王物色天下人才，对此更加高兴。

金星回到寓所，已经三更过了；虽然腿脚很困，却没有一星睡意。想着中原的局面不久就要大变，李自成的种种不凡，以及尚炯再三劝他同自成一晤，他的心情比昨夜更加不能平静。像一般孔门的读书人一样，他相信《易经》的卜卦，自己会文王课,也会邵康节①的梅花数。每逢遇到重大问题时,他往往自己起个卦,以决疑难或预卜吉凶。现在夜静无事,他洗洗手,坐在桌边,用三个铜钱占了一课,得"飞龙在天,利见大人"之卦,心中一喜。又想了一阵,仿佛预感到自己扬眉吐气的日子快要来到,随即兴致勃勃地摊开猜灯谜得到的白纸折叠扇,挥笔写道:

大火流金②,
天地为炉;
汝于是时,
伊、周大儒③。

北风其凉,
雨雪载途;
汝于是时,
夷、齐饿夫④。

噫!
"用之则行,
舍之则藏,
惟我与尔有是夫!"⑤

---

① 邵康节——北宋人,邵雍字尧夫,门人谥为康节先生。在哲学上是一个主观唯心主义者,编造了一种叫做梅花数的占卦方法。
② 大火流金——意思是太阳毒热,把金属晒得熔化。
③ 伊、周大儒——伊尹和周公。
④ 夷、齐饿夫——不食周粟,饿死在首阳山的伯夷和叔齐。
⑤ 用之……是夫——孔丘的话。

写毕,他念了一遍,认为方孝孺的这首《扇子铭》很能够说出他自己的思想和品格,并且想道,他今后怕要成为伊、周,要像孟子所说的"兼济天下"了。他从抽屉里取出八宝印泥,在题款下边盖了一颗小印,又在铭文前边盖一颗闲章,刻着"淡泊以明志"①五个篆字。等到墨干了,他把扇子合起来,放进箱里,然后熄灯就寝。但是过了很久,直到听见鸡叫,他还在胡思乱想,不能入睡。

二月下旬,他们从北京动身了。因为娘子关和倒马关两条入晋的道路都有游兵和土匪骚扰,他们干脆出居庸关,走阳和、大同入晋。路程虽远,倒是比较平稳。一路上虽然风餐露宿,不免辛苦,但幸而天气晴朗,遇马骑马,遇驴骑驴,遇骆驼骑骆驼,倒很方便。金星因为这条路是自古以来的军事要道和边防重地,所以沿路把里程远近,关山形势,一一记了下来。每到一个重要地方,他总是用鞭子指着苍茫的山川,雄伟的长城,古老的城堡,告诉他的朋友:某朝某代,某年某月,在这里发生过什么战争,经过的情形怎样。尤其是关于对蒙古也先的战争,土木之变②,他谈得特别详细,好像亲自参加了战争一样,并时时流露出不胜愤慨的情绪。这些谈话使尚炯在心中十分惊佩,简直不明白一个长期住在内地的人竟然对边塞情形如此留心,这般熟悉。

"真是了不起的人才!"他在心中说。"我要想尽办法劝他同闯王一晤!"

不过半月,他们到了太原。把行李往客店一放,打去身上

---

① 淡泊以明志——诸葛亮有两句有名的话:"淡泊以明志,宁静以致远。"
② 土木之变——公元1449年秋天,明英宗亲征蒙古,在土木堡兵溃被俘,历史上称做土木之变。

和脚上尘土,洗过脸,就一起去找宋献策。在太原府城隍庙前住着一位医生名叫袁潜斋,是河南开封人,十多年前以拔贡分发山西候缺,后来见天下大乱,无意在官场浮沉,遂以行医糊口,在晋省颇为有名。这位袁医生也精于六壬、遁甲,并善看相,深得柳庄①三昧,但是并不以这些数术小道卖钱,更不轻易替人看相。他住在太原,暗中结交了不少江湖豪杰,同早期陕西农民义军领袖王嘉胤也有过关系。宋献策同他是极要好的朋友,这次来太原就是为经纪他的丧事。牛金星和尚炯一路问到府城隍庙,找到了一座黑漆小门楼,果然看见门框上还钉着一块朱漆木牌,上写着"大梁袁寓",两扇门关得很严。敲敲门,没人答应。询问邻居,回答说正月间从北京来了一位宋先生,照料了袁先生的丧事,已于三月初送袁先生的灵柩和家眷回河南去了。金星和尚炯不胜怅惘,叹息而回。

他们在太原休息三天,看看名胜古迹,游了晋祠,继续赶路。等他们到了平阳,金星的仆人王德已经从家乡回来在那里等候两天了。他向主人报告说,自从金星往北京去后,王举人有点心虚,害怕把事情闹大,经周拔贡和朋友们从中调停,答应和解。

"奶奶巴不得官司快了,"仆人说,"把大相公叫回宝丰,忍气吞声,同他和了。"

"怎个和法?"

"少不得治席请客,由大相公出面,在王举人面前低低头,赔个不是。另外卖了一处庄子,拿出八十两银子打扫衙门②。"

---

① 柳庄——袁珙字廷玉,号柳庄,明初鄞县人,以相法著名,受成祖所重。后代所说的柳庄相法就是他父子传下来的。

② 打扫衙门——官司结束时,输的一方或被告拿出钱来送给衙门中的官吏和衙役,并治席请客,叫做打扫衙门。

金星把桌子一拍，骂道："混账！没想到小畜生这样骨头软，没有出息！"

"这全是奶奶的主张，怨不得大相公。按照大相公的意思也是宁折不弯，同王举人一拼到底。"

金星气得说不出话来，但事情既然是出于娘子的主张，他不能再骂儿子牛佺。过了半天，他又问：

"另外呢？关于那个死的？"

"叫咱家重新请了一百个和尚、道士，做了七天道场，替死的人念经超度。"

"唉，唉！"

金星沉重地叹两声，低下头去。他本以为事情就这么结束了，但是当他重新抬起头时，看见王德的嘴唇嚅动了几下，似乎还有什么话想说又不敢出口，就问：

"还有什么事没有说出来？"

"奶奶不叫我告诉你老人家，怕你生气。"

"快说出来。"

仆人吞吞吐吐地说："王举人一心要讹去咱家的那只宣德炉①和那把扇子，非要去不依。奶奶想着既然他存心讹咱，如今人家有钱有势，刀把儿攥在手里，咱要留也留不住，留下反而是个祸根，不如给他，从此心净。奶奶气得流着泪，心一狠，牙一咬，说：'把这两样东西都送给他！咱以后永远离开宝丰，少受欺负！'"

金星气得脸色发紫，两手打颤，抓起来桌上的茶杯往地上摔得粉碎。他想叫骂，但是他叫不出来，呼哧呼哧喘气，在屋里来回走着，脚踏得铺砖地硐硐响。尚炯听见他摔茶杯子，从院里走进来，看见他如此气恼，连忙问：

---

① 宣德炉——明朝宣德年间（1426—1435）宫中制造的铜香炉，十分名贵。

"启翁,莫生气。为了何事?"

牛金星恨恨地说:"我就知道,他早就存心讹我的这两样东西!"

尚炯摸不着头脑,又问:"到底为着何事?"

"我现在气得说不出来,随后谈吧。唉,光甫,我,受尽欺负,简直要把肚皮气炸!"

"天色还早,咱们到汾河岸上走走如何?"

金星没有回答,又来回走了几步,把牙根咬得生疼,然后站在仆人面前,怒气冲冲地问:

"家里还有别的事情么?"

仆人说,他来的时候,全家已经搬回卢氏了,宝丰只留下一个老伙计看房子,照管庄子。金星点着头小声说:

"搬得对,搬得对。"

"奶奶说'小乱住城,大乱住乡',早就该搬回伏牛山里。"

金星不再问家里事情,转向尚炯说:"走,光甫,咱们到外边走走,散散心去。"

他们走出平阳西门,信步来到汾河岸上。渡口有不少逃荒的难民,扶老携幼,瘦得皮包骨头。岸上的庄稼长得很不好。麦苗已经打苞,可是又黄,又低,秆儿又细,并且很稀。豌豆还没结荚,可是官路两旁有不少豌豆苗儿已经给灾民吃光了。在渡口旁边的河岸上坐下以后,尚炯见牛金星的脸色仍很难看,劝解说:

"官司了了,家也搬了,事情已经过去,不必放在心上。我听说有个宣德炉给王举人讹去了,虽说欺人太甚,但究竟是身外之物,为这点事气坏身体实在不值。将来有报仇的日子。"尚炯笑一笑,小声补充一句:"有朝一日,不须你牛启东动动小指头,叫你的仇人跪在你的脚下求饶。到那时,你愿意怎样报仇就怎样报仇。这样的日子,我看不远。"

金星不觉小声问:"不远?"

"等麦后我们来到河南,我包管你能报仇。眼下让他们横行去,'多行不义必自毙,子姑待之'①,大丈夫报仇十年不迟,何况只用等几个月?气坏了身体可不值!"

"光甫,你不知道,这口气实在难忍。起初先严作宝丰教谕,为着伏牛山中过于闭塞,决定在宝丰落户。可是寒舍在宝丰住了几十年,到底是漂来户,强龙不压地头蛇。王举人倚势欺人,言之令人发指。如今弟才明白,原来他处心积虑想讹走舍下所藏的两件东西!其实,弟平日对古董并不看重,只是这两件东西是先父遗物,弟虽不肖,何能将先父遗物拱手送人!王举人趁弟不在家,贱内怕事,讹诈而去,叫弟如何甘心?此仇不报,弟将无面目见先严于地下!"

"一件是宣德炉,还有一把什么扇子?"

"扇子是万历初年先严在北京候选②时在古董铺中买的,为马勋③所制,上有文待诏④的书画,先严甚是宝爱,目前文待诏的书画不难见到,马勋的扇子就很少了。更痛心的是,扇子上有几行跋语是先严手泽!"

"请放心,不要多久,这两件东西定会完璧归赵。此事放在弟身上好啦。"

"此仇不报,弟死不瞑目!"

"既然官司已了,府上已安然迁回故乡,兄心情如此郁

---

① 多行……待之——这是引用春秋时郑庄公的话,见《左传》隐公元年。
② 候选——明代举人、贡生在京候吏部选授官职,叫做候选。
③ 马勋——明朝永乐年间,折叠扇才开始流行。在宣德和弘治年间(1426-1505)出现了几位以制扇出名的民间工艺美术家,马勋是其中之一。
④ 文待诏——文征明(1461-1559),明朝常州人,大书画家兼诗人,曾做翰林院待诏的官。

悒,何不同弟入陕一游?"

牛金星没有回答。这时他的心中仍在矛盾,又想到商洛山中同闯王一晤,又担心万一将来大事不成,身败名辱。另外,既不是李自成"三顾茅庐",又不是由自成正式礼聘,而仅仅是由尚炯相邀,他便由北京到商洛山中,终觉心上有个疙瘩。但是他又想着自己已经快四十五岁了,难道就这样白白地郁闷以终?他望着奔流的河水,忽然不胜感慨地叹口气说:"逝者如斯夫,不舍昼夜!"①同时他想着不惟半生抱负落空,反而丢掉了举人,断送了前程,身入囹圄,贻祖宗父母之羞,又不禁发出恨声。

尚炯问:"老兄为何不语?"

"我还是想先回到舍下看看,再作决定。"金星慢吞吞地说,自己也觉得这句话并没有多大道理。

"贵价刚回,府上情形,兄已尽知。如怕令嫂夫人悬念,可差贵价明日回府,就说足下安抵平阳,顺便往西安访友,不日返家。这样,府上也就放心了。"

牛金星苦笑不语,心中盘算:"怎么好?去不去?嗯?"

"既然老兄对去商洛山中仍有犹豫,弟不敢勉强。西安为自古建都之地,老兄何妨趁此时机,前往一游,岂不比闷居深山为佳?"

看一看关中名胜,长安古都,也是牛金星的多年宿愿。但是他明白尚炯劝他去西安的真正用心不在看名胜古迹,而是希望拉他同十八子一晤,所以他突然笑着说:

"光甫,我们少年时同窗数载,你跟我一样都是读孔孟之书,受师长之教,真没料到,你今日变成了这样人物!"

"你说我变在何处?"

---

① 逝者……昼夜——这是孔丘的话,把光阴比做逝水,昼夜不停地奔流而去。

"自从咱俩在北京见面,你的心时时刻刻都在为十八子经营的买卖着想,你完全忠心耿耿帮他做生意,同他那个商号的人们变成了一家人,已经是水乳交融。光甫,你入他们的伙只有几年工夫,变化如此,令我为之欣羡,更为之吃惊。"

医生笑着说:"启东,你说欣羡是假,吃惊倒是真的。"汾河岸上的春风吹动着他的三绺长须,有一绺散乱地飘飞肩上。医生捋一捋长须,然后接着说:"其实,这也没有什么可以吃惊的。你我虽系少年同窗好友,同读孔孟之书,同受师长之教,可是从根子上说,你我毕竟大不相同!"

金星:"嗯?……"

医生说:"府上在卢氏与宝丰两地都有田产,虽非富有,也有三百多亩土地,两三处宅子。令尊大人为卢氏名拔贡,受地方大吏①保荐,由吏部选授宝丰教谕,也算是朝廷命官。弟家三代在乡下行医,既非富裕,也无功名。这就是足下与我在根子上大不相同之处。"

牛金星轻轻点头,没有做声,等医生再往下说。

"自幼读书,老兄受师长父母之教,一心想从科举仕途上飞黄腾达。只是后来会试不第,老兄才淡于功名富贵,留心经世致用之学。弟在少年时候,虽不如足下那样富有才华,但在乡里儿童中也有颖悟之称。只是,我从没有想到读书做官,功名富贵。先王父②与先严都盼望我继承家风,长大后做一个好的医生。我自己也很用功读书,指望在塾中读书时打个好根基,日后读古人医书不难。咱们那里的乡下内科大夫往往只会背熟《汤头歌》,连《本草纲目》也只能看懂一半。至于所谓城里名医,真正能看

---

① 地方大吏——指省一级的地方长官。
② 先王父——死了的祖父。

懂《黄帝素问》、《灵枢经》、《金匮要略》与《伤寒论》等书的，十不有一。弟矢志读书，就是为此。在许多醉心举业的同学眼中，我是素无大志，卑卑无足道也。启东，我幼年学做八股文的笑话你忘了没有？"

牛金星一想起尚炯的幼年趣事，忽然忍不住扑哧笑出声来，但他故意说他已经记不清了。尚炯回忆幼年生活，越发兴致勃勃，趣味风生地接着说：

"我十二岁那年，先生出了一句'四书'题是'三十而立'，叫咱们学做破题①。你跟大同学们都是用心用意做的。先生对你做的破题特别夸奖，说你日后必有大成。先生看了我做的破题，气得吹胡子瞪眼睛，把醒木一敲，厉声问我：'尚炯！你写的这两句是什么意思？说！'启东，你还记得我是怎么写的？"

金星笑着点头："记得，记得。你写的是'两过十五之年，虽有板凳、椅子而不敢坐焉'。"说毕，纵声大笑，笑声压倒了头顶飞过的一阵雁声。

医生接着说："我原是故意闹别扭，也知道自己要挨打，可是一板正经地对先生说：'我这个破题做得很恰切，没有做错。'我随即解释说：'两过十五之年'就是三十岁，有板凳、椅子不坐，那就只好'而立'了。先生又将醒木一拍，大喝一声：'跪下！'我是一个秉性倔强的孩子，硬不肯跪。无奈先生叫大学长②将我按倒在板凳上，扒开我的裤子，由先生狠打一顿板子，打得我屁股红肿。打过之后，先生问我：'尚炯，你以后

---

① 破题——八股文的开头二句，点明题目意思，叫做破题。声调有一定格式，常用"焉"字落尾。学童学做八股文，要从学做破题入手。
② 大学长——私塾中老师指派年纪较长和他信得过的学生帮他管理学生，俗称大学长。

还敢不用心学做八股么？'我哭着说：'先生，常言道读书人如不能为良相，当为良医。这话你也对我们说过。我不像牛金星他们有大志气，也不是做宰相的坯子，只想长大了做个良医，替人治病。做八股对我没有用，请你以后莫逼我做破题吧！'后来先生看出我确不是那种'学而优则仕'的上等材料，不再鼓励我在举业上争取上进，把我学做八股的一课免了。"

牛金星感慨地说："少年时想从举业上飞黄腾达的同学们都饱尝了世路坎坷，落得灰心丧气，更莫望能为良相，你倒果然成为良医了。"

尚炯说："且不说我是不是成了良医，再接着谈我走的道路如何与别人不同。我十八岁跟着先严在乡下行医，一年四季同穷百姓打交道。咱那儿行医，照例没人给钱。每年麦收和秋收之后，到各村去向病家收点粮食。多的给三升五升，少的给一升半升，实在日子艰难的就一粒粮食不给。百姓苦，我家也苦。百姓如何活在水深火热之中，我比你做举人老爷的清楚得多，和穷百姓有同感。七八年前，我就是为着替穷百姓打抱不平，一怒打死了富豪家的狗腿子，与富豪为仇，只得逃到山西，做一个有家难归的走方郎中。后来遇到了高闯王率大军自秦入晋，路过平阳一带，我一狠心投入义军，成为十八子帐下医生。义军中优待识字的人，尤其优待会点儿医道的人。在家乡为着糊口，也为着百姓的病很杂，我原是内科、妇科、儿科的病都治。只是我家世代在外科上比较拿手，有些祖传的外科手艺和秘方，只传长子。我这手外科本领，在义军中颇有用处，大家对我就更加青眼相看。我呢，平生既不想做官，也不想发财，就有点喜欢侠义，所以投入义军以后，同大家一混熟，如鱼得水。所好的是先严、先慈都在弟去山西以前病故，拙荆也在弟去山西后不久病故了，故乡中别无牵挂。"

牛金星说:"你遇到像十八子这样英雄,待为知己,肝胆相照,也算是三生有幸!"

医生说:"其实自古为良相的并不是都从举业出身,一靠自己确实有经济之才,二靠风云际遇耳。启翁,同我去西安一游如何?"

"到西安一游?"

"到西安以后,我陪你玩几天,看一看名胜古迹,那大雁塔是必然要看的。然后,足下暂留西安,弟回商洛山中一趟。十八子听说足下到了西安,一定欣喜欲狂,立刻派人迎接足下驾临山中。你们见过之后,弟亲自送兄回卢氏,决不留你久住。"

"好吧,就同你作西安之游吧。"金星说,心上的疙瘩解开了。停一停,他又加了一句:"至于商洛之行,到西安后看吧。"

第二十七章

　　年年春天，李自成都是在马鞍上和战争中度过，从没有像今年春天这么安静和闲暇。每天早晨，他天不明就起床，迅速地梳洗毕，在院里打一套拳，活活筋骨，再舞一回剑，然后东边的天上才现出来一抹淡青色的亮光，树枝上的乌鸦和山鹊开始啼叫。他带着几个亲兵走出村子，看中军和老营的将士早操，一直到太阳升到东山头上很高时，他才同将士们一起回村。早饭以后，如果没有特别要事，他总是坐在书房里，用白麻纸写一张仿，然后看一个时辰的书。有时他整个上午不出去，在屋里读书和思考问题。

　　这天上午，他因为心中有事，没有办完功课就骑马出村。头一件使他不愉快的事情是，昨天夜里，有四个人去一个叫做张家湾的三家村强奸民女，刚进屋里，恰好巡逻队从村边经过，那四个人赶快退出，从一条小路逃走了。今早他得到报告后非常生气，派人去告诉总哨刘宗敏，要他务必赶快把这四个人查出来，斩首示众。为着不使犯法的人们畏罪逃跑，这件事对全营都不声张，在大将中除告诉刘宗敏外，也只有田见秀知道。他叫田见秀在早晨亲自去抚慰那家受欺侮的老百姓，保证破案，依照军法处理，决不宽恕，也嘱咐老百姓暂不要对外人言讲。

　　李自成总在思索：他已经宣布过几条军律，凡奸淫妇女者定斩不赦，为什么这样的事情还会发生？昨晚上发生的这件事，是老八队的将士们干的呢，还是新入伙的人们干的？近来有几百个本地的老百姓和杆子入伙，纪律不好，偷鸡宰羊的事情常常发生。几次他都要按军律严办，可是田见秀总是说："不要操之过急，对这些才上笼头的野马要有一点耐性才行。"难道这又是他们干的么？但他也想，老八队的人们也会干出这样的事来。过去几年，老八队的纪律虽说比官军和别的义军好一些，但奸淫、掳掠、杀人、放火的事情还是不少。近来他虽然下决心整顿军纪，不许再有奸淫掳掠的事，可是人们还不习惯严守军纪，也不信他的军律都能够不打折扣。军中的大敌是破坏军纪的各种歪风邪气，整顿军纪就是同歪风邪气作战，你稍一松懈，敌人就有机可乘。要将形形色色的人们建成一支纪律森严、秋毫无犯的仁义之师，时刻要用心用力，好像逆水行舟，不进则退。愈想他愈觉得这一次非杀一儆百不可，即令是新入伙的某一个杆子头领犯了军纪，他也决不姑息。如果杀了一个杆子头领会引起一部分人哗变，那就宁肯多杀几个人也要把义军的纪律树立起来。不然，如何能救民水火？如何能叫做起义？

　　第二件使他不愉快的是一件挥霍公款的事。有一个叫做王吉元的，原是张献忠手下的人。去年冬天自成去谷城那一次，献忠送给他一百名弟兄，王吉元就是带队来的小头目。自成因他作战勇敢，武艺不错，就对他另眼看待，派他在高一功的中军营做一名小校。高一功总负责筹措粮饷，所以他就带一部分弟兄活动在蓝田境内，随时从西安方面偷购粮食和布匹运回，有时也向一些山寨富户打粮。王吉元因为常同当地的杆子来往，结交朋友，有一次就在赌博中输去了公款五百多两银子。他非常害怕，急得又想自尽，又想逃跑。正在这时，高一功听到风声，把他逮捕。

　　高一功是一个非常正直、律己很严、眼睛里容不得一点儿灰星的人，怎么能容忍手下人拿公款随便输掉？何况目前军中十分困难，一个钱都不能随便乱用？更何况闯王已经下了决心，要在全军中雷厉风行地整顿军纪？他把王吉元抓到之后，本想立即斩首，但又想不如将王吉元送回老营，由闯王把他正法，以便在商洛山中号令全军。于是，他把王吉元五花大绑，派几个弟兄押送前来。那些平日同王吉元感情较好的小头目和弟兄们，知道王吉元送到闯王处定死无疑，在他出发前弄一些酒肴给他送行。高一功对这事也不阻止。王吉元深悔自己荒唐，落得这个下场，同朋友们洒泪相别，哽咽说：

"我做了错事，犯了军纪，死而无怨。你们在闯王的旗下好生干，千万莫学俺的样。咱弟兄们二十年以后再见吧！"

自成昨天就接到了高一功的禀报，知道了王吉元所犯的严重罪行，并知道犯人在今天上午就可解到。这件事虽然不像奸淫和抢劫那么使他痛恨，但是按情理也决难宽容。昨晚他问过了刘宗敏和李过等的意见，大家异口同声地主张将犯人斩首示众。可是睡了一夜，他自己的想法变了。杀与不杀，在他的心上矛盾起来。早饭后不久，他骑马出村去看将士垦荒，还没有拿定主意，走不多远，恰遇着几个弟兄把王吉元迎面押来。

王吉元一见闯王就跪在路边，低着头不说话，等着斩首。因为明白自己很对不起闯王，他也无意向闯王恳求饶命；只是临死前想起来家中有一位老母亲没人照顾，不免心中有点酸疼。

自成把他打量一眼，跳下乌龙驹，狠狠地踢他一脚，问道："我听说你输掉银子以后，又想逃跑，又想自尽，可是真的？"

"都是真的。"

"妈的，没有出息的东西！"自成骂了一句，回头对亲兵们说："先抽他一百鞭子！"

自成的亲兵们一向受他的熏陶，不赌博，不酗酒，纪律严明,今见王吉元在军中十分困难时候输掉了五百多两银子,个个气愤,一听闯王吩咐,立刻把王吉元的上衣剥下,按倒在地,用鞭子抽得皮破肉绽。他们想着,按照往例,打过之后,跟着当然是斩首示众,所以随手把王吉元从地上拉起来,喝道:

"跪好!脖子伸直!"

王吉元侧着头向身旁的亲兵们说:"请弟兄们帮个忙,把活做干净点儿。"

一个平日担任斩人的亲兵拔出鬼头大刀,回答说:"兄弟你放心,决不会叫你多受罪。"他随即转向闯王问:"现在就斩吧。"

自成挥一下手,说:"把他的绳子解开。"

所有的士兵们都莫名其妙,不知道闯王是什么意思。王吉元也莫名其妙,瞪着吃惊的、惶惑的大眼睛,并不叩头谢恩。他原是被五花大绑的,刚才因为要在他的脊背上抽皮鞭,必须扒掉上衣,所以把脖子里和两臂上的绳套解开。只剩下手腕上的绳子未解。这时亲兵们把他的手解开了,却用疑问的眼睛望闯王:难道就这样饶了这混蛋小子不成?自成对押解犯人的几个弟兄说:

"把他搀到寨里去,给他点儿东西吃,等他的伤好了以后再来见我。"

王吉元仍然瞪目结舌,心神迷乱,不知道是怎么回事儿。那个替他解绳子的亲兵突然明白了闯王的意思,照他的屁股上踢了一脚,喝道:

"还不快磕头谢恩!"

王吉元这才明白自己已经得到赦免,伏身叩头,几乎把脑门磕出血来,却不知说什么话好。李自成叹了口气,恨恨地责骂说:

"该死的畜生!弟兄们没有粮食吃,老百姓也在等着咱们的赈济才能活下去,你竟敢把买粮食的银子输掉!你有几颗脑袋?你看我不能够剥你的皮?……去!伤好后快来见我!"

闯王骂毕,纵身上马,扬鞭而去,没有再回头看一眼。走没多远,老营总管从背后飞马追来,向自成问道:

"闯王,王吉元不杀了么?"

他回答说:"王吉元虽说该死,可是也怨我自己疏忽,没有把这样的事儿订在军律里。将士们酗酒、赌博,挪用公款,在敬轩那里原是可以马虎的。王吉元才来三四个月,不晓得咱们这里和张帅那里不同。你去替我传令全军,以后严禁赌博,违令者重责二百鞭子。倘有盗用公款一两以上者打一百鞭子,十两以上者斩首!"

"是!"

自成怀着不愉快的情绪来到野外,看将士们开荒种地。跑了几个地方,看着看着,他心上的不愉快情绪就无形中消失了。在一个山脚下他遇见田见秀正在督率将士们播种杂粮。为着解决驻在商洛山中的粮食困难,除向附近山寨中的大户借粮和派人扮做商贩往汉中一带购粮外,按照李自成的屯垦计划,全营都在雷厉风行地开荒。田见秀总负其责,称做督垦。田见秀对开荒种地是个行家,也非常有兴趣,常常打着光脊梁,同弟兄们一起用镢头挖地,刨石,挑土垒堰。如今他正在犁地。这是新买到的一头牛犊,才上套,需要耐心调教。孩儿兵王四在前边牵着牛绳。见秀用左手掌着犁把,右手拿着鞭子,不断地用平静的声调对牛犊重复说:

"沟里走!沟里走!"

牛犊像一个顽皮和不懂事的孩子,有时听话,有时不听话,急躁而任性地向旁边跑,离开犁沟。遇到这种情形多的时候,王四就发起急来,转过身来用牛绳子狠狠地打它几下。田见秀和蔼地说:

从北京到商洛 559

"小四儿,别打,别打。它才学犁地,性子急,不知道顺犁沟走。你越打它越急。"

闯王在地边笑了,心里说:"玉峰这人,对牲口也这么慈善!"他跳下马,叫见秀同他坐在田边草地上,对身边的亲兵说:

"你们谁会掌犁,去犁几趟吧。"

田见秀说:"不用。牛犊力气小,也该让它歇一阵。"

王四听说叫牛犊歇歇,就从地里走出来,跑到一群孩儿兵中间,帮他们用镢头挖山坡。牛犊静静地立在田里,啃着蹄子边的几棵小草。一只红下颏的小燕子,落在它的脊背上,翘着长尾巴,快活地闪了几下翅膀,呢喃几声,随后和同伴们贴着草地飞去。

自成问:"天旱,种包谷能出么?"

见秀说:"先种下去再讲。天不下雨,挑水浇吧,能出多少是多少。节令到啦,不能耽误。"

"这里要到山坡下边去挑水,太远。"

"浇水是困难,可是咱们不能坐等天公下雨。咱们北方天旱,庄稼人对浇水反不注意,一味靠天吃饭。南方就不是这样。几年前咱们在和州、滁州一带,那儿水多,可是庄稼人还常常用水车浇水。南方不是没有大旱,可是成灾的时候较少,就因为老百姓有浇水习惯。"

"玉峰,你对庄稼活真是留心!我平日只知道你很看重做庄稼,常说'农桑为立国之本',却没有想到你在金戈铁马中还常常揣摩做庄稼的道理。这次大家举你做督垦,可真是举对啦。"

"倘若有朝一日,天下太平,我能够解甲归田,自耕自食,得遂平生之愿,那就好了。"

"又想到解甲归田!好,等打下江山,咱们一道儿种地去吧。"

李闯王哈哈地大笑起来,随后向一个士兵要过来一把镢头,同大家一起在荒坡上点种包谷。等挖得浑身出汗,他把外边的几件衣服脱掉，只穿一件湿漉漉的、补着许多补丁的单褂子，继续挖地。尽管他在这里暂时用的李鸿基这个名字，也不让部下在老百姓面前叫他闯王，但是老百姓近来都很明白他是何人。他们一点儿也不怕他，站在附近望着他嘻嘻笑着，小声地赞叹不止。

快近中午时候，闯王派一名亲兵回老营告诉总管，他不回去吃午饭，要到李过那里看看，下午还要到总哨刘爷那里；倘有什么要事，可到李过或宗敏那里找他。

李过负责全营的练兵工作，称做督练。这个名称到五年后改为督肄，属于兵政府。闯王在侄儿那里谈了些有关操练的事，同将士们蹲在一起吃过午饭，亲自到校场看将士们练习射箭和操演阵法。将士们在操演阵法时虽然部伍整齐，纪律严肃，但变化较少。他不由地想起来他缺乏一位深明阵法的军师，心中有一点空虚之感。

另外有一队步兵在操练长枪，自成也走近去看了一阵。最近几年，他为着行动迅速，几乎完全变成了骑兵。骑兵作战一般喜欢使用刀剑，用长武器的较少。如今马匹一时不易补充，不得不训练一些步兵。根据闯王意见，每个步兵要练熟两种武器，一种是枪，一种是单刀或剑。俗话说枪为诸兵之王，这是因为枪是长武器，而枪法又变化多端。士兵会用长武器，一跃而前，敌人在二丈以内，即令用较短的木杆枪，也可将其杀伤。枪法变化多端，对于各种武器如棍、剑、叉、铲、鞭、锏、戟、双刀、单刀、大刀①、牌镫，都有破法。但长枪也有弱点。如遇劫营、巷战、争夺城门、攀登城寨，长武器就不如短武器。在这些场合，刀、剑、鞭、棒最为得手。这一队步兵在长枪与短刀两种兵器的操练上，以操练枪法为主。他们有些是本地农民新入伙的，有些

---

① 大刀——指有长柄的刀。至于双刀和单刀所用的刀，可以统称短刀。

是本地的小杆子入伙的，大多数没有练过武艺。根据自成多年的临阵经验，弟兄们如果手执长枪，纵然练得不熟，也很有用；如果手执短武器，用得不熟，和徒手相搏差不多。

在自成的大将里边，只有刘芳亮枪法最精。枪法在明代分为十七八家，但崇祯年间在全国最著名和影响最大的不过六七家。一切武艺的传播都靠师傅亲授，不靠文字，所以就是这六七家最著名的枪法，能够得其真传的人也很少。在社会上流传的往往是些皮毛，或是些不管实用的花枪。刘芳亮的枪法得自家传，本来就根基很深，后来随着李自成驰驱各省，每遇到各派高手就虚心请教。他起小跟随父兄练的是当时流行于关中的沙家枪法，后来融会了杨家枪法，石家枪法，马家枪法，少林枪法，汉口枪法等，广集众长，自成一派。去年冬天进军川北、川西时，遇到峨眉山的老和尚普恩，又请教了真正的峨眉枪法，从此技艺更进，达于神化。

可是刘芳亮现在随同高夫人在崤函山中，只好在闯王身边的将士中挑选教师。挑来挑去，最后决定让自成的叔伯兄弟李鸿恩担任枪法总教练。他是一个二十三岁的青年将领，在叔伯兄弟中排行十二，所以人们都称他李十二，或十二帅，李过叫他十二爷，而自成仍呼他的乳名恩子。潼关南原大战之前他就负了重伤，当人马路过杜家寨时，他和别的重伤人员被留下来，隐藏在山洞中，一个月前才完全治愈。他作战十分勇敢，又是自成的小弟弟，所以自成很爱他。可是他有时依仗是自成的弟弟，李过的叔叔，做出些违反军纪的事，使自成对他不敢重用。虽然经过多次教训，他还是不能像别的将领一样处处严守军纪。这次自成派他做步兵总教练，率领二百多名新弟兄驻扎在一个村庄里，本来有点不放心，害怕会闹出什么事故。但又想着，李过是督练，做事十分认真，而每天操练又都在一起，就放心了。

李十二把这二百多人分作两队：第一队是用一丈八尺到二丈四尺的竹竿做枪身，俗称竹竿镖；第二队用不足一丈的木杆子做枪身，根大盈把，尖径半寸，身硬如铁。李十二挑选身体轻捷、善于纵跳的弟兄们参加第一队，用沙家枪法教他们；挑选身大力强的参加第二队，教他们石家枪法，但是他凭着自己的心意，在石家枪法中多少杂有少林枪法。他把二百多弟兄这样分开，是根据兵器的性质和人们身体条件决定的。竹竿镖身长而软，重要在善用双足，必须身随其足，臂随其身，腕随其臂。进退迅速，是竹竿镖临敌制胜的关键。第二队用的木杆枪，枪身较短，而又粗硬，重在十斤出头，没有很好的腕力不能使用，使用时臂以助腕，身以助臂，足以助身。少林寺本来擅长棍法，后来从棍法中变出一派枪法，主要特点是连戳带打，但也刚柔相济，颇为实用。李十二为着教练这一队弟兄，很费了一番心思，才把少林枪法的一部分特点用在石家枪法之中。

　　自成站在校场里看了一阵，对于鸿恩的教练工作大为满意。不过十几天工夫，鸿恩已经把这两队新弟兄初步引上了路。自成从队伍中叫出两个弟兄，命他们做出苍龙摆尾势和灵猫捕鼠势让他瞧瞧。他点头称赞几句，又指点出他们身法、步法的毛病。随后他自己耍了一套杨家枪法，又向大家讲解使枪的基本道理，并说枪是长武器，必须学会如何作短武器用，方得其妙。不然，万一一刺不中，或没有中在吃紧处，被对手短兵一入，收退不及，便为长所误。要会短用，就得着重练身法、步法。他说这是戚家军[①]练习枪法的一个妙诀，要大家务必注意。讲过之后，他望着叔伯兄弟问道：

　　"恩子，三个月管上战场么？"

　　"二哥，只用练上两个月，保管使用！"

[①] 戚家军——戚继光统率的军队。

李自成觉得鸿恩的眼神很不自然，似乎害怕同他的眼光正面相对。这感觉使他突然想起：自从他来到校场以后，鸿恩就似乎在假借卖力教练，回避着他。"难道是他么？"自成想到强奸民女的案子，心中疑问，但马上他就回答自己说："不会吧，他不敢！"他想，鸿恩在他的面前态度不自然并不奇怪，因为他是兄长，一向对弟弟有些过严。于是他望着鸿恩的眼睛笑着说：

"两个月管使用？我要的是精兵呀。"

"谁说不是要练成精兵？当然是精兵。若是操练两月不使他们成为精兵，二哥，你砍我的脑袋！"

自成哈哈大笑，说："好，我记着你吹的大话！"

他还想在校场里停留一阵，可是刘宗敏派一个亲兵飞马而来，请他同李过速去议事。闯王的心中一动，明白是为着那件事访查出一些眉目。在这刹那间，他又觉察到鸿恩的眼神有些畏惧不安，但是他又一次想着自己的疑心没有根据。在要离开时，他对鸿恩鼓励说：

"恩子，好生练吧。别看这两百多弟兄少，日后他们就是咱们成立步兵的根基。用心操练个模样出来！"

李过因为正在指挥操演阵法，离不开身，也不知道宗敏要商议什么事，对闯王说："二爹，你去吧，用不着我也去啦。"自成想着他不去也可以，并不勉强，自己上马去了。

李自成离开校场大约走了十里山路，来到了一个湾子里。离村子二里多远，没有看见房舍，只看见山那边一片树梢，传过来热热闹闹的打铁声音。根据新的计划，把原有的铁匠营大大扩充，另外成立了弓箭棚、盔甲棚、火炮棚，统称兵器营。交给刘宗敏兼管督造。闯王眼下来到的正是弓箭棚、铁匠棚与火炮棚所在的村庄，四面都有岗哨，戒备严密。

弓箭棚就在靠近村边的一座草棚子里，有十来个人在那里工作。自成知道田见秀一时到不了,所以不急于见宗敏,下马后先走进弓箭棚瞧一瞧。几天不来,这里又做出来许多新弓,有柘木的、檍木的、桑木的,按照大、中、小三种挂成三排。他取下来一张大弓拉一拉,感到满意。地上堆了许多牛角,成色不齐。有纹理很顺、十分润泽的,一看就知道是稚牛的角;有纹理不顺、缺乏润泽的,是老牛的角;还有一种纹理虽顺,却无光泽,那是瘦牛或病牛的角。自成知道目前困在山中,牛角来源困难,摇摇头,嘱咐不好的牛角尽量不用。他正要离开,那位从蓝田县请来的弓箭师傅赶快从身边一口破木箱中取出来一对牛角,每只有二尺多长,纹理极顺,青多于白,润泽如玉,笑嘻嘻地捧给他看,说:

"闯王,你看这一对牛角怎样?"

自成接在手里说:"好,好,很是难得!哪儿来的?"

"这是从近来买到的几百对牛角中挑出的。遇着识家,这一对牛角的价钱就能够买一头黄牛。我打算拿这对牛角替你做一张弓,木料也选定了。"

"什么木料?"

老师傅把靠在墙上的一根木料递给闯王,说:"就是这根料子,请你敲两下听听声音。"

闯王接住木料,一看是柘木的;用牛角敲了两下,声音很灵。他笑着说:

"好料子,离根远,也干透了。"

"闯王,还有难得的东西呢!"老师傅高兴得胡子翘着,又从破箱子里取出来一个绵纸包,打开来是一小盘筋条,捧给闯王说:"你瞧,这才是一点宝物!"

闯王虽然平日事事留心,特别对制造兵器的知识很丰富,可说是经多见广,却一时认不出这是什么筋条,问道:

"是什么兽筋?"

"不是兽,是天上飞的。"

"鹳筋么?"

"对,就是鹳筋!"

"哪儿来的?"

"不瞒闯王,这一点鹳筋我藏了上十年,多少人想要它做弓弦我都不给。宁肯饿饭,我也不卖给人。我来到这里以后,亲眼看见你闯王行事仁义,又对俺们手艺人极其有恩。我再也没法子报答你闯王,只有替你老做一张好弓表表心意。前几天有人回蓝田,我给俺老伴儿带个口信,找出这点鹳筋,托顺便人捎来啦。"

闯王连声说好,爽朗地大笑起来。在古代,有许多人,特别是弓箭老匠人,都认为做弓弦牛筋不如野兽筋,野兽奔跳迅疾,用兽筋做弓弦射出的箭也特别迅疾。到了明末,就有人用鹳鸟腿上的筋做弓弦,认为鹳是鸟,飞的比走的更疾。李自成不相信这种说法,但是老弓箭师傅的这番情谊却使他深受感动。他拍拍老师傅的肩膀问:

"老曹,你到咱这儿快有一个月,过得惯么?"

"大帅,看你说的!别说过得惯,我心里可畅快死啦。只要闯王你不嫌我年纪大,我还想入伙哩。你看,我这块料,入伙行么?我才四十八岁,还不到五十哩。"

"行,行。只要你愿意入伙,赶快派人去把你的老伴儿接来好啦。"

"接老伴儿干吗?嗨,又不是年轻人。目下跟着大帅打江山,等打下了江山接她不迟!"

"老曹,你……"

"闯王,你还不明白?上次我对你谈过咱的苦根子。俺家三辈儿当弓箭匠,到我这一代已经干了大半辈子。论手艺,有手艺;论勤快,够勤快;论人,咱说一不二,自来不欺老哄少。可是人好,手艺好,勤快,顶屁用!咱自小儿受穷罪,受欺负,直到如今,半截子入土啦,越来越没路。儿子前年给抓去当兵,不知已经肥了谁家的地。三门头守一个小孙子,孤苗儿,去年害了病,没钱吃药,小辫子翘啦。媳妇儿没指望,处在这兵荒马乱的年头儿,咱也不放心,穷人家守的什么节,走啦。俺老夫妻俩时常对着哭,往前看,四十八里不点灯,望不尽黑洞洞的。去年到今年又是灾荒年,过了破五就断顿儿,又没有活做,正打算出外讨饭。心里想,这次出去,反正是死在外乡,回不来啦,等着喂狗吧。没想到咱这里招弓匠,咱就来啦。一来就享福啦。"说到这里,他用袖头揩一下湿润的眼角,深深地叹口气,然后接着说:"如今,不要说我喂不了狗,也不受谁欺负啦。从前,大小有点势力的人跺跺脚叫咱趴下,咱就趴下去;想用脚踩在咱头上,咱就赶快把头低下去。咱一辈子都是逆来顺受,在人家的脚板底下过日子。如今什么样?不管是头目和弟兄,都把咱当个人看待,不称曹师傅不说话。就拿你老跟督造刘爷说,也没有把咱曹老大当外人看待。人不能不要心口窝里四两肉。想想从前,看看现在,头打烂也要入伙!闯王,你老要我我也入,不要我我也入,反正我老曹死心塌地跟着闯王闯江山,死也不离开老八队!"

闯王高兴地说:"你愿意留下,不再回去,好极啦。咱们这里很需要像你这样的弓匠师傅。眼下吃点苦,日后打下江山是咱们大家的,有福同享。你给老伴儿捎钱没有?"

"捎啦,捎啦,"曹老大快活地说。"前几天有顺便人,已经把钱捎去啦。老婆子不知烧了哪炷香,这个荒春不担心饿死啦。"

闯王跟他开玩笑说:"大概这炷香烧在神前啦。"自成想走,但又拿起来那一对珍贵的牛角,啧啧称赞,问道:"老曹,你打算给我做几个力①的弓？"

"我想替你做成二十个力的弓，你看怎样？"

"你是要我平时练习用还是临阵作战用？"

"自然是临阵作战用。平时练习，八九个力的弓就行了。"

"我作战的时候喜欢用强弓。老曹，你尽量替我多做几个力吧。"

"做二十五个力，行吧？"

自成笑着摇摇头。

"再加两个力行吧？"

自成仍是笑而不言，微微摇头。

曹老大向左右的人们望望，又望着闯王说："好，替你做三十个力吧，这可是特号强弓！"

自成放下牛角，在弓箭师傅的肩上拍一下，回答说："老曹，还差一点，你替我做成三十五个力的吧，免得亏了你的好材料。"

曹老大张大嘴啊了一声，惊叹说："这样强弓，不妨碍马上左右开弓，你老真是神力！"

闯王回答说："自幼喜欢拉强弓，已经习惯啦。比这再多几个力的弓也可以在马上拉满，不至于弓欺手②。"

他离开弓箭棚，走不多远就到了热闹喧天的铁匠棚。铁匠棚现在有五十多个铁匠，大部分是从士兵中挑出来的，一部分是从各地招雇的铁匠老师。这五十多个人分在四个草棚里，每一个草棚有一个小头目，称做棚头。全铁匠棚由一个哨总统带，称做

---

① 力——我国上古和中古测量弓的强度以"石"（dàn）为单位，到了明代或稍早一点，大概由于制弓技术的进步，改为以"力"为单位。一个力是九斤十四两（或云九斤四两）。相传十个力等于一石。

② 弓欺手——这是射箭技艺上的一句成语。手强弓弱叫做手欺弓，弓强手弱叫做弓欺手。

铁匠总管。自成先走进第一座铁匠棚里,同大家打了招呼,看了一阵,向棚头询问了两三天来的工作情况,随后走到一个炉子旁边。掌钳子的师傅是从杜家寨来的包仁。当包仁从炉子内把烧得通红发软的铁料夹出来放在砧子上时,闯王从地上掂起来一把大铁锤。包仁笑着说:

"闯王,你又要抢大锤么?"

"我要跟你学手艺哩。"自成说,"怎么,你还是不收我做徒弟?"

"好说,好说。"包仁左手掌钳,右手拿着小铁锤在烧红的铁料上连敲几下,说:"打!用力打!"

包仁用小锤子指点着,闯王和一个翘鼻子青年士兵一替一下抢大锤。打了一阵,一个枪头的模样打成了。包仁把这个半成品送进炉里,笑着说:

"闯王,你是天上的星宿下凡,谁也不敢收你当徒弟。别看我有了一把年纪,我也怕折寿!"

自成同包仁说笑了一阵,直到把枪头使了钢,完全打成,才离开包仁。他正在大步向外走,一抬头看见柱子上贴了一张红纸,上边写着一首诗。虽然字写得歪歪扭扭,还有一个别字,但诗倒很有意思:

天遣我辈杀不平,
世间曾有几人平!
宝刀打就请君用,
杀尽不平享太平。

他把诗看了两遍,连着点了几下头,望着大家问:"这是谁写的?"

棚头停住铁锤说:"禀闯王,写是我写的,诗是大家编的。"

"大家编的?"

"是的。起初我想了一句,想不起来了。接着,张三凑一句,李四凑一句,凑了七八句。大家又一琢磨,琢磨成了四句。"

"诗写得不坏,有意思!"

自成走到第二个棚子门口,看见刘宗敏光着上身,脊梁上淌着汗,正在抡大锤。他的旁边站着一个士兵,又害怕,又羞惭,不知如何是好。自成知道宗敏又发了脾气,可能这个工作不卖力气的弟兄会挨一顿臭骂或甚至一顿鞭子。他正要进去同宗敏说话,宗敏已经看见了他,把大锤交还旁边站着的那个士兵,抓起衣服向他走来。

"你把王吉元杀了没有?"走出棚子以后,宗敏站住问。

"我打了他一百鞭子,饶他一条性命。"

"这太轻了。为什么不斩首示众?"

自成挥退左右,放低声音说:"王吉元原是敬轩的人,为着五百多两银子杀了他,日后见敬轩怎么说呢?咱们同敬轩之间本来就犯了生涩,不必为这件事儿使敬轩骂咱们打狗不看主人面子。"

"可是以后别人也犯了这样的罪呢?"

"我已经传令全军,下不为例,今后凡赌博者受重责,凡盗用公款银子十两以上者斩不赦。"

"看着敬轩的情面,只好饶他的狗命吧。补之怎么没有来?"

"咱们谈谈吧。他正在指挥操练,用不着叫他也来了。"

"可是事情就出在他那里,顶好是交他处理。"

"你查出是什么人干的事?"

"鸿恩。"

自成的心上一寒,登时气得脸色发青,说:"该死!谁同他一起去的?"

"他带着自己的三个亲兵。"

"真是该死,会是他做出这事!"

"怎么办,饶了他这一回吧?"宗敏问,不转睛地望着闯王。

闯王明白宗敏是拿话试他的口气,他没有马上回答,在心中愤愤地说:"偏偏是我自己的兄弟破坏了我的军纪!"宗敏见自成有点犹豫,随即说:

"闯王,怎么办?你自己处理好不好?"

"不,捷轩。你办吧,执法如山,不要推辞。正因为他是我的兄弟,更不要徇私情轻饶了他!"

尽管闯王的口气很坚决,竭力不在宗敏面前流露出他的矛盾感情,但是他的沉重的脸色和十分干涩的声调,怎么能瞒得住宗敏呢?事实上,宗敏的心中也很难过。自从他参加自成的老八队以来,他亲眼看见自成的本族子弟跟随起义的有几十个人,大部分都在战场上阵亡了,剩下的只有几个人,其中有的人在从汉中府一带向潼关的长途进军中被官军打散,尚未归队。如今留在自成身边的只有李过和李十二,还有自成的亲兵头目李强,是他的族侄。单凭这一点说,他刘宗敏也有些不忍心真的把鸿恩问斩。何况,鸿恩在自成的堂兄弟中是个顶小的,有时人们也叫他李老幺,自成一向对这位小弟弟表面很严,骨子里很亲。两年前路过泾阳时,李十二也曾怂恿士兵淫掠,当时自成也很震怒,说要杀他。他听说不妙,跑去跪在高夫人面前,像一个大孩子似的揉着眼睛,二嫂长二嫂短地缠磨着高夫人替他讲情。自成终于只是痛骂他一顿,打他几耳光,踢几脚,并没杀他。一个"李"字分不开,兄弟毕竟是兄弟!这一次是不是又像那次一样,说杀不杀呢?所以听了闯王的话以后,刘宗敏一时拿不定主意,低着头不做声了。

闯王见宗敏不做声,自己也不做声。他低着头,用靴尖踩着一棵小草,狠踩,狠踩,但这完全是下意识动作,毫无目的。几年来死去的本族兄弟和子侄们的影子都浮现在他的眼前,使他的心中酸痛。恰在这时,他的一个亲兵从老营飞马来到,向他禀报说老神仙已经从北京回来,请闯王快回老营。自成立刻对宗敏说:

"快跟我到老营去,听听北京的情形!"他向来的亲兵问:"别的大将们都知道尚先生回来了么?"

"双喜已经派人去分别传知啦。"

"捷轩,咱们走吧?"闯王又看着宗敏问。

"走吧。"宗敏向一个亲兵挥一下手,"鞴马去!"

宗敏和他的十几个亲兵的战马很快地鞴好牵来。为着闯王的事业,他很想劝闯王从自己的亲人开刀,树立军纪,可是这话怎么好说呢?略微踌躇一下,他走近闯王身边,凑近他的耳朵小声说:

"自成,那件事还是你做主吧。要是打算严办,我就派人去把鸿恩同他的三个亲兵抓起来,免得他们会畏罪逃跑。"

闯王此刻一方面确实恨鸿恩,一方面还有点不忍心真的把他问斩,但这种私情却无法出口。他忽然把一线希望寄托在以宽厚著称的田见秀身上,回答说:

"抓起来吧。今晚我请玉峰哥和你一同审问。"

当闯王和刘宗敏回到老营时候,医生已经吃过饭,还喝了点酒,带着风尘色的脸孔变得通红。闯王一进大门,还没有看见他的影子,先听见他的大笑和这么一句话:

"看起来,有咱们的天下!有咱们的天下!"

闯王一进屋里,看见袁宗第、李过和田见秀已经都来了,正在同医生谈话。他向医生拱手道劳,拉着手问了几句关于旅途上的情形,就一摆手让亲兵们和闲杂人员们都走开了。紧接着他关心地问:

"子明,快谈谈,朝廷的情形怎样?"

尚炯拈着胡须说:"朝廷上的事情么?谈起来多啦,一下子可说不完。"

"拣重要的先谈。"

"好,谈重要的,不重要的以后细谈。"

尚炯把朝廷上民穷财尽、政治腐败和上下离心的种种实情,一五一十地谈了出来。李自成听了以后,满怀兴奋地望着刘宗敏和田见秀说:

"你们看,怎么样?大明的气数真的要完了,咱们还不加劲儿干?"

田见秀说:"确实,朝廷已经弄得焦头烂额啦。好比四处起火,八下冒烟,顾了这一头顾不了那一头。日后收拾这个局面的说不定就是我们。捷轩,你说是么?"

刘宗敏把大腿一拍,说:"有干头,有咱弟兄们的天下!自成,咱们早点树起大旗怎么样?"

自成笑一笑,摇了摇头。袁宗第拍了一下膝盖说:

"对!我看也不如早点树起大旗。闯王,别等敬轩啦。他靠不住!请你快派人去崤山里叫大嫂子同明远把人马撤回来,一会师就动手!"

闯王向田见秀望望,见他笑而不言,随即说道:"咱们目前顶要紧的事情是练兵,准备马匹、兵器和粮食。"他又向田见秀的脸上扫一眼,近来因为粮食缺乏,田见秀和许多将士们的脸上都有菜色,并且浮肿。"粮食顶要紧,顶要紧。要是眼下就不管三七二十一大干起来,咱们的垦荒固然吹了,老百姓也闹得没法收成。这儿的灾情已经够重,要是再不休兵安民,让百姓喘口气,多少收点庄稼,捷轩,别说老百姓要饿死,咱们也要饿死。总得首先叫老百姓有吃的,不饿死,咱们也才能够不缺粮食。"

尚炯说:"闯王,你说的很对。俗话说:'民以食为天。'

目下离麦季只有一个多月。让老百姓收季麦子，喘口气儿，确实要紧。虽说到处天旱，麦苗很坏，可是收一点总比不收好。"

刘宗敏点头说："也好，等收了麦，不管敬轩动手不动，咱们从这里先动手，杀到河南。"他望着尚炯，用十分赞佩的口吻说："老尚，你真是一个神仙！你到北京人地生疏，住的日子也不算长，会把朝廷的事儿打听得这么清楚，说起来入木三分。原先自成说只有你去北京顶合适，我可没想到你办事这样出色！"

尚炯笑着说："这不是我办事出色，是有一位出色的朋友帮了大忙。要不是遇到这位朋友，光凭我这块料，即令在北京住上一年，也别想对朝廷的事知道得这样清楚！"

自成赶紧问："是一位什么样的朋友？"

"闯王，我对你谈过一位牛举人，你可记得？"

"记得，记得。你在北京找到他了？"

"不但找到他，我还把他请来了。"

"啊？！请来了？在哪里？在哪里？"

"现在西安。"

"在西安？为什么不请到这里？"

刘宗敏也抱怨说："你真是！为什么不带他一道来？"

医生含笑说："我怕你们两位不愿意同他见面。"

刘宗敏大瞪眼盯着医生，不明白他的话是什么意思，说道："不愿意同他见面？老尚，亏你还是闯王的心腹人！自成平日跟你无话不谈，你也自认为深知他的心思，会说出这样的话！你到底为什么不把他带来？怕路上不平稳？"

尚炯笑而不答。宗敏把他的神情又打量一下，看出来他的笑里边含有文章，又想着这个老医生也不是那号着三不着两的人，从来不在重大的事情上开玩笑，说出不冒烟的话，如今怎么会平白无故地在闯王和他的面前冒凉腔？他想要尚炯快说出来笑里边藏的文章，就对自成说：

"子明是胡扯的。什么牛举人，马举人，别信他。要是真把那位牛举人从北京请到西安，他就会把他带来见咱们。别信他！"

尚炯哈哈地大笑起来，心里说："瞧，他们在打仗上有经验，在跟举人、进士打交道上还是第一遭，对这些人的脉理乍然还摸不清呢。"不过，就在他大笑当儿，李自成已经猜出来一点谱儿，同田见秀交换了一个眼色。

李过向尚炯笑着问："到底是怎么回事儿？越说你是神仙，你越是神神鬼鬼的。快说吧，到底这位牛举人来了没有？"

尚炯说："确确实实地来到西安。我特意回来向你们禀报，听候你们吩咐。"

刘宗敏大为高兴，爽快地说："赶快派人去请他来，还有什么别的话？其实，你应该带他一道来，用不着向闯王禀报。你这是六指儿搔痒，额外多一道子。"

尚炯又笑起来，说："我自己带他来？牛举人一直三心二意地不愿同我到西安，看起来是他对啦。"

田见秀笑着说："子明，你放心。咱们的闯王平日思贤如渴，虽不能亲自去西安相迎，可是也决不会有失礼节。"

闯王接着说："玉峰说得对。咱们一定要专诚相迎，隆重接待。捷轩，在这样的事情上咱们都是外行，得听尚大哥的，你太性急啦。"

刘宗敏恍然记起，赶快说："对，对。我忘记三请诸葛的故事啦。"

大家都大笑起来。尚炯心上的小疙瘩顿时解开，一边笑一边在心里说："这样，牛启东就不会拿捏着不肯来了！"在这同一片刻，袁宗第在快活的笑声中不由地想着："一个举人就拿这么大架子？几年来十三家义军攻城破寨，不知杀过多少举人、进士,还有比这班人更大的官儿。今日咱们用着了读书人,一个举人就这样拿捏身份!"不过这种不舒服的想法只在心上一闪就过去了。

闯王请尚炯谈谈他是怎样把牛举人从北京请到西安的。等医生把经过一五一十地说了一遍,自成跳起来走到医生面前,拍着他的肩膀说:

"尚大哥,你这件事办得太好啦!太好啦!这比你探听朝廷的消息还重要,实在难得!既然牛先生已经到了西安,我们务必请他来一趟。可惜我不能亲自去西安接他,怎么办呢?"他寻思着,一时想不起一个适当的人代表他前去西安。

刘宗敏的眼睛一转,说:"我看,这样吧,还是请尚大哥往西安辛苦一趟,咱们派一位大将在半路相迎,等客人来到时,咱们几位重要头领都随闯王下山,迎出数里之外,不好么?"

田见秀点头说:"照,照!这个办法很好,就请补之到中途相迎。只是子明刚到家,还没休息,又得几天奔波了。子明,你的身体吃得消么?"

闯王望着医生微笑,却不做声。医生把大腿一拍,站起来说:

"咱们一年三百六十天骑马打仗,东奔西跑,去西安接个朋友,这算得什么辛苦!好,我明天就去西安。"他笑一笑,接着说:"这一次,我是名正言顺,奉着你闯王的命去迎接他,说话就有了分量啦。"

闯王问:"要不要派双喜儿随你同去,格外显得我的诚意?"

另外派个人随他同去,以示隆重,这正是尚炯所希望的。但是他担心双喜没有去过大地方,怕万一会出纰漏。他想了片刻,另外也没有合适的人,摇摇头说:

"算啦,还是我一个人去吧。我一个老头子不至于惹人注意,多一个年轻人反而不好。"

刘宗敏说:"二虎已经回来,叫二虎同去好了。"

二虎是刘体纯的小名。他的哥哥刘体仁小名叫做大虎,早已经牺牲了。虽然自从他在农民军中有了点名声以后也取了"德洁"二字作为表字,但自成夫妇和几位年长的大将都喜欢仍叫他二虎。他是在他们的眼皮下长大的小兄弟,叫他的小名不仅是叫惯了,也含着亲密的感情。为着他特别机警,二十天前派他去谷城和房县同张献忠和罗汝才联系,察看动静,昨天才回。大家都很同意派他同医生前去西安。

刘宗敏听说献忠那里有个徐以显,便问牛金星比徐如何。医生用鼻孔哼了一声,说:

"启东是王佐之才,徐以显正是俗话所说的狗头军师,如何能跟他相比!"

刘宗敏笑着说:"好家伙!你把这位牛举人捧到天上了!"

"我不是故意替他吹嘘。他确实是宋濂一流人物,可惜蹉跎半生,未得一展所学。刘爷,你只要同他见面一谈,就知道他是一个怎样的人。"

闯王说:"咱们太需要这样的人。怎样打仗,怎样练兵,咱们还有些经验,可是光凭这也成不了大气候。自古成大事的都不是光靠打仗。如何经邦安民,那里边有许多学问,咱们还有些外行。"

刘宗敏说:"干脆,咱们把这位牛举人留下,请他做军师吧。"

田见秀也说:"对的,想办法把他留下。咱们以先生之礼相待。"

宗敏望着尚炯说:"老神仙,你看怎样?咱们打开窗户说亮话,只要他是个人才,咱们决不会亏待他。有朝一日咱们的闯王坐了天下,他就是当朝宰相。怎么,能把他留下做军师么?"

大家的眼光集中在医生的脸上,等待他回答。李过看见他拈着胡须,笑而不言,忍不住说:

"尚神仙,留住牛举人这出戏,全靠你唱了。"

尚炯说:"这出戏我只能唱前段,后半段就得靠闯王跟诸位将军唱。"

闯王满怀高兴,但没做声。过了片刻,他慢慢地说:"就怕水浅养不住大鱼。咱如今刚打了败仗,人家牛举人未必会留在这里。"他笑了笑,又请医生谈清兵在畿辅的种种情形。

关于卢象升在蒿水桥阵亡的消息,他们早已听说,但不像尚炯所谈的那样仔细。尽管他们同卢象升打过几年仗,在战场上是死敌,但是都对他坚主对清兵作战,反对议和,得到那样遭遇,还有点同情。闯王摇头说:"卢象升虽是被朝廷弄到兵败阵亡,也算死到一个正经题目上。"刘宗敏用拳头向桌上一捶,骂了声:"崇祯这一伙儿,他妈的!"随即问道:

"那个杨廷麟贬出京了么?"

尚炯回答说:"我离开北京时他还没有出京。背上长了个疽,几乎死了。"

他接着把如何救活了杨廷麟并坚决没要杨宅的酬谢,对大家说了。大家都称赞他这事办得好。

当大家同尚炯坐在一起谈话时候,李鸿恩和随同他去做坏事的三个亲兵被逮捕到了,拘禁在老营的偏院中。当尚炯去厕所时,鸿恩在屋中叫道:"尚先生救我!"医生抬头一看,吃了一惊,走去问道:

"十二,为的什么事呀?"

鸿恩并不隐瞒,把实情对医生说了。医生摇摇头,叹口气说:"唉,年轻人,真是荒唐!好吧,我替你讲情试试,请闯王和刘爷看我的老面子饶你不死。以后,可不能再坏军纪。"

医生和闯王等人谈到定更以后,又吃点酒,才回他自己的住处休息。临走时,他向闯王替鸿恩讲情,但闯王并不做声。他转向刘宗敏说:

"捷轩，十二虽然犯法当斩，但请姑念他年轻无知，留下他的性命。他跟随闯王六七年，从十四五岁的毛孩子长成大人，挂过多次彩，在战场上出生入死，忠心耿耿保闯王。他作战勇猛，武艺也好，这几年立过不少功。俗话说，千军易得，一将难求。这次留下他一颗脑袋，以后他就不敢啦。"

宗敏把眼睛一瞪，说："老尚，我何尝不知道他是个有出息的小伙子？不用说他是自成的叔伯兄弟，他也是在我的眼皮下长大的，同我自己的兄弟一样。可是军法如山，该斩不斩，以后叫哪个遵守军纪？他是闯王的兄弟，就应该以身作则，不要犯法才是；既然犯了法，就得与别人一律同罪！"

"捷轩，你说的道理很是，不过，不过，法是死的，用是活的。十二几次受重伤，都是我亲手救活了他的命。这次请你看个面子，还让我救他一命行不行？"

"你快回去休息吧。能不能饶他一死，等我同闯王、玉峰审问了他再说。"

医生不好再讲什么话，十分放心不下，向自成、宗敏和见秀望望，含着泪苦笑一下，转身走了。宗敏立刻向自成问：

"现在就审问吧？"

"审问！"自成说。"玉峰，你同捷轩一同去审问，一切由你们二位做主。"

在审问时候，李鸿恩照实承招，只求不杀他，让他在下次打仗时战死沙场。他的三个亲兵中有一个叫做陈魁，一口承招李十二去强奸民女的事是他怂恿的，他愿意受千刀万剐，只求饶十二不死。审过以后，刘宗敏和田见秀到院里商议。田见秀主张只将陈魁杀掉，留下鸿恩的一条性命，重责一顿，让他戴罪立功。刘宗敏从感情上也不愿杀他，但认为他既是闯王的兄弟，倘若不杀，将士们必有许多闲话，以后如何叫别人遵守军纪？再说，那些新入伙的兄弟既有本地农民,也有平日惯于扰害平民的杆子,如果放过了鸿恩,对这些人就没法厉行军纪了。所以他主张狠狠心斩了鸿恩。他们商量一阵,便同去见闯王,请他自己决定。宗敏说:

"闯王,这件事,如今全营上下无人不知。或重责一顿皮鞭,或斩首示众,全由你决定,不过要快。夜长梦多,耽搁一天,闲话就起来了。"

"王子犯法与庶民同罪,是我的兄弟更不可轻饶。杀吧,杀吧!"自成低声回答说,心中酸痛,声音有些打颤,同时在心中骂道:"为什么这事情偏出在恩子身上?该死!"

田见秀在一旁说:"你多想一想,打他几百皮鞭也是一个办法,可不杀就不杀。老尚说的很是:千兵易得,一将难求。"

这一夜,李自成为这事十分难过,不能成眠。有时在他的眼前出现的是拖着鼻涕、在灰堆中同群儿嬉戏的小恩子,忽而一变,出现在眼前的是衣服破烂、面黄肌瘦的一个少年,又顽皮又害羞地缠磨着高桂英,恳求说:"二嫂,你替我求求二哥,带我出去吧,我要随二哥一起打江山!"这后一个印象是崇祯五六年间的事情,那一次自成率人马回一趟米脂故乡,把鸿恩和村中一大群青少年子弟们带了出来。从那时起,鸿恩在自成的培养下成长起来,变成了一员青年猛将。他在童年时代就跟着村中大人们练习枪法,后来又得到刘芳亮的用心指教,武艺大进,立了许多功,流过许多血,死过几回!……

许许多多往日的印象,在这不安的一夜中都活灵活现地浮现眼前。一段二十年前的往事,也忽然记起来了。那时五婶,即鸿恩的母亲,刚刚守寡,带着吃奶的鸿恩给艾举人家中帮工,而自成给艾家放羊。一个秋天的黄昏,自成把羊群赶回羊圈,发现一只羊走失了,不敢吃饭,回头跑往山中寻找。他在荒凉的山谷中找了很久,毫无踪影。他急得哭着,跑着,叫着,直到天色黑得看不见路，仍然不敢回去，只好藏在一个山洞中，等待天明以后再找。虽然他明知山中有很多狼，但他宁肯躲在山洞中受冷，受饿，给狼吃掉，也不愿回去再受主人的辱骂和鞭打。因不愿惹父母生气，他也不肯回自己家去。

当吃晚饭的时候，五婶没有看见自成，还以为他大概有什么事回自己家里去了。等到了二更天气，不见他回羊圈睡觉，感觉诧异，仔细一问，听人说他好像往山中找羊未回，不禁大惊，丢下鸿恩就往自成的家里跑。过了一顿饭工夫，一大群人打着灯笼火把奔往荒山中寻找自成。自成坐在山洞里，噘着嘴，含着泪，紧握一把防身护体的短刀，看着散乱在山头上和山谷中的灯笼火把，听着不断的大声呼唤，只不做声。后来灯笼火把和喊声愈来愈近，他听见母亲和五婶用半嘶哑的哭声呼唤着他的乳名："黄来儿！黄来儿！……"到这时，自成再也忍耐不住，走出山洞，答应一声："哎！"五婶走在母亲前边，先扑到他面前，把他揽到怀里，边责备边哭了起来……

从那时起大约过了十三四年，李自成成了一位有名的起义军首领，在高迎祥手下号称闯将，回到故乡，鸿恩也长成了一个少年。当他率领人马离开家乡时，两鬓斑白的五婶颤巍巍地拉着他的袖子，仍然唤着他的乳名，含着眼泪，哽咽着叮咛说：

"黄来儿，你五婶二十八岁守寡，吃尽了苦，总算把小恩子抚养成人了。如今让他跟你去……只要他跟着你，五婶就放心了。"

……

李自成从床上忽地坐起，匆匆穿好衣服。天色已经黎明了。他没像往日一样到院中打拳、击剑，也没骑马去村外看将士早操，而是背着手走往村边的小树林中，踏着落叶和严霜走来走去。几个亲兵知道他心情不好，只站在树林外边警卫。

李过在夜间见到了田见秀，知道闯王下狠心斩鸿恩的成分很大，急得坐卧不安，通宵未眠。鸿恩也托人给他带信，要他讲情。他刚才骑马来到闯王住的寨内,先去看了鸿恩,随即来这里寻找闯王。当他轻脚轻手走近自成时,自成已经明白了他的来意,用责备的口气问:

"你早晨不到校场去,来见我有什么事?"

李过胆怯地说:"二爹,我十二爹的事……"

"你是来替他讲情的么?"自成截住说,严厉地望着侄儿。

"我,我……我不敢替他求情。不过自从起义以来,咱们李家已经死了几十口人……"

"补之!"自成挥一下手,不让李过说下去。"你不懂!倘若是别人犯了同样的罪,我还可以不斩。我的兄弟和子侄们不管谁犯了这样罪,非斩不可。这道理你不明白?"

李过默默地点了一下头,鼻孔发酸,眼睛潮湿。

"你看见你十二爹了么?"

"刚才看见了。"

"他对你说了什么话?"

"他要我替他讲情,还说,要是你决定杀他,他也决不怨恨你,只求你在他死之前同他见一面。"

闯王的心中刺痛,低下头去,沉默片刻,然后说:"你去对他说,我用不着见他了。家里的事情让他放心。这件事我要瞒着五婶,永不让她老人家知道。她生前养老,死后送终,我自有妥善安排,请你十二爹放心好啦。"

他说完以后,转身走了。李过看出来他非常难过,并且再讲情也没用处,只好往小树林外走去。但李过才走十几步远,被自成叫住了。

"最近有没有人回家乡去?"自成问。

"下个月有人回去。"

"有人回家乡时,你记着用你十二爹名义给五奶带点钱去。不要忘了!"

李过嗯了一声,眼泪几乎夺眶而出,赶快大踏步走出林外。

尚炯扮做走方郎中,刘体纯扮做他的伙计,天色黎明就吃过早饭,这时赶来向闯王辞行。自成步行送他们走了两三里路,嘱咐尚炯无论如何要把牛举人请来一晤。尚炯又求他留下鸿恩性命。他不愿使医生路上难过,点点头,含糊地嗯了一声。拱手相别以后,他站在高处,一直望着他们的背影渐渐远去,消失在荒山脚下。

他走回老营时,已经收早操了。看见双喜俯在桌上哭泣,小张鼐坐在一边揩泪,他没有问,只装作没看见。他明白这两个孩子起小同恩子一起,感情极好,都把恩子当亲叔父一样看待,如今眼巴巴地看着他要被斩,自然会要伤心。他把中军吴汝义叫来,吩咐他把李鸿恩和陈魁推出斩首,把另外的两个亲兵各重责两百皮鞭,贯耳游营。吴汝义正在难过,扑通跪下,说:

"闯王!尚神仙临走时一再嘱咐我:一定要救活鸿恩。全营上下,都知道鸿恩是一员将才,几年来经常出生入死,立过许多战功。再说,这是初犯,又未奸成,而且是受陈魁教唆。将他斩首,未免过重。他是你的兄弟,要想想他的老娘年轻守寡,只此独子,交付给你……闯王,我恳求你看在他老母的情分上,留下他的性命,叫他立功赎罪!"

闯王脸色严峻地说:"子宜,治军如治国,宁可大义灭亲,不可因私废法。快杀,休要再说!"说毕,他将脚一跺,不再看吴汝义,走进睡觉的房间,在床边坐了下去。亲兵头目李强进来请他吃早饭,眼睛哭得红茫茫的。他挥手使他退出,心中说:"恩子!你怎么不听我的话啊!"他的眼前不断地浮现着五婶和鸿恩幼年时代的影子,耳边仿佛缭绕着五婶的带着哭声的呼喊:"黄来儿!黄来儿!回来吧!你在哪儿?……"忽然他喉口壅塞,热泪泉涌,伏在桌子上无声地哭了起来……

第二十八章

　　看见尚炯和刘体纯奉闯王之命专诚来迎,并且知道了将有一位大将在中途相迎,而闯王本人也将在老营的山下迎候,牛金星的心中又解开一个疙瘩,决定潜往商洛山中一行。他想,虽然自己不肯受自成之聘,决计回家去再等候一个时候,但目前天下大乱,多这一层关系,只要不被官府知道,未尝不好。

　　隔了一天,刘体纯先动身离开西安。又过一天,尚炯仍扮做走方郎中,牛金星扮做算卦先生,起个五更,悄悄地骑驴出发。日头树顶高的时候,他们在灞桥打尖,当天晚上赶到了蓝田附近。为着避免官兵盘查,他们在一个离蓝田五里的村庄投宿。

　　第二天清早,他们穿过县城,在蓝田东门外打尖,换了脚驴,向蓝关进发。山势愈来愈高,终南山的主峰在右首耸立云外,积雪尚未融化。牛金星正在观看山景,默诵着韩愈的名句:"云横秦岭家何在?雪拥蓝关马不前。"念完这一联,他忽然想道:韩愈虽然因谏迎佛骨事被贬往潮州,但毕竟还是朝廷命官,后来又被皇帝召回,与他自己的遭遇完全不同。而且韩昌黎继道统,著文章[①],"文起八代之

[①] 继道统,著文章——韩愈自称继承了孔、孟的"道统",又是"古文运动"的主要人物,所以获得了唐、宋以来的儒家的普遍推崇。"文起八代之衰,道继天下之溺"二语是苏轼称颂他的话。

衰,道继天下之溺",生前名满天下,死后名垂千古,与他自己半生默默无闻,将与草木同朽,也完全不同。想到这里,他的心中笼罩着空虚与伤感情绪,很难排解。在北京过除夕的时候,他在百感交集中曾写了七律一首,此刻竟不自觉地轻轻喟叹一声,念出来其中一联:

一事无成惊逝水,
半生有梦化飞烟!

他正在烦恼,突然有一个青年农民带着一个少年,牵着两头毛驴儿,背着猎弓,腰里别着砍柴的利斧,从路边笑着迎上来,向尚炯拱手说:

"先生,我们在这里等候好久啦。我侄儿给狼咬坏了一只胳膊,请你务必费心去瞧看瞧看。"

尚炯问:"不远吧?我们急着往商州去,远了可不成。"

"不远,不远。你看,那个山坳里就是,不到四里。"

尚炯露出想拒绝又不好拒绝的神气,望着金星问:"怎么办?咱们只好去一趟?"

金星心里想,这个庄稼人怎么会知道医生要打这里经过呢?其中一定有些蹊跷!他又望望他们的脸上神情,心中有些明白,回答说:

"救人事大,怎好不去?好,我陪你一道去吧。"

他们开了脚钱,换上农民们牵来的毛驴儿,转上一条小路,望着一个雾沉沉的山村走去。刚离开大路不远,尚炯一看前后没有别人,向青年农民笑着问:

"王天喜,这里的路径你可很熟?"

"我就是这儿长大的孩子,天天在这些山谷里砍柴,打猎,怎么会不熟?闭着眼睛也不会走错一步!"

"他是刘捷轩将军的亲兵,"尚炯对客人说。"这一位小将名叫罗虎,是孩儿兵的一个头目。别看他年纪小,打仗时简直是一员猛将!"

金星忙同天喜和罗虎打招呼,不住地打量他们,感到有趣。天喜和罗虎天真地嘻嘻笑着,在客人面前都有点拘束和腼腆。他们不知道这位贵客是干什么的,但是他们明白他一定是一位十分了不起的人物,不然不会这么样隆重相迎。由于他们现在奉命保护贵客绕过蓝关城外,这件事使他们感到无限的光荣和兴奋。罗虎说:

"尚先生,双喜哥就在前边等着。你看,就在那几棵松树下边。"

尚炯和金星顺着罗虎所指的方向一看,果然看见有几个打猎的农民站在不远的松树下边,正在向这边张望。等他们过了一道山沟,那一群猎人就向他们迎着走来。尚炯对金星说:

"瞧,那位走在前边的就是我同你谈过的小将双喜。"

"啊,果然英俊,不愧是闯王义子!我还不曾问你,他的台甫怎称?"

"一年前大家还都把他当孩子看待,近来虽然他已经成了出色的青年将校,可是天天打仗,也顾不得多讲究,所以尚无表德①,大家仍然直呼其名。兄如有暇,请赠他一个表德。"

"好,好,一定替他想一个。"

牛金星打快毛驴,相离还有十来丈远,赶快跳下驴背,趋前同双喜相见,拱手说:

"劳驾远迎,实不敢当。不胜惶愧之至!"

---

① 表德——即表字。

双喜不习惯同生人应酬,更不习惯说客套话,有点腼腆地说:"先生远来,太辛苦啦。俺父帅同几位将军都在前边村里恭候,转过这个山脚就到。"

"啊?闯王来了?"金星大为吃惊地问,没想到闯王会迎接这么远,竟然来到了官府驻有重兵的蓝关附近。

尚炯也觉意外,心中大喜,笑着说:"我不是对老兄说过,闯王极其思贤如渴么?"

"嘿!如此盛情,真叫弟受之有愧,无以为报!"

牛金星怀着说不出的感激心情,同尚炯重新骑上驴子,在双喜等一群人的保护下继续前进。尚炯见他确实被自成的远迎诚意所感动,向他笑着说:

"启东,闯王如此礼贤下士,比之刘邦如何?"

"天渊之别。"

"既然如此,兄还是不肯留下来共建不朽大业么?"

金星笑着说:"你又来了!弟不愿做严光①高蹈,于世事无所补益,倘蒙不弃,愿为唐之李泌②,以山人之身佐李公定天下,事成之后仍当归隐伏牛山中。"

"李泌后来不还是受了官职,并受邺侯之封?"

"那是后来迫于时势,非其初志。"

尚炯看他的口气似很认真,不好往下再说了。牛金星过去读新旧《唐书》和《资治通鉴》,对李泌的为人十分仰慕,所以他

---

① 严光——字子陵,东汉余姚人,少与刘秀同学。刘秀做了皇帝后,他改姓名,不肯做官。刘秀把他找到,他还是辞官不做,隐居终生。
② 李泌——唐代京兆人,字长源,杰出的政治家、战略家,也是诗人和散文家。唐肃宗即位灵武,他不受官职,自称山人,帮助肃宗处理军国大事,权在宰相之上。平定"安史之乱",他起了很大作用。到代宗时他不得已受了官职。到德宗时他不但受了官职,还受了邺侯的封爵。

的话也确实代表了他最近几天的想法。虽然他更崇拜诸葛亮,很羡慕刘备与诸葛亮的君臣知遇,但是当他亲眼看见李自成的热诚相待并不下于刘备时,他又想自成毕竟是草莽英雄,与身为豫州牧的刘皇叔不同,所以说出来愿为李泌的话。

不过半个时辰,他们一行人顺利地绕过了蓝关。他们所走的尽是荒僻的蚰蜒小路,只有当地的猎户才能找到。有时他们同那条由西安通向武关的大道距离很近,隔着一道不深的山谷,透过树木和丛莽可以清楚地看见大路上的一切情形。当距离大路最近时,牛金星看见一队骑马的官兵大约有五十个人,号衣整齐,旗帜鲜明,由一名千总打扮的小将率领,朝向蓝关方面走去,似乎是在巡逻。这一队巡逻的骑兵忽然望见他们,停顿一下,拨转马头向商州方面走去,看样子是要迂回到前面,截断他们的去路。牛金星暗暗吃惊,向双喜和尚炯望望。看见他们和弟兄们都是满不在乎的神气,他心中好生奇怪和不安,忍不住用鞭子指一指那队官兵,小声说:

"那不是官兵么?似乎已经看见咱们了。"

双喜笑着说:"那是张鼐带的人马,扮做官兵在路上巡逻,以防万一。"

牛金星突然放心,不觉惊奇地叫着说:"啊呀,你们布置得如此周密!"

双喜又说:"那些在路上走的老百姓也有些是咱们自己的人扮的。如今蓝田城里和关上的官兵虽多,他们要是今天敢出来,准会叫他们吃点亏缩回头去。咱们的事情他们全不知道,可是他们只要有一点动静,咱们就马上知道。牛先生,你放心好啦。"

牛金星赞叹说:"好,好。此官兵之所以常败也!"

又走了五六里路,转过一个山脚,他们看见一里外的松林中有很多战马,人都在林外的草地上坐着休息。一员青年将领骑着马奔了过来，直到相离很近，金星才认出他就是刘体纯，已经丝毫不像个商人了。刘体纯告诉客人说，闯王和几位大将就在前边恭候。牛金星虽然平日自诩为"王佐之才"，这时却不由地有点心慌。又走不远，看见地上的人们都忽然站了起来，他的情绪越发紧张。几年来他就熟知李自成和刘宗敏的威名，如今就要同他们相见，怎能不有点紧张呢？李自成穿着蓝色山丝绸旧箭衣，戴着旧毡帽，走在前边，背后紧随着几员大将和少数亲兵，其余的将士们留在原地。牛金星和尚炯慌忙下了驴子，向前迎去。

"那位走在前边的就是闯王。"尚炯介绍说。

相距十来丈远，闯王和几位大将就满脸堆笑，连连拱手。牛金星的心狂跳起来，一面还礼一面跟跄前趋。双方走到一起之后，自成非常热情地抓住金星的手，说：

"蒙先生不弃，远道光临。可惜弟等不便远迎，务乞鉴谅！"

金星连忙说："哪里！哪里！诸位将军如此远迎，隆情厚意，使弟五内感愧！"

李自成把刘宗敏、田见秀和李过向客人介绍，互道仰慕，说了几句寒暄的话。自成又说：

"野地不是谈话的地方，我们还是上马走吧。"

李双喜向松林边一招手，立刻有人牵过来一匹战马。闯王为着牛金星是个文人，给他预备的是一匹北口骟马。他让骟马走在他的乌龙驹前边，几位大将的战马紧紧跟随。他们的前后都是雄赳赳的青年将校和亲兵。牛金星很爱骑马，但是像这样的威风却是平生第一次。雄伟的高山和奇峰，澎湃的松涛和马蹄声，样样激动着他的心。他在心中说：

"大丈夫岂可老死蓬蒿！"

为着谨慎起见，他们一直马不停蹄地往前赶路，只在打尖的时候略事休息。到了三更时候,这一支人马已走了两百多里,来到了闯王的老营。留守的袁宗第都在寨外迎接。用过夜饭,闯王把客人送到西屋安歇。那是他春天才布置的书房兼客房,比较干净。几位大将各自回营,他自己回到上房。

牛金星十分困乏,一觉睡到第二天日上三竿。醒来以后,听到院里静悄悄的,偶尔有人说话也都是轻声细语。他又闭着眼矇眬一阵,才伸个懒腰,重新睁开眼睛,但是仍没有马上起来。他想,大概闯王昨天很辛苦,尚未起床,所以小院中不准有声音打扰。

他在床上回想着昨天一天的经历,在他的半生中实在是一个极不平凡的日子。李自成给他的印象极深。尽管他还没有机会同自成深谈,但是仅凭他的表面观察,凭他们在路上的随便谈话,他已经对自成深为敬佩,觉得尚炯的称颂并无一句过分。其次,他从刘宗敏的身上看见了一种慓悍豪迈的英雄气概,从李过的身上看见了一种刚毅、谦逊和深沉的风度,从田见秀的身上看见的是浑厚、纯朴和善良。青年将领中给他印象较深的是刘体纯、双喜和张鼐。总的说来,他认为他们都是了不起的人才,正是所谓"风云人物",集合在闯王左右。

另外给他印象极深的是闯王的部队。他所看见的虽然只是去迎接他的少数部队,但是他看出来他们纪律严明,精神饱满,上下融洽得像家人一样。他看见过的官兵很多,哪有像这样的部队呢?没有!

牛金星把一天来的印象重新回想一遍,觉得时间大概不早了,便穿好衣服下床。听见屋里有响动,一个态度腼腆的青年亲兵踮着脚走了进来,恭敬地笑着问:

"先生,怎么不再睡了?闯王吩咐过,不让院里有声音惊动你,好让你多睡一阵,解解乏。"

"我已经睡好啦。昨天闯王也很累,他一时还不会起床吧?"

亲兵笑着说:"他?他天不明就骑着马出寨去啦。"

"有什么要紧事?"

"没有。每天早晨他都是天不明就起床,出寨去看操练。"亲兵向门外的太阳影子望一眼,又说:"如今该收操回来啦。"

牛金星听说闯王照样天不明就出寨观操,又是惊异,又是敬佩,同时对自己的饱睡迟起略感不好意思。他漱了口,洗了脸,站在书桌边翻一翻自成所写的大字和他所读的书。这些书整齐地摆成一堆,有《四书集注》、《孙子十家注》,还有一部《通鉴纲目》。另外有一部残破的《三国演义》放在窗台上。金星拿起来一本《孙子十家注》,看见里边有不少圈点,还有夹批和眉批。这些批注都很别致,全是从他亲身经历而得的悟解,有的较长,有的却只有几个字,甚至只有两个字:"要紧!"牛金星随便翻到一页,看见眉批道:"十年来义军驰驱半中国,使官军防不胜防,追又不可追,就是这个道理。"旁边又批道:"骑兵十分重要。倘日后每一精兵有三匹马,则更可风来电往。"后边又批道:"崇祯八年春长驱东进,所向无阻,即是'冲其虚'。"金星再看所批的孙子原句,原来是这样两句:"进而不可御者,冲其虚也。退而不追者,速而不可及也。"金星为自成的批注暗暗叫好。他正在随便翻阅,闯王回来了。

早饭后,李自成很想同牛金星谈一谈重大问题,听听他的高见,但想到金星昨天过于辛苦,大概还不曾休息好,便忍一忍不提了。他陪着客人到寨外走走,让客人看一看周围的山景和将士们的垦荒情形。牛金星看见农民军同百姓在一起种地,关系融洽,深为感动,不由地想起来《三国志》等史书上所写的诸葛亮在渭南屯垦的情形。许多年来他所看见的官兵只会奸掳烧杀,破坏生产,从来没有过这种景象。当闯王走去向几个头目吩咐什么事情的时候,金星趁机会同一个农民说了几句话,知道这一带农民多亏闯王赈济粮食，少饿死许多人，也很少出外逃荒，如今农民们所种的秋庄稼，也都是闯王发的种子。等李自成转回来时，金星同他继续顺着小路散步。那个农民对他说到闯王赈济粮食和种子时的感激神情，特别是那几乎滚出来的满眶眼泪，久久地没有从他的眼前消逝。他偷偷地打量着闯王的同小兵一样的粗布服装，带着谦逊微笑的英明面孔，在心中问道：

"目今四海分崩，万姓涂炭，能拨乱反正，拯斯民于水火者非斯人乎？"

他们继续一边散步，一边闲谈。牛金星总想着闯王会向他询问朝廷大事或请教今后大计，但自成却不急着谈这些问题。自成同他谈的大都是关于本地农民的疾苦，而且谈起来就像谈家常一样，十分清楚。当走过一个完全成了废墟的小村庄时，自成对他说明这个村庄原来有多少户人家，姓什么的，某年某月他和高迎祥的队伍从这里经过，有人放火烧了几间房子，随后某人的官兵打这里过，把全村烧光了。他提起官兵的残害百姓很生气，但也不掩饰有些农民军的破坏行为。他感慨地说：

"在十三家弟兄中，虽说咱们高闯王的队伍比较守纪律些，可是说实在的，在前几年也有许多人不知道爱护百姓。直到如今，咱们的队伍也还常有扰害百姓的。奸淫，放火，随便杀人的事情并非没有，只是比前几年又好了一些。"

牛金星心中很称赞自成的坦率，真诚。但他不相信现在闯王的部队还会有扰害百姓的事。他说：

"我看贵军如今与百姓同耕，赈济饥困，实在是仁义之师。将军的话太过谦了。"

闯王笑一笑，说："牛先生乍到这里，实际情形还不清楚。住久了，五脏六腑里的毛病你就看清啦。"

看见牛金星有点不明白他的意思，自成弯下腰去，从刚犁好

的地里把两块碗大的料姜石捡起来扔到路旁,然后说:

"如今咱们的队伍都打散了,你看见的只是很小的一部分。这些人,大都是老八队剩下来的一点打不散的老底子,多年跟着我,比较听话,也比较规矩些。也有些弟兄不是老八队的老底子,纪律就差些。有不少人劝我睁只眼,合只眼,说是水清不养鱼。他们虽说不敢公然扰害老百姓,可是背地里也常常做些坏事。就说老八队的老底子吧,也是十个指头不一般齐。像咱们这样的部队,要做到秋毫无犯真不易。须要下狠心治军,有时还得狠心杀人。"自成一面说一面想着鸿恩的事,心中酸楚。他装做看将士开荒,赶快避开了客人的眼睛。

转过了一个土丘,他们看见了田见秀正在打着赤膊同将士们一起开荒。同田见秀谈了一阵,自成带着客人往回走。因为牛金星在路上很称赞田见秀,自成笑着问:

"崇祯初年,你可听说点灯子这个名字?"

"是的,还记得这个名字。那时在延安府一带起事的,王嘉胤最有名,其次是王二、点灯子、高迎祥、八大王张献忠一班人。"

"点灯子原是个教书先生,本名陈长庚。白天在破庙里教学生读书,晚上坐在小油灯下边抄书,批书。他打抱不平,得罪了本地劣绅。这个劣绅说他夜间编写兵书,准备造反,不惟不准他教书,还要衙门里派人来抓他。逼得陈长庚走投无路,当真造起反来。他因为自己是从点灯抄书上惹的祸,所以起事后就替自己起这个绰号叫点灯子。这个人打仗很勇敢,也有学问,可惜死得太早。"

"啊,原来点灯子的绰号有这么一段故事!"

"玉峰就是他的学生。论亲戚,他还是玉峰的拐弯姑父。点灯子起事后很懂得惜老怜贫,与士卒同甘苦,这一套都给玉峰学来啦。"说到这里,自成笑了起来。从他的眼神里可以看出,他很得意他有这么一员大将,一个好帮手。停一停,他又说:"玉峰不大处罚弟兄们,连疾言厉色也少有,可是在咱们老八队里,上上下下没有一个人不尊敬他。什么事交给他办,他总是以身作则,比弟兄们还要吃苦。"

牛金星好奇地问:"田将军是怎么起义的?"

"说起来话长,简短捷说吧。玉峰是绥德人,家里原有几亩地,父兄都是老实农民,一年到头苦扒苦做,小日子还对付得下去。后来村里的恶霸讹去了他家的地,还叫他们打输了官司,把父亲活活气死。玉峰原是个走树下怕树叶儿打头的人,到了这时,万般无奈,只好去找他的老师点灯子,入了伙。点灯子一死,他就到了我这里。"

"这也是逼上梁山。"

"可以说差不多的人都是逼上梁山的。人们要是能够活下去,谁肯跟着别人造反?既落个贼名,又得提着头过日子,肚里没有一缸苦水的人就下不了这个狠心。"

自成又随便谈了几个将领被逼起义的小故事,使牛金星很感兴趣,不知不觉就回到老营。在书房坐下以后,亲兵头目李强走到自成身边,小声对他说王吉元前来求见。自成问:

"他的伤已经好了么?"

"伤还没有全好,不过他说他心里难过,非见你一面不可。"

自成走出二门,看见王吉元面容憔悴,眼窝深陷,眼眶里含着泪花,站在前院等他。一看见他这个情形,闯王的心中一动,不等他开口,就用温和的口气说:

"王吉元,我本来想等你伤好以后,给你拿点路费,叫你回谷城张帅那里去,可是后来又想着路上官军盘查很严,你一个人走路很不安全,还是让你留下。你既然伤还没有完全好,好生养伤吧。没有零钱用,我叫李强下午给你拿一点。"

王吉元扑通跪下去，抽咽说："我哪儿也不去，死也要死在你的大旗下边！我以后倘若再做出对不起闯王的事，叫我天诛地灭！"

"不要赌咒。我知道你出身很苦，是个有良心的孩子，平素也很正派，经过这次教训，以后就不会再上别人圈套，做出荒唐的事儿了。起来，快回去休息吧。"

"闯王，你既然还要我，我的伤不要紧，你让我还回蓝田高将爷那里去吧。"

自成想了片刻，忽然说："不用回蓝田。王长顺他们一群人贩运粮食少一个管账的。你识字，去替他们经管银钱账项去。他们如今有十来队粮食贩子，还做贩卖骡马生意，经常有几千银子活动，在账目上你可要小心在意。"

"闯王！闯王！你千万莫叫我经手银钱。我这一辈子再也不经手银钱了！"王吉元流着眼泪说。

闯王笑一笑，说："你在银钱上犯过大错，只要肯悔改，我偏要用你经管银钱的事。我相信你会管好账，不会再有差错。"

不让王吉元再说话，李自成转身就走，匆匆回到客房，招待客人。不大一会儿，医生尚炯和几位大将陆续来到。随即在上房摆上筵席，为金星洗尘。

牛金星在宴席上多喝了几杯酒，加上昨天的疲困还没有休息过来，酒席散后就睡了一觉，直到日头快要落山时才醒。他跳下床，洗了脸，听说闯王去开荒快回来了，便坐在客房中喝茶等候。想着闯王确实对他十分尊敬，并且丝毫没有把他当外人看待，他的心中反有点过意不去。如果闯王说出来诚恳相留的话，怎么好推脱呢？到底跟着闯王大干一番呢，还是再等待一个时期？……

他正在拿不定主意，尚炯进来了。医生是遵从自成的邀请来陪金星吃晚饭的，一进来就笑着说：

从北京到商洛　595

"启翁,这一觉很解乏吧?你真是海量,大家敬你那么多酒,竟没有把你灌醉!"

金星也笑了起来,说:"众位盛情难却,我只得舍命陪君子。虽不醉,亦不远矣。岁月不饶人,到底不能同年轻时的酒量相比。"

尚炯意味深长地说:"说起岁月不饶人,可真是。像足下这样,也可谓'壮志虚悬两鬓苍'。"

金星点点头,轻轻地叹息一声。

尚炯的亲兵王成拿来了磨好的墨汁和裁好的一副素纸对联,放在桌上。金星问:

"这是做什么的?"

尚炯说:"请老兄大笔一挥。"

"给谁写的?"

"今天我对闯王谈到老兄不仅学问极好,书法也甚佳。闯王说可惜没有纸,不能请你写一副对联为茅舍增光。我说我去想办法,果然把纸找到了。趁此刻天没黑,请大笔一挥吧。你看,这纸如何?"

"子明,你这是故意叫我献丑!"金星说毕,拿起纸来,不觉诧异和喜出望外,赶快问:"这纸是从哪里找来的?"

"怎么,很满意吧?"

"此纸出在高丽,为绵茧所造,色白如绫,坚韧如帛,用以书写,墨光可爱,实为纸中珍品。兄自何处得此?"

"离此十几里远有一宋家寨,寨主姓宋,十分富有,祖上是做官的。我想他家可能藏有好纸,就派人骑马去问,果然拿回来了。"

"你真是神通广大!哈哈哈哈……"

牛金星非常高兴,马上在桌上摊好纸,蘸饱笔,略一思索,写成一副对联:

大泽龙方蛰
中原鹿正肥

尚炯看见金星不仅字写得好，而且在对联中把闯王比做潜龙，暂时蛰居大泽，希望闯王"逐鹿中原"，内容非常恰切，不禁连声叫好。同时他看出来，请金星帮助闯王打天下的事有八分可以成了。

不久，李自成从野外回来，看见金星写的对联，十分高兴。等他品味了一下对联的内容，却有点不好意思，谦逊地说：

"先生，这下一句'中原鹿正肥'很恰切目前情形，上一句'大泽龙方蛰'却不敢当。当今起义的人很多，弟无德无能，怎敢以潜龙自居！"

牛金星大声说："天下者天下人之天下，非一人一姓之天下。惟有德者居之。将军爱民如子，思贤若渴，远非他人可比，万不要妄自菲薄。"

尚炯说："启翁说的很是。不过闯王这里只有冲锋陷阵的武将，还缺少萧何、张良。"

牛金星明白尚炯故意拿这话挑他，不说什么，哈哈地大笑起来。医生和闯王交换了一个眼色，跟着大笑。

晚饭端上以后，他们一边吃一边畅谈。饭后继续畅谈。在自成说来，这是他生平最愉快的一次谈话。他深深敬佩牛金星对于当今国家大事，历代的兴亡治乱，都有丰富知识，恨相见之太晚。谈到二更时候，忽然有人来找医生，说是李过那里有一个弟兄在巡逻时从崖上跌下去，伤很重，请他快去救治。医生走后，闯王把凳子往前拉拉，听牛金星继续往下谈。他因为晚上又陪着客人喝了几杯酒，感到喉咙有些干渴，倒了一杯茶咂了一口，放在膝上,用手扶着,听得入神,忘记喝了,忽然手一动,竟将一杯冷茶泼到裤子上,湿了一大片。但闯王没做声,若无其事地将空茶杯放回桌上。

金星说:"将军经此一番挫折,人马大减,诚然是将军之大不利。然倘能抓紧时机将此少数将士严加训练,使每个人皆知为何而战,为谁而战,则不败之基础从此奠定。将来时机一至,十万百万之众不难号召。有此一批训练有素之将士,放在十万百万人中,犹人身之有骨骼,树木之有根干。没有这一批人,纵有百万之师,不过是乌合之众耳。"

闯王快活地点头说:"先生说得是!说得是!正说在我的心上!我也有这个想法,经先生这一指教,我的心上更亮啦!"

牛金星继续说:"从天启末年以来,十余年间豪杰并起,不可胜数。若张献忠、罗汝才、老回回、革里眼与左金王等,是其中佼佼者。然而以弟看来,这班人虽能成为一时风云人物,却未必能成就大事。"

"何以见得?"自成问,其实他对这班起义首领也有清楚认识。

"他们之所以不能成大事者,首先在胸无大志,其次在军纪不整,不能深得民心。"

自成说:"先生说的是。他们虽然起义了十一二年,却都没有与朱家朝廷势不两立的心,所以一遇境况不顺,便都踌躇观望,打算投降,或向朝廷虚受招抚,惟求苟安一时。张敬轩在这班人中还算是一个比较出色的人物,可是直到如今还只想着诛杀贪官污吏,倒把朱家朝廷这一个祸国殃民的总根子放过了。正因他看得不高,所以在一年前也向朝廷投降了。虽说他不是真降,那也是不应该的。他近几年的声望高,玩的这一手对大局影响很坏。近来,他有些明白了,后悔了。虽然我跟敬轩之间平日有些芥蒂,但是我想着应该以大局为重,在目前这个节骨眼上需要去劝劝他，推他一把。还好，他决定勒马回头。我们起义，就是古人所说的汤、武革命，必须宗旨很正。你想，要是起义之后，随波逐流，大的方向不明，路子走歪，如何能成就大事？"

金星说："将军所论，足见宏图卓识，迥非他人可及。目今天下扰攘，群雄纷起，能够救民水火，终成大业者，惟将军一人耳。"

自成谦逊地说："我自知德才不足，原不敢怀抱奢望。高闯王在日，也只是想竭忠尽力保高闯王覆灭明朝，重建清平世界。高闯王死后，我虽然被众人推为闯王，实因德威不足以率众，智谋不足以应敌，才落得接连受挫，不得已来到商洛山中潜伏一时，再图重振旗鼓。说好的是我自己不泄气，余下的将士们虽少，却不离心，都肯跟着我奋发图强。如今就靠这点儿本钱了。依先生卓见，我军今后的路子应该如何走？"

牛金星早已胸有成竹，概括地说："今后道路，不过两句话：高举堂堂正正之旗，专做吊民伐罪之事。"

"请足下讲说清楚。"

金星说："将来大举之后，必须驰檄远近，向百姓明白宣布：闯王是奉天倡义，矢志覆灭明朝，重整乾坤。这就是高举堂堂正正之旗。凡能解民倒悬的事多做，凡欺压残害小民的王、侯、官绅，严厉惩处。这就是吊民伐罪。倘若如此，何患大业不成？"

闯王不觉将膝头一拍，连说："好，好。请再讲下去，讲下去。"又将凳子向前移一下。

在我国历史上，每逢天下大乱，将要改朝换代时候，总有许多封建士大夫和不曾做官的读书人，同当时的旧政权有矛盾，感到绝望，怀着新的政治憧憬和个人野心，或迟或早，通过不同的途径和方式投入起义阵营。两汉以后，由于儒家思想已经变成了统治思想，这类人物大多数都饱受了儒家教育，多读了儒家编纂的经、史之书，与一般俗儒和腐儒不同的是他们较明白民间疾苦，较留心经世致用之学，其中一部分或多或少地接受了法家影响，一部分揣摩过兵家著作，留心治军打仗的事，其下者接受了纵横家的影响，也接受了阴阳五行学说，会一些风角、六壬等迷信玩艺儿。有的人以儒家思想为主，兼受了其他多方的轻重不同影响。这一类人物，投入起义阵营之后，往往能够在一定时期内，在某些方面对革命斗争起一定的积极作用，而在另一些方面也会起消极作用。不管这类人物的身份和作用如何不同，有一点却是共同的：他们都没有背叛自己的地主阶级，努力用传统的封建政治思想影响起义领袖和革命道路，希望按照他们的思想创建新的帝国，希望他们自己能够成为新朝的开国功臣，富贵荣达，名垂青史。牛金星就是这一类人物中较为突出的一个。他现在深佩李闯王确是创业英雄，也深感于闯王对他的隆重接待与虚怀问计，所以他就将明朝将近三百年的重大积弊以及今日病入膏肓的情况分析得十分透辟，然后接着说：

"十余年来天下黎民苦于兵革，苦于杀戮，苦于妻子离散；众人所梦寐以求者是房屋不遭焚烧，妇女不遭奸淫，丁壮不遭杀戮，父母妻子相守，从事耕作于田间。谁能解民倒悬，则天下民心咸归之。孟子说：'仁者无敌'，就是这个道理。"见闯王用心在听，脸带微笑，频频点头，牛金星接着说："孟子还说：'如有不嗜杀人者，则天下之民皆引领而望之矣。诚如是也，民归之，犹水之就下，沛然谁能御之！'"

牛金星知道李自成幼年时读过私塾，近来又在温读《论语》、《孟子》，所以在言谈中特意引用孟子的话，为他的议论增加力量。见自成频频点头，他接着说道：

"目前天下之民极贫，极苦，正如《孟子》上所说的，'如水益深，如火益热。''民之憔悴于虐政，未有甚于此时者也。'孟子又说：'饥者易为食，渴者易为饮。'今后大军每到一处,开仓放赈,蠲免征赋,农民无耕牛者给以耕牛,小商小贩无资谋生者贷以资本,杀贪官,除土豪,尊重儒士,网罗人才。诚如是,则百姓望将军'如大旱之望云霓',岂有不'箪食壶浆,以迎王师'!"

闯王说:"倘若到了小百姓'箪食壶浆'相迎的时候,咱们的局面就打开了。先生说的很好,令我受益不浅。要是百姓们盼望咱们义军'如大旱之望云霓',咱们就成为'及时雨'了。"

"对,这是真正的'及时雨'。近数十年来,坊间流行一部小说,名叫《水浒》,相传是元末国初人施耐庵编的,几年前我看见了李卓吾先生的评本。宋江不过是小吏为盗,并无大志,也不懂吊民伐罪的大道理。只因他在江湖上惯行小恩小惠,竟然被人们称为山东及时雨。其实,他如何能配!究竟何谓之'及时雨'?《孟子》上说:'王知夫苗乎!七八月之间旱,则苗槁矣。天油然作云,沛然作雨,则苗勃然兴之矣。其如是,孰能御之!'这'孰能御之'也就是百姓归心,无敌于天下的意思。"

自成笑着说:"起小读《孟子》,只会读口歌①。如今听先生这样讲《孟子》才算讲出来新意思,讲出了精髓。不过有两件事先生因从来不在义军,也不清楚。拿尊重儒士来说,咱们义军,向来对清贫正派的读书人都是尊重的,爱护的。玉峰的老师点灯子就是个教蒙学的穷读书人,后来起义。拿子明说,虽说没有功名,可是他读了许多书,比有些秀才们的学问好得多。他在咱义军中很受尊敬,这你是亲眼看见的。无奈大多数读书人或者本身就是地方恶霸,欺压小民,或者同恶霸拧成一股劲儿与义军为敌。像这样读书人,也算做圣人门徒?实际是披着人皮的豺狼,非杀不行。至于说不要杀人,孟子也说得太偏了。既要反叛

---

① 读口歌——从前蒙学读书,先生不讲解,只叫死背诵,俗称读口歌。

朝廷，攻城破寨，剿兵救民，就得杀人。造反就是互相杀戮，白刀子进去红刀子出来的事儿。咱们倘若不懂杀人的道理，不敢杀人，就只好等着官兵来杀了。孟子不造反，所以他不懂得杀人的需要。其实他也明白，武王伐纣，杀人很多，战场上流的血像河水一样，连棒槌都漂起来啦。不这样血战一场，能够把纣王打败么？不把纣王打败，他自己也完了。孟子好辩，有时为着辩论，说些半边理，顾前不顾后。要紧的是，咱义军决不要杀害无辜良民，应该杀人时也要杀。"

牛金星赶快说："将军所言，实为千古不磨之论。不但孟夫子偏在一边，即并世起义英雄能懂得这个道理的亦鲜有其人。我刚才劝将军不要杀人，真意思也只是不滥杀耳。自古以来，不用征诛，即不能吊民伐罪。我刚才的话尚没说完，请毕其辞。虽然百姓苦于战争，渴望太平，然而不有征伐，即无从创造太平。成汤之时，'东面而征而西夷怨，南面而征而北狄怨'。人皆曰：'徯我后，后其来苏！'①愿将军效法成汤，率仁义之师以定天下，然后与民休息，劝农桑，兴学校，通商惠工，移风易俗，建万世太平之业。"

自成站起来，深深作了一揖，说："倘若有了这一天，我决不忘先生教诲之功！"

已经打三更了。吃过消夜的酒饭，他们继续谈心，越谈越起劲，完全不觉疲倦。李自成从人事方面看清楚明朝处处呈现出亡国之象，但天意若何，他不敢说，现在趁机会向金星提出来这个问题。金星说：

"两年来种种天象示警，不必细举，愚弟单谈日变。盖日

---

① 徯我后，后其来苏——"徯"是等待，"后"是王。这两句话译成现代语就是："等待着我王。王啊，快来打救我们吧！"这几句都是孟轲引用的《尚书》逸文，今本《尚书》中没有。

者，君也。单看两年多来的日变非常，明朝的国运可知。前年辛丑朔①，日蚀。虽说日蚀不为灾②，惟正月朔为三朝之会③，非一般日蚀可比。自春秋迄今，两千余年来正月朔日蚀共二十八次，应验者约二十次。正月辛丑朔日蚀共有三次，全皆应验。西汉惠帝七年正月辛丑朔，日蚀，应在惠帝失政，诸吕乱朝。哀帝元寿元年正月辛丑朔，日蚀，应在哀帝夭折，王莽篡国。至崇祯十年正月朔日又是辛丑，且又日蚀，是为一千八百年间第三次正月辛丑朔日蚀了。小民于大年初一毁坏一件器物尚且畏惧，认为不祥之兆，况日蚀之祸应在一国之主！"

李自成轻轻点头，感到无限鼓舞。停一停，牛金星接着说道：

"天变非常，崇祯自己何尝不怕？去年六月间今上在中极殿亲自策试④廷臣七十余人，策题就写着'年来天灾频仍，今夏旱益甚，金星昼见五旬，四月山西大雪'等话。金星又名太白，为西方金之精⑤，白帝之子，主兵象，昼见则有刀兵之危。何况是昼见五旬之久！"

"这太白昼见的凶兆，自然是已经应验了。"李自成说，为避客人的名讳，不提金星二字。

"岂但太白昼见？"牛金星又接着说，"去年春天，白虹⑥

---

① 辛丑朔——大年初一是辛丑日。
② 日蚀不为灾——这是近古的观念。在上古和中古，日蚀被认为是严重的灾变。
③ 三朝之会——"朝"，音 zhāo。正月初一早晨，古人称为三朝或三朝之会。因为正月为一岁之朝，初一为一月之朝，早晨为一日之朝，故称三朝。
④ 策试——封建时代向臣下或举子们考试关于政治、经济、军事等方面的重大问题，叫做策试。被试者用文章或口头回答，叫做对策。
⑤ 为西方金之精——按照古代的五行说，西方属金，其色白，所以金星又称太白，被认为是"白帝之子"。白帝是五天帝之一，为西方之神。
⑥ 白虹——古人所说的白虹就是一道白色云气。他们认为"白虹贯日"是兵凶征兆。

与赤气贯日。去年二月朔，日色无光，众星昼见。今年正月朔，北京城天色阴惨，连日风霾。还有，去年十月初五，我在北京亲见日中有大黑子，又有黑气与日摩荡，俨然如同两日。夫白虹为兵象，赤气为血，日者君也。白虹与赤气贯日，则人君有刀兵之危。日中有黑子，两日并出，皆亡国之兆。"

李自成说："既然天象如此，我们闹腾着就更有劲了。商洛山中地瘠民寡，请问，下一步兵往何处为好？"

牛金星拈着胡须想了一下，说："以陕西形势而论，关中最好，汉中次之。但目前夺取西安不易，无法据守关中，纵令袭破西安，亦必受四面围攻。汉中偏在一隅。倘若据守汉中，则蜀兵攻其南，秦兵攻其北，楚兵溯汉水而上，也是坐待挨打之势。盖古今形势大不相同，对地利须要活看。楚、汉相争时，汉高祖先据汉中，还定三秦①，将汉中与关中连成一片，故能东出成皋，与项羽争夺天下。今日情势，根本不同，这着棋是不能走的。东汉末年，张鲁利用关中与中原战乱不息，刘璋暗弱，故能据守汉中三十年，然也是局促无所作为，终降曹操。纵览目今天下大势，俟我军元气恢复之后，应以东出宛、洛，驰骋中原为上策。"

闯王击掌称好，说："没料到先生和我的想法不谋而合！"

这天夜间，闯王同牛金星一直谈到鸡叫以后才各自就寝。但他们都睡不着。自成的睡不着是因为过于兴奋，恨与牛金星相见太晚。当两三天前改变原议，由他亲自率领诸将远去蓝关附近迎接时，袁宗第和李过都认为他未免有些谦恭过火，劝他留在山寨。他当时责备他们说："难道怕失我闯王身份？你们以为单靠

---

① 还定三秦——秦亡后，项羽将关中分为三个地方，分封秦的三个降将，所以后来关中也称三秦。刘邦被项羽封为汉王，从关中移驻汉中；后来打回关中，消灭了三个降将，所以是"还定三秦"。

盘马弯弓、拿刀弄杖就能够打下江山么？刘邦倘若没有用张良、陈平、萧何这班人尽心辅佐，也不容易建立西汉基业。咱们目今正是惨败之余，人家牛先生肯屈驾前来，不用咱们三顾茅庐，难道我还不中途相迎，以表诚意！"如今看来，这位牛先生实在值得他隆重远迎。但是他又怕牛金星不肯留下。至于金星的睡不着不仅是因为太兴奋，也因为考虑着是否留下的问题。在后半夜，闯王虽未直说，却已经几次流露出要留他的意思了。

在来到商洛山中之前，牛金星总担心李自成不能把他当"国士"看待，受不到尊敬，另外也怀疑自成会真像尚炯所称颂的那样。来到商洛山中以后，这一些顾虑都一扫而光了。原来他打算同闯王暂时做布衣之交，等待将来再看。经过这一夜畅谈，特别是自成已经流露出挽留之意以后，他知道他要么就入伙，要么就断然拒绝，不容许他想下水又怕湿脚。想着自己不甘心老死蓬蒿，想着半生落拓，受人欺负，几乎死于贪官、土豪与狱吏之手，又想着自己的远大抱负，李自成对他的重视，以及明朝的种种亡国之象，他觉得还是下狠心入伙的好。忽然想起来在北京时他占的"飞龙在天，利见大人"之卦，给他平添了许多勇气。他想，别说是"飞龙在天"，即令是"见龙在田"①，也是飞黄腾达之象。他对《易经》是背得烂熟的。这时好像自言自语一般，不知不觉地背出来孔夫子对这一卦的解释：

"同声相应，同气相求；水流湿，火就燥；云从龙，风从虎；圣人作而万物睹。……"

背过以后，他想道，我今天同李自成遇合一起，共建大业，可不是同声相应，同气相求么？可不是古人所说的"风云际

---

① 见龙在田——"见龙在田"和"飞龙在天"，都是《易经》里的乾卦。王弼注："出潜离隐，故曰见龙；处于地上，故曰在田。"按"见"字即"现"字。

从北京到商洛 605

会"么?想到这里,他在被窝里握紧拳头,对自己说:

"好,入伙吧!大丈夫当通权达变,建立不世之功,名垂青史!"

但是,一想到入伙,一些实际问题就来了。祖宗坟墓,田园庐舍,他不能不有留恋。最大的问题是,他的家人是否愿意跟着他造反?今后这个家如何安置?把家人都带来,打仗的时候怎么办?……

直到天色麻麻亮、乌鸦叫唤的时候他才入睡。到了半晌子,一乍醒来,听见院子里的人们正在忙着,分明在准备盛大酒宴。他又想着入伙后的家庭问题,对自己说:

"欲做大事,何能瞻前顾后,如市井庸人!"

这天中午,闯王特意为牛金星安排了一次隆重酒宴,上房里和院子里摆了十几桌,大小将领前来坐席的有一百多人。高一功在一百多里外打粮,接到闯王通知,也特意连夜赶回,参加盛宴。酒过三巡,李自成提着酒壶站起来,一百多个大小将领都跟着站起来。他为客人满斟一杯酒,然后说:

"牛先生光临荒山已经三天,有一句话我一直不敢出口。朝廷无道,民不聊生。我们起义,为的是替天行道,救苦救贫。可是十年来百姓愈来愈苦,我们的心愿没有达到。为着救民水火,使万民早享太平,万恳牛先生留在这里,或做我们的军师,或做我们的先生,都好。今后祸福与共,我们决不会辜负先生。请先生受弟一拜!"自成深深地躬身一拜。

牛金星赶快还礼,连称不敢。这时,屋里,院里,大小将领,肃然无声,都用充满热情和激动的眼睛望着客人,等候着他的回答。牛金星看见闯王和大小将领对他如此诚恳和看重,十分感动,原来的种种犹豫想法都给驱散到爪哇国了。他用颤动的声音回答说:

"金星才疏学浅,谬蒙将军厚爱,实在惶愧无地。俟金星回到舍下,稍作料理,定当携眷前来,长留麾下,效犬马之劳,辅将军创建大业。"

听了他的话,自成又赶快躬身下拜,说了些感激的话。大小将领都非常高兴,纷纷向金星敬酒。刘宗敏唤人取来两只大杯,斟满,一杯捧给金星,一杯端在自己手里,大声说:

"牛先生是举人造反,十分稀少。当我们正在倒霉时候,肯来共事,一同受苦,更是难得,令人实在敬佩。就这一点,我们也会永不忘记。来,敬你一大杯!"

闯王等金星饮过这杯酒以后,又替他斟满一杯,自己也端起杯子来说:

"现在就一言为定。牛先生从河南搬取宝眷回来之后,望屈就军师之位,以后诸事都要仰仗费心。"

牛金星说:"行军作战,非弟所长。弟愿佐闯王延揽天下英才,建立开国规模。至于军师一席,弟有一好友当之无愧,敢为冒昧推荐。"

自成赶快问:"什么样人?"

"此人姓宋字献策,以字行,河南永城人氏。饱读兵书,深通韬略,三教九流,无不熟悉,且善奇门遁甲,星象谶纬。多年来隐于卜筮,游踪半天下,对各地山川形势,用兵要害,了若指掌。倘能得他前来,常在将军左右,运筹帷幄,必能展其长才,使将军早成大业。"

闯王大喜,说:"子明回来以后也对弟谈过宋先生为人,弟心中十分仰慕。可是宋先生游踪无定,如何礼聘前来?"

"他如在开封不多停留,便去南京、苏、杭一游,然后返回开封。俟弟携眷回来,修书一封,派人寻找,定可找到。宋兄见弟在此,想不会拒绝邀请。"

"如此,自成就更为感激不尽了!"

闯王又深深作了一揖,率全体将校重新敬酒。

有几个唱洛阳曲子的江湖卖艺人被老营总管派人从附近的镇上叫了来,等候在大门外,这时进到院里,围着一张方桌坐下,为大家弹唱助兴。高一功指定的头一个节目是《三请诸葛》,听得宾主都同声叫好。随后,牛金星点的是《龙虎风云会》,闯王点的是《反徐州》,刘宗敏点的是《火烧战船》,田见秀点的是《田家乐》。李过和高一功也都拣自己爱听的点了一折。金星点一折《龙虎风云会》并不是偶然的。他心中暗想:如今唱这一出歌颂宋太祖君臣相遇、共建大业的戏,不是恰好不过?

这些卖艺的有几个是卢氏人。当牛金星拿着红纸折子点唱的时候,领班的老头子毕恭毕敬地站立在堂屋门外,拿眼睛偷偷瞟着。突然,他的心中一惊:"这位坐首席的老爷好生面熟……可不是牛举人么?"下去以后,他悄悄向伺候酒席的一位弟兄打听,果然是卢氏牛举人。可是牛金星并不认识他,做梦也不会想到会因为这位卖艺人回到卢氏县城里说了几句闲话,给他带来了一场大祸。

牛金星在商洛山中住了半个多月,四月下旬动身回伏牛山去。他下定决心说服妻子,把家眷偷偷地带到商洛山中。闯王送了他二百两银子作"程仪",同几位大将骑马送了他十几里,再三嘱咐他务必在五月上旬转回,因为已经同他谈过,张献忠要在五月上旬起义,这里也要在那时树起大旗。为着保护他路上安全起见,闯王还派遣刘体纯和李双喜率领一百名挑选的精锐骑兵秘密护送他回到伏牛山中,人马潜驻在卢氏县和洛南县交界的大山里等候接他。

回到村子以后,牛金星对人们只说他是从西安看朋友回来的，并没有一个人怀疑。等到邻人陆续散去，更深人静，他把妻、妾和儿子牛佺叫到面前，关起房门，悄悄地把他在商洛山中的事情告诉他们，并说明这次回家来是要接他们去闯王那里。牛佺是一个不满现状的青年人，又因受王举人欺负，苦于无路报仇，听了父亲的话非常高兴。小老婆如玉害怕打仗，害怕以后在枪刀林中奔波，不得安宁，但是她是丫头收房，贫苦家庭出身，肚子里装着不少苦水，也希望改朝换帝。她拿不定主意，又因为上有主妇，不敢随便说话，所以皱着眉头，咬紧嘴唇，心头怦怦跳着，死不做声。牛奶奶起初看见丈夫从西安带回来二百两雪花纹银，心中十分欢喜，如今听他这么一说，吓得魂不附体，浑身打颤，脸色灰白，大张着口说不出话来。她两腿发软，扶着桌子角和椅靠背走到门后，用耳朵贴着门缝向院里听听，转回来扑通坐在床沿上，小声说：

"我的天爷！没料到你做出这样的事！这可是要满门犯抄，诛灭九族的大罪！"

牛金星劝她说："明朝的气数已尽，怕什么？跟着闯王打下江山，你就是一品夫人，享不完的荣华富贵，不比当一个被革斥的举人娘子强得多么？"

"你是发疯了，要带着全家人跳火坑，上刀山！乱世年头，小心谨慎还怕有闪失，保不住身家性命，你竟然想带着全家去从贼！万一给官兵捉住，剐三千六百六十刀，凌迟处死，死后也不能入老坟。我的天，你疯了！"喘了几口气，牛奶奶又说："做梦也没想到，原来你带回的银子是贼钱！给官兵抄出来，可不是现成的赃证？亏你自幼读圣贤书，讲忠孝节义，活到四十多岁忽然叫鬼迷了心，想造反！"

牛金星看见大娘子这般情形，急得连甩双手。他望望儿子，希望儿子劝劝母亲，可是牛佺胸有成竹地低着头，只不做

声。金星顿顿脚,对娘子说:

"你真是糊涂!自古无不亡之国,懂么?如今遇到快要改朝换帝的时候,有本事的人就应该辅佐新主定天下。你难道连这一点道理也不懂?"

"我不懂!我不懂!我娘家是书香门第,父亲是拔贡,大哥是秀才,二哥是监生,我不能做贼人之妻!我活是清白人,死是清白鬼。你除非先拿刀杀了我,我不会答应你失身投贼!"说毕,她用手捂着脸,倒在床上小声哭起来。

金星无可奈何地长嘘一口气,在床前走了几转,然后开了房门,走到书房,颓然坐进椅子里,低着头发闷。"怎么好呢?怎么好呢?"他在心中自问,但是他的心没有回答。过了很久,他听见娘子仍在上房哭泣,心中有些不忍,也觉得娘子的意见不无几分道理,一片雄心突然软了下来,闷闷地仍回上房,倒头便睡。但到了五更,冷静一想,还是觉得非随着李自成起义不可。他越想越下定决心,不能重新入睡,便披衣下床。牛奶奶从枕上抬起头来问:

"你想明白了么?"

金星顿脚回答:"嗨,妇人之见!"

连着几天,差不多每夜他都想法向娘子劝说,赔了不少苦脸和笑脸,但都是枉费唇舌。为着这件事,牛奶奶白天愁眉不展,食量大减,晚上常做凶梦,梦醒了,不是唉声叹气,就是哭泣。倒是牛佺的态度很积极,他一面帮父亲劝说母亲,一面做一些远行的准备工作。为着准备实用,他每晚不再读艾南英的制义文①,不再读科场墨卷和试帖诗,而从父亲的藏书中取出来《陆

---

① 艾南英的制义文——艾南英是晚明的散文作家,他的制义文(八股文)在当时影响很大,几乎为从事科举的人们所必读。

宣公奏议》①、《张太岳集》②和一些经世致用的书堆在案头。爱妾的态度也使金星很满意。她想,既然人们都说明朝的气数完了,真龙天子已经出世,说不定这真龙天子就是李闯王。既然在家中常受大婆的气,也没有出头之日,倒不如随金星去投闯王。她认为死生都是前世注定的,不该死的人天天在刀枪林中也不会掉根汗毛,该死的人坐在家中也躲不过去。她在大娘子面前装一副愁闷面孔,在金星的面前却笑着说:

"我是你的人,你带我到哪我到哪。只要叫我跟着你一道,吃苦,担风险,我都不怕。"

为着牛奶奶的思想一时破不开,牛金星心急如焚,却迟迟不能动身。刘体纯和李双喜在卢氏县边境左等右等,等不到他的消息,可是大举起事的日期愈来愈近,十分焦急。闯王在商洛山中更其挂念。他已经派人飞速去崤山中通知高夫人和刘芳亮星夜赶来会师,对分散在附近各地的部队也都送去鸡毛信,限在端阳节以前集合。他知道官军方面已经觉察出他要大举起事,新任陕西、三边总督郑崇俭亲到武关布置军事,蓝田和潼关也集结了许多官军,如果他不赶快把人马集中,去到南阳一带,就有被优势官军分别包围的危险。而且稍迟一步,潼关的官军一动,高夫人要回来会师就困难了。他派人告诉刘体纯,务要立刻请牛先生带着家眷前来,不可耽误。刘体纯派了一个人去催金星,传达了闯王的话。牛金星见刘体纯派人秘密来催,心中更急,坐立不安,恨不得扔下家眷自走,但又下不了这个狠心。

表面上不敢对亲、族、朋友和乡邻们露出和平常有什么不

---

① 《陆宣公奏议》——唐朝政治家陆贽的奏议,内容是议论有关国家的军事、政治和财政等重大问题,文体也很美。

② 《张太岳集》——张居正的文集。他是万历初年的首辅,杰出的政治家。

同,也不敢公然争吵,但是一到没外人在屋中时候,尤其是在夜间,老夫老妻就展开激烈斗争。这里有苦劝,有抽咽,有互相抱怨甚至互相诅骂。日子就这样一天一天地拖着。牛金星和大娘子都在生活反常中消瘦了。拖延到五月中旬,大概是月亮快圆的时候吧,像石破天惊一般,张献忠在谷城起事的消息传到了伏牛山中,人心大大浮动起来,牛奶奶的想法才有些变了。她回娘家一趟,想探一探秀才哥哥的口气,却不敢把金星的打算明言。哥哥谈起国事来直是摇头叹气,也说大明的气数快要完了,并且告她说新近有人扶乩,吕纯阳降坛,写了七律一首,很是费解,不过也露出来要改朝换帝的意思。听了秀才哥哥的话,她又想了想,才下了决心,回家来同意随丈夫去投闯王。但是她虽然同意了,却舍不得房屋、田地、家具、什物,不肯马上动身,想暗中分散给亲戚照料。牛金星非常恼火,夜间对她威胁说:

"我再等你一天,你要是还不肯同我走,我就只好不管你了。"

"唉!难道咱们的家就永远不要了?"她噙着眼泪问,总想着叶落归根,还有回来的时候。

"这些身外之物,算得什么?真是女人见识!"

她觉得丈夫的话有道理。既然去投闯王造反,这个家就是"一舍之物"了。如若造反成功,享不尽的荣华富贵;造反不成,也别想再回家乡。可是尽管她这么想着,仍然舍不得这些房屋、田地、各种家具和衣物,其中还有一套漆得照见人影的细木家具,是她二十年前的嫁妆,她常常以这套嫁妆在亲戚中感到骄傲。看着这些家具,她心中疼痛,坐在床沿上哭了起来。

牛金星不耐烦地叹口气,走到爱妾的房间里,一时感情冲动,提起笔写出来十二韵五古一首。写毕,他低声吟哦:

　　　　自从天启来,

四海如鼎糜；
千里鞠茂草，
白骨满路隈。
抚剑惊四顾，
肝胆为之摧。
既有匡济志，
胡为守蓬莱？
丈夫贵决断，
……

突然，一阵猛烈的打门声使牛金星大吃一惊。他跳了起来，抓着一口剑跑到院里，只见宅子周围，火把把树梢照得通红。满村狗叫、人喊、马嘶、孩子啼哭。乌鸦从树梢惊起，成群地啼叫着飞过头顶。全家人都来到院里，不知发生了什么事。有人在用石头砸大门，有人在叫嚷着翻墙头。牛佺和几个仆人拿着武器准备抵抗。牛金星心中明白寡不敌众，也逃不脱，把儿子往黑影中推了一下，对仆人们说：

"放下兵器，快去把大门打开！这是来抓我的，天塌自有我长汉顶着！"

仆人们听说是官府派人来抓他的，谁也不肯去开门。他把剑一扔，昂然地往大门走去。牛奶奶突然追上他，抓住他的袖子，恐怖地颤声说："我的天呀！你别去！你别去！"他甩脱她的手，继续朝大门走，同时在心中后悔说：

"唉，完了！要是早走一天就好了！"

第二十九章

春天,谷城城外的江水静静地流着。一春来没有战争,这一带的旱象也轻,庄稼比往年好些。香客还是不断地从石花街来来往往,只是比冬闲期间少了一些。小商小贩,趁着暂时出现的太平局面大做生意,使谷城和老河口顿形热闹。但是关于张献忠不久就要起事的谣言在城市和乡村中到处传着。人们都看出来,这样的平静局面决不会拖延多久。众人的看法是有根据的:第一,朝廷迟迟不打算给张献忠正式职衔;曾传说要给他一个副将衔却没有发给关防,更不曾发过粮饷。这不是硬逼着张献忠重新下水么?第二,张献忠日夜赶造军器,天天练兵,收积粮食,最近从河南来的灾民中招收一万多人。这不是明显地准备起事?第三,张献忠才驻扎谷城时节,确实不妄取民间一草一木,后来偶尔整治几个为富不仁的土豪,但并不明张旗鼓。近来公然向富户征索粮食和财物,打伤人和杀人的事情时常出现。这难道不是要离开谷城么?还有第四,张献忠的士兵们也不讳言他们将要起事。他们说,他们的大帅原是一心一意归顺朝廷,可是朝廷不信任,总想消灭他,而地方上的官绅们又经常要贿赂,把大帅的积蓄要光了,大帅只好向将领们要,弄得将领们都想起事。

政府方面只有"剿贼"总理熊文灿不认为献忠会"叛

变",也害怕听到献忠要"叛变"的话。为着安抚张献忠的心,他还把说献忠坏话的人重责几个。可是总兵官左良玉心中很亮,宁肯违反总理的心意,暗中把自己的军队集结起来,准备一有风吹草动,他就向谷城进攻。

在政府官吏中对张献忠的动静最清楚的还有谷城知县阮之钿。在四月底到五月初的几天里,他看见张献忠的起事已像箭在弦上,而近在襄阳的熊总理硬是如瞽如聋,不相信献忠要反,他为此忧虑得寝食不安,一面暗中派人上奏朝廷,一面考虑着劝说献忠。他是一个老秀才,原没有做官资格,因为偶然机会,受到保举,朝廷任他做谷城知县,所以时时刻刻忘不下皇恩浩荡,决心以一死报答皇恩和社友①推荐。虽然他明白劝说不成有杀身之祸,还是要硬着头皮去捋捋虎须,掰掰龙鳞。端阳节的上午,听说张献忠已经在调动人马,并将辎重往均州、房县一带急运,他就以拜节为名,穿了七品公服,坐上轿子,去见献忠。拜过节后,话题转到外边的谣言上,他站起来,紧张得手指打颤,呼吸急促,说:

"张将军,关于外间谣传,真假且不去管。学生为爱护将军,愿进一句忠言,务望将军采纳。"

献忠知道他要说什么话,故意打个哈欠,说:"好我的父母官,有话直说哔,何必如此客气?快坐下。我老张洗耳恭听!"

阮之钿重新坐下,欠着身子,竭力装出一副笑容,说:"将军是个爽快人。学生说话也很直爽,请将军不要见怪。"他停一停,打量一下献忠的神色,一横心,把准备好的话倒了出来:"将军前十年做的事很不好,是一个背叛朝廷的人。幸而如

---

① 社友——明末知识分子结社的风气很盛,同社人称为社友,书信中称做社兄。阮之钿是复社中人,他的被保举也得自复社的力量。

今回过头来,成了王臣,应该矢忠朝廷,带兵立功,求得个名垂竹帛,流芳百世。将军岂不见刘将军国能乎?天子手诏封官,厚赏金帛,皆因他反正后赤诚报效,才有如此好果。务请将军三思,万不可再有别图,重陷不义,辜负朝廷厚望。若疑朝廷不相信将军,之钿愿以全家百口担保。何嫌何疑?何必又怀别念?请将军三思!"

平日张献忠对阮之钿十分厌恶,只因时机不到,不肯给他过分难堪。今天正好是个机会,再不用给他敷衍面子。他挤着一只眼睛,以极其轻蔑的神气望着知县,嘲笑说:

"噢,我说怎么搞的,清早起来,左眼不跳右眼跳,心想一定会有什么重大的事儿要发生,原来是老父母大人疑心我张献忠要反!"随即他向后一仰,靠在椅子上放声大笑,长胡子散乱在宽阔的胸前。

阮之钿突然脊背发凉,脸色灰白,慌忙站起,躬着身子说:"学生不敢。学生不敢。之钿是为将军着想,深望将军能为朝廷忠臣,国家干城,故不避冒昧,披沥进言。之钿此心,可对天日,望将军三思!"

"咱老张谢谢你的好意!我这个人是个大老粗,一向喜欢痛快,不喜欢说话转弯抹角,如今咱就跟你说老实话吧。话可有点粗,请老父母不要见怪。"

"好说。好说。"

"刚才你说什么?你说我张献忠前十年没有做过好事,这一年投降朝廷才算是走上正道?是不是这么说的?"

"是,是。学生之意……"

"你甭说啦,我的七品父母官!我对你说实话吧,前十年我张献忠走的路子很对,很对,倒是这一年走到茄棵里啦。你们朝廷无道,奸贪横行,一个个披的人皮,做的鬼事,弄得民不聊生，走投无路。咱老子率领百姓起义，杀贪官，诛强暴，替天行道，为民除害，这路子能算不对？要跟着你们一道朘削百姓，才是正路？胡扯！"

"请将军息怒。"阮之钿两腿发软，浑身打颤说。

张献忠把桌子一拍，跳了起来，指着知县的鼻子说："你这个'老猛滋'，你这个芝麻子儿大的七品知县，也竟敢教训老子！"

"学生不敢。学生实实不敢。"阮之钿的声音有点哆嗦，脸上冒汗，不敢抬头。

献忠又说："这一年来，上自朝廷，下至你们这些地方官儿，对我老张操的什么黑心，难道我不知道？既然朝廷相信咱张献忠，为什么不给关防？不发粮饷？没有粮饷，难道要我的将士们喝西北风活下去？哈哈，你以为咱老张稀罕朝廷的一颗关防？咱老子才不稀罕！什么时候老子高兴，用黄金刻颗大印，想要多大刻多大，比朝廷的关防阔气得多，你们朝廷的关防，算个屁，不值仨钱！"

"将军之言差矣。学生所说的是三纲五常……"

张献忠截断他说："你得了吧！你们讲的是三纲五常，做的是男盗女娼。什么他妈的'君为臣纲'，倒是钱为官纲。连你自己也不是不想贪污，只是有我八大王坐镇谷城，你不敢！"

"请将军息怒。之钿虽然不才，大小是朝廷命官，请将军不要以恶言相加。"

"怎么？你是朝廷命官，老子就不敢骂你？我杀过多少朝廷命官，难道就不能骂你几句？龟儿子，把自己看得怪高！你对着善良小百姓可以摆你的县太爷的臭架子，在我张献忠面前，趁早收起。你听听我的骂，有大好处，可以使你的头脑清爽清爽。可惜你妈的听得太晚啦，伙计！哼哼，别说你是朝廷的七品小命官，连你们的朝廷老子——崇祯那个王八蛋，咱老张也要破口大骂他祖宗八代哩！你呀，算什么东西！"

到这时候，阮之钿想着读书人的"气节"二字，也只好豁上了。他开始胆大起来，抬起头望着献忠说：

"将军，士可杀而不可辱。学生今日来见将军，原是一番好意，不想触犯虎威，受此辱骂。学生读圣贤书，略知成仁取义之理，早置生死于度外。将军如肯为朝廷效力，学生愿以全家百口相保，朝廷决不会有不利于将军之事。请将军三思！"

献忠用鼻孔哼了一声，说："像你这样芝麻子大的官儿，凭你这顶乌纱帽，能够担保朝廷不收拾我张献忠？你保个屁！你是吹糖人儿的出身，口气怪大。蚂蚁戴眼镜，自觉着脸面不小。你以为你是一县父母官，朝廷会看重你的担保？哈哈，你真是不认识自己，快去尿泡尿照照你的影子！"

"请勿以恶言相加。"

"再说，你在咱老子面前耍的什么花招？拍拍你的心口，你真想以全家百口保朝廷不收拾俺张献忠么？"

"之钿所言，敢指天日。"

"呸，胡说！哪是你全家百口？你的家住在桐城，只带了两个仆人来上任，连你的姨太太也没有带来，谈什么全家百口！我今日实话对你说：老子反不反是两个字，用不着谁担保。你想向崇祯奏老子一本，你就奏吧。你想向熊总理告我一状，你就告吧。老子不在乎！从今天起，你这个老杂种不能够离开谷城一步。你要想私自逃走，老子就宰了你这个'老猛滋'。妈妈的，滚！"献忠把脚一跺，向亲兵大叫："来人呀，送客！"

张献忠派亲兵把阮之钿"护送"回县衙门，随即把他严密地监视起来，不准他同外边通消息。他从来没有受过这么大的侮辱，回去后又怕又气，躺在床上长吁短叹，不吃东西。他知道自己决无生理，又希望死后留名，就挣扎着跳下床来，向北拜了四

拜,然后在墙壁上题了四句歪诗:

> 读尽圣贤书籍,
> 成此浩然心性。
> 勉哉杀身成仁,
> 无负孝廉方正①。
> 　　谷邑小臣阮之钿拜阙恭辞

他只怕张献忠退出谷城后,谷城的官绅士民没有注意到他的尽节绝命诗,所以把字体写得很粗大,并写在显眼地方。由于心慌手颤,笔画不免有点潦草,章法也不能讲究。到了深夜,他还是想逃出去,但知道前后院都有张献忠派人把守,就打消了这个念头。

端阳节的第二天,即公元一六三九年六月六日,在明末农民战争史上是一个相当重要的日子。天刚破晓,就有人遵照张献忠的命令在大街小巷敲锣,通知百姓在两天内迁出城去,免受官军残害。其实老百姓在昨晚就已经得到消息,家家户户一夜未眠,准备逃难。许多老太婆看见大乱来到眼前,把心爱的老母鸡连夜宰杀,炖炖让全家吃了。从早晨开了城门起,老百姓就扶老携幼,挑挑背背,推推拉拉,络绎出城。有的人把家口和东西运到船上,顺水路逃走。有的人去乡下叫来驴子、轿子,向山中逃避。张献忠下了严令:对于老百姓逃难用的船只、车辆、牲口和

---

① 孝廉方正——两汉时候,朝廷取用人才,行的是地方荐举制度。孝廉方正是当时荐举的科目。阮之钿是荐举出身,所以他在绝命诗中说"无负孝廉方正"。

轿子,一概不准扣留,也不准取老百姓一针一线。

张献忠天不明就出城去布置军事,防备官军进攻。回来以后,他吩咐人去请监军道张大经,并派人打开官库,运走库中银钱,又打开监狱,放了囚犯。不大一会儿,张大经坐着轿子来了。献忠迎出二门,躬身施礼。张大经慌忙拉住他,喘着气说:

"敬轩将军!学生虽然在此监军,但一向待将军不薄。今日将军起义,学生不敢相阻。区区微命,愿杀愿放,悉听尊裁。"

献忠哈哈大笑,连声说:"哪里话,哪里话!日后还要多多借重哩!"走到厅上,献忠请张大经坐下,自己也在主位坐下,笑着问道:"张大人,朝廷无道,天下离心,如蒙不弃,愿意同咱张献忠共图大事,日后决不会对不起你。倘若你还是想做明朝的官儿,俺张献忠也不勉强,马上送你离境。张大人,愿意共图大事么?"

张大经前几天就已经风闻献忠将要起事,只是他知道自己已经被献忠暗中监视,没法逃出谷城。关于是尽节还是投降,他心中盘算了无数回,总是拿不定主意。如今他明白献忠说愿意送他出境的话并非真心,如其死在刀下,妻子同归于尽,不如活下去,与献忠共图大事,也许还有出头之日。倘若张献忠兵败,他不幸被官军捉获,只要他一口咬死他是被张献忠挟持而去,并未投贼,还可以说他自己几次图谋自尽,都因贼中看守甚严,欲死不能,这样,也许未必被朝廷判为死罪。目前上策只有走着瞧,保住不死要紧。经献忠逼着一问,他就站起来说:

"敬轩将军!大明气运已尽,妇孺皆知。学生虽不敢自称俊杰,亦非不识时务之辈。只要将军不弃,学生情愿追随左右,共图大事,倘有二心,天地不容!只有今后学生奉将军为主,请万不要再以大人相称。"

"好哇!这才是自家人说的话!至于称呼么……"献忠捋着

大胡子想了一下，忽然跳起来说："有了！俺姓张，你也姓张，五百年前是一家，咱们就联了宗吧。从今以后，你就是我的大哥啦。哈哈哈哈！……"

张大经说："今日承蒙垂青，得与将军联宗，不胜荣幸。大经碌碌半生，马齿徒长，怎好僭居兄位？"

"你不用谦虚啦。既然你比俺大几岁，你当然就是哥哥。在今日以前，你是朝廷四品命官，要不是俺张献忠手下有几万人马，想同你联宗还高攀不上呢！"

"好说！贤弟过谦。"

"可惜王瞎子这宝贝如今不在谷城，要不然，咱老子一定也拉他起义。"

"可见他命中注定只能做山人，不能际会风云，随将军干一番大的事业。"

献忠十分高兴，大呼："快拿酒来，与大哥喝几杯！请王举人和潘先生都快来吃酒！"

王秉真和潘独鳌随即来了。王秉真看见张大经已经投降，心中不免暗暗吃惊，不知所措地向张大经躬身一揖，在八仙桌边坐下。潘独鳌是内幕中人，同徐以显共同参与这一策划，所以也向张大经一揖，却笑着说：

"恭贺道台大人，果然弃暗投明，一同起义。今日做旧朝叛臣，来日即是新朝之开国元勋。"

张大经慌张还礼，说："学生不才，愿随诸公之后……"

献忠截断说："大家都是一家人，休再说客气话。今日的事儿忙，赶快吃酒要紧。"

正饮酒间，献忠想起来一件事，向侍立左右的亲兵问："林铭球这龟儿子还没有收拾么？"

张大经的心中一惊："老张要杀人了！"但因为近来他同林

铭球明争暗斗,所以也心中暗喜,望着献忠说:

"这位林大人也真是,到谷城没多久,腰包里装得满满的。我做监军道的佯装不知,并没有向朝廷讦奏他,他反而常给我小鞋穿。"

献忠又向左右问:"去收拾他的人还没回来么?"

他的话刚出口,就有两个偏将提着一颗血淋淋的人头进来。他们一个叫马廷宝,一个叫徐起祚,都只有二十多岁,原是总兵陈洪范派他们带了三百人马驻扎谷城监视张献忠的,如今也随着献忠起义。马廷宝大声禀道:

"禀大帅,林铭球的狗头提到,请大帅验看!"

张大经猛吃一惊,望见血淋淋的、十分厮熟的人头,心头一阵乱跳,顿起了兔死狐悲之感,但随即又暗自庆幸平日处世较有经验,没有得罪献忠,刚才也没有拒绝献忠的⋯⋯

潘独鳌忽然望一眼张大经说:"这就是贪官的下场!"

献忠用嘲讽的眼神望望林铭球的头,轻轻地骂了声"龟儿子",向张大经得意地一笑,随即向马廷宝吩咐说:

"叫弟兄们提去挂在他龟儿子的察院门口吧,旁边写几个字:'贪官的下场'。"他最后又乜斜着眼睛非常轻蔑地瞟一下林铭球的头,对马廷宝和徐起祚笑着说:"来吧,你们两位快来坐下吃酒。可惜,咱们再也不能敬巡按大人一杯啦。"

这两个偏将是在官军里混出来的,一向在长官前连大气儿也不敢出。虽然他们常同献忠坐在一起吃酒,倒不拘束,但怎么敢同道台大人坐在一个桌上吃酒呢?献忠见他们推辞,随即跳起来,一把拉着一个,往椅子上用力一按,说:

"咱们今天还都是挂的红胡子,戴的雉鸡翎,不管大哥二哥麻子哥,都是弟兄。等咱们打下江山,立了朝纲,再讲究礼节不迟。你们别拘束,开怀畅饮吧。道台大人从今天起已经不再是道台大人，是咱张献忠的大哥啦。"替两个偏将倒了酒，他坐下问："你们去杀林铭球这龟儿子，他可说什么话了？"

徐起祚回答说："他看见我们，知道要杀他，吓得浑身筛糠，哀求饶命。他说，只要你张大帅留下他的性命，他愿意立刻动本，向皇上保你镇守荆、襄。"

献忠骂道："放他娘的屁！他以为老子还会上当哩！可惜他的姨太太在两个月前去襄阳啦。要是那个小婊子在这里，你们倒不妨留下来，做你俩谁的老婆。"献忠快活地哈哈大笑，向全桌大声叫道："来，大伙儿痛饮一杯，要喝干！"

等大家举杯同饮之后，张献忠笑着问王秉真："好举人老爷，你怎么好像是魂不守舍？看见林铭球的头有点不舒服？造反就得杀人，看惯就好啦。跟着咱老张造反是很痛快的。来，王兄，我敬你一杯！"

王秉真勉强赔笑，赶快举杯，却因为心中慌乱，将杯中酒洒了一半。张献忠看在眼里，佯装不觉，只在心里嘲骂一句：

"这个胆小鬼，没有出息！"

张献忠原是海量，频频向同桌人敬酒。当他向张大经举起杯子时，快活地说：

"这一年半，我张献忠在谷城又当婆子，又当媳妇。从今日起，去他娘的，再也不做别人的媳妇啦。"他哈哈大笑，同张大经干了杯，又用拳头捶着桌子，大声说："他娘的，咱老子一年多来天天像做戏一样，今儿可自由啦！再也不让朝廷给咱套笼头啦！快，把老子的玛瑙杯子取来！"

张献忠有一只很大的桃花色玛瑙酒杯，把儿上刻着龙头。这是他几年前攻破凤阳皇陵时所得的心爱的宝物之一，平日生怕损坏，只有当他最高兴的时候才拿出来用。如今他用大玛瑙杯子连喝了两满杯，情绪更加兴奋，对同坐的几位爱将和僚友说：

"熊文灿这个老混蛋一年多来把咱老子当成刘香,当成郑芝龙,从咱老子身上发了大财。老子没工夫找他算账,崇祯会跟他算账。从今天起,他的八斤半就在脖颈上不稳啦。来,咱们再痛饮三杯,杯杯见底儿,底儿不干的受罚!"

大家异口同声地表示同意。尽管有人酒量不佳,但为着给献忠助兴,也愿意慷慨奉陪。干杯以后,献忠更加兴奋,接着说:

"老子今日叫住在襄阳的文武官儿们和乡绅们猛吃一惊,十几天以后,住在北京城的崇祯和他的大臣们也会吃不下饭,睡不好觉。这一年多,老子在谷城这个小池子里闷得心慌,从今后要把大海搅翻!"他自己饮了半杯酒,脸色变得很严肃,说:"想起来在谷城搞的这件事,老子一辈子后悔不完。什么话!我西营八大王南征北战,硬是在战场上拼了十来年,一时计虑不周,听了薛瞎子的话,坏了我一世威名。从今往后,倘若有谁敢劝说老子再玩这一手,老子砍他的头,活剥他的皮!"

潘独鳌来到谷城较早,知道薛瞎子去北京活动原是张献忠希望打通首辅薛国观的门路派他去的,近来自己后悔起来,却将错误全推到别人身上,心中觉得好笑。但是他深知献忠有一个护短的毛病,只好频频点头,随即劝解说:

"不过,大帅也不必将这事放在心上。大丈夫能屈能伸,能方能圆,倘若不是对朝廷虚与委蛇,如何能息马谷城,养精蓄锐?"

张大经也说:"自古成大事者有经有权,不计一时荣辱。敬轩将军在谷城这一段,只是一时行权,外示屈节,内而整军经武,以图大举。今日重新起事,天下豪杰定当刮目相看,闻风兴起。将来大业告成,书之史册,亦无愧于古人。"

献忠叹口气说:"关于谷城这一章,从今后不再提啦。都怨薛瞎子这个龟儿子为着他自己想洗手,趁老子在南阳受了重伤,在老子面前日夜撺掇。他去北京后不知弄的什么鬼,到如今不见回来。等他回来，老子至少得打他五百鞭子，把驴屎塞进他的嘴里，看他以后还敢胡撺掇！"

大家哈哈地大笑起来，把张献忠的怒气笑散了。献忠提起酒壶替张大经满斟一杯，满脸堆笑说：

"宗兄，你原是朝廷命官，也是俺张献忠的上司，今日你肯扔掉乌纱帽，抛撇祖宗坟墓和一家人，屈驾相从我一道造反，共建大业，这是你瞧得起咱老张。咱老张一百个感激。咱是一个粗人，读书不多，请你在军国大事上莫吝指教。"

张大经赶快说："不敢，不敢。敬轩将军如此谦逊，反而叫学生不好意思。今日学生既然追随将军起义，定当竭智尽忠，为将军效犬马之劳。纵然刀镬在前，决不后退一步。从今天起，学生与朝廷已一刀两断，一切惟将军之命是从。"

献忠虽然心中并不相信张大经的话，却故意大声称赞说："好哇！这才是识时务，够朋友！"随即向张大经敬了一杯，回头对亲兵们说：

"快拿稀饭、馒头。早饭后还有紧要事儿哩！"

早饭后，他叫马廷宝和徐起祚去准备拆毁城墙，随即又叫马元利去向阮之钿索取县印，并将他"收拾"了。吩咐毕，他带着潘独鳌、张大经和王秉真到一个清静地方，围着一张方桌坐下，对张和王说：

"老潘替我写了一通飞檄草稿，老徐看过了，改了几句，现在请你们两位看看，改定后就可以马上发抄了。"他转向潘独鳌："老潘，把你的稿子拿出来请他们赶快看看。抄手都准备停当了么？"

潘独鳌回答说："十几个抄手都送在石花街庙中等着，稿子一改定就飞骑送去。我自己也去石花街，亲自监督抄写。"

张大经问:"为何不在城中誊抄?"

张献忠说:"城中兵荒马乱,所以我叫老潘派兵押送抄手们去石花街庙中等候,安心抄写。"

潘独鳌已将稿子从怀中取出,问道:"张监军,你先看?"

张大经接住稿子,看着看着,不禁出了一身热汗。多年的世故阅历,使他心中决定不对潘独鳌的稿子作一字修改。看完以后,脸上极不自然地挂着微笑,将稿子转给王秉真。张献忠一直拈着长胡子,半闭着一只眼睛,留心观察张大经的惊骇神情,分明看透了他的五脏六腑,觉得有趣,同潘独鳌交换了一个嘲笑眼色,又望着王秉真的脸上挤挤眼,笑着问:

"王举人,你也出了一头汗,要扇子么?"

王秉真继续看稿子,慌忙回答:"不要,不要。啊啊,厉害!真厉害!"

献忠问:"什么厉害?"

王秉真看完稿子,右手轻轻颤抖着,将稿子送还潘独鳌,左手抹一下脸上的热汗,抬起头来,望望献忠又望望潘独鳌,瞠目结舌,半天说不出话来。献忠越发觉得有趣,问道:

"你们两位看怎么样?还可以么?"

张大经一则感情上猛然间扭不过来,二则害怕将来他万一落到官军手中会罪上加罪,下定决心不说出一字褒贬,经张献忠这么一问,他慌张地点点头。王秉真回答说:

"啊呀,这个,这个……我看这个檄文实在厉害,厉害。"

献忠逼问一句:"光厉害还不算,骂得痛快么?"

"这个,这个……"

献忠将长胡子一抛,身子向椅靠背上猛一仰,哈哈大笑,声震屋梁。笑过之后,他重新坐直身子,向他们嘲笑说:

"老潘写这么好的文章,你们二位竟然不能赏识!咱老张以往也出过檄文,发过布告,可是都只骂贪官污吏、乡宦土豪。这次我叫老潘替我写的檄文,说明我为什么反出谷城。我不只骂一骂混蛋官绅,还狠狠地骂了当今的无道朝廷,对崇祯也扫了几笔,很不恭维。这篇文章好就好在一竿子捅到底,骂到了皇帝头上。怎么,不是骂得很痛快么?"

王秉真喃喃地说:"这檄文一发出,以后就,就就,再也没有回旋余地啦。"

"怎么?你以为我以后还打算再唱'屯谷城'这出戏么?咱老子再也不唱这出窝囊戏了!既然是真正起义嘛,留什么回旋余地!难道我老张还不……"他本来要说"还不如李自成么?"但是他忽然觉到说失了口,不应该对部下说出来李自成高明,随即打个顿,改口说:"明白非推倒明朝的江山才能够救民水火?妈的,过去这一年半,咱老张身在谷城,眼观天下,并没有白吃闲饭。咱练了兵,也长了见识。这道檄文就是要昭告各地军民:我张献忠从今后率领西营将士一反到底,反到北京为止。从今以后,朝廷一定会专力对我张献忠用兵,在告示上明白写着:别人都可赦,惟有张献忠不赦。"献忠笑一笑,说:"崇祯不赦咱,咱老子也不赦他哩。今后究竟是谁的天下,咱跟他走着瞧。"

张大经说:"敬轩将军英明,潘先生的文笔亦佳。"

献忠又哈哈地笑了几声,说:"老兄,你的苦衷我明白,不勉强你提笔改动啦。你自幼读圣贤的书,受孔孟之教,灌了满脑袋瓜子愚忠愚孝的大道理,靠这一套大道理进学,中举,中进士,然后做官,食君之禄,步步高升,做了襄阳监军道。你一向都为着自己的功名富贵感激朝廷的深仁厚泽,皇恩浩荡,这是很自然的。如今你不得已跟着咱老张起义,本来有点儿勉强;看见檄文上痛骂朝廷,直指皇帝有罪,你就在心中转不过弯儿啦,就惶恐万分、汗流浃背啦。哈哈,宗兄,我说的是实话吧?"

张大经赶快说:"敬轩将军所言学生苦衷,洞照肺腑。"

献忠转望着王秉真说:"性一,你虽然还没有食君之禄,可是脑袋瓜子里装的东西也一样。算啦,我也不请你修改啦,老潘,这飞檄的末尾几句你再念一遍,让我们再琢磨琢磨。"

潘独鳌重新读出了飞檄的末尾几句:

朝廷凡百举措,莫非倒行逆施;苛暴昏乱,无与比伦。而缙绅贪如饕餮,以百姓为鱼肉;官兵凶逾虎狼,视良民为仇敌。献忠目触身接,痛恨切齿。爰于谷城重举义旗,顺天救民。大兵到处,只诛有罪。凡是开门迎降,秋毫无犯;倘敢婴城拒守,屠戮无遗。特此飞檄远近,咸使知闻!

张献忠拧紧长胡子听完以后,突然一松手,满意地笑着,拍了拍潘的肩膀,转向张大经和王秉真问:

"这一段文章没有直指崇祯皇帝骂,你们说怎么样?还要修改么?"

张大经赶快说:"不错,不错。"

王秉真跟着说:"好,好,痛快淋漓!"

张献忠将眼珠转动一阵,说:"老潘,有几个字儿你得改一改。'朝廷'这两个字从今往后咱们不要再用啦。啥他娘的朝廷,净是一群民贼!何况,咱既要对它革命,它就不配是咱的朝廷。要改,要改。"

大家都觉得献忠的话有道理,可是一时不明白对大明中央政府不称朝廷,另外有什么恰当称呼。潘独鳌向张大经问:

"用'伪朝'二字如何?"

张大经沉吟说:"恐怕不妥吧。我们敬轩将军尚未建号改元,怎么能称大明为伪朝呢?"

王秉真也不赞成,摇摇脑袋。

张献忠看见他们三个有学问的读书人都作了难,心中竟然转不了弯儿,有点可笑,便忍耐不住说:

"他娘的,这还不好办?他们的朝廷不是全国百姓的朝廷,只是朱家一姓和狐群狗党们的朝廷,从今往后,咱们只称它朱朝得啦。嗨,亏你们三位都是满腹经纶的人!"

大家的心中蓦然一亮,连声说好,互相看看,哈哈地大笑起来。他们都在心中佩服张献忠确实聪明过人,因而受到献忠的奚落也很高兴。献忠又说道:

"伙计们,这檄文上的'官兵'二字也改改吧,连前边的统统改成'贼兵'。从今往后,咱们大西兵现称义兵,以后要称天兵[①],要把朱朝的官兵称做贼兵,把朱朝的文武官员们称做贼官。"

大家同时点头说:"是,是。很是。"

献忠说:"老潘,你赶快骑马往石花街去吧。要赏给抄手们一点银子,不要亏待他们。"他等潘独鳌匆匆出去,站起来又说:"老王,你出去等着,我一会儿要请你帮忙。谷城士民都知道你王举人写一笔好字儿,常为乡绅大户写匾额,写屏对,写石碑。那些都是替官绅富人歌功颂德,不是真话。今日我请你写点东西,全写真情实话。"

王秉真问:"要我写什么?"

张献忠笑着说:"别急呀。待一会儿我会把活儿交代清楚哩。"他转望着张大经:"宗兄大人,你快回衙门去准备动身。你的随从兵丁都不会打仗,我已经派去了二十名弟兄给你,由一

---

① 天兵——古人称王师为天兵。从崇祯十六年起,张献忠在正式文告中就称自己的军队为天兵。

名小校率领，随时保护宗兄大驾。这些弟兄在缓急时很顶用，以后就算是你身边的亲兵啦。走，咱们都走吧。今天我可要忙坏了。"

献忠要往城上察看，匆匆而去。张大经和王秉真互相望望，各怀着七上八下的心情向外走去。

阮之钿听说张献忠已经起事的消息，知道自己死期已至，赶快服毒自尽。但药性尚未发作，马元利已经来到，向他索印。他摇摇头，不说话，也不交出。马元利把嘴一扭，旁边两个兵一人砍一刀，登时结果了他的性命。他的仆人赶快把县印交了出来。

张献忠忽然想起来应该审问阮之钿如何暗中向朝廷上本奏他要起义，所以没在城上停留就骑马赶来。看见阮之钿已死，他多少有点遗憾，心里说："收拾得太快了。"他看看墙上题的绝命诗，忍不住笑起来，对马元利说：

"妈的，咱老子说他是吹糖人儿出身的，果然不差！他连举也没中，竟说他'读尽圣贤书'，临死还要吹！"

大家都笑了起来。

"大帅，这座衙门留下么？"马元利问。

"衙门从来没做过一件好事，净会苦害老百姓，给我放把火烧他娘的吧。"

马元利一挥手，立刻有几个弟兄欢天喜地点火去了。

张献忠亲眼看着大堂起了火，才从县衙门退了出来。在衙门外遇见张文秀抱着令箭，带着一队骑兵巡逻，他问：

"文秀，有人趁火打劫么？"

"禀父帅，连百姓的针头线脑也没有人敢拿。"

"好娃儿，你要小心点。有谁抢了老百姓一根屌毛，你不严办，老子可要砍你的脑袋瓜子。人过留名，雁过留声，懂么？"

"孩儿懂得，请父帅放心。"

"懂就好。这一年零五个月，谷城老百姓待咱们不赖，咱们也不能对不起人家。不管谁骚扰百姓，你娃儿手里有令箭，就地正法，先斩后奏！"

"孩儿遵命。"

张文秀走后，他回到自己的辕门外，下了马，站在大街上，派人把举人王秉真叫来，说：

"性一，老兄的字写得呱呱叫，在谷城大大有名，快把咱张献忠为什么要反的话写在这照壁上，让谷城父老兄弟们瞧瞧吧。别写中间，写一边，空出来的地方还要写别的哩。"

王秉真的心中十分踌躇，出了一身汗。近几天他知道献忠要起事，想逃走，却没机会，并且怕即令自己能逃走，好大一处宅子也搬不走，会被献忠一把火烧得精光。刚才张献忠叫他看潘独鳌写的檄文稿子，将他吓得浑身冒出热汗，庆幸自己没有动笔改一个字。现在叫他执笔在照壁上替献忠写告白，他很怕日后更不能脱离献忠，重回朝廷方面。但他又不敢不写，只得硬着头皮接受任务，吃吃地问道：

"请示大帅，怎么写呢？"

"怎么写？咱老张为什么要反你还不明白么？用不着我再说，你替咱老张编一编。我要想说的话你全知道。我急着要到城上看看。你们就写吧，我待会儿来看。"说毕，他带着一群亲兵往城上去了。

这个大照壁是几天前用石灰搪好的，一片雪白。当时众人都不知道他为什么快要反出谷城了还叫泥瓦匠搪照壁，现在才恍然明白。王秉真在屋中想了一阵，拟了一个稿子，拿去请张大经看了看，共同推敲，改了改，然后回到照壁下边，用大笔在照壁的右端写起来。过了一阵，献忠从城上回来了，站在街心，拈着长须，把已经写出的看了一遍。因为按照习惯没有断句，献忠虽然字都认识，可是念起来不免吃力。他说：

"嗨,伙计,怎么不点句呢?这是叫老百姓看的,可不是光叫几个举人、秀才看的。点点句,点点句。重要句子旁边打几个圈圈儿。"

王秉真只得遵照献忠的吩咐点了句,加了一些圈圈。献忠高兴了,拍拍他的肩膀说:

"举人,请大声念念,让大家听听!"

"尚未写完哩。"举人说。

"念出来让大家弟兄们先听听,再写。"

王秉真拈着胡须,摇晃着脑袋,朗朗念道:

为略陈衷曲,通告父老周知事:献忠出自草野,粗明大义,十载征战,不遑宁处,盖为吊民伐罪,诛除贪横,冀朱朝有悔祸之心,而苛政有所更张也。去岁春正,屯兵兹邦,悯父老苦于兵革,不惜委曲求全,归命朱朝,纵不能卖刀买牛,与父老共耕于汉水之上,亦期保境安民,使地方得免官兵之荼毒。不意耿耿此心,上不见信于朝廷,下不见谅于官绅。粮饷不发,关防不颁,坐视献忠十万之众,将成饿乡之鬼。而总理熊文灿及大小官吏,在野巨绅,以郑芝龙待献忠,日日索贿,永无餍足。献忠私囊告罄,不得不括及将弁。彼辈之欲壑难填,而将弁之积蓄有尽。忍气吞声,终有止境。……

"下边呢?"献忠问。

"还有十几句,马上就写在照壁上。"王秉真回答,打量着献忠神气,心想他一定会十分满意。

献忠向左右望望,笑着问:"你们都听了,怎么样,嗯?"

许多声音:"好极!好极!"

献忠哈哈地笑了起来，说："道理说得很对，就有一点儿不好。"

王秉真赶快问："大帅，哪点不好？"

献忠说："你们这班举人、秀才，一掂起笔杆儿就只会文绉绉的，写出些叫老百姓听起来半懂不懂的话。要是你们少文一点儿，写出来的跟咱老张说的话差不多，那就更好啦。啊，性一老哥，下边还有一大串么？"

"还有十几句。"

"我看，甭写那么多啦。你给我直截了当地写吧：'官逼我反，不得不反。国家之官坏国家之事，可恨，可恨！献忠虽欲不反，岂可得乎？'就这么写出来算啦。"

张大经因为路过，不声不响地站在张献忠的背后观看，不觉小声叫着："好，好！敬轩将军收的这一句十分有力！"

献忠笑着说："别见笑。俺这个只读过两年书的大老粗，跟你们举人、秀才在一起泡得久啦，也'之乎也者'起来啦。"说毕，纵声大笑，调皮地用手指扭着长须。

王秉真虽然觉得从"官逼我反，不得不反"到"可恨，可恨"，都有点欠雅，而且音调也不够畅达，但他同张大经一样，很欣赏结尾一句收得很有力，比他准备的十几句话好得多。他不能不佩服献忠有过人的聪明。把这几句写毕，他转回头来问：

"大帅，下边还写什么？"

"总管手里有个账单子，你照着写吧，可不要漏掉一笔账。"

总管早已站在旁边，这时赶快把一个清单交给王举人，举人一看，上边开着熊文灿和许多官绅的名字，每个名字下边写着某月某日受了什么贿赂，数目若干。于是他在文章的后边添了一句：

今将受贿人姓名开列于左，并记明受贿月日及数目若干,俾众咸知。

当王秉真才写了三个人的受贿账目时,献忠忽然把账单子夺过去,看了看,要过笔来,把张大经的名字勾了去,回头对总管笑了笑,说:

"妈的,你龟儿子也够粗心啦。他如今是咱们自家人,这几笔账勾销了吧,用不着写出来向众人张扬。"

张大经满脸通红,不好再看下去,勉强笑一笑,由四名亲兵护卫着,向他姨太太住的公馆去了,心中暗暗地感激献忠。

献忠把笔和账单子又交给举人,请他接着往下写,自己回老营去了。五丈长的粉壁差不多写满了,才把清单抄完。早有许多老百姓围了上来,探着头看。有识字的人小声念出来,不识字的人用心静听。念完账单以后,人们发出来啧啧的惊叹和小声辱骂。张献忠从辕门里走出来,看看账单很清楚,也没遗漏,对王秉真点头笑笑,又对老百姓说:

"你们瞧瞧,上自总理大人,下至地方绅士,都说咱张献忠是贼,可是他们连贼也不如。他们是贼身上的虱子。这一年多,我身上的血可给他们吸了不少。难道他们比贼高贵些?"

老百姓笑起来,提着那些官绅们的名儿骂。突然有人在张献忠的背后问:

"敬轩将军,这些账是你写给大家看,还是打算日后讨还呢?"

献忠回头一看,抓着方岳宗的手大声说:"啊呀,老方,你也在这里看!"他快活地大笑一阵,接着说:"当然不要了。不过,俗话说:亲虽亲,财帛分。写出来让谷城百姓都瞧瞧,免得日后这班官绅老爷们假撇清,昧着良心说他们没有受贿。"说到这里,他忽然转向王秉真,叫着说:"举人!举人!我想起来啦,请你在后边注上一笔:只有襄阳道王瑞柟没有受我张献忠的贿,只他一个!"

方岳宗点点头说:"对,对,应该加上一句。像这样不受贿的官儿,如今是凤毛麟角了。"

王秉真写了一句:"襄阳道王瑞柟,不受献忠贿者止此人耳。"献忠看了,点点头,又对王秉真挤挤眼睛,表示很满意,说:"可见咱张献忠决不冤枉一个居官清白的人!虽说王瑞柟几次同左良玉定计要杀咱老子,可是人家不受贿,这一点就叫人尊敬。"他拍一下方岳宗的肩头,问:"怎么,方兄,还不赶快搬出谷城么?"

"已经派人下乡去叫佃户们赶快拉牛车来运东西,大概晚半天才能赶来。舍下人口多,东西多,怕今晚不能出城了。"

"你要早点走,有什么困难就来找咱。"献忠又拉住王秉真,凑近他的耳朵小声说:"伙计,这照壁上都是你亲笔写的字,想赖也赖不掉。怎么,还不肯死心塌地跟俺老张下水么?"

"哪里,哪里。我一定跟随大帅。"王秉真又出了一身汗。

献忠对着举人挤着眼睛笑一笑,匆匆地离开众人,骑上马出城布置去了。

虽然左良玉在五月初六日的下午就知道张献忠已经起事,但是不敢贸然向谷城进攻。他一面飞禀总理,一面继续集结队伍,等待机会。到第二天,他慢慢向谷城移动,并派出少数部队向城郊试探。

初七日下午,城里的居民绝大部分都逃走了,没有逃的只是极少数无力迁移的人,或者是舍不得房屋和东西的老年人,还有的是受了主人之命留下来看家的老仆人。街上看不见行人,显得空虚而凄凉。农民军仍在拆城,为着怕官军的奸细混进城来,各城门都锁了。张献忠得到报告,知道左良玉和罗岱的人马已经向谷城移动，但是他并不急着离开，仍在西城上督率着将士拆城。

方岳宗因昨天佃户来的牛车不够，今天上午又叫来两辆，所以全家老小几十口直耽误到今天下午申刻时候才动身出城。谁知一到西城门，城门落锁，不能出去。他同守城门的弟兄们说了许多好话，遭到守城门的弟兄们坚决拒绝。一个陕西口音的头目瞪着眼睛说：

"不行！没有大帅的令箭，谁也不能出进！"

"我叫方岳宗，同大帅很熟……"

"你同大帅熟有什么用？这是军令！"小头目挥着手说："站远！站远！走开，车辆后退！没有令箭就是不开门，你是天王老子也不行！"

献忠偶一回头，看见西大街上扎着五六辆牛车，十几乘小轿，几匹牲口，车上拉着东西，轿子里都坐着女人和孩子，另外有许多人跟在车后。他向城墙下边问：

"是谁家还没出城？"

方岳宗听见是献忠的声音，赶快从城门下退到大街上，抬头一看，喜出望外，大声说：

"敬轩将军救我！敬轩将军救我！"

"嗨！你还没有出城么？"

"没有呀！你看，家里人多，一直耽搁到现在！"

献忠吩咐守门的弟兄们快把城门打开，让方府老小出城，并对方岳宗说：

"再耽误片刻，我一离开这儿，你就逃不出去啦！"

方岳宗一家人出城以后，张献忠又派人在城里敲锣叫喊，催居民即速出城，免遭官军屠戮。他不放心，亲自骑着马在几条背街上巡视一趟。走到一家门外，听见里边有女人和小孩子的哭声，他停住马，派一个亲兵进去看看。过了片刻，亲兵出来报告说这一家没有男人,只有一个寡妇带着三个小孩子,还有一个年老的婆母,等着亲戚从乡下来接,没有等到,所以全家抱着哭泣。献忠没有做声,跳下战马,弯腰走进破板门,一直往茅屋里走。婆媳俩知道他是张献忠,赶快止住哭,慌得不知所措。献忠说:

"不要怕,不要怕。你们城外可有亲戚?"

老婆婆抽咽着回答说:"大帅,我女婿住在西乡,离城十八里,昨儿就托人带口信儿,原说今儿来接俺们,可是没来。你看我们这一家,老的老,小的小,没有一个男人,出不去城,只有等死!"说毕,又哭了起来。

献忠在三个小孩子的身上打量一眼,又打量一下一些破破烂烂的衣服都已包好,放在床上。他踌躇片刻,对一个亲兵头目说:

"木生,派两个弟兄牵三匹牲口送她们到亲戚家去。送去后不必转回城,在去石花街的路上等我。"

老妇和媳妇始而吃惊,随即跪下磕头,连说:"感谢大帅恩典,救俺一家老小的命!"献忠挥一下手,没有做声,走出板门,骑上马往别处去了。

当天黄昏,张献忠率领着殿后部队离开谷城,向石花街进发。二更以后,他到了设在石花街附近的老营。石花街是卧佛川和古洋河汇合的地方,也是一个军事冲要,所以张献忠打算在这里停留两三天,等待从襄阳来的追兵。从石花街往西去是通向武当山、均州、郧阳、白河、兴安和汉中的要道,往西南通往房县、兴山、归州和巴东。献忠的老营驻扎石花街西南,靠近往房县的山路旁边。他刚进老营寨中,张可旺就向他禀报:王秉真在黄昏后逃走了。献忠一怔,瞪大眼睛问:

"真是逃了?"

张可旺说:"来到这里后,他趁着兵荒马乱,离开老营,带着一个仆人开小差了。"

徐以显用平淡的口吻说:"性一这人,舍不得祖宗家业,又念念不忘他是举人,原无心追随大帅起义。我早就料到他迟早会逃,不过没有想到他逃得这样快。"

可旺又说:"孩儿听说王举人逃了之后,本想派几支弟兄追赶,务要把他捉回。可是军师说他既然跟咱不是一条心,就让他滚开拉倒,不主张派人追赶。父帅,要不要派人将他捉回?"

张献忠心中很不高兴,捋着大胡子思索片刻,忽然脸上露出来轻蔑的笑容,把大胡子一抛,说:

"就听军师的话,不用追他狗日的啦。咱们起义,不是拉人赴席。愿意干的跟老子来。贪生怕死,留恋家业,或是跟朱家朝廷割不断恩情的,滚他娘的去。大年初一逮兔子,有它过年,无它也过年!"

左良玉害怕中了埋伏,过了两天才进入谷城,大肆抢劫,杀死了一些没有逃走的居民报功,放火烧毁了许多房屋。

塘马带着关于张献忠起事的紧急文书,文书上插着羽毛,在五月初六的晚上从襄阳出发,沿途更换,日夜不停,越过新野,越过南阳,越过许昌、开封和大名,直向北京奔去。半个中国都被张献忠谷城起义的消息震动了。

第 三 十 章

　　五月初旬的晚上，熊耳山上的气候温和宜人。纤纤新月，温柔而多情地窥探着一座被松林掩蔽的山村。一片茅庵草舍和一座四合头砖瓦小院静静地藏在山窝里，一半有月光照射，一半却给黑沉沉的山峰的阴影笼罩。这一片房屋的前边耸立着一棵几百年的、高大的白果树。前边有一片平台，紧接悬崖；崖下是深涧。崖边全被杂树、野草和茂密的、芬芳的野玫瑰遮蔽起来，所以倘若不是涧里淙淙地响着流水，你站在平台上很难看清楚几丈外竟是壁立数十丈的悬崖和涧谷。尤其是在晚上，月色朦胧得像淡淡的轻烟，而轻烟又和着月色，在林间不停地悄悄流动，使你更难看清。

　　这一片房屋只是这个山村的最靠里边的一小部分，向着山坳出口的方面，这一团，那一团，还有几十户人家，点缀在青山腰中，另外在比较平坦的地方还有许多白色的帐篷散布在绿树与白云中间。不过，这一切，在晚上都是没法看清楚的。

　　小平台是这一片农家公用的打麦场，上边堆着几堆新麦秸，有的已经打过，有的还没有打。从麦秸堆上散发出一股清新的、使人感到愉快的气味，说它是芳香，却不同于任何花香。这是新割下的、干了的庄稼所特有的香味。在麦秸堆附近，一棵小榆树上拴着一头小黄牛。它已经用刚打过的新鲜麦秸喂饱,卧在地上,安闲地倒沫,偶尔用尾巴赶一下讨厌的牛虻。近来山里边发现牛瘟,主人特意为它带一挂用生麻做成的、用苏木水染得鲜红的长胡子,把鼻子和嘴唇全遮起来。不时,随着它的头轻轻一动,挂在脖子下边的大铜铃就发出丁冬响声。也许是因为这个铜铃太古老了,发出的声音和村中许多牛铃声不同,它有一般大铜铃的清韵,却似乎另外带点苍凉。四合头宅子的左边有几棵高大的松树,下边拴着十几匹战马。这里完全被壁立的山峰的阴影遮住,只能听见马匹在吃草,偶然踏动蹄子,缰绳上的铁环碰着木槽。

慧梅坐在打麦用的石磙上,手里拿着心爱的笛子。她大概在这里已经坐了很久,偶然用手指掠一掠垂下来的鬓发,感到柔软的头发已经给露水打湿。原来在白果树下坐着的两个马夫和两个农民在小声说闲话,如今不知他们是因为瞌睡,还是话已说尽,语声停了,只偶尔听见啪的一声,分明是有人用巴掌轻轻打死一个落在脸上的蚊子或草虫。随即她听见白果树上有稀疏的滴答声,像是雨点落在树叶上,不由地望望天空,却是繁星满天,纤月仍在,只有一片薄云从月上飘过,好像在云中徘徊。她恍然明白,原来是露水在高处树叶上积得多了,经微风一摇,滚落到下层树叶上,发出响声。她向着西南方的一颗明星望去,在心中问道:

"是不是闯王他们就在那星星下边?"

近几天来,她的心绪很不安宁。高夫人早就准备着率人马奔往商洛山中同闯王会师,却因为要等候闯王的军令,没有动身。听说闯王快在商洛山中树起大旗了,可是为什么还不来命令叫高夫人赶去会师呢?她希望马上会师,也怀着神秘而激动的心情,巴不得马上能看见张鼐。在潼关突围之后,她有许多天担心他阵亡或负了重伤。后来知道他平安无恙,她的心才快活起来。如今她愈是渴盼同张鼐见面,愈觉得在豫西一带的大山中度日如年。

半个时辰前,她因为心中烦闷,就拿着笛子从高夫人的身边蹓了出来。但是她坐在石磙上却沉入缥缈的幻想中,并没有吹笛子。其实这支笛子早已成了她的爱物,每逢闲暇时候,不管吹不吹,她都要带在身边,不忍离开。

想着想着,她认为不要多久就要同闯王会师的,一缕愁云从心上散开了。于是她从石磙上站起来,走近悬崖,饱闻一阵花香,然后绕过麦秸堆,在一棵石榴树下立了片刻,摘了一朵刚开的石榴花,插在鬓边,含着微笑,不声不响地走进院里。

高夫人带着女儿兰芝和女兵们住在堂屋,厢房和对厅住着男亲兵们和马夫们。三月中旬,因为贺人龙已经从潼关调往别处,而河南巡抚李仙风的部队也调往豫东同起事的白莲教和其他小股义军作战,无暇照顾豫西,高夫人就把人马拉进熊耳山来驻扎休息,进行操练,只派刘芳亮或偏将们时常出外打粮和收罗骡马。到这里驻下以后,因为不打仗,又同丈夫不在一起,她不仅常常思念丈夫,也常常引起乡思。谷雨那天,她特意按照延安府一带的民间风俗,叫人用朱砂在黄纸上写一道"压蝎符"贴在墙上,符上的咒语是:"谷雨日,谷雨时,奉请谷雨大将军。茶三盏,酒四巡,送蝎千里化为尘。"四角又写上"叭"、"吐"、"喊"、"唛"四字。其实,她从来不信这道符咒能镇压蝎子,这不过是她思念故乡,尤其是思念闯王的心情借机流露罢了。可不是么?几年前她同自成率大军打回米脂,回到双泉堡李继迁寨,还看见自成少年时住的窑洞的墙壁上贴着一道"压蝎符",因为年深月久,黄纸已经变成了古铜色。她当时看了这道符,还不由地望着自成笑了一笑。

如今高夫人的身边增加了五个姑娘,其中两个是富豪大户的丫头,义军破了寨子后,高夫人见她们生得身材有力,聪明伶俐,把她们收下。一个顶小的只有十五岁,是一家小户人家的童养媳,极受虐待,曾经投过井,被邻居救活。高夫人知道她的可怜身世,也把她收下了。高夫人按着慧字排行重新给她们起了名儿,大一点的叫慧琼,次的叫慧珠,小的叫慧芬。另外两个都是本村猎户的女儿,跟父兄略微学过一点武艺,父母都亡故了,哥哥逃荒外,没有亲人依靠,恳求高夫人收作女兵。高夫人替她们一个起名慧云,一个起名慧竹。两三个月来,她们都已经成了骑马的内行,并且跟着慧英和慧梅学会了简单的武艺。只要驻下来,她们总是天不明就起床,刻苦练习。

　　慧梅进了堂屋,看见姊妹们都坐在当间的灯下做针线活,有的是替自己做鞋子,有的是替男亲兵们缝补衣服和鞋袜。兰芝已经做完功课,一个人坐在里间床上,满有兴致地玩抓子儿①。她有五颗从河滩里挑拣的小石子儿,有雪白发光的,也有红鸡冠石的,行军时装在口袋里,闲的时候就拿出来玩。高夫人坐在里间靠窗的桌边,把拆开的野玫瑰的粉红花瓣放在桌上,数了又数。她数得很专心,有时嘴角和眼角禁不住露出微笑,有时细长的眉毛上忽然挂出一丝疑问,沉吟地望望灯上结的彩,又望着桌上的那些花瓣出神。慧梅站在她的身边望了一阵,用指甲替她把灯花弹落,灯光登时亮得多了。

　　用花瓣卜了一阵卦,高夫人偶然抬头,看见了墙上的"压蝎符",不觉轻轻地啧一声,在心里说:"日子真快,来到这里已经一个月零二十天了!"将近两个月来,她天天盼望着闯王派人来叫她去商洛山中,但过去自成派人来总是嘱咐她不要急着去,说一则那里粮草很困难,二则她留在崤函山中也可以牵制官军。如今豫西和潼关的大股官军都调走了,她还牵制什么呢?况且使

────────

① 抓子儿——一种女孩子们喜爱玩的游戏,可以几个姑娘一起玩,也可单独玩。

她挂心的是，她早就知道自成与张献忠约定在端阳起事，明天就是端阳啦，竟不见闯王派人来通知她率人马回商洛山去，难道有什么意外变化？她还得到探子报告，官军在豫陕边境增加了不少人马，难道他们知道自成的打算么？万一日子耽搁下去，官军把各个关口堵死，她去商洛山中会师岂不增加了困难？高夫人左思右想，心中烦闷。她正要重新用花瓣卜卦消磨时间，慧梅向她笑着问：

"夫人，你刚才卜的卦怎样？"

高夫人转过脸来，望着她笑一笑，正要说话，张材忽然走了进来。这个二十出头的小伙子近来长得更魁梧了，脸孔被太阳晒得黑黝黝的，人们都说他是高夫人身边的周仓。他在里间门槛外边站住，因为置身在一群姑娘中间，稍微有点不自然，大声报告说：

"启禀夫人！……"

高夫人不等他说下去，就略带不耐烦的口气说："又是总管要你来请示明天过节的事！既然没糯米，就不吃粽子吧。让全营弟兄多喝点雄黄酒，每人赏一串零用钱。各家眷属我这里另有份子，不要总管操心。"

张材笑着说："夫人，我不是问过节的事。"

"那么是什么事？"

"刘将爷派人来瞧你睡了没有，说是他马上就来见你。"

"请他来吧。有什么要紧的事？"

"听说是闯王那里来了一个人，叫咱们赶快去商洛山中会合，就要树大旗啦。"

"啊呀！真的？"高夫人说，不自觉地从椅子上跳起来。

"当然是真的。"

"快去请刘爷来，立刻来！"高夫人由于过于激动，两行热泪刷刷地滚落下来，而慧英和慧梅也同样热泪奔流。

张材一出去，高夫人把椅子一推，快步走到当间，等候刘芳亮。她揩去眼泪，向门外望望，回头对七个姑娘说：

"我就猜到闯王会派人叫咱们快去商洛山中。今晚又是灯上结彩，又是蟢子来，用花瓣卜卦又连得两个好卦。我就知道会有好消息！"

兰芝已经跳下床，从里间跑出来，拉着母亲连声问：

"妈！妈！咱们什么时候起身呀？"

"马上就起身，快把你的书啦笔啦都收拾好。"高夫人在女儿的头顶上慈爱地拍了一下，转向大家说："姑娘们，咱们早就在盼望着到商洛山中，大举起事，可盼到这一天啦！唉，慧英、慧梅，你们哭什么？哭什么？"

兰芝噙着眼泪笑着说："你自己也哭啦！"

高夫人又揩去眼泪，哽咽说："这日子来得多不容易！"

姑娘们说："真的，可盼到时候啦！"赶快揩去眼泪。

高夫人接着说："自从高闯王死后，咱们李闯王接住了'闯'字大旗，两三年来过的什么日子？全是惊涛骇浪！原来高闯王率领的那么多人马，不到一年半的时间，一队一队都投降了，只有咱们老八队为革命——闯王常说，咱们起义就是书上说的革命，——百折不挠，血战到底。咱们老八队虽然死人最多，一批一批赤胆忠心的将士们在战场上倒下去，流尽了鲜血。咱们的随营眷属，老的少的，上百上千地死去。不记得多少年轻妇女，本来不会武艺，有的从家乡逃出来随军不久，当官军逼近，情况万分危急时，她们为着义不受辱，也拿着刀剑同敌人厮杀；还有那些害病的、怀孕的、挂了彩的，不能同敌人拼命，不得已时宁肯投崖，投水，赴火……用各种办法不使自己落入敌人之手，遭受侮辱。我身边的女兵，一批一批地死去，经过潼关南原这一战，只剩下慧英和慧梅……"她本来是边流泪边往下说，这时忍不住哽咽起来，停了一阵，才继续说道："还有咱们的孩儿兵，打起仗来就像是一群小老虎。谁说半桩娃儿们不顶用？咱们李闯王手下的孩儿兵，官兵提起来都害怕。这样好孩儿，小英雄，近两三年在战场上死了几百。姑娘们，咱们的老八队就是这样一支人马：不管多么困难，多么艰险，死伤多么惨重，永远不泄气。朝廷多么想消灭咱们，可是咱们活得顶天立地，既不能消灭，也不受招降。看，马上就要重树大旗了！你们不明白，重树起大旗来就是胜利！"

兰芝说："妈，我很少看见你说这么多的话！"

高夫人带着兴奋的笑容，揩去余泪，叹口气说："世上事都没有一帆风顺的，何况是革几百年朱家朝廷的命！"

不但是慧英和慧梅的心中有说不出的激动和高兴，那五个新来的姑娘也是同样的心理。高夫人一个一个把她们看了一遍，同时在心中暗暗地说："这半年总算没有辜负自成，牵制了潼关的官军，人马还扩充了两倍！"当她最后把眼光移到慧梅的脸上时，看见这个可爱的女孩子高兴得噙着眼泪，她随便说了句：

"慧梅，我知道你早就想去商洛山了。"

慧梅的脸颊刷地红了，赶快低下头去。高夫人没有注意，对大家说：

"姑娘们，趁这时你们赶快把东西收拾一下吧。"

刘芳亮带着闯王的送信人来了。高夫人问了来人，才知道是因为官军在豫陕交界处增加了很多人马，他被官军盘住，拘禁在兰草川，后来又死里逃生，所以在路途上多耽搁了六七天。她又问了商洛山中的情形，知道刘体纯和李双喜在卢氏县边境地方等着接牛金星，还没回去，另外队伍里从四月中旬以后就发生了瘟疫，病倒了不少人，连总哨刘爷也病倒了。这后一个消息使高夫人有点担忧，问道：

"尚神仙没有办法?"

"嫂子,你知道他在外科上是神医,在内科上不很内行。"

高夫人转向刘芳亮:"明远,你看咱们什么时候动身走?"

刘芳亮回答说:"闯王叫咱们星夜赶回,不可有误。我看咱们现在立刻准备,五更就走。"

他们把应该走哪条路和如何走法商量定,随即高夫人对刘芳亮说:

"好,你快准备吧。要弟兄们多辛苦一点,尽可能在五天之内赶到闯王那里,免得给官军隔断了路。五天能到么?"

"咱们都是轻骑,一定能够。"

"你顺便告诉总管,粮食尽可能用骡子驮走,凡是不好带走的东西都分给老百姓。多备些干粮,路途上少埋锅造饭,耽误时间。"

把刘芳亮打发走以后,高夫人走出大门,站在打麦场上,望望周围的群山、树林,又望望左近的茅屋。如今她一方面归心似箭,一方面却不免对这豫西一带的老百姓和山川起一缕惜别之情。

这是一年中夜晚最短的月份,高夫人同姑娘们把东西整理好,和衣躺下去矇眬一阵,天已经快明了。首先是公鸡在笼中啼叫,跟着是乌鸦、云雀和子规在林间叫唤,又跟着画眉、百灵、麻雀都叫了起来。高夫人一乍醒来,把姑娘们唤起。大家匆匆地梳洗毕,外边已经人喊马嘶,开始排队。张材走来,请高夫人动身。高夫人同站在村边送行的老百姓告别,跳上玉花骢,率领着老营出发。走了二里路同刘芳亮率领的大队人马会合之后,高夫人又回头来望望这个驻扎了将近两个月的小村庄。但是她只能看见两三个较高的青绿山峰漂浮在乳白色的晓雾上边,像茫茫无边的大海中浮动着几点岛屿。从雾海中传过来牛叫声、羊叫声、公鸡叫声，杂着人语声。等到转过一个山湾，这一切声音都微弱下去，被一片松涛和马蹄声淹没。

红日升高了。晓雾散开了。三天前曾下过一阵小雨，周围重重叠叠的大山显得特别苍翠可爱，有些地方因受红日照射，于苍翠上闪着紫光，同那些尚未完全褪色的朝霞相辉映。高夫人回头望望，几个姑娘在阳光中一个个脸颊上红喷喷的，挂着微笑。慧梅的浅红战马浑身的毛特别润泽，闪闪发光。那一朵石榴花仍插在她的鬓上，但另外多了几片艾叶和一朵杜鹃花，一定是她刚才从一个悬崖下边经过时顺手从悬崖上采了来的。像这样血红血红的杜鹃花，在山里到处可见。几个姑娘也都采到了艾叶插在鬓边。慧英走在几个姑娘的后边，骑的是一匹黄骠马，辔头和鞍鞯全是紫色。这个姑娘的性格比较沉静，衣饰不喜欢大红大绿，只喜欢紫的、蓝的、青的等素淡颜色。这和她的十八岁的少女年华有点不大协调。有时在高夫人的强迫之下才穿比较耀眼的花衣服。在紧急时她总是寸步不离地跟着高夫人，在平常行军时她常常走在后边，以便照料别人。现在高夫人回头望望她，忽然想到最早的几个女孩子只剩下她和慧梅了，不禁心中一酸，暗暗说道：

"她跟着我打过多少险恶的仗！"

大约走了二十里路，人马进入一道川谷，地势比较平坦。直到现在，高夫人才能够把她的全体队伍看得清楚。走在前面的是一色白旗，走在后面的老营是一色红旗。旗帜鲜明，军容整齐。几十匹高大的骡子驮着粮食和军帐等辎重走在最后。伤员们早就好了。如今除孩儿兵以外，能够战斗的精兵不是二百人，而是八百人了。尽管高夫人见过些大的场面，两三年来她和李自成统率的嫡系部队和友军多的时候达到十几万，最少的时候也有一万多，这八百人马有什么稀罕？但是，这是从潼关南原全军失散后重新发展成的一支劲旅,并且是她亲手帮助刘芳亮艰难缔造的力量,和往日的大军不同。她把全队人马从头到尾望一望,两道英气勃勃的、像用剪子剪的那么整齐的长眉毛向上扬起,黑亮黑亮的大眼睛闪动着泪花和一丝兴奋的微笑。

这道川谷,宽的地方有两三里宽,窄的地方不到一里宽。队伍到一个比较宽阔的地方停下来,在河边饮马,人也拿出干粮打尖。但只逗留片刻,继续赶路。半年以来,高夫人一则思念丈夫,二则百事缠心,只感到山把天地挤得非常窄,很少留意豫西山区的风景也有醉人的地方,如今在去商州境同闯王会师的路上,突然她觉得沿路山川处处雄伟,又处处妩媚,都似乎在向她招手微笑。人马走到一段叫做石门峡的谷中,两边都是悬崖,见青天不见太阳。涧水傍着右边悬崖奔腾,冲激着大小石头,飞溅着水花和雨星,发出震耳欲聋的巨声。农民军傍着左边悬崖走,马铁掌蹴踏着花岗石。队伍的前边和后边,鼓声阵阵,催赶着行军。鼓声、马蹄声、澎澎湃湃的涧水声,混合在一起,使人简直分不清楚。

走了一阵,涧谷渐宽,左边仍然是百丈悬崖,右边的地势却缓了起来。一片明媚的阳光照着苍绿的峭壁。峭壁上生着有趣的小草,有的开着金黄的小花,有的却是深红和浅红的杜鹃。在一处悬崖上,一块巨石俯瞰奔流,似乎随时就会从半空中扑下来。从这块大石上边垂下来几条葛藤,绿叶间挂着一串串紫花。岩石的上边长着一株低矮的马尾松,枝干虬曲。一只秃头的坐山雕抓了一只什么鸟儿,在空中打个盘旋,落在松树的虬枝上,正在吃着,忽然被下边的人马惊住,瞪着凶猛的圆眼睛向下窥望。它十分大胆,尽管同人马相离不远,却不飞走。高夫人在马上看见了它,还看见那只被吃的鸟儿,有几片淡灰色的羽毛飘飘落下。她小声问:

"慧英,看见了么?"

"看见了,"慧英回答,如今她同慧梅走在高夫人的前边。

"你看,它真可恶,专残害别的鸟儿!能够射中么?"

"也许行。让我试试。"

战马在高低不平的岩石小路上继续走着。慧英迅速地取了弓箭,但因为山路过窄,不易转身,她必须左手开弓,才较顺手。她刚刚把弓换过手来,尚未举起,就被坐山雕的十分锐利的眼睛看清了,只见它大翅一展,提着猎获物腾空而起。高夫人不由地说:"好,快射!"她的话刚出口,只听弓弦一响,坐山雕在空中打个翻身,爪里提着猎获物落了下来,它自己勉强又飞几尺远,猛地栽在悬崖上,十几片羽毛飘落谷中。高夫人前后的男女亲兵爆发出一阵欢呼。慧梅拍着手,遗憾地说:

"可惜它没有落到咱们的马前!"

高夫人回头对那五个姑娘说:"武艺须要苦练日久才能练好。慧英十二岁就跟着我,已经六年啦,练出这一手可不容易。"

人马转上一座山坡。山势不陡,小路在山腰间盘旋而上。走着走着,好像路已到了尽头,但转过一个山包,忽然一阵花香扑来,沁人心脾。慧梅快活地叫:

"唉呀!满山都是鲜花,真是仙境!"

兰芝也叫:"妈!妈!你看那!你看那!"她用鞭子指着问:"那是什么花?"

在这座平日少有人走的半山坡上,到处是野生的蔷薇、月季、刺玫和一些不知道名儿的草花。在略微背阴的地方有很多兰花,正在开放,花色有淡黄的、紫色的。高夫人记起来,两三年前的一个春末夏初,比如今稍早一点,人马从淅川县的上寺和下寺附近经过,在一个地方看见满山满谷尽是兰花。人马走过几里,停下休息,仿佛仍闻见一股幽香随着软软的东风追来。

迅速地转过无名的花山，人马走进一片苍茫的林海里。越走越深，旗帜在绿色的林海中消失了。林又密，山路又曲折，高夫人常常听见前后人语，却只能看见紧跟在身边的几个亲兵。有时枝丫低垂，大家赶快把上身伏在鞍上；有时从树枝上垂下几丝茑萝，牵着征衣；有时遇见美丽的啄木鸟贴在路边不远的老树上，用惊奇的眼神向匆匆而过的人马凝视；有时听见黄鹂或画眉的歌声，但不知在什么地方。高夫人同亲兵们走到一个山包上，向上望，林木蓊郁的山峰高不见顶；向下望，虽然阳光满谷，却因为地势高，雾蒙蒙的，看不十分清楚。对面半山腰有两三家人家。大概不曾发现这一支农民军从森林穿过，几个人在村边照常劳动。从柴篱边传过来鹧鸪的断续叫声。高夫人正在望着，忽然脚下边飘过一缕白云，把她的视线遮住。人家和农夫消失了，只有鹧鸪声还在继续。同时从森林的深处，从高空里传过来安静的钟声。她恍然一笑，说："啊，这是过端阳节敲钟的。"许多年的端阳节她都在马上度过，本来引不起她多少兴趣，可是今天端阳节的钟声却使她暗暗兴奋，因为她明白，也许在今天，也许在明天，总之就在这几天内，张献忠就要起义，而自成也要在商洛山中树起大旗。

在森林中又转过两个山头，来到了一座大庙前边。庙院中有一道泉水，在磐石间开凿成一个水池，深不见底，相传麻姑在这里洗过手巾，所以叫麻姑泉。有小鱼三五成群地在水中游泳，有时浮上水面，有时沉入水底。泉水从暗沟穿过前院，穿过山门，从一个青石雕刻的龙嘴里奔流出来，从七八尺高处落到石地上，淙淙地向森林中流去。已经过了正午，人马就在庙外休息。人吃干粮，马喂麸料。道士们烧了几锅开水，盛在木桶和水缸里，摆在山门外。刘芳亮下了命令，将士们无事不准各处乱跑，就在庙外原地休息，因而道士们都感到十分惊奇，从来没想到"流贼"

的规矩竟会如此好。几次过官军，庙里都遭到破坏。去年有一股官军从这里过，不但把马匹拴在山门里，临走时人还故意往麻姑泉里撒尿、屙屎，使道士们有几天没法吃水。

高夫人带着兰芝和女兵们到庙里看了看，在元始天尊的塑像前烧了香，回来又在麻姑池旁边观看游鱼。刘芳亮带着一个道士匆匆走来，低声说：

"他是从闯王那里才来的，恰好在这儿碰到咱们。闯王催咱们快去哩。"

高夫人一听说是从闯王处来的人，又惊又喜。她把这位风尘仆仆、满面堆笑、十分面熟、但又一时叫不出名字的道士浑身打量一眼，正待说话，道士抢先说道：

"夫人，你忘了？我一向跟着刘将爷，姓王，因为小时出过家，人们都叫我王老道。"

"去年冬月，是不是刘爷派你去商洛山中？"

"就是，就是。后来闯王派我假装道士朝华山、朝终南、去西安府，刺探官军动静，所以一直没有回来。一转眼就是半年多啦。"

高夫人笑着点点头，表示她想了起来。又问道："有闯王的书子么？"

"有，有，在这里。"道士打开发髻，取出来一个小蜡丸，递给高夫人。

高夫人赶快掰开蜡丸，取出纸团，打开一看，交给刘芳亮，脸上的笑容登时没有了。芳亮看见纸上是闯王亲笔写的几句话：

日内大举，将士多病。速来会师，共御官军。十万火急，不可有误。营中近况，统由老道面禀。

高夫人小声问："王老道，近来瘟疫传得很凶么？"

"禀夫人,近十来天瘟疫更凶啦。弟兄们纷纷病倒,大将们也差不多都躺倒啦。"

"大将们都是谁病了?"

"起初是总哨刘爷染上病,随后不久,一只虎李将爷、高舅爷、田将爷,许许多多,都陆续病倒啦。如今大将中只有袁将爷一个人没病倒。"

"闯王的身体可好?"

"闯王的身体还好,不过操心太大,也太劳累,看情形也不如平日啦。"

"双喜儿和小鼐子都还在他身边么?"

"在。他们倒是活蹦乱跳的,无病无灾。"

"官军有什么动静?"

"他娘的,新任陕西、三边总督郑崇俭趁着这个时机调兵遣将,要把咱们闯王的人马围困在商洛山中,一举消灭。如今在商洛山四面都有官军调动,武关和商州城都到了很多官军。闯王心中很急,派我火速来见夫人和刘爷,请你们快去商洛山中,万勿耽搁。"

"你怎么找到这里来了?"

"这一带我条子熟。我是穿过龙驹寨①走偏僻小径往熊耳山去,没料到在这儿碰见你们,巧极啦。"

高夫人又问道:"龙驹寨好穿过么?"

"我一个人扮做出家人好混过去。寨里祖师庙还有一个道士是我的师兄弟。可是咱们的大队人马从那里过,怕不容易。虽说那里只有乡勇和巡检司的兵丁守寨,可是寨墙坚固,地势险要,易守难攻,另外还听说马上有几百官兵从商州开到,说不定这时

---

① 龙驹寨——现在是丹凤县,属陕西。

已经到啦。"

"有没有小路可以绕过去?"

王老道皱着眉头想了一阵,脸上挂出笑容,回答说:"有,有,可是得多走两天的路程。"

"你知道怎么走法?"

"知道。"

"好,你休息去吧。"

刘芳亮小声嘱咐说:"王老道,关于许多人染上瘟疫和官军要围困闯王的话,你不要在将士们面前露出一个字。"

听了王老道的禀报以后,高夫人的心上感到沉重,昨夜以来的兴奋和快活心情一扫而光。她决没有料到瘟疫在商洛山中传染得如此凶猛,将士们纷纷病倒。这样下去,如何对敌?万一闯王也染上瘟疫怎么好?染上了瘟疫的将士们有没有办法治好?……这一串问题一齐出现在她的心上。还有一个使她焦急的问题是她必须尽快地到商洛山中,助闯王一臂之力。可是怎么走呢?从这里走龙驹寨是捷径,可是得打仗,损折人马。绕道过去,得多走两天路程,多走两天,那就是说,最快还得六天或七天才能同闯王会师,能来得及么?万一在这六七天中官兵先到了商洛山中,或闯王不幸病倒,怎么好呢?

"嫂子,怎么决定?"刘芳亮见高夫人迟迟不说话,忍不住问。

"你看怎么好?"

"依我说,咱们不如照原计划直奔龙驹寨,愈快愈好。倘若咱们赶在官军前边到了龙驹寨,赚开寨门,就可以早到商洛山中。倘若不成,再设法绕道不迟。"

"仍然直奔龙驹寨?"

刘芳亮点点头:"愈快愈好,要出敌不意才行。"

"既然这样,咱们不要在这里耽搁,赶快走吧。"

"好,走吧。"

人马迅速地整好队,又向前进发了。

从熊耳山到龙驹寨附近,本来轻骑兵也需要走四天或者五天,路上还不能耽搁,但他们只用三天的时间赶到了。龙驹寨里已经到了五百官军,加上乡勇和巡检司的一些兵丁,大约有七八百人。他们虽然也猜想着高夫人和刘芳亮的人马要同闯王的人马会合,但没有料到这支农民军不走辘辘关或兰草川而直奔龙驹寨,更没有料到会来得如此神速。农民军十年来在同官军斗智斗勇上积累了丰富经验,往往神出鬼没,使官军防不胜防。高桂英跟着李自成南杀北战,出生入死,更不简单。在向龙驹寨行军的路上,她探听到虽然龙驹寨增加了几百官军,但都是新兵,没有见过阵仗;加上近几天不断有小股官兵从河南来,通过龙驹寨向商州增援,这就为闯寨取得成功增加了可能。还在崤函地区活动时候,高夫人同刘芳亮就准备下二百多套官军号衣,许多官军旗帜,以供随时需用。这些东西,如今果然用上了。

义军在二更时候来到龙驹寨,先派了几十个人穿着官军号衣,打着官军旗帜,赚开了寨门,一拥而入。驻在寨里的官军措手不及,一部分惊慌逃窜,一部分死守住几座比较坚固的住宅和一半寨墙。高夫人下令不许恋战,急速穿寨而过,殿后的部队放火烧毁了一些房屋。事后许多年,当地老百姓把这个事件当做了奇迹和有趣的故事来谈,并且添枝加叶,编成了唱本儿流传下来。

赚过龙驹寨以后,人马继续前行。在中午时候,离开从西安去武关和去河南的大道已经很远,人马才在一座森林里停下,把马喂饱,将士们也躺在松针上和草地上好生休息。许多人一躺下去或者一靠着树身坐下去就睡熟了。有人把干粮吃了一口,来不及完全咽下去,张着嘴,打起鼾来。

黄昏时候，人们才被叫醒，继续赶路。因为大家知道再有一夜行军就可以同闯王会师，路上再也不会有官军阻拦，加上几天的疲劳得到半天的休息，真是人有精神马撒欢，不断地说说笑笑。只有高夫人和刘芳亮明白商洛山中的艰难日子，并不因为快要同闯王会师而心情轻松。特别是高夫人非常沉默，愈走进商洛山中愈心中害怕。她怕当她同闯王见面时，他已经被无情的传染病打倒了。另外，到底围攻商洛山的官军如何布置，已经到了什么地方，她一点也不清楚。因为日夜急行军，走的多是荒无人烟的山僻小路，消息不灵，反而像坐在鼓里。她完全没有料到，当离闯王的老营只有三十多里远，前面一个险要山口竟然被敌军占据了。

这时候大约才交四更，前队刚走近这个山口，忽然发现山口的小街上扎有敌军，被一阵炮火和乱箭射回。幸而上弦月已经落去，夜色很浓，只有少数弟兄受点轻伤。

高夫人得到禀报，立刻带着亲兵们奔到前边，要弄清到底是怎么回事。这时刘芳亮已经把骑兵在山口外边摆开阵势，立马阵前，亲自问对方是谁的人马。敌人守住山口，用树枝把山口堵住，树枝后边是栅子门，也有很多人防守。尽管没有月光，小街上也没有火把，看不见对方的人影，但有经验的刘芳亮单凭敌阵上的说话声也猜到了敌人仅把守山口的至少在三百人以上，后边还有多少人马就不好判断。他连着大声问了几遍，敌阵上才有人大声回答说：

"爷爷是郑总督大人派来的官军，剿贼的。你们是谁的人马？"

刘芳亮回答说："我们也是官军，是才从河南调来的。让我们到街里休息好不好？"

"放屁！你想玩弄诡计，休想！"

"你们的主将是哪位？请他出来答话。"

"有话明天说。如今天黑夜紧，老子们的炮火弓箭不认得人，你们休要走近！"

刘芳亮同高夫人策马向前走几步，想继续问清楚，但敌营中突然响了一阵战鼓和呐喊声，同时放了几炮。他们赶快勒马退回，走出火炮的射程之外，他们很吃惊，想着准是新任总督郑崇俭的军队来把闯王的出路堵死了。有些将校建议向敌人猛攻，但高夫人和刘芳亮都不同意。他们不仅怕损伤过多人马，而且心中还是有几分怀疑。刘芳亮问高夫人：

"嫂子，亮亮牌子吧？"

"不要急着亮牌子。天快明啦，等到天明就清楚了。"

刘芳亮向背后说："擂鼓，虚张声势！"

农民军的阵地上鼓声突起，喊杀震天，但并不认真进攻。过了一阵，双方的鼓声和喊杀都停止了，只偶尔互相骂几句，互相说一些欺骗对方的话，等待着天明。

高夫人同刘芳亮商量一下，随即把全体将校召集到一起。直到这时，她才把商洛山中瘟疫流行和官军在半个月来想趁机进攻商洛山的情形对大家说明。大家听了后，并没有一个人想到自己如今奔往瘟疫流行的地方会有危险，而是巴不得杀进山口，解救闯王和被困的全体将士。高夫人感情激动，望着大家说：

"如今事情还弄不清楚。这挡在前面的也许是官军，也许不是。倘若是官军，咱们就得决死一战了。"

许多人抢着说话，要求同挡在面前的官军拼死一战。刘芳亮把一部分将校和精锐士兵组织成一队，由他亲自率领，等五更判明情况后，带头向官军冲杀，有进无退。虽然那时还没有敢死队这种名称，但这一队人实际上就是敢死队。这些将校都抱着必死的心情，等候向敌人进攻，纷纷地向自己的亲人诀别，把要嘱咐的话都赶快嘱托了。亲人们也纷纷把最锋利的刀剑换给他们用，并拿出酒来和他们共饮几杯，拿出干粮让他们吃饱。大家正在忙碌着，从远处传过来第一声鸡啼……

第三十一章

　　和崤函山中的情形相反，商洛山中的局势对农民军非常不利。从四月下旬起，瘟疫在队伍里和地方上飞快地传染开了，大小将领和老弟兄们一批一批地染上瘟疫。当时在李自成的部队里不仅缺乏好的内科医生，也极端缺乏药物。尚炯平日对内科虽不擅长，但如果他自己不病倒，他还是可以想出办法的，不幸他自己也在五月初病倒了。

　　严重的传染病破坏了李自成的许多计划。他每天得到许多报告，眼巴巴地看着官军在集结，在调动，在向他进行包围，但是他既没有力量先伸出拳头打人，也不能离开商洛山中。染病的几位大将以及众多的将校和弟兄，不管是把他们放在马上或担架上，都会在中途死去，而把这样的大批病人留下来也是不可能的。起义以来，李自成还没有遇到过这样的日子。是不是按照去冬同张献忠约定的日期，不顾有多大困难都信守诺言，在端阳节过后一两天树起大旗，响应献忠的谷城起义呢？李自成对这件事大费踌躇。有时深夜里他还在屋里彷徨愁闷，不能入睡。

　　老百姓和士兵们都在用单方乱治病，有的似乎有效，有的全是胡闹。现在开始明白，在瘟疫中杂有疟疾，本地人叫做老痃。每天有不少大人和小孩子跑出村子很远，躺在山坡上、野地里、乱葬坟园里，让五月的毒热的太阳晒着，叫做躲老痎鬼。还有的孩子们由大人用墨笔或锅烟子在脸上画一副大眼镜，画出胡子，据说这样一画，老痎鬼就找不到原人，回不到身上了。还有的人在路上偷偷摸摸地跟着别人的背后走，在别人不提防的时候，趴地上磕个头，解下腰带扔地上，转身逃走。据说老痎鬼是一只牛（所以患疟疾又称做"放牛"），这是把自己的老痎牛卖给别人，那一根扔掉的腰带象征牛缰绳。闯王每天出去遇见这样事情，又难过，又好笑。但是人们告他说，这些古老相传的办法往往有效。

　　使闯王感到讨厌的是，近来马三婆大大地活跃了。马三婆是一位寡妇，约摸四十岁，以下神为业，住在离闯王老营不远的一个小村里。这个女人，油青脸，倒跟脚，眉毛拔得又细又弯，头发上经常涂着柏油，梳得光溜溜的，但两鬓的头发却故意松松地散落下来，永远像刚刚午睡初醒，懒得把云鬓重挽。她一年三百六十天，大概有一半多日子在两个太阳穴上贴着头疼膏药，所不同的只是有时把膏药剪成小小的四方形，有时把膏药剪成圆形，有时贴的是红膏药，而有时贴的是黑膏药。尽管她的小眼角已经有了许多鱼尾纹，可是她对人的一颦一笑，一个眼色，都给人一种不舒服的风骚感觉。刘宗敏第一次看见她的时候就对闯王说："他妈的，这婆娘是个浪货！"闯王说："我看她不止是个浪货，咱们倒是要留心点儿。"他们对将士们下过严令：都不准到这个女人家去。从春天开始，她就知道以李鸿基名儿出现的大头目就是闯王，所以她每次遇见闯王时总是装得又恭敬，又亲热，站住向他福一福，搭腔说一句两句话。使她遗憾的是，闯王这个人对谁都肯接近，就是不肯接近她。至于刘宗敏和李过，更叫她看见害怕。近来，她的茅屋前边常常像赶会一样，都是来讨神药和替家中病人问吉凶的。李自成每次打这个三家村中走过，看见她的屋里蜡烛辉煌，香烟缭绕，听见她在下神时高声唱出些不伦不类的话，总要把眉毛皱皱。使他心中更不愉快的是，近几天来，连他手下的弟兄们，尤其是那些新弟兄们，也常有人来向马三婆求药了。在目前情况下，他只好睁只眼，合只眼；倘若给他碰见，他也只委婉地劝告一下，并不责备。

离端阳节只有三天了。这天上午，李自成和袁宗第正在探望尚炯的病，张鼐把张献忠派来的一个人带到尚炯的住处。献忠要他用口头告诉李闯王说原定的日期不变，一准于五月初六日在谷城重举义旗，还说因左良玉在襄阳附近调集的人马很多，所以献忠打算起义后就往西去，到房、竹山中同曹操会合。最后，这个来人望着自成笑一笑，说：

"闯王，我家大师说，他知道如今你这里的人马不多，粮草也缺，请你自己斟酌，倘若在端阳节以后不能立刻树起大旗，也不要勉强。"

尚炯和袁宗第听了这句话都连连点头，交换了一个眼色，等候着自成说话。但闯王嘴角含笑，却不做声，也未点头。来人又说：

"我从谷城动身时，我们那里都不知道这里瘟疫病这么凶。张帅也只是有点风闻，不大放心，所以派我来，一则禀报闯王起义的日期不变，二则看看这里的情形。既然这里将士们病倒的很多……"

袁宗第插言说："不瞒你说，俺们这里十成人染瘟疫的有四成，大将们的情形最坏，差不多都病倒了。"

来人接着说："既然如此，闯王，你就缓些日子树大旗也好。"

靠在床上的尚炯赶快向自成使眼色。见自成仍不做声，他就对来人叹口气说：

"如今这瘟疫才传染开，看起来马上还不能停止。为着要遵守成约，同张帅同时大举，彼此呼应，我们闯王近日来万分焦急。真是太不巧啦!"

袁宗第很希望自成能够趁此时机,接着医生的话说出来马上在商洛山中树起大旗的困难,连说:"太不巧!太不巧!"但闯王却并不说在商洛山暂缓树旗的话,只对来人笑着问:

"你什么时候回张帅那里?"

"军情火急,我在此不能多留,打算今晚就走,从这里奔往房县,寻找张帅。"

自成说:"你连夜动身,奔往房县也好。一则军情紧急,二则我这里瘟疫流行,我不留你住下。你临动身时,替我带几句话回禀张帅。李强,把客人带回老营款待,好生休息。"

李强把人带走以后,袁宗第立刻望着自成问:

"李哥,你打算怎样给敬轩回话?"

"你说呢?"

"倘若敬轩不派这个人来一趟,我也很作难,想不出妥当办法。既然他派人来说他知道咱们的人马少,粮草缺,要咱们不必勉强与他同时起事,咱们的话不是很好说了么?咱们何必急着树旗?"

医生也说道:"汉举的话很是。目前咱们这里瘟疫病十分猖獗,将士纷纷病倒,实在无力如期大举。这是出于不得已,敬轩定会谅情。"

自成沉吟一下,问:"你们两位都有这个意见?"

袁宗第回答说:"不仅我们俩有这个意见,近几天许多人都有这个意见。只是怕你决心不顾一切要信守诺言,如期举事,所以都不敢对你说劝阻的话。今天既然敬轩派人前来,说了那样话,他又亲眼看见咱们这里瘟疫流行的情形,我才敢劝你暂缓树起大旗。李哥,咱们只是暂缓一时,顶多不过两个月的时光,等瘟疫一过去,将士们能够打仗,王八蛋不催着你立即把大旗树起来,闹得郑崇俭六神无主!"

李自成从椅子上站起来,在尚炯的病榻前走来走去,低头不语。他明白袁宗第和尚炯的担忧心情,明白许多人都在担心树起大旗后会把陕西和豫西的大部分官军引到商洛山中来。如今高桂英和刘芳亮还没回来,自己手下的将士只有两千多人,其中将近一千人染上瘟疫,将来要对付的不是几千官军,至少是两万官军。这不是一件轻松事儿。昨天晚上,他去看李过的病,适逢李过刚退了烧,神志清醒,也劝他暂缓树起来"闯"字大旗。据李过看来,尽管近来官军在商洛山外边调动频繁,但只要"闯"字大旗不树起来,官军大概不会认真进攻。这是因为,朝廷将全力对付重新起义的张献忠和罗汝才,把商洛山中的这包脓疮留在以后割治。只要拖过一个短时间,瘟疫一过去,就不怕官军来围攻了。自成认为李过对于官军的估计是有道理的,但是他并没采纳侄儿的意见。他临离开侄儿的床边时,浓眉深锁,低声说:

"你好生养病吧,不用多操心。要不要马上树起大旗,让我再想一想,权衡轻重,我不会拿全军的生死当儿戏。"

现在他在尚炯和袁宗第的面前来回踱了一阵,忽然停住,望着他们,眼角含笑,说:

"你们觉得敬轩说的是真心话么?"

医生说:"我看他这话不是假的。"

"不,老尚,你还不认识你的干亲家!"自成坐下去,又笑着说:"敬轩这个人,有时极其直爽,肝胆照人,有时诡诈多端,叫人捉摸不定。据我看,他说的不是真心话。他害怕我变卦,所以派人来看看我的动静,探探我的口气。"

袁宗第说:"倘若他说的是假话,咱们不妨表面上当做实话,就说咱们确实困难很大,遵照他的嘱咐暂缓树起大旗。"

李自成摇摇头:"不,决不能在敬轩面前失信。纵然有天大风浪,咱们也要冒着风浪向前,不应该稍有犹豫。在这种节骨眼上,咱们畏缩不前,使朝廷全力进攻张敬轩,岂不是卖了朋友?以后敬轩会怎样看咱们?各家义军会怎样看咱们?以后咱们说出话来有谁肯信?谁肯跟咱同仇敌忾,共抗官军?"

"可是,咱们只是暂缓一步,并非站在高山看虎斗。原先同敬轩约定的话是死的,用兵打仗是活的,须要随机应变,不可专走直路。"

"汉举,虽然用兵同下棋一样,只有随机应变才不会走成死棋,可是惟独在这件事上必须咬定牙关,甘冒风浪,才是正理。与其让朝廷全力进攻敬轩,打败了敬轩之后回头来打咱们,何如咱们和敬轩同时大举,使朝廷兵力分散,不能专顾一头?"

"可是闯王,我的李哥,如今嫂子同明远尚未回来,咱们的将士本来不多,又有许多染病不起,马上树起大旗,能够不吃官军的亏么?"

"我已经说过,咱们要冒很大风险。可是自古革命大业,除非禅让,哪有不冒大险,历万难,才得成功?平日处世,还应该见义勇为,何况对待这样事情?决不应见难而退,使友军独挡敌人。对敬轩信守前约,同时大举,共抗官军,这就是一个'义'字。咱们如若临时变卦,就是拆朋友台,就是不忠不义。虽说把咱弟兄们的骨头磨成灰也不会变节投降,可是汉举,咱们要在这个'义'字上不使人说半句闲话,捣一下指头。越是风浪大,越是处境艰难,咱们越要挺起胸脯,站得顶天立地,给别人一个榜样!你说,对不对?"

袁宗第虽没做声,但不得不点头。李自成很激动,突然站起来,接着说:

"子明,汉举,我的主意已定,请你们不用再说劝阻的话。据我看,这儿的地势险要,官军定不敢贸然深入。桂英和明远带领的人马不久一定会赶来。咱们暂时凭险死守,拖住官军的一条腿，就是帮了敬轩的大忙。日后看情形如何，再行突围不迟。就这么办，端阳节第二天就树起来'闯'字大旗！"

袁宗第和尚炯见他说的话大义凛然，口气坚决，便不再劝阻了。自成又说了几句别的话，骑马奔回老营。

端阳节过后一天，李自成不等高夫人和刘芳亮回来，为着遵守同献忠的约言，在商洛山中把大旗树了起来。尽管袁宗第在事前曾劝过闯王暂缓树旗，但是当这天早晨，三声炮响过后，"闯"字大旗在老营大门外新立的三丈多高、带斗的杆上升起来时，他同许多将士一样的心情激动。老兵王长顺抱着病来到旗杆下边，仰头望了一阵，忽然眼圈一红，走到袁宗第的面前说：

"唉，袁将爷，我到底盼到这一天，又看见这面大旗树起来啦！"

袁宗第拍拍老兵的肩膀说："老王，快把病治好，咱们要用心保闯王大旗。"

"保大旗，那还用说？上刀山，跳火海，咱不含糊！"

过了一忽儿，袁宗第把王长顺的话告诉了自成。自成点点头，意味深长地说：

"汉举，虽然咱弟兄们面前的困难很大，可是只要把这面从高闯王传下来的起义大旗打出来，硬是树起在商洛山中，就像咱们打了大胜仗。只要这面大旗在空中飘着，官军就不敢全力进攻敬轩。还有，从陕西到中原，到湖广，不知有多少老百姓和多少义军在望着咱们的这面大旗！"

"我知道，朝廷很害怕这面大旗。在他龟孙们的眼睛里，它比几万精兵还可怕得多。"

自成又说："对，你说得完全对。再说，咱们和敬轩、曹操等携手并肩，同时大举，看似一着险棋，实在倒不十分险。倘若咱们坐视朝廷把朋友们各个击破,躲在商洛山中不敢动作,看似平安,反而是下下策,危险极大。今日朝廷对敬轩们得了手,明天就来收拾咱们。自古以来,只要揭竿起义,就同朝廷势不两立,越胆怯,越退避,越容易被官兵步步进攻,站不住脚,终至完事。不要忘记,咱们已经同朝廷打了十年,焚烧过朱家的祖坟!"

尽管春天以来官府已经弄清楚李闯王在商洛山中垦荒和操练人马,但因为新总督才到任,官军一时集中不多,所以只好佯装不知。他们直到四月下旬和五月初才调集了两万多官军,一部分开往豫、陕交界地区,一部分从东、南两边包围过来。郑崇俭对军事是个外行,犹豫不决,且深知官军战斗力不很可靠,而商洛山中地势险峻,易守难攻,所以不敢向农民军大举进攻。因为传说罗汝才的情况不稳,他为着保护汉中门户,把比较有经验的总兵官贺人龙调到白河县和郧西一带,只好另外调人马对付闯王。原来在武关集中有几千官军,调往湖广边去防备曹操。李自成在商洛山中树起大旗的第三天,离开武关的官军又赶快回来,并且增加很多。对于这个消息,有些人感到担忧,李自成却反而高兴,因为他要吸住一部分官军的目的已经达到了。当然,在军事上他丝毫不敢大意,督率将领在通往武关的所有险要山口都立了堡寨,层层设防,布置得十分严密。

李自成树起大旗以后,附近农民纷纷地要求入伙,每天都有几百青年来求他收留。他为着给养极度困难,马匹也少,坚决暂不把人数扩充太多。为着拒绝许多跑来要求入伙的青年,他同手下的将校们说了很多委婉的话,看见了很多青年的失望脸色和含着泪花的眼神。尽管这样,在两天之内,他的人数突然增加了一半,不过这新增的一千多人都是步兵。这时候如果他离开商洛地区前往河南,简直不用经过激烈的战斗就可以达到目的。但是他没有走,因为第一,将士中患病的人实在太多,既不能留下,也没法带着走；第二，他要等牛金星来到；第三，他要等待高夫人同刘芳亮带着人马回来。总之，他打算暂时在这里替献忠牵制住大部分陕西官军和一部分河南官军，等将来再从这里突围往南阳一带。趁着官军尚不能对他合围，他赶快派人马四处打粮，收集草料、火器、火药和各种草药。他还指示手下人，不惜用重金招请，尽可能把能够找到的乡镇医生多多弄来。

一日黄昏，他带着张鼐和几个亲兵从外边回来，心上十分沉重，因为又有很多老百姓和他的老弟兄在瘟疫中死了。每日每天，村村都有死亡，而今天死得更多。刘宗敏的病情似乎开始回头，而李过和田见秀的病却十分沉重。他刚回到老营驻扎的寨外，看见有三十多个人骑着马在暮色中飞奔而来。他勒马等候，心里疑问：“是桂英和芳亮回来了么？是双喜和二虎回来了么？”一阵喜悦，把心头的愁云驱散。

飞奔而来的人们分明也望见了他，相离二十几丈远就跳下马，为首的几个人向他跑来。自成看清了，完全出他的意料之外。他也赶快下马，向前急步迎去，大声说：

"啊呀，是你！你不是在汉中一带么？什么时候回来的？"

黑虎星也不答话，跪下施礼。自成赶快把他挽起，说："在军中用不着行此大礼。你什么时候回来的？"

"我接到补之大哥的书子，拼命赶回。昨天晚上才到。连夜我同大家商量好，上午又忙了半天，才飞马赶来见你。闯王，叔，你侄儿要跟你一道打江山，请你收留！"

"好极！你带来多少人？"

"那些恋念乡土的没出息货，侄儿一概不要，只挑了三百多人。可是多是步兵，马只有几十匹。叔，你要么？"

"要，当然要。可是老侄，咱这儿跟杆子不同，这你很清楚。请你对弟兄们说明，既然要跟我一起打天下，日后自然是有福同享。目前日子苦，大家得熬着点儿。咱的部队纪律严明，不许奸淫妇女，不许骚扰百姓，做事要听从将令。"

"闯王叔，你不用嘱咐啦。日后倘若我手下的弟兄不遵守你的将令，我活剥他的皮；倘若你侄犯了你的将令，你砍我这个，这个，"黑虎星拍拍自己的脑袋，"砍我这个吃饭的家伙。"

"你的人马都来了么？"

"在后边，要走到明天早晨啦。"

"好，随我到老营休息。"

他拉着黑虎星刚进老营坐下，中军吴汝义来向他禀报说郝摇旗回来了。自成跳了起来，问：

"你说什么？摇旗回来了？"

"是,带了五百骑兵从河南回来,他自己马上就来见你。"

"他怎么这样巧，恰在这时回来了？"

"还不晓得怎么来得这样巧。"

闯王在心里说："我就知道，树起大旗以后，我李自成不是孤立无援的！"

忽然听见一阵马蹄声来到老营的大门外，李自成赶快出迎。一见面，郝摇旗要向他下跪，但被他一把拉住。他说：

"摇旗！我做梦也没有想到是你！我听说你在河南混得不错，怎么回来了？"

郝摇旗说："这次回来，我今生一世不会再离开你啦。"

李自成听了这话望望郝摇旗背后的几员偏将和少数亲兵，笑着说："回来好,回来好。我常常盼着你们回来。你果然回来啦。如今咱这儿又是饥荒，又是瘟疫，又是官军要来围攻。咱弟兄们一起苦撑吧。摇旗，这日子比去年冬天还不好过,能撑得住么？"

"嘿，看你说的！"郝摇旗声音洪亮地大笑起来，接着说："好像我郝摇旗是为着找福享才回到你闯王的大旗下来！李哥,我去年冬天一时对不起你,你可别再提这一章,揭我的秃痂子。"

"我不是这个意思。我是……"

郝摇旗不等自成说下去,抢着说:"我是回来给你送人马的!闯王,我给你带回来五百多名骑兵,还有三千多步兵留在河南,等着你去。"

闯王忙问:"你的骑兵在哪里?"

"我怕突然开到老营,没有地方住,就把他们留在辛家店,先来向你禀报。"

"在辛家店?是马兰峪东北的那个辛家店?"闯王不等摇旗回答,赶快回头对中军吴汝义说:"子宜,快去告诉总管,叫他立刻派人往辛家店送去四头猪,四只羊,几坛子好酒。要连夜送去,不得有误!"

吴汝义转身要走时,在郝摇旗的背上狠捶一拳,亲切地骂道:"混小子,忽然走了,忽然来了,做事情没有谱儿!"

摇旗说:"你懂个屁!永远跟着李哥打江山,死保闯王大旗,就是我的老谱儿!"

李自成笑着说:"摇旗,我就猜到你迟早会回来,没想到你回来得正是时候。虽然只带回五百多骑兵,可也是雪中送炭。老弟,你怎么事前不派人来说一声呢?"

"我头一天决定,第二天就动身,派人来哪有我这骑兵快?"

"你知道我要在这时树起大旗么?"

"我来到商州境内才知道。"

"那么你怎么不早不晚,恰在这时赶回来了?"

"我早就想回来,可是怕回来粮草困难。前几天我的探子从谷城回去,说风传张敬轩要在端阳节左右起事。我想只要敬轩动手,你还能不赶快动手?所以,俺白天得到探子禀报,晚上就商议率领骑兵回来,连夜准备,第二天天不明就起身了。"

自成笑着拍拍郝摇旗的肩膀，说："你还是老脾气，遇着什么事说干就干，一刻不肯拖延。有人以为你在河南混得很得意，把愚兄忘在脑后了哩。我说你不是那号人。果然不错，你郝摇旗到底够朋友！"

　　"谁说我会把你忘了？什么话！我郝摇旗不是吃屎喝尿长大的，能够忘掉你李闯王？"

　　闯王哈哈地大笑起来。

　　"路上没有碰到官军？"

　　"得力我的向导好，有官军的地方都给绕过来了。"

　　自成同郝摇旗的偏将们一一招呼。尽管他们一向见他都很恭敬，但他却很随便，很家常。他把他们当兄弟看待，对几个年纪特别轻的还拍拍他们的肩膀，顺便问一下他们的家人有没有消息。他甚至对郝摇旗的亲兵们也记得每个人的大名或小名，同他们亲切地打招呼。大概就是因为李自成对部下的姓名有惊人的记忆力，并且常有些亲切感人的行为，所以他死之后，虽然郝摇旗同自成的余部有一段时间分裂了，甚至势同水火，但郝摇旗左右的人们还是对自成非常怀念。

　　在自成的面前有一个陌生的青年将领，一直在恭恭敬敬地望着他，面带微笑。自成望着他，却想不起来他是哪个。这个青年将领说：

　　"闯王，你不会认识我。我叫李好义，南阳人，特意来欢迎闯王去河南。"

　　"你是南阳人？啊，熟地方，我从那里走过两次。"

　　郝摇旗忙接着说："这一年来，南阳各县到处饥民起事，股头很多，少的几百人，多的几千人，万把人。可是群龙无首，成不了大的气候。咱们这位老弟，他的官名是好义，台甫是子善，就是受各股饥民首领之托，前来迎接你闯王去统率大家，共图大事。他们从前久闻大名,可是对你的为人行事,不大清楚。自从俺郝摇旗去到河南,我跟弟兄们的嘴上带着肉告示,大大地替你扬了美名。如今,南阳一带的老百姓在神前烧香磕头盼着你去!"

李好义接着说:"摇旗哥说的一字不假。闯王,你就去吧!你一到,我包你不用十天工夫就会有十万人马。"

"好,好,我一定赶快去。请吧,到老营细谈。"

到了老营,闯王吩咐赶快宰羊杀鸡,为郝摇旗等人接风。在酒宴上,他还同李好义联了宗,以哥弟相称。五月夜短,转眼间三更过后,大家告辞,并劝闯王休息,但自成坚决要送大家到辛家店,好同那五百多辛苦前来的弟兄们见见面,表示他的慰劳。郝摇旗推辞不过,只好同意。闯王问左右:猪、羊是否已经送去。亲兵回禀说,早已宰杀好,用骡子驮去了。他放了心,出老营和大家一同上马。

从老营到辛家店有三十多里路。人马走到马兰峪,从东北方传来一阵炮声和呐喊。尽管因为距离远,隔着两架山,声音隐约,大家也明白是发生了变故,便催马飞奔前去。郝摇旗一见要打仗,兴致勃发,在马上大声说:

"李哥,你把这一仗交给我吧。我一定把来的官兵杀得片甲不留!交给我行不行?"

战鼓在响,喊杀声不断。离辛家店三里路一个地势最险的地方原驻有自成的一支人马,这时也派出一部分人马增援辛家店,而辛家店派往闯王老营报告消息的一名骑兵也到了这里。自成问了问情况,心中有些怀疑,又问:

"会不会是咱们自家人呢?"

"我们看见前边火把下有不少穿官军号衣的。要是自家人,到了这个地方何必假充官军?"

闯王的心中仍在怀疑,赶快奔往辛家店。郝摇旗的将士们和李自成自己的前来增援的将士们正准备趁着黎明出击,看见他来,大家都欢呼起来。特别是那些新参加的河南弟兄,第一次看见他们久闻大名、无限敬仰的李闯王,都大声地叫着:

"闯王!闯王!"

非常奇怪,他们这里正在热情欢呼,忽然从敌人阵地上也爆发出一阵欢呼:"闯王!闯王!"跟着,鼓、角齐鸣,三弦、琵琶、笙、笛,各种乐器都奏起乐来,热闹非常,特别是商洛山和豫西一带人们所喜爱的唢呐声在山野中最显得欢快、嘹亮。李自成和大家全都明白了。

栅门打开了。门外的树枝移开了。闯王带着郝摇旗等众将士骑马走出。在晓色中他们看见高夫人和刘芳亮带着一群偏将和男女亲兵骑马从阵中走出,鼓乐在后边跟着他们,而"闯"字大旗也打出来了。大队骑兵在后边跟着走来。热情的欢呼不断,直到刘芳亮向后边挥了两次手,欢呼才停。双方走到一起,都赶快跳下马来。高夫人觉得喉咙里憋有许多话,却一时不知说什么好。自成看见她的眼睛湿润,也不知说什么好,只说了一句:

"我就猜到会是你们回来啦。"

高夫人忽然看见郝摇旗,笑着问:"摇旗,我听说你在南阳一带混得很好,怎么也回来了?"

"嫂子,你别哪一壶不开提哪一壶。我离开闯王的那天夜里,一出老营就在心中起誓说:倘若我郝摇旗混垮了,什么话也不提;倘若混得不错,我不回来赤心耿耿保闯王,天诛地灭。嫂子,你真是不明白我郝摇旗是怎么个人!"

"我是同你说玩话的,别介意。其实,在外边混好啦应该回来,混的不顺心更该回来。俗话说,三人一条心,黄土变成金。咱们同朝廷作对,不一心能成事么?"

"嫂子说得对。以后你用棍子打也别想把我从闯王的大旗下边打走!"

高夫人走进人堆中,拉着郝摇旗的女人和孩子们出来,向郝摇旗的面前一推,笑着说:

"你瞧瞧,身上少一根汗毛没有?你随便杀吧,我不再管你们的事啦。"

郝摇旗有点儿不好意思,抱起五岁的男孩子,嘻嘻地笑着。他的女人想到去年在潼关南原突围时那一段惨痛事,又看着今日一家人团圆,不由地眼圈儿红了。

高夫人发现兰芝躲在她的背后,一只手紧抓着她的衣襟,她把她拉到面前,向自成的身边一推,说:

"你看她,平日总在想你,到了你面前却像是老鼠见了猫一样。"她又把张鼐拉到身边,仔细地打量一下,说:"咳,小鼐子,这半年你又长高了半个头顶!你双喜哥还在卢氏县没有回来?"

"还没回来。"张鼐回答,他在高夫人的面前完全变成了一个孩子。

当大家谈起来夜间的一场误会时,刘芳亮说:"说不定是官军的号衣惹出事来了。"于是他说明为路上骗过官军和乡勇,故意叫几十个弟兄穿着官军号衣走在前边,一时疏忽,到了自家地界也忘记脱了,直到五更才想了起来,叫他们赶快脱下。大家听他这一说,都不禁哄笑起来。高夫人说:

"一进商州境,大家一高兴,把什么都忘了,还说号衣哩!"

当高夫人转向别人说话时,张鼐就去同高夫人的亲兵张材等招呼,又同慧英和慧梅招呼。他向慧英笑着问:

"慧英姐,有一件事情你忘了吧?"

"什么事情?"

"去年过端阳节的时候咱们在甘肃,你答应我倘若今年过端阳不打仗,你就做一个香袋给我。你给我做的香袋在哪里?"

"啊呀,你的记性真好!好吧,你等两三天,我补做一个给你就是。"

慧英刚说完这句话,慧梅从怀里掏出一个香袋给她。她立刻把香袋递给张鼐,说:

"拿去吧。这个香袋又好看,又喷香,你一定很喜欢。不过这是慧梅送你的,你别承我的情。"

慧英说话无心,但慧梅的脸孔刷地红了,赶快背转头去。

张鼐看见慧梅不好意思,他自己也有些不好意思。他把香袋看看,闻闻,笑嘻嘻地收下。看见慧梅的箭袋里有一支笛子,他问:

"慧梅,潼关突围的时候你没把笛子丢掉么?"

慧梅觉得自己受到了轻视,对他把嘴唇撇了一下,没有做声。

高夫人回来的几天之后,闯王也病了。去河南的计划暂时没法实现,只好请李好义趁着官军尚未严密包围的时候赶快回去,等候闯王和将士们病好以后再突破包围,去到河南。但不久闯王得到探报:李好义在返回河南的路上阵亡了。

自从闯王病倒,高夫人的担子格外加重。一天上午,她正在同张鼐商议孩儿兵的问题,忽然听见十几匹马奔到老营的外边停住,随即看见李双喜走进大门。张鼐奔着迎去,同时快活地叫道:"双喜哥!"双喜一只手拉着张鼐的手,一只手提着马鞭子,走到上房门外,笑嘻嘻地叫道:

"妈!"

高夫人一眼就看出双喜也长高了,脸颊比从前瘦了些,但是她没有工夫流露出母爱,急忙问:

"牛先生来了么?"

双喜的笑容没有了,走进上房,摇摇头,说:"妈,牛先生出事啦,真糟糕!"

"啊呀!怎么会出事了?"

"我们等不着他,第一次派人去催过,第二次又派一个当地人去牛家湾打听消息,才知道他父子俩在十三日夜间给抓进城里了。我们随后又派人到卢氏城里打听,听说他父子俩受了酷刑,戴着脚镣手铐,押在狱里。县官说他父子俩私投闯王,要问死罪。……"

"嘿嘿,要问死罪!"

尽管高夫人同牛金星没有见过面,但是他是一个如何有"满腹经纶"的人,同闯王的事业有多大关系,她完全明白。在刹那之间,她的心中同时想到了破城劫狱、劫法场、用银子赎命等等办法,而同时也在考虑这件事是否要暂时瞒住自成和捷轩。双喜见她不再说话,就说:

"我赶快回来禀俺爸爸知道,设法搭救。爸爸呢?"

闯王的病已经判明是隔日疟,另外夹杂有别的病症。不过这别的到底是什么症候,在当时的医学条件下还弄不清楚,只能笼统地说成"时疫"。高夫人怕惊动自成,赶快对义子使个眼色,摆摆手,带着他走到前院。她先把闯王的病情对他说明,然后放低声音问:

"二虎呢?"

"俺二虎叔带着人马留在两省交界地方的大山里,继续派人探听牛先生的情况。他打算设法劫狱救出牛先生,不过人少了不行,他等候老营赶快派兵去。"

高夫人的脑海里打个回旋,担心劫狱未必能成功,反而断送了牛金星父子性命。沉默片刻,她又问:

"牛先生来咱这里,神不知,鬼不晓,怎么会走了风呢?"

"听说上次来的那几个唱洛阳曲子的,里边有一个是卢氏人,认识牛先生。这个人回到卢氏县城,喝醉了酒,在茶馆里夸说咱们如何仁义,给衙门的捕快听到,抓了进去,一动刑,供出了牛先生。"

"唉,没想到岔子会出在这些人身上!"高夫人摇摇头,咂了一下嘴唇。"叫厨房里给你安排饭,你休息休息吧。我去找大家想个主意,万不能断送牛先生父子性命!"她站起来,心情沉重地走了出去。

这时袁宗第住在老营的寨子里,协助高夫人主持一切。她到了宗第那里,派人把刘芳亮和几个平日遇事有主意的将领叫来,一同商量营救办法。大家都认为在目前情况下全军去河南不可能,分兵则力单,破城劫狱是下策,上策是出钱行贿,纵然未必能替牛金星买个干净,只要能暂时保住性命,以后就有救出的办法。并且一致主张把这事瞒住闯王和总哨刘爷。尚炯的病势本来不像别人的那样猛,吃了几剂药,已经轻了。高夫人和袁宗第又去找他商量。他也同意大家的主意,并说他听说卢氏知县名叫白楹,山东人,外装名士派头,喜欢饮酒赋诗,实际却是一个很爱钱的贪官。又经过仔细研究,高夫人决定派双喜带五百两银子和一封尚炯的亲笔书信连夜出发,回到刘体纯那里,叫刘体纯在当地找一个可靠的人把银子和书信送到卢氏城里,转交给尚炯的一位堂兄弟、小儿科大夫尚灿,这个人在衙门里人缘很熟。她特别嘱咐双喜,要他同刘体纯务必在七天以内回到老营来,因为官兵已经在武关、蓝关、商州和龙驹寨等地增加很多兵,估计这里的战事快要起来,回来得迟了就有给敌人隔断的危险。

二更时候,李双喜带着十几个亲兵出发了。

就在他出发的第三天,陕西、三边总督郑崇俭到了武关。他知道农民军中瘟疫流行,李自成和重要将领多数卧病不起,决定分四路向商洛山中大举进攻。商洛山中最艰苦的日子开始了。

第三十二章

崇祯十二年的春天，崇祯的心情是特别阴郁的。西苑中依然像往年一样冰雪融化，柳绿桃红，春水和天光争蓝，燕子和黄莺齐来，可是崇祯却没有心情来玩。由于他不来，皇后和妃嫔们自然都不来了。农民战争正在酝酿着新的高潮，紫禁城中又一年失去了春天。

三月上旬，清兵毫无阻拦地退出长城。每次清兵入塞，所到之处，城乡残破，人口锐减，生产不易恢复。这次入犯，时间在半年以上，攻破了畿辅和山东七十多个州、县，大肆烧杀，劫掠，掳走了五十多万丁壮人口，并且攻破山东省会济南，掳走了分封在济南的鲁王及其全家。崇祯很明白，畿辅和山东一带是国家的根本重地，经过这次战争，没有十年以上的太平日子不能够恢复元气。可是，议和不成，满洲决不会叫你休养生息。这次满洲兵入塞距上次入塞仅隔两年。谁晓得他们什么时候还会再来？边军不管用，武将怕死，他们什么时候想来就来！

但是比较起来，最使他日夜忧心的还是张献忠和李自成的问题。他不知道谷城的局面能够拖延多久，深怕一旦谷城有变，湖广和河南震动，中原大局又难得收拾了。对于李自成的依然活着，他非常恨孙传庭的不中用，认为他是"虚饰战功，纵虎贻患"。倘若再过不久李自成的羽毛丰满,如何是好?

自从三月中旬奉先别殿①悬挂了母亲遗容,崇祯每当心中有说不出的空虚、绝望和愤懑,无处排遣,便对着母亲遗容,默默流泪。其实,他对于母亲是什么样子,一点儿也不记得。他的母亲姓刘,十六岁被选进宫来,做了太子朱常洛的淑女。淑女在太子的成群侍妾中地位很低,所以她没有引起太子的注意。在宫中郁郁地过了两三年,忽然有一天被太子看上了,叫太监用牙牌把她召到兴龙宫住了一晚,后来生下一个儿子,就是现在的崇祯皇帝。从那次接近太子之后,她几乎被太子忘记了。生下儿子,她的不幸的地位仍然没有多大改变,只好在冷宫中长斋念佛,消磨岁月。等到崇祯五岁时候,大概她不小心对太子流露出不满情绪,惹动太子大怒,命她自尽。当时太子朱常洛很不得父亲万历皇帝的宠爱,常常有被废掉的危险,所以他严禁东宫的人们将这件事传扬出去。其实,就是在东宫也只有极少数的人知道刘淑女是怎样死的。

农民革命战争的打击使他的精神中不断增加悲观和痛苦,而这种没法对朝臣们倾吐的心情和一种孤独之感,一齐转化为对母亲的孝思,或者换句话说,通过对母亲的孝思排遣他的不能告人的悲观和孤独的心情。崇祯八年春天,农民军焚烧凤阳皇陵以后,他在宫中大哭几次,内心的痛苦更深,就叫一位擅长画像的翰林院待诏每日到他外祖母家去沐手焚香,为他的亡母画像。费了两年多的时间,多次易稿,直到去年冬天清兵逼近北京的时候

---

① 奉先别殿——奉先殿的配殿。奉先殿即明朝皇帝的家庙:在紫禁城外的叫做太庙,即今劳动人民文化宫所在地;在紫禁城内的叫做奉先殿。崇祯的生母姓刘,生前地位很低,是太子宫中的一个淑女,所以她的神主只能供在奉先别殿。

才描绘成功。

在描绘太后遗容的过程中很少有确实依据。因为她自从选入宫中以后就没有再同娘家人见过面，如今隔了二十多年，连崇祯的外祖母（如今被封为瀛国太夫人）也记不清她的模样。宫中有一个傅懿妃，和崇祯的母亲同为太子朱常洛的淑女。她说她住的宫同崇祯母亲住的宫相邻，相见的次数较多，还仿佛记得一些。她在几千个宫女中指点这个人的鼻子有点像，那个人的眼睛有点像，又另外一个人的下巴有点像……司礼监把被挑出来的众多宫女陆续送到瀛国府，再由瀛国太夫人参加意见，指示画师，揣摩着画，画画改改。

奉迎太后遗容入宫要举行重大典礼，所以一直等到清兵退走以后，才由礼部拟具仪注，由钦天监择定吉日，用皇太后的銮驾和仪仗把黄绫装裱的画像从正阳门送进宫来。礼部尚书率领文武百官都在大明门外跪接。崇祯率领太子和两个较大的皇子在午门外跪接。皇后周氏率领公主和妃嫔们在皇极门外跪接。由于崇祯的母亲在生前并未封后，所以不能把她的画像送进奉先殿正殿，而只能悬在配殿。行过祭礼，崇祯把一些曾在父亲宫中生活过的老宫女叫来看，问她们像不像太后真容。她们当着他的面异口同声地回奏说十分相像，但在背后，有的说有点儿像，有的说完全不像。后来崇祯因想着他母亲在死前两年中长斋念佛，又命画师另画一幅遗容，具天人之姿，戴毗卢帽，穿红锦袈裟，坐莲花宝座。通过别人的画笔，将他的母亲更加美化和神圣化了。

当时的众多文武朝臣，对于崇祯性格的几个方面如刚愎、猜疑等都很熟悉。不管朝臣对他的性格中几种表现都有意见，甚至在他死后作为他导致亡国的重要因素，但是共同肯定的一点是认为他秉性刚毅，所以南明朝廷曾给他上一个谥叫做毅宗。反动封建士大夫眼中的所谓刚毅，就是指他在农民革命战争的冲击下始终顽强地拼死挣扎，决不后退，直到国亡家破，自尽煤山。在当时朝臣们很少知道他在农民革命战争的打击下精神上多么悲观和软弱。在崇祯十五年以前，这悲观和软弱的一面只在深宫中秘密流露，特别是在奉先偏殿悬挂的母亲画像前流泪较为经常。一到上朝时候，他就变成一个十分专断、威严、不可触犯的君主，使许多朝臣在上朝时两腿打颤。

三月下旬的一天，他从奉先偏殿回到乾清宫，眼睛仍然红润，心情略觉安静，坐在御案前省阅文书。先看了洪承畴请求陛辞的奏疏，又看了孙传庭请求召对的奏疏，他随即传谕明天上午在平台同时召见他们。刚才在奉先偏殿中他显得十分软弱，现在忽然满脸都是杀气。

洪承畴已经改任蓟、辽总督，专负责对满军事。崇祯和满朝文武都认为他是一位资历深、威望高、可以担负辽东重任的统帅人才，对他寄予很大期望。洪承畴明知道困难重重，但是他深感皇帝知遇之恩，决心到关外整顿军务，替皇上稍解东顾之忧。

等洪承畴和孙传庭行过常朝礼，崇祯向洪承畴问了几句话，无非是关于起程时间和一切准备如何等等，至于今后用兵方略，在不久前两次召对时已经谈过，用不着今天再问。他又向洪承畴勉励几句，期望他早奏捷音。叫洪承畴起来后，崇祯收敛了脸上的温和神色，冷冷地小声叫：

"孙传庭！"

"微臣在！"孙传庭跪在地上不敢仰视，恭候皇上问话。

有片刻工夫，崇祯望着他并不问话。这种异乎寻常的沉默使他的心中忐忑不安。去年冬天，他同洪承畴率师勤王，来到北京近郊。那时卢象升已经战死，朝廷升他为总督，挂兵部右侍郎兼右佥都御史衔，代象升总督诸路援军，并赐尚方剑。可是他同杨嗣昌的关系没有搞好，又得罪了高起潜，被皇帝降旨切责。崇祯叫洪承畴进京陛见，并使大臣郊劳①，却不许他进京陛见。清兵退出以后，崇祯采纳了杨嗣昌的建议，任洪承畴为蓟、辽总督，把陕西勤王军全部交洪承畴率领去防备满洲。孙传庭非常反对把陕西勤王军全部留下，上疏力争，说这一部分陕西兵决不可留，倘若留下，陕西的"贼寇"就会重新滋蔓，结果无益于蓟、辽边防，只是替陕西的"贼寇"清除了官军。他还说："且秦兵之妻孥蓄积皆在秦，久留于边，非哗则逃，将不为吾用而为贼用，是又驱兵从贼也。"孙传庭的反对留陕西勤王兵防守蓟、辽，原来也有一部分私心。他认为洪承畴既然改任为蓟、辽总督，陕西、三边总督的遗缺，朝廷一定会叫他升补。他要求把陕西勤王兵放回陕西，固然是为今后的"剿贼"军事着想，也是为他自己着想。没有这些军队，他将来回陕西，手中就没有猴子牵了。崇祯目前急于要稳定关外局势，决意将这一部分人马交给洪承畴，所以对于孙传庭的意见置之不理。

　　孙传庭是个非常骄傲自负的人，一向对杨嗣昌代皇帝筹划的用兵方略很瞧不起。由于他没有能够像洪承畴那样受到郊劳和召见，对杨嗣昌更加不满，决心同杨嗣昌斗一下，所以在清兵退走之前他就上疏说："年来疆事决裂，多由计画差谬。待战事告竣，恳皇上一赐陛见，面陈大计。"经过力争陕兵回陕的斗争失败，他渴望陛见的心情更加迫切。如今果然蒙召对了，但皇上叫他的口气是那么严厉，是不是会允许他把许多有关国家大计的话痛快奏陈呢？他俯首屏息，诚惶诚恐，一面静候皇上问话，一面向象牙朝笏上偷眼瞧看那上边用工整的小楷写着他要面奏的方略

---

① 郊劳——古代大将或统帅凯旋回朝或勤王来京，皇帝亲自或派大臣出郊慰劳，叫做郊劳，为很大的恩宠。

要点。

向孙传庭打量了片刻之后,崇祯怒容满面,用威严的声音说:"孙传庭,朕前者命你巡抚陕西,协助洪承畴剿办流贼,三年来虽然不无微劳,但巨贼李自成及刘宗敏等并未拿获,遗患无穷。去冬潼关南原之战,汝连疏告捷,均言闯逆全军覆灭,尸积如山。欺饰战绩,殊属可恨!朕今问汝:闯逆现在何处?"

皇上的震怒和责问,孙传庭完全没有料到,简直像冷不防当头顶挨一闷棍。尽管他的性格十分倔强,也不由地轰然出了一身冷汗,脸色灰白,四肢微微颤栗。他鼓着勇气回答说:

"微臣前奏闯贼全军覆灭,确系实情,不敢有丝毫欺饰,有总督臣洪承畴可证。"

"强辩!"崇祯把御案一拍,又问:"你不惟没有将闯贼拿获,连其重要党羽如刘宗敏、田见秀、高一功、李过等均一并漏网。汝奏疏中所谓'逆贼全军覆灭,非俘即亡',不是欺饰是什么?"

孙传庭竭力保持镇定,回答说:"微臣在君父之前,何敢强辩。去冬十月,臣与督臣亲赴潼关,麾兵围剿,设三伏以待贼。经一日一夜奋战,确实将逆贼全军击溃,死伤遍野,遗弃甲仗如山。闯贼及其重要党羽虽未就擒,但想来多半死于乱军之中。后因臣星夜率师勤王,不暇找获巨贼死尸,献首阙下,上慰君父之忧,下释京师臣民之疑,实为一大恨事。"

"你知不知道逆贼渠魁均已漏网?"

"臣率兵到了山西以后,闻有零星余贼逃入商洛山中。为着斩草除根,免遗后患,臣当即一面奏闻陛下,一面派副将贺人龙带兵折回潼关,向商洛山中认真搜剿。至于说渠贼均已漏网,臣实不知。"

"哼哼,你还在做梦!"崇祯从御案上拿起来几份奏疏和塘报,扔给孙传庭,愤愤地说:"你看看,这就是你潼关大捷的结果!"

听说李自成等确已"漏网",又看见皇上扔下几份文书,孙传庭又一阵心惊胆战。他手指颤栗地捡起文书,捧在手中,匆匆地浏览一下"引黄",心中完全明白。他把一叠文书恭敬地递给立在一旁的太监,然后向皇上叩头说:

"臣自勤王以来,虽然日夜奔波于畿辅与山东各地,无暇多探听余贼情况,但有的塘报,臣亦见到。以愚臣看来,倘若逆闯确实漏网,可忧者不在崤函山中,而在商洛山中。那一股进扰潼关与焚烧灵宝城关的残寇只是假借闯贼旗号,决非闯贼本人。倘若官军舍商洛而不顾,厚集兵力于崤函山中,恐怕上当不浅。"

"你怎么知道在崤函山中的不是闯贼本人?"

"闯贼倘若未死,定必潜伏起来,待机而动,决不会于残败之余,养息尚且不暇,而胆敢打出逆贼大旗,故意惹动官军追剿。"

"可是别的残余为什么要打出逆贼旗号,惹动官军追剿?"

"臣近来远离剿贼军中,不敢妄加推断。但臣与逆贼周旋三年,深知逆贼狡计甚多,常常以虚为实,以实为虚。揆情度理,在崤函山中打着闯贼旗号者决非闯贼本人。"

"胡说!这股逆贼神出鬼没,连挫官军。看其用兵诡诈情形,必为闯贼本人无疑。且有人亲眼看见闯贼蓝衣毡帽,骑乌驳马立于大旗之下,更有何疑?"

"虽然如此,愚臣仍不敢信其为真。"

"地方奏报,证据确凿,汝说不可凭信,岂非当面欺哄君父,希图逃避罪责?"

"臣束发受书,即以身许国。崇祯九年,蒙陛下付微臣以剿贼重任,臣无时不思竭尽犬马之力,以报圣上知遇之恩,何敢面欺君父?"

"汝身负剿贼重任,竟使全数渠贼漏网,尚不认罪,一味狡辩,实在可恶。汝既知报朕知遇之恩,何不将逆贼拿获,而遗君父西顾之忧？"

"倘非连奉诏书，星夜勤王，臣定然四处搜索，不使一贼漏网。"

"胡说！替我拿下！"

登时有两个锦衣力士①把孙传庭从地上拖起，褫去衣冠，推了出去。洪承畴赶快跪下，连连叩头说：

"陛下！孙传庭虽然有罪，恳陛下念他数年剿贼，不无微劳。虽奏报有欺饰之处，但闯逆在潼关全股瓦解，亦系的情②，并无虚夸，恳陛下……"

崇祯不等他把话说完，冷笑一下，说："卿不用替他求情。卿身任总督，亲临潼关督战，竟使元凶漏网，论法也不能辞其责。但朕念你功大过小，不予深究，反将东边重任交卿去办。望卿今后实心任事，不要像孙传庭一样，辜负朕之厚望。"

洪承畴又叩头说："微臣受命剿贼，未能铲除逆氛，克竟全功，致闯贼目前死灰复燃，实在罪该万死。皇上不惟免予重谴，又使臣督师蓟、辽，拱卫神京。如此天恩高厚，使微臣常为之感激涕零。微臣敢不粉身碎骨，以报陛下！然目前正当国家用人之际，孙传庭素娴韬略，亦习战阵，于疆吏中尚属有用之材。伏乞圣上息雷霆之怒，施雨露之恩，暂缓严罚，使其戴罪图功，不惟孙传庭将畏威怀德，力赎前愆，即三军将士亦必闻而感奋。"说毕，叩头不止，几乎叩出血来。

崇祯虽然很气孙传庭没有将李自成等擒斩，但也知道他是个有用之材。听了洪承畴的话，他沉默片刻，说道：

---

① 锦衣力士——锦衣卫的一种下级武官，皇帝上朝和出宫时随驾侍卫。替皇帝打旗的也是他们。

② 的情——确实情况。

"好吧,姑准卿奏,饶了他这一次。起去吧。"等洪承畴谢恩起去,崇祯向旁瞟一眼,吩咐说:"叫孙传庭回来!"

过了片刻,孙传庭又穿好衣冠,被太监带了进来,重新在离开御案大约一丈远的方砖地上跪下,身子俯得很低。崇祯望着他说:

"孙传庭,朕姑念你平日尚肯实心任事,饶你这次作战不力之罪,仍着你总督河北、山东军务,以观后效。"

孙传庭叩头谢恩,仍然伏地不起。

"下去吧。"崇祯轻声说。

孙传庭又叩了头,爬起来低着头退了出去。尽管他的身体十分结实,年纪只有四十七岁,但当他步下丹墀时,却像老人一样,脚步不稳,几乎跌了一跤。

洪承畴又回答了皇帝几句问话,叩头退出。他是一个深通世故的老官僚,心中清楚,今日皇上之所以对孙传庭如此严责,一部分是孙传庭自己招的,一部分也是故意借他陛辞的时候,来个杀鸡吓猴,让他看点颜色。因此他本来还想对皇上提出一点小小的恳求,也不敢说出口来。他刚出皇极门,一个太监从里边追出,口传圣旨说皇上明日正午在平台赐宴,并谕文武百官于明日下午在朝阳门外为他饯行。他跪地听旨,叩头谢恩,山呼万岁。但是在他感激皇恩浩荡之余,心中反觉惴惴不安,仿佛预感到什么不幸在等待着他。他深知皇上恩威莫测,倘若他此去防备满洲无功,只能为皇上尽节,死在辽东,别想再回朝廷。而权衡一切,此去成功的希望实在微乎其微。

孙传庭回到公馆,觉得耳朵里嗡嗡响着,家人同他说话他也听不清楚。他不吃午饭,不许别人打搅他,独坐书房发闷。看看昨夜在朝笏上写的那些小字,叹了口气。

由于精神上受的打击太大,孙传庭回到保定驻节地,耳朵竟然聋了,请求辞官回籍。崇祯不信,命保定巡抚杨一俊就近察看真伪,据实奏闻。杨一俊回奏说孙传庭的耳聋是真。崇祯大怒,说他们朋比为奸,派锦衣旗校将他们一起逮捕进京,下到狱中。满朝人都知道孙传庭因耳聋下狱冤枉,却无人敢替他上疏申救。

到了四月中旬以后,朝廷得到确实消息,知道李自成从潼关南原突围后就潜伏在商洛丛山中,在豫西活动的只是高桂英和刘芳亮一支人马。虽然事实证明了孙传庭的推测是对的,但崇祯并不释放他,因为一则崇祯是个刚愎成性、从不承认错误的人,二则他很恨孙传庭不曾将李自成和所有重要的农民军领袖捕获或阵斩。自从知道了李自成在商洛山中的活动情况以后,他对国事更加忧愁,常常夜不成寐,脾气也变得更加暴躁。

五月下旬,又是崇祯的一个不眠之夜。

已经二更过后了,乾清宫院中静悄悄的,只有崇祯皇帝和值夜班的太监、宫女们还没有睡。整个紫禁城也是静悄悄的,只是每隔一会儿从东西长街①传过来打更的铜铃声②,节奏均匀,声音柔和,一到日精门和月华门附近就格外放轻,分明是特别小心,生怕惊了"圣驾"。崇祯在乾清宫正殿的西暖阁省阅文书,时常对灯光凝神愁思,很少注意到乾清宫院外的断续铃声。一个宫女轻脚轻手地走到他的身旁,跪下说道:

"启奏皇爷,夜深啦,请圣驾安歇吧。"

崇祯好像没听见,继续省阅文书。过了一阵,跪在地上的

---

① 东西长街——在紫禁城中有几条南北长巷,紧挨乾清宫东边的长巷叫东一长街,再东边的叫东二长街;紧挨乾清宫西边的长巷叫西一长街,再西边的叫西二长街。

② 铜铃声——明代皇城和紫禁城内打更摇铜铃,到清代改为敲梆子。

宫女又说了一遍。他仍然没有抬头，一边拿着朱笔在一封奏疏上批旨，一边小声说："知道了。"他在奏疏上的批语也是这同样的三个字，好像他不是在回答宫女，而是在无意中念出来他的批语。宫女不敢再打扰他，从地上站起来，悄悄地退了出去。又过了一阵，甜食房的太监送来了一碗燕窝汤，由宫女捧到他的面前。他打个哈欠，揉揉眼睛，把燕窝汤吃下去，随即离开御案，走出了乾清宫大殿。但是他没有马上去睡，在丹墀上漫步片刻，然后抬头仰视天象。天上一片蔚蓝，下弦月移近正南，星光灿烂，并无纤云。他读过灵台①藏的秘抄本《观象玩占》和《流星撮要》等书，还看过刻本《天官星历》，所以能认出不少星星。他先找到紫微垣十五星，随后找到代表帝座的紫微星。大概是由于心理作用，他觉得紫微星有些发暗，而天一星的芒角很大，闪闪动摇。据那些关于占星术的书上说，这是天下兵乱的征象。看过星星，他的心头更加沉重，深深地叹一口气。几个宫女和太监垂手恭立近处，互相交换眼色，却没人敢去劝他就寝。

　　他缓步走下丹陛，在院中吸了几口新鲜空气，一直走到乾清门。正在这时恰好一个刻漏房的太监抱着时辰牌走了进来。尽管从万历末年以来，宫中打更和报时都依靠从西洋传进来的自鸣钟，但是文华殿后边的刻漏房依然照旧工作。每交一个时辰，值班太监抱着一尺多长、四寸多宽的青地金字时辰牌送进乾清门，换下一个时辰牌带回文华殿，凡路上遇到的行人都得侧立让路，坐着的都得起立。崇祯正要转身往回走，忽然看见抱时辰牌的太监来到，便停住脚步问道：

----

① 灵台——紫禁城中的一个迷信机构，有几十个太监，日夜轮流观看星象和云气变异，据实呈报司礼监掌印太监，上奏皇帝。

北京的忧郁　685

"什么时辰了?"

抱时辰牌的太监躬身回奏:"已经交子时了,皇爷。"

崇祯因为再有两个多时辰就得上早朝,早朝后还得带着皇后和田、袁二妃去南宫烧香,便决意赶快就寝。他走到乾清宫大殿背后披檐下的养德斋,在宫女们的服侍下脱了衣服,上了御榻。可是过了一阵,他忽然想到还有许多重要的文书没有看,便重新披衣下床,吩咐一个宫女去把没有看过的一叠文书都拿到养德斋来。当重新开始省阅文书时,他叫服侍他的宫女和太监都去休息。值班的宫女们都退到对面的思政轩中坐地休息,不敢远离;太监们只留下两个人,其余都回到乾清门左右的值房去了。留下的这两个太监在养德斋的外间地上铺了两条厚褥子,上放貂囊,和衣睡在里边。

正看文书,他不由地又想到陕西方面。上月下旬,他连接陕西疆吏奏报,说是从去年冬天以来,李自成就在商洛山中收集残部,招兵买马,打造武器,积草屯粮,准备大举;并且赈济饥民,笼络民心,从事屯垦,似有长期据守商洛山中模样。他非常恨陕西地方文武大员的糊涂无用,竟敢长期不明"贼情",养虎遗患。他已经把新任陕西、三边总督郑崇俭和巡抚丁启睿严旨切责,命他们迅速调兵进剿。目前他们进剿的情形如何?能不能趁李自成羽毛未丰,一举将他扑灭?……

崇祯想一阵,批阅一阵文书,眼睛渐渐地朦胧起来。他在梦中看见郑崇俭来的奏捷文书,心中十分高兴;又看见熊文灿的一封奏疏,是关于张献忠的,但奇怪,他总是看不明白。他把这封奏疏扔到案上,生气地说:

"糊涂,张献忠是不是真心受抚?"

窗上已经现出微弱的青色曙光。从紫禁城外传过来隐约的断续鸡啼。御案上的宣德小香炉已经熄灭。一座制作精巧的西洋自鸣钟放在紧靠御榻的雕花嵌螺红木茶几上，正在滴答滴答地走着，突然，一个镀金小人儿用小锤在一个小吊钟上连续地敲了几下。几乎就在钟响的同时，从玄武门①上传过来缓缓的更点声：先是报更的鼓声四下，跟着是报点的铜云板敲了三下，声音清远而略带苍凉。

一个太监乍然惊醒，赶快从貂囊中爬出来，蹑脚蹑手地去把珠帘揭开一点儿，向里边悄悄窥探，看见皇上俯在御案上轻轻打盹，手中的象管朱笔落在一封文书上。他小心地把朱笔拾起来放在珊瑚笔架上，小声细气地叫道：

"皇爷，请到御榻上休息！"

崇祯睁开眼睛。铜云板的余音若有若无，似乎在窗纱上轻轻震颤。他望望西洋自鸣钟，看见快到他平日起床拜天的时候，便吩咐传都人侍候梳洗。太监又躬身奏道：

"皇爷，你又是通宵未眠，还是请圣驾到御榻上稍躺片刻吧！万岁为国事这样焦劳，常常废寝忘餐，圣体如何能支持得了？请到御榻上休息会儿吧！"

"不要啰唆，快传都人们侍候梳洗！"

一声传呼，那些专门服侍皇上梳洗穿戴，以及侍候早朝的宫女和太监都进来了。有一个专门在早晨替皇上梳头的宫女，在乾清宫中俗称管家婆②的，捧着一个剔红堆漆圆盒，里边放着铜镜、箆子和象牙梳子等物，第一个躬身走进了养德斋来。

梳洗罢，穿戴整齐，崇祯按照每日惯例到乾清宫大殿的前边

---

① 玄武门——紫禁城的北门在明代叫做玄武门，义取玄武星是北方星宿。清代因避康熙帝讳（名玄烨），改称神武门。
② 管家婆——明代每一后妃宫中宫女众多，其中有一个宫女掌管诸事，好像众宫女的头儿，俗称管家婆。

北京的忧郁 687

拜天,然后,传免了皇后、妃嫔、太子和皇女们的请安,匆匆地吃了尚膳监送来的素点,便乘辇前去上朝,正式开始了他这一天的忙碌而烦恼的皇帝生活。

每次上朝,总是听到一些不顺心的和难以解决的问题,使他退朝后更加烦闷。今天上朝时候,户部臣详细面奏各处官军欠饷的情形很严重,每日催饷的文书不断飞来,急于星火,可是国库如洗,没法应付。另有几个科、道官①请求对清兵焚掠残破的畿辅和山东各州、县赶快赈济,抚辑流亡,使劫余百姓得以早安生业。但军饷尚且没有着落,赈济款从何谈起!不到巳时,崇祯就怀着十分沉重的心情退朝。

为着今天要去南宫②烧香,他三天来就素食斋戒。现在下朝回来,一面传旨皇后和田、袁二妃来乾清宫,一面又一次浑身沐浴。后妃们一来到,他就带着她们乘辇出了东华门。除司礼监掌印太监王德化和一大群太监和宫女簇拥外,没有任何仪仗,尽可能不让外边的臣工知道。

恰在这时,文书房太监把几封十万火急的文书送到养心殿内司礼监掌印太监和秉笔太监的值房中来。掌印太监王德化不在,由几个秉笔太监看了一下,一个个大惊失色。王承恩在这几位轮值的秉笔太监中名次最前,就由他拿着这几封火急文书追出东华门。

近几年,崇祯身上的变化实在很大。在他即位后最初几

---

① 科、道官——六科给事中和十三道御史的统称。都是言官。明代把全国领土划为十三行省。十三道即十三省,沿袭唐朝旧称。
② 南宫——在北京城南池子一带有一片宫殿建筑,称做南宫、南内,也叫南城。这一大片宫殿,到清代全毁了。

年,国家虽有内乱和外患,但大局尚未糜烂,他希望做一代"中兴英主"的信心很强,锐气很盛。那时他对于日蚀、星变、怪风、霪雨等等自然界不正常现象虽然也心中戒惧,却不像近几年来这样害怕。八九年前,有一个朝臣因旱涝成灾,上疏言事,批评朝政,措词过于激切。他很恼火,在上朝时训斥说:"尧有九年之涝,汤有七年之旱,并不闻尧与汤有何失德!"但是近几年,任何不正常的自然现象他都认为是五行灾异,也就是上天给他的警告和国家的不祥之兆,胆战心惊,彷徨不寐。在即位之初,他并不很迷信佛、道两教,倒是受了当时礼部尚书徐光启①的影响,和天主教有些接近。近两三年来,他对于佛、道、鬼、神越来越迷信了。

还有二月初五,清兵正在山东时候,北京城发生了一次地震。虽然地震是常见的自然现象,明朝在北京地区已经发生过多次地震,毫不足奇。永乐年间是明朝国力鼎盛时期,短短的十八年中,南京震了六次,北京震了两次,而南京的五次地震都在永乐帝迁都之前。无奈从西汉以来,以董仲舒为代表的儒家就将地震同人事联系起来,而这种迷信思想深入人心,也深入崇祯的心。崇祯认为北京是大明帝国的首都,就在皇帝的脚下,从他登极至今就发生了两次较大地震②,可不预兆他的江山不稳么?司礼监掌印太监经常据实转奏灵台太监观察到的星象和云气变异,十之八九都是不吉利的。这样就更增加了他的忧愁。尽管他口头上说他是"中兴英主",心中却渐渐明白"中兴"无望,甚至常

---

① 徐光启——上海徐汇人,生于明嘉靖四十二年,死于崇祯六年(1562-1633)。他是我国最早的天主教徒,最早接受西洋科学的学者,精通数学、历法、测量、水利、农业、火器(早期枪炮)制造等方面的学问,是我国古代杰出的科学家。崇祯五年曾做到礼部尚书兼东阁大学士,内阁辅臣。
② 两次较大地震——上一次地震发生于崇祯元年二月十日。

有可能亡国的预感。尤其是洪承畴和孙传庭费尽力气竟不能将李自成扑灭在潼关附近，国运在他的心中更加清楚。

他愈是觉得人事努力很难指望，愈是想靠神灵保佑国运。今年春天，他瞒着朝臣，命僧道录司①暗中挑选了几十位佛、道两教的名德法师在南宫建醮。他还传旨召江西龙虎山张真人来京建醮，但因路途遥远，尚未赶到。从三月中旬以来，他时常忙里偷闲，带着周后和田、袁二妃，去南宫烧香祈祷。但是这样的事情如何能瞒住群臣？不免有一些言官上疏劝谏，请他不要迷信僧、道，做这种无益的事。他心中很痛苦，有时想着自己既是一位英明君主，自然不应该迷信僧、道、鬼、神，使得后世议论。可是他又想着国事日非，无术挽救，除非上天见怜，有什么法儿使国家转危为安，否极泰来？有一次他对自己说：

"咳，建醮，建醮！这些言官怎知道朕的苦心！朕非昏庸之主，只是势不得已，向上天为民请命耳！"

后来又有一位言官上了一道奏本，措词比较率直，说南宫靠近太庙，每日钟、鼓、铙、钹之声聒耳，使祖宗为之不安。祖宗不安，何能祈福禳灾？崇祯没有生气，提起朱笔批道："朕之苦心，但愿佛、天、祖宗知，不愿人知。"过了一夜，当这个奏本要发出宫时，他重新看看御批，自觉批语不雅，不似帝王的话，便涂了去，改批"留中"二字，不再发出。

过了四月以后，他因为事忙，一直再没有去南宫烧香。前几天他接到山西巡抚和布政使的联名奏疏，说山西某地天雨血②，某地发生地震，倒塌了许多房屋，压死了不少人、畜。他非常震

---

① 僧道录司——管理全国和尚、道士的衙门。

② 天雨血——地上的红色尘土被大风刮起，送到几百里或上千里以外，随雨降下，古人不明白其中道理，误认为是"天雨血"，很不吉利。

惊，心中说道："前年元旦日蚀，今年京师和山西地震，又雨血，灾异如此，实在可怕。"又想道，西汉哀帝时发生日蚀和地震，大臣们对策上言，说这是不寻常的灾异，果然不久西汉就亡了。何况如今不仅日蚀、地震，天又雨血！想到这里，又想想当前大局，不觉出了一身冷汗。他根据皇历选择了一个宜于斋戒祈禳的日子和时刻，亲至南城烧香。择定了吉日良辰，他吩咐司礼监替他准备青词①表文，并事先传谕在南城的僧、道们知道。

现在崇祯偕同周后、田妃、袁妃，分乘小辇，穿过文华殿西夹道，出了东华门，顺着护城河东边的青石御道向南走去。三个月来，北京城多风多沙，今日难得的天气晴朗，阳光明媚。虽然今天已交五月下旬，但北京城的前半晌并不炎热，微微的南风清爽宜人。河岸上，一长排绿柳映水，柔丝摇曳。两只黄鹂在柳枝间穿来穿去，发出婉转柔和的叫声。护城河转弯处有一座用太湖石叠成的假山，四面槐柳簇拥，绿荫森森。几枝盛开的石榴花横在太湖石上，分外鲜红。从这里往西去，有一条松柏夹着的石板路，通往太庙的后角门；往南，不远处有一道红色高围墙，上覆黄色琉璃瓦，从红墙中露出巍峨的宫殿和高大的古松，并传出钟、磬和梵呗之声。护城河中水色湛清，微波上闪耀着金色的太阳，水底荡漾着三四片白色云影。崇祯已经有许多天没有出过紫禁城，这时不由地心情一爽，眼睛里露出来一丝笑意。好像种种苦恼，都暂时从他的心上离开了。

三乘辇继续向南行去，过了片刻，来到了南宫的正门外边。

南宫的大部分都是英宗时代的建筑物。一百七十年来不断修缮、油漆、增建，十分美丽。南宫大门外有许多高大的白皮松，遮天蔽日。三乘黄色小辇在白皮松中间的汉白玉甬道上停住，早

---

① 青词——道教向玉皇焚化的表文写在青色纸上，叫做青词。

有一群高僧、道士和执事太监在道旁跪接。崇祯带着皇后和两位妃子缓步走上雕龙玉阶，进了宫门，在一片松树下盘桓一阵，然后走进南风门。这里有许多花木，并排有三座宝殿：中间的是龙德殿，左边的是崇仁殿，右边的是广智殿。他们在龙德殿休息一下，受了僧、道们的朝拜，吃了一杯茶，然后由执事僧、道和太监们在前引导，向内走去。正在这时，王承恩身穿没有补子的青素宫纱贴里①，头戴用马尾编结的烟墩帽②，上缀宝石、明珠，右手拿着一把专为遮太阳用的蓝绢洒金大撒扇③，左手袖着十万火急的机密文书，匆匆地从紫禁城中赶来。他必须先向印公④王德化禀明，才敢启奏皇上。可是王德化正引着皇上和娘娘们往里边走，他不好贸然赶去说话。他的心中很急，鬓边冒出豆子大的汗珠，只好在龙德殿旁徘徊，偷眼望着皇帝神色安闲地穿过飞虹牌楼，缓步踏上飞虹桥。

　　崇祯难得今天有一点闲情逸致，站在弓形的飞虹桥上，欣赏白玉栏杆和栏板上的精致雕刻，还指着那些刻得栩栩如生的水族动物叫皇后欣赏。一会儿，他率领后妃们走下桥，穿过戴鳌牌楼，向左右的天光、云影二亭望一眼，登上一座堆垒得十分玲珑的秀丽假山。山上有一个圆殿叫做乾运殿，东边是凌云亭，西边是御风亭。他在山上稍作盘桓，想着这山上的圆殿和亭子都是英宗复辟后添建的，那时虽有也先之患，经过土木之变，但国家的根子依然强固，全不似如今这样风雨飘摇。想到这里，不由地满

---

① 贴里——太监所穿的一种有褶的长衣，夏季用纱。今天因皇帝斋戒祈祷，所以太监们只穿青素衣服。青素衣服没有补子。
② 烟墩帽——下有宽的直檐，顶略尖。
③ 撒扇——即折叠扇。太监所用的大撒扇，柄有一尺多长，只用来遮太阳，不能扇风取凉。
④ 印公——太监们对掌印太监的尊称。

怀怆然，无心再看景致，连乾运殿也懒得进去。

他同后妃们绕过乾运殿，下了秀丽山，来到佳丽门。全体僧道官和名德法师都在甬道的两旁跪接。崇祯和后妃们从他们中间穿过，走进佳丽门，踏上白玉雕龙台阶，进到永明殿中坐下。众僧躬身低头，双手合十，从永明殿的左边，众道士从右边，分向建醮的地方走去，连一点脚步声也不敢发出。过了片刻，从永明殿后边传过来钟声、鼓声、磬声、木鱼声、云板声、铜笛声等等，还有和尚道士的唪经声，组成了肃穆庄严的音乐合奏。王德化走到崇祯面前，躬身奏道：

"皇爷，开醮了。"

崇祯没做声，立刻从龙椅上站起来，怀着虔敬的心情向外走去。周后、两位妃子、宫女们和太监们，肃静地跟在他的背后。永明殿的背后是一个小院，一色汉白玉铺地，有十几株合抱的苍松和翠柏，虬枝横空。其中有一株古松上缠绕着凌霄，在苍翠的松叶间点缀着鲜艳的红花。院子中间搭着一座高大的白绸经棚，旗幡飘飘；莲花宝座上供着檀香木雕刻的释迦如来佛像。棚外悬一黄缎横幅，上题："敕建消灾、弭寇、护国、佑民、普度众生法会"。后妃们暂留在经棚外边。崇祯帝先进经棚，在释迦前上了香，焚了黄表，拜了四拜，跪在黄缎拜垫上默默祈祷，求佛祖大发慈悲，帮助他消灭各地"流贼"，降罚满洲，并且不要再降水、旱、蝗、疫诸灾，保佑他的国运昌隆。当默祷结束时他觉得还不够，又特别祝祷几句，求佛祖感化张献忠等洗心革面，实心投诚，并且使官军将漏网的李自成早日擒获，除掉朝廷后患。他求神心诚，禳灾情切，虽没出声，却禁不住喉咙哽塞，热泪满眶。祝祷毕，他站起来退到一旁，看着皇后和妃子们依次进来礼佛。

在崇祯跪佛前虔诚祝祷当儿，王德化留在经棚外边，恭立侍候。一个太监来到他的身边，凑近他的耳朵小声说："宗主爷，王秉笔有事面禀。"他转过头去,看见王承恩神色不安地立在永明殿后,心中不禁一惊。他使个眼色不让王承恩来到经棚前边,自己赶快踮着脚尖儿走了过去,悄声问:"什么紧急大事?"王承恩行了礼,从袖中掏出文书递给他,小声说:"请宗主爷的示,这些十万火急的文书是否现在就奏明皇上?"王德化把几封文书匆匆一看,大惊失色。想了一下,他把文书交给王承恩,悄声吩咐说:"拿回宫去,此刻万不能让万岁知道。纵然天塌下来,也要等皇爷烧过香回到宫中,咱们再向他启奏。"

王承恩不敢说什么,悄悄走了。

从建有佛教法会的院落往北,绕过假山,穿过有雕栏的白玉小桥,又是一座圆殿,描金盘龙匾额上题着"环碧"二字。周围绿水环绕,花木繁茂,苍松数株,翠竹千竿。这是南宫最后和最幽静的地方,再往北几丈远便是覆盖着黄瓦的红色宫墙。道坛设在环碧殿中,叫做"敕建三清普临、降妖、伏魔、消灾、弭乱醮坛"。崇祯走进环碧殿,叩拜了玉皇大帝,焚了青词,照例默祷一阵,然后退出。皇后和两个妃子依次烧香出来。他们到永明殿中休息,吃了点心,起驾回紫禁城去。

当崇祯走进东华门时,恰有一个部僚正在会极门接本①。忽然听见太监传呼:"圣驾回宫!"他慌忙躲入文华门内西值房,隔着窗隙窥探。崇祯一扫眼瞧见了他。转入文华殿西夹道以后,崇祯派一个小太监回来,用温和的口气嘱咐他出去后不要乱说。这时崇祯的心境十分平静,脾气变得十分好,脸上挂着若有若无的笑意。

回到乾清宫,他刚刚换过衣服,端着茶碗喝了一口香茶,王

---

① 会极门接本——会极门即左顺门。文书房太监将批过红的奏本在此发出。内阁和各部、院等衙门派官员在此接收,叫做接本。

承恩走到面前,躬身将几份文书放在御案上,胆怯地说:

"启奏皇爷,张献忠又反了。"

崇祯的手猛一颤抖,茶碗落在御案上,溅湿了文书。他正要询问详情,不料王承恩低头避开他的眼睛,又小声说:

"据陕西、三边总督郑崇俭飞奏,陕西的局面也变了。"

"怎么,张献忠入陕西了?"崇祯跳起来问。"官军何不堵截?"

"不是,皇爷。是李自成在商洛山一带起事了。"

崇祯两眼发直,颓然坐进椅子里,过了好久才喃喃吐出半句话:

"我早就担心……"

又过了一阵,他才稍微镇静,叫王承恩将几封火急奏本读给他听。当他听到熊文灿奏报说已命左良玉、罗岱等率楚、豫官军"追剿"张献忠,正候捷报,他摇摇头,用鼻孔冷笑一声,对王承恩说:

"给熊文灿这个该死的老东西下一道严旨切责,叫他戴罪视事,以观后效。倘若不能将献贼剿除,加重论罪!"

"遵旨!"

"郑崇俭的本上怎么说?快念!"

郑崇俭除奏报李自成重新树起大旗之外,也奏报农民军中疾疫流行,李自成和刘宗敏等重要"渠魁"都卧病不起。他还奏称他已经"亲赴武关,督军进剿,不难将逆贼一网打尽"。崇祯听毕,仿佛看见了新的希望,点点头,又对王承恩说:

"替朕拟旨,着郑崇俭迅速进剿,不得迟误!"